KB162463

근대소설의 기원에 관한 한 연구
크레티엥 드 트르와Chrétien de Troyes 소설의 구성적 원리

근대소설의 기원에 관한 한 연구

크레티엥 드 트르와Chrétien de Troyes 소설의 구성적 원리

정 과 리

역락

1981년 군에 입대하기 전에 문학사 이론에 관한 석사 학위 논문을 끝내고 박사 과정에서 아프리카 문학을 공부해 볼 계획을 세웠던 것은 제3세계 문학의 독자성을 확인해 보고자 하는 욕심이 생겼기 때문이었다. 그 욕심은 당시 우리 세대의 정신세계를 점령하고 있던 유별난 집단무의식, 즉 '주체성에 대한 주체할 길 없는 열망'으로부터 점화된 것이 틀림없었다. 박사 과정 입시 면접을 치를 때 그 계획을 듣고는 환하게 웃으시던 김붕구 선생님이 지금도 눈에 선하다.

그러나 시간이 흐르면서 나는 서서히 그러한 소망의 무용성에 지쳐가고 있었다. 우선 나는 아주 느린 속도로나마 주체성의 환상으로부터 탈출하고 있었다. 세계를 바라보는 시야에서 '제국주의', '제3세계', '고유성' 등등의 개념들을 나의 속셈 목록에서 재편해야 한다는 것에 생각이 미쳤고, 그 생각은 오늘날까지도 진행 중이다. 이러한 마음의 변화가 비교적 무의식적으로 진행되어 갔다면, 의식의 표면에서는 아프리카 문학을 온전히 이해해 낼 능력의 결여에 대한 절망이 비에 젖은 짚단처럼 매캐한 짜증을 피우고 있었다. 애초에 불어라는 매체만으로 접근할 수 있다고 순진하게 생각한 게 문제였다. 마그레브(Maghreb) 작가들의 불어는 프랑스 작가의 불어가 아니라는 걸 나는 깨닫지 못하고 있었다. 아주 먼 훗날 나이지리아의 작가 벤 오크리(Ben Okri)가 자신이 작품에 쓴 영어가 나이지리아인의 영어라는 것을 확인하기 위해 스물네 번 고쳐 썼다고 말하는 걸 듣고서야, 나는 그 사정을 명확히 이해하게 된다. 정말 주체성의 문제에 온당히 접근하려면 그에 대한 맹목적인 '신앙'은 버리는 것이야말로 최우선의 원칙이리라는 것도.

아프리카 문학 연구를 포기해야겠다는 말씀을 드리러 찾아뵈었을 때, 김현 선생님은 라블레(Rabelais)를 중심으로 16세기 소설을 해보는 게 어떻겠느냐고 권하셨다. 나는 소설의 기원을 찾아가 보라는 말씀으로 이해하였다. 라블레의 『가르강튀아Gargangtua』와 『팡타그뤼엘Pantagruel』, 그리고 바흐찐(Mikhail Bakhtine)의 『프랑수아 라블레의 작품과 중세, 르네쌍스의 민중문화Gallimard』(1970)를 읽었을 때 정말 도전해볼 만한 작가라고 생각했다. 그러나 '기원'을 따지자면 더 소급해 들어가야 한다는 것도 어렴풋이 느끼고 있었다. 내가 만일 스페인 문학을 했더라면 아마도 세르반테스에서 소설의 기점을 찍었을지도 모른다. 그러나 라블레의 소설들은 기사도 로망에 대한 패러디와는 다른 측면이 두드러졌다. 그것들은 인간 세계에 대한 거대한 탐구였는데 무엇보다도 언어의 풍요와 연결되어 있었다. 이 언어의 풍요는 권위어(말씀의 적자로서의 라틴어)의 그것이 아니라 세속어의 생동성으로부터 솟아나는 것이었으니, 내가 보기에 라블레의 작품이 소설의 진화에 강력한 계기가 되었다 하더라도 그 근원은 세속어의 문화형성기, 즉 로망어(les romans)로부터 소설(roman)이 발아하게 된 때로 가정해야 할 터였다. 결국 나는 12세기의 크레티엥 드 트르와(Chrétien de Troyes)의 소설들이 잠복하고 있는 파묻힌 중세사의 갱도를 더듬더듬 기어 내려가야만 했다.

나는 이런 생각들의 암중모색을 상의할 사람 하나도 없이 홀로 치러 내야만 했다. 왜냐하면 무크지 『우리 세대(시대)의 문학』(1982-1987)에 이어 계간 『문학과사회』(1988-) 편집을 맡으면서 박사 논문이 하염없이 지연되고 있는 가운데 김현 선생님이 암으로 돌아가셨고(1990), 당시에는 중세 문학이 불모지와 다름이 없었기 때문이었다. 물론 자크 르 고프(Jacques Le Goff)의 '장기 중세'론과 더불어 중세에 대한 새로운 시각이 열리고 그에 따라 한국에서도 중세 연구에 관심을 가지는 사람들의 숫자가 얼마간 늘긴 했으나 사회적 유용성의 차원에서 이미 몰락의 길에 접어든 프랑스 문학 연구 중에서도 중세 연구는 캄캄한 동굴 안에서 돋아난 이끼식물 모양으로 자신의 존재 이유에 대한 어떤 확신도 제공하지 못하고 있었으니, 그런 어둠에 용감히 뛰어든 이는 극소수에 불과했던 것이다.

하지만 악전고투 속에 크레티엥 드 트르와의 소설을 읽어가면서 나는 소설에서 기원을 찾는 일의 의미를 분명하게 깨달을 수 있었다. 내가 그 이전에 소설에 대해 배웠던 특별한 이야기들, 가령, "소설은 타락한 시대에 타락한 방법으로 진정한 가치를 찾는다."(뤼시엥 골드만), "소설은 반-소설이다."(키베디-바르가), "소설은 출세한 부르주아며 제국주의자다."(마르트 로베르), "소설의 주인공은 언제나 요정들이 세례 주기를 잊어버린 아이이다. 그들은 저마다 자신이 지옥에 빠졌다고 믿는다. 그 생각이 바로 지옥이다."(르네 지라르) 등의 정의들과 무엇보다도 소설의 근본적 주제는 '자유'이고 소설의 규칙은 '규칙 없음'이라는 마르트 로베르의 거듭되는 주장들을 소설이 태어나는 방향으로부터 명료하게 재배치할 수 있었다. 그러니까 나는 중세의 오지로 들어감으로써 근대 문화의 첨단으로서의 소설, 더 나아가 문학의 존재 양식을 체감해 갔던 것이다.

나의 박사 논문, 『크레티엥 드 트르와 소설의 구성적 원리—프랑스 근대소설의 기원에 관한 한 연구』(1993.2)는 그렇게 해서 완성될 수가 있었다. 겨우 끝마치고는, 자신의 무게를 훨씬 웃도는 나뭇짐을 부려 놓고 헐떡거리는 나무꾼의 심정이 되어, 라 퐁텐느의 「죽음과 나무꾼*La* *mort et le bucheron*」을 며칠 전의 나를 조롱하는 기분으로 뇌까리곤 했다.

> 살아온 세월만큼이나 나뭇짐에 짓눌린 가난한 나무꾼이 타령하기를
> […]
> 세상에 나온 이래 무슨 기쁨이 있었던 말인가?
> 이 수레바퀴 안에서 나보다 더 불쌍한 사람이 있을까?
> 밥을 굶을 때도 있었지만 쉰 적은 한 번도 없었네.
> 마누라, 자식새끼들, 군대, 세금, 빚쟁이 그리고 노역이 줄 이었으니
> 불행한 자의 그림이 이리도 완벽하구나.
> 에잇 죽어 버렸으면! 그러자 죽음은 지체 없이 달려 왔다네.
> 무엇을 도와드릴까?
> 이 나뭇짐 다시 지게끔 도와주시구려, 얼른요. (부분 의역)

　마침내 나는 『문학과사회』로 돌아왔고 다시는 지난 시절을 기억하지 않으려고 애썼다. 그러나 내 소망을 비웃으며 끔찍했던 장면들이 수시로 마음속에서 모난 각목들을 굴려대곤 했다. 김현 선생님이 돌아가신 이후 서울대학교 불문과는 내가 처음 과에 진입했을 때 스스로의 선택에 대해 황홀감을 느끼게 했던 리버럴한 분위기를 완전히 잃어버리고 완장 찬 바람이 볼을 씰룩거리며 돌아다니는 황량한 공터로 변해 있었다. 나는 내 의사와 무관하게 새로운 논문 지도 체제로 강제로 편입되었고, 그 체제에서는 "사람이 먼저 되어야 해"가 제일의 덕목이 되어 있었으니, 내가 쓴 모든 것들은 '사문난적'으로 지목될 만하였다. 간신히 나를 버티게 해준 건 외따로 밀려나 계시던 홍승오 선생님의 따스한 눈길과 꼼꼼한 검토로 논문 심사본을 새까맣게 칠해 놓으신 김화영 선생님의 질책, 그리고 충동적으로 빠져들곤 했던 폭음이었다. 그 시절로 다시 돌아가고 싶은 생각은 추호도 없었다.

　그러나 논문을 구하는 사람들이 연락을 해 오는 일이 드문드문 있었

다. 또 비슷한 얘기가 귀에 들어오기도 하였다. 아마도 이렇게 오랜 세월이 흐른 지금, 역락 이대현 사장의 성화에 못 이겨 슬그머니 책으로 내기를 결정한 건 그 물음들을 못 잊어서였을까? 내가 나 자신에게 납득시킨 외면적 합리화는 지난 25년의 내 삶을 다시 검증받아야 할 필요였다. 나는 나이 오십이 훌쩍 넘어서야 세상사를 어렴풋이 이해할 것 같았다. 그리고 그 느낌은 다시 세상과 씨름해 보고 싶다는 의욕을 불러일으켰다. 그 의욕을 실행에 옮기기 위해서는 무엇보다도 내 지난 삶에 대한 책임의 적정성을 들여다봐야 할 것이었다. 비록 순전히 공적인 사안에 대해서나마. 왜냐면 나의 미래에 투입될 요소가 내가 나의 살아온 시간대에 남긴 데서 나올 수밖에 없기 때문이다. 비록 근본적인 재가공이 필경 예정되어 있다고는 하나.

내가 내 과거를 감당했는가의 문제는 궁극적으로 나의 작업이 타인들에게 갖는 유의미성으로 현상될 것이다. 그런 의미에서 나는 이 책이 소설의 기원에 대해 궁금해 하는 이들에게, 문학과 모더니티 관계의 내부 연결망의 일부를 꼼꼼히 음미하고 싶어하는 사람들에게 유효성을 갖기를 바란다.

2016. 6
저자

차례

1. 크레티엥 드 트르와의 작품은 다음과 같은 약어로 표시하였다.

『에렉[중]』 　　『에렉과 에니드 *Erec et Enide*』(중세불어본), (édités d'après la copie de Guiot [Bibl. nat., fr., 794]).

『에렉[현]』 　　『에렉과 에니드 *Erec et Enide*』(현대불역본), (traduit en français moderne par René Louis.)

『클리제스[중]』 　『클리제스 *Cligés*』(중세불어본), (édités d'après la copie de Guiot [Bibl. nat., fr., 794].)

『클리제스[현]』 　『클리제스 *Cligés*』(현대불역본), (traduit en français moderne par Alexandre Micha.)

『랑슬로[중]』 　　『수레의 기사 *Le chevalier de la charette*』(중세불어본), (édités d'après la copie de Guiot [Bibl. nat., fr., 794]).

『랑슬로[현]』 　　『수레의 기사 랑슬로 *Le chevalier de la charette(Lancelot)*』(현대불역본), (traduit en français moderne par Jean Frappier.)

『이벵[중]』 　　　『사자의 기사, 이벵 *Le chevalier au Lion(Yvain)*』(중세불어본), (édités d'après la copie de Guiot [Bibl. nat., fr., 794])

『이벵[현]』 　　　『사자의 기사, 이벵 *Le chevalier au Lion(Yvain)*』(현대불역본), (traduit en français moderne par Claude Buridant et Jean Trotin.)

『그라알[중1]』 　『소설 페르스발 혹은 그라알 이야기 *Le roman de Perceval ou le conte du Graal*』(중세불어본), (publié d'après le ms. fr. 12576 de la Bibl. nat.)

『그라알[중2]』 　『그라알 이야기 혹은 소설 페르스발 *Le conte du Graal ou le roman de Perceval*』(중세불어본), (Edition du manuscrit 354 de Berne, traduction critique, présentation et notes de Charles Méla)

『그라알[현]』 　　『그라알 이야기(페르스발) *Le conte du Graal (Perceval)*』(현대불역본), (traduit en français moderne par Jacques Ribard)

2. 작품 인용에 있어서, 특별히 그 자구들 및 형태가 분석된 것들의 경우에는 원문과 번역을 본문에 병기하였으며, 단순히 전반적인 내용이 문제가 된 경우에는 번역문만 싣는다.

3. 참고 문헌에 국역본이 병기된 문헌은 인용문 번역에 있어서 국역본의 번역을 따르는 것을 원칙으로 하였다.

제 1 장
맨 처음 생각 : 중세의 작명과 근대소설의 진원

진정한 소설은 소설들을 부정함으로써 시작한다.
—— 알베르 티보데[1]

크레티엥 드 트르와는 12세기 말에 활동한 프랑스의 소설가이다. 최근 중세에 대한 관심이 고조되기 전까지, 그를 포함한 중세의 소설가들은 일반 독자들에게는 단순히 재미난 이야기꾼 정도로 알려져 왔었다. 아마도 그것은 중세에 대한 일반적인 편견과 깊은 연관을 맺고 있는 것으로 보인다. 지금까지 중세는 거의 암흑기로 여겨져 왔었다. 사회적으로 중세는 프랑스인들이 스스로의 힘으로 세운 민주적 공화국이 타도한 봉건 사회의 원형이 만들어진 시대였다. 이념적으로 중세는 오늘날 만개한 인간 중심의 사상과 가장 대척적인 자리에 놓인 신정 질서의 세상이었다. 공식적인 문학사가 보여주고 있듯이, 문학의 측면에서도 중세의 문학은 16세기 르네상스와 17세기 고전주의의 찬란한 문학적 성취에 가려져 문학적 탐구의 대상이 되기 위해서는 꽤 오랜 시간을 기다려야 했다. "문학적 범주에 있어서의 중세 프랑스와 르네상스 프랑스 사이에 놓인 간극과 단절은, 정치에 있어서 구체제 프랑스와 혁명 프랑스

---

1) Albert Thibaudet, *Réflexions sur le roman*, Gallimard, 1938, p.247.

사이에 놓인 교과서적 대립과 유사하게, 독특한 프랑스적 특성을 띤다. 셍트-뵈브에게서 보이는 중세에 대한 경멸적인 무시, 텐느의 '검은 구멍', 중세 연구가들에 대한 호전적인 브륀티에르의 공박은 바로 그러한 사정을 잘 나타내준다."[2]

이러한 사정은 자연적으로 진행된 것은 아니다. 그것에 어떠한 이데올로기가 작용하였는가는 '중세(Moyen Age)'라는 단어가 만들어진 역사에 함축적으로 내포되어 있다. 그 단어는 르네상스기 인문주의자들에 의해 만들어진 용어로서, 그 본래의 의도는 "'고대인들'을 '오늘날의 근대인들', 즉 르네상스 인간들과 대비하기 위한 것이었다."[3] 그것은 처음에는 비교적 가치중립적이었으나, 곧 가치의 위계질서를 세우는 일에 아주 유용하게 사용되었다. '오늘의 인간'들의 새로움을 강조하고, "그리스·로마, 그리고 또한 성경의 시대인 참된 고대"와 자신들을 직접 이으려는 욕망이 팽창하였고, 그 결과, 그들은 "과학과 예술과 문학을 통해 빛을 발한 찬란한 두 시대 사이의 일종의 어두운 터널인 중세를 창조"[4]하였던 것이다. 실로, 이러한 르네상스인들의 자기 성화(聖化)의 작업 속에서, "중세는 경멸로부터 탄생하였다."[5]

따라서 중세는 가공된 사건이며 동시에 은폐의 빗장이었다. 하나의 어두운 과거가 찬란한 유년과 희망찬 성년 사이의 극적인 만남을 위해 만들어졌다는 점에서 그것은 가공된 것이었고, 그로 인하여 당시의 생활과 문화, 당시 사람들의 세계에 대한 온갖 이해와 감각과 열망들이 단색의 굵은 줄에 의해 지워졌다는 점에서 그것은 은폐하는 힘이었다.

오늘날 중세에 대한 관심이 고조되고 있는 것은 그 가공과 은폐로부

---

2) *ibid.*, p.113.
3) Jacques Le Goff, *L'imaginaire médiéval*, Gallimard, 1991, p.7.
4) *ibid.*, pp.7-8.
5) Bernard Guenée, *Histoire et culture historique dans l'Occident médiéval*, Aubier, 1980, p.9.

터 서구인의 역사를 구출하고자 하는 노력의 의미를 띤다. 동시에 그것은 서구의 역사와 문화 자체에 대한 반성을 포함하고 있다. 그것은 오늘날의 인류가 "역사의 대폭발" 앞에서 직면하고 마는 이중의 감정, 즉 "공포와 희망"[6])의 급격한 동시성이 16세기 이래 이른바 '인간중심주의'의 기치와 '진보'(인간의, 인간에 의한, 인간을 위한)의 신앙에 의해 가속화된 불가피한 결과이며 그에 대한 근원적인 재검토가 요구된다는 깨달음을 수반한다.

크레티엥 드 트르와에 대한 우리의 연구도 그와 같은 맥락에 놓인다. 우리의 작업은, 한편으로 크레티엥 드 트르와라는 생소한 중세 소설가의 작품 세계를 분석하여, 파묻힌 중세의 문학적 가치를 복권시키는 것을 의도한다. 다른 한편으로, 우리는 크레티엥의 작품 분석이 소설의 구성적 원리에 대한 새로운 시각을 제공해줄 수 있기를 희망한다.

따라서 우리의 작업은 하나의 관점, 그리고 하나의 방법론을 요구한다. 중세 소설과 근대소설 사이에 연속성을 수립할 수 있는가라는 질문에 우리는 대답할 수 있어야 한다. 그것은 그 연속성을 바라보는 시각을 제출하고 그 근거를 제시할 수 있어야 한다는 말에 다름 아니다. 또한, 그 질문에 긍정의 대답이 가능하다면, 그 연속성 밑을 흐르는 기본적인 소설 원리를 탐구하고 세울 방법론을 설정해야 한다. 이 두 가지 요구는 물론 각기 고립된 것이 아니라, 상관적이다. 연속성의 수립은

---

6) "역사의 대폭발"은 갈리마르 출판사의 '역사 총서(Bibliothèque des Histoires)'에 대한 피에르 노라(Pierre Nora)의 기획의 변에 언급되고 있는 말이며, "공포와 희망의 동시성"은 아르토 출판사에서 시리즈로 나오고 있는 '대문명 총람(Collection Les Grandes Civilisations)'의 기획자인 레이몽 블로흐(Raymond Bloch)가 르 고프의 『서양 중세 문명La civilisation de l'Occident médiéval』(1984)에 붙인 서문에 언급되고 있는 말이다. 이러한 말들은, 현재 프랑스에서 광범위하게 나타나고 있는 새로운 역사 연구들 ― 가장 최근의 기획으로, 쇠이유(Seuil)에서 보급판으로 내놓고 있는 '신 역사' 시리즈('중세 프랑스의 신 역사', '근대 프랑스의 신역사')를 들 수 있을 것이다 ― 이, 현대적 문제의 절박성으로부터 출발하고 있다는 것을 잘 보여준다.

지금까지 단절에 근거해 구성되어 온 소설의 이론들에 대한 근원적 재검토와 동궤에 놓이는 것이기 때문이다.

1.1. 중세 소설의 근대적 성격

일반사의 영역에서 중세와 근대 사이에 연속성을 수립하는 작업은 두 가지 방향으로 전개되었거나 전개되고 있다. 하나는 근대의 출발점을 앞으로 끌어올리는 것이며 다른 하나는 중세의 시간대를 늘리는 것이다. 전자의 관점은 이미 20세기 전반기부터 존재해 왔던 것이다. 그 가장 유명한 보기로는 토인비(Toynbee)의 『역사의 연구A Study of History』를 들 수 있을 것이다. 그에 의하면, 현재의 서구 문명(civilisation occidentale)은 675년경부터 시작하였으니, 그 이전에는 375년까지의 고대, 그리고 375년과 675년 사이의 과도기가 존재했을 뿐이다. 고대와 근대 세계를 가르는 토인비의 결정적인 기준은 '헬레니즘'과 '하나의 보편 국가'의 종말에 있었다. 마찬가지 시각에서 트뢸취(Troeltsch)도 "샤를르마뉴로부터 출발하는 로마-게르만적 민족"과 함께 근대 세계가 시작하는 것으로 본다. 그리하여, 토인비와 트뢸취의 이러한 관점을 전적으로 수용하고 있는 쿠르티우스(Curtius)의 『유럽 문학과 라틴 중세La littérature européenne et le Moyen Age latin』는 이렇게 공언하기에 이른다. "고대, 중세, 근대는 유럽사의 세 시대의 이름으로, 학문적으로는 '아무 의미도 없는(ne riment à rien)'[Alfred Dove] 이름들이지만, 그러나 실제적으로는 필수불가결한 이름들이다. 그중 가장 뜻 없는 용어는 '중세(Moyen Age)'라는 용어로서, 그것은 이탈리아 휴머니즘으로부터 온 것으로 그것의 시각에 의해서만 설명될 수 있다."[7] 그렇다면 중세는 왜 필수불가결한 것으로 이해되어야 하는가? 쿠르티우스의 대답을 들어보자. "유럽 문학사에 있어서, 중세 초엽과 중기의 라틴 문학만큼 덜 알려지고 덜 탐사된 시기는 없다. 그럼에도 불구하고, 유럽에 대한 우리의 역사적 이해를 통해 볼 때, 그 시기가 데카당한 고대 세계와 아주 서서히 형성되어 온 우리 서구 세계 사이를 잇는 연결선을 이룬다는 것이 뚜렷이 드러난다. 중세는 따라서 열쇠의 자리를 차지하고 있다."[8] 쿠르티우스의 관점에 의하면, 오늘날의 서구는 중세로부터 시작되었다. '중세'는 용어 자체로는 아무 의미가 없는, 아니 몰지각에서 나온 경멸적인 뜻을 포함하고 있을 뿐이나, 중세라고 지칭된 시기는 오늘의 세계의 싹을 틔운 시기이다. 중세는 차라리 오늘날 사용되는 의미에서의 '근대성'의 출발기이다.

후자의 관점은 "4세기에서 19세기까지"의 1,500년 동안을 근본적인 구조들이 지속된 "장기적 중세(long Moyen Âge)"로서 바라보는 것이다. 브로델의 '장기 지속(longue durée)', 신마르크스 주의, 생활인류학(ethnologie)의 3중의 영향 하에 르 고프에 의해 제창된 '긴 중세'의 개념은 르네상스의 단절은 존재하지 않는다는 것, 다시 말해 우리가 통상 소멸되었다고 생각하는 많은 중세적 특성들이 19세기까지 지속되었다는 점에서 그 근거를 구하고 있다.[9] 그러나 그렇다고 해서, 그 개념이 중세의 암흑이 혹은 중세라는 과도기가 그렇게 오랫동안 지속되었다는 것을 의미하는 것은 아니다. 그 긴 중세는 단일한 흐름으로 이루어진 것이 아니라 "다양한 위기들로 갈라지고, 지역과 사회적 범주들과 활동영역들에 따라서 다양한 편차를 보여주고 있으며, 그 과정들이 다채롭게 분화된"[10] 복합적 모델들의 "비공시적 공존(coexistence d'asynchronismes)"[11]으

---

7) Ernst Robert Curtius, *La littérature européenne et le Moyen Age latin* (trad.), PUF, 1956, p.58.
8) *ibid.*, p.46.
9) 그 증거들에 대해서는, cf. Le Goff, *op.cit.*, pp.9-11.
10) Le Goff, *Pour un autre Moyen Age*, Gallimard, 1977, p.10.

로 이루어져 있다는 점에서, 장기적 중세는 "하나의 구렁, 하나의 다리가 아니라, 위대한 창조의 추진력"[12)]이다.

따라서 이 두 관점은 외면적으로는 서로 반대의 방향을 취하고 있으나, 그 심층에서는 같은 입장을 나타낸다고 할 수 있다. 그 두 관점은 모두, 우리가 통상 암흑기로 알고 있는 15세기 이전의 유럽이 적어도 19세기까지의 서구인의 삶의 뿌리가 되고 있다는 것에 합의하고 있다. 즉, 양자 모두에게 있어서, 소위 '중세'(통상적인 시대구분으로서의)는 근대의 시원인 것이다.[13)] 그 연장선상에서 후자의 관점은 통상적인 의미에서의 중세와 근대의 혼합인 그 장기적 중세 안에 다양한 삶의 국면들이 복잡하게 엉켜 있음을 발견한다. 그것은 넓이의 측면에서는 다양성이라는 이름으로 정의될 수 있겠으나, 깊이의 측면에서는 서로 길항하는 힘들이 지배와 종속, 억압과 억눌림의 형태로 밀고 당기고 있다는 것을 시사한다.

중세의 소설을 읽으려고 하는 우리는 전자의 관점을 기본으로 삼고 후자의 관점을 실질적인 내용으로 취하고자 한다. 즉, 중세를 늘리기보다는 12세기에 근대적인 의미에서의 소설이 시작되었다는 것을 기본 가설로 설정하는 한편으로, 그 근대적 소설은 오늘날 통상적으로 규정되고 있는 소설 원리와는 다른 새로운 소설적 원리에 대한 암시를 제공해줄 수 있다는 것을 밝힐 것을 희망한다. 그것은 두 가지 이유에서 그러하다. 첫째, 오늘의 지배적인 소설론이란 일반사에 있어서의 기왕의

---

11) Le Goff, *L'imaginaire médiéval*, p.12.

12) "non un creux ni un pont mais une grande poussée créatrice." Le Goff, *Pour un autre Moyen Age*, p.10.

13) 르 고프는 '장기적 중세'의 시기가 바로 "근대 사회의 창조의 시기(le moment de la création de la société moderne)"라는 것을 적시한다. "그 시대는 도시, 민족, 국가, 대학, 물레방아와 기계, 시간과 시계, 책, 포오크, 내의, 개인, 의식, 그리고 궁극적으로 혁명을 창조하였다." *loc. cit.*

편견에 뒷받침된 것이리라는 것이다. 따라서 시대 구분의 문제를 넘어서 소설론 내부에 전제된 소설 원리 자체가 특정한 편견에 의거한 것일 수 있는 것이다. 둘째, 소위 중세와 근대 사이에 연속성을 수립할 수 있고, 그 연속성 내부에 길항하는 힘들의 오랜 갈등이 존재해왔다면, 그것은 중세의 소설 자신이 그를 '규정'하려는 이념적 의도와 끈질긴 갈등과 싸움을 통해서 존재했으리라고 가정하는 게 타당하기 때문이다. 그것은 두 개 이상의 근대소설론이 존재해 왔다는 것을, 혹은 지배적 이론과 실제 작품 사이의 싸움의 궤적이 실질적인 소설사를 이룬다는 것을 의미한다.

이러한 관점은 궁극적으로 크레티엥 드 트르와의 작품 세계에 대한 분석을 통해서 그 합당성을 부여받을 것이다. 그러나 그에 앞서, 몇 가지 기본적인 근거들을 제시할 필요가 있을 것이다. 그 기본적인 근거들이란, 그러한 가설에 입각한 연구가 행해질 필요가 있는가를 밝혀주는 역할을 할 수 있을 것이다.

첫째, 그 어원의 동일성이 그대로 보여주듯이, 소설(roman)의 발생은 로망어가 유럽에 뿌리내리는 과정과 동시적으로 진행되었다는 것이다. 본론에서 좀 더 자세히 언급되겠지만, 소설은 라틴어의 기록들을 로망어로 옮기는 과정 속에서 출현하였다. 그리고 그것이 문화사적 관여성을 띠게 된 것은, 12-13세기를 전후하여서였다. 이러한 사실은 오늘날의 소설의 뿌리를 18-19세기의 리얼리즘 소설 혹은 16세기의 라블레, 또는 17세기의 『돈키호테』로부터 12세기로 끌어올릴 필요가 있다는 것을 암시한다.

둘째, 그러나 소설의 역사가 한 작품의 항구적인 보존과 같은 것일 수는 없을 것이다. 소설의 역사는 곧 소설들의 변화의 역사일 것이며, 따라서 12세기의 소설은 오늘날의 소설의 밑자리를 이루는 근본 원리

와는 전혀 동떨어진 원칙과 구성을 보여줄 수도 있다. 따라서 둘 사이
의 동질적 바탕을 가정할 수 없다면, 소설과 언어가 어원론적으로 같은
뿌리라는 것은 문학적으로는 별 의미가 없는 역사적 사건에 지나지 않
게 될 것이다. 이 문제에 대해 우리는 다음과 같은 질문을 통해 그에 대
한 답을 얻을 수 있을 것이다. 즉, 문학 장르의 범주 내에서 소설의 변
별적 특성을 이루는 기본 형식을 중세의 소설에서 발견할 수 있는가?

　우리의 대답은 긍정으로 나타날 수 있다. 단정적인 어법을 피하는 이
유는, 궁극적으로 그것이 작품 분석을 통해서 밝혀질 성질의 것이기 때
문이다. 아무튼, 그에 대한 대답은 소설을 가장 '근대적'인 장르이게끔
해주는 것은 무엇인가를 찾아봄으로써, 즉, 소설 내의 근대적 '자질'을
추출함으로써 얻어질 수 있을 것이다. 다른 문학 장르들과 소설을 구별
해주는 대 원리는 두 가지로 정의될 수 있다. 하나는, 다른 장르들과 달
리 소설은 '규칙을 가지지 않는다'는 것이며, 다른 하나는 소설은 그러
한 형태적 비규범성에 걸맞게 주제의 차원에서 개인의식을 출현시키는
통로가 되고 있다는 것이다. 여기에서의 개인의식이란, 상대적인 규정
으로서의 개인의식을 말한다. 즉 집단, 절대, 보편 등 일원적 내용과 구
조를 전제하는 모든 것들로부터의 일탈적 존재의 의식이라는 의미를
띤다. 이러한 기준이 근대적 장르로서의 소설 특유의 자질이라고 규정
할 수 있는 근거는 무엇보다도, '근대(modernité)'라는 말이 본래 그러한
형태와 주제의 기준을 요약하고 있는 단어라고 할 수 있기 때문이다.
그 어원에 입각하였을 때, "부사 de modo('최근에')에 근거하고, 또 de
mode 자체는 modus('척도')에 귀속되는" 이 단어의 기본적인 뜻은 "관계
와 상대성을 동시에 환기"[14]한다. 따라서 근대성이란 "[기존의 무엇과

---

14) *Modernité au Moyen Age : Le défi du passé,* publié par Brigitte Cazelle et Charles Méla, Droz,
　　1990, p.14.

시간적인 동시에 공간적인 관계에 놓이는 체계"로서 르네상스 혹은 18-19세기 이후로 고정될 필요가 없다. "[옛것과 근대적인 것의] 싸움은, 그것이 모든 역사에 걸쳐 필수적으로 나타난다는 의미 외에는 어떠한 역사적인 의미도 갖고 있지 않다."[15] 근대성이란 말이 보편화되기도 전에 17세기의 신구 논쟁이 "고대인과 근대인의 싸움(Querelle des Anciens et des Modernes)"이라는 이름을 가졌다는 것이며, "랭보가 '절대적으로 근대적이어야 한다'고 선언하면서, 몇 세기를 건너 뛰어 '새로운 노래를 만든(Farai chansoneta nueva)' 귀욤므 드 프와티에(Guillaume de Poitiers)[11세기]를 본받으려 했다"[16]는 사실은 '근대성'이 하나의 시간적 지점에 종속되지 않는다는 것을 증거한다. 가장 폭넓은 의미에서, '근대성'이란 기왕의 체제에 대한 시·공간적 쇄신을, 그리고 그 자체로서 상대적인 것의 존재가 인정되는 상태, 즉 절대적이고 일원적인 세계로부터 분화가 일어난 상태이며 동시에 하나의 절대적인 규범을 부인하는 상태를 의미한다. 일반사에 있어서의 근대 역시 본래 그 쇄신을 주목함으로써 상대적 개인을 존중하는 시민법과 자유 경쟁의 자본주의 경제에 기초한 민주주의적 사회를 근대라 이름한 것이지만, 그 의미의 수로가 역전되어 르네상스 혹은 18세기 이후라는 연대의 말뚝이 박힘으로써, 그 본래의 의미를 축소시키는 결과를 가져왔다고 할 수 있다.

'근대'를 이렇게 이해하고, 따라서 소설이 갖는 근대성의 문학적 표지를 탈규범의 형태와 개인의식의 주제로 이해할 때, 중세의 소설은 충분히 그에 상응한다는 증거들을 많이 갖고 있다. 일반적인 증거로는, 어느 시대에서든 '소설'은 그러한 특성을 가짐으로써 소설로서 규정되거나 인정되었다는 것을 들 수 있을 것이다. 가령, 그리말(Grimal)은 그

---

15) *ibid.*, p.9.
16) *loc. cit.*

리스 문학의 도처에 소설이 있다고 주장한다. 그는 "신화의 모든 층에서 소설, 혹은 소설의 초안이 발견된다"고 주장하면서, 그 '소설'들은 18세기 이후의 근대소설들과 마찬가지로, "기존의 공식적 장르들을 퇴화시키고 있던 형식적 제약, 빈약화를 초래하는 전통으로부터의 해방의 기능"[17]을 수행하였다고 말한다. 또한 푸지오(Fusillo)는 호머의 서사시 『오디세이』가 "속임수와 간계의 화신(antonomase)인 주인공 오디세이를 통해 [『일리아드』가 구현한] 영웅적 이상에 타격을 가함으로써"[18] 소설의 씨앗을 이미 보여주고 있다는 발견을 하고 있다. 이러한 발견들은 소설에 있어서의 '근대'는 특정 기간의 일군의 소설들을 한정 짓는 형용사가 아니라, 소설 자체에 내재하는 속성이라는 것을 보여준다. 소설은 고대에 발아하였든, 중세에 출현하였든 두루 '근대소설'인 것이다.

이러한 보편적 증거와 더불어 우리는 뒤메질(Dumézil)을 통해 중세에 실제로 '근대적'인 소설이 출현하였다는 직접적 증거를 구할 수 있을 것이다. 뒤메질은 13세기 초엽 북유럽의 삭소(Saxo)의 『하딩구스 영웅담 La Saga de Hadingus』이 역사도 신화도 아니라 소설(roman), 즉 니오르드르(Njördr) 신화의 변형으로서의 소설임을 밝히고, 그 소설의 의미를 "니오르드르가 겪는 모든 개인적 사건들과 변화가 실제 '집단적인' 사건들과 변화들의 되먹임에 불과하다면, 『하딩구스 영웅담』은 그러한 '사회적' 가치의 이야기를 아주 '개인적인(personnelle)' '심리적' 우여곡절로 대체하는 것"[19]임을 분석해내었던 것이다. 또한 바흐찐이 16세기 라블레의 소설에 "그로테스크 리얼리즘(réalisme grotesque)"[20]이라는 이름을 붙일

---

17) Pierre Grimal, 'Introduction', in *Romans Grecs et Latins*, textes présentés, traduits et annotés par Pierre Grimal, 'Bibliothéque de la Pléiade', Gallimard, 1958, p.x-xi.

18) M. Fusillo, *La naissance du roman*, Seuil, 1989, p.25.

19) Georges Dumézil, *Du mythe au roman*, PUF, 1987, p.122.

20) Mikhail Bakhtine, *L'oeuvre de François Rabelais et la culture populaire au Moyen Age et sous*

수 있었던 것은, 그 소설이 중세의 사육제 문화의 연장선 상에 있다는 착안을 하였기 때문이었다. 그에 의하면, 라블레 소설의 그로테스크 리얼리즘은 온갖 특수한 것들, 이질적인 것들의 우주적인 화응으로 구성되어 있는 바, 그것은 오히려 그 이후의 소설들보다도 더욱 그러하였다. 왜냐하면, "중세와 르네상스의 그로테스크한 이미지들"이 "육체에 대한 그로테스크한 관점"으로부터 삶의 "되어감, 생장, 끊임없는 미완성"을 표현하였던 데 비해, 그것의 "낭만적이고 모더니즘적인" 후대의 그로테스크는 삶으로부터 절연된, "움직임을 상실한" "정체성" 속에 굳어져버렸기 때문이다[21]는 것이다.

셋째, 이제 실제의 중세 소설들로 눈길을 돌려보자. 앞에서 두 단계에 걸쳐 살펴본 외적 증거들을 중세의 소설들은 내적으로 보여주고 있는가? 물론, 지금까지의 일반적인 견해에 의하면, 중세의 소설은 근대적 소설들에 의해 극복되어야 할, 비소설적인 소설들로서 간주된다. 와트(Watt)는 중세 기사도 로망의 핵심적 주제인 궁정풍 사랑(fin'amor)이 원론적인 의미에서의 소설적 주제가 될 수 없다고 주장한다.

> 궁정풍 사랑은 소설이 필요로 하는, 그와 연계적이거나 구조적인 종류의 주제를 스스로 갖출 수 없었다. 그것은 일차적으로 봉건 영주와의 결혼으로 말미암아 그 사회적 경제적 장래가 이미 결정되었던 귀부인을 기쁘게 해주기 위해서 만들어진, 공상적 여흥이었다. […] 궁정풍 사랑을 다루었던 운문과 산문 형태의 로만스들은 여주인공들을 천사같은 존재들로 묘사했으며, 이러한 이상화는 통상 이야기의 배경을 이루는 심리적인 면과 언어에까지 확장되었다. 이것뿐만이 아니었다. 플롯이라는 관점에서 보면 영웅의 정절은 상습적인 난잡

---

la Renaissance (trad.), Gallimard, 1970, p.28.

21) *ibid.*, pp.61-62.

함 같은 문학적 결함들에 꼭 종속된다. 두 가지 다 발전과 놀라움이라는 자질들에서는 빈약하다. 그러므로 로만스에서는 궁정풍 사랑이 판에 박힌 시작과 끝을 제공하는 한편으로, 이야기의 주된 관심은 기사가 그의 여인을 위해 성취하는 모험들에 있지 연애 관계 자체의 발전에 있지 않았다.[22]

한편, 랑송의 눈으로 볼 때 크레티엥 드 트르와는 "능란한 이야기꾼일 뿐, 신념도 장중함도 없다. [⋯] 그의 붓 아래에서 전설은 순전히 형식적이고 무의미하고 따라서 부조리한 것이 되어 버린다."[23]

중세 소설에 대한 이러한 비판은 비교적 근대의 시간대에 대한 편협한 관점을 벗어나고 있는 이론가들에게서도 마찬가지였다. 라블레의 문화적 자원을 중세의 사육제에서 찾았던 바흐찐도 기사도 로망에 관해서만은 상당히 부정적이다. 그에게 있어서, 라블레의 소설이 공식문화의 적극적인 파로디라면, 기사도 로망은 공식문화로부터의 도피로 여겨진다. 라블레가 "하나의 이상적 피안(au-delà)에 대한 다종다양한 중개물들에 의해 단절된 사물들과 개념들"을 "생동하는 육체적인"[24] 결합으로 재창조하고 있다면, 기사도 로망은 피안의 세계 자체를 오로지 마술에 의해 일상화하고 있기 때문이다. 그것은 "시간그리고 공간과의 주관적 놀이"이며, 대부분 "공간 속의 인간의 적극적이고 기상천외하고 재미나는 자유가 아니라, 이 공간에 대한 어느 정도 상징적이기도 한, 주관적이고 감성적인 왜곡"에 불과하다.[25] 또한 마르트 로베르에게 있어서도, 『돈키호테』와 기사도 로망 사이에는 연속성이 있는 것이 아니라 전복적 관계가 놓여 있다.

---

22) I. Watt, *The rise of the novel*, Peregrine Book, 1977, pp.153-154.
23) Gustave Lanson, *Histoire de la littérature française*, Hachette, 1912, pp.55-56.
24) M. Bakhtine, *Esthéthique et théorie du roman*, Gallimard, 1978, p.315.
25) *ibid.*, p.301.

성배 탐구의 주인공이 행하는 금욕은 요컨대 금욕자가 자신의 개인적 완성을 위하여 도야하는 그 자체로서의 덕목이 아니다. 그것은 전 공동체가 거기에 복종하는 정신적 유기체에 의해 부과된 일종의 필연성, 즉 보편적 질서를 강화하거나 복구시키기 위해 단 한 사람이 떠맡는 희생으로서 그 덕택에 다른 사람들은 그것을 면제받게 되는 것이다. […] / [그와 달리] 모든 예속으로부터 해방되고 모든 마술이 배제된 금욕을 문학 속에 도입하는 것은 돈키호테의 몫에 해당하였다. 그 금욕은 하나의 규범에 대한 탐구를 특징으로 하는 바, 개인은 그 탐구의 법칙들을 스스로 얻지만, 바로 그 때문에, 일종의 정신적 무정부주의에 도달할 수 있을 뿐이다. 혼자이고, 뿌리 뽑혔으며, 아내도, 자식도 없고, 자기만의 희열을 위해 고통하고 저 혼자 생각해낸 기쁨만을 위하여 사유하도록 선고된 돈키호테는 그가 부활시키길 원하는 모든 이타카인들에 대한 부정이다. 그는 한 시대의 종말 — 그의 절대의 욕망이 매여 있는 낡은 질서의 종말 — 의 표지이다. 그리고 그는 뭔가 다른 것, 새로운 질서는 아니지만, 그러나 고삐 풀려 그 자신 극도의 무정부상태로 미끄러져 들어가는 한 개인주의를 예고한다.[26]

이러한 비판들에 대해, 중세의 소설은 적극적으로 부정의 대답을 할 힘을 가지고 있는가? 직접 크레티엥 드 트르와의 작품 속의 한 구절을 인용해 보자. 『수레의 기사*Chevalier de la charette*』의 서두는 그의 소설이 낡은 것의 되풀이이며, 집단적 공식 이념의 표현에 불과하다는 것을 증거하기에 충분한 것처럼 여겨질 수 있을 것이다. 그는 그의 이야기가 그 자신의 창작이 아니라는 것을 분명히 밝히고 있는 것이다.

Del CHEVALIER DE LA CHARETTE
comance Crest ens son livre;

---

26) Marthe Robert, *L'ancien et le nouveau*, Payot, 1967, pp.154-155.

matiere et san li done et livre

la contesse, et il s'antremet

de panser, que gueres n'i met

fors sa painne et s'antanc on[27]

'수레의 기사', 그의 책을 크레티엥은 시작합니다; 제재와 의미를 그에게 주신 분은 백작 부인이십니다, 그래서 그는 열심히 궁리하여 오직 그의 노동과 기술을 쏟는 일 이외에는 하지 않습니다.

실상 중세에는 오늘날과 같은 작가의 개념은 존재하지 않았다. 중세의 작가(auctores)는 "신적 부권의 표상들로서, 가르침을 주고 모방을 할 만한 책들을 위임받아 쓰는"[28] 사람들로 여겨졌다. 공식적인 차원에서 그들은 대리인이지 개인이 아니었던 것이다.

그러나 중세 문화를 보편성 혹은 공상적 유희의 단색으로 채색해 온 상투적 판단들에도 불구하고, 동시에 중세 소설에서 근대성의 표지를 찾아내는 발언들도 만만치 않게 발견된다. 두 개의 보기만 들겠다.

토마(Thomas)의 『트리스탕Tristan』은 모든 종교적 선입견으로부터 단호히 등을 돌린다. 그것이 그의 근대성의 표지이다.[29]

오늘날의 남녀들은 이 작품이 이렇게도 젊음을 유지하고 있다는 것에, 우리와 그렇게도 가깝다는 것에 놀랄 것이다. 그것은 우리의 감수성을 직접적으로 건드리는 언어로 말하며, 우리를 감동시키기

---

27) 『랑슬로[중]』, v.24-29.("Chrétien commence à rimer son livre sur le Chevalier de la Charette. Il tient de la comtesse, en présent généreux, la matière avec l'idée maîtresse, et lui veille à la façon, en ne donnant guère plus que son travail et son apparition." 『랑슬로[현]』, p.27.)

28) Roger Dragonetti, La vie de la lettre au Moyen Age, Seuil, 1980, pp.42-43.

29) Manuel d'histoire littéraire de la France, T.1 : Des origines à 1600 (par un collectif sous la direction de Jean Charles Payen et Henri Weber), Editions sociales, 1971, p.204.

위해 어떠한 조작도 필요로 하지 않는다.[30]

　이러한 진술들이 모두 중세 연구가의 손에서 나왔다는 것은 중세의 근대성이라는 것을 간단히 무시할 문제가 아니게끔 만든다. 이러한 근대성이 실제로 발견될 수 있다면, 개인적 창조의 관념이 배제된 곳에서 어떻게 가능할 수 있는가? 사회학적 연구는 창조적이고 전문적인 개인이라는 의미에서의 작가가 아카데미의 창설 이후 발생했음을 자세히 분석한 바가 있다.[31] 그러나 "알렝 비알라가 목표로 한 것은 창조적 활동의 탄생이 아니라, 사회적 직함의 탄생이었다"[32]는 지적은 각별히 음미될 만하다. 『작가의 탄생』의 저자가 제출한 "문학적 장(champ littéraire)"이라는 개념은 하나의 문화 제도로서의 문학의 사회적 존재 양식을, 따라서 제도적 활동군으로서의 작가들의 삶의 양태와 역할, 기능을 연구한 것이지, 몽테뉴나 롱사르를 '작가'의 집합에서 제외한 것은 아닌 것이다. 마찬가지 선상에서 창조적 개인의 관념이 공식적인 차원에서 부재한 중세에도 창조적 활동들이 감추어진 상태로 활발히 일어나고 있었다는 가정은 충분히 성립할 수 있다. 중세의 문화에 대한 가장 현대적인 해석자 중의 하나인 드라고네티는 중세 소설들의 익명성에 전혀 새로운 의미를 부여한다.

　　중세 작가에게 있어서 글쓰기란 무엇보다도 전통이 보유하고 있는 것에 의거하는 것이었으니, 그로부터 텍스트들은 서로서로 상대방 안에서 씌어지고, 실제의 글쓰기의 표면 밑에 복제에 복제가 겹쳐 겹-텍스트들과 편찬물들을 이루며, 그를 통해 필사가는 역사적 분별

---

30) René Rouis, 'Avant-Propos' d'*Erec et Enide*, 『에렉[현]』, p.51.
31) cf. Alain Viala, *La naissance de l'écrivain*, Minuit, 1985, 특히 1장.
32) Christian Jouhaud, 'Histoire et Histoire littéraire : Naissnace de l'écrivain', in *Annales*, Juillet-Août, 1988, p.849.

을 무시하고 새로움 속에 옛것을, 혹은 그 반대를 잇는 것이 아니겠
는가?[33]

　드라고네티는 중세 작가의 익명성을 중세의 작가가 전범을 그대로
베끼는 비주체적 필사가라는 것의 증거로서가 아니라, "다른 글들에 대
한 무한한 개작",[34] 즉 무수한 변형 글쓰기들의 놀이의 근거로서 해석
하는 것이다. 이러한 드라고네티의 진술은 작가의 주체성을 거부하고
문학을 끊임없는 "복제의 놀이"로 파악한 롤랑 바르트의 가장 현대적인
문학 그리고 소설에 대한 정의와 그대로 일치한다.[35] 그렇다면 익명성
은 주체적 개인의 부재가 아니라 개인들의 혼재 혹은 은폐로 읽힐 수도
있는 것이다. 중세의 작가들은 개인의 주체적 신분과 권리를 공공연하
게 내세우지 못하지만, 그러나 절대적 권위 뒤에 숨어, 그 권위가 요구
하는 것을 '시늉'하면서 교묘히 자의적으로 변형시키는 이중의 놀이(jeu
double)를 벌일 수도 있는 것이다. 실로, 드라고네티는 당시에 신적 부권
의 모방자로서의 작가(auctor)뿐만 아니라, "어떤 완성된 질서, 그러나
[이곳에] 결핍되어 있는 질서에 대한 증거를 작품 속에서 보여주는 이교
도적 작가"들이 그 역시 작가(autores)의 이름으로 존재했다는 것을 한
증거로 제시하고 있으며, "중세에 시인의 필사 행위는 결코 '창조'의 행
위로 이해되지는 않지만, 그러나 '허구', […] 수사와 음악에 의해 생산
되는 한 허구의 행위로서 이해되게 된다"[36]고 주장한다. 필경, 그 허구

---

33) Roger Dragonetti, *Le mirage des sources*, Seuil, 1987, p.41.

34) R. Dragonetti, *La vie de la lettre au Moyen Age*, p.51.

35) 바르트는 나도(Nadeau)와의 대담에서 개별 주체로서의 작가를 일종의 신화라고 말하며, "그 신화를
　　끊임없이 공격해야 한다(il faut continuer à s'attaquer à ce mythe)"[Barthes et Nadeau, *Sur la
　　littérature*, Presses universitaires de Grenoble, 1980, p.22]고 주장한다. 그가 말년에 생각한 문학은
　　언어의 창조가 아니라, 끊임없는 언어의 복제 놀이이다(cf. *ibid.*, p.17).

36) Roger Dragonetti, *op. cit.*, p.43.

의 행위는 시늉과 변형의 이중적 텍스트를 끊임없이 복제하면서, 그 작가를 한 전범에 대한 추종자가 아니라, 그 스스로를 "전범의 '저자'"[37]로 만들어 줄 것이다.

위의 논지가 최소한 중세에 있어서의 근대성의 존재를 가정할 수 있는 근거를 제공한다면, 실제 작품들에서 그것은 확인되어야 한다. 만일, 비판자들의 말대로 중세의 기사도 로망이 단지 "귀부인들을 즐겁게 해 주기 위할" 뿐인 허황된 마술 놀이에 불과하고, "구조적인 종류의 [소설적] 주제를 갖출 수 없었다"면, '이교도적 작가'들의 탈권위적 허구는 현실적 관여성을 보존하지 못하고 기껏해야 현실로부터의 일시적인 도피에 불과한 것이 될 것이다.

중세의 문학은 필연적으로 보편적 이념의 선전 매체이거나 공상적 유희의 놀이판일 수밖에 없는가? 그러나 롤랑(Roland)과 올리비에(Olivier)의 다툼을 말리는 대주교의 말을 들어보자.

> Nostre Franceis i descendrunt a piéd,
> Truverunt nos e morz e detrenchez,
> Leverunt nos en bieres sur sumers,
> Si nus plurrunt de doel e de pitét,
> Enfüerunt en aitres de mustres;
> N'en mangerunt ne lu ne porc ne chen.[38]

우리 편 프랑스 사람들이 이곳에 말에서 내려 우리의 동강난 시체를 발견할 게요. 그들은 우리를 관에 넣어서 짐바리에 태우고 슬픔과 연민으로 우리를 위해 울 것이오. 우리를 교회 가까운 묘지에 땅에

---

37) *ibid.*, p.48.
38) v.1746-1751; *La chanson de Roland*, édition critique et traduction de Ian Short, Livre de Poche, Librairie générale Française, 1990, p.140.

묻어줄 것이오. 늑대도 돼지도 개도 우리를 먹지는 못할 것이오.

얼핏 이 대목은 '무훈시'의 공인된 주제의 하나인 국왕에 대한 충성 (조국에 대한 헌신)을 잘 보여주는 예로서 여겨질 수도 있다. 죽어서도 조국으로 돌아가고자 하는 열망이 나타나 있기 때문이다. 그러나 그 희원 뒤에 숨어 있는 것은 극도의 개인적인 불안감이다. 왜냐하면, 대주교의 이 말에서 가정법을 삭제하고 거꾸로 읽는다면, 그것은 먼저 떠난 동료 들로부터 무관심 속에 잊히지 않을까 하는 외로움과 황량한 들판에 버려져 짐승의 먹이가 되고 말지도 모른다는 초조감을 전달하기 때문이다. 더욱이 마지막 시행의 구체성은 예측된 동료들의 행위의 관념성과 대비되어 작중인물의 실존적 비장감을 진하게 전해준다. 우리 편 프랑스 사람들은 우리를 위해 울고, 우리를 묻어주겠지만 그러나 그러한 행위에는 구체적 양태가 생략되어 있다. 그에 비해 '우리'의 시체는 조각조각 난 시체일 것이며, 그것은 (더 이상 말을 타지 못하고) 짐바리 노새에 실릴 것이고, (만일 우리의 동료들이 우리를 거두어 묻어주지 않을 경우에는) 늑대와 돼지와 개의 먹이가 될 것이다. 이러한 실존적 위기의 구체성은 롤랑이 뿔피리를 부는 모습을 "입에서 피가 선연히 솟구치는구나. / 그의 관자놀이가 끊어지도다"[39]라고 묘사하는 데서 절정에 달한다. 겉으로 보기에, 그리고 일반적으로 알려지기에, 충성과 신앙이라는 보편적 이념의 형상화로서 알려진 무훈시는 그러나 그 속 깊은 곳에서 그 보편적 이념으로 인해 희생되는 개인의 고통을 강렬하게 외치고 있는 것이다. 『롤랑의 노래』의 주인공들이 죽음을 앞두고 조국 프랑스에 대해 말할 때, '조국의 영광을 위해 명예롭게 죽겠다'는 투의 충성 서약을 되풀이하는 것이 아니라, 항상 "당신이 죽으니, 프랑스는 그로

---

39) v.1763-1764; *ibid.*, p.142.

인하여 치욕을 당할 것이오",[40] "이렇게 많은 기사를 이제 잃었으니, 자애롭고 아름다운 프랑스를 불쌍히 여길만 하도다"[41]라는 식으로 말하는 것도 그 때문이다. 진술의 중심은 프랑스에 있으나, 마음의 중심은 인물에게 있는 것이다. 아우얼바하의 문체론적 분석은 그러한 해석을 훌륭히 보완해준다. 그는, 무훈시에서 추앙받는 왕인 샤를르마뉴가 실제로 무훈과 위용을 보여주는 적이 없이 행동이 결핍된 인물로 드러나고 있다는 데에 주목한 후,[42] 무훈시의 각 시절들(laisses) 사이의 되풀이 구조, 그리고 그 시절 내에서의 병렬 구문(parataxes)들이 사건들의 "종합적 재현" 없이 "언제나 다시 시작하는" "똑같은 [경색된] 행동의 되풀이"[43]와 구조적 동형관계를 이루고 있음을 밝힌다. 그것이 의미하는 바는 무엇인가? 아우얼바하는 단순히 "끝나가고 있는 고대의 경직화와 축소의 과정"[44]의 표현으로서 해석하지만, 끝나가는 것이 있으면, 태어나는 것이 있게 마련이다. 무훈시가 호머의 서사시와 달리 웅장하고 광활한 전개를 가지고 있지 못하고, 경직과 왜소화의 현상을 단속적으로 반복하고 있다면, 그것은 서사시의 배경인 보편적 이념의 몰락을 한편으로 증거하면서, 다른 한편으로 그 경직화한 이념, 혹은 편협한 사회 속에 갇힌 생명체들의 고통을 '태어나게' 하지 않을 수 없다. 즉, 보편적 이념이 그 자체로서 정당성을 확보하고 있을 때는 개인은 사회 그 자체와 동일시될 수 있으나, 그것이 축소되어 사람들을 더 이상 담을 그릇의 역할을 하지 못할 때 개인의 육체는 그 비좁은 용기에 갇혀 고통하며, 개인의 의식은 그곳으로부터 분화되어 자신만의 삶과 죽음, 그리고

---

40) v.1734; *ibid.*, p.140.
41) v.1695-1696; *ibid.*, p.136.
42) Erich Auerbach, *Mimesis*, Gallimard, 1968, p.110.
43) *ibid.*, p.114.
44) *ibid.*, p.122.

세계를 예감하는 것이다. 그의 실존적인 고통을 표현한다는 것, 그것은 이미 개인적 주체성과 개인적 자유의 우렁찬 외침에 대한 씨앗이다. 비록, 그것이 공식적 차원, 혹은 의식적 차원에까지 오르지 못했다 하더라도 그렇다.

그렇다면 중세의 문학을 보편적 이념의 형상화로 보는 것은 지나치게 피상적인 관찰이다. 그것은 그 요구를 수락하면서, 그러나 그 요구의 뒤에서 개별적 체험의 구체성을 작품에 새겨놓는다. 무훈시가 그러하다면, 소설은 더욱 그러지 않았을까? 왜냐하면, 소설은 서사시보다 더욱 보편적 이념의 표현이 아니기 때문이다. 그것은 상식적으로 가능한 짐작이지만, 그러나 중세의 궁정 소설이 정말 "귀부인들의 여가를 위해" 재미있는 이야기를 극단화함으로써, 또 하나의 보편성, 즉 부인에 대한 헌신이라는 거짓 보편성을 구현한 것이지 말라는 법도 없다. 와트나 랑송의 주장이 근거가 없는 것이 아닌 한.

그러나 실제 중세의 소설들에서 숱하게 발견되는 예들은 중세 소설이 공상적 유희에 불과하다는 그들의 주장을 간단히 반박한다. 지금까지 발굴된 유일한 노래 이야기(chantefable)인 『오카셍과 니콜레트*Aucassin et Nicolette*』의 그 뒤집힌 세계를 굳이 거론하지 않더라도, 중세의 문학에서 현실주의적인 세계 비판은 도처에 존재한다. 가령, 궁정 묘사에는 서툰 반면, 수렵 생활의 묘사는 정확한[45] 베룰(Béroul)의 『트리스탕』에서 트리스탕을 이해해주는 사람들은 같은 귀족이 아니라 민중이며(왜냐하면, "민중만이" 트리스탕과 이죄의 "간통의 잘못이 그들의 책임이 아니라, 그들을 넘어서는 사물들의 질서에 속하는 것임을 알기 때문에",)[46] 따라서 베룰의 작품

---

45) cf. J.C. Payen et J. Garel, 'Le roman médiéval au XIIᵉ et au XIIe siècle', in *Manuel d'histoire littéraire de la France, T.1 : Des origines à 1600*, pp.199-200.
46) *ibid.*, p.199.

의 저변에 흐르는 세계 인식의 하나는 귀족/민중, 그리고 그에 상응하는 교회/신에 대한 대립적 파악이다.[47] 또한, 『사자의 기사Le chevalier au lion』에서 "뾰족한 말뚝들의 울타리에 갇혀" 직물을 짜고 있는 300명의 여인에 대한 묘사는 어떠한가?

> de fil d'or et de soie ovroient
> chascune au mialz qu'ele savoit;
> mes tel povreté i avoit
> que desl ees et desceintes
> en i ot de povreté meintes;
> et as memeles et as cotes
> estoient lor cotes derotes,
> et les chemises as dos sales;
> les cos gresles et les vis pales
> de fain et de meseise avoient.
> Il les voit, et eles le voient,
> si s'anbrunchent totes et plorent;
> et une grant piece demorent
> qu'eles n'antendent a rien faire,
> ne lor ialz n'en pueent retreire
> de terre, tant sont acorees.[48]

금실과 비단실을 짜는데 저마다 최고의 솜씨를 뽐냅니다; 그러나 너무도 헐벗어서, 이 수많은 가련한 여인은 머리 수건도 허리띠도 없습니다; 가슴 부위도 팔꿈치에도 그네들의 작업복은 해지고, 등에는 속옷이 시커멓습니다; 배고픔과 고통으로 인하여 이 여인들의 목은 야위고 얼굴은 창백합니다. 그는 그네들을 바라보고 그네들도 그를

---

47) *ibid.*, p.201.
48) 『이벵[중]』, v.5189-5205.

보다가 모두가 고개를 숙이고 울음을 터뜨립니다; 그렇게 오래 있습
니다. 일할 마음이 나지 않고, 눈을 땅에 박은 채, 그녀들의 절망은
그리도 깊습니다.

중세 연구가들을 무척 당황케 한 이 리얼리스틱한 대목은 그 대상의
사회성(공장의 존재와 근로자들의 열악한 조건)과 묘사의 구체성(문자 그대로
'현실성의 효과'를 생산해내는 고통·고난의 정확한 육체적·환경적 지점들, 금빛 솜
씨와 암흑같은 처지의 선명한 대조)만으로도 충분히 기사도 로망이 단순히
허황된 사랑을 읊조리는 것은 아니라는 것을 입증해준다.

그러나 베룰에게 있어서(그리고 크레티엥 드 트르와에게 있어서도 마찬가지
로), 그 민중의 존재는 단지 배경을 이루고 있는 것에 불과하다고 주장
할 수도 있을 것이다. 지금까지의 연구는 궁정 소설에서의 민중을 등장
인물의 지위를 차지하고 있는 존재로서보다는 주인공들─기사와 부인의
모험에 특이한 질감을 부여하는 뒷면의 풍경 정도로 이해해 왔다.[49] 또
한, 『사자의 기사』의 그 현실주의적 대목이 "절대적인 필연성도 불가피
한 연관도 없이, 이뱅(Yvain)의 모험에 끼어들어, […] 그들[이뱅과 로딘느
(Laudine)]의 재결합을 늦추는 데만 기능"[50]하는 것으로 해석할 수도 있
을 것이다. 단순히 그것들이 배경을 이루는 것이라면, 말의 바른 의미

---

49) 가령, 마리오 로크(Mario Roques)는 크레티엥 드 트르와의 소설에서 이 민중의 존재를 간단히 무시
   할 것이 아니라는 것을 십분 인정하면서도, 그 배경과 인물들 사이의 내재적인 관계를 추적하지 않
   고, 그것이 작품에 희극적인 성격을 가미해준다는, 즉 "어조의 다양성"에 기여한다는 식으로 풀이한
   다.[cf. Mario Roques, 'Introduction' du *Chevalier de la charette*, 『랑슬로[중]』, pp. 29-32.] 그러나
   캔버스의 흰 바탕을 특이한 색조로 물들여 놓고 있는 그들이 어쨌든, '시끄러운' 존재들이라면, 즉
   주인공의 평판을 결정하기도 하고(랑슬로가 수레를 탔다는 데 대한 수군거림처럼) 그에게 하소연하기
   도 하며(떠나는 페르스발에 대한 성주민들의 애곡) 혹은 그와 싸움을 벌이기도(『그랄 이야기』에서
   고뱅에 대한 공격) 한다면, 그들은 단지 배경일 뿐만 아니라, 최소한 "익명의 성가대"[J. C. Payen,
   'Le peuple dans les romans de Chrétien de Troyes', in *Europe* N° 642, octobre 1982, p. 62.]로서
   중심 인물들의 행동과 내재적인 상관관계를 맺고 있다고 하지 않을 수 없다.
50) M. Roques, 'Introduction' du *Chevalier au lion(Yvain)*, 『이뱅[중]』, p. x.

에서의 '개인의식'을 거기에서 찾아볼 수 없을 것이며, 또한 단지 하나의 에피소드만을 이루는 것이라면 그것은 신비한 사랑 이야기의 향료 이상이 되지 못할 것이다.

　문제는 내용이 아니라 구조라는 것을 새삼 생각케 해주는 이러한 문제에 좀 더 본격적으로 접근하기 위해서는 그것들이 중심 인물들의 행동과 내재적인 관계를 이루고 있는가를 살펴보아야 할 것이다. 그런데 이 '구조'라는 것이야말로 크레티엥 드 트르와가 처음으로 의식적으로 소설에 필수적인 장치로서 이해한 것이다. 그에게 있어서, 그의 이야기가 변별적인 존재 이유를 가진다면, 그것은 내용에 있지 않고 구성(conjointure)에 있었다. 그는 오늘날까지 보존된 그의 첫 소설로 알려진 『에렉과 에니드*Erec et Enide*』에서 이렇게 말했던 것이다.

> et tret d'un conte d'aventure
> une molt bele conjointure.[51]

> 　그래서 한 모험의 이야기로부터 아주 잘 정돈된 이야기 하나를 짜
> 냅니다.

　그런데 잘된 구성(정돈된 이야기)을 짜낸다는 것은 이야기에 구조를 부여하는 것이 그 자체로서 하나의 주관적인 활동, 기왕에 존재하는 것에 대한 독특한 변형임을 암시한다. 왜냐하면, 그것은 "잘 말하고 잘 알려줄(aprandre) 수 있도록 궁리하고 모든 방식으로 실험"[52]함으로써 이루어지는 것이기 때문이다. 그 궁리와 실험이 단순히 이야기 기술을 의미하는 것일까? 크레티엥이 그 말을 하기 위해서 무슨 말을 먼저 꺼내는

---

51) 『에렉[중]』, v.13-14; 『에렉[현]』, p.1.
52) 『에렉[중]』, v.11-12.

지 눈여겨 살펴 볼 필요가 있다. 그는 하나의 민간 속담으로부터 시작
하는데, "사람들이 깔보는 것은 생각보다 더 가치가 있다"[53]는 것이 그
것이다. "따라서 무엇이든 자신이 아는 바를 끝까지 잘 풀어내는 사람
이 잘 하는 사람인 것이니, 왜냐하면, 그걸 하지 않았다가는 뒷날 사람
을 즐겁게 해줄 무언가를 침묵 속에 지나쳐버리는 잘못을 범할 수도 있
기 때문이다. 그래서 크레티엥 드 트르와는 주장하는 바, 합리적으로
행동하려면, 사람들은 저마다 잘 말하고 잘 알려줄 수 있는 법을 궁리
하고 모든 방식으로 실험해야 한다."[54]

크레티엥의 전언은 두 가지이다.

> ⅰ) 모든 것은 가치가 있다.
> ⅱ) 중요한 것은 구성이다.

그리고 이 각각의 전언에는 그것들과 반대되는, 따라서 크레티엥이
은밀히 반박하는 두 개의 상투적인 견해가 있다. 하나는 존중할 대상과
업신여길 대상을 편가름하는 사람들(귀족들? 왜냐하면, 그 속담을 이야기하는
사람들은 평민들(vilains)이기 때문에)의 편견이며, 다른 하나는 삶의 내용들,
다시 말해 이야기 그 자체의 내용만을 고려하는 편협한 이해 혹은 독서
이다. '따라서'로 연결된 이 두 전언을 이어 해석하면, 크레티엥이 말하
는 전반적인 내용이 드러난다. 즉, '소설의 구성은 이야기들을 잘 조직
함으로써 그 내용 이상의 무엇을 새겨놓는 바, 그것은 오늘날의 사람들
의 편견으로는 하찮은 것일 수 있겠으나, 미래의 사람들에게는 즐거움
을 줄 것이다', 라는 것이 그것이다. 그 미래가 무엇인지는 묘사된 바가

---

53) 『에렉[중]』, v.1-3.
54) 『에렉[중]』, v.5-12.

없으나, 그것이 오늘날의 삶, 즉 기존 질서의 반대편에 있다는 것은 분명하다. 그러니까, 크레티엥의 소설은 이야기를 되풀이하면서, 온갖 궁리를 다해 그 내용과는 다른 것을 새겨 넣는다. 한 모험의 이야기로부터 잘된 구성을 "짜낸다(tret)"는 것의 실질적인 의미가 거기에 있을 것이다. '짜낸다(tirer)'는 단어 자체가 그 이중의 놀이를 적절히 환기한다. 어원을 존중한다면, 그것은 고 불어의 martirieer(martyriser)로부터 유래한 것이니,[55] 구성이란 하나의 대상으로부터 정수를 뽑아(압착하여) 본래의 대상을 넘어서는 무엇을 가공한다는 의미를 가장 적절히 암시할 수 있는 단어인 것이다. 그러니, 소설적 구성은 고정관념의 초월이며, 기존의 것에 대한 은밀한 거부이자 어떤 새로운 삶에 대한 조직적 환기가 아니겠는가? 그 구성이 잘 말하는 법이며, 동시에 잘 알려주는(aprandre [apprendre, instruire]) 법인 것은 그 때문일 것이다. 그것은 단순히 장식적인 기술이 아니라, 깨우침의 기술이기 때문이다.

그렇다면 앞에서 중세 작가의 비주체성의 증거로 제시되었던 『수레의 기사』의 한 대목은 달리 해석되어야 한다. 크레티엥은 백작 부인으로부터 이야기의 제재와 의미를 제공받았지만, 온갖 궁리를 다하여 그 이야기를 교묘히 변형시켜서, 부인의 본래의 의도와는 다른 무엇을 그의 이야기 뒤에 배접시킨다. 소설은 이야기를 글로 옮기는 행위이며, 동시에 이야기를 글로 변형시키는 행위인 것이다.

이러한 분석이 타당성을 갖는다면, 중세의 소설은, 적어도 크레티엥 드 트르와의 소설은 "이중의 텍스트"[56]로서 세심하게 읽힐 필요가 있다. 방금 위에서 인용했던 대목, 즉 300명의 헐벗은 처녀에 대한 묘사도 마찬가지이다. 그 대목은 단지 대상의 현실성과 묘사의 구체성만으로

---

55) A.J. Greimas, *Dictionnaire de l'ancien français*, Larousse, 1968, p.629.
56) Roger Dragonetti, *op. cit.*, p.42.

돈보이는 것이 아니다. 이 대목의 생동성은 무엇보다도 그 현실적인 배
경을 무대 전면의 등장인물들에게로 전파시키고, 인물들 사이에 감정의
교류를 일어나게 하고 있다는 점에 있다. 바로, 시선을 통해서 "그는 그
네들을 바라보고 그네들도 그를 보다가 / 고개를 숙이고 모두가 울음을
터뜨립니다." 마주친 시선은 사랑의 모험의 기사를 순식간에 실제적 삶
의 한복판으로 밀어넣고, 그러나 동시에 그 실제적 삶의 해결이 급격하
게 막히는 것을 경험케 한다("고개를 숙이고 모두가 울음을 터뜨립니다.") 그
시선은 현실에 대한 깨달음을 제공하며, 동시에 그것을 오래도록 지연
시킨다. "그렇게 오래 있습니다." 다시 말해 성찰의 자리를 열어놓는 것
이다.[57) 그런데 그 깨달음과 성찰의 매개자가 시선이라는 것은 의미심
장하다. 왜냐하면, 겉으로 드러나기에 중세의 문학은 장식의 예술이며,
따라서 무엇보다도 시각을 가장 잘 활용하기 때문이다. "궁정성
(courtoisie)의 등장 이후 '미학적' 감상의 대상이 되는 것은 특히 여성의
육체이다. [⋯] 궁정문학은 일반적으로 그의 감상을 표면(contenance), 형
태(faiture), 외양(sanblant), 눈(oils > uelz), 머리카락(chevels), 눈썹(sourcils),
드물게는 가슴(poitrine)과 유방(mamele), 가장 빈번히는 얼굴(vis, viaire) 혹
은 살(chiere), 육체(cors), 그리고 또한 손(mainz)에 한정하였다."[58) 겉으로
드러나기에, 궁정 문학의 시선은 아름다운 외관들(만)을 드러내고 신비
화하는 것이다. 위의 대목에서도 헐벗은 처녀들을 알게 해주는 시선 이
전에 아름다움을 발견하는 시선이 이미 있다. 여인들은 '금실'과 '비단
실'을 짜는데 최고도의(au mialz) 솜씨를 발휘하는 것을 이벵의 눈(ialz)이
보고 감탄하는 것이다. 그 똑같은 시선이 이번엔 가장 추한 광경을 목

---

57) 따라서 이 대목이 지연시키는 것은 두 주인공의 해후가 아니다. 그것은 현실에 대한 인식을 지연시
    킨다. 다시 말해 연장시킨다. 그 연장이 성찰의 자리를 여는 것이라면, 그것이 무엇을 생성하겠는
    가? 데리다의 차연(différance) 개념을 빌리자면, 그것은 지연(différer)시킴으로써 변화시킨다.
58) Georges Matoré, *Le vocabulaire et la société médiévale*, PUF, 1985, p.201.

격한다. 그리고 그것은 스스로를 암흑 속에 가두는 시선으로 바뀐다. "땅을 눈에 박은 채로." 그렇다면 똑같은 시선 내부에 두 개의 시선의 분화가 일어나는 것이다. 최고도의(au-m-ialz) 아름다움을 목격하는 시선과 암흑에 갇힌 시선들(lo-r-ialz). 그리고 그 분화의 결정적인 계기는 이벵과 여인들의 눈의 마주침으로부터 왔다. 시선에 대한 시선, 즉 대상을 바라보는 시선 속으로 그 대상의 시선이 다시 되쏘임으로써 일어난 것이다. 그러니까, 이 대목은 궁정적 모험의 외면적 구조를 그대로 수용하면서 그 구조에 대한 반성적 되풀이를 통해 완전히 전도된 세상을 직접적으로 드러내고 있다고 할 수 있다. 게다가 이 대목은 당황한 중세 연구가들의 해석처럼 그저 "우발적으로 끼어든" 것만이 아니다. 그것은 그 나름의 구조적 관여성을 가지고 있다. '불길한 모험(Pesme-Aventure)' 성에서 있었던 이 사건은 로딘느와의 약속을 어긴 데 대한 이벵의 참회의 시련 중 사실상 마지막 시련에 해당하는데,[59] 그 성의 이름이 그대로 암시하는 바, 기사도 모험의 은밀한 반전이 이 모험을 사이에 두고 일어나기 때문이다. 가장 두드러진 부분은 로딘느와의 사랑을 되찾는 결말부이다. 결말부는 이벵이 처음 로딘느와 결혼하게 되는 서두(이벵의 모험의)의 되풀이인 바, 그러나 기본적인 절차는 동일하면서도, 그 분위기, 그리고 인물들의 행동 양태는 완전히 뒤바뀌어 있다.[60]

　이상의 분석을 통해 알 수 있는 바는 다음과 같다. 중세의 소설은 단순히 보편적 규범의 문학적 형상화도 그로부터의 공상적 도피도 아니다. 그것은 무엇보다도 '구성된' 이야기이다. 그 구성은 중세의 소설이 적어도 두 개의 텍스트가 겹쳐져 있다는 것을 의미하는 것으로, 그 하나는 기사도적 사랑의 모험이며, 다른 하나는 그 모험과 함께 보조를

---

59) Noire-Epine 성주의 작은 딸을 위한 Gauvain과의 결투는 일어나지 않기 때문이다.
60) 이 되풀이와 변형의 실제에 대해서는 본론에서 분석될 것이다.

맞추면서 전개되는 어떤 새로운 모험이다. 그 모험은 그러니까 기왕의 모험을 시늉하는 동시에 변형시킨다.[61] 그 새로운 모험이 무엇인지, 지금으로서는 알 수 없으나, 그것이 표면적 주제인 기사도적 사랑의 모험을 은밀히 뒤집고 변형시키는 '불길한 모험'임은 확실하다. 그것이 기존의 일원적 세계를 열고 변형시킨다는 점에서, 그것은 단순한 세계로부터의 도피도, 혹은 심지어 중세의 위기에 대한 감각[62]도 아니라, 세상에 대한 쇄신 혹은 세상 자체의 상대화(이중화)라는 은밀한 음모를 실천한다. 다시 말해 어원에 충실한 가장 포괄적인 뜻으로서의 근대성의 차원에 중세의 소설은 놓이는 것이다.

이제 우리는, 중세의 소설의 복권을 통해 소설의 구성적 원리에 대한 새로운 가능성을 찾고자 한 우리의 의도에 그 나름의 존재 이유를 부여할 수 있게 되었다. 중세 소설의 근대성은 형용 모순이 아니라, 일종의 은폐된 사건이었던 것이다. 그러나 우리가 더욱 놀라는 것은 크레티엥 자신이 그러한 은폐를 능동적으로 활용하고 있다는 것이다. 그것은 그 은폐가 오늘의 이데올로기가 부여한 것만은 아니라는 것을 보여준다. 그것은 중세의 문화적 정황 그 자체로부터 필연적으로 솟아나 세계에 대해 가해지는 일종의 힘이었다. 위의 탐구들을 통해 우리가 분명하게 암시받을 수 있는 것은 중세 소설에는 두 개의 힘의 길항이 내재되어 있다는 것이다. 즉 한편으로, 중세의 소설을 보편 이념의 표현 도구로 만들려는 힘이 강력하게 소설 주위를 압박해왔다는 것이다. 크레티엥 작품에서 빈번히 발견되는 전거에 대한 언급과 후원자에 대한 찬양은

---

61) "이야기의 얽힘 속에서 진실로 작동하는 것은 말들의 위장 속에서만 움직이니, 말들은 뻔뻔스럽게 서로를 흉내 내고 서로 장단 맞추어, 틀림없이 더욱 잘 울리는 이야기를 조작한다." Charles Méla, *La reine et le Graal, La conjointure dans les romans du Graal, de Chrétien de Troyes au Livre de Lancelot*, Seuil, 1984, p.9.

62) cf. Erich Auerbach, *op.cit.*, p.148.

그것을 증거한다. 그러나 또한 그 이념적 요구를 작가는 수락하면서 그 안에 그에 대한 강력한 거부를 새겨 넣는다. 은폐는 수동적일 뿐만 아니라 동시에 적극적인 전술이었던 것이다. 바로 그러한 은폐의 전략 속에서 중세적 텍스트를 가장한 근대적 시도가 중세의 소설에서 나타났다고 할 수 있다.

그렇다면 그러한 능동적 전략은 어디에 그 근거를 두고 있는 것일까? 미슐레의 교훈은 그에 대한 적절한 시사를 제공한다. 르 고프가 읽은 바에 따르면, 1862년 이전의 미슐레는 중세에서 아무런 긍정적인 면모를 발견하지 못한다. "중세는 절식과 슬픔과 권태의 긴 터널이었던 것이다."[63] 그러나 1862년에 그 암흑의 세계에 한줄기 빛이 새어들어가게 되니, 그것은 그가 『마녀Sorcière』를 쓰면서부터이다. 즉, 그 제목이 암시하는 바, 미슐레는 중세 자체로부터 악마(Satan)로 취급되었던 사람들 혹은 악마적인 것으로 치부된 행위들로부터 "거꾸로 된 중세(Moyen Age à rebours)"[64]를 길어내었던 것이었다. 그 악마적인 것은 그 내용으로서도 반-현실적인 것이었다. 왜냐하면, 마녀가 육체에 관계하는 세 가지 기능은 "치료하고, 사랑하게 하며, 죽은 자를 불러오는" 것이었던 것으로, "사탄에 대해 말한다는 것은 의식 혹은 사회와는 다른 곳에 위치하는 질병, 특히 육체 속에 위치하는 질병에 대해 말하는 하나의 방식"[65]이었던 것이기 때문이다.

미슐레의 교훈이 암시하는 것은 분명하다. 그것은 억압된 것의 존재와 삶, 즉 세계 구성의 운동을 말해준다. 풀어 말한다면, 중세는 공식적인 차원에서도 결코 단일한 세계가 아니었다. 그것은 어떤 가름의 기준

---

63) Jacques Le Goff, *Pour un autre Moyen Age*, Gallimard, 1977, p.37.
64) *loc. cit.*
65) *ibid.*, p.38.

에 의해 억압된 또 하나의 중세(사회 혹은 의식에 있지 않고 육체 속에 거주하는)를 만들어내고 있었으니, 그 억압된 세계는 단순히 피압박이라는 성질만을 가지고 있는 것이 아니라, 그의 고유한 삶, 즉 터전과 역사를 가지며 그것들을 이루어내면서 세계의 표면으로의 복귀, 혹은 세계의 전복을 음모한다. 이른바 '억압된 것의 회귀'가 삶의 사슬을 이루며 짜여지는 것이다. 하지만, 억압된 것의 회귀는 동시에 억압의 회귀이기도 하기 때문에 그것은 해방된 형식으로 혹은 충만한 힘으로 드러나지 않고 오직 '질병'의 오랜 치유—견딤 혹은 다스림으로서만 드러난다. 근대적 텍스트가 표면의 텍스트의 그림자로서 항상 존재하는 것은 그것과 관련이 있다. 따라서 우리는 그 질병의 진원과 그 역사를 추적하는 것으로부터 본론을 전개해야 할 것이다. 중세적 질서 혹은 중세 문화의 무엇이 소설이라는 사생아의 씨앗을 뿌렸는가? 그 수태로부터 분만에 이르기까지의 기간은 어떤 삶을 가지고 있는가? 2장의 주제는 그것이 될 것이다.

마지막으로 작가의 선정에 대한 이유를 밝혀야 할 것이다. 중세의 소설가는 헤아릴 수 없이 많은데, 왜 하필이면 크레티엥 드 트르와인가? 일차적으로는 그의 소설의 신비한 매력으로부터 연유하는 것이리라. 크레티엥 드 트르와라는 특이한 이름의 작가는 오늘날의 "대중은 잘 모르겠지만 중세 연구가들에게는 탐구와 성찰과 그리고 논쟁의 고갈될 줄 모르는 원천"[66]임은 중세 연구가들 자신의 입을 통해 토로되고 있다. 그러나 그 끝없는 매력의 원인은 어디에 있는가? 그것이 우리의 실질적인 관심을 이루는 것이겠지만, 우선은 두 가지 대답이 있을 수 있겠다. '구성'이 그 하나라면, '언어'가 그 둘이다. 앞에서 논의했듯, 크레티엥

---

66) Françoise Han, 'Le premier romancier français', in *Europe* N° 642, octobre 1982, p.3.

드 트르와는 소설적 '구성'의 문제를 최초로 의식적으로 이해하고 실천한 작가이다. 그런데 지금까지의 논의로 본다면, 구성이란 근대성의 형식에 다름 아니다. "최초의 시도들은 그보다 앞서 있었지만, 그가 온 다음에야 그 모든 것은 형태를 갖추게 되었다"[67]는 말은 그것을 명료하게 암시한다. 두 번째 이유는 그가 공식적으로 알려져 있는 최초의 프랑스계 소설가라는 점에 있다. 물론 동시대의 많은 소설가가 있었고, 그들도 분명 프랑스어의 소설을 썼다. 그러나 토마(Thomas)도 마리 드 프랑스(Marie de France)도 베룰(Béroul)도 모두 앙글로-노르망, 즉 영국에 이주한 사람들이었다. 대륙의 한 복판에서 그곳의 방언으로 소설을 쓴 사람은, 알려지기로는, 크레티엥 드 트르와가 처음이다. 이 "오일(oïl)어를 사용한 최초의 음유시인"[68]에 대해 동시대의 한 시인은 "그는 양손 가득 프랑스어를 담고 있었다."[69]고 말한다. 그것은 그의 소설적 언어가 프랑스 문학의 실존적 뿌리와 깊게 맞닿아 있다는 시사를 제공한다. 따라서 크레티엥 드 트르와의 소설은 중세 문학의 문학적 가치를 회복시키는 점에 있어서나, 중세 소설의 근대적 원리를 찾아보려는 시도에 있어서나 두루 가장 적절한 대상이 될 수 있을 것이다.

1.2. 상호-텍스트적 관점의 의의

크레티엥 드 트르와의 소설을 탐구하는 데에 있어서 우리는 기본적인 탐구의 방법론을 상호-텍스트적 관점으로부터 빌려오고자 한다. 그

---

67) Paul Zumthor, 'Le champ du romanesque', in *Europe* N° 642, Oct. 1982, p.28.
68) Charles Méla, 'La mise en roman', in *Précis de littérature française du Moyen Age*, sous la direction de Daniel Poirion, PUF, 1983, p.100.
69) M. Bloch, *La société féodale*, Albin Michel, 1989, p.161.

것은 다음과 같은 이유에서이다.

첫째, 상호-텍스트적 관점은 기왕의 역사적 탐구가 자주 노출해 온 실증주의의 함정을 벗어나 더욱 풍요로운 분석과 이해를 가능하게 한다는 것이다. 이에 대해서는 그리스·로마의 고대 소설의 '탄생'을 논의하는 데 있어서 통시적 관점이 아니라, 상호-텍스트적 관점을 과감히 도입한 푸지오의 다음과 같은 발언을 참조하는 것이 유익할 것이다.

> 상호-텍스트적 접근은 고대 소설을 연구하는 데에 결정적인 것임이 드러난다. 그러나 지금까지 그 작품들을 과소 평가해 온 비평은 그의 모든 노력을 작품들의 출처(sources)에 집중시키고, 그에 대한 내재 분석을 등한시하였다. 실증주의적 시각 하에 사람들은 이 문학 장르의 모태들에 대한 가정들만을 무한히 증식시켜 왔던 것이다.[70]

푸지오의 이 발언은 소설을 포함한 문학 일반을 바라보는 데에 대한 하나의 이념적 태도를 함축하고 있다. 텍스트 간의 상관성을 내재 분석과 연결시키고 있다는 것이 문제의 초점이다. 그 태도는 문자 그대로서는 일종의 모순 논리에 의해 이루어져 있다. 왜냐하면 그것은 외부적 연관에 대한 이해는 내부적 구조의 분석과 같은 궤도에 있다고 말하는 것이기 때문이다. 그러나 좀 더 자세히 살펴본다면, 그것은 소설 연구에 아주 의미있는 시각을 제공한다. 우선 인용문 그 자체로부터 제기된 문제를 살펴보자.

그의 주장은 종래의 연구 태도에 대한 반대를 표명하면서 나타나는 바, 그 둘의 대립은 이렇게 요약될 수 있다.

• 실증주의적 시각 : 텍스트의 모태 연구→작품 외적 조건에 의한

---

70) M. Fusillo, *op.cit.*, p.19.

작품 자체의 망실
* 상호-텍스트적 접근 : 텍스트 간의 외적 연관 연구 → 내재 분석
  을 통한 작품의 의미 부여

이 두 개의 방정식은 모두 역설로 구성되어 있다. 상호-텍스트적 접
근의 역설이 지금 문제의 자리라면, 실증주의적 시각의 역설은 후자의
역설의 까닭 혹은 의의를 밝히는 조명등으로서 기능한다. 실증주의적
시각은 텍스트 그 자체에 침닉함으로써 거꾸로 텍스트의 외적 조건으
로 텍스트의 의미를 환원시키고 말았다는 것이 이 방정식의 핵심적 전
언이다. 이러한 실증주의적 태도의 오류에 대해서는 1960년대의 바르트
/피카르의 신구논쟁 이후 누차 논의되어 온 바 있으니, 더 이상 자세하
게 되풀이한다는 것은 별 의미가 없을 것이다. 여기서 중요한 것은 실
증주의의 함정을 거꾸로 뒤집음으로써 더욱 생산적인 연구의 방법을
찾아낼 수 있다는 것이다. 즉, 내재적 집착이 외재적 종속을 낳았다면,
외적 열림은 오히려 내적 구조를 명료하게 드러내 줄 수 있다는 것이
다. 왜냐하면, "본질적으로 다른 언술들과의 관계가 배제된 언술은 존
재할 수 없"[71])기 때문이다.[72]) 그러나 모든 언어 활동이 본질적으로 상
호 연관적이라는 것이 기본 전제라면, 더욱 적극적인 의미, 소설에 있어

---

71) Tzvetan Todorov, *Mikhail Bakhtine, le principe dialogique*, Seuil, 1981, p.95.

72) 상호-텍스트(intertextualité)의 개념이 크리스테바가 바흐찐의 '대화' 이론을 생산적으로 재구성함으
  로써 도출되어 널리 퍼진 개념임은 널리 알려져 있다. 따라서 그 개념이 왜 본질적인가하는 의문에
  대한 대답을 얻기 위해 바흐찐에게 귀기울여보는 것도 좋을 것이다. "대화는 언어의 삶에서 유일하
  게 가능한 공간"(Julia Kristeva, 'Le mot, le dialogue et le roman', in Σημειωτικη : *Recherches
  pour une sémanalyse*, coll. Points., Seuil, 1969, p.87.), "고립된 사물은 형용모순이다"(Mikhail
  Bakhtine, *Esthétique et théorie du roman*, Gallimard, 1978, p.72.)라는 발언에서 알 수 있듯이 바
  흐찐에게 있어서, 언어 혹은 텍스트의 상관성은 단순히 당위적 개념이 아니라, 필연적인 존재론적
  개념이다. 그에게 대화는 사회적 주체들의 모든 활동의 기본 양태이다. 바흐찐에게 있어서 '독백주
  의'는 있으나, '독백'은 없다고 할 수 있으며, 그것은 이 연구에도 같은 원리로 작용한다. cf. *ibid.*,
  p.157 sq.

서는 그 의미가 더욱 중요한, 능동적 의의가 또한 있다. 그것은 다음과
같다.

첫째, 상호-텍스트적 접근은 분석 대상과 참조 대상들 사이에 동질적
인 연속성이 아니라, 이질적 연관성을 수립하게 한다. 하나의 인류학적
사실로서의 소설은 그에 선행하는 다른 장르들, 혹은 소설가의 개인적
이력의 연장선상에 있는 것이 아니라, 그것에 대해 실존적인 대답을 취
하는, 즉 그것을 받아들이거나, 그것에 저항하고, 그것을 심화시키거나
혹은 그것을 극복하는 운동으로서 자신을 세우는 것이다. 이러한 관점
은 소설의 경우 특히 강조될 수 있다. 왜냐하면, 이미 지적한 바 있듯
이, 문학 장르들 중에서 소설을 구별해주는 기본적 특성이 바로 소설의
무규범성이기 때문이다.[73] 그 무규범성은 곧 공식적 장르들이 엄격하
게 요구하는 규칙들 그리고 그 규범적 성격에 대한 일탈을 의미한다.
자크 로랑(Jacques Laurent)의 말을 빌린다면, "소설의 일용할 양식은 규칙
일탈(dérèglement)이다."[74] 이 규범으로부터의 일탈성 때문에 소설은 하
급 문학으로 치부되어 서사시의 타락한 배냇동이 정도로 격하되기 일
쑤였으나, 그러나 문제는 거기에 있는 것이 아니라, 그러한 지속적인 핍
박에도 불구하고 오늘날 소설이 문학 내에서 가장 주도적인 위치를 차
지하고 있다는 데에 있다. 그것은 소설의 규칙 일탈의 특성은 문학의

---

73) 소설의 무규칙성은 너무나 자주 지적되어온 것이기 때문에, 그에 관한 발언의 예를 들기가 거의 무
   의미할 정도이다. 이 연구가 실증을 요구하는 성격을 가지고 있다는 점을 감안하여, 가장 최근에
   나온 발언 하나만 보기로 들겠다. "소설은 모든 장르들 중에서 가장 규칙적이지 않은 장르로 간주
   된다. '소설은 규칙을 가지고 있지 않다. 그에게는 모든 것이 허용된다'라고 로제 까이으와는 확언
   한다. 레이콩 크노는 이렇게 확증한다. '시가 수사학자들과 규칙 제조가들에게 축복된 땅이라면, 소
   설은 그가 존재하기 시작한 이래, 어떤 규칙에서도 빠져나갔다. 누구라도 제 앞에 무제한의 인물들
   을 거위 떼를 몰듯 몰고갈 수 있으니, 그 인물들은 외면적으로는 실제상의 사람들인 것처럼 나타나,
   그 역시 무한정한 면수와 장들의 기나긴 광야를 거쳐간다.'" Bernard Sève, 'Le roman comme
   enthymème', in *Littérature*, N° 86, Mai 1992, Larousse, p.102.
74) Bernard Vallette, *Esthétique du roman moderne*, Nathan, 1987, p.7에서 재인용.

쇄신적 성격에 상응한다는 것을 보여준다. 따라서 소설은 '가장 늦게 태어난' 장르이며, 동시에, 늦게 태어난 장르로서 기존의 장르들이 요구하는 형식적 제약들을 넘어서 이론적 약호로부터의 해방, 문체의 자유를 추구한다. 그런 의미에서 소설은 "철저히 이질적인" 장르이고 "열린 형식"[75]이라고 할 수 있다.

둘째, 상호-텍스트성은 동시에, 그 소설의 자유가 독단적인, 혹은 단독의 자유가 아니라는 것을 의미한다. '상호-텍스트'의 개념은 관계를 근본적인 전제로서 놓는 것이며, 소설에 그것이 두드러지게 적용될 수 있다는 것은 소설이 다른 어느 장르보다도 더욱 홀로 독립적으로 존재할 수 없다는 것을 보여준다. 서정시와 비극이 자신만의 고유한 규칙을 가질 때에도, 소설은 그럴 수가 없고, 오직 다른 장르들에 의거해서만 그리고 그것들에 반해서만 존재할 수가 있는 것이다. 그러나 다른 것에 의거해서만 존재할 수 있기 때문에, 소설은 거꾸로 기왕의 장르가 수립해 놓은 모든 형식적 규칙들을 수용한다. 그 수용은 수동적 추수라기보다는 오히려 능동적인 전유이다. 왜냐하면, 소설은 한 장르로부터만 형식을 배우는 것이 아니라, 모든 장르, 더 나아가 모든 삶으로부터 내용과 형식들을 취해 자기 것으로 삼으며, 그것들을 본래 쓰이던 용도와는 다른 방식으로 자유롭게 이용하고 변형하기 때문이다. 그에 대해서는 로베르가 놀란 눈길로 나열하고 있는 소설의 '엄청난' 자유를 그대로 옮겨놓는 것이 좋을 듯하다.

소설의 역사적 행운은 분명, 문학과 현실 양자가 공히 똑같은 관용으로 그에게 베풀어준 엄청난 특권들로부터 연유한다. 문학으로부터, 소설은 그가 원하는 것을 빠짐없이 얻어낸다. 묘사, 서술, 드라마,

---

75) M. Fusillo, *op.cit.*, p.18.

에세이, 주석, 독백, 담화 등으로 자기 나름의 목적에 이용할 수 있다; 차례차례건 동시적으로건 우화, 역사, 교훈담, 전원시, 연대기, 콩트, 서사시가 될 수 있다; 어떠한 제약도 어떠한 금지도 주제, 배경, 시간, 공간을 선택하는 데 그를 제한하지 못한다; 그가 통상 복종하는 유일한 금기는, 그의 산문적 소명인데, 그러나 아무도 그에게 그것을 절대적으로 준수하라고 강요할 수는 없다. 그는 자신의 판단이 정당하다고 생각하면, 시들을 포함할 수 있으며, 혹은 간단히 '시적'일 수 있다. 그가 어떠한 다른 예술 형식보다 더 밀접한 연관을 유지하고 있는 현실 세계로 말할 것 같으면, 그것을 충실히 묘사하거나, 그것을 일그러뜨리거나, 그 크기와 빛깔을 존중하거나 왜곡하거나, 그것을 판단하거나 하는 것은 소설의 자유다; 그는 자기 이름으로 발언을 할 수도 있으며, 단지 그 허구 세계 안에서 떠올려 본 것을 가지고 삶을 변화시켜야 한다고 주장할 수도 있다. 그의 판단이나 묘사에, 그가 애착을 갖고 있다면, 그것에 책임을 느끼는 것은 그의 자유다. 그러나 아무도 그것을 강요하지 않는다. 문학도 삶도 그가 자신들의 재산을 횡령한 방법에 대해 책임을 묻지 않는다.[76]

소설의 적극적 의의의 두 번째 항목에 대한 증거로서 제시된 이 기다란 문단은 단순히 소설에게 부여된 자유의 무한성을 실증하기 위해 인용된 것은 아니다. 그것은 첫 번째 항목에서 이미 말해진 바가 있다. 여기서 중요한 것은 소설의 자유는, 그 정도가 어떠하든, '다른 것들에 대한 자유'라는 것이다. 좀 더 정확히 말하자면, 소설의 자유는 다른 것들에 '의거해서만' 열리고, 그러나 독립적으로 존재하는 것보다 더욱 더 다른 것들에 '대해' 자유를 구가한다는 것이다. 소설은 이질적이려고 할수록 동질성을 확보해야 하며, 유사해지면 질수록 기존의 어느 무엇과도 닮지 않은 것이 될 수 있다. 소설의 "상대 없는 자유"는 동시에

---

76) Marthe Robert, *Roman des origines et origines du roman*, Grasset, 1972, p.15.

"기생의 자유"[77]인 것이다. 그런 의미에서 소설은 구속과 자유 사이의 양극의 변증법의 자장을 움직인다고 할 수 있으며, 소설이 '열린 형식'이라는 앞의 정의는 소설은 '세상 속으로 열린 형식'이라는 말로 보충되어야 할 것이다.

셋째, 소설이 이와 같은 열린 형식의 자유라면, 그것은 소설 자체에도 적용되지 않을 수 없을 것이다. 즉, 소설은 기존의 공식 장르들에 근거하면서 동시에 그들로부터 일탈할 뿐 아니라, 또한 소설의 내부도 그러한 구속과 해방의 변증법을 통해 이루어진다. 소설의 내재적 운동 방식 자체가 끊임없는 참조와 일탈을 통해서 자기 갱신을 수행해나간다는 것이다. 그것은 세 가지의 세부적 의미를 띤다. 하나는 이 장의 맨 앞에 인용하였듯이, "진정한 소설은 기왕의 소설들을 부정함으로써 시작한다"는 것이다. 둘째, 그러나 우리가 연구할 대상은 소설의 발생기에 놓인 소설, 즉 '최초의' 소설이다. 그 소설이 부정할 '소설'이 어디에 있는가? 우리는 티보데의 이 명제를 크레티엥 드 트르와의 작품 내부로 끌어들임으로써, 그 명제의 의미를 좀 더 심화시킬 수 있다고 생각한다. 참조와 일탈의 운동이 소설의 내재적 구조 자체라면, '최초의' 소설인 크레티엥의 작품들은 그 자신 그러한 운동 방식을 통해서, 즉 부단한 내적 자기 갱신을 통해서 전개될 것이라는 것이다. 우리의 분석은 기본적으로 그 방향으로 나아가게 될 것이다. 셋째, 티보데의 명제를 외부로 확대시킨다면, 그것은 기왕의 소설론들에 대한 참조와 일탈을 통해 새로운 소설 원리의 가능성을 점쳐볼 수도 있을 것이다. 소설이 참조와 일탈을 거듭한다면, 그를 모태로 하여 태어난 아들인 소설론 또한, 그들 사이에서 그와 같은 참조와 갱신의 운동을 합법칙적인 자신의 삶의 몫

---

77) *ibid.*, p.14.

으로서 가질 수 있을 것이다. 타락한 서사시라는 폄하로부터 소설의 자기 권리를 주장하기까지, 그리고 소설의 현실성으로부터 그 허구의 의미를 길어내기까지 지금까지의 소설론들은 스스로 갱신의 운동을 실천해왔고 그것을 자체 내의 법칙으로 발전시켜 왔으리라는 짐작을 할 수 있는 것이다.

그렇다면 실제로 크레티엥의 소설은 이러한 방법론을 적용하기에 적절하다는 기초적인 근거를 제공하고 있는가? 우리는 앞 절, 즉 소설의 근대성을 논의하는 자리에서 중세의 소설은 단순한 이야기가 아니라 '구성된' 이야기이며, 그 구성은 시늉과 변형이라는 이중적 과정을 통해 나타날 것이라는 것을 암시받은 바 있다. 아마도 『클리제스Cligés』의 서두는 그 시늉과 변형이 또한 크레티엥 소설의 내적 원리라는 짐작을 가능하게 해 줄 것이다.

우선, 작가는 『클리제스』의 전반부에 해당하는 '알렉상드르(Alexandre)'에 관한 이야기가 "보베의 성 베드로 도서관의 책에 씌어져 있는" 것이며, 따라서 "이야기의 진실성이 보증되는 만큼 더욱 믿을 만하다고"[78] 말한다. 그런데 크레티엥 드 트르와의 '알렉상드르' 이야기가 도서관의 책의 이야기를 그대로 베낀 것이라면, 사실상 상호-텍스트적 탐구는 아무 의미가 없을 것이다. 그곳에는 이질적인 텍스트들 간의 상관성이 있는 것이 아니라, 그 행위가 소설적으로는 아무 뜻이 없는 동일성의 되풀이만이 있을 것이기 때문이다. 하지만, 크레티엥 드 트르와의 말은 아주 미묘하게도 그의 베끼기가 단순한 복사 이상의 것임을 암시한다. 우선, 위의 진술 자체가 주는 암시이다.

---

78) 『클리제스현』, p.11.

Ceste estoire trovons escrite,

Que conter vos vuel et retraire,

En un des livres de l'aumaire

Mon seignor saint Pere a Biauvez;

De la fu li contes estrez

Qui tesmoingne l'estoire a voire.

Por ce fet ele mialz a croire.

내가 여러분께 이야기하려고(conter vuel et retraire) 하는 이 이야기(estoire)는 보베의 성 베드로 도서관에 있는 책들 중에 씌어져 있는 것이 발견된 것입니다; 거기서 그 얘기(contes)를 뽑았으니, 그것은 이 이야기(estoire)의 진실성을 증거합니다. 따라서 그것은 이 이야기를 더욱 믿을만하게 해줍니다.

먼저, 문제가 되는 부분은 크레티엥 드 트르와가 원본과 자신의 이야기에 각각 다른 명칭을 사용하고 있다는 것이다. 게다가 그가 말하는 방법은 특히 주목할 만하다. 그는 자신의 이야기가 '도서관의 책 속의 이야기와 동일한 것이니, 진실이다'라고 주장하는 것이 아니라, 도서관의 책의 이야기(contes)가 내 이야기(estoire)의 "진실성을 증명"하는 바, "따라서 더욱 믿을만하다"고 말하는 것이다. 원본은 자신의 이야기와 동일한 것이라기보다는 자신의 이야기에 대한 외부의 보증인일 따름인 것이다. 다음으로 시사적인 대목은 19행, 즉 인용된 두 번째 행의 conter et retraire이다. retraire는 '이야기하다(raconter)'의 뜻이니, 그 두 단어는 동의어이다. 그렇다면 작가는 왜 언어의 경제라는 관점에서는 용납될 수 없는 동어반복을 범한 것일까, 라는 의문이 제기된다. 그것은 단순히 운을 맞추기 위해서였을까? 주의 깊게 읽으면 conter가 원본의 이야기를 지칭하는 contes에 상응한다는 것을 알아차릴 수 있다. 그것에 착목한다면, retraire는 estoire에 상응한다고 가정할 수 있는데, retraire와 estoire 사이의 어휘론적 유사성을 암시해주는 것은 없다. 단지, retraire 는 라틴어 retrahere(retirer)에서 유래하는 것으로 그 뜻은 '이야기하다'라 는 뜻 외에 '끌어내다, 제거하다, 떼어내다' 혹은 '되돌아가게 하다, 되 돌아가다', '더욱 나쁘게 만들다, 망치다', '축약하다', '계보를 탈퇴하 다', '유사하다'[79) 등등 변형의 표지를 함축하는 뜻들을 대개 갖는다. 즉, 그것은 '이야기하다'라는 뜻 속에 '그에 기대어서(혹은 그로부터) 다른 이야기를 풀어내다'라는 뜻을 함축할 수 있다. 그렇다면 작가는 그 동 어반복을 통해서 은밀하게 자신의 이야기가 모델이 된 이야기의 도서 관의 책의 이야기의 색다른 변형임을 말하고 있는 것이 아닐까? 그리고 그의 이야기는 conter-contes의 어휘적 동일성이 가리키듯, 원본과 하나 도 다를 바 없는 이야기이지만, 동시에, 그와 병행하여 혹은 그에 기대 어서, retraire-estoire의 관계가 그러하듯이 완전히 새로운 이야기가 또 한 풀려나가고 있다는 것을 작가는 암시하고 있는 것이 아닐까? 즉 conter-contes/retraire-estoire는 동일성 속의 이질적 변화라는 소설적 절 차에 대한 작시법적 구현이 아닐까?

이러한 가정에는 작가의 수사학적 표현에 대한 지나친 해석이라는 의심이 주어질 수 있다. 그러나 치레에는 치레 나름의 이유가 있는 법 이다. 위의 예문을 그 자체로서 보는 데서 벗어나 바로 앞의 진술을 함 께 참조하면, 그러한 의심은 충분히 사라질 수 있다. 위의 예문에서의 이야기는 『클리제스』의 전반부에 해당하는 '알렉상드르'의 이야기이다. 그런데 작가의 본래의 목적은 알렉상드르에 대해서가 아니라, 클리제스 에 대해서 이야기하는 것이다. 그는 클리제스에 대해 이야기하기 위해

---

79) A.J. Greimas, *Dictionnaire de L'Ancien Français jusqu'au milieu du XIVe siècle*, Larousse, 1968, p.563.

그 이전에, 그의 "아버지의 생애"에 대해 말하겠다고 한다. 그런데 클리제스에 대한 이야기는 완전히 "새로운" 이야기이다.

Cil qui fist d'Erec et d'Enide,

Et les comandemanz d'Ovide

Et l'art d'amors an romans mist,

Et le mors de l'espaule fist,

Del roi Marc et d'Ysalt la blonde,

Et de la hupe et de l'aronde

Et del rossignol la muance,

Un novel conte rancomance

D'un vaslet qui an Grece fu

Del linage le roi Artu.[80]

『에렉과 에니드』를 짓고, 오비드의 『십계명』과 『사랑의 기술』을 소설로 만들고, 『어깨의 상처』, 『왕 마르크와 금발의 이죄』, 『후투티, 제비, 종달새의 변신』을 썼던 사람이 새로운 이야기 하나를 다시 시작합니다. 주인공은 그리스에 살았던 젊은이로 아더 왕의 가문에 속합니다.

아마도 클리제스에 대한 이야기가 conte란 단어로 지칭되고 있다는 것에 주목할 필요가 있는 것으로 보인다. 앞의 예문에서 원본 이야기를 가리키는 것으로 쓰였던 것이다. 이 예문에서는 원본에 해당하는 것은 오비드의 『십계명』과 『사랑의 기술』이다. 그런데 클리제스에 대한 이야기는 그냥 이야기가 아니라, "새로운 이야기(novel conte)"이다. 그리고 이 예문에서 그것과 유일하게 상응하는 실사는 romans이다. 즉 크레티

---

80) 『클리제스중』, v.1-10.

엥 드 트르와가 쓰는 로망은 옛날의 이야기(conte)와 같은 권위를 갖는 이야기이면서 동시에 아주 새로운 이야기인 것이다. 『클리제스』는, 그러니까, 양가적인 장르로서의 소설이다. 새로운 이야기이면서 동시에 옛 이야기에 기대어서 만들어진 것, 즉 과거의 것에 대한 창조적인 변형인 것이다. 그것은 나름의 독특한 내용과 구조를 가지고 있지만, 그러나 과거의 것과의 상관성에 대한 고려가 없으면 이해될 수 없다. 이러한 추론이 적합성을 갖는다면, 그것은 또한 왜 크레티엥 드 트르와가 클리제스에 대한 이야기를 하기 전에 알렉상드르의 이야기를 먼저 해야 했는지를 이해할 수 있게 해준다. 작품이 과거의 작품을 모태로 하는 어떤 계보(linage)에 속하듯이, 클리제스 또한 독립적인 인물이 아니라, 하나의 가문에 속하는 것이다. 그 계보는 위 예문들로 보자면 소설의 주성분을 차지하는 것들 모두가 관계하는 계보이다. 과거의 작품과 크레티엥 드 트르와 작품 사이의 계보, 크레티엥 드 트르와의 다른 작품들(『에렉과 에니드』…, 『어깨의 상처』…)과 『클리제스』 사이의 계보, 즉 작가의 여러 작품 사이의 계보, 그리고 인물들 사이의 계보. 물론 그 계보는 가문의 삶의 형식과 내용을 지속적으로 세습하게 되는 계보가 아니라, 끊임없이 변형을 일으키는 계보, 즉 동사 retraire의 한 뜻이기도 한 '계보를 탈퇴하는' 계보이다.

그렇다면 상호-텍스트적 관점은 이론적이고 실제적인 양 측면에서 합당성을 부여받는다. 소설이 '다른 것에 기대어서 태어난' 장르라는 점에서의 이론적 혹은 가설적 상호-텍스트성은 크레티엥 드 트르와 작품 자체가 보여주는 상호-텍스트적 구성에 의해서 그 실질적 근거를 얻는다고 할 수 있다. 그러나 우리는 '상호-텍스트'라는 용어의 사실적 지시성에 집착하지는 않을 것이다. 그것이 사실의 층위에서 지시하는 부면은 아마도 문학 작품 간의 상호 관련성이나 혹은 장르 간의 연관성이 될 것이다. 그러나 우리는 그것들을 지나치거나 혹은 그것들 밑에 가리어져 있는 부분, 즉, 사회·문화적 정황과 소설과의 관계, 그리고 작품 내부의 복수적 텍스트들의 겹침을 다룰 것이다. 전자의 문제는 이 연구가 '근대' '소설'의 발생기의 작품을 대상으로 하고 있다는 것과 관련되어 있다. 그것은 사회적 근대와 소설의 긴장 관계를 보지 않을 수 없게끔 하기 때문이다. 후자는 지금까지의 논의를 통해서 충분히 암시된 우리의 소설에 대한 가설적 관점과 관련되어 있다. 즉, 소설은 기본적으로 변형의 장르인데, 그러나 그 변형은 삶과 사물과 언어의 온갖 양상들을 모아 바꾸되, 초월이나 종합의 방향으로 수렴되지는 않을 것이라는 것이다. 오히려 소설은 '변형'을 내재적 원리 자체로 삼음으로써 스스로 끊임없는 자기 갱신을 거듭하거나 혹은 그러한 방향으로 열린 구조를 만들어낸다는 것이다.

따라서 탐구의 기본 선은 12세기 궁정의 사회 문화적 정황과 크레티엥 드 트르와 소설 사이에 놓인 의존과 변형의 과정에 상호-텍스트적 관점의 사회의미론적 의의를 적용한다는 비교적 단순한 모양을 띠게 될 것이다. 사회와 문학의 상관관계를 살펴보겠다는 이러한 주제론적인, 아니 차라리 이데올로기적 집착이, 상호-텍스트라는 용어가 제공할 수 있는 좀 더 포괄적이고 다양한 형태학적 양상을 두루 검토할 수 있는 공간을 축소시킨 셈이 되었다.

이상의 논의는 하나의 관점의 수립을 위해서 마련된 것이다. 우리는 소설은 '무엇이다'라는 정의를 선험적으로 갖고 있지 않다. 구속과 자유의 변증법이라는 소설의 이중적 존재 양식이 크레티엥 드 트르와에게 있어서 어떻게, 무슨 형상으로 나타날 수 있는가를 따지는 것은 우리가 다루어야 할 차후의 문제이며, 소설만이 이중적인 존재인가라는 의문을 품는 것은 본고의 영역을 넘어서는 문제이다. 위의 논의가 갖는 의미는 모든 문학적 양태, 특히 소설의 발생기에 놓인 작품을 연구하는 데, 상호-텍스트적 관점이 제공할 수 있는 방법론적 생산성이며, 그것이 함의하고 있는 이념적 태도이다. 우리의 연구에 적용될 그 생산성의 이념적 의미를 기술하는 것으로 이 장을 끝내기로 한다.

실증주의적 시각의 불모성을 극복할 수 있다는 것이 그 첫 번째 생산성이라면, 인류학적 사실들 각각의 사이에는 어떤 '관계'가 있으며 그 관계를 잘 파악할수록 인류학적 사실들 각각의 실체를 더욱 더 정확하게 구성할 수 있다는 것의 발견이 두 번째 생산성이며, 그 관계는, 특히 소설의 경우, 구속이며 동시에 자유라는 이중성을 갖는다는 것이 세 번째 생산성이다. 첫 번째 관점으로부터 인류의 사유를 오랫동안 점령해 온 역사주의의 연대적 시간에 대한 집착으로부터의 해방이 가능하다면, 두 번째 관점으로부터 그 역시 개인적 합리주의의 근본적 사유형식의 하나인 개체의 독립성에 대한 집착을 넘어설 수 있는 근거를 제공하며, 세 번째 관점으로부터 드디어 동일률에 근거한 형식 논리를 넘어서 새로운 논리의 가능성을 시사받을 수 있다.

그 새로운 논리, 혹은 사유의 형식은 무엇인가? 크리스테바(Kristeva)는 그것을 바흐찐(Bakhtine)의 대화 개념의 '양가성(ambivalence)'을 통해서 밝히고 있다. 바로 '상호-텍스트성'의 핵심적 성격으로 내재하는 그 양가성은 대화가 독백과 달리, "주체가 수행하는 언어일 뿐 아니라, 사람들이 그 안에서 '타자'를 읽는 하나의 '책(écriture)'"[81]이라는 사실에서 기인하는 바, 따라서 에크리튀르는 "주관성이면서 동시에 통화성 혹은 좀 더 잘 말하자면 '간-텍스트성'"[82]이라는 양가성을 가진다는 것이다. 이

---

81) J. Kristeva, *op. cit.*, p.88.
82) *loc. cit.*

양가성의 에크리튀르를 0-2의 수식으로, 그리고 "주어-빈사로서 구성되고 동일화, 결정, 인과율을 통해 수행되는 그리스적(인도-유러피안) 문장 위에 근거한 과학적 언어"를 0-1의 수식으로 선명하게 대립시키면서, 크리스테바는 전자를 후자의 일의적 체제, 즉 "신, 법, 규정"이라는 "금지체계로부터 벗어나는" 것이라는 의미를 부여하며, 그러한 언어적 실천을 유일하게 행할 수 있는 것에 '시적 담론'을 놓는다.[83] 그렇다면 바흐찐의 '소설'이 그러하든, 혹은 그의 해석자인 크리스테바의 '시적 담론'이 그러하든, 지금의 자리에서 간-텍스트적 관점의 이념적 의미는 다음과 같다. 간-텍스트적 관점은 모든 대상, 즉 모든 인류학적 사실들을 상호 관련의 역동적 운동 속에 놓인 것으로 이해한다. 따라서 그것은 실체보다는 관계를 중시하며, 모든 실체주의들 사이의 갈등들, 즉 이원론적 대립, 일원론적 통일, 다원론적 상대성을 넘어서서, 그것들의 대립, 통일, 상대적 균형의 추이에 관심을 쏟는다. 그것은 하나의 이념을 선택하지 않는다는 점에서 탈-이념적이지만, 동시에 그 이념들의 관계를 역동적인 긴장의 자장 속에 집어넣어 더욱 생산적인 관계를 모색한다는 점에서 이념-지향적이다. 따라서 소설의 기원에 관한 이 연구에 대해, 간-텍스트적 관점은 소설을 기존의 한 장르의 발전 혹은 타락으로 보거나 기존의 여러 장르의 혼합 또는 종합으로 보지 않고, 기왕의 장르들에 대한 전체적 수용이며 동시에 위반인 것으로 본다. 그 수용이며 동시에 위반은, 그러나 기왕의 장르들보다 우월한 또 하나의 장르를 추가하는 것이 아니다. 한편으로, 간-텍스트적 관점은 그 수용 곧 위반을 소설뿐만이 아니라, 모든 인류학적 사실들의 운동 양태로 이해하는 것이어서, 장르 간에 위계질서를 세우는 일과는 무관하며, 다른 한편으

---

83) cf. *ibid.*, pp.89-90.

로, 그 수용이며 동시에 위반을 연구 대상의 시초 또는 결과의 자리에 놓는 것이 아니라 그것의 내재적 구조 자체로 이해함으로써, 그 대상을 적어도 둘 이상의 구조 혹은 전망의 복합체로서, 즉 자신의 내부에 자기 부정 및 갱신의 가능성을 담고 있는 것으로 보며, 따라서 플라톤적 실체론이나 유기체적 진화론의 입장과는 달리 끊임없는 변형과 생성의 과정 자체로서 대상을 파악한다.

제 2 장
소설 탄생의 조건

> 복음서는 낡은 부대에 새 술을 붓지 말라고 권한다.
> 그러나 중세 서구의 문명은, 특히 저급어로 쓰인
> 문학은 그렇게 해서 형성되었다. 분명 저급어는 그때
> 유년에 불과했으나, 그러나 적어도 외면적으로는 낡은
> 문화의 지속 한가운데서 나타났다.[1]

이 장에서 우리가 검토할 문제는 사회적 정황과 크레티엥의 소설 간의 상관적 양상이다. 정황과 텍스트의 관계에 대해 직접적으로 상호-텍스트의 개념을 도입할 수는 없을 것이다. 다만, 텍스트 상호관련성의 개념이 함의하고 있는 방법론적 생산성과 이념적 의의를 여기에 적용하는 것은 의미가 있을 것이다. 즉, 사회·문화적 정황과 소설 텍스트 사이에는 사실적 일치나 구조적 동형성이 존재하는 것이 아니라, 변형이 발생한다는 것을 기본적인 전제로써 제시하고자 한다. 또한 정황과 텍스트 사이의 상관성은 직접적으로 이루어지는 것이 아니라, 특이한 매개를 거쳐서 이루어진다는 것을 전제하고자 한다. 그 특이한 매개를 담당하는 것은, 통상적인 의미에서의 사회, 즉 생활 현상의 직접적 재현들이거나 혹은 규범적 제도인 그것과 그에 대한 의식적 구성 혹은 반성적 체험이라는 의미에서의 이차적 활동의 하나인 문학, 이 두 가지 상이한

---

1) Michel Zink, "L'Eglise et les Lettres", in *Précis de littérature française du Moyen Age*, sous la direction de Daniel Poirion, PUF, 1983, p.35.

활동이 만나 겹쳐지는 접면, 즉 문화적 행위 및 현상 전반의 구조라 할
수 있다. "사회·정치적 역사"는 "사건들을 아주 먼 거리에서만 따르는
문화적 구조들을 통해서만 문학에 영향을 미치"[2]는 것이다. 우리가 '정
황'이라는 실사에 '사회·문화적'이라는 복잡한 형용사를 붙인 까닭이
여기에 있으며, 그때 '문화'라는 용어는 사회를 삶의 직접적·규범적 양
태로부터 의식적·체험적 수준으로 끌어올리는 역할을 한다. 문화를 통
해서 사회는 삶의 의식적 실천, 즉 스스로에 대한 구성적 텍스트가 되
는 것이다.

2.1. 사회·문화적 정황

소설이 태어난 중세 유럽의 12세기는 프랑스의 문명사에 기록된 3번
의 르네상스 중 두 번째 르네상스가 진행된 때이다.[3] 그와 같은 사실은
소설 발생의 조건에 대해 흥미로운 시사를 제공한다. 무엇보다도 주목
할 만한 것은 소설은 변동하는 세계의 한복판에서 태어났다는 것이다.
사회의 반성적 행위로서의 문학은 어느 시대에나 존재해 왔으며 존재
할 수 있다. 하지만, 그 존재의 양태는 시대의 특수성과 밀접히 연관되
어 있다. 장르의 흥기와 쇠진은 시대에 따른 문학적 응전의 변이를 측
정하게 해주는 흥미로운 척도가 되어 준다. 소설은 그 규칙 일탈의 특
성에 걸맞게 인류사의 결정적인 변화기에 발맞추어 새롭게 나타나는
듯하다. 부르주아가 역사의 전면에 등장한 18, 19세기에 소설이 보여준

---

2) Daniel Poirion, "Introduction", in *ibid.*, p.13
3) 세 번의 르네상스는, 8세기의 카롤링거 르네상스, 12, 13세기의 프랑스-영국의 르네상스, 그리고 15,
   16세기의 르네상스를 말한다. Erich Köhler, *L'aventure chevaleresque : Idéal et réalité dans le
   roman courtois,* deuxième édition (trad.), Gallimard, 1974(1970), p.60.

대약동은 가장 확실한 실례이다. 고대 소설 또한 유사한 정황 속에서 태어나 발전한다. "그리스 소설은 '신 희극(Comédie Nouvelle)', 그리고 좀 더 후의 '로마 애가(élégie romaine)'와 마찬가지로, 전통적 속박이 와해되고 개인들에게 점점 더욱 넓은 자리를 제공하는 도중의 사회에서만 태어날 수 있었으며, 희극과 애가가 사랑을 궁정부인들에게 호소하는 사랑에 국한시킨 데 비해, 소설은 더욱 대담하게 규방의 문을 열고, 양가집 처녀들이 산책하는 정원의 벽을 뛰어넘는다."[4] 혹은, 유리피데스의 비극에서 페드르(Phèdre)는 운명에 구속되어 있으나, 소설에서는 "작가 마음대로 상황이 전개된다." "소설 주인공 앞에는, 전 세계의 길이 열린다. 그에게는 그의 유배가 새로운 드라마가 전개되는 터이다."[5] 에티엥 블은 이러한 소설 장르의 시대적 특수성을 압축적으로 표현한다. "소설이 없는 곳에는 신정 질서가 있다. 신정 질서의 세상에는 소설은 아예 없다."[6]

소설(roman)이라는 단어를 처음 발명한 12세기의 소설도 같은 운명을 받고 태어난다. 그 시대는 로마 제국의 몰락과 봉건 세력들의 발흥이라는 역사적 흐름의 중심에 위치한다. 476년 서로마 제국의 붕괴는 단일 보편 세계의 소멸과 권력들의 분산을 예고하고, 6-7세기의 로마 데카당스는 절대적인 유일의 세계는 더 이상 존재할 수 없다는 것을 가차 없이 증거한다. 그리고 쿠르티우스가 진술한 대로 "근대 세계의 최초의 대표자"인 "샤를르마뉴"와 더불어 "근대 세계는 저 멀리로부터 우리의 눈을 때리"[7]기 시작한다. 그리고 그것은 유럽인들에게 있어서 삶의 모든 차원에서의 변혁을 의미한다. 우선, 블로흐에 의하면, 10세기 중엽

---

4) Pierre Grimal, "Introduction", in *Romans grecs et latins*, Gallimard/Pléiade, 1958, p.14.
5) *ibid.*, p.15.
6) Marthe Robert, *Romans des origines et origines du roman*, Grasset, 1972 p.38에서 재인용.
7) E.R. Curtius, *La littérature européenne et le Moyen Age latin*, PUF, 1956, p.57.

유럽은 이민족의 침입으로부터 결정적으로 벗어난다. 이슬람교도, 헝가
리인, 노르만인으로 이어지며 계속된 그 "침공의 소용돌이"에서 서유럽
은 마침내 "만신창이가 된 채로 벗어났던 것이다."[8] 그리고 "외부로부
터의 어떠한 공격에 의한 단절도 겪지 않고 어떠한 외부인의 유입도 겪
지 않은 채, 훨씬 더 정상적인 문화적・사회적 발전이 가능해지게 되었
다."[9] 이때 힘의 중심은 국가 권력으로부터 지방 권력들에게로 분산된
다. 왜냐하면, 이민족의 침입에 대해 "기독교 세계의 국가 권력은 [⋯]
거의 예외없이 무능력을 드러냈"[10]던 데 비해, "유럽 대륙 전체로 봐서
실제로 성공을 거두었던 유일한 저항 세력은 인적 자원이 좀 더 가까이
에 있고 지나치게 웅대한 야망에 골몰하는 일이 적었기 때문에 왕권보
다 더욱 강력할 수 있었던 권력, 곧 무수한 소장원 위에서 서서히 형성
되고 있던 지방권력들로부터 나왔"[11]기 때문이었다. 다음, 생활의 진보
가 뚜렷해지기 시작하였다. 특히 블로흐가 "봉건 시대 제2기"라고 부른
11세기-13세기에 나타난 경제혁명은 생활의 질을 괄목하게 신장시키게
된다. 인구의 증가, 수력 에너지와 풍차 등 과학 기술의 진보, 그리고
"농업 생산—특히, 곡물 생산—의 증대", "교역의 확대"[12] 등이 경제
적 도약의 실제 양상들이다.

그러나 이러한 역사적 사실은 그 자체의 역사적 의미에 대해서, 하물
며 소설에 대해서는 더욱 더, 아직은 말해주는 게 거의 없다. 토인비와

---

8) Marc Bloch, *La société féodale*, Albin Michel, 1989, p.73.

9) *ibid.*, p.95.

10) *ibid.*, p.91.

11) *ibid.*, pp.94-95.

12) 11-13세기의 서유럽, 그리고 프랑스의 대 도약(grand essor)에 대해서는 많은 역사가가 공통적으로
지적하고 있는 현상이다. cf. Bloch, *ibid.*, pp.123-132; *Histoire de l'Europe*, sous la direction de
Jean Carpentier et François Lebrun, Seuil/Points, 1990, pp.153-159; Robert Delort, *La vie au
Moyen Age*, Seuil/Points, 1982, pp.27-28.

트로엘취 등의 의견을 받아들여, 근대의 시점을 8세기로 소급시킨다 하더라도, 그 시대 사람들의 삶이 오늘날의 그것과 유사하다고 판단한다면, 혹은 12세기 사회를 오늘날의 모형으로서 상정한다면, 그것은 지나치게 무리한 과장이 될 것이다. 보기에 따라서는, 중세인의 삶은 오늘날의 인류의 삶과 유사한 점보다 다른 점이 더 많았다. 호이징가는 『중세의 가을』을 중세와 오늘날의 뚜렷한 차이를 강조하면서 시작하였다. 그리고 그 차이는 첫 장의 제목이 가리키는 바, "삶의 쓰라림"이란 말로 요약된다. "재난과 빈곤 같은 것도 그것을 줄일 수 있는 방법이 오늘날보다 훨씬 적었다. 그것은 훨씬 더 무섭고 잔혹했던 것이다. 질병과 건강은 훨씬 더 뚜렷한 대조를 보였고, 겨우내 추위와 어두움도 훨씬 더 쓰라리게 느끼는 고통이었다."[13]; "백성들은 자신의 운명과 자기 고장의 운명을 학정과 착취, 전쟁과 약탈, 기근과 페스트의 연속이라고 밖에는 생각할 수가 없다. 계속되는 전쟁, 위험한 하층민들이 도시며 농촌에 야기시킨 끊임없는 혼란, 냉혹하고 불신받는 계속적인 재판의 위협, 게다가 지옥·악마·마녀 등에 대한 공포와 불안, 이 모든 것이 삶에 어두운 그림자를 던지며 보편적인 불안을 야기시켰다."[14] 중세는 여전히 "참으로 악한 세상"[15]이었다. 이러한 관점의 뒤에는 현대를 '선'의 상태와 가까이 두려는 무의식적 욕구가 숨어 있다. 그 관점이 옳든 그르든, 그러나 중세와 현대 사이에 뛰어넘을 수 없는 선을 긋는 것 또한 과장이 될 것이다. 그것은 앞 문단에서 제시된 증거들을 무의미하게 만든다. 또한, 『중세의 가을』은 단지 중세인들의 간난을 고발하기 위해 쓰인 것은 아니었다. 2장의 제목이 그대로 가리키듯이, 그리고 본 연구

---

13) J. Huizinga, *Le déclin du Moyen Age*, Payot, p.10.
14) *ibid.*, p.32.
15) *ibid.*, p.39.

의 서문에서 암시되었듯이 "악마가 그 어두운 날개 밑에 땅을 암흑으로 뒤덮고 있는"[16] 그때에도 "보다 아름다운 삶에의 열망"[17]이 숨 쉬고 있었다. 그리고 그것은 단지 "현재가 어둡고 혼란스러울수록 그 같은 열망은 더욱 더 깊은 바람을 띠게 마련이"[18]라는 당위론을 넘어서는 것이다. 중세인의 모든 열망에는 그것을 뒷받침하고 부추기는 삶의 실제적 움직임들이 꿈틀거리고 있게 마련이다. 그것은, 아마도 선과 악 혹은 풍요와 가난 등의 극단적인 이분법을 버리는 데서 찾아질 것이다. 단지 이렇게 말하자. 중세와 오늘날 사이에는 분명 어떤 차이가 있다. 그 차이는 그러나 누가 더 행복한가 따위를 측정하게 하는 차이가 아니라, 삶에 대한 느낌, 세계에 대한 인식, 행동의 양태들의 차이이다. 즉, 가치의 양이 아니라, 삶의 체계가 다른 것이다. 그 삶의 체계를 파악하기 위해서는 중세인들의 느낌과 인식과 행동을 오늘날의 기준으로 '평가'하기보다는 그것들이 생겨나고 조직되며 움직이는 양태를, 좀 더 눈을 바투 대고, '이해'해야 할 것이다.

크게 그것은 다음과 같은 세 가지 층위에서 살필 수 있을 것 같다. 첫째, 사회적 변혁기에 놓여 있던 중세인들은 그것으로부터 과거와는 다른 어떠한 세계 인식을 가지게 되었는가, 혹은 세계와 어떠한 새로운 관계에 놓이게 되었는가 하는 것이다. 둘째, 중세의 사회적 변화를 현상적으로 주도하는 힘들은 어떤 방향을 취하게 되었는가 하는 점이다. 셋째, 이 두 차원의 움직임은 어떤 관계에 놓이게 되는가, 그것들은 대립·마찰하는가, 아니면, 융화하는가, 그 마찰 혹은 융화는 어떤 새로운 삶의 움직임을 낳는가 하는 것이다. 구조적 측면에서 이 세 개의 층위

---

16) *loc. cit.*
17) *ibid.*, p.35.
18) *loc. cit.*

는 객관적 흐름, 주체적 의지, 그리고 이 두 움직임의 상관성을 가리키며, 주체의 측면에서 그것들은 각각 민족 일반, 정치 권력, 문화 생산자를 가리키고, 행동의 측면에서 그것들은 반영, 조직, 반성을 나타낸다.

2.1.1. 첫째 층위 : 역사적 흐름의 심층

권력의 분산과 생활의 진보라는 새로운 변화는 중세인에게 새로운 의식을 갖게끔 해준다. 권력의 분산은 그것이 동시에 토착화(추상적 중앙 권력으로부터 구체적 지방 권력으로의)의 의미를 띠고 있기 때문에, 중세의 서유럽인들은 역사의 흐름과 자신의 육체 사이의 교응을 처음으로 느끼기 시작한다. 권력을 쥐고 자기의 영토에 명령을 내릴 수 있게 된 사람들은 요컨대 "왕에게 아무런 빚도 진 게 없는"[19] 사람들이었다. 따라서 권력의 분산은 단순히 힘의 수량적 배분을 의미하는 것이 아니라, 힘의 소유 형태에 질적인 변화가 일어났다는 것을 의미한다. 그것은 추상적 절대 정부(로마 제국이라는 이름의)로 빨려들어가 있던 힘이 그 공동적·고립적 상태로부터 그에 대한 구체적 인식과 행사, 그리고 상관적 교류의 상태로 전환한다는 것을 보여준다. 따라서 이제 구체적 개별성의 성질을 갖게 되는 그 힘이 중세의 일반인들 각각에게 모두 나누어진 것은 아니었다 하더라도 어쨌든 그 방향만은, 세상과 자아의 일치를 차츰 가능하게 하는 쪽으로 나아가고 있었다고 할 수 있다. 더욱이 그것은 이제 묘사될 생활의 진보에 의해 북돋아진다. 생활의 진보는 그것이 과학 기술의 발달과 궤를 같이하는 것이었기 때문에, 세계에 대한 체계적인 인식을 가능하게 해 준다. "중세 초기에 아주 서서히 진행된 기술

---

19) Georges Duby, "Les féodaux 980-1075", in *Histoire de la France*, Larousse, 1986, p.295.

의 진보는 […] 11세기부터, 그리고 특히 13세기 이후 가속화된다. 사람들은 그것을 깨닫기 시작한다. 경험에 의지한 자연 처방들은 차츰차츰 합리적 성찰(과학적이라고까지 말하지는 못한다 하더라도)에게 자리를 양보한다. 그리고 15세기의 중요한 발명인 인쇄술은 그것을 이례적으로 확산시킨다."20) 하지만 이러한 새로운 감각과 인식은 현실태라기보다는 가능태라고 말하는 것이 타당할 것이다. 중세의 기상학적 환경을 두고 한 "중세 사람들은 오늘날 우리가 받는 것보다 훨씬 적은 고에너지 입자들을 받았었다"21)라는 로베르 들로르의 실증적 진술은 은유적인 의미로 다시 읽힐 수 있다. 아직 사람들은, 적어도 소설이 발생한 12세기의 사람들은, 자연과의 직접적인 교류의 수준에 머물러 있었으며, 그들이 자연을 가공시켜 생산하는 새로운 에너지는 기술의 차원에서는 아주 초보적인 것에 불과했다.22)

그러나 그럼에도 불구하고 하나의 가능태가 발생하였다는 것은 의미심장한 사건이다. 그것은 일종의 인식론적 단절을 동반한다. 사람들은 그때까지 영원한 공포와 경외의 대상이었던 자연을 활용의 대상으로 재인식하기 시작한 것이다. 서유럽의 전역에 산재하던, 아니 차라리 서유럽의 지리학을 상징하던 나무 빽빽하고 어두컴컴한 숲은 "왕성하게 공격당하고 이용된다."23) 12세기 소설 전반에서 신비와 모험의 세계로 들어가는 입구 역할을 하는 숲은 실제 혹심한 몸살을 앓고 있었던 것이다. 반면 그것은 사람의 입장에서는 새로운 축복이었다. "사람들은 자신의 노동으로 자연을 변형시키면서 창조주를 경배하였다."24) 실제적

---

20) Robert Delort, *op. cit.*, pp. 27-28.

21) *ibid.*, p. 15.

22) cf. *ibid.*, p. 27.

23) *ibid.*, p. 29.

24) Aaron J. Gourevitch, Les catégories de la culture médiévale, Gallimard, 1983, p. 269.

인 변화를 겪고 있던 그 숲이 왜 소설에서는 신비와 모험의 관문으로 변용되어 나타났을까? 이 의문은 둘째 층위로 눈을 돌리게 한다.

2.1.2. 둘째 층위 : 사회적 흐름의 주체적 구성

이러한 인식의 전회는, 그러나 이미 말했듯이, 중세의 서유럽인 일반에게 괄목할만한 풍요를 누리게 해준 것은 아니었다. 물론, 역사는 당시의 전반적인 생활의 향상을 보고한다. "경제적 차원에서 농부들은 단순한 장색 이상이었고, 1000~1250년 동안의 농촌 생활의 대발전으로 크게 이득을 본 사람들이기도 하였다. 이러한 발전으로 전반적인 생활수준의 향상이 있었다. [⋯] 다른 한편으로 사회 질서 속에서 농민은 외톨이가 아니었다. 당시에 농민에게 어떤 평형을 회복해 주는 유대감이 형성되어 있었음을 알 수 있다. 그것은 가족, 교우, 마을의 연대감으로서, 인간이나 토지의 법적 규약이 어떻든지 간에 수세기 동안 농촌 생활의 진정한 틀이 공동체들 내부에서 얽힌 것이었다."[25] 구르비츠는 "노동은 저주이었을까? 행복이었을까?"라는 질문을 던지면서, 농민과 장인에게 노동은 "나태의 유혹으로부터 자신을 해방시키는 수단"이 아니라 그들을 "무자비한 일상의 틀에 매어놓는" "가혹한 필연성"이었으나 중세인은 노동의 가치를 자각하였고 그리고 그것을 표현할 줄 알았다고 말한다.[26]

그러나 잊지 말아야 할 것은 이러한 긍정적 발견들은 언제나 부정적 현실에 대한 씁쓸한 기록을 전제로 한 다음에야 나타난다는 것이다. "생활 조건의 열악함, 영양 결핍, 반복되는 노동, 나날이 계속되는 생존

---

25) 장 카르팡티에 외, 주명철 역, 『프랑스인의 역사』, 소나무, 1991, pp.132-133.
26) cf. *ibid.*, pp.269-273.

을 위한 싸움, 기근과 끊임없이 재발하는 전염병의 재앙, 질병들, 전쟁의 위험"[27]은 중세인의 삶을 기술하는 모든 책에서 빠지지 않고 등장하는 항목들이다. 바르베르그(Varberg) 박물관에 보관된 중세 농민의 의상 그림은 당시의 생활 조건을 상징적으로 보여준다. 중세인들의 옷은 귀족들의 옷까지 포함해, 물론 다양한 변형이 있었으나, 기본적으로 "겨울이거나 여름이거나 똑같은 옷", "몸 전체를 덮어서" 추위로부터의 보호가 궁극적인 역할인, "헐렁하고 길다란 똑같은 유형의 옷"[28]이었던 것이다. 하지만 무엇보다도 중요한 것은 새로운 삶의 가능성이 나타났음에도 불구하고 사람들의 세계에 대한 느낌은 여전히 각박하고 암울하였다는 것이다. 구르비츠는 그가 던졌던 질문에 대해 이렇게 결론을 내린다.

> 중세는 노동을 새롭게 바라보게 되었다. 인류에게 고통을 가져다 주는 저주로부터 소명으로 그것은 바뀌었던 것이다. 노동 활동의 존엄성에 대한 해석은 인간의 자각의 발전 과정에서 중요한 무게를 가지고 있었다. 그럼에도 불구하고, 중세 말까지, 노동에 대한 평가는 해보겠다는 의욕의 상태를 간신히 넘어서고 있었다. 봉건성의 틀 안에서 노동의 완전한 복권은 불가능했다.[29]

이 모호한 결론의 열쇠가 "봉건성의 틀"이라는 어사에 있다면, 그 말의 의미를 묻지 않을 수 없다. 다른 정치경제학자들과 마찬가지로 구르비츠에게서도 그 말은 영주와 농노의 특수한 경제적 종속관계를 나타내는 바, 그 특수성은 '봉건계급'은 물질의 생산에 관여하지 않는다는 데에 있다."[30] 여기까지 오면, 지금까지 하나로 묶어서 이해하려 했던

---

27) *L'homme médiéval*, sous la direction de Jacques Le Goff, Seuil, 1989, p.153.
28) R. Delort, *op. cit.*, pp.35-36.
29) Gourebitch, *op. cit.*, p.275.

중세인들을 대립적인 몇 개의 집단으로 가름하지 않을 수 없다. 이미 앞에서 노동의 의미의 변화에 대해 구르비츠가 제시한 마지막 증거는 이미 그 풍자의 형식을 통해서 그 희망찬 노동에도 분통과 암울이 있다는 것을, 그리고 그 분통은 일하지 않으나 힘을 가진 권력들에 대한 분통임을 날카롭게 암시한다. 바로 그것이 앞에서 제시했던 두 번째 층위로 들어가는 첫 번째 입구가 된다.

중세인이 "3개의 신분"으로 나누어져 있다는 것은 이미 널리 알려져 있는 바이다. 그러한 관점은 특히 중세의 문헌들에서 그 증거를 구하고 있기 때문에 거의 확고한 사실로서 인정되어 왔다. 그중 대표적인 것은 다음의 두 진술이다.

> 사람들이 하나라고 믿는 하나님의 집은 실은 세 겹이다. 이승에서, 어떤 사람들은 기도하고(orant), 다른 사람들은 싸우며(pugnant), 또 다른 사람들은 일한다(laborant); 이 셋은 하나로 뭉쳐서 분열을 참지 못한다; 그리하여, 하나의 직무(officium) 위에 다른 둘의 작업(opera)이 놓여서, 모두 저마다의 방식으로 전체를 위해 도운다.

> 본래 인류는 셋으로 나뉘었으니, 기도하는 사람들(oratoribus), 경작하는 사람들(agricultoribus), 전투하는 사람들(pugnatoribus)이 그들이다; […] 이 셋 각자는 상호적 배려에 의해 다른 편들의 대상이 된다.[31]

---

30) "물질적 자산의 생산과 그것들의 분배라는 경제 활동의 두 양상 중, 지배 계급은 실제 후자에만 관심을 나타낸다. 바로 거기에 봉건계급과 산업 부르주아의 본질적인 차이가 있는 바, 산업 부르주아지는 생산을 조직하고 변형시키며 주도하는 데 비해, 봉건 계급은 생산된 자산을 활용하고 그들의 수입을 사회적 분별의 표지로 변형시키는 것에 의해 공공 생산 체계에서 특이한 역할을 담당하였다." *ibid.*, p.264.

31) Georges Duby, *Les trois ordres ou l'imaginaire du féodalisme*, Gallimard, 1978, p.15에서 재인용. 이 둘은 모두 11세기에 라틴어로 쓰인 기록들이다. 전자는 Laon의 주교 Adalbéron이 왕 Robert(경건왕 로베르)에게 바친 시에 있으며, 1027-1031년 사이에 쓰인 것으로 추정된다. 인용된 구절은, 전체 434행 중 296행을 전후해, 즉 거의 중앙에 위치해있다고 한다; 후자는 Cambrai의 주교 Gérard에

그러나 지금의 논의에서 이러한 구분은 오히려 핵심을 흐릴 위험을
다분히 안고 있다. 그것은 다음과 같은 이유 때문이다. ⅰ) 뒤비가 지적
한 바 있듯이 위의 진술들은 그 자체로서 객관적 사실이라기보다는 "이
데올로기"를 담고 있는 진술들이다. 그것들은 평화를 구실로 한 질서
안정의 메시지이고, 전사와 성직자 집단을 두루 관리해야 할 "왕의 소
명"을 선언하는 "정치적 팸플릿"32)이다. "3 신분의 도식이 사회적 조화
의 상징이라는 것은 명백하다."33) 따라서 이른바 3 신분의 문제는 "사
회사에 속한다기보다는 왕의 이데올로기의 역사에 속한다"34); ⅱ) 위의
두 진술이 공통적으로 취하고 있는 기능적 구분은 반항 혹은 혼란을 일
소하고 질서를 구축하려는 정치적 의도를 담고 있을 뿐 아니라, 동시에
각 신분 내에 엄존하는 불평등을 감추고 있다는 것이 두 번째 이유이
다. 즉, 전사들의 내부에도 왕으로부터 종자(écuyer)에 이르는 다양한 성
원 사이의 위계질서가 세워져 있으며, 성직자의 세계 또한 "유별나게
복잡한 세계이다. 그것은 고위 성직자(prélats), 수도승(moines), 사제
(prêtres)만을 포함하는 게 아니다. 그 시대에는 소 서품(ordre mineur)만을
받아도 성직자가 되었으니", "미사를 집전하거나 죄를 사면해주는" 등
성사를 관장할 대 서품(ordre majeur)을 받은 사람은 "정결 허원의 의무"
가 있었으나, 단순 성직자의 경우에는 그러지 않아도 되었다. 중세의
성직자의 상당수는 "결혼하였고" 또 "거리낌 없이 즐거운 생활을 누렸

의해 작성되게 된 *Gesta episcoporum*에 들어 있는 대목으로, 늦어도 1025년 1월 이전에 기초되기
시작한 것으로 추정된다. *ibid.*, pp.32-33, p.62 참조.

32) cf. *ibid.*, p.36, pp.62-63; 뒤비는 담론 분석을 통하여, 평화의 선포가 불평등에 근거한 전제의 욕구
를 내포하고 있으며, 3신분에 대한 기능적 배치가 실은 성직자와 전사의 이원적 대립을 은폐하고
그 상보성을 강화하기 위해 '일하는 사람들'을 불평등의 상태로 끌어들이고 있다는 것을 보여준다.
cf. *ibid.*, pp.59-61.

33) Jacques Le Goff, *La civilisation de l'Occident médiéval*, Arthaud, 1984, p.294.

34) Dominique Barthélemy, *L'ordre seigneurial XIᵉ - XIIᵉ siècle*, Seuil, 1990, p.127; 또한 cf. Le Goff,
op.cit., p.295.

다."35) 이른바 골리아르(les Golliards)라고 불리는, 빈털터리지만 자유분방하고 자존심 강하며, 후원자와 다투고 또 후원자를 갈아치우기도 하며, 슬리퍼를 끌고 떠돌아다니면서, 많은 지식을 자랑하지만 대체로 "사람들이 원하는 것과는 달리 잡지식에 능한" 학생이자 성직자인 시인들, 그들이 쓴 시의 대부분의 주제가 "하나님의 말씀을 따를 시간은 충분히 많으나, 사랑의 기쁨은 한때뿐이니, 우선 인생을 즐기면 나중에 언제든지 회개할 수 있다"36)로서 교회의 가르침을 거꾸로 조롱하는 냉소적이고 비판적인 집단이 12-13세기에 탄생했던 것은 그러한 배경에서였다.

그러나 위의 진술들이 그대로 무의미한 것만은 아니다. 이러한 사정을 고려하면서 그것들을 다시 읽는다면, 그것은 새로운 발견을 가능하게 해주는 듯하다. 그것은 새롭게 등장한 권력들은 저 옛날의 로마의 영광을 전유하려는, 다시 말해 또 하나의 보편제국을 건설하려는 욕망 속에서 움직였다는 것이다. 앞에서 연구자는 중세가 처한 역사의 방향은 권력의 분산, 즉 개별적 구체화라고 말하였었다. 그것은 로마 제국, 즉 보편 제국의 몰락과 개별적 종족 국가들의 출현을 예고한다. 그러나 이민족의 침입이 끊어지면서 역사의 전면에 대두한 지방 권력들은 단순히 그의 땅에서 그의 나라를 세우는 일에 만족하지 않는다. 이미 샤를르마뉴가 상징하는 바, 단일 보편 제국을 향한 꿈이 그들의 온 정신을 휘몰고 있었다. 그에 대한 증거 혹은 결과는 두루 나타난다. 우선, 사회사적으로 11-13세기에 일어난 변화는 사회 성원들의 "급진적인 양극화"를 야기한다.37) 이 양극화는, 지배의 강화, 즉 분산 권력들의 단일

---

35) cf. J.C.Payen, "Les Goliards" in *Manuel d'histoire littéraire de la France, T.1 : Des origines à 1600* (par un collectif sous la direction de Jean Charles Payen et Henri Weber), Editions sociales, 1971, pp.284-285.

36) *ibid.*, pp.286-287.

권력으로의 수렴이 활기차게 일어났다는 것을 의미한다. 이러한 권력 집중을 통하여, 각 지방 권력들은 저마다 하나의 제국을 꿈꾸게 되는 바, "왕은 하나님과 그 자신 이외의 어느 누구로부터도 유래하지 않는 다(Li rois ne tient de nului fors de Dieu et de lui)"는 루이 성왕의 말이 적절히 증거하듯, "왕은 자신의 왕국에서 황제"[38]가 되었던 것이다. 문화적인 차원에서의 대표적인 증거로는 8세기 말의 철학자 알켕(Alquin)의 원대한 야망을 들 수 있을 것이다. 그는 샤를르마뉴에게 보낸 편지에서 "프랑스에 새로운 아테네를 세우기, 아니 차라리 옛날의 아테네보다 더 우월한 아테네를 세우기"를 역설하였다. "왜냐하면, 새 아테네는 우리 주 그리스도의 가르침에 의해 드높아져, 아카데미의 지혜를 뛰어넘기 때문이다. '저때의 아테네는 플라톤의 원리만을 배워 7개 학예(Sept Arts)로 빛나지만, 그러나 우리의 그것은 이 세상의 모든 지혜에 있어서 [그것을] 의연히 압도합니다. 왜냐하면, 그것은 더 나아가 성신의 7개의 선물(Sept Dons du Saint-Esprit)로 가득하기 때문입니다.'"[39] 질송에 의하면, 이러한 주제의 문화적 표현들은 "중세에 빈번히 되풀이해 나타난다."[40]

이러한 전체화와 보편성에 대한 지향은, 운동의 순수한 기하학적인 구도만을 따진다면, 중앙 집권적 구심 운동 속에 놓인다. 그것은 앞의 첫 번째 층위에서 보았던 분산과 구체화, 즉 지방 분권적 원심 운동과 완전히 역 방향에 있다. 그 자신 역사의 대 변혁이라고 이름 붙일 수 있는 중세의 역사적 흐름 내부에는 두 개의 이질적인 움직임들이 서로 충돌하며 싸우고 있었던 것이다. 정치경제학적으로 그 모순된 힘 간의 갈등을 계류시키고 있는 구조를 '봉건적 틀'이라고 이름 붙일 수 있다면,

---

37) cf. Dominique Barthélemy, *op. cit.*, p.127.
38) Le Goff, *op. cit.*, p.302.
39) Etienne Gilson, *La philosophie au Moyen Age*, Payot, 1986, p.193.
40) *ibid.*, p.194.

문화적으로 그것은 과학의 발달에 뒷받침된 개별적이고 합리적인 지식들의 증대와 절대적이고 보편적인 세계의 원리를 세우려는 문화적 야망이 묘하게 만난 자리, 즉 13세기에 '대학'이라는 이름으로 구체화될 성직자들의 문화적 제도 공간일 것이다. 실로, 교회는 중세의 역사적 흐름 속에서 특이한 역할을 담당하는 바, 12세기 소설의 주요 생산자들을 배출하게 될 곳이 바로 그곳이다.

그러나 아직 그곳으로 건너가기에는 이른 것 같다. 지금까지 정치·경제적 양상과 문화적 양상은 병렬적으로 기술되면서 그 상관성이 암시되었을 뿐, 구체적으로 전자가 어떤 경로를 거쳐 후자로 변용되는가, 혹은 후자의 힘과 합류하는가의 문제는 추적되지 않았기 때문이다.

우선, 하나의 경계를 지적하기로 하자. 중세의 역사적 흐름을 팽팽하게 긴장시키는 두 가지 모순된 힘은 외면적으로는 미래로의 전진과 과거로의 복귀라는 두 대립적인 방향으로 나아간다. 그러나 그것에 곧바로 현대의 고정관념을 적용시켜 그 대립된 힘들을 두 개의 집단에 대입하고, 또 그것들을 각각 진보와 퇴행이라는 속성으로 환원시킨다면, 지나치게 단순한 해석이 될 것이다. 물론, 앞에서 보았듯이, 첫째 층위, 즉 기저 층위의 원심적 운동을 차단하고 그것을 중앙 집권적 방향으로 재수렴하려고 하는 둘째 층위의 구심적 운동은 즉각적인 물리적 힘을 소유하고 행사할 수 있는 정치·경제적 권력에 의해 주도되었던 것은 사실이다. 그러나 간과하지 말아야 할 것은, 기저 층위의 원심적 운동 또한 바로 정치·경제적 권력들, 즉 로마제국의 몰락과 왕의 무기력 속에서 실제적인 힘을 소유하게 된 지방 권력들에 의해 주도되었다는 것이다. 그리고 둘째 층위에서 일어난 보편화의 움직임은 이 분산적 권력들이 저마다 패권을 차지하려는 야망을 노출하는 가운데 발생하였다는 것이다. 그런 의미에서 앞에서 지적한 바 있던 계층의 양극화에 중세의

역사적 흐름의 두 모순된 힘을 그대로 적용할 수 없다는 것이 분명히
드러난다. 농민들은, 생활의 뿌리이자 동시에 전사와 성직자의 뿌리라
는 점에서 역사가 솟아나는 자리라고 할 수는 있으나, 역사가 주도되는
자리는 아니었던 것이다. 마찬가지의 관점에서 원심적 확산과 구심적
수렴이라는 두 상충하는 힘들은 각각 진보와 퇴행이라는 가치 평가적
속사들로 규정될 수 없다. 확산되는 힘이 수렴하는 힘을 추동하고 수렴
에의 희망이 확산을 부추겼기 때문에, 그 두 힘은 길항적일 뿐만 아니
라, 동시에 상호 보족적이었다. 중세인의 사회·문화적 꿈은 그리스·
로마의 사회·문화적 이상을 복원하려는 의지 속에서 과거의 사회·문
화적 체제를 파괴하면서 커나갔던 것이다. 훗날 르네상스의 인간주의적
이며 민족주의적인 문화 운동이 고대 문화의 모방이라는 기치를 통해
나타났던 것도 그러한 역설을 고려될 때만이 제대로 이해될 수 있다.

그렇다면 두 상충하는 힘들 중 어느 것이 올바른 것이었는가를 묻는
것은 무의미하다. 그와는 다른 차원에서, 그 상충하는 힘들이 어떤 양
태와 형식으로 서로 얽혀 새로운 문화적 체제를 낳는가를 묻는 것이 생
산적일 것이다. 바로 그것이 세 번째 층위, 즉 사회·문화적 흐름의 복
합적인 양상을 반성적으로 성찰하며 새롭게 재구성하는 문화적 공간이
될 것이다.

2.2. 문화의 새 범주 : '사적인 것'의 탄생

길항하는 두 힘의 중세의 역사적 흐름 속에 태어나게 한 문화적 공간
은 무엇인가? '궁정'이 그 대답이 될 것이다. 궁정은 로마 제국의 몰락
을 목도한 혹은 경험한 유럽인들에게 대안으로 제시된 두 가지 군주제

("프랑스 군주제와 '군주(prince)'의 정부"[41])의 제도적 표현이었다. 그 군주제는 바로 분산과 보편화라는 서로 당기는 두 힘의 모순의 산물이라고 할 수 있다.

> 폴리(Poly)와 부르나젤(Bournazel)이 12세기에 대해 적용한 공식으로서, 봉건성에 반한(contre) 군주제가 아니라 봉건성을 통한(par) 군주제라는 것만이 봉건성이라는 단어에 과학적 가치를 부여해준다.[42]

17세기의 '짐이 곧 국가'란 명제가 암시하듯 군주제의 통합적 운동은 본래 분산적 운동인 봉건성과 대립하면서 나타난 것이 아니라, 그것에 의해서, 그것 속에서, 그것의 영양을 취하며, 자랐던 것이다. 궁정은 그 모순되는 두 힘이 행복하게 조화를 이룬 장소이었다. 그것은, 그리고 단순히 정치적인 차원에서만 그러한 것이 아니었다. 무엇보다도 생활에 뿌리내린 것이자 생활의 드러냄인 것, 즉 그 본래의 어원을 되새긴다면, '문화'라고 이를 수 있는 것이 궁정 속에서 나타났던 것이다. 실로 궁정은 유럽의 문화사에서 오랜 생명력을 가진 것으로 기록될 특이한 새 문화를 만들어내었다.

> 이 근대적 국가, 모든 것이 군주 — 그가 왕이든, 황제이든, 단순히 제후이든 — 의 궁정으로 집중되는 관리들의 국가는 또한 유럽 세속 문학의 성격을 결정하게 될 것이니, 유럽 세속 문학은 본질적으로 18세기 군주제의 데카당스가 올 때까지는 두루 일종의 '궁정'문학이리라.[43]

---

41) Reto R. Bezzola, *Les origines et la formation de la littérature courtoise en Occident (500-1200) Première partie : La tradition impériale de la fin de l'Antiquité au XIᵉ siècle*, Librairie Honoré Champion, 1968, p.16.

42) Barthélemy, *op. cit.*, p.200.

43) Bezzola, *op. cit.*

이제 우리는 문제의 핵심, 즉 크레티엥 드 트르와의 소설의 우주로 진입하는 문턱에 다가선다. 문자 그대로 궁정은 크레티엥 드 트르와 소설의 "모든 것이 그로부터 출발하고 모든 것이 그로 돌아가려 하는"44) 원-공간이기 때문이다.45)

궁정은 크레티엥 드 트르와가 그 첫 프랑스어 작품46)을 제공한 아더 왕 계열 소설에서 줄거리의 무대로 활용된 것만이 아니었다. 궁정은 동시에 그 소설들의 생산의 장소이자, 수용의 공간이었다. 이미 조프르와 드 몬무트의 『브리타니아 왕실사』가 앙리 플랑타쥬네(Henri Plantagenêt)의 영국 궁정의 "전설적이고 역사적인 합법성"47)을 창출하기 위해 쓰인 것이었으며, 와스 또한 노르만인들의 궁정에서 플랑타쥬네 혹은 그의 왕비인 엘레오노르(Éléonore 혹은 Aliénor)에게 봉사한 성직자이었고,48)

---

44) Jacques Le Goff, 'Préface', in E. Kölher, *op. cit.*, p.13.

45) 이에 대한 지적은 무수히 많다. cf. Paul Zumthor, 'Le champ du romanesque', in *Europe* N° 642, Oct. 1982, p.31; E. Kölher, *op. cit.*, p.42; Charles Méla, 'La mise en roman', in *Précis de littérature française du Moyen Age*, p.115.

46) 『에렉과 에니드*Erec et Enide*』(1170)는 아더 왕 계열 소설의 최초의 '프랑스어 텍스트'로 기록된다. cf. Jean Marx, *La légende arthurienne et le Graal*, PUF, 1952, pp.9-10. 또는 쾰러는 도처에서 『에렉과 에니드』에 최초의 '프랑스어 텍스트'라는 수식어를 붙인다. 하지만 그에 앞서 와스(Wace)의 *Roman de Brut*(1155)가 이미 있었다는 것은 기억할 만하다. 그런데 그것은 아더 왕 계열 소설들의 시원적 모델로 간주되고 있는 조프르와 드 몬무트(Geoffrey de Monmouth)의 라틴어 텍스트 『브리타니아 왕실사*Historia regum britannia*』(1135)의 완벽한 프랑스어 번역으로서, 라틴어 저자가 그의 저작을, 그 제목이 가리키듯, 소설이라기보다는 진실된 역사서로 생각한 것과 마찬가지로, 프랑스어 번역가 역시 소설가라기보다는 역사가로서 간주되고 있다. 그러나 와스의 번역은 라틴어 텍스트를 그대로 옮긴 것이 아니라, 그것을 "과장하고 윤색함으로써, 회화적이고 부드러운 텍스트, 문학적 모티프들의 고갈될 줄 모르는 보고"로 만들고, 크레티엥 드 트르와에 앞서서, 이른바 '아더 왕의 전기'에 "원탁 회의"의 주제를 처음 도입하였다는 점에서(P. Zumthor, *Histoire littéraire de la France médiévale*, Slatkine, 1954, p.184), 보는 관점에 따라서는(가령, 소설-로망의 탄생을 번역으로부터 시작하는 것으로 보는 멜라적 관점) 와스의 작품을 프랑스어로 쓰인 최초의 아더 왕 계열 소설로 볼 수도 있다. cf. Méla, *op. cit.*, pp.84-87; Geoffrey Ashe, *Le Roi Arthur*(traduit), Seuil, 1992 (1990), pp.5-6.

47) "une légitimité légendaire et historique", E. Köhlier, *op. cit.*, p.65.

48) 와스는 "캉(Caen)의 '글 읽는 성직자'"로 알려져 있다. *Roman de Brut*는 프랑스의 왕비였다가 플랑타쥬네와 결혼한 엘레오노르의 의도로 씌어졌다고 한다. Laffont-Bompiani, *Dictionnaire des oeuvres*, 4ᵉ édition, S.E.D.E., 1962(1954). vol. 4, p.300.

크레티엥 드 트르와는 때마침 엘레오노르의 딸 마리(Marie)와 결혼(1164)
한 샹파뉴 백작의 궁정에 체류하던 성직자로서 추정되고 있다.[49] 동시
에 소설은 무훈시와는 다른 물리적 구조를 취하는 바, 그것은 궁정의
수용 집단에게나 향유될 수가 있을 것이다. 무훈시가 낭송되었던 데에
비해, 소설은 읽혀졌다는 것이 그것이다. 12세기의 소설은 여전히 운문
으로 씌어졌으나, "절에 의한 단락 없이 평탄운의 8음절 시행"이라는 12

[49] 『수레의 기사*Le chevalier de la charette*』의 도입부(『랑슬로[중]』, v.1-2)는, 그 작품이 바로 '마리'의
명에 의해 쓰인 것임을 명시하고 있다. 조프르와 드 몬무트, 와스, 크레티엥 드 트르와로 이어지는
이러한 맥락은 소설이 앙리 플랑타쥬네, 즉 헨리 2세의 영국 궁정의 이념의 문학적 표현이라는 것
을 암시한다. 그것은 무훈시가 프랑스 왕실 이념의 문학적 표현이라는 점에 있어서, 무훈시와 대립
적 관계에 놓인다(cf. E. Köhler, *op. cit.*, p.64; Méla, *op. cit.*, pp.98-102). 후술되겠지만, 그러나 크
레티엥 드 트르와의 작품이 그대로 궁정 이념의 '표현'이라고 연구자는 생각하지 않는다. 오히려,
궁정 이념의 위장 속에 그에 대한 반역을 은밀히 시도한다는 것이 우리의 관점이다.
크레티엥 드 트르와의 신원에 대해서는 대체로 Troyes의 Saint-Loup 수도원의 참사원이었다가 샹파
뉴 백작의 궁정에 체류한, "고대 라틴 문화와 중세의 4과(quatrivium)에 능통한"(J. Marx, *op. cit.*,
pp.9-10) 성직자로서 간주되어 왔다. 그러나 그러한 추정의 불확실함은 중세 연구가들 스스로 인정
하고 있는 형편이다. 쥼토르는 『중세 시학에 관한 에세이*Essai de poétique médiévale*』(Seuil,
1972)의 부록(pp.475-483)에서 그것을 비교적 상세히 논의하고 있다. 그것은 특히 그의 소설들이
모두 훗날 필사된 것들일 뿐, 크레티엥 자신의 손으로 쓰인 원본이 남아 있지 않다는 사실에서 기인
한다. 신원이 불확실한 만큼 이에 대해서는 두 개의 흥미로운 이견이 제출되어 있다. 하나는 드라고
네티의 관점으로서, 크레티엥 드 트르와를 '가공의 인물', 즉 한편으로 트로이의 이교도적 성격과
크레티엥의 기독교적 성격을 종합하면서, 다른 한편으로 전범에 기대는 척 하면서 그것을 교묘하게
변형시키는 중세 특유의 복제의 판본 전통이 그 가공의 이름 자체 속에 투영된 것이라는 것이다
(Roger Dragonetti, *La vie de la lettre au Moyen Age*, Seuil, 1980, pp.41-50). 또 하나의 관점은
비츠에 의해 주장된 것으로서 크레티엥 드 트르와가 성직자가 아니라 음유 시인(ménestrel)이라는
것이다(Evelyn Birge Vitz, 'Chrétien de Troyes : clercs ou ménestrel? : Problèmes des traditions
orale et littéraire dans les Cours de France au XIIe siècle', in *Poétique* N° 81, Février 1991,
Seuil, pp.21-42). 비츠는 그 기본적인 단서를 "크레티엥 드 트르와가 작품 속에서 한 번도 자신을
성직자로 지칭한 적이 없다"는 것과 "크레티엥 이후 세대의 어느 누구도 그를 성직자로 부르지 않
았다"는 데에서 구하며, 자신의 과감한 가설을 증명하기 위해, 크레티엥 드 트르와의 작품의 어법이
문자적 기술법(성직자만이 실행할 수 있는)이라기보다는 구술적 어법으로 이루어져 있다는 것을 분
석해 제시한다. 하지만, 그것은 소설이 "큰 목소리로 (그러나 어쨌든) '읽혀졌다'는"(Paul Zumthor,
La lettre et la voix, Seuil, 1987, p.299) 종래의 견해를 정면으로 부정할 수는 없는 것으로 보인다.
소설은 구어적 어법으로 읽혀졌을 수 있기 때문이다. 우리는 비츠의 견해에 완전히 동의하지는 않
는다. 그러나 본론에서 논의되겠지만, 크레티엥의 어법이 구어성을 함유하고 있다는 것은 새겨둘만
한 주장이라고 생각한다.

세기 소설 전반의 공통된 형식은 무훈시와 소설을 결정적으로 구분해 준다. "왜냐하면, 그러한 유형의 운문은 노래와는 맞지 않기 때문이다."[50) 소설이 독서를 통해 향유되게끔 만들어졌다는 것은 문화사회학적으로 다음과 같은 의미를 띤다. 첫째, 라틴어는 모르지만 로망어를 읽을 줄 아는 사람들, 즉 궁정인들이 소설을 향유할 수 있었을 것이라는 것이다.

> "[무훈시와 소설 사이를] 가르는 첫 번째 금은 향유층, 즉 작가들 자신의 입장에서 보면 대상에게서 나타나는 바, 그 대상은 이중적으로 식별된다. 우선 소설은 실제적으로 라틴어로서의 '문자(la letre)'를 모르는 속인들을 위해 씌어지고/번역된다. 따라서 그것의 본원적인 의도는, 그때까지 라틴어를 습득하고 있는 사람들인 성직자들의 세계에 독점되어왔던 학식을 세속 세계에 번역하는 것이다. 소설은 그러나 그렇다고 해서 속인들 전부에게 말을 건네는 것은 아니다. 『테베*Thèbes*』의 작가가 말하고 있듯이 ― 그런데 성직자나 기사가 아닌 / 직업을 가진 사람들에 대해서는 침묵합니다 / 왜냐하면 하프를 켜는 건 짐승들도 / 또한 들을 수 있기 때문입니다 ―, 13세기에 쟝 르나르(Jean Renart)가 『기욤므 드 돌르*Guillaume de Dole*』의 서두에서 되풀이 하고 있듯이, 그리고 소설 작품의 수신자 혹은 주문자들의 이름이 가리키듯이, 소설은 엘리트를 위해서, '궁정'의 공동체를 위해서 만들어진다. 즉, 수도원이 아니라 영주의 궁정에서 살면서 하나의 문화, 하나의 학식, 게다가 이 상이한 세계를 12세기에 소설 장르의 독점 수신인인 기사 계급이 된 신분 집단에 알맞게 고쳐진 하나의 규범을 필요로 하는 사람들의 공동체를 위해서."[51)

속인이지만 문화적 향수의 필요를 가지고 있는 사람들에게 읽혀졌기

---

50) P. Zumthor, 'Le champ du romanesque', p.29.
51) Ch. Méla, *op.cit.*, p.103.

때문에 소설은 그 형식적 규칙들이 전통적인 시가의 엄격성으로부터 풀려 단순해지는 한편으로, 그 심층적인 구조에 있어서는 아주 복잡해진다. 그것은 "일반 민중들이 애호했던 민담들(contes)과는 달리 아주 방대한 넓이를 획득하는 바, 그 장시간의 독서와 청취 속에는 때때로 복잡한 얽힘 속에 어떠한 순환적 구조도 배제하는 영원히 닫히지 않는 미래를 향해 던져지는 이야기들이 사슬을 이룬다."[52] 둘째, 소설은 그 글쓰기/글읽기의 물리적 구조에 의해 수용의 태도를 변화시킨다. 무훈시가 공중 앞에서의 낭송, 즉 다양한 계층이 참여하는 공개적인 문화적 행사라고 한다면, 소설은 폐쇄된 공간에서의 비교적 은밀한 사적인 향유가 가능한 문화적 대상이 된다. 물론『사자의 기사*Le chevalier au lion*』가 그 실례를 보여주고 있듯이,[53] 12세기의 소설은 오늘날의 그것처럼 한 개인-독자에 의해 고독하게 향유된 것이 아니라, 몇몇 사람들이 모인 자리에서 "높은 목소리로" 읽혀졌기 때문에 말의 엄격한 의미에서 개인 혼자만의 내면 공간을 이루는데 가담하지는 않았다(그것은 개인의 탄생이 아니라, 개인과 사회가 결정적으로 분리된 시기, 즉 보들레르 이후에나 가능할 것이다.). 그러나 그럼에도 불구하고 그것이 공개적이고 집단적인 문화의 향유로부터 내밀한 개인적 반추로의 이행이라는 문화사적 사건(질적 변동)에 중요한 계기를 이루는 것이었음은 분명하다.

2.2.1. 궁정 소설의 문화사적 동인

그렇다면 이제 그 원인을, 아니 차라리 궁정 문화의 동력을 물어볼 차례다. 왜 그러한 새로운 문학 양식이 궁정 속에서 태동하게 되었으며,

---

52) P. Zumthor, *La lettre et la voix*, p.300.
53)『이벵[중]』, v.5356-5366.

어떤 경로를 거쳐 그것은 궁정 속에 뿌리내리고 유럽의 문학사에 지속
적인 영향력을 미치게 되었는가? 앞의 진술들에서 하나의 단서를 찾을
수 있을 것이다. 즉, 궁정의 기사 계급이 성직자들이 독점해 왔던 문화
를 요구하게 되었으며, 그 바람이 소설의 탄생과 밀접하게 연관되어 있
다는 것이다. 실로,『클리제스』의 서두의 한 대목은 그에 대한 강력한
암시를 전해준다.

> 우리의 책은 그리스에서 기사도와 성직자의 첫 명성이 있었다는
> 것을 가르쳐주었습니다. 그 다음 기사도는 로마로 건너갔고 그와 함
> 께 성직 세계의 모든 것이 함께 갔습니다. 그리곤 이제 그것들은 프
> 랑스로 왔습니다. 하나님께서는 그것들이 여기에서 보전되고, 여기
> 에서 머무는 것이 그들의 마음에 들게 하셨으니, 여기에 뿌리내린 영
> 광은 결코 프랑스를 떠나지 않습니다. 하나님께서는 다른 민족들에
> 게는 그것을 단지 빌려주셨던 것입니다. 왜냐하면, 그리스인들이며
> 로마인들에 대해서 더 이상 말해지는 바가 없기 때문입니다. 그들에
> 대한 이야기는 멈추고 그들의 타오르던 잉걸불은 꺼졌습니다.[54]

질송과 쿠르티우스 사이의 상이한 견해로 인하여 많은 주목을 끌었
고 빈번히 인용된 대목이다. 우선 이 대목은 2.1.2절에서 기술되었던
바, 봉건적 분산운동을 역설적으로 추동하는 새로운 전체화 혹은 절대
화의 욕망이 소설에서 극명하게 표현된 실례로 파악될 수 있다. 질송과
쿠르티우스의 견해 차이는 그 욕망에 어떤 성질을 부여할 것인가를 둘
러싸고 일어난다. 질송은 이러한 문화적 야심에 "중세의 휴머니즘
(humanisme médiéval)"[55]이라는 이름을 붙였는데, 그 용어의 내용은 "중세
는 스스로를 지적 · 도덕적 고대 문화의 상속자라는 것을 의식"하고 있

---

54)『클리제스(현)』, pp.11-12.
55) Etienne Gilson, *Les idées et les lettres*, Vrin, 1955, pp.171-196.

었으며, "그것의 수탁자라는 데에 대해 자부"하였고 "그것을 잃거나 그
것이 타락하는 것을 걱정"[56]했다는 것이다. 그리고 그것은 중세 역사
전반에 걸쳐 지속되었다는 것이다. 이러한 논지의 밑바닥에는 이탈리아
르네상스에 의해 폄하되어 온 중세인의 의욕적인 삶의 의지와 그 표현
을 강조하면서 휴머니즘의 출발선을 16세기로부터 훨씬 그 이전으로
소급시키는 한편으로 고대 문화와 르네상스 사이에 지속적인 연결선을
이으려는 저자의 의도가 짙게 배어 있다. 쿠르티우스의 이견의 핵심은
그 중세인의 의욕적 삶을 부정하는 데에 있는 것이 아니라, 그 운동에
서 고대에 대한 근대의 단절을 강조하는 데에 있다. 그에 의하면, 『클리
제스』의 윗 대목은 '휴머니즘'을 드러내기는커녕, "휴머니즘적 신앙 고
백의 정반대"이다. "그런데 그것은 1170년의 역사적 전환기에 꼭 해당
한다. 이 시기부터 라틴 문화의 근대인들(les moderni latins)이 의식적인
차원에서 고대인들과 자신을 대립시키게 된다면, 하물며 저속어의 시인
들에게 있어서랴! 12세기 프랑스에는 우리가 알아 본 바 있듯 라틴 휴
머니즘이 있긴 있었다. 그러나 크레티엥 드 트르와에게 있어서도 그것
을 발견하려 든다는 것은 실타래를 더욱 엉키게 할 뿐이다."[57]

프라피에(Frappier)는 이 두 개의 견해에서 질송의 손을 들면서 조금
섬세하게 교정한다.

크레티엥은 일반적인 의미에서의 휴머니스트로 남는다. 왜냐하면,
그는 결코 고대인들의 문화적 유산을 부인하지 않기 때문이다. 그러
나 그와 동시대인들인 다른 성직자들과 마찬가지로 그는 이 고대의

---

56) *ibid*., p.185.
57) Curtius, *op. cit*., p.599; 쿠르티우스가 결정적인 증거로 든 대목은 37-42행, 즉 위 인용문의 마지막
6행이다. 그것은 그리스와 로마라는 옛 문화에 "조종을 울리는"(프라피에의 표현) 것이며, 따라서
고대 문화의 재발견이라는 의미에서의 휴머니즘과는 거리가 멀다는 뜻이다.

유산을 불리고 그들을 이용하면서 고대인들을 넘어서기를 꾀한다. 달리 말해 중세 휴머니즘은 휴머니즘의 사변적이고 정태적인 개념을 능동적 개념으로 대체한다.[58]

그러니까, 12세기의 궁정 문학은 그 이전까지 성직자들에게 독점되어 있던 고대 문화를 수용하면서 동시에 그것을 자신의 문화로, 아니 자신만의 문화로 재구성하려고 했다는 것이다. 이러한 해석은 사실상 쌍방의 견해를 종합하는 것으로서, 쌍방 간의 오해를 해소시킬 뿐만 아니라, 위 인용문을 편견 없이 이해할 수 있도록 해주는 것처럼 보인다. 실로, 인용문은 계승(그리스·로마로부터 이어받아 보전함)과 단절(프랑스로의 이월 및 활성화)을 함께 포함하고 있기 때문이다. 그 단절과 계승을 비교적 균형 있게 아우르는 이러한 종합적 해석은 쾰러에게서는 더욱 역동적이고 복합적인 양상으로 나타난다.

쾰러도 고대 문화의 수용(혹은 복원)과 그것의 극복이라는 두 가지 태도가 중세 궁정 문학에 동시에 존재하는 것으로 파악하지만, 프라피에 와는 달리 그 두 태도를 연속적인 것이 아니라 모순되어 상충하는 감정으로 파악한다. 그는 "휴머니즘과 우월성의 감정 사이에 존재하는 명백한 모순을 어떻게 이해할 것인가"[59]를 핵심적인 과제로 놓는다. 그는 더 나아가 그 "12세기의 심대한 이원론적 모험을 이해하지 못한다면, 역사-철학적 영역에서의 조아셍 피오르(Joachin Fiore), 그리고 문학 영역에서의 트리스탕 같은 인물들이 역사적 현상으로서 무엇을 의미하는지 이해하지 못할 것이다. 그리고 결국 그들이 지적이고 예술적인 차원에서 무엇을 드러내는지 모르게 될 것이"[60]라고 말한다.

---

58) Jean Frappier, *Histoire, Mythes et Symboles : Etudes de littérature française*, Droz, 1976, p.28.
59) E. Köhler, *op. cit.*, p.62.
60) *ibid.*, pp.2-3

그의 『기사도 모험 : 궁정 소설의 이상과 현실』은 이 모순을 통해 12세기 소설의 역사적 기원에 대한 본격적인 탐구를 거의 최초로 시도한 예일 것이다. 그 사회-역사적 방법이 상당한 세월(1956년 초판)이 지났는데도 불구하고 "여전히 새로운 것으로 남아 있다"[61]고 평가되는 그 연구서는 기본적으로 골드만적인 의미에서의 구조-발생론적 방법론에 의지하고 있는데, 핵심이 되는 논지는 다음과 같은 4중의 모순의 동형적 관계로 요약된다.

> ⅰ) 궁정 기사 계급의 역사적 조건 : 개인의식의 출현과 위기
> ⅱ) 기사 계급의 이중적 소명 : 복귀 혹은 초월
> ⅲ) 소설적 사건, 모험의 이중성 : 추구와 운명
> ⅳ) 소설의 추구 : 궁정적 사랑과 그것의 성화

풀이하면 이렇다. ⅰ) 12세기의 르네상스는 '개인의식'의 탄생을 가능하게 한다.[62] 그러나 최고 권력의 지위에 오른 기사 계급, 즉 군주는 군주제의 강화를 위해 기사 계급과 결별하고 법률적·경제적 평민과 손을 잡는다. 12세기 말의 필립 오귀스트는 성직자를 동원하여 반-봉건적인 국가 체제를 확립하려다 부르주아와 만나고, 결정적으로 귀족 계급을 내팽개치게 된다.[63] ⅱ) 현실적 배반에 부닥친 기사 계급은 "사라진 행복에의 꿈"을 찾아 자신들의 이념을 이상화하게 된다. 한편으로

---

61) 'Préface' de Jacques Le Goff, in Köhler, *op. cit.*, p.19.
62) 이 부분은 명시적으로 표현되지 않고 있으나, 쾰러는 12세기에서의 '개인'의 출현을 12세기의 일반적 역사적 사건으로서, 12세기에 태어난 궁정 소설의 문화적 전제로서 다루고 있다. 그리고 그것은 궁정 소설의 모험이 개인 기사의 모험으로 시작하는 것에 대한 중요한 근거로서 작용한다. cf. *ibid.*, p.1, pp.110-113.
63) "부르주아와의 연합은 점점 더 봉건 세력들을 파괴하기 위한 가장 좋은 수단으로서 나타난다. '프랑스 왕실이 봉건 계급을 파괴할 수 있었던 것은 오직 그들이 그에 반대해서 민중과 연대했기 때문이었다. 여기에, 중세의 사회적 역동성을 추동하는 요인으로서의 연합의 정신이 개입한다.'" E. Köhler, *op. cit.*, p.21.

기사 계급의 정점이랄 수 있는 군주의 자리에 현실적인 군주가 결여하고 있는 덕목을 완비하고 있는 인물을 세운다. 그가 아더인 바, 이미 "『에렉과 에니드』에서부터 아더의 너그러움은 알렉산더 대왕을 능가한다."[64] 다른 한편으로 기사도 이상 속에 성직자의 학문을 통합시키려는 움직임이 나타난다. 그런데 이러한 이상주의적 움직임은 두 단계로 갈라진다. 초기에 그것은 현실적으로 실현되지 않는 고대적 이상의 복원을 지향하게 되나, 차츰 고대와 결별하면서 기사 계급(군주와의 관계에서 혹은 기사 계급 전체의 위계질서 속에서 억압적 위치에 놓이는 하층 기사 계급의 소원이 강력하게 투영된)만의 이상이 따로 떨어져 나와, 일종의 "종말론적 개념"으로 변한다."[65] iii) 이러한 기사도적 소명의 구체적인 표현인 소설의 '모험'은 따라서 "자기 동일성의 추구"이면서 동시에 "운명의 성취"이기도 하다. 그것은 우선 사회 전체로부터 버림받은 한 기사-개인의 정체성의 발견에 대한 추구로 나타난다. 그러나 이 자기 동일성의 추구는 바로 '이벵'에게서부터 더 이상 개인의 추구로만 나타나지 않는다. 이제 "모험은 명백히도 '섭리'의 의미를 띠게 된다."[66] 그리하여 단순한 시련이었던 것이 "애초에 개인적인 차원에서의 기사에게 남겨져 있었으나 이제 차츰 오직 공동체에게로만 떠넘겨진 '질서(ordo)'에 봉사하는 완전성의 실현"[67]으로 바뀐다. 모험은 '법칙(loi)'이 된다. 그러나 여기가 위기의 지점이다. 쾰러는 모험이 법칙이 될 때, 동시에 모험은 불가능한 것이 된다고 말한다. 그 이유는 다음과 같은 추론의 사슬로 이루어져 있다. ① 이러한 보편성의 추구는 자아와 현존하는 세계 사이의 분리를 심화시킨다, ② 그런데 모험이 법칙이 될수록 그 추구는 개인의

---

64) v.6673-6676., *ibid.*, p.61.
65) *ibid.*, p.75.
66) E. Köhler, *op.cit.*, p.93.
67) *ibid.*, p.94.

성취가 아니라 전체적 실현이 목적이 된다, ③ 그러나 그러한 목표는 객관적으로 불가능하다. "왜냐하면 기사 계급 내부의 다양한 성층들 사이의 차이를 지울 수가 없기 때문이다. 그것은 자아의 포기를 의미하게 될 것이고, 사실상 불가능한 일이 된다. 혹은 모든 것에 일의적인 종교적 의미를 부여함으로써만 가능한 일이 된다."[68] 퀼러는 크레티엥 드 트르와의 소설의 종착지가 혹은 그 이후의 소설가들의 작업이 '성배 탐구의 이야기'일 수밖에 없다고 결론을 내린다. "현실에 의해 부과된 선택의 박탈은 모순의 해결을 거의 불가피하게 비-현실의 공간에 위치시키는 바, 그 비현실의 공간, 불확실한 미래는 그럼에도 불구하고 각 개인에게는 도달할 수 있는 목표로 나타난다."[69] 그리고 그것은 궁정 소설의 구성적 절차에도 똑같이 이어진다. iv) 궁정 소설의 주인공이 아더 궁정의 대표 기사인 고벵(Gauvain)이나 쾨(Keu)가 아닌 이유도 거기에 있다. 현실 세계의 대표자(그 현실이 작중 현실이라 할지라도)는 이상 세계의 담지자가 될 수 없기 때문이다. 또한, 궁정 소설이 '궁정적 사랑(amour courtois)'이라는 특이한 주제 위에서 움직이는 까닭도 거기에 있다. 그것은 "이상적인 궁정적 인간형에 생기를 부어 넣는 모든 정신적 힘들, 즉 한 데 모여 궁정적 예법(courtoisie)의 이상적 모델을 제공할 힘들의 거의 독점적인 원천"[70]이 된다. 궁정적 사랑은 "이성들 간의 사랑이면서 동시에 신이 귀족 계급에게 부여한 특별한 은총으로서 간주된 사랑"이다. 이 궁정적 사랑의 주인공들이 유별나게 뛰어난 용모를 가지는 까닭도 거기에 있다. 가령, 『클리제스』에서 "페니스(Fénice)는 같은 종의 모든 새들을 압도하는 이름의 새처럼 그 미에 있어서, 모든 여자를 뛰어넘으

---

68) *ibid.*, p.95.
69) *ibid.*, p.127.
70) *ibid.*, p.135.

며, 클리제스는 나르시스보다도, 랑슬로보다도 아름답다. 한편,『수레의 기사』에서의 랑슬로는 '천사의 최고의 손으로 만들어졌다'. 그것은 단순한 과장 이상이다."[71] 그것은 각 주인공이 유일하게 '선택된' 자들임을 보여준다. 그러나 이 궁정적 사랑은 그것이 담보로 한 그 초월성으로 인하여 자신의 소멸을 필연적으로 초래하게 된다. 그것은 고귀한 사랑을 넘어서서, '속죄, 혹은 인류 구원의 사명'으로 건너가게 된다. 주인공들은 천사와 같은 지위에 오르게 되는 것이다. 그리하여,『수레의 기사』에서 랑슬로의 무훈은 더 이상 그니에브르를 위한 것이 아니라 고르(Gorre)에 갇힌 사람들을 해방시키기 위한 것이 된다. 그런데 그 순간이 자기 부정(否定)의 치명적인 순간이 된다. 왜냐하면 "절대적인 것이 된 사랑—투르바두르에게 있어서는 결혼의 밖에서나 가능한 것이었던—의 힘은, 선택된 자의 사명이 모든 현실과의 일치를 초월하는 순간, 더 이상 유일하고, 윤리적이며, 인생에 근본적인 역할을 할 수 없게"[72] 되기 때문이다. 그리고 현실을 포기하는 만큼 현실의 악(현실적으로는 기사도 계급을 위협하는 매뉴팩처 자본주의의 성장)의 힘은 더욱 자라기 때문이다. 다시 말하자면, 주인공들의 무훈이 발휘되면 될수록, 그에 비례하여, 악의 권능은 증가하거나, 혹은 그 거꾸로이다. 퀼러에 의하면, 크레티엥드 트르와의 소설들이 후기로 갈수록 무수한 악과 직면하는 것은 그 때문이다.

퀼러의 논지를 비교적 상세하게 소개한 까닭은 그것이 이 연구와 마찬가지로 소설의 '역사적 기원'을 따지고 있기 때문이다. 그가 분석한 소설의 발생은, 그리고 전개는 기사도 계급의 역사적 조건의 변화와 엄격한 동형 관계 속에서 나타난다. 그 동형 관계의 형식은 앞에서 제시

---

71) *ibid.*, p.142.
72) *ibid.*, pp.145-146.

된 항목들이 그 자체로서 보여주듯이 탄생과 소멸 혹은 (현실 혹은 이상과의) 일치와 불일치(좀 더 정확히 말하자면, 탄생 그리고 탄생 그 자체에 의한 소멸; 일치, 그리고 일치 그 자체에 의한 불일치)라는 모순적 관계로 이루어져 있다. 그렇다면 그것은 궁정 소설의 탄생과 종말에도 똑같이 적용되지 않겠는가? 즉, 기사도 계급이 실질적으로 쇠퇴하게 되는 13세기 이후는 곧 기사도 로망의 존재 이유를 당연히 소멸시키게 되지 않겠는가? 퀼러는 그의 분석에서 명시적으로 그렇게 말하고 있지는 않다. 아니, 적어도 크레티엥 드 트르와까지는 기사도의 모험은 여전히 낙관적인 전망 속에서 주도되고 있었다고 그는 말한다.73) 그러나 그는 이미 궁정 소설의 종말을 말할 준비가 되어 있다. 퀼러적 관점에서 보자면, "궁정 소설은 […] 기사도들의 저 황혼인 『아더의 죽음Mort du Arthur』이라는 호수에 잠기게 될 기사도의 백조의 노래"74)로 조락할 것은 당연한 이치이기 때문이다. 과연, 그는 주 논문의 마지막 부분에서 『사자의 기사』를 두고 "크레티엥의 마지막 시도의 실패"75)라고 말한다. 그리고 「아더 왕계열 소설의 형식La forme du roman arthurien」에서 크레티엥 이후의 소설은 "새로운 세계관", "새로운 문체"에 의해 엄격하게 12세기의 소설과 그 본질을 달리하고 있다고 적는다. 그것은 이제, "시간에 대한 새로운 개념, 역사적 사건들을 연결하는 인과율적 관계에 대한 새로운 직관"76)을 드러낸다.

그러나 퀼러의 동형 관계에 입각한 구조 발생론은 우리로서는 받아

---

73) "그럼에도 불구하고, 『페르스발』에서 기사도적 종말론은 공상적이고 시적인 세계 속에 감추어진다. 왜냐하면, 크레티엥은 아직 봉건적이고 기사도적인 세계의 미학적 광휘를 포기할 준비가 안되어 있었기 때문이다." *ibid*., p.259.

74) J. Le Goff, *op.cit*., p.17.

75) *ibid*., p.148.

76) *ibid*., p.292.

들이기 힘든 몇 가지 문제점을 안고 있다. 우리의 관점에서 보자면, 역사적 조건과 소설의 전개 사이에는 동형 관계(homologie)가 있는 것이 아니라, 변형이 있기 때문이다. 그러나 단순히 입장의 차이만을 진술하는 것이 퀼러의 문제점을 문제화시키지는 못한다. 그것은 퀼러의 분석 및 주장에 내재하는 이론적이고 실증적인 한계에 대해 밝힐 것을 요구한다.

첫째, 퀼러의 분석에는 개인의식의 탄생과 기사 계급의 열망 사이의 관계가 분명하지 않다. 그는 서문의 첫 머리에서 궁정 서사시는 "집단에 대한 개인의 반동, 보편적 정신에 대한 개인적 정신의 반동, 서사시 속의 국가와 궁정의 개념에 대한 반동"[77]이라는 마르크스의 진술을 인용한다. 그것은 마치, 퀼러의 책 전체를 여는 열쇠 단어처럼 제시된다. 그러나 그가 실제의 분석에서 보여주는 개인의식의 출현의 동인은 간단하지가 않다. 그는 한편으로는 그것을 12세기 르네상스를 통해 중세인 일반에게 나타난 새로운 의식으로서 제시한다. 그렇다면 그것은 궁정 문화의 일반적 전제가 될 것이다. 다른 한편으로 그는 그것을 12세기 궁정의 군주제의 강화 속에서 진행된 기사도 계급의 소외가 기사 계급의 성원들에게 개인의식을 유발하였다고 가정한다.[78] 그렇다면 사실상 궁정 소설의 개인의식은 두 가지로 해석될 수 있다. 그것은 궁정의 전제이거나 아니면, 궁정적 관계의 결과이다. 전자일 경우, 즉 12세기 르네상스에서의 개인의식의 일반적 출현에 중점을 둘 경우, 궁정 소설의 개인의식은 그러한 일반적인 개인의식의 출현에 뒷받침되면서 기사

---

77) *ibid.*, p.1.
78) "이와 같은 사유의 경향 속에서 표현되어 나가는 존재와 의식 사이의 분열은 개인으로 하여금, 그를 당연히 당연한 듯이 지배하고 그러면서 그 내적 관계 속에서 흔들리고 있는 일방적인 사회적 질서로부터 벗어나게 한다. 그렇게 고립된 개인에게는, 그의 사유가 곧바로 근본적인 변모를 거치는 데에 심오한 자각 같은 것을 필요로 하지 않는다." *ibid.*, p.2.

계급의 소외로 인하여 더욱 첨예하게 나타났다고 할 수 있다. 그러나 그 경우에 궁정에서의 개인의식은 어떤 경로를 통해 출현하였는가에 대한 해명이 이루어지지 않으면 안된다. 단순히 12세기의 르네상스가 그것을 가능하게 했다고 말하는 것은 적절하지 않다. 문학적 주제를 문화사적 사건으로 환원시키는 것은 유혹적일지는 몰라도 정확한 접근 방법은 아니기 때문이다. 무엇보다도 문화와 소설을 연결하는 문화적 매개체를 발견해내야 한다. 반대의 경우, 즉 기사 계급의 소외에 중점을 둘 경우엔 문제가 아주 심각하다. 왜냐하면, 퀼러의 분석을 따를 때 기사 계급은 개인주의의 방향에 놓이는 것이 아니라 반-개인주의의 방향으로 돌아가고 있기 때문이다. 개인의식의 출현이 12세기 르네상스의 일반적 사건이라 하더라도 그것은 새로운 세력, 즉 평민 계급 혹은 적어도 그러한 성향을 지닌 지식층들에 의해 주도되었기 때문이다. "아벨라르(Abélard)의 개인주의적 사유"가 '구 세계'와 "급진적으로 갈라지려고"[79] 한다면, 기사 계급은 여전히 '구 세계' 속에 남아 있었고, 그들의 소외 속에서 옛날로 되돌아가려는 소원을 품었다. 그런 사정 하에서 기사 계급의 소외만으로 개인의식의 심화를 설명하려드는 것은 적절하지가 못하다. 쉬운 예를 들자면, 집안에 불행이 닥치면 그것은 가족의 유대를 통해서만 극복된다. 집안의 위기는 가족의 차원에서 제기되고 해결되는 것이다. 마찬가지로 기사 계급의 위기는 기사 계급의 집단적 차원에서 제기될 수 있지, 그것이 기사 개개인으로 하여금 자신의 주체성과 개별성을 자각하도록 유도할 수 있는 것은 아니다. 그것은 또 다른 별개의 조건에 의해서 설명되어야 한다.[80]

---

79) *ibid.*, p.113.

80) 퀼러 스스로 이러한 모순을 의식했는지, 그는 약간은 돌발적으로 기사 계급 내부가 다양한 성층으로 이루어져 있다는 것을 곳곳에 끼워 넣는다. 그러나 그것은 그리 관여적이지 못한 듯하다. 특히, 기사 계급 내부의 분화가 어떤 경로를 통해 나타났는가를 밝히지 않으면, 그것은 거의 의미가 없다.

둘째, 퀼러의 동형 관계적 관점은 사회, 문화, 소설 사이에 일종의 상상적 동일시를 초래한다. 그러나 그들 사이에는 동일성이 있는 것이 아니라, 변화가 있는 것이 아닐까? 그게 아니라면, 굳이 문화적 활동을 한다는 것이, 하물며, 소설을 쓴다는 것은 더욱 더 아무런 의미를 획득하지 못할 것이기 때문이다. 그러한 상상적 동일시에 의한 분석상의 결함을 보여주는 두 개의 분명한 예를 들어보자. 하나는 공간적인 것이고 다른 하나는 시간적인 것이다. 공간적으로 문제가 되는 부분은 프랑스 왕실/영국 궁정의 대립과 군주/기사의 대립을 동일시한다는 것이다. 그는 프랑스 왕실 이념의 문학적 표현을 무훈시로 놓으면서, 그보다 상대적으로 열등한 영국 궁정의 주도 하에 소설이 발생하였다고 말한다.[81] 제도적인 차원에서 충분히 성립할 수 있는 이야기다. 그러나 그때 소설은 단지, 무훈시와 마찬가지로, 영국 궁정의 이념의 소설적 표현, 혹은 더 심하게는 기껏해야 영국 궁정이 자기 자신을 돋보이게 하기 위한 문화적 장식물에 불과할 것이다. 그런데 그것은 군주제의 강화 자체에 대립하는 기사 계급의 현실적인 좌절·소망과는 엄격하게 다르다. 퀼러의 분석을 그대로 따른다 하더라도, 한편으로 그것은 소설의 심층적 주제와 표면적 치레를 무시하는 것이며 다른 한편으로는 적어도 영국 궁정으로부터 프랑스로 건너온 때의 소설, 즉 크레티엥 드 트르와의 소설은 더 이상, 그 겉치레에도 불구하고 군주를 위한 소설이 아니라는 것을 간과하는 것이다. 시간적으로 문제가 되는 부분은 『트리스탕』과 크레티엥 드 트르와의 영향 관계에 퀼러 자신이 혼란을 일으키고 있다는 것이다. 그는 소설의 모험이 결국 불가능성으로 귀착한다고 분석하면서, 그 허망함의 가장 완벽한 표현을 『트리스탕』에게서 찾는다. "세상의 시각

---

81) *ibid.*, p.54 sq.

으로 볼 때, 모험은 성취될 수 없다. 왜냐하면, 개인과 세계의 단절은 극복될 수 없기 때문이다. […] 『트리스탕』은 공동체에 의해 결정된 이러한 사유에서 빠져나오기 위한 유일한 시도를 보여주는 바, 그것은 그의 시대에는 틀림없이 유혹적인 만큼이나 위험스러운 것으로 비쳤을 놀라운 예견이다. 닫힌 사회의 소외시키는 힘을 사랑의 이름으로 폭로하면서 그 사회에 저항하는 개인의 심각하고도 조숙한 항의는 재앙으로밖에 종결될 수 없었던 것이다. 그렇기 때문에, 『트리스탕』에서의 모험은 차후의 의식 상태를 예고하는 의의를 가진다."[82] 그러나 이러한 생각은 『트리스탕』은 하나의 작품이라기보다는 차라리 궁정인들의 의식의 밑바닥을 흐르는 전설[83]이며, 크레티엥의 『클리제스』가 토마의 『트리스탕』을 염두에 두고 그것을 극복하기 위해서 씌어졌다는 사실(쾰러 스스로 밝히고 있듯이)[84]과 완전히 순서적으로 전도된 생각이다. 쾰러도 그 모순을 의식했는지, 바로 트리스탕을 하나의 "예외"[85]로서 떼어놓는다. 그러나 이것은 궁여지책에 지나지 않는다. 어쨌든 그럼으로써, 그는 한 작품을 떼어 놓고, 궁정 소설에 출구 없는 울타리를 세운다. 궁정 소설은 닫힌 세상 속에서, 그와 똑같은 형태로, 닫히고 마는 것이다. 그러나 실제로 닫힌 것은 그것을 닫는 사람의 의식이 아닐까? 그가 생각한 것과는 정반대로 크레티엥 드 트르와의 소설은 트리스탕의 그 처절한 재앙의 끝맺음으로부터 새로운 길을 열어나간 것이 아닐까?

셋째, 결국 쾰러의 관점은 궁정 소설을 일정한 기간 동안에 탄생하고 종말을 맞은 폐쇄된 문학적 사건으로 만든다. 그러나 궁정 소설은 소멸

---

82) *ibid.*, p.97.
83) "『트리스탕』은 무엇보다도 그 기원이 우리에게 잘 알려져 있지 않은 전설이다…"(Emmanuèle Baumgartner, *Tristan et Iseut*, PUF, 1991, p.5.)
84) Kölher, *op. cit.*, p.171.
85) *op. cit.*, p.99.

하였다라고 말할 수 있을지 몰라도, 그것이 그 최초의 양태가 된 로망 즉 소설은 꾸준히 성장하였고, 근대의 대표적인 문학 장르로 자리 잡았다. 궁정 소설이 그의 존재기반의 상실과 함께 소멸하였다는 주장도 사실은 실증적인 근거를 상실하고 있다. 왜냐하면, 기사도 로망은 한편으로 로베르 드 보롱→앙트완느 드 살르→라블레 혹은 돈키호테의 궤적 속에서 비판적으로 극복 혹은 전복되어 나가면서, 다른 한편으로 로베르 드 보롱→『아마디스 드 골 *Amadis de Gaule*』로 이어지는 과정 속에서 적어도 17세기까지 일반 민중들의 독서 공간 속으로 폭넓게 확산되었을 뿐 아니라, 17세기의 전원 소설들로 변형되어 나갔으며, 쾰러가 헤겔을 빌려 지적하듯 기사도 로망이 "자아와 세계의 근원적인 불일치"라는 점에서 "낭만적"[86] 예술이라고 한다면, 바흐찐이 역시 지적했듯이 (그의 부정적 판단과는 별도로) 그것은 19세기의 낭만주의와 상징주의 문학으로 이어지면서 자신을 끊임없이 변형시켜 왔기 때문이다.[87] 이러한 지적은 아주 중요하다. 왜냐하면, 그것은 소설은 그 자체로서 변형의 장르라는 우리의 기본적인 가설을 뒷받침하는 중요한 현상인 한편으로, 쾰러는 결국 '궁정 소설'을 시공간적으로 고립된 한 특이한 문화적 양태로서 이해한 것이지, 역사적 장르로서의 소설을 탐색한 것은

---

86) *ibid.*, p.94.

87) cf. Bakhtine, *Esthétique et théorie du roman*, Gallimard, 1978, p.302. 또한, 이와 관련하여, 우리와 정반대의 방향에서 중세의 소설과 근대소설의 연계성을 찾으려고 시도한(그러나 불행하게도 후속의 연구들이 아직 나타나지 않는 듯이 보이는) 키베디 바르가의 노력은 주목할 만하다. 그는 『아마디스 드 골』, 『돈키호테』, 『아스트레』, 『클레브 공작 부인』, 『마담 보바리』 등등의 소설들과 소설들에 관한 근대의 논의들을 검토한 끝에, "소설의 역사는 신화의 지속적인 전이의 역사"로 볼 수 있으며, 그럴 경우, "근대 세계 속에 영속하는 신화의 존재"를 증명할 수 있을 것이라는 가설을 내세운다. cf. Aron Kibédi Varga, 'Le roman est un anti-roman', in *Littérature* N° 48, Décembre, 1982, pp.3-20. 우리와 방향이 정반대라는 것은, 키베디 바르가가 근대소설들 속에서 '신화'의 현존과 그 끊임없는 변주를 찾으려 한다면, 우리는 중세 소설 속에서 이미 '신화'의 변형(즉, 신화로부터의 일탈)이 시도되고 있었다는 가정에서 출발하기 때문, 짧게 말해, 키베디 바르가는 신화의 역사를 끌어내리는 데 비해, 우리는 근대의 시원을 끌어 올리려 하기 때문이다.

아니라는 것을 증명하기 때문이다.

2.2.2. 사적 관계의 탄생과 그 복합적 양상

퀼러의 동형관계적 구조 발생론이 가진 한계를 벗어나고자 한다면, 일단 다음과 같은 가설이 필요할 듯하다. 첫째, 퀼러가 우선적인 전제로 내세운 개인의식의 탄생을 가능하게 한 조건이 궁정 자체 내에 있었을 것이라는 것이다. 그렇지 않다면, 궁정 공간으로부터 행복한 미래를 약속받은 계급이든 소외된 계급이든 그 의식과 동경과 소망을 집단적인 구도 하에서 파악하고 제기하며 꿈꾸었을 것이기 때문이다. 둘째, 퀼러의 주장처럼 12세기 소설에서 그러한 개인의식이 선명하게 표현된다는 것(자기 동일성의 추구)이 타당성을 갖는다면, 궁정 공간과 기사 계급 사이에 모종의 화해지대, 혹은 적어도 그들 간의 갈등을 조절하는 균형장치가 있었을 것이라는 것이다. 다시 말해, 기사 계급이 군주제의 강화를 향해 나아가는 궁정 속에서 일방적으로 소외당하지만은 않았을 것이라는 것이다. 그게 아니라면, 개인의식의 표현 양식으로서의 소설은 기사 계급의 것이 아니라, 군주의 이념을 드러내는 것이거나, 혹은 거꾸로 기사 계급에 의해서는, 혹은 그를 위해서는 아주 다른 양태의 문화가 발생했을 것이기 때문이다. 즉, 이른바 궁정 소설은 태어난다는 사실 자체가 불가능했을 것이다.

이러한 가정을 뒷받침해줄 수 있는 기본적인 사실이 하나 있다. 그것은 궁정 세계의 발달과 더불어 기사 계급은 증대하였다는 것이다. 하우저는 11세기에 일어난 커다란 새로운 사실로서 "귀족 계급의 범위가 넓혀져 아주 조그마한 봉토를 가진 남의 종신이 부유하고 강대한 그의 주인과 동일한 기사 계급에 속하게 되었다는 것"[88]을 든다. 이것은 무엇

을 말하는가? 2.1.2절에서 지적하였던 것처럼 신분상의 양극화 현상은
평민의 수를 증대시킨 만큼, 또한 "자유 농민의 밑에 위치하고 있던 종
신을 귀족의 일원"으로 끌어들이게 되었다. 특히, 십자군 전쟁으로 인
한 기사 계급 성원의 주기적인 감소는 새로운 기사들의 등록을 줄기차
게 요구하였고, 그 대부분은 "장원에 소속된 종신 출신이었다. 큰 봉건
제후의 궁정이면 어느 곳에서든 볼 수 있는 이들 종신으로는 제후의 재
산 및 토지의 관리인, 궁정 부속 각종 공장의 감독, 친위대 및 경비대의
무사 등이 있었고, 특히 이들 친위대나 경비대에는 시중드는 소년들, 마
부, 하사관들이 포함되어 있었다."[89]

봉토의 세습과 함께 이들이 직업적 신분의 기사로부터 세습 신분의
기사로 차츰 변모하면서 기사 계급 내부에 예기치 않은 변화가 일어난
다. 그것은 상승 욕구와 열등감이 미묘하게 복합된 감정의 탄생을 말한
다. "그들은 귀족의 열에 오른 뒤에도 여전히 2급의 귀족이고, 그들에게
는 상류귀족에 대한 열등의식이 몸에 배어 있었다."[90] 한편으론 질서
내로의 편입과 상승의 욕구가 다른 한편으로는 내적인 불화가 동시에
꿈틀대는 것이다. 기사 계급 일반의 이러한 이중적 조건이 궁정 사회에
새로운 문화적 양태의 탄생과 연결되리라는 것은 충분히 짐작할 수 있
는 일인 것으로 보인다. 영주의 입장에서는 기사 계급을 지속적으로 확
보하기 위한 문화적 수단을 강구하지 않을 수 없을 것이며, 일반 기사
들 또한 그러한 영주의 노력과 적절히 부응하면서 동시에 충돌하였을
것이기 때문이다. 더욱이 당시의 귀족이란 사회·경제적인 측면에서보
다는 문화적인 측면에서 더욱 그 변별성을 찾을 수 있었다. 하우저의

88) 하우저, 백낙청 역, 『문학과 예술의 사회사 – 고대·중세 편』, 창작과 비평사, 1976, p.229.
89) ibid., p.228.
90) ibid., p.229.

말을 다시 빌면, "엄격히 구별되고 있던 것은 오직 지주와 농민, 부자와 '가난한' 자들 사이뿐이었고, 귀족 신분의 기준은 별도로 법제화된 권리에 의해서보다도 차라리 귀족다운 생활을 함으로써 귀족으로 대우받고 있었다." 쿠르티우스는 그러한 문화적 자원은, 특히 지적 자원은 12세기 궁정에 광범위하게 쏟아져, "공급이 수요를 앞지르고"[91] 있었다고 말한다.

『그랄 이야기』에서 페르스발이 기사도로 진출하는 과정은 그 점에 대해 아주 시사적이다. 그는 숲 속에서 사냥 연습을 하던 중 5명의 기사를 만나는데, 그들이 달려오는 소리를 들었을 때는 그들을 악마로 판단했다가, 그들을 보는 순간, 매혹당한다.

> Et quand il les vit en apert,
> Que du bois furent descovert,
> Et vit les haubers fremïans
> Et les elmes clers et luisans
> Et vit le blanc et le vermeil
> Reluire contre le soleil,
> Et l'or et l'azur et l'argent,
> Si li fu molt bet et molt gent,
> Et dist : "Ha! sire Diex, merci!
> Ce sont angle que je voi chi.
> Et voir or ai je molt pechié,
> Ore ai je molt mal esploitié,
> Qui dis que c'estoient deable.[92]

그러나 그가 숲에서 나오는 그들을 환한 빛 아래 보았을 때, 그가

---

91) "… l'offre dépassait la demande" E. R. Curtius, *op. cit.*, p.598.
92) 『그라알[중1]』, v.127-141; 『그라알[중2]』, p.35.

번쩍이는 갑옷, 환히 빛나는 투구를 보았을 때, 희고 새빨간 그것들
이 태양 빛을 받아 광채를 발산하는 것을, 그리고 황금빛과 쪽빛과
은빛을 보았을 때, 그는 이들이 진실로 아름답고 고귀한 사람이라는
것을 알았습니다. 그리고 부르짖습니다. "오 인자한 주님, 신이시여,
용서해주십시오! 제가 본 분들을 천사들입니다. 이 분들이 악마들이
라고 말한 것은 진정 저의 대죄이며 악행이었습니다.

그리고 그는 기사의 묻는 말에는 대답하지 않고, 기사의 무구들 하나
하나에 대해, 그리고 그것을 구할 수 있는 곳에 대해 기사에게 되묻는
다. 그곳은 물론 아더의 궁정이다.

> "Vallet, se Damediex t'aït,
> Se tu, e ses dire noveles
> Des chevqliers et des puceles?"
> Et cil qui petit fu senez
> Li dist : "Fustes vos ensi nez?"
> ― "Naie, vallet, ce ne puet estre
> Qu'ensi peüst ja nus hom nestre."
> ― "Qui vos atorna dont ensi?"
> ― "Vallet, je te dirai bien qui."
> ― "Dites le dont." ― "Molt volentiers :
> N'a pas encor cinc ans entiers
> Que tot cest harnois me dona
> Li rois Artus qui m'adouba.[93]

"젊은 친구, 진정으로, 그대는 내게 기사들과 처녀들이 어디로 갔
는지 말해줄 수 있겠나?" 그러나 상대방은 거의 이성을 잃고 되풀이
해 묻습니다. "당신은 그런 차림으로 태어났습니까?―아니야, 젊은

---

93) 『그라알[중1]』, v. 278-290; 『그라알[현]』, pp. 18-19.

친구, 그럴 수는 없지! 이 세상에 이런 차림으로 태어날 수 있는 사람
은 없네. ─그러면 대관절 누가 당신을 그렇게 차리게 해주었나요?
─이 친구야, 그이가 누군지 말해주지. ─말해주세요!─기꺼이! 닷
새도[94] 전에 아더 왕께서 나를 기사에 임명하시고 이 모든 무구를
선물로 주셨다네.

'그런 차림으로 태어난 것은 아니다'라는 말은 의미심장하다. 그것은
아더 왕의 공간은 인공적 공간이라는 것을 예리하게 암시한다. 그것은
지형학적으로는 2.1.1절에서 지적된 대로 당시의 유럽을 뒤덮고 있던
'숲', 그 자연의 공간과 선명히 대립되는 새로운 공간이다. 앞 인용문,
128행에서 그 기사들이 "숲에서 나올" 때 악마로부터 천사로 완전히 변
신하여 나타나는 것은 바로 그러한 대립을 가리키고 있는 것이다. 그러
니까, 그것은 단순히 지리적인 대립이 아니다. 페르스발이 그들과 만나
는 순간, 묘사된 것만으로는 페르스발 자신은 여전히 숲에서 나온 상태
가 아니다. 물론, 그 장소는 "신선한 푸르른 풀밭(erbe fresche verdoiant)"[95]
이다. 그러나 페르스발이 "숲으로 들어간(en la forest s'en entre)"[96] 이후,
그가 숲에서 나왔다는 얘기는 어느 곳에도 없다. 그러니까, 그 풀밭은
페르스발에게 있어서는 숲의 연장이었던 것이다. 그러다가 기사들을 보

---

94) 윌리엄 로취가 편집한 불어 원문의 판본은 국립도서관의 fr. 12576인데, 닷새가 아니라 'cinc ans',
즉 5년으로 되어 있다. 그러나 다른 판본들에는, 가령 펠릭스 르코이(Félix Lecoy)가 편집한 fr. 794
의 판본(Honoré Champion, 1990, p.13)에는 '.v. jors', 즉 '닷새'로 되어 있다. 샤를르 멜라가 소
개·주석한 베른느 시립도서관 소장의 ms.354의 판본(Lettres Gothiques, Librairie Générale
Française, 1990, p.44)에도 역시 '.V. jors'로 되어 있다. 현재까지 발견된 15개의 판본 모두를 조사
해 보지 않아서, 어느 것이 더 많은지 알 수 없으나(그리고 그것은 이 연구에는 그리 중요한 것이
아니다.), 12세기 궁정 소설에서 시간에 대한 감각은 거의 무시되고 있다는 사실을 일단 제쳐 놓은
채, 현대적인 의미에서 '닷새'가 더 문맥에 맞는 것 같아('5년도 채 전에'라는 말은 아무래도 어색
하다.), 그렇게 번역하였다.
95) 『그라알[중1]』, v.94.
96) 『그라알[중1]』, v.85.

는 순간, 그곳은 숲과 경계를 두고 갈라진 새로운 장소로 일거에 변모하는 것이다. 그 풀밭이 '신선한(fresche)', 즉 '새로운'이라는 형용사를 달고 있는 것은, 바로 그 풀밭이 숲과 아더 궁정의 매개자로서 기능하기 때문일 것이다. 그 새로운 풀밭의 새로움은 따라서 사실적인 의미의 지시자가 아니라, 가치를 지시하는 것이다.

숲/궁정의 이러한 지형학적 대립은, 따라서 문화적 대립으로 치환될 수 있다. 그 문화적 대립은 형태적으로는 자연/인공의 대립이면서, 동시에, 의미론적으로는, 자연적인, 즉 태어날 때부터 주어진 삶과 그렇지 않은, 즉 탄생의 조건, 신분과 운명을 넘어서는 새로운 삶의 대립으로 나타난다. 그렇다면 그 새로운 삶은 실제로 무엇이었을까?

앞당겨 말한다면, 12세기의 궁정에서는 새로운 삶의 관계 혹은 문화 양태가 분명 나타났으며, 그것은 '사적인 것(le privé)'이라는 이름으로 가리켜질 수 있다. 그 '사적인 것'은 지금까지의 문화를 지배해왔던 '공적인 것'과 선명하게 대립되는, 전혀 새로운 문화적 양태이다. 그에 대해서는 뒤비의 기술을 참조하는 것이 좋을 것이다.

그는 '공적인 것'과 대립되는 의미에서의 '사적인 것(le privé)'이 10세기 말부터 나타나기 시작한다는 것을 밝힌다.[97] 라틴어 populus를 어원으로 가지며, "그 지위와 자유로운 상태에 의하여 돋보이는 성인 남자들의 공동체"라는 뜻을 가지고 있던 '공적인 것(public)'은 봉건적 혁명이 시작되던 10세기 말 법이 규정하는 권리들과 의무들에 참여하는 것을 의미하는 바, 그 권리와 의무들은 "하늘에 군림하고 신의 의도들에 부응하는 완전한 질서를 인간들 사이에 투영하는 것을 평화와 정의의 이름으로 선포하는 사람들"에 의해 "그 질서가 수립된 나라이며 공동

---

97) Georges Duby, 'Ouverture' in *Histoire de la privé, Tome 2 : De l'Europe féodale à la Renaissance*, sous la direction de Philippe Ariès et de Georges Duby, Seuil, 1985, p.19 sq.

체, 즉 조국을 두루 방어할 권리와 의무"를 말한다. 그러나 이러한 공적
인 것에 대한 강조가 유별나게 주어진다는 것은 그에 상대하는 대립 개
념이 출현하고 강해지고 있다는 것을 반증한다. 실로 "시간과 장소들과
행동의 양식들과 사회적 범주들이 그렇게 해서 공적 법으로부터 발원
하였다면, 그러한 영역에 대해, 대법관들의 권력에서 빠져나가고, 공공
연한 표지들을 통해 독립을 선포하는 새로운 영역"이 나타나고 규정된
다. 그것은 우선, 소유권을 표현하게 되고, 차츰 개별적으로 가두어진
것들 일반에 적용되는 바, 그 가장 광범위한 표지는 울타리이다. 울타
리를 친다는 것은 그 안에서는 공적인 법과 다른 법에 의해 지배받는다
는 것을 의미한다. 뒤비에 의하면, 특히 그러한 울타리의 독립성은 바
로 '궁정(cour)'이라는 단어에서 가장 잘 확인된다. '궁정'은 라틴어
curtis에서 유래하는 것으로, saepes와 같이 울타리를 의미하는데, 특히
특별한 울타리, 가옥을 둘러싸고 세워진 울타리를 의미한다. 아무튼 '공
적인 것(res publica)'에 대립되는 이 새로운 것은 차츰 문헌상에서 그에
대적할 수 있는 하나의 단어를 획득하게 되는데, 그것은 res familias이
다. "res familias는 한 가정의 생활, 따라서 한 집합체, 그러나 민족의 집
합체와는 구별되면서, 집이라는 모임과 폐쇄(이렇게 말해도 될지 모르지만)
의 자연적 영역이 규정하는 집합체의 생활에 대한 지주 역할을 한다.
이 사적 공동체는 법에 의해 지배받지 않고 '관습'에 의해 지배된다. 그
것이 구성하는 체제의 어떤 성원들은 또한 민족의 일원이기도 하고 법
의 명령 하에 그 이름 속에 들어가기도 한다. 그러나 그것은 오직 그들
이 공적 생활 속에 들어가기 위해서 그(가정이라는 사적 공동체의) 체제를
벗어나는 때에만 그러할 뿐이다."

그러나 그 사적 공간이 오늘날 우리가 생각하는 바와 같은 '개인적
(individuelle)' 공간이라고 생각하는 것은 지나친 해석이다. 본래, privé라

는 단어가 '길들이다, 가축화하다'라는 뜻을 가진 'priver'의 과거 분사이었던 것처럼,[98] "사생활은 개인적(individuelle) 생활이 아니라, 공존적(conviviale)이고 상호 신뢰에 기초한 가정의 생활이다." 그것은 사적인 것이 공적인 것에 대해 질적인 전복을 꾀하는 것이 아니라, 같은 성질의 위상적 대립으로서 나타났다는 것을 의미한다.

> le privé와 le public의 대립은 장소의 문제라기보다는 권력의 문제이다./ 그런데 대조는 권력과 비-권력 사이에 있는 것이 아니라, 서로 다른 종류의 두 권력 사이에 있다.[99]

사적인 것은 "닫힌 틀 내에서 행사되는 다른 권력"이었던 것이다. 그러나 그럼에도 불구하고, 사적인 것의 발생은 중세의 문화사에서 중요한 의미를 띤다. "사적 생활의 형식 속에서, 봉건화의 과정은 공적 권력을 '세분화(émietta)'시켰던"[100] 바, 그 권력의 분산은 권력의 절대성과 보편성을 무너뜨리고야 말고, 더 나아가 공동체적 이념으로부터 이탈하는 '개인'을 탄생시킬 통로를 열기 때문이다. 그런 의미에서 그 '사적인 것'이 탄생의 의도에도 불구하고 새로운 질적 전환을 함축하지 않을 수 없다. 그것을 적절하게 보여주는 실례를 찾아보자. 하나는 봉건 사회의 인간관계를 요약하는 가신제(vassalité)의 의례인 '신종 선서'의 의식이다.

사적인 것이 또 하나의 권력이라는 것은 그것이 봉건적 분산과 함께 등장한 지방 영주들 개개의 세력 확장과 관련이 있다는 것을 보여준다. 즉, 그들은 자신들의 군주로서의 존재의 이유를 입증하기 위해 로마적

---

98) 리트레 사전에 의하면, 'l'oiseau privé'란 "야생지대로부터 구해 집의 가족적 공간으로 옮겨놓아진 새"를 일컫는다고 한다. *ibid.*, p.19.
99) *ibid.*, p.23.
100) *ibid.*, p.34.

인 공적인 세계와 다른 저마다의 독특한 세계를 만들어내지 않을 수 없었던 것이다.101) 마르크 블로흐가 자세히 기술하고 있듯이, 그때, 영주들이 자신들의 힘을 결집시키기 위해서 한 가장 효과적인 수단은 가신들과의 관계를 "혈연적 유대 관계"102)로 유지하는 것이었다. 영주와 가신들을 "육친의 벗들"이라 명명하고, "섬김을 잘 받는 영웅이란 […] 가신제라는 진정으로 봉건적인 성격을 가진 관계에 의해서이거나 아니면 친족이라는 고래의 관계에 의해서 그(영주)에게 결합되어 있는 그런 사람"을 일컬었던 것이며, "근친 복수"가 횡행하고, "적어도 12세기 초엽 이전까지 영주와 가신 사이의 공동 재산제의 관습"으로 경제적 연대성을 유지했던 것은 그러한 혈연적 유대 관계를 적절히 증거한다. 아마도 그 혈연적 유대 관계를 가장 상징적으로 보여주는 것이 신종선서로부터 봉토 수여로 이어지는 가신 입문의 일련의 절차를 담고 있는 의례일 것이다. 그것은 다양한 문헌 속에 빈번히 나타나는 바, 그중 가장 많이 인용되는 것은 갈베르 드 브뤼쥬(Galbert de Bruges)가 1127년 플랑드르 백작 귀욤므 클리통에게 행한 선서의 의례이다.

> 4월 7일, 목요일, 백작에 대해 새로운 충성의 서약이 있었다 […] 처음에 그들은 다음과 같은 방식으로 신종 선서를 하였다. 백작이 신하에게 무조건 부하가 될 것인지 묻자, 장래의 신하가 대답하였다. "네, 소신은 그것을 원합니다." 그리고 나면 백작은 신하의 손을 꼭 쥐고 입맞춤을 통하여 서로 결합의 예를 갖추었다. 두 번째로, 충성을 맹세하는 사람은 다음과 같은 신서의 말을 외워야 했다. "저는 이

---

101) "1000년의 프랑스에서 이 백작지방 영주들은 벌써 얼마 전부터, 그들의 조상들이 왕 사절단으로부터 받았었던 공적 권력의 부분이 이제 그들의 세습 재산 속에 통합되었다고 간주하고 있었다. 그들의 왕조가 지하 묘지 안에서 뿌리를 내리고 있었던 것이고, 그들의 가계가 왕실의 가계를 대신하여 혈통으로 형성되고 있었던 것이다." *ibid.*, p.32.

102) cf. M. Bloch, *op. cit.*, pp.183-208.

순간부터 기욤 백작님께 충성을 바치며, 모든 사람으로부터 그 분을
보호하며, 그 분에 대해 한점 부끄러운 일이 없이 충실하고 정직하도
록 하겠습니다." 세 번째로, 그는 성자들의 유물에 대해서도 이렇게
맹세하였다. 그리고 나면, 백작은 손에 쥐고 있는 채찍으로 이러한
계약을 통해 자신에게 성실과 충성을 맹세한 모두를 신하로 맞는 의
식을 행하였다.103)

블로흐가 서술적으로 기술하고 있는 이 의례의 혈연적 유대의 의미
에 대해, 르 고프는 구조적으로 분석한다. 그리고 거기에서, 그 사적 관
계의 독자적 성격이 나온다. 우선, 르 고프는 이 의례를 그 순서에 따
라, '말', '행위', '대상'의 세 가지 범주로 나눈다. 말에 해당하는 것은
첫 번째, 신종선서(hommage)의 단계이며, 행위에 해당하는 것은 두 번째
의 '맹세(foi)'의 단계이다. 그리고 유물들에 대한 맹세와 영주에 의한
'서임(inversiture du fief)'이 세 번째 단계에 해당한다.104) 그리고 이 세 개
의 단계를 차례로 분석한다.

첫 번째 신종선서의 단계에서 영주와 가신이 손을 잡는데, 그 모양은
일종의 지배/종속 관계를 함축한다. 영주가 가신의 모은 손을 감싸 잡
는 것이다.105) 그러나 두 번째 의식인 맹서(foi)의 단계에서는 세심한 변

---

103) 카르팡티에 외, 주명철 역, 『프랑스인의 역사』, pp.137-38에서 재인용. 이 의례에서는 손 잡음과
입맞춤이 거의 동시에 있으나, 대부분의 다른 문헌들에선 손잡기는 첫 번째에, 그리고 입맞춤은 두
번째에 나타난다고 한다. 갈베르 드 브뤼쥬의 의례가 가장 많이 인용되는 이유는, 그것이 가장 자
세하기 때문이라고 한다. Jacque Le Goff, *Pour un autre Moyen Age*, Gallimard, 1977, p.351.
104) cf. Jacques Le Goff, *Pour un autre Moyen Age*, pp.352-357.
105) "분명, 영주의 제스처에는 원조와 보호에의 약속이 있다. 그런데 이 약속을 통해 나타나는 것은
분명 우월한 힘의 과시이다. 그것은 의존의 관계이다." *ibid.*, p.367; "가신의 편에서는 굴종은 아
니더라도 어쨌든 'manus alicui dare', 'in manus alicuius dare' 같은 간단한 제스처만 보아도, 혹
은 그로부터 주어지는 의미 : 'sese… committit', […] 'se traditit' […] 로 보아, 존경과 열등의 표시
가 있다." "가신이 제가 그걸 원합니다"라고 대답할 때 그 단어는 동등함에 대한 의지의 표현이
아니라 열등한 자의 약속의 표현인 것이다."; "우월한 자의 앞에서, 신종선서는 열등한 자를 종속
된 자로 만든다." *ibid*, p.368.

형이 일어난다. 이 단계의 가장 중요한 행위는 입맞춤(osculum)인데, 그
것은 "숨과 침을 교환하는(그리하여 피의 교환을 환기하는)"[106] 행위로서,
첫 단계의 불평등한 관계를 평등한 관계로 전환시킨다."[107] 마지막으로
'서임(investiture)'은 "증여/반대급부의 실천을 증거"하는데, 앞의 두 불평
등-평등의 단계를 거쳐, 엄격한 의미에서의 상호적인 연대, 상호성의
계약이 성취되는 행위이다.[108]

이 세 단계에 걸친 의례는, 결국, 영주에 대한 가신의 종속성으로부
터 평등한 관계로, 그리고 다시, 엄격한 상호 계약의 관계로 나아간다.

르 고프는 이러한 분석에 이어, 이 '육체적 상징 체계'[109]를 종합적으
로 해석할 틀을 찾는다. 뒤비와 블로흐도 그렇게 판단했던 것처럼, 그
러나 르 고프의 훨씬 정밀한 비교에 의해서, 그 틀은 '가족 관계'의 틀
로 나타난다. 그가 보기에 경제적인 모델도 정치적인 모델도 적합하지
않다. 왜냐하면, 경제적 모델의 경우, 자본주의 이전 사회에 있어서 위
와 같은 구조적 양상과 유사한 관계를 보여주는 포틀래취(Potlatch) 체계
도, 로마 시대의 계약 체계도 위의 체계와 들어맞지 않으며, 정치적 모
델의 경우 나타나는 권력의 공간과 이동이 가신제 계약에는 나타나지
않기 때문이다. 가신제의 상징 체계가 가족 모델, 친족 관계를 본질적
인 참조 체계로 갖는다는 것은 다음과 같은 근거에 의해서이다. 우선,

---

106) *ibid.*, p.369.
107) "피의 교환과도 같은 숨과 침의 교환은 동등한 자들 사이에서 일어난다. 'osculum'은 그것이 영주
와 가신의 입의 대칭적 모양 속에서 행해지는 것처럼 그들을 동등한 평면 위에, 실로 동등한 자들
의 차원 위에 놓는다." *ibid.*, p.370.
108) "1127년 갈베르 드 브뤼쥬Galbert de Bruges에 의해 보고된 의례의 끝 단계를 재차 상기하는 것으
로 족하다. '다음, 백작은 그가 손에 든 막대기(혹은 채찍)를 가지고 그들 모두에게 서임을 행한다.
그리고 그들은 이 계약을 통해서 그에게 안전을 약속하고 신종선서를 하며 맹서를 하는 것이다.'
모든 것이 여기에 있다. 이 의식의 정의는 하나의 '협정'을 맺는 것, 신종선서와 맹서의 증여에 화
답하는 서임의 반대 증여이자 계약인 것이다." *loc.cit.*
109) *ibid.*, p.365.

어휘들이 본질적으로 그와 같은 방식으로 정의된다. 무엇보다도 '입과 손의 사람'이라는 표현이 그렇다. "'손'에 있어서 중요한 것은 그가 '행한다는' 사실 자체이다. 그것은 가신제 의례의 전 국면에 나타난다." '입'으로 말할 것 같으면, 가신 입문 의례의 입맞춤은 발에 입맞추는 고대 기독교의 키스와 다르며, 약혼 의례의 입맞춤과 유사하다. 더욱 의미심장한 것은 3번째 단계에서 등장하는 꽤 긴 역사를 가지고 있는 festuca(채찍 혹은 작은 막대기)이다. 로마 시대에 군사적인 힘의 과시와 소유의 확인을 위한 상징적 절차로서 나타났으며, 프랑크족들에게 있어서는 유산의 증여 의례에 개입하였던 festuca(를 놓는 행위)는, 봉건적 가신 의례에 있어서는 완전히 다른 모습으로 나타나는 바, "가신제의 상징성이나 그 실천에 있어서 두루 근본적인 지시적 역할을 하는 것으로 증명되는 일군의 단어들을 탄생시킨다."[110] 가령, 가신의 계약을 철회하는 행위는 동사 exfestucare와 실사 exfestucatio로 표현되는데, 그 단어들은 festuca에서 파생한 것이다. 요컨대 festuca는 가신제의 출발과 종결의 전 공간에 걸쳐 나타나는 것이다. 그런데 이 exfestucare는 단순히 '버리다(déguerpir)'의 뜻만을 가진 게 아니다. 마르크 블로흐가 조사한 바에 따르면, "문헌들은 모두가 똑같이 일치하는데, 결코 '봉건적 관계를 철회하다(feodum exfestucare)'라고 말하지 않고, 거의 모두가 '사람 관계 혹은 가족 관계를 철회하다(hominium ou dominium exfestucare)'라고 말한다."[111] 즉 그것은 구조적인 차원에서 '가족적 모델'에 의해 구성되고 존재하는 것이다.

르 고프의 구조적 분석은, 봉건제의 인간 관계가 기본적으로 가족적 모델에 의거한 사적 관계임을 보여주는 한편으로, 그 사적인 것 속에서

---

110) *ibid.*, p.378.
111) *ibid.*, p.379에서 재인용.

는 그것이 공적인 것에 대항하는 다른 종류의 '권력'임에도 불구하고 공적인 것과 다른 새로운 성질의 관계가 영주와 가신 사이에 수립되고 있다는 것을 보여준다. '사적인 것' 속에는 공적인 관계의 일방적인 지배/예속 관계와는 달리, 상호성에 입각한 평등한 계약 관계가 불가피하게 나타나는 것이다.

이러한 역사적 발견들은, 크레티엥 드 트르와의 소설에서 아더와 가신들 사이의 미묘한 관계를 좀 더 용이하게 이해할 수 있도록 해준다. 앞 절에서 보았듯이, 아더는 지상에 존재했고 현존하는 모든 군주를 뛰어넘는 초월적 모범으로 제시된다. 그러나 실제 작품 속에서 아더는 인간적 한계를 자주 드러내 보인다. 『수레의 기사』에서의 그는 멜레아강 (Méléagant)이 그니에브르를 탈취해가는 것을 전혀 저지하지 못하며,『그랄 이야기』에서는 사자 왕과의 싸움에서 이겼지만, 기사들이 그들의 성으로 돌아가서 그들의 소식을 들을 수 없기 때문에, 혹은 조카 고뱅이 돌아오지 않아, 슬픔과 분노로 가득 찬다. 연구의 이 지점에서 특히 주목을 끄는 것은 그니에브르가 납치되어 갈 때의 아더와 쾨 사이의 계약이다. 쾨는, 멜레아강이 나타나 자신의 궁정에 아더의 가신 및 여인들이 수없이 잡혀 있는데, 한 출중한 기사가 여왕과 함께 그에게로 와서 여왕을 빼앗는 것을 저지한다면, 포로들을 돌려주겠다는 무시무시한 선포를 하던 때에, "하인들과 함께 식사를 하고 있는 중"이었다. 그는 사건의 소식을 듣자, 바로 식사를 중단하고 왕에게 달려가 분개의 목소리로 "더 이상 당신의 궁정에 머물지 않겠다"고 선언한다. 당황한 왕은 그니에브르에게 "그 이유를 모르겠다"고 하면서, 쾨를 달래달라고 부탁한다. 그렇게 해서, 그니에브르가 "집사의 발 아래 꿇어 엎드려" 하소한 덕택으로, 아더와 쾨 사이에 계약이 성립하게 되는데,112) 그것은 여왕을 멜레아강에게 데려가는 역할을 쾨가 맡는다는 것이다. 그 요구는 만인을 당황하게 한다. 여왕은 "어쩔줄 몰라" 하며, 궁정 내 모든 사람의 의견은 그러한 요구는 "오만, 괴벽 그리고 정신나간 짓"이라는 것이다. 그러나 그럼에도 불구하고 아더는 쾨에게 한 약속을 위반할 수가 없다.

이와 같은 장면은 르 고프의 분석을 참조할 때만 온전히 이해될 수 있다. 그것은 가신제적 상호성의 전형적인 모습을 보여주는 것이다. 아더와 쾨 사이의 동등한, 아니 차라리 가신의 힘을 더욱 돋보이게 하는 계약, 그리고 이익 사회의 관점에서는 전혀 이해할 수 없는 형제애와 같은 정신적 유대가 요구하는 약속의 이행은 궁정의 사적 관계라는 것이 공적 관계와도 그리고 자본주의 사회의 이익 당사자들 간의 계약과도 다른 것임을 보여준다. 물론 위의 장면은 쾨의 계략에 의해 연출된 것이고, 만인이 쾨를 비난한다는 점에서, 궁정 소설 내의 궁정적 인물들이 아더와 맺는(어쨌든 표면적으로) 깊은 상호 신뢰와는 엄격히 다르다. 그러나 그것은 별개의 문제다. 쾨의 지나친 요구를 사람들이 알고 있으면서도 저지하지 못한다는 것은 그것이 사적 관계의 정신적 유대를 바탕으로 했기 때문임을, 즉 쾨의 계략은 그것을 알리바이로 가지고 있음을 보여준다. 결국, 궁정 소설에서의 상호 신뢰와 상호 기만은 그 내용상의 차이에도 불구하고 똑같은 구조적 차원에 놓여 있는 것이다.

이러한 가신제적 관계의 더욱 구체적인 실례 하나는 더욱 그 양태와 의미를 깊이 있게 알려준다. 그것은 이른바 '숙식 공동체(commensalité)'의 현상이다. 뒤비에 의하면, 사적 관계의 정신적, 일상적 이미지를 가장 잘 보여주는 것은 거주의 모양으로서, 그 시대의 모든 군주가 "머릿속에 품고 있던 그들의 집은 그 날개 아래 하위의 몇몇 집을 보호하고 있고, 또 그 각각의 집은 한 '어른(grand)'에 의해 지도되어, 그 어른은

---

112) 작가는 그니에브르가 쾨를 다시 데리고 왔을 때의 아더의 심정을 "왕은 기쁨으로 한숨을 내쉬었다"(『랑슬로[중]』, v.168; 『랑슬로[현]』, p.30.)고 묘사하고 있다. 그는 너무도 인간적이다.

일정한 하층 계급에게 왕자들과 비슷한 권력을 행사한다."[113] 그들이 권력에 대해 품고 있던 이미지이기도 한 그 거주의 이미지 속에서 "그 각각의 처소는 분명한 자율성을 누리면서, 동시에 언제나 한 파트론의 가족 내에 들어가게 되는" 바, 일종의 "중첩적인 보호체제(Un emboîtement de patronages)"를 나타낸다. 그 동심원적 구성이 명료하게 집약된 곳에, 각 처소 간의 성원들을 한꺼번에 모아놓는 숙식 공동체가 있다. 즉, 하위의 파트론들의 자제들은 상등 파트론의 궁정에서 공동 숙식을 하는 것이다. 그들은 "이 동안 주인과 함께 식사하고, 그의 동료들과 자고 사냥하며, 그에 의해 교육받고, 그를 즐겁게 하기 위해 경쟁하며, 그에게서 패물들과 기쁨을 기대하면서, 마침내는 그로부터 그들의 무구, 때로는 여자(une compagne), 검, 배우자를 받는다. 다시 말해 이제 그 자신의 집의 수장이 되도록 해줄 무엇을 받게 되는 바, 그 집은 자율성을 유지하면서도, 그러나 청년기의 그러한 동숙(commensalité)의 기억에 의해 그를 길러준 집에 아주 엄격하게 연결되어 있게 된다."[114]

뒤비의 이 진술을 쾰러의 논문 「트루바두르의 시」를 요약하는 다음의 진술과 겹쳐 놓아 보자.

쾰러는 트루바두르의 시가 궁정에서의 대귀족과 가난한 영주민의 공동 생활이라는 조건에서 태어났다고 생각한다. 현재 알려져 있는 것은 가신들의 자식들이 그들의 영주의 집으로 교육받으러 갔으며, 그들의 처지는 잠정적이었다는 것이다. 봉토를 받지 못한(non chasé) '단순한 학도'인 그들은, 꽤 많은 숫자를 이루며, 군주의 궁정에서 나란히 앉았으며, 그것은 불가피하게 그들을 경쟁관계에 집어넣었다. 탐욕에 대한 비난이 나오는 것은 하급 귀족들에서일 뿐이며, 그것이

113) Georges Duby, op.cit., p.33.
114) ibid., p.34.

그들의 욕구를 표현할 때뿐이다. 궁정 연인의 노력은 사회적으로 자신을 높이려는 소 귀족의 노력과 등가이다. '몰래 한 사랑(fine amor)'을 창조함으로써, 기사 계급은 그들이 보다 우월하고 세련된 생활의 이상을 빚어낼 수 있으며 진짜 귀족에 속할 자격이 있다는 것을 드러내고 싶어 한다. 궁정시가 노래하는 여인이 도달할 수 없는 여인이라면, 그것은 가난한 기사가 대 귀족 부인, 일반적으로는 공작 부인이나 백작 부인을 정복하기를 희망할 수 없기 때문이다.[115]

뒤비의 진술은 궁정 내의 신분 성층들 사이의 유대를 강조하고 퀼러는 성층들 사이와 각 성층 내부의 긴장 및 갈등을 강조하는데, 그것은 바로 군주의 눈과 하급 귀족의 눈을 각각 대변한다고 할 수 있다. 유대는 곧 공동 숙식 체제를 만든 이념적 의도이며, 긴장 및 갈등은 공동 숙식 체제의 실제인 것이다.

그렇다면 「트루바두르의 시」의 필자는 『기사도의 모험』의 저자가 간과했던 점을 암시하고 있는 것이다. 그 암시는 물론, 뒤비와 르 고프가 보여주는 바, 궁정의 '사적' 성격을 염두에 둘 때 드러날 수 있는 암시이다. 궁정에서는 이전에 전혀 생각할 수 없었던 새로운 상호성의 관계, 즉 상대방의 존재를 자신과 동등하게 인정하는 관계가 그 의도에 의해 강화되고 그 긴장에 의해 역동적 활력을 띠면서 확대되어 나가고 있었다고 말할 수 있다. 궁정 사회 속에서 기사 계급은 단순히 배반당했던 것이 아니라, 그 안에서 특수한 삶의 기회를 맞이하고 있었던 것이다. 그런 의미에서 아더의 궁정은 많은 사람들이 공통적으로 지적하듯 예전의 귀족 사회에 대한 이상화된 모델인 것만이 아니다. 그것은 "황금 시대에의 꿈"[116]만을 도달할 수 없는 거리로 지시하는 것만이 아니라,

---

115) D. Boutet et A. Strubel, *La littérature française du Moyen Age*, PUF, 1978, pp.28-29.
116) Ashe, *op. cit.*, p.5.

봉건 시대의 실제적 궁정, 온갖 인간적인 고뇌와 열망과 꼴들이 들끓는
현실적 공간이기도 한 것이다. 그런 의미에서 궁정이 크레티엥 소설의
출발지이자 종착지라는 것은 다시 해석될 필요가 있다. 그것은 궁정의
현실적 모습으로부터 떠나고 그 이상적 모습으로 복귀한다는 것으로
해석될 것이 아니라, 크레티엥 소설을 부추기고 동시에 그에 의해 배반
당하는(우리의 가설에 따라, 끊임없는 변형을 전제로 한다면) 공간으로 해석되
어야 할 것이다. 차라리 거꾸로 말해야 할 것이다. 크레티엥 소설이 궁
정의 출발지이자 종착지라고. 그것은 궁정을 출발하게 하고, 궁정을 다
른 무엇으로 바꾸어 놓을 것이기 때문이다.

2.3. 사적인 것 너머

앞 절의 마지막 문장들은 크레티엥 소설이 단순히 12세기의 실제 궁
정의 반영이 아니라는 것을 염두에 두고 쓰인 것이다. 실로, 언뜻 보는
것만으로도 궁정 사회의 사적 관계와 크레티엥의 소설이 드러내는 인
간적 관계는 분명하게 다른 측면을 보여준다. 그 대표적인 것은 아마도
12세기 소설의 궁정적 사랑일 것이다. 르 고프에 의하면, 기사도의 친
족 관계적 구조의 성격은 크게 둘로 나타난다. 하나는 앞에서 지적했던
것처럼, "비자연적"이라는 것이고, 다른 하나는 "남성적이고 귀족적"이
라는 것이다.[117] 그것은 12세기 소설 전반에 나타나는 궁정적 사랑, 여

---

117) "이 체제는 사회의 전 성원을 포괄하지 않으며, 그것을 구성하는 상징체계는, 친족 유형의 상징체
계가 그가 포괄하는 것보다 더 많은 것(가족 모델 밖으로 버려지는 것들)을 배제하듯이, 이러한
배제를 표명하고 동시에 그것을 실현시키는 기능을 갖는다." 기사도의 상징 체계가 배제하는 것은
'여성'과 '평민'이다. 그중에서 소설과 특히 문제가 되는 집단은 여성이다. "신종선서는 불평등의
단계인데, 그때 여성은 참여할 수 있다. 그러나 입맞춤을 포함하는 맹서의 단계에선 성원의 불평

성에 대한 숭배와 정면으로 배치된다. 만일 그렇다면 어떻게 궁정 사회에서 소설이 탄생하여 인정될 수 있었으며, 또한 어떤 기능을 갖는가?

그에 대답하기 전에, 궁정적 관계의 어떤 것이 그와 상충하는 것을 존재하게 했는가를 생각해 보아야 할 것이다. 12세기 소설의 궁정적 사랑이 궁정의 현실적 관계를 대표하는 사적 관계의 남성적이고 귀족적인 성격과 이질적인 것이라면, 그것은 그 사적 관계 자체에 어떤 문제가 있었다는 것을 암시한다. 그렇지 않으면, 그를 배반하는 새로운 이념, 새로운 문화가 그로부터 태어날 리가 없기 때문이다. 그에 대해서는 라자르(Moshé Lazar)의 다음과 같은 증언이 아주 시사적이다. 궁정적 관계를 쿠르트와지(courtoisie)라는 말로 요약할 수 있다면, 라자르는 그것이 사회적이고 동시에 도덕적인 개념이라는 것을 지적한다. 그런데 문제가 되는 것은 그것의 사회적 의미와 도덕적 의미가 서로 상보적이지 못하고 빈번히 이질적인 것으로 취급된다는 데에 있다. 그것이 도덕적인 개념으로 쓰일 때, 당시 그것의 영향력은 대단해서, 평민에게까지 적용될 수 있었다고 한다.[118] 그러나 사회적인 의미로서의 쿠르트와지는 그 도덕적 개념을 충족시키지 못한다. 라자르가 들고 있는 보기는 토마의 『트리스탕』에서 기사 카리아도(Cariado)에 대한 묘사이다. "그는 아주 아름다운 기사, 궁정적(courtois)이고, 오만하고 거만한 사람이었습니다." 라자르는 어떻게 오만하고 거만한 사람이 '궁정적'일 수 있는가 하고 묻는다. 그 해답의 열쇠가 쿠르트와지 개념의 이원성에 있음은 두말할 나위도 없다. 그때의 쿠르트와지는 사회적인 의미로서 쓰인 것이다. 그러나 토마가 다른 곳에서 사람들의 덕에 대해 말하면서 비겁함

등이 일어난다. 사회적이고 종교적인 관점에서 마이너리티인 여성은 그것을 받을 수가 없다." 이상, cf. J. Le Goff, op. cit., pp. 380-382.

118) cf. Moshé Lazar, Amour coutois et "Fin'amors" dans la littérature du XIIᵉ siècle, Klincksieck, 1964, pp. 23-24.

(vilainie)과 궁정성(corteisie)을 구별할 때 그때의 쿠르트와지는 엄격하게 도덕적인 개념이다. "그들은 그토록 저열한 짓(vilenie)을 범하고 있습니다 / 그들은 쿠르트와지를 잊고 있는 것입니다." 라자르의 이어지는 결론은 이렇다.

> 분명, 기사 계급이 이해하고 있는 바와 같은 쿠르트와지의 개념에서도 윤리적인 측면은 중요한 자리를 차지한다. 그러나 트루바두르들이 cortezia에 대해 말할 때, 그것은 언제나 거의 도덕적인 관념, 혹은 미학적인 정서로 기능한다. 그것은 트루바두르들이 사랑에 대해 품고 있는 의미와 밀접하게 연관되어 있다. 그것은 기사 계급의 이데올로기에서 원천을 갖고 있지도 않고, 기사 계급과 귀족의 독점적인 소유물도 아니다. 궁정적 사랑은 사랑의 기술인 바, 그 코드의 규칙들을 준수하는 사람은 궁정적이다. 그 결과, 사람들이 흔히 주장해왔던 것과는 반대로, 궁정적 사랑은 궁정성의 한 범주, 그것을 구성하는 한 요소가 아니다. 트루바두르의 cortezia는 그게 아니라 본질적으로 몰래 한 사랑(fin'amors)의 산물이다.[119]

'궁정성'의 의미의 분열은, 궁정 사회에 무슨 문제가 생겼음을 강하게 암시한다. 과연, 블로흐는 봉건 시대를 특징지우는 가족 공동체적 관계가 차츰 사라지게 된다는 것을 지적한다. 그것은 부계와 모계 양쪽에 다 걸친 것으로, 봉건 시대 초기에는 거의 경계가 없는 자의에 의해 무한정으로 확대되곤 하였으나, 12세기 말경부터 '가족 공동체 축소'라는 현상이 나타난다.[120] 그 이유는 한편으로 "공권력이 팽창"하였기 때문이고, 다른 한편으로는 교역의 진보로 인하여 "재산에 대해 가해지는 가족의 속박을 줄어들게 하였기" 때문이다. 그런데 공권력은 어떻게 팽

---

119) *ibid.*, p.25.
120) M. Bloch, *op.cit.*, p.203 sq.

창하게 되었는가? 뒤비의 판단은 거의 핵심적이다. "역설적이게도, 사회가 봉건화될 때 점점 사생활은 드물어져갔다. 모든 권력이 점점 더욱 사적인 관계로 변모해간 덕분이었다."[121] 그것은 결국 사적인 것이 다시 공적인 것으로 변모해갔다는 것을 의미한다. 이러한 사적인 것과 공적인 것의 상호 침투는 12세기경에 거의 광범위하게 일어난다. 그것을 가장 잘 드러내 보여주는 것은 기사 계급이 군주에 대해서는 가족적 유대를 통하여 봉사자이며 동료로서 존재하지만, 일반 민중에 대해서는 착취자로서 존재했다는 것이다. 기사 계급은, '자유'를 대가로 민중에게 부과된 착취를 실질적으로 실행하는 입장에 놓여 있었다. "양곡과 봉토를 부여받는 대가로 그들에게 주어진 임무 중의 하나는 규칙적으로 성 둘레를 돌며 질주(chevauchées)라고 불리는 시위를 벌임으로써 나머지 민중들을 멍에 속에 묶어두는 것이었는데, 그 질주가 강제 권력의 대리자로서의 말탄 사람의 우월성을 과시하는 기능을 수행하였기 때문이다."[122]

2.3.1. 초월적 사랑 혹은 윤리적 사랑

이제 우리는 궁정적 모순의 가장 깊은 곳까지 내려왔다. 이젠 새로운 길을 닦으며 올라갈 차례다. 궁정의 사적 관계의 의미와 양태가, 공적인 것과의 상호 침투 속에서, 그렇게 분열되었다면, 그것은 필연적으로 그에 반하는 문화를 만들어낼 수밖에 없다. 이른바 '내재성'이 상실된 곳에서는 언제나 파괴와 전복의 모험이 따르기 때문이다. 궁정 소설의 궁정적 사랑은 그것이 궁정의 남성적이고 귀족적인 사적 관계와 정면

---

121) G. Duby, *op.cit.*, p.39.
122) *ibid.*, p.35.

으로 배치된다는 점에서 그러한 모험의 하나로서 간주될 수 있다. 그러나 그것이 궁정적 관계에 대해 일방적으로 저항했다면, 그것은 궁정 공간에서 용인되지도, 하물며 권장되지는 못했을 것이다. 대관절 어떻게 그에 반하는 문화적 형태가 그곳 안에서 피어날 수 있었을까?

이처럼 미묘한 사실 때문에, 궁정 소설의 문화적 의미, 그리고 그것을 뒷받침하는 현실적 준거 집단에 대한 다양한 견해가 나타난다. 그것들을 몇 가지로 나누어 검토해 보기로 하자.

우선, 궁정적 사랑을 성모 숭배와 연결시키려는 시도가 있다. 르 고프에 의하면, 궁정적 사랑은 "전도된 세상" 특히, 성직자들에 의해 만들어진 당시의 평상적인 영주-가신의 관계에 저항하면서, "겸손과 금욕의 실천을 통하여"[123) 내놓은 전도된 세계라는 것이다. 따라서 그 세계는 성모 숭배와 연결된 초월적 사랑의 세계이다. 여기서 연구는 지금까지 거의 문학적 층위에서 고려하지 않았던 한 가지 변수를 만난다. 12세기 소설의 저자들이 성직자라는 사실이 그것이다. 이 장의 맨 앞에서 지적되었던 그것은 이제 전기적 층위로부터 문학적 층위로 옮겨져 논의되어야 할 때가 되었다.

문제는 이렇게 제기될 것이다. 르 고프의 의견대로 궁정 소설의 세상이 궁정 사회를 뒤집은 세상이라면 그것이 어떻게 궁정 속에서 용인될 수가 있었는가? 그것은 궁정 내부에 세속적 야망과 대립하여 초월적 사랑을 내세우는 정신적 흐름이 만만치 않은 세력으로 존재했기 때문인가? 그러한 가정은 9세기부터 성직 세계가 종래의 폐쇄적이고 은둔적인 태도에서 벗어나 적극적으로 세속 세계와의 접촉을 모색했다는 사실[124)로부터 근거를 얻을 수 있다. 아니, 일반적으로 알려져 있는 것처

---

123) J. Le Goff, *op.cit.*, p.382.
124) cf. Michel Zink, *op.cit.*, p.35 sq.; 이러한 적극적인 세상과의 접촉 및 교회의 신장은 10세기 클뤼

럼 중세가, 그리고 특히, 12세기가 기독교의 세계라는 데에는 이견이 있을 수 없다.[125] 성직 세계는 영주적 지배의 중심 세력으로 봉건적 구조에 참여하였으며, 더 나아가 정신적 우월성을 과시하였다.[126] 한편으로 오직 성사에 전념하는 것을 가장 높이 평가하면서, 다른 한편으로 속사에 적극적으로 개입한 중세 성직 세계는 그들을 두드러지게 하는 그 비세속적 성격을 통하여 군주들과 같은 힘을 얻고 군주들의 갈등을 조정하며 군주들의 이념에 방향을 설정해주는 과제를 담당하였다. "중개와 평화와 방향 조정의 작업, 그러한 것이 수도원이 그 시대의 권력에 대해 갖는 본질적인 특성이었다."[127]

그렇다면 여기에서 궁정 소설의 발생에 관한 세 가지 가능성이 존재할 수 있다. 그것들은 속사에 참여한 성직자 세계가 궁정의 어느 집단과 물질적 이해 관계에 있어서, 그리고 이념적으로 결합하는가라는 기준에 의해 나누어질 수 있다. 세 가지 경우란, 그러니까, 성직자 계급이 기사 계급 일반, 군주, 하급 기사층과 결합되는 각각의 경우를 말한다. 첫 번째 경우는 앞에서 보았던 퀼러의 논지와 같은 맥락에 놓이는 것으로, 이미 그 불가능성에 대해서는 충분히 검토했다고 생각한다. 두 번째와 세 번째 경우는, 첫 번째 경우와는 달리, 기사 계급이 그 자체로서 다양한 성층으로 나누어져 있다는 전제 하에 성립할 수 있는 조건이다. 그 두 가지를 차례로 검토해 보자. 우선, 군주와 성직 세계의 결합이 가능하였을지를 보자.

니(Cluny) 수도원에 의한 수도원 동맹(congrégation des monastères) 운동에 의해 특히 주도되었다. cf. Giovanni Miccoli, 'Les moines' in *L'homme médiéval*, sous la direction de Jacques Le Goff, Seuil, 1989, p.62 sq.

125) "12세기는 라틴 기독교의 폭발의 세기이다." J. Le Goff, *La naissance du Purgatoire*, Gallimard, p.177.

126) cf. *ibid.*, p.178.

127) G. Miccoli, *op. cit.*, p.71.

군주가 성직자 세계와 결합할 수 있다는 것은 군주가 기사 계급 일반과 대립적인 위치에 놓이게 될 경우를 전제로 해서 가능한 일이다. 13세기의 왕권의 정착이 보여주듯이, 군주 혹은 영주는 그 자신 사적 권력(지방 권력)의 확장을 통해 성장했으나, 공적 권력으로의 변신을 시도함으로써, 기사 계급들과 갖는, 혹은 기사 계급들 서로가 맺고 있는 사적 관계의 온갖 양상들의 팽창을 제어하기 위해 종교의 절대적이고 보편적인 이념을 내세운다는 것은 실제로 일어난 역사적 사실이며, 또한 상당수의 현실적인 실례들과 효과를 가지고 있다. 들로르는 봉건제의 가장 나쁜 악습 중의 하나인 "사적 복수가 다소간 꺾이게 된 것은 교회(주의 평화)와 군주(왕명 40일, 안전보장)의 성공에 의해서이다"[128]라고 말하며, 르 고프는 앞에서 지적되었던 3개의 신분에 대해서, 그것이 사회적 조화를 이루기 위한 왕권의 이데올로기일 뿐만 아니라 동시에 기사 계급을 누르려는 성직 세계의 이데올로기이기도 하다고 말한다. 즉 3신분 도식은 "전사들을 사제들에게 종속시켜 교회와 종교의 보호자로 만들려는" 의도 하에서 창출된 것이라는 것이다.[129]

따라서 중세 기독교 세계의 "쌍두마차인 교황과 왕"[130]의 밑에 기사 계급을 예속시키고 순화시키려는 노력의 문화적 표현으로서 궁정적 사랑을 주제로 한 소설이 나타났다는 가정을 충분히 할 수 있을 것이다. 그러나 성직 세계와 군주권이 나란히 권력의 정점에 있었던 것은 사실이지만, 그들이 항상 협력적 관계에 있었던 것은 아니었다. 르 고프가 말하고 있듯이, "진짜 갈등도 성직(sacerdos)과 왕권(rex) 사이에서 일어"[131]났던 것이다. 교회와 왕권은 끊임없이 갈등하고 경쟁하고 협상

---

128) R. Delort, *op. cit.*, p.117.
129) J. Le Goff, *La civilisation de l'Occident médiéval*, p.294.
130) *ibid.*, p.303.
131) *ibid.*, p.304.

하면서 12세기를 통과해간다. 그리고 점차 왕권이 헤게모니를 장악해 나간다.[132]

이러한 역사적 사정을 고려한다면, 다시 소설의 탄생에 대한 두 가지 관점을 세분화시킬 수 있다. 하나는 성직과 왕권의 갈등이 첨예화되면서, 궁정 사회의 세속적 성격에 대해 저항하여 성직 세계가 초월적 이념을 내세우려 하였고, 그러한 문화적 표현의 하나로서 성모 숭배를 궁극적으로 상징하는 궁정적 사랑이 나타났다고 보는 것이다. 그러나 이러한 가설은 사실상 불가능한 것으로 보인다. 그 가장 명백한 증거는 원칙적인 성직자들은 언제나 소설을 비난했다는 데에 있다. 성직자 세계의 눈으로 볼 때는 로망의 존재 자체가 눈살 찌푸려지는 일이다. 본래 '문자(littera)'라는 단어가 '라틴어(latin)'의 동의어였던 것처럼, 로망어로 문자 활동을 한다는 것은 고급한 문화의 훼손이자, 성직 세계에 대한 도전이었던 것이다. 따라서 로망은 성직자들의 계속되는 단죄에 부딪친다. 그들은 "라틴어로 쓰지 않는 한 고대의 이야기를 쓴다는 것은 미친 짓이고 시간 낭비"[133]라고 주장해 마지않았던 것이다. 물론 세속 세계와의 활발한 접촉을 위해서 성직자들 자신이 로망어를 허용하지 않을 수 없었고, 따라서 성직자 세계가 오랫동안 '두 개의 언어(bilinguisme)'를 지속적으로 유지해온 것은 사실이다. 그러나 그것은 어디까지나 로망어를 라틴어에 종속시킨다는 전제 하에서였다.[134] 로망어가 활발하게 성장하여 라틴어 문화에 대적하게 된 12세기 말에도 성직자 세계의 그러한 생각은 어김없이 소설을 공격하게 된다. 장 보델(Jean Bodel)은

---

132) cf. D. Barthélemy, *op.cit.*, pp.159-197.
133) Pierre Yves Badel, 'Rhétorique et polémique dans les prologues de romans au Moyen Age', in *Littérature*, N° 20, décembre 1975, p.93.
134) 따라서 "프랑스어로 보존된 최초의 고대시는 교회가 오랫동안 규탄해 온 민간 노래들이 아니라, 라틴 종교시들을 저속어로 옮겨 놓은 것이었다." M. Zink, *op.cit.*, p.39.

브르타뉴 계열의 이야기에 대해 "아주 헛되고 시시덕댄다(vain et plaisant)"[135]고 비난한 바 있으며, 음유시인들과 이야기꾼들은 빈번히 거짓말쟁이로 폄하되었는데, 내용적으로는 "들은 것만을 가지고 얘기하기" 때문이고, 형태적으로는 "운문으로 쓴다"는 사실 때문이었다. 그것은 로망어를 라틴어에 종속시키려는 성직 세계의 또 다른 노력을 보여준다. 로망어에서 포교의 효과적인 수단을 발견하였다고 하더라도, 강론이 아닌 책이 운문으로 쓰인다는 것, 즉 "구어적 전통 속에 놓인다"[136]는 것은 성직 세계의 눈으로는 참을 수 없는 것이었던 것이다. 앞에서 크레티엥 드 트르와의 신원에 대해 제기되었던 비츠의 특이한 주장도 여기에서 그 의미를 가질 수 있다. 크레티엥 드 트르와가 "성직자가 아니"라는 그의 주장은 무리한 가설이지만, 그 주장을 위해 그가 내세운 증거들은 음미될 가치가 있는 것이다. 즉, 그의 소설들이 문자적 글법보다는 구어적 어법으로 되어 있다는 발견은, 크레티엥의 소설이, 당시의 소설들이 그러하듯이, '쓰인 것'임에도 불구하고, '구어성'에 뿌리를 두고 있었다는 것을 혹은 과감히 말하면 그것을 문자의 위장 속에 성장시키고 있었다는 것을 보여준다.

그리고 크레티엥의 소설 자체가 성직자의 이념과 일치한다고 말할수가 없다. 물론 그 작가의 이름이 암시하고 있듯이, 그리고 여러 대목에서 신에 대한 찬미와 맹서를 나타내고 있듯이 기독교주의는 12세기 소설의 공식적인 종교적 이념이다. 하지만 그 이념의 기치 아래 전개되는 주인공의 모험은 그것과 결코 직접적으로 일치하지 않는다. 특히, 르 고프가 초월적 사랑의 표현으로서 해석한 궁정적 사랑이 그러하다. 12세기 소설에서 드러나는 궁정적 사랑은 12세기 말부터 13세기로 이어

---

135) Charles Méla, *op.cit.*, p.93에서 재인용.
136) *ibid.*, p.94.

지는 과정 속에서, 즉 성배(Graal)탐구로 나아가면서 성모 숭배와 연결된다고 말할 수 있으나, 적어도 초기의 소설들 그리고 크레티엥 드 트르와의 소설에서는 그렇게 단정할 수 없는 것이다. 이미 트리스탕의 전설은 궁정적 사랑이 이른바 '몰래 한 사랑(fin'amor)'으로부터 시작되었다는 것을 알려준다. 그리고 그것은 크레티엥 드 트르와에게서도 여전히 나타난다. 클리제스의 사랑 이야기는 분명 『트리스탕』을 읽고 썼다는 것을 작품 스스로가 말하고 있다.[137] 또한,『수레의 기사』에서의 랑슬로(Lancelot)와 그니에브르(Guenièvre) 사이의 야릇한 하룻밤[138]은 무엇이었던가? 그것은 비교적 복잡한 검토를 요구하는 것이지만(잠시 후 다시 논의될 것이다.), 그니에브르가 크레티엥 드 트르와의 소설에서 모든 여인의 으뜸으로 묘사되고 있을지라도 그것은 인간적 차원에서 그러할 뿐이지 그녀를 성모와 동일시할 수는 없는 것이다. 게다가 육체적 관계를 갖는다는 것은 '동정녀'의 이미지에 전혀 어울리지 않는 것이다. 물론 이 두 가지 예는 크레티엥 드 트르와의 소설에서 전개되는 숱한 사랑의 두 가지 예에 불과하다. 그러나 그것을 인정한다 하더라도 다른 사랑의 경우들 또한 성모 숭배와는 거리가 멀다. '사랑'의 관점에서 논한다면,『에렉과 에니드』는 사랑의 탐구를,『클리제스』에서의 '알렉상드르'의 경우는 사랑에 대한 질문을,『사자의 기사』는 사랑의 시련을,『그랄 이야기 Conte du Graal』는 사랑의 혼란을 각기 보여주고 있다. 그것은 아주 일상적인 인간들 사이에서 일어나는 것들에 대한 탐구이지, 초월적 사랑의

---

137) 『클리제스』에서 트리스탕에 대한 암시 혹은 명시는 여러 차례에 걸쳐 나온다.(『클리제스[중]』, v.2748-2752; 5219-5203; 5249-5256) 트리스탕/이죄는 클리제스/페니스의 강박관념이다. Micha는 『트리스탕』과 『클리제스』의 줄거리와 사건들을 비교해 그것들 사이의 유사성을 밝혀내는 과정에서 "la mer, la mère, l'amer"의 말놀이는 『클리제스』보다 2년 전(1174)에 쓰인 것으로 추정되는 토마의 『트리스탕』에게서 빌려온 것임을 지적한다. 'Introduction', 『클리제스[중]』, p.10.

138) "사랑의 기쁨 속에서 그는 입맞춤에서 감각의 향연에서 그토록 행복을 맛보았습니다. 그들에겐 진실로 희열의 기적이 일어난 것입니다." 『랑슬로[중]』, v.4674-4677; 『랑슬로[현]』, p.131.

추구와는 분명하게 다른 것이다.

두 번째 관점은 성직과 왕권의 결합관계에서 왕권으로의 수렴을 강조하여, 기독교의 윤리가 왕권의 강화에 이용되었다고 보는 관점이다. 바르텔르미에 의하면, 12세기 후반기에 "사제들은 군주들과 '공적'인 관계에 들어가면 갈수록, '주의 평화' 사업으로부터 해방되면서, 그들의 율법적이고 목자적인 수단들을 새로운 방향에서 활용하게 되는데, 그것이 기독교 사회의 도덕과 원리를 표준화하는 것이다."[139] 그리하여, "12세기 후반의 궁정의 성직자들은 전 시대의 음울한 수도승들이 거절했던 종교적 보증을 기사 계급에게 서주게 되는 바", 그것은 기사 계급의 거친 남성적 문화를 순화시켜, 현실 순응의 틀 안에, 즉 "결혼의 틀" 안에 통합시켰다는 것이다.[140]

이러한 해석은 역사가의 생각인 것만이 아니다. 크레티엥 드 트르와의 소설을 세속적 윤리의 방향에서 이해하는 것은 중세 문학 연구의 하나의 큰 흐름을 형성한다. 페이엥과 가렐은 문학사에서 "'쿠르트와지'라는 성격을 부여할 수 없는 윤리, 도덕적 현상을 외관과 실제의 맞춤 속에서 유지시키게 하는 윤리", 즉 "신중성의 윤리"[141]를 보면서, 그것을 개인주의적 신사의 윤리로서 해석한다.

---

139) D. Barthélemy, *op. cit.*, p.182.

140) "샹파뉴와 플랑드르 궁정의 성직자인 크레티엥 드 트르와의 주인공들은 썩 괜찮은 가톨릭주의를 증거한다. 성직 세계의 출현이 아주 은근하고 그들이 다른 사제들보다 은둔자들(빈번히 옛날의 기사들이면서 언제나 궁정의 사건들을 아주 잘 알고 있는)이긴 하지만. 어찌 됐든 군주들의 궁정에 대한 교회의 영향력은 '브르타뉴 계열'의 이교도적 바탕을 기독교화하도록 해주었으며, 오크어와 오일어의 서정시들(트루바두르/트루베르)에 나타나는 궁정적 가치들을 결혼의 틀(*Yvain*과 *Perceval*에서) 안으로 통합시키도록 해주었다. 그것이 크레티엥 드 트르와의 가장 큰 성공이다." *ibid.*, pp.191-192.

141) J.C. Payen et Jean Garel, 'Le roman médiéval au XIIe et au XIIIe siècle', in *Manuel d'histoire littéraire de la France, T.1 : Des origines à 1600* (par un collectif sous la direction de Jean Charles Payen et Henri Weber), Editions sociales, 1971, p.210.

사랑의 기술 자체가 진보와 풍요의 원인이 되는데, 그 진보와 풍
요는 엄격하게 개인적인 것들이다. 그렇게 해서 이 세속적 신중성이
라는 이상은 일종의 개인주의적 덕목들의 문화로 이어지고, 실제로
귀족의 정신적 경향과 도덕적 열망에 합치되게 된다./ 이러한 세속
기사도의 이상 바로 그것이 '신사다움(prud'hommie)'이라는 성질을
획득한다."[142]

17세기의 교양인(honnête homme)과 유사한, 개인의 덕목을 개발하면서
제도의 요구에 적절히 순응해나가는 인간상의 구현이라는 것이다. 부테
와 스트뤼벨도 크레티엥 드 트르와에 대해 말하면서, "완벽한 기사는
그가 도중에 만나는 나쁜 습관들을 제거하면서 그리고 오만한 기사들
을 복종시키면서 무정부상태를 줄이고 세상을 아더적 질서에 종속시키
는 사람이다"[143]라고 말한다. 로크는『에렉과 에니드』에서 "사랑과 용
맹과 인생"(단지, 사랑과 용맹의 합치가 아니라)의 하나됨을 본다. 그리고 말
한다. "진실로 거기에 기사와 부인에게 있어서, 공동생활로의 입문이
있다."[144] 그니에브르와 랑슬로의 명백한 불륜을 보여주는『수레의 기
사』는 어떻게 보는가? 로크는『수레의 기사』의 진정한 주제를 "가신의
숭앙과 헌신의 지속적인 위대함을 통해 군주 부인의 오만한 마음을 차
츰차츰 꺾이게 하고 그녀의 체질적이고 합법적인 조심성에 대해서 승
리를 거두는 사랑"[145]이라고 결론짓는다.

약간씩의 편차를 보여주면서도 한결같이 세속적 윤리, 즉 인생론적
철학을 크레티엥에게서 길어내는 해석들은 일일이 열거할 수 없을 정
도로 많다. 그것들은 모두 크레티엥의 소설을 왕권의 강화와 더불어 군

---

142) *ibid.*, pp.211-212.
143) Boutet et Strubel, *op. cit.*, p.42.
144) Mario Roques, 'Introduction', 『에렉[중]』, p.24.
145) 'Introduction', 『랑슬로[중]』, p.25.

주와 기사 계급 사이의 (세속화된) 종교적 윤리를 매개로 한 조화 혹은 타협의 문학적 반영으로 보는 것이다. 그러나 크레티엥의 소설들은 그렇게만 해석될 수 있는 것일까? 그렇지 않다는 반론을 들어보자. 프라피에는 크레티엥의 소설을 궁정적 사랑의 핵자, 즉 '몰래 한 사랑'의 범주에 넣으려는 주장을 철회하지 않는다. 그 주장은 로크에 대한 반론의 형식으로 나타난다. 로크는 『수레의 기사』에서 "기사도적 예법과 사랑 사이에 놓인 랑슬로의 갈등"을 보는 사회 심리학적 해석에 반대하여, "소설의 처음부터 랑슬로와 그니에브르 사이에 특별한 애정이 있었다고 인정할 어떠한 이유도 없다. 그것은 에렉이 랑슬로와 마찬가지로 그의 여왕의 명예를 되찾기 위해 심대한 난관에 어떠한 대가도 바라지 않고 몸을 내던지는 것과 마찬가지다"라고 주장하였는데,[146] 이에 대해 프라피에는 랑슬로에게서 처음부터 나타나는 "사랑과 이성의 갈등"(『랑슬로[중]』, v.365-377)을 들어 반론을 편다. "랑슬로는 이미 소설의 처음을 장식하는 사건 이전에 여왕을 사랑하였던 바, 그것은 틀림없이 고백되지 않으며, 외면적으로는 희망 없는 사랑이지만, 그러나 적어도 그니에브르에 의해서 예측된 사랑"이라는 것이다.[147] 프라피에의 시각으로는 『수레의 기사』는 아더 왕을 희생시켜가면서까지 랑슬로를 여왕의 해방자로 만드는 바, 그것은 곧 "궁정적 사랑의 원리, 즉 트루바두르가 노래한 '몰래 한 사랑(fin'amors)'을 보여주는 것이다"[148]

이 상충하는 견해는 로크와 프라피에가 각각 참조하는 판본이 다르다는 것 때문에 신중히 검토될 필요가 있어 보인다. 문제가 된 대목은 그니에브르가 쾨와 동행하여 가면서, 혼잣말로 중얼거린 대목으로, 로

---

146) *ibid.*, p.19.
147) J. Frappier, 'Avant-Propos', 『랑슬로[현]』, p.14.
148) *ibid.*, p.12.

크가 의지하고 있는 기요(Guiot) 판에는 "Ha! rois, se vos ce seüssiez/ ja, ce croi, ne l'otroiesiez,/ que Kex me menast un seul pas."[149]라 되어 있고, 포스터(Foerster)가 편집한 원문을 채택한 프라피에는 "Ha! ha! se vos le sëussiez,/ Ja, ce croi, ne me leississiez/ Sanz chalonge mener un pas!"[150]로 보고 있다. 기요의 판본을 따르면 "아, 왕이여, 그대가 안다면, 내가 이렇게 끌려가는 것을 한 걸음도 그냥 두지는 않을 텐데요"로 해석될 것이고, 포스터의 텍스트를 따르면, 첫 번째 행이 "아, 아, 그대가 안다면,"이 될 것이다. 이 중 어느 것이 본래의 크레티엥의 것인지는 알 수가 없다. 그러나 기요의 판본을 그대로 따를 경우 문맥 상 납득하기 어려운 말이 되리라는 것은 의심의 여지가 없어 보인다. 그 '왕'이 아더를 가리킬 수는 없기 때문이다. 쾨가 그니에브르와 동행하는 것을 약속한 사람이 바로 아더이기 때문이다.[151] 다른 한편으로, 『수레의 기사』 전체를 통틀어, 그 왕이란 누군지 나타나지 않는다. 만일, 에렉의 결혼식에 참석하는 숱한 왕들에서 알 수 있듯이(그리고 중세의 봉건적 질서가 그렇게 왕들의 동심원을 이루고 있듯이), 아더의 휘하에 왕들의 존재를 상정할 수 있다면, 혹은 에렉이 결국 왕이 되는 것과 유사하게, 주인공이 곧 미래의 왕이라는 의미론적 해석을 추가한다면, 그 왕은 랑슬로가 될 수밖에 없다. 그렇다면 그것은 프라피에의 해석을 결정적으로 지원하는 것이

---

149) 『랑슬로[중]』, v.209-211.
150) 『랑슬로[현]』, p.2.
151) 물론 rois를 복수로 해석할 수는 없다. 호격은 크레티엥에게서 일반 명사의 경우, 주격(cas sujet)으로 사용되며, rois는 주격 단수이기 때문이다. cf. Brian Woledge, *La syntaxe des substantifs chez Chrétien de Troyes*, Genève, Droz, 1979, p.44, 16; 다른 한편으로, "당신이 이것을 안다면"을 로크가 해석하는 바와 같이, "오 왕이시여, 쾨의 요구가 무슨 결과를 초래할 지 당신이 알았더라면"이라고 해석한다면, rois는 아더를 가리킬 수도 있을 것이다('Notes critiques et varianges', in 『랑슬로[중]』, p.221). 그러나 그 해석 자체는 rois를 아더로 일단 전제한 후에야 가능한 해석이다. '이것'이 그렇게 해석되어야 할 근거는 아무 데도 없기 때문이다. 그런 식의 비약적 해석이 가능하다면, 그 '이것'을 "나와 랑슬로의 관계가 이 모험을 통해 결정적이게 될 것"이라고 해석하지 말라는 보장도 없기 때문이다.

된다. 보다 핵심적인 것은 그 말의 어법에 있는 것으로 보인다. 즉, 이 말을 그니에브르가 남이 들을세라 몰래 말했으며, 그럼에도 불구하고, 그녀 옆에 있던 기나블르(Guinable)가 그걸 들었다는 데에 있다.[152] 그것은 그니에브르와 '미지의 그' 사이의 관계가 은밀하게 감추어져 있다는 것을, 그리고 은밀한 상태로서 남에게 들킨다는 것을 보여준다. 형태학적으로 그것은 '몰래 한 사랑(fin'amors)'의 범주에 놓인다고 할 수 있는 것이다.

그런데 그것이 은밀하다는 것은 실제로 소설 자체에 적용되는 것은 아닐까? 다시 말해, 크레티엥의 소설이 '몰래 한 사랑'의 연장선상에 있다면, '구성'에 남달리 민감했던 크레티엥은 소설의 형식 자체를 은밀한 것으로 만들지 않았을까? 과연 크레티엥은 자신의 이야기가 '은밀히' 하는 이야기라는 것을 자주 '밝힌다.' 그중 대표적인 것은 랑슬로와 그니에브르의 하룻밤의 희열에 이어서 나온 화자의 진술이다.

> 그와 같은 희열은 이제까지 들은 바가 전혀 없는 것이었습니다. 그러나 나는 언제나 이쯤에서 말을 멈출 줄을 압니다. 이야기란 모름지기 그것을 침묵 속에 지나가게 해야 합니다. 가장 드높고 가장 감미로운 기쁨은 이야기가 은밀하게 간직하려고 하는 기쁨입니다.[153]

이 진술이 단지 이곳에만 적용되는 것이 아니라는 것은 명백하다. 무릇 모든 이야기는 최고의 기쁨을 감춘다고 작가는 말하고 있기 때문이다. 그렇다면 크레티엥의 소설에서 드러나는 것은 언제나 일종의 위장, 심층의 더욱 은밀한 이야기를 감추기 위한 가장이 아닐까? 그리고 그것이 크레티엥 소설이 '변형'의 이야기라는 것에 대한 가장 직접적인 증

---

152) 『랑슬로[중]』, v.212-214; 『랑슬로[현]』, pp.31-32.
153) 『랑슬로[중]』, v.4678-4684; 『랑슬로[현]』, p.131.

거가 아닐까? 우리는 서론에서 크레티엥이 제 이야기를 '새로운 이야기 (nouvelle conte)'라고 말한 것을 보았었다. 바로, 그 새로운 이야기란 곧 주어진 이야기, 즉 표면의 이야기 밑으로 숨어들어 자신을 감추면서, 동시에 그것을 '망가뜨리는' 것을 최고의 기쁨으로 누리는 이야기가 아닐까? 실로, 그의 소설들 모두의 모두(冒頭)에는 그가 살고 있는 기독교 세계에 대한 자부심(『에렉과 에니드』), 고대의 문화적 유산을 물려받은 프랑스에 대한 찬양(『클리제스』), 소설의 소재를 제공하고 그 의미를 쓰게끔 한 후원자(군주 부인)에 대한 존중(『수레의 기사』), 그리고 마침내, 그의 너그러움에 비추어보면 고대의 위대한 왕은 한갖 편협한 욕심쟁이로 묘사될 수밖에 없는 궁정 군주에 대한 찬송(『그랄 이야기』), 또한 그리고, 그렇게 조화로운 세계와 그 통치자의 소설적 형상으로서의 아더 왕에 대한 칭송과 그 궁정에 대한 찬미(『그랄 이야기』) 등등, 즉 자아와 세계의 관계의 내재성을 확인하는 발언이 빠짐없이 나온다. 그러나 그 소설적 형상으로서 제시된 아더는, 비록 언제나 최상급의 품질 형용사를 통해 묘사되고 있음에도 불구하고, 이미 보았듯, 때때로 무기력할 뿐만 아니라, 때때로 전제적이다. 『사자의 기사』의 아더는 로딘느의 성에 대한 침략자[154]로 지시된다. 혹은 『에렉과 에니드』에서의 사슴 사냥을 보라. "부활절 날 새로운 계절에, 아더의 성에서"[155] 아더에 의해서 제안된 사슴 사냥에 대해 고뱅은 "모든 아가씨가 제 남자 친구를 최고의 기사라고 내세울 것이며, 모든 기사는 제 아가씨를 가장 아름답고 가장 고

---

154) 뤼네트는 로딘느에게 이벵과의 결혼을 설득하기 위해, 아더의 침입을 환기시킨다. "화내지만 말고 말씀해 보세요. 아더 왕이 여기로 오면, 누가 이 땅을 방어하지요?"(Mes or dites, si ne vos griet,/ vostre terre, qui desfandra/ quant li rois Artus i vendra… 『이벵[중]』, v.1618-1620; Mais, dites-moi, sans vous fâcher : votre terre, qui la défendra, quand le roi Arthur y viendra? 『이벵[헌]』, p.22.)

155) 『에렉[중]』, v.27; 『에렉[헌]』, p.1.

귀한 여인으로 만들려고" 다툴 터이니, "커다란 불행"이 초래될 것이라며 반대한다. 그러나 아더는 사냥을 강행하는데, 그 구실은 "왕의 발언은 취소될 수 없기 때문"[156]이라는 것이다. 그러니, 왕의 지고함이 그 자체로서 불행의 씨앗이 되고 있는 것이 아니라 할 수 없다. 더욱이, 모두가 사슴 사냥을 나갈 때, "궁정에서 대단한 명성을 얻고 있고", "그가 아더의 궁정에 체류한 이래 어떠한 기사도 그만한 찬사를 얻은 바가 없으며", "어찌나 준수한지 이 땅에서 그보다 아름다운 사람을 찾는 것이 헛된 일이 될 것이며", "동 세대에서 그보다 용감한 사람이 없는" 에렉이 "단지 단검만을 차고"[157] 와서, 그니에브르에게 말하기를 "오직 당신과 동행하기 위해서 여기 왔다"고 말한다는 것은 주인공의 행위가 아더의 의지에 이미 반하고 있다는 것을 시사한다. 그가 단검만을 차고 왔다는 것은 사냥할 의사가 없음을 은근히 보여주는 것이며, 그니에브르와 동행하겠다는 것은 그 남편인 아더에 대한 내밀한 도전을 암시할 수도 있다.

정말 그렇다면 크레티엥의 소설은 기독교적 윤리로 무장된 군주의 기사 길들이기에 동원된 언어적 수단이 아니라, 그런 시늉을 하면서, 점차 절대 군주의 모습이 확립되어가고 있는 궁정 세상에 대한 반동을 꾀하고 있는 것이 아닐까?

그 점에서, 위의 연구가들과 마찬가지로 세속적 윤리의 관점에서 해석하지만, 약간의 중심 이동을 꾀하고 있는 포필레(Pauphilet)와 미샤(Micha)의 의견을 주목할 필요가 있을 듯하다. 포필레는 『클리제스』를 "육체가 정신과 합치하는 조화롭고 전체적인 사랑의 아름다운 예"[158]

---

156) 『에렉[중]』, v.61-62; 『에렉[현]』, p.2.
157) 『에렉[중]』, v.103-104; 『에렉[현]』, p.3.
158) Albert Pauphilet, *Le legs du Moyen Age*, Melun, Librairie d'Arranges, 1950, p.159.

로서 본다. "크레티엥이 마침내 도달하는 해결책은 사랑에 반하는 결혼을 행복하게 깨뜨리고 그것을 사랑에 일치하는 결혼으로 대체하는 것이다."[159] 미샤는 "궁정의 연인들은 불륜을 범함으로써 자신을 낮출 수는 없다"는 포필레의 발언을 "명백한 오류"라고 단정짓는다. 왜냐하면, "연인들은 그들이 불륜을 범하는 것을 수락할 경우에만, 그리고 그렇기 때문에만, 궁정 연인이 될 수 있기 때문이다." 그런데 "클리제스와 페니스는 그것을 의도된 전략에 의해서거나 어떤 감정적 기질같은 것에 의해서 그렇게 하는 것이 아니라, 불가피하게 그렇게 한다."[160] 그들의 불륜은 "공동선으로서의 결혼이라는 대단원"에 이르기 위한 통과 의례같은 것으로 해석된다. 미샤가 보기에 『클리제스』는 "반-트리스탕(Anti-Tristan)이 아니라 교정된 트리스탕(Tristan revu et corrigé)"[161]인 바, 그것은 근본적으로 주인공들이 "불평등한 상황을 수락할" 줄 안다는 데에 있다. 그들은 "그것에 대해 무익한 비타협성을 내세우는 것이 아니라, 그것에 적응한다. 이것이야말로 반-트리스탕의 정신에 속하지도 않으며, 또한 궁정적 정신에 속하지도 않는다."[162]

미샤가 더 극단적으로 나아가긴 했지만, 이 두 사람이 함께 어느 쪽으로 중심을 이동시켰는가는 분명하다. 그들은 크레티엥의 소설을 군주제 이념의 문학적 표현이 아니라 기사 계급 각 개인의 전체주의적(혹은 전체주의화 해가는) 현실에 대한 대결 및 적응으로 보고 있는 것이다. 그것은 군주에 대한 부정적 입장을 전제로 해서 성립할 수 있는 견해이다.[163] 그리하여, 크레티엥의 소설은 훗날 괴테에 의해서 그 절정을

---

159) *ibid.*, p.160.
160) Alexandre Micha, *De la chanson de geste au roman*, Genève, Droz, 1976, p.70.
161) *ibid.*, p.69.
162) *ibid.*, p.70.
163) 미샤는 자신의 주장을 뒷받침하기 위해, 프랑스 소설 문학에서 "시샘하는 자들은 거개가 남편이지 애인이 아니"라는 예리한 지적을 하고 있다. cf. *ibid.*, note 2.

만나게 될 교양 소설의 범주에 놓이게 되는 것이다. 미샤의 결론은 이렇다.

> 각 개인이 자기의 행복을 주조한다. 개인들은 또한 제 각각 행복할 권리가 있다. 작품의 영감은 명백하게 개인주의적이다. 일종의 엄격한 도덕이 여주인공[페니스를 말함. 인용자]에게 어김없이 던지는 비난에도 불구하고, 소설가가 이 자발적이면서 동시에 신중한 여인, 이상야릇하면서도 유혹적이며, 대담함과 솔직함이 뒤섞여 있고, 위험천만한 궤변에 능통하여 마침내 표면의 도덕적 요구들을 감각의 충족과 화해시키고야 마는 이 여인에게로 독자들의 공감의 방향을 유도하는 데 성공했다는 것은 분명하다.[164]

이제 크레티엥의 소설의 세계관은 초월적 추구로부터 세속적 적응으로, 공동체적 조화로부터 개인의 독립과 자유로 옮아 왔다. 벌써, 크레티엥의 소설은 이른바 인간 이성에 의해 뒷받침된 19세기의 자유로운 개인의 모습을 예시하고 있는 것인가?

2.3.2. 윤리의 저변 혹은 집단적 대립 관계의 안쪽

그러나 아무래도 미샤보다 좀 더 나아가야 될 듯싶다. 아니, 그의 급한 행보를 좀 늦추어야 할 것 같다. 왜냐하면, 크레티엥의 은밀한 이야기는 그렇게 속내를 '드러낼' 것 같지 않기 때문이다. 앞에서 읽은 작가(혹은, 화자)의 발언을 다시 한 번 주의 깊게 읽는다면, 그 사정을 눈치챌 수 있을지도 모른다. 무엇보다도 작가가 그 은밀한 이야기를 마냥 감추지만은 않는다는 사실에 주목해야 할 것이다. 우선 그는 말한다.

---

164) *ibid.*, p.71.

최고의 희열이 있었다고. 그리고 곧 이어서, 그에 대한 침묵을 선언한
다. 그러니까, 작가는 운을 떼자마자 시치미를 뗀다. 사건의 소재와 주
제는 손가락으로 가리켜졌으나 그 실질 내용은 손바닥 안으로 숨어버
리는 것이다. 크레티엥의 소설에 빈번히 나타나는 이러한 수법은 중요
한 두 가지 효과를 유발한다. 그 하나는 사건의 존재와 사건의 실상 사
이에 놓이는 거리의 문제이다. 이에 대해서는 4장에서 다시 논의될 것
이다. 여기에서 검토가 필요한 것으로 보이는 두 번째 효과는 그 순간
벌어진 사건의 일회성이다. 즉, '최고의 기쁨'이라고 제시된 그 사건은
출현하자마자 증발해버린다. 그것은 그의 소설의 상투어 중의 하나에
대한 열쇠를 제공한다. 주 인물들의 특성 및 그들에 관계된 사건들은
모두 최상급으로 표현된다는 것이 그것이다. 이미 보았듯, 『에렉과 에
니드』에서는 에렉이 이벵보다도 더, 『사자의 기사』에서는 이벵이 랑슬
로보다도 더 아름답고 뛰어나다. 그것은 그 상황이 언제나 순간적으로
발생했다가 사라지는 것이기 때문에 그럴 수밖에 없다. 왜냐하면 모든
최상급은 결코 묘사되지 않기 때문이다. 따라서 모든 유의미한 사건은
하나의 지점, 하나의 장소에서 언제나 최상급일 수밖에 없기 때문이다.
낮은 것은 항구적으로 존재하면서 낡고 닳아버린다. 반면 드높은 것은
순간적으로 출현하면서 지워져 버린다.

다시 말하면, 드높은 것은 언제나 부재의 가능성으로서만 존재한다.
만일, 포필레와 미샤 등의 의견을 존중하여 크레티엥의 소설이 궁극적
으로 드러내는 이데올로기가 새롭게 뿌리내리는 개인주의의 이념, 현실
로부터 초월하지도 않고 현실에 굴종하지도 않으면서 현실 속에서 자
아의 존재를 확증하는 세계 내적 존재로서의 개인의 출현을 선언하는
것이라면, 그러나 그 개인은, 크레티엥의 어법을 존중하는 한, 말 그대
로 세상 속에 탄탄히 뿌리내리는 독립자일 수도 없고, 당당하게 자기

존재를 과시하는 단독자일 수도 없다. 그는 단지, 세상의 전체주의적 질서를 부정하는 개인이며 동시에 스스로 자신을 부정하는 개인, 즉 '개인'이라는 어사로서보다는 '비-집단적-존재', 즉 '비-존재적-존재'라는 말로밖에 표현될 수 없는 존재이다. 그의 홀로된 존재함은 지움, 숨음, 사라짐으로서의 존재이기 때문이다.

이러한 유추를 뒷받침할 수 있는 역사적 사실들을 만날 수 있다는 것은 다행한 일에 속한다. 그것은 성직자의 궁정 내 위상과 관련되어 있다. 지금까지는 성직 세계 일반을 다루었었다. 그러나 그것은 올바른 접근이었을까? 궁정 내 성직자는 성직 세계 자체가 아니다. 그는 궁정이라는 새로운 사회적 틀 속에서 새롭게 변형되어 태어난 존재이다. 성직 세계 자체에 대해서만 말하는 한, 그 변형에 대해서는 알 수가 없다. 기껏해야 성직 세계와 궁정 사이의 갈등과 화해 혹은 종합만을 알 수 있을 뿐이다. 그 갈등·화해·종합은, 그러나 궁정화된 성직 세계 혹은 성화된 궁정 세계에 대해서는 말해줄 수 있을 지 모르나, 궁정-성직자-작가, 즉 궁정과 성직 세계 사이의 가감승제만으로는 파악될 수 없는 그 특이한 변이체를 밝히지 못한다. 쿠르티우스는 궁정 내 성직자에 대해 "뿌리 없는 성직자(clergé sans terre)"[165]라는 표현을 썼다. 뿌리가 없다니! 하나의 집단의 대표자로서 다른 집단에 진출한 그가 그만 그 본래의 준거를 상실해버렸다는 말인가? 그렇다면 그는 더 이상 그 집단의 대표자일 수도 없지 않은가? 대관절 그는 무엇이 되었을까? 어떤 방식으로 생존했을까? 아무튼, 그것은 그가 궁정적이지도 않고 종교적이지도 않은, 그러나 그럼에도 불구하고 여전히 종교적이면서(그것이 그의 뿌리이기 때문에) 동시에 궁정적인(그것이 그의 삶의 조건이기 때문에), 이것이면

---

165) Curtius, *op.cit.*, p.598.

서 동시에 저것이고 또한 동시에 이것도 저것도 아닌, 특이한 삶의 양식을 통해 생존했을 것이라는 것을 암시한다. 그러한 점에서 르 고프의 다음과 같은 지적은 음미될 필요가 있다. 그는 우선, 교회의 교구 자체가, "성직자들과 참사회원들의 노력에도 불구하고" 단순히 "신의 집으로써의 역할에 그치지 않고" 사람들이 모여 이루는 여러 다양한 사회적 기능의 중심으로서 존재하였다고 기술한 다음, 이렇게 말한다.

> 교구 사회가 교회에 의해 조직된 소우주인 것과 마찬가지로, 성의 사회도 성 안에 군주들에 의해 형성된 사회적 세포이다. 그것은 거기에서 군주에게 봉사하고 군사 교육을 받기 위해 — 때로는 볼모의 역할을 하기 위해 — 파견된 가신들의 젊은 자제들과 영주의 친족들과 그리고 봉건 계급에게 도락을 제공하고 그들의 위세를 과시하려는 필요를 충족시키는 데에 쓰일 재담가 집단을 한데 모아놓는다. 이 음유시인들, 트루베르, 트루바두르들보다 모호한 위치는 없다. 그들은 그들의 후원자들이 주는 급료와 그들의 호의에 밀접하게 의존하면서 그들을 고용한 사람들을 찬양하고 후원자들의 본질적인 가치를 노래하지 않을 수 없는데, 이따끔 그 자신 영주의 지위에 오르는 데 성공하기도 하지만 […], 그러나 또한 빈번하게는 전사의 변덕에 매어 있는 예술가의 위치에 깊은 상처를 입고 봉건 계급의 이상들과 대립하는 다른 이상들을 섭취한 지식인이 되어 그의 후원자들을 비난하는 사람으로서 자신을 세울 준비를 한다. 궁정 공간의 문학적·예술적 생산들은 빈번히 봉건 사회에 대한 감추어진(camouflé) 적대감을 증거한다.166)

적절한 역어를 찾지 못해 '감추어진'이라 했지만, 그 어사는 궁정 내 성직자 작가의 입장의 핵심을 요약하고 있다. 그는 그가 지닌 학식과

---

166) J. Le Goff, *op.cit.*, pp.352-353.

교양과 재주를 동원해 그의 후원자를 기리고 즐겁게 한다. 그러지 않으면 '먹고 살 수가 없기' 때문이다. 그러나 그는 그 속에서 원한을 키우게 된다—그것이 그의 본래의 의사가 아니라 할지라도. 그는 그만이 가지고 있는 학식과 교양과 재주를 갖고 있지 못한 싸움꾼들에게 굴종해 사는 것을 참지 못하기 때문이며, 대부분은 그들과 같은 지위에 오르지도 못하기 때문이다. 하지만, 그가 살려고 하는 한, 그 원한은 감추어지고 후원자에 대한 찬미가 겉으로 드러날 수밖에 없다. 그러나 그럼에도 불구하고 그가 그 원한을 여전히 키우고 있는 한, 그는 긍정적 덕목들과 반대되는 이상으로 또한 살 수밖에 없고 그것은 필연적으로 그로 하여금 위장된 문화 형식들을 탄생시킨다. 즉, 긍정적 덕목들에 대한 찬양 속에 은밀히 새로운 세상의 말들을 새겨 넣는다. 아니, 그 찬양 자체를 속 깊은 자만이 눈치 챌 수 있는 방언으로 기능하도록 한다.

여기까지 오면, 저 앞에서 긍정적 사랑을 '전도된 세상'이라고 풀이한 르 고프의 견해를 좀 더 깊이 이해할 수 있다. 그것은 단순히 긍정적 관계, 즉 남성적이고 귀족적인 사적 관계를 부정하고 초월적 윤리를 내세운 게 아니다. 그것은 긍정적 관계를 그대로 뒤집어서 그 사적 관계의 형식 안에 여성적인 내용을 채워놓았다고 이해될 수 있다. 그러나 그러한 진술은 지나치게 결과론적인 점이 없지 않으며, 따라서 사실상 불확실한 추정에 불과하다. 첫째, 그러한 판단은 동전의 양면을 보되, 그 양면을 가르고 있는 구리의 질과 두께와 결에 대해서는 고려하지 않는다. 그러나 소설은 바로 후자가 아닌가? 소설이 글쓰기-읽기의 과정 속에 놓여 있는 것이라면, 그것의 주제 혹은 목적은 단지 그 과정의 처음이나 끝, 혹은 동쪽이나 서쪽의 어느 한 지점에 있을 뿐이다. 둘째, 동전의 양면이 중요한 것이 아니라 그 두께와 결이 중요한 것이라면, 그 동전의 양면은 실제 단순히 전도된 관계, 즉 대칭적 관계를 이루고 있을 수는 없다. 왜냐하면, 주제의 변화는 동시에 형식의 변화와 함께 이루어지는 것이기 때문이다. 같은 형식으로 다른 내용을 드러낸다는 것은 불가능하다. 작가의 의사가 그러하다 할지라도, 그가 전도된 내용을 새겨 넣으려는 바로 그 의도 자체로 말미암아 그 작업의 구조는 작가의 의사에 관계없이 스스로 변화하게 된다. 뒤집기는 뒤집어진 세계의 변모뿐 아니라 뒤집기 자체의 심대한 변화를 유발한다.

이러한 지적은 이제 4장에서 크레티엥의 소설을 본격적으로 분석하는 데에 기본적인 지침이 될 것이다. 여기서는 단지 그러한 사정을 성직자 작가의 사회적 존재론을 이해하는 데 동원하기로 한다.

성직자 작가의 이러한 이중적인 위치를 고려할 때, 그를 하급 귀족 집단과 연결시키려는 시도가 있을 수 있다. 이미 숙식 공동체의 존재에서 보았듯이, 궁정 내에서 그들의 지위 또한 이중적이다. 그들은 선택받은 존재이면서 동시에 볼모인 것이다. 그 이중적 상태를 인식하면서도 감수할 수밖에 없는 하급 귀족들의 어느 공동체가 성직자 작가의 이중적 상태와 처지의 동일성에 의해 만나게 되어 특이한 문학적 표현물들의 집합체를 만들게 된 것일까? 아마도 크레티엥의 소설에서 배신(陪臣; vavasseur 혹은 arrière-vassal)이 맡는 역할은 그러한 가설에 중요한 증거로서 작용할 수 있을 것이다. 『에렉과 에니드』에서의 에니드의 아버지, 『사자의 기사』에서 칼로그르낭과 이벵을 각각 환대한 배신 가족, 『수레의 기사』에서 랑슬로에게 '검의 다리(pont d'épée)'로 가는 길을 알려주고 두 아들을 동행시킨 배신 등등, 주인공을 돕고, 그에게 호의를 베푸는 선한 귀족은 언제나 소외되고 낙오한 귀족들이기 때문이다. 또한 『그랄 이야기』에서 고벵이 만난 배신은 누구였던가? "현자, 배신"[167]이라

---

167) 『그라알(중1)』, v.5171; 『그라알(중2)』, p.369.

는 행 그대로, 하급 귀족의 터전은 지혜가 깃든 장소이다. 그러나 불행하게도 그러한 가설은 사실상 불가능한 것으로 보인다. 그 가설의 전제가 되는 하급 귀족들의 이중적 위치 및 그에 대한 인식은 충분히 있을 수 있다. 그러나 무엇보다도 결정적인 것은 그들이 변별적인 하나의 집단을 이룰 수는 없다는 것이다. 첫째, 이미 보았던 것처럼 기사 계급은 군주와의 관계에 있어서 일종의 상호성을 유지하는 나름의 문화적 공간을 만들어내었다. 따라서 대부분의 기사는 그러한 문화 공간에서 자신의 존재이유를 발견할 수 있고, 그것에서마저 일탈하기보다는 그것에 통합되려고 할 것이다. 둘째, 하급 귀족이 사회·경제적 동일성을 이루는 변별적인 집단을 만들 공간은 궁정 내부에 존재할 수가 없다. 그들이 궁정 내에 있는 한, 그들은 언제나 봉건적 공동체의 동심원적 구성 속에 위치할 수 있을 뿐이다. 그것은 성직자 작가가 성직자들의 한 변별적 집단에 속할 수 없다는 것과 마찬가지다. 로-보로딘 여사는 12세기 소설에서 드러나는 사유를 스콜라 학파의 모태가 될 학자−성직자들의 사유에 접근시키고 있는데,[168] 귀담아들을 만한 지적이긴 하지만, 그러나 그것은 아주 중요한 하나의 차이를 빠뜨리고 있다. 즉, 궁정 내의 성직자 작가는 피에르 아벨라르의 감람동산이었고 훗날 15세기의 건달 학생들—프랑스와 비용도 거기에 낀—이 '악마의 방귀석'을 옮겨 놓게 될 셍트 쥬느비에브 언덕으로 달아날 수가 없다는 것이다.[169]

---

168) 그녀는 12세기 소설의 거대한 새로운 프로그램을 '사랑의 기술'과 '행동 혹은 의지의 기술'로 규정하면서, '몰래 한 사랑'의 주인공은 사랑의 포도원에 들어가려는 욕망과 그에 대해 가해지는 금제와 억압 사이에서 "자아의 완전한 길들임, 다시 말해 시련을 수락하고 '사랑의 괴로움'이 주는 모든 고통에 자발적으로 복종할 줄 아는 청명한 인내"에 다다르고, 마침내 "오성에 의해 밝아지고 의지에 의해 지탱되는 감수성의 개화"에 도달하게 된다고 말한다. 그리고 이러한 세속적 사유의 노력은, 당시 다른 차원에서, 형성되고 있던 스콜라 학파의 거장들에게서 일어나고 있던 세련의 노동에 접근시킬 수 있다고 말한다. 왜냐하면, "둘 다, 단지 사랑한다는 것에 만족하지 않고, 무엇을 사랑하는지 알려고 하고, 왜 사랑하는지, 어떻게 사랑할 것인지 알려고 하기" 때문이다. Myrrha Lot-Borodine, *De l'amour profane à l'amour sacré*, Paris, Nizet, 1979, pp.37-38.

군주의 후원이 없다면 그들의 생존 자체가 위협받게 되며, 궁정 사회에 대한 원한이 없다면 궁정을 찬미하며 그것을 은밀히 공격하는 소설이 쓰일 리가 없다. 12세기 궁정의 성직자 작가는 언제나 궁정 내에 존재하며, 궁정 사회의 빛과 어둠 사이에 놓인 줄을 아슬아슬하게 곡예한다.

지금까지 12세기 소설을 하나의 개별적 사회 집단과 연결시킬 수 있는 모든 가능성을 찾아보았다.[170] 결론은 소설의 이념적 준거로서의 사회 집단은 없다는 것이다. 이제까지의 모든 논의들을 가능한 한 수용한다면, 소설 속에는 봉건 사회 내의 모든 사회 집단의 각종 열망들이 가로 놓여 있으나, 그중 어느 하나만이 중심을 이루고 있지는 않다. 오히려 그것들은 우리가 자세히 분석해야 할 어떤 특별한 방식으로 서로 겹질리며 끼워지면서, 자신을 드러내면서 다른 것들을 감추고 혹은 자신을 감추면서 다른 것들을 드러낸다.

그렇다면 이렇게 생각해볼 수는 없을까? 즉, 크레티엥의 소설은 봉건 사회에서 나타나는 모든 집단의 이념들을 함께 다루면서, 그것들 사이

---

169) 물론, 앞에서 보았듯이, 풍자적이고 희롱적인 시인 집단 골리아르들은 이 자유 신학의 학생 집단으로부터 나타난다. 그러나 골리아르들과 소설가는 다르며, 그들의 작품 세계도 완전히 다르다.

170) 물론, 빠진 집단이 있긴 하다. 평민이 그렇다. 그러나 12세기 소설과 평민과의 관련의 가능성은 거의 희박한 듯이 보인다. 무엇보다도 그것은 소설이 듣는 문화가 아니라 읽는 문화에 속한다는 사실에 있다. 글쓰기-읽기가 특별한 문화적 교양의 습득을 요구하였다는 점에서 12세기의 평민으로서는 소설은 아직 접근할 수 있는 대상이 아니었다. 다만, 평민 집단 중, 12-13세기에 괄목하게 성장하고 있던 부르주아, 특히 상인계층과의 관련은 가능성을 모색해 볼 수 있다. 특히, 크레티엥이 활동했던 플랑드르, 샹파뉴 궁정 등 동북부 프랑스는 당시 유럽의 최고 무역지대였다는 점에서 (cf. Barthélemy, *op. cit.*, pp. 204-206), 그리고 상인 계층은 경제의 운반자일 뿐 아니라 문화의 전파자이기도 하다는 점에서 크레티엥의 소설에 큰 영향을 끼쳤을 것이라는 것은 충분히 짐작할 수 있다. 바르텔르미에 의하면, 이 상인 계층은 특히 학자 성직자 집단과 상보적인 관계에 있었다고 한다(*ibid.*, p. 186). 그러나 앞에서, 학자 성직자 집단이 성직자 작가와 동일한 집단을 구성하는 것이 아니라는 것을 이미 보았다. 같은 이유로 상인 계층은 12세기 소설과 이념적 동일성을 이룬다는 가설은 부인될 수밖에 없다. 또한, 12세기 소설의 무대가 궁정이라는 것, 그 주인공들이 기사라는 것은 아무리 간접적인 연관관계를 고려한다 하더라도, 상인 계층의 이념의 문화적 표현이 될 수 없다는 것을 보여준다. 상인 계층은 크레티엥의 소설에 강력한 영향을 끼쳤을지 모르나, 그 둘이 동일시될 수는 없다.

의 관계를 탐구하고, 그것들 각각이 미처 말하지 못하는, 혹은 끝내 말하지 않는, 그것들의 존재의 의미를 부조하고 있다고. 다시 말해, 소설의 작가는 어떤 한 사회 집단의 대변인이 아니라, 모든 사회 집단의 관계의 재구성자라고. 그리고 그 관계의 구성은 그 집단들 각각이 표현하지 '않는' 것의 구성이라는 점에서 그 본질적인 의미에서 관계의 변형이라고.

이러한 가정은, 크레티엥의 소설이 12세기 사회에서 뽑아낼 수 있는 어떠한 하나의 집단도 대변하고 있지 않다는 사실로부터 유추될 수 있는 유일하게 가능한 가정이다. 또한, 그것이 그러한 가정의 필요조건이라면, 동시에 12세기의 궁정 사회에서의 모든 집단의 존재가 궁극적으로 '개인'의 탄생을 준비하지는 못했다는 사실에서 그 충분조건을 구할 수 있다. '신정사회에서 소설은 아예 없다'는 말을 되새긴다면, 소설은 비-공동체적 존재의 출현 혹은 예시와 직접적으로 관련된다. 미샤는 크레티엥의 소설에서 직접적으로 드러난 개인주의를 보았으나, 정말 12세기의 궁정에서 '개인'은 이미 탄생하였을까? 궁정 사회에서 출현한 새로운 삶의 가능성, 즉 사적 관계의 탄생이 그 자체로서 또다시 공적인 것과 뒤섞이게 되었다는 것은 앞에서 자세하게 본 바와 같다. 그 사적 관계를 공동체적 이념 속에 흡수하려는 군주나 성직 세계의 노력이 개인의 탄생이라는 방향과 반대쪽에 있다는 것은 두말할 나위가 없다. 그리고 크레티엥의 소설에서 두드러지게 나타나고 있지 않고 궁정과는 다른 무대(도시라는)를 만들면서 출현한 상인 계층에게 있어서도 개인화로의 경향은 분명 존재했고 또 확산되었으나, 당시 그것에는 언제나 부정적 낙인이 찍혀 있었다. "개인, 그것은 약삭빠른 사람이다. 중세의 다양한 집단주의의 압제는 그렇게 이 '개인'이라는 단어에 수상스러운 '냄새'를 씌어놓았다. 개인은 어떤 나쁜 짓을 통해서만 집단에서 빠져

나갈 수 있었던 자다. 그는 하여간 경찰의, '교수 대상자'는 아니라 하더라도, 사냥감이다. 개인 그는 의심스러운 자이다."171) 크레티엥의 소설에서 당찬 개인주의를 보려는 모든 노력은 사실상 허사이다. 개인은 결코 공공연하게 존재할 수 없기 때문이다. 그는 부정적으로만 자신을 드러낼 수 있었다. 말을 바꾸면, 그것은 동시에 집단들의 이념을 부정하는 존재로서만 존재하였다. 즉, 개인은 부재하며 실재에 대한 부재로서 존재한다. 그의 존재는 비-존재, 부재-존재이다.

　그렇다면 개인은 어디에 있었나? 그것은 어느 곳에 부재의 형식으로 존재를 꿈꾸고 있었을까? 뒤비는 예리하게도 중세의 개인은 바로 "타락자, 귀신들린 자, 광인들"에게서 태어나고 있었다고 말한다.

> 　봉건 사회는 그리도 끈적끈적하고, 아주 **빡빡한** 응집물들로 이루어진 구조로 되어 있어서, 당시의 '사적 관계(privacy)'를 형성하고 있던 이러한 조밀하고 수많은 공서(共棲)적 삶의 양식들로부터 벗어나서, 홀로 되고, 자기 주위에 자기 만의 울타리를 세우며, 자신의 닫힌 정원에 칩거하려고 하는 모든 개인은 곧바로 불온한 자로 간주되어 의혹의 대상이 되거나, 혹은 거꾸로 영웅으로 간주되어 찬양의 대상이 되었는데, 그 둘의 경우 모두 '사적인 것(privé)'과 대립되는 '낯선 것(étrange)' — 이 단어들의 의미를 잘 새기자 — 의 영역으로 내몰려졌다. 따로 떨어져 고립된 존재는, 실로 그것이 악을 행사하기 위해 고의로 그러한 것이 아니라 하더라도, 불가피하게 그 자신의 의사에 관계없이 스스로 악을 행하는 자로 운명 지워졌으니, 그것은 바로 그를 '적'의 공격에 더욱 더 무방비상태로 있게 만드는 고립 자체에 의한 것이었다. 단지 오직 타락한 자, 귀신들린 자, 광인들만이 그렇게 자신을 위험 속에 노출시키고 있었다. 공공의 여론에 의하자면, 홀로 헤매인다는 것은 광기의 징후 중의 하나였다.172)

---

171) J. Le Goff, op.cit., p.327.
172) Georges Duby, op.cit., p.504.

그런데 광인, 귀신들린 자(이단)란 무엇인가? 그것은 바로 봉건 사회의 다종다양한 집단이, 혹은 중세의 호전적인 정상인들이 스스로의 존재와 그 한결같은 공동체적 조화의 이념을 공표하고 유지하기 위해서 창출해 낸 인공의 반-사회 집단이었다.

> 중세 사회는 이 천민들을 필요로 하였다. 왜냐하면, 위험하지만 눈에 보였기 때문이었다. 중세 사회는 그들에게 각종의 주의를 쏟음으로써, 하나의 '순한 의식(bonne conscience)'을 주조하고, 더 나아가 그가 자신으로부터 떼어놓는 모든 악을 그 천민들 속에 던져넣고 응고시키는 마술을 연출하였다.173)

광인들, 이단들은 봉건 사회의 조화주의가 자신을 돋보이고 강화시키기 위해 만들어낸 그의 그림자였다. 그러나 바로 그것 때문에 광인, 이단의 존재는 중세의 강요된 조화 속에 수없는 파괴적 힘이 들끓고 있었다는 것을 드러내는 자리가 되며, 동시에 중세의 암흑 속에는 실은 새로운 삶을 향한 몸부림으로 가득하다는 것을 증거하는 자리가 될 수 있다.

이 광인들이며 이단들, 혹은 이 광기이며 귀신들림이 크레티엥 소설의 밑자리, 즉 그것의 고유한 변형의 운동이 솟아나는 자리가 아닐까? 두 가지 자료가 그에 대해 긍정의 답을 할 수 있도록 해 줄 것이다. 그 하나는 광기의 편재성이며, 그 둘은 광인의 실질적인 존재이다. 앞의 것부터 말해 보자.

크레티엥의 소설에서는 실로 광기에 대한 발언이 도처에 나타난다. 그것은 우선 상대방을 비난할 때 가장 빈번히 사용되며, 따라서 궁정적

---

173) Jacques Le Goff, *op. cit.*, p.356.

덕목으로서의 쿠르트와지와 반대되는 악함(méchanceté), 천함(vilenie)과 동의어이다. 가령, 에니드의 누구도 따라갈 수 없는 빼어난 미모와 품위를 기술하면서, 작가는 그녀가 어찌나 고귀한 여인인지, "사람들은 그녀에게서 광기, 악함, 천함을 발견하려면, 그 전에 그녀를 염탐하다가 지쳐버릴 것입니다"[174]라고 말함으로써, 광기를 악함, 천함과 동일시하고 있다. 또는, 『수레의 기사』에서 고르(Gorre)의 왕 보데마구스(Baudemagus)가 평화를 중재하는 자신의 말을 아들(Méléagant)이 듣지 않자 "네 머릿속에는 광기만이 들어 있다"[175]고 비난할 때의 광기도 같은 뜻으로 쓰이고 있다. 인물들이 결투를 할 때 상대방의 광기에 대한 비난을 통해 상대방의 감정을 자극한다는 것도 광기가 쿠르트와지의 반대 개념으로 쓰이고 있음을 보여준다. 그러나 광기가 궁극적으로 항상 안타고니스트들만의 몫은 아니라는 것은 광기가 단순히 부정적 대상이지만은 않다는 것을 암시한다. 광기는 주인공의 적들에게 나타나는 것이 아니라, 실은 주인공들 자신에게서 두드러지게 나타난다. 1년 후 로딘느에게로 되돌아오겠다는 약속을 지키지 못한 이벵은 로딘느가 보낸 사절에 의해 아더의 궁정에서 로딘느의 절교 선언을 듣고 "오직 더 커지기만 할 뿐인" "착란"[176] 속에 빠지게 된다. 그와는 달리 『그랄 이야기』에서의 페르스발의 경우는 뚜렷한 이유도 없이 5년 동안, 하지만 여전히 기사의 무훈을 세우면서(그가 패배시킨 60명의 기사를 그동안 아더의 궁정으로 보내면서), 기억상실증에 걸려 있었다. 또한, 에렉이 자신과의 사랑에 빠져 기사의 본분을 잊게 되었기 때문에 사람들의 비난이 거세지자, 도저한 슬픔에 잠긴 에니드는 그만 자고 있는 에렉에게 "오 그대는 얼마나 불

---

174) 『에렉[중]』, v.2416-2418; 『에렉[현]』, p.63.
175) 『랑슬로[중]』, v.3460; 『랑슬로[현]』, p.104.
176) 『이벵[중]』, v.2783; 『이벵[현]』, p.37.

행한 사람인가요!"[177]라고 한마디 하고 말았는데, 곧장 그녀는 그것이 "오직 그녀만이 비난받아야 할 미친 짓"[178]이었다는 걸 알게 된다. 왜 냐하면, 잠결에 그 말을 듣고 깨어난 에렉은 그녀에게 말에 오를 준비를 시키며, 그것은 에니드를 유배의 상태로 만들고 그 이후로 더 이상 그녀에게 기쁨의 날들이 오지 않을 것이기 때문이다.[179] 한편으로 자기가 죽인 기사의 부인에게 반한 이벵이 "내가 영원히 갖지 못할 사람을 원하다니 미친 짓이로다"[180]라고 중얼거릴 때, 그 광기는 제어할 수 없는 정열, 필연코 불행을 초래하고 말 격정의 다른 말이다.

『클리제스』에서의 광기는 더욱 대담하다. 이번에는 광기는 기쁨과 관련되어 있기 때문이다. 알렉상드르와 소르다모르의 사랑을 두고, 작가는 말한다. "사랑은 현명한 자를 광인으로 만듭니다. 왜냐하면 광인은 머리카락 하나만으로도 행복해지기 때문입니다. 그러나 그는 이 행복을 다른 행복으로 다시 바꿀 것입니다. 그렇게 해서 그는 기쁨과 희열에 빠집니다."[181] 그런가 하면, 클리제스와 페니스가 서로에 대해 감히 고백하지 못하는 사랑으로 "고통받고 강박되며", 그리고 이제 "상대방의 마음에서 확신을 발견하였"는데도 불구하고 감히 사랑을 선언하지는 못하는 것을 보고, 작가는 사랑과 용맹은 본래 그를 "대담하고 가치있게 만들어주는" 것인데, 이 고백되지 못하는 사랑은 그토록 대담한 연인을 겁쟁이로 만들어버리니, 이야말로 세상이 거꾸로 뒤집힌 꼴이 아니냐고 호들갑을 떨고 나서, 그러나 이 완벽한 연인들이 이렇게 모든 조건이 구비되었는데도 "양식과 대담함을 상실한" 데는 무슨 이유가 있

---

177) 『에렉[중]』, v.2503; 『에렉[현]』, p.66.
178) 『에렉[중]』, v.2582-2583; 『에렉[현]』, p.68.
179) 그러나 실제 에니드는 기쁨을 획득한다. 그 광기 덕분에. 실로 그녀는 "잘못 생각한 것은 아니었다." 『에렉[중]』, v.2485; 『에렉[현]』, p.65.
180) 『이벵[중]』, v.1432-1433; 『이벵[현]』, p.19.
181) 『클리제스[중]』, v.1621-1624; 『클리제스[현]』, p.53.

게 마련인 바, 그것은 "정신을 빼앗는 대상을 보았을 때 그로 인해 전율
하고 창백해지지 않는 사람은 없으며, 창백해지지 않고 전율하지 않는
사람은 양식과 머리가 없는 사람"[182]인 것과 같은 이치인 바, "두려움
없는 사랑은 열기 없는 불길이며, 태양 없는 대낮이고, 꿀 없는 밀랍이
며, 꽃 없는 여름, 서리 없는 겨울, 달 없는 하늘, 문자 없는 책"[183]이니,
"감히 사랑하고자 하는 사람은 마땅히 두려워해야 하나니, 아니면 사랑
할 자격이 없다"[184]고 자못 심각하게 너스레를 편다. 광기란 바야흐로
진정한 사랑에 필수불가결한 조건으로 격상된다. 또한, 랑슬로가 남들
이 모두 비난하는 수레에 올랐던 것도 일종의 광기의 선택이었다. 그리
고 훗날 그니에브르가 랑슬로에게 왜 수레에 오르기를 주저했느냐고
꾸짖었던 것은 정말 해독하기 어려운 광기에의 요구가 아닐 수 없다.
크레티엥의 모든 소설에서 언제나 이성적인 존재로 나오는 고벵의 경
우는 어떠한가? 그의 완벽한 무술, 현명함에도 불구하고, 『수레의 기사』
에서 그는 '물 속의 다리'를 건너다 익사할 지경에 이르고 여왕을 구하
는 무훈에서 실패하니, 훗날 그가 고백하기를 그것은 그의 지나친 '느
림'[185] 때문이었다. 그 '느림'이 그의 현명함, 신중함의 치환된 표현임
은 명백하다.[186] 현명함은 광기보다 못한 것이었다. 반면, 『그랄 이야기』
에서의 고벵은 스스로 광기의 선택자가 된다. 신비한 여왕과 그 딸 클
라리쌍(Clarissans)의 성에 갇힌 고벵은 두 여왕에게 매혹당하고, 그 성이

---

182) 『클리제스(중)』, v.3824-3830; 『클리제스(현)』, p.110.
183) 『클리제스(중)』, v.3847-3851; 『클리제스(현)』, p.111.
184) 『클리제스(중)』, v.3855-3856; 『클리제스(현)』, p.111.
185) 『랑슬로(중)』, v.5326; 『랑슬로(현)』, p.145.
186) 고벵의 지나친 쿠르트와지는 그가 그니에브르와 쾨를 따라가려고 할 때, 쾨가 말을 가로채 달아날
기회를 제공함으로써 그의 계획을 실패하게 만들었고[cf. 『랑슬로(중)』, v.279-320], '검의 다리'와
'물 속의 다리'라는 양자 택일에서는 랑슬로가 먼저 선택권을 고벵에게 넘겨주는 바람에 "사양할
권리가 없다"고 판단하여 '물 속의 다리'를 선택한 것이 그의 실패의 결정적 계기가 된다[cf. 『랑
슬로(중)』, v.685-696].

주는 평화에 잠기는데, 그러나 그럼에도 불구하고 성 밖으로 나가겠다는 욕망을 버리지 못한다. 그는 창밖을 통해 자신을 저주했던 여인과 기사를 보고는 참지 못하고 나가려고 하는데, 여왕은 고벵의 "불행을 자초하는 일을 그에게 허락하길"[187] 원하지 않으나, "궁 밖으로 나가지 않는다면 잘못된 운명을 받은 것이 될 것"[188]이라고 고집하고 같이 있던 뱃사공도 "슬픔으로 죽을지 모르니 붙잡지 말으라"[189]고 권하여, 여왕은 "신이 죽음으로부터 그를 보호하는 한 오늘 저녁 내로 다시 돌아온다는 조건으로"[190] 성 밖으로 나가는 것, 즉 죽음을 무릅쓴 모험을 허락한다.

　이상과 같은 일람은 광기가 단순히 적대적 인물들에게만 적용되는 것이 아니라는 것을 알려줄 뿐만이 아니라, 그것이 일방적으로 부정적인 덕목이 아니라, 크레티엥의 주인공들이 그들의 삶을 살아가는데 필수적인 조건이라는 것을 보여준다. 아니, 단순히 조건일 뿐만 아니라, 그들에게 그것은 삶의 원천이라는 것을 암시받을 수 있다. 클리제스에게 있어서 광기는 말해질 수 없는 진정한 희열의 동력이며, 『그랄 이야기』의 고벵에게 있어서 그것은 해방을 촉발하는 충동이다. 그러니, 저 훗날 에라스무스가 솔로몬을 빌려 말했듯이, "현자의 마음은 슬픔과 함께 하며, 미친 자의 마음은 기쁨과 함께 하나니",[191] 현명함이 아니라 광기가 새 생명의 근원이 아니겠는가? 또한 그러니, 『수레의 기사』의 고벵은 지나친 현명함으로 일을 그르치는 것이며, 『클리제스』의 의사들, 즉 페니스의 거짓 죽음을 너무나 잘 아는 현자들은 페니스의 '시체'

---

187) 『그라알(중1)』, v.8326-8327; 『그라알(중2)』, p.577.
188) 『그라알(중1)』, v.8336-8337; 『그라알(중2)』, p.579.
189) 『그라알(중1)』, v.8342-8343; 『그라알(중2)』, p.579.
190) 『그라알(중1)』, v.8345-8347; 『그라알(중2)』, p.579.
191) Erasme, *Eloge de la folie*, Flammarion, 1964, p.82

를 학대하는 "정말 엄청난 미친 짓"[192]을 저지르고 마는 게 아니겠는 가? 또한, 아들의 광기를 비난하는 아버지에게 멜레아강이 대답하는 것 을 보라. 그는 광기를 선언한다. "보세요, 제가 지금 이 순간 평소 때보 다 얼마나 더 비참한 기분인지를. 아! 제 눈은 멀었습니다! 보세요, 제 가 얼마나 실망하고 있는지! 제가 결투를 하게 될 시간까지, 저는 한순 간도 기쁘지 않고 마음 편하지 않을 겁니다. 저는 권태 속에서만 살 거 예요."[193] 이러한 악마주의는 거꾸로 크레티엥 소설의 부정적 인물들이 단순히 성격적인 악덕을 가지고 있는 것이 아니라, 그들 자체가 삶의 괴로움의 산물이라는 것을 증거한다. 그러면서, 그 광기가 바로 그 삶 의 괴로움에서 벗어나는 운동의 다른 이름이라는 것을 보여준다.

"미친 자의 수는 무한하"고 "세상은 미친 자들로 가득하다"[194]라고 『전도서』가 적고 있듯이, 궁정 소설 속의 주 인물들은 모두가 미쳤다. 주인공은 광기를 선택하고, 현자는 결국 미친 짓을 저지르고 말며, 안타 고니스트는 광기로부터 행복의 유일한 샘을 찾는다.

이러한 광기의 편재성은 크레티엥의 소설에서 실제로 나타나는 광인 들의 존재에 의해서 좀 더 명료한 해석을 받을 수 있다. 『그랄 이야기』 에서의 아더 궁정의 광인이 그 하나이며, 『사자의 기사』에서 칼로그르 낭이 문제의 샘가로 가기 전에 브로셀리앙드의 숲에서 만난 거인이 그 둘이다. 아더 궁정의 광인은 분명하게 광기가 궁정적 관계의 전복적 힘 이 될 수 있음을 지시한다. 오만하고 잔인한 쾨가 아더 앞으로 나아갈 때, 모두가 "길을 비켜주고", "그의 잔인한 조롱과 사악한 말들은 만인

---

192) 『클리제식중』, v.5878; 『클리제식현』, p.165.
193) 『랑슬뢰중』, v.3470-3474; 『랑슬뢰현』, p.105. 다른 장면에서도 그는 만류하는 아버지에게 말한 다. "아버지 좋을 대로 착한 사람으로 있으세요. 그리고 내게는 내 잔인함을 내버려 두세요.『랑슬 뢰중』, v.3294-3295; 『랑슬뢰현』, p.101.
194) Erasme, *loc. cit.*에서 재인용.

의 공포"일 때, 광인만이 "희롱을 하든 근엄을 부리든 지나치게 과시된 사악함을 두려워하지 않을 수 있기"[195) 때문이다. 그리하여, 그는 페르스발에게 미소 지은 여인의 뺨을 때렸던 쾨를 앞에 두고 "오, 왕이시여, 주께서 저를 축복해주소서, 그는 이 따귀의 대가를 받게 될 것입니다. 그리고 괴상한 말이라고 생각지 마십시오. 쾨가 용을 써보았자 소용없습니다. 그는 팔이 부러지고, 어깨가 빠질 것입니다"[196)라고 예언하였던 것이다. 칼로그르낭이 만난 괴물은 좀 더 복잡한 해독을 요구한다. 그는 배신(陪臣)의 대접을 받고 그 집을 나온 후 야생 황소들의 싸움을 목격하고 바로 한 평민을 만났는데, 이 평민은 "말로 표현할 수 없이 추악한 몰골을 하고" "속옷도 없이" "두 마리 암소와 두 마리 황소 가죽을 목에 걸친" "18피트가 넘는" 거인이다. "그가 짐승도 그렇게 할 수 없을 만큼 한마디 말도 없이 그를 가로막고 있어서" 칼로그르낭은 그가 "말할 줄 모르고 정신이 나간 줄 알았으나" 어쨌든, "너는 주가 창조한 생명이냐 아니냐"고 묻는다. 그러자, 그는 대답을 하는데, 칼로그르낭과 그 평민의 대화는 다음과 같다. ⅰ) 거인은 자신은 사람이라고 대답한다; ⅱ) 칼로그르낭은 "어떤 종류의 사람"이냐고 묻는다 — 거인은 보는 바와 같으며, 자신은 "결코 변하는 법이 없다"고 대답한다; ⅲ) 칼로그르낭은 거인에게 무엇을 하느냐고 묻는다 — 거인은 숲의 짐승들을 지킨다고 대답한다; ⅳ) 칼로그르낭은 야수들은 "결코 인간에게 복종하지 않으며", "숲에 풀어 놓은 야수를 지키는 사람은 있을 수 없다"고 반문한다 — 거인은 어쨌든 그가 숲의 짐승들을 지배하며, 그들은 이 숲의 울타리에서 벗어날 수 없다고 대답한다; ⅴ) 칼로그르낭은 어떻게 그럴 수 있느냐고 다시 묻는다 — 거인은 자기의 힘이 그들을 지배하니, 자신

---

195) 『그라알(중1)』, v.2810-2814; 『그라알(중2)』, p.211.
196) 『그라알(중1)』, v.2866-2871; 『그라알(중2)』, p.215.

은 짐승들의 영주인데, 다른 사람들은 짐승들을 만나면 죽음을 피하지 못할 것이라고 말한다; vi) 이번에는 거인이 칼로그르낭에게 "너는 어떤 종류의 사람이며 무엇을 찾느냐"고 묻는다―칼로그르낭은 자신이 기사이며, 그가 찾는 것을 "오래 찾았으나 아직 헛되었다"고 대답한다; vii) 거인은 그게 뭐냐고 묻는다―칼로그르낭은 "나의 가치와 용맹을 증거할 모험"이라고 대답하며, 어떤 모험거리가 있으면 가르쳐달라고 한다; viii) 거인은 모험에 대해서는 아는 바가 전혀 없다고 대답한 후, 그러나 근처에 사철 푸른 나무와 도저히 묘사할 수 없는 모양의 섬돌과 성당이 옆에 있는 샘이 있는데, 정당한 대가를 치르지 않으면 거기에서 못 돌아올 것이라는 미묘한 예언을 한 후, 그 샘의 쇠바가지로 물을 섬돌에 뿌리면 폭풍이 불어, 뇌성이 치고 광풍이 불고 나무들이 쓰러지고 폭우가 내리고 번개가 쳐, 이 숲에서 모든 짐승이, 심지어 새들조차도, 달아날 것이니, 만일 거기에서 어려움 없이 빠져나올 수 있다면 "너는 거기에 갔던 어떠한 기사보다도 행운을 잡은 것"이리라고 말한다.

얼핏 보아서는 난해하기 짝이 없는 이 대화는 위와 같이 몇 개의 단락들로 분할을 해볼 때, 몇 가지 특이한 점이 드러나는 것을 볼 수 있다. 첫째는 이 거인의 존재이다. 그는 그 외양과 행동에 있어서 광인과 다름이 없는데 그 말에 있어서는 틀림없이 사람이며 그것도 "결코 변함이 없는" 사람이라는 것이다. 그가 외양뿐 아니라 행동에 있어서도 광인과 다를 바가 없다는 것은 그가 숲 짐승들을 지배하는 존재이기 때문이다. 칼로그르낭이 볼 때 그것은 인간의 경계를 벗어나는 일이며, 거인 자신도 다른 모든 사람과 자신을 구별하고 있다. 말에 있어서 사람이라는 것은 그가 자신을 사람이라고 밝히고 있다는 사실에 의해서이기도 하지만, 좀 더 깊게는 그의 말이 정연한 논리를 갖추고 있다는 것을 의미한다. 이 거인은 따라서 사람이되 사람 이쪽 혹은 너머의 존재

이다. 그 외양은 사람 밑에 있으나, 그 힘은, 혹은 정신은 사람 위에 있
다. 그는 사람의 안쪽이거나 바깥쪽이다. 둘째는 기사의 모험의 성격에
대한 것이다. 그것은 "가치와 용맹을 증거"하기 위한 모험이다. 모험은
그 본질에 있어서 개인주의적이다. 마지막으로 세 번째는 거인의 거짓
말에 대해서이다. 그 거짓말은 두 가지로 나타난다. 하나는, 그가 숲을
지키고 있으니 짐승들은 이 숲을 벗어날 수 없다고 말했던 것과 샘의
섬돌에 물을 뿌리면 짐승들이 모두 달아날 것이라고 말하는 것은 논리
적으로 모순을 이룬다는 것이다. 그렇다면 기사가 섬돌에 물을 뿌리는
행위는 그의 숲 세계의 파괴를 유발하는 것이니, 문맥으로 보아, 이 거
인은 칼로그르낭이 결투를 하게 될 샘의 주인인 기사일까? 문자 그대로
소설을 따라갈 때 그것은 틀린 추정이다. 왜냐하면, 이벵에게 죽임을
당하게 될 샘의 주인은 '에스칼라도스 르 루(Escalados le Roux)'라는 이름
을 가지고 있고, 세상에서 가장 빼어난 미모의 여인(Laudine)의 남편이며
부하들을 거느리고 있는 성주이자 기사이기 때문이다. 그러나 그렇다면
위의 모순을 어떻게 이해할 것인가? 아마도 섬돌에 물을 뿌린 이후에
일어난 사건을 다시 되새긴다면, 그 답에 대한 암시를 얻을 수 있을지
모른다. 거인은 폭풍이 일고 뇌성이 치며 숲 속의 모든 짐승이 달아날
것이라는 데까지 말했다. 그 다음, 어떤 위험이 칼로그르낭에게 닥쳤는
가? 곧 신비한 성의 성주가 나타나서 칼로그르낭을 굴복시켰다는 것은
줄거리를 따라가다 보면 알 수 있는 일이다. 그러나 그것 말고 또 하나
의 사건이 있었다. 그것은 뇌성과 광풍이 지난 후, 하늘은 청명해지고
소나무에 새들이 다시 모여들어, 녹음이 온통 우거진 것 같으니, "이보
다 아름다운 나무가 없고", 새들은 저마다 다른 곡조로 지저귀면서 화
창하고, 그들의 기쁨이 칼로그르낭을 즐겁게 해주어 "이보다 더한 축제
에 홀린 적이 없"었으니, 칼로그르낭은 새들의 노래를 "어찌나 즐겁게

음미하였는지, 거의 자신이 미쳤다고 생각할 지경이었다."[197] 그 신기한 사건은 숲의 지배자로서의 거인의 존재를 확인시키는 것일까? 즉, 그에 의해서 짐승들이 "숲의 울타리에서 벗어날 수 없다"는 그의 첫 번째 말의 진실성을 증명하는 것일까? 그러나 거인은 그것에 대해 어떠한 암시도 주지 않았다. 그 말과 사건의 추이를 시간적인 순서대로 항목화하면 좀 더 명료하게 알 수 있을 것이다.

기사의 행위		자연의 사건			기사의 사건	
A	물 뿌림	B	폭풍, 뇌성, 폭우, 번개	짐승들 달아남	나무의 쓰러짐	D	숲의 광경에 홀림
		C	청명	새들의 돌아옴	나무의 푸르름	E	죽음의 위협 : 싸움

(영어 알파벳은 시간적 순서를 지시한다. 즉, A→B→C→D→E의 순서로 이야기가 진행된다.)

이 도표에서 음영으로 표시된 부분이 거인의 입으로부터 예시되지 않았으나, 실제로 일어난 사건이다. 우선, 시간적인 순서 자체가 암시를 되풀이한다는 것을 지적해야겠다. 즉, 그 암시되지 않은 사건은 '자연의 사건' 부분에서는 예시된 사건보다 뒤에, 그리고 '기사의 사건' 부분에서는 그보다 앞에 나온다. 따라서 거인이 미리 가리키지 않았던 사건은 가리킨 사건 속에 감싸여져 있다. 말의 내용과 기술의 구조가 동형을 이루고 있는 것이다. 그런데 이 암시되지 않은 사건의 존재/부재는 작품 전체를 통틀어 나타나는 4번의 물뿌림에서 거인의 존재/부재와 엄격하게 대응되며 또한 동시에 에스칼라도스 르 루의 존재/부재와 대응한다. 즉, 칼로그르낭의 말을 듣고 이벵이 그 샘으로 갈 때도 그는 거인을 만나며 또 에스칼라도스 르 루와 결투를 한다. 반면, 쾨의 제안에 의해

197) 『이벵[중]』, v.459-477; 『이벵[현]』, pp.6-7.

아더가 그곳에 갔을 때 아더는 거인을 만난 적이 없으며, 또한 이번엔 에스칼라도스 르 루가 이벵과의 싸움에서 죽었기 때문에 아더의 무리가 결투를 위해 만날 기사는 이제 이벵이다. 마지막으로 이벵이 로딘느로부터 사랑을 다시 얻지 못하면 죽어버리겠다고 결심하고 샘으로 가서 물을 뿌릴 때 이벵은 거인을 만나지 않으며, 당연히 싸울 사람은 나타날 수가 없다. 이벵도, 에스칼라도스도 없기 때문에, 그리고 로딘느의 성에 있는 사내들이란 "모두 합쳐보았자 시녀 한 명보다도 못하고",198) "그중 제일 용감한 자조차도" 이런 재난에 처해서는 "한 발자국도 움직이려 하지 않을 것이기"199) 때문에.

이러한 존재/부재 관계는, 다시 한번 도표를 사용하는 것이 허락된다면, 이렇게 나타나게 될 것이다.

	칼로그르낭	이벵	아더	이벵
평민-거인	+	+	−	−
에스칼라도스 르 루	+	+	−	−

그렇다면 우리가 저 신비한 존재인 평민-거인의 상징적 의미에 대해 아는 바가 없다 하더라도, 마찬가지로 신비한 에스칼라도스의 성의 상징성에 대해 분명한 뜻을 길어내고 있지 못하다 하더라도, 그 둘이 일종의 동형 관계를 이루고 있다는 것은 알 수 있다. 에스칼라도스는 죽었기 때문에 소설의 무대에서 사라질 수밖에 없다 해도, 거인은 왜 그와 더불어 소멸하였는가? 나중에 이벵이 광인이 되어 브로셸리앙드 숲을 헤매이고 다닐 때, 그는 어디에 있었는가? 그것은 그 둘의 밀접한 관

---

198) 『이벵[중]』, v.1632-1634; 『이벵[현]』, p.22.
199) 『이벵[중]』, v.6554-6557; 『이벵[현]』, p.85.

계를 분명하게 가리킨다. 그들은 동일한 인물이 아닐지 모르지만, 그러나 유사성의 관계에 놓여 있는 인물들이다. 그 유사성은 일종의 도상 거울의 형태를 가지고 있다. 추악한 광인으로 나타나는 평민-거인은 뛰어난 기사인 에스칼라도스와 대칭 관계에 놓인다. 또한, 그들의 삶의 무대는 똑같이 신비함을 갖고 있으면서도 숲/성의 대립을 드러낸다. 게다가 그 성은 이벵의 모험의 현장인데 그 숲은, 샘을 사이에 두고, 그것의 이편에 있다. 즉 이벵의 모험의 안쪽이다. 헌데 이 도상적 관계는, 인물들 사이에만 나타나는 것이 아니다. 그것은 한 인물 자체에서도 나타난다. 왜냐하면 '추악한' 평민-거인은 예시자이며, 뛰어난 기사는 패배자이기 때문이다. 추악한 자가 세상의 비밀을 알고 뛰어난 자가 세상의 헛됨 속에 사라진다. 따라서 이러한 대칭 관계는 기본적으로 드러남/감춤의 양태를 감추고/드러내고 있는 것이며, 더 나아가 그것은 광인의 말의 감춤/드러냄의 대목이 그와 같은 구조의 변주라는 것을 알게해 준다. 저 하늘의 청명과 새들의 화창을 염두에 둘 때 감추어진 것은 평화와 향연이며, 저 폭풍과 패배가 가르쳐주듯이 드러난 것은 끔찍하고도 헛된 싸움이다. 그렇다면 광인의 존재는 기사도적 삶의 영광을 드러내고 그 헛됨을 감추는 것이 아닐까? 거인의 두 번째 거짓말로 넘어가 보자.

다른 하나의 거짓말은 '모험'에 대해서 거인이 아는 바가 없다고 대답했다는 것이다. 그것이 거짓말인 이유는 실제 그는 칼로그르낭에게 굉장한 모험의 장소를 가르쳐주었기 때문이다. 만일 거짓말에 그 나름의 이유가 있다고 가정한다면, 거인이 가르쳐준 모험은 칼로그르낭을 포함한 기사들의 공통된 이상으로서의 모험, 즉 "가치와 용맹을 증거"하는 모험이 아니라고 할 수밖에 없다. 그런데 그것은 이벵이 깊이 빠지게 될 모험이다. 그렇다면 그것은 무엇인가? 그것은 하늘의 청명함과 새들의 노래와 같은 평화이며 축제인가? 혹은 신비의 여왕과 그의 딸이 고벵에게 권유하는 안식인가? 그러나 그 다른 무엇이 이벵이 깊이 빠지고 괴로워하게 될 모험으로 나타난다는 것을 주목해야 하리라. 또는, 그 다른 무엇이 언제나 감추어져 드러난다는 것을, 지극한 평화와 도저한 향연은 결코 드러나지 않고, 감추어진 채로 암시될 뿐이라는 것을 주목해야 할 것이다. 광기가 숨어서 은밀히 전하는 말은, "오, 왜 나는 이리도 불행한가"[200]라는 에니드의 속내의 한탄이 "오 당신은 얼마나 불행한가요!"라는 발언으로 표출되었던 것과 마찬가지로, 그에 반하는 것을 통해서만 가리켜질 수 있는 것이다. 광기가 감춤으로써 암시하는 것은 드러난 것의 이면 혹은 어두움일 뿐, 독자적으로 현시되는 무엇이 아닌 것이다. 마치, 중세의 광인들, 이단들이 중세의 집단적 이념들의 필요에 의해 창출된 헛-집단이었던 것과 마찬가지로. 그리고 그 헛-집단의 존재가 역설적으로 중세의 집단주의의 어두운 그림자, 그 안에 들끓는 파열의 목소리들과 그로부터 솟아나오는 새 삶의 욕망들을 감추어 드러내는 것과 마찬가지로. 이벵의 모험은 궁극적으로 해피 엔딩을 향해 질주하는(chevauchant) 잘못-시련(혹은 속죄)-행복의 교양주의적 도식을 밖으로 드러내면서 그 속으로 그와는 달리 겅중거리며(à l'ambleûre) 나아가는 다른 삶의 과정을 감추어/드러내는 것이다. 이 감추어진 다른 삶이 도대체 무엇이었는가를 찾는 모험에 나서기 전에 이 장의 매듭을 이렇게 짓기로 하자.

12세기 궁정 소설, 적어도 그 최초의 프랑스 작가인 크레티엥 드 트르와의 소설은 당대의 어떤 특정한 집단의 이념을 대변하는 것이 아니다. 그것은 차라리 모든 집단의 이념과 그 관계를 드러내면서, 그것과

---

200) 『에레[중]』, v.2492; 『에레[현]』, p.65.

다른 무엇(결코 어떤 특정한 집단에도 속하지 않을)을 감추어/드러내려 한다.
따라서 그것은 세상의 어느 곳으로부터도 인정될 수 없는 무엇이다. 그
것은 사회적으로는 광인, 이단들의 인공적 존재와 대응하며, 크레티엥
의 소설에서는 광기의 편재성과 대응한다. 그러나 그것은 단순히 "사라
진 유토피아에의 꿈"같은 것이 아니다. 호이징가는 중세의 암흑을 벗어
나는 "세 가지 길"을 기술하면서 제 3의 길은 "가장 쉬우면서도 가장
허구적인 것으로, 꿈의 길"[201]인 바 기사도 로망이 그에 해당한다고 보
았는데, 그러나 그것이 비록 그것에서 헛된 망상만을 보는 편협한 시각
들과는 다르게, 그것에서 이상적 삶에 이르려는 고통스러운 모색을 찾
으려고 노력한다는 점을 인정한다 하더라도, 수용될 수 없는 생각이다.
지금까지의 분석이 알려주는 것은 그 다른 무엇은 스스로 표현될 수 있
는 무엇이 아니라, 그것을 감추게 하는 모든 현실적인 이념에 얹혀서
암시될 수 있는 것, 따라서 사실상 부재로서 존재하는 것이라는 것이다.
그런 의미에서, 드라고네티가 풀이한 크레티엥 드 트르와의 성명학은
타당성이 없지 않다. 그는 그 이름을 기독교(당시의 공식적인 종교인)와 트
로이(그리스에 패배한 사라진 제국)의 합성으로 보면서, 정통과 이단, 진실
과 허위, 정상과 광기 사이의 신비한 연금술을 찾아내려 한 것이다.[202]
그런데 이 얹혀 삶, 즉 기생의 삶이 그것을 이룰 수 없는 꿈으로 도피할
수 없도록 해주는 힘인 것이다. 그것은 숙주로부터 영양을 취하면서 숙
주를 파먹는, 즉 현실적인 모든 집단적 이념의 검은 구멍일 뿐 아니라,
그가 파놓은 구멍, 즉 그가 열어놓은 집단적 이념들과 그 관계의 폐쇄
성 안에 새로운 '허구'의 내용을 채운다. 그 허구가 단순히 '쉬운 꿈의

---

201) 다른 두 개의 길은 "세계에 대한 거부"와 "세계를 의식 있게 개선시키고 완성시키는 길"이다. 전
　　자에는 기독교적 초월적 정신이 해당하며, 후자를 "중세는 거의 알지 못했다." 왜냐하면, 전자의
　　'거부'가 사람들의 뇌리에 너무도 강하게 각인되었기 때문이다. cf. Huizinga, *op. cit.*, pp. 40-42.
202) cf. Roger Dragonetti, *La vie de la lettre au Moyen Age*, Seuil, 1980, pp. 20-23, 35-37.

길'이 아니라면, 즉 현실로부터 재료를 얻어 꿈꾸어질 수밖에 없는 허구라면, 그것은 필연적으로 현실의 변형일 수밖에 없다. 그것은 그가 열어놓은 현실 속에 생소한 어떤 무엇을 채우는 것이 아니라, 바로 현실 그 자체, 아니 현실의 변형을 채우는 것이다. 실로, "문학은 겉으로 보기에 그가 지우는 것을 메꾼다."[203] 그런 점에서 『그랄 이야기』에서의 고벵의 태도는 아주 시사적이다. 드라고네티가 조사한 바에 의하면, 고벵은 페르스발에게 다가가는 순간, "결코 나쁜 짓을 하지 않을 듯이 (친구처럼) 부드럽게 나아가는데(souavet amblant/ Sans faire nul felon semblant)", 그 부드러운 나아감(souavet amblant[chevauchant doucement])은 이제 전통적인 기사의 말 주행법인 질주(chevauchée)가 아닌, '측대보로 가기(ambleüre)'가 고벵의 일상적인 말달리기의 방식이 되는 단초가 된다.[204] 앞에서 보았듯이, 기사들의 질주가 평민들을 멍에 속에 묶어두기 위해 기사들이 통상적으로 벌이는 시위이기도 하다는 것을 상기한다면, 질주와 측대보행 사이에 중요한 변화가 있다는 것을 암시 받을 수 있을 것이다. 아무튼 그 측대보행이 갖는 의미란 무엇인가? 첫째는 그것은 12세기의 궁정 소설은 궁정적 삶의 부정이며 변형이라는 것을 암시한다.[205] 둘째, 그 부정·변형은 궁정적 삶의 단선성, 폐쇄성을 풀고 그 안에 부드러운 율동을, 즉 삶의 생기를 부여하는 방식을 통해 이루어지는 것임을 암시한다. 측대보행을 배운다는 것은 리듬을 익히는 일이며, 차후 고벵에게 두 여왕의 성에서의 '놀라운 침대'라는 희한한 수레를 멋지게 다

---

203) Danielle Régnier-Bohler, 'Fictions, Explorations d'une littérature', in *L'histoire de la vie privée*, p.313.
204) R. Dragonetti, *op.cit.*, p.180.
205) 처음 고벵이 이 주행법을 익히게 되는 계기는 '노그르의 오만한 여인(l'Orguilleuse de Nogre)'에게서이다. 그는 말에 박차를 가하며 그녀에게 달려가는데, 그녀는 "절도있게요, 절도, 기사님, 또는 예쁘게 모세요. 당신은 아주 미친 듯이 달리는군요."(『그라알(중1)』, v.6684-6686); 『그라알(중2)』, p.467)라며 그를 제어한다.

루게끔[206) 해줄 것이다.

　바로 이러한 점에서 12세기의 사회·문화적 정황은 12세기의 소설의 독서 텍스트가 된다. 12세기 소설은 그것을 부정하는 것이 아니라, 또는 그것을 다른 무엇으로 변형시키는 것이 아니라, 그것을 읽고 그것의 부정적이고 생산적인 감추어진 의미를 드러내는, 즉 변형시키는 문화적 작업이었던 것이다. 이 간-텍스트적 관계의 읽기-쓰기인, 그 리듬 부여의 변형적 작업은 어떻게 나타날 것인가? 그것은 어떤 경로를 거쳐, 무엇을 감추고, 무엇을 드러낼 것인가? 우리의 궁극적인 질문은 거기에 바쳐질 것이다. 그러나 그 작업을 개시하기 전에 먼저 무슨 문화적 노력이 혹은 고통이 있었는가를 묻지 않을 수 없다. 다음 장은 그것을 위해 마련되었다.

---

206) 덧붙여, 이 ambleüre의 동사 ambler가 '훔치다', '속이다'의 뜻을 가지고 있다는 드라고네티의 지적을 역시 옮겨놓기로 하자. *ibid.*, p.180.

제 3 장
12세기 소설의 문학적 토양

광인은 이방인의 목소리로 말을 이어갔다.
"여왕 이죄여, 내가 그대의 땅에서 죽였던 거룡을 기억하시나요?
나는 그 혀를 잘라 내 바지춤 안에 넣어 두었었지요.
그리고 그것에 중독이 되어 늪 근처에서 쓰러졌었지요.
그때 나는 멋진 기사였다오! …
내가 죽음을 눈앞에 두고 있을 때, 그대가 날 살려주었어요.
—『소설, 트리스탕과 이죄』[1]

　이 짧은 장은 12세기 소설의 전 단계를 이루는 문화적 생산물들을 살펴보기 위해서 마련되었다. 우리는 그것을 기본적으로 세 가지로 축약해서 살펴 볼 예정인데, 그것들은 각각 로망어, 무훈시, 트리스탕 전설이다. 그것들은 그 자체로서 탐구의 대상이 되기보다는 12세기 소설에 대한 참조의 틀, 혹은 소설의 토양으로서 검토될 것이다. 따라서 그것들은 12세기 소설을 살피는데 필요한 문제들에 한정되어, 그것도 간략하게, 논의될 것이다. 그것들을 모두 다 섭렵하고 12세기의 문학사에 있어서 언어와 전설과 무훈시, 그리고 소설의 상관관계를 통괄적으로 풀이하는 작업은, 아주 필요한 일이기는 하나, 현재의 연구자의 능력으로서는 못 미치는 일이다. 아쉽지만, 우리의 주제가 소설의 발생을 탐구하는데 집중되어 있는 만큼, 다른 문화적이고 문학적인 자료들에 대한 탐구는 차후의 과제로 미룰 수밖에 없다.

---

1) *Le roman de Tristan et Iseut* par Joseph Bédier, Paris : 10/18, 1981, p.164.

3.1. 로망어 곧 로망

소설의 발생의 밑자리에 로망어를 놓는 일은 소설이 근본적으로 언어로 구성되어 있다라는 사실에 의거한 것이지만, 12세기 소설에 있어서는 보다 특별한 의미를 가지고 있다. 12세기 로망의 출현은 로망어의 발달과 같은 궤도에 놓인다는 것이 그것이다.

2장을 통해서 우리가 알게 된 중요한 사실 중의 하나는 소설을 발생시킨 12세기의 유럽은 로마 제국으로 상징되는 단일 보편국가로부터 분화해나가는 운동을 활발히 전개하고 있었다는 것이다. 또한, 제가끔 권력을 잡게 된 지방 권력들은 저마다 또 하나의 제국을 건설하려는 욕망을 불태우면서 움직인다. 12세기 로망어의 발달은 그러한 원심력과 구심력이 복잡하게 얽히는 과정 속에서, 그 이중적 욕망을 실어나르는 기호의 발달이라는 의미를 담고 있다.

현재까지 문헌으로 보존된 최초의 로망어 기록은 842년 '스트라스부르 선서'에서 나타난다. 경건왕 루이(Louis le Pieux)가 840년 사망한 후, 세 아들은 전쟁에 돌입하게 된다. 그때 "맏아들이며 황제인 로테르에 대항하여, 뇌스트리와 아키텐의 주인인 샤를르와 게르마니아의 주인인 루이가 연합"[2]하여 동맹을 맺었으니, 그것이 스트라스부르의 선서이다. 그 동맹은 "엄숙한 의식의 맹세의 의식"을 수반하였는데, "각각 상대방의 동맹군이 이해할 수 있도록 상대방의 언어로 맹세를 하였다. 샤를르는 '튜톤어'를 사용하고 루이는 '로망어'를 사용하였다."

이와 같은 사실은, 문화적 차원에서 중요한 상징적 의미를 갖는다. 무엇보다도, 그 선서가 분할의 운동 속에서 태어났다는 것이 그것이다.

---

2) 장 카르팡티에 외, 주명철 역, 『프랑스인의 역사』, 소나무, 1991, p.115.

이미 2장에서 보았듯이 샤를르마뉴의 유럽 대 통합의 꿈은 또 하나의 로마 제국을, 지방 권력의 힘으로, 과거와 형태와 내용을 똑같게 해서, 아니 그 이상으로 해서, 유럽에 이식시키려는 가장 직접적인 열망의 발로였다. 그러나 이미 원심 운동의 자장 안에 놓인 유럽의 사회는 사실상 그러한 노력을 지속시키지 못하게 된다. 샤를르마뉴가 죽고, 경건왕 루이가 왕위를 이어받았을 때, 카롤링거 왕국은 상속의 문제로 심각한 분열을 겪게 되는 것이다. 그것은 분산의 역사적 흐름 속에 태어난 지방 권력의 필연적인 결과라고 하지 않을 수 없다. 여기에서 지방어로서의 로망어의 또 하나의 중요성이 나타난다. 왜, 루이와 샤를르는 상대방의 언어로 맹세를 해야만 했는가? 그것은 카롤링거 왕국의 분열이, 단순히 왕족들의 권력 투쟁 때문이 아니라는 것을 가리킨다. 분열의 "첫째 요소는 제국의 방대함과, 백성과 민족적 언어 및 관습의 다양함"3)이었던 것이다. 즉, 이미 생활 상의 분열이 거대한 힘으로서 존재하게 되었던 때문이었다. 그 이전에는 무시하고 지나가도 좋았을 언어 및 관습의 다양성은 이제 저마다 각자의 세계를 확보하고 각자의 권리를 주장하고 나서게 된 것이다. 실로, 지방어로서의 로망어는 842년 이전에 이미 괄목할 만하게 성장해 있었다. 그것을 상징적으로 보여주는 것이 투르의 공의회이다. "813년 저 유명한 Tours 공의회의 종규는 사제들에게 저급어(rusticam)로, '불어'(gallicam)로, 혹은 '독일어'(theotiscam)로 설교할 것을 권장하였으니, 신도들이 좀 더 쉽게 이해할 수 있도록 하기 위해서였다. 같은 시대에 여러 다른 공의회도 같은 방향으로 결정을 내린다."4) 징크에 의하면, 그러한 노력은 "5, 6세기부터 이미 존재"하고 있었다.

---

3) *ibid.*, p.114.

4) Michel Zink, 'L'Eglise et les Lettres', in *Précis de littérature française du Moyen Age*, sous la direction de Daniel Poirion, PUF, 1983, p.38.

이와 같은 진술은 로망어의 미묘한 위치에 대한 암시를 전해준다. 로망어는 더 이상 무시할 수 없는 생활의 언어이면서 동시에 '복음'의 전파에 아주 맞춤한 수단이기도 하였다. 로망어는 생각하기에 따라 소극적 수락의 대상이기도 하지만, 동시에, 적극적으로 활용할 수 있는 도구이기도 하였던 것이다. 그 미묘한 위치가 성직자들로 하여금 로망어를 여전히 경멸하면서도 능숙하게 사용하지 않을 수 없게끔 한다. "950년경 생-타르망-레-조(Saint-Armand-les-Eaux)에서 설교된 요나에 의한 니니비 사람들의 개종에 관한 설교는, [⋯] 작가가 불어에 아주 능숙함에도 불구하고, [⋯] 「요나의 서」에 대한 성 예레미야의 주석의 라틴어 원문을 끊임없이 참조하는" 어색하기 짝이 없는 문체를 보여준다. 그러니까 작가는 "불어로 설교한다는 목적으로 불어를 쓰는데도 불구하고 라틴어의 포로가 된 사람"이니, 그것은 "그의 지적이고 정신적인 언어는 여전히 라틴어였기 때문"5)이다.

그러나 어찌 됐든, 로망어의 발달은 이중의 도움을 받게 된다. 하나가 로망어 말을 쓰는 사람들의 자생적인 문자화의 노력이라면, 다른 하나는 종교적 이념을 통한 사람들의 통합을 위해 성직자들이 자발적으로 로망어의 갱신을 위해 노력하였다는 것이다. 그렇기 때문에 로망어는 단순히 구어를 문자로 개작하는 과정 속에서 나타난 것으로 볼 수가 없다. 그것은 로망어의 발달과 로망어로 된 문화의 발달을 동궤에 놓게 하는 인공적인 구조화의 작용 속에서 성장한 것이다. "불어의 역사는 자연의 상태로 떨어진 구어의 약간은 신비롭고 약간은 단순한 역사가 아니다. 그것은 잠정적인 형태들과 구조화들의 상호작용이다. 따라서 11세기 말부터 시작하여, 그 자신의 고유한 양식들에 의거한 문학의 발

---

5) *ibid.*, pp.38-39.

전(특히, 소설성의 도약)과 글의 차원에 도달한 로망 언어의 진보를 동시에 고려하는 것이 적절한 일이다."[6]

로망어와 소설(로망)이 만나는 결정적인 지점이 여기에 있다. 12세기의 소설은 무엇보다도 그리스·라틴의 보편 문화를 로망어로 "번역"하는 데에서부터 시작되었던 것이다. "로망은 1150년 경에 문학적 장르라기보다는 하나의 언어이다. 문맹자들(illitteraiti), 즉 브느와 드 생-모르(Benoît de Sainte-Maure)의 공식을 빌리자면, '문자를 이해하지 못하는 사람들(cil qui n'entendent la letre)', 다시 말해 라틴어를 모르는 사람들의 언어이며, 그들을 위해서, '그들이 그 로망을 즐길 수 있도록(se puissent deduire el romanz)' 하기 위해서는 '로망으로 바꿀(en romanz mettre)' 필요가 있었던 것이다."[7]

따라서 "소설 짓기"란 우선은 "로망어화하기(mise en roman)"[8]였다. 공식적 차원에서 그것은 보편 지식과 보편 문화의 대리물이었으며, 동시에 공식적 수준에 오르지 못한 파롤들의 권리 획득이었다. 즉, 말의 차원에서 흩어져 있던 지방어들이 생각의 중개물이자 체계화된 약호로서 랑그의 세계로 진입하는 것이었다. 따라서 "문학적 통화 수단이라는 틀"의 형성은 두 개의 모순된 힘이 하나로 뭉쳐지는 가운데 태어났던 것이다. 그것이 "어떠한 문학적 판본도 순수 지방어로 쓰인 것이 없는"[9] 이유였으니, "문법적 교육이 부재하였음에도 불구하고 [글쓰기의] '좋은 양식(bon usage)'이 지각되었고, 한 사회집단(궁정)에 연결되었다."[10] "중세의 글쓰기는 한마디로 문법"[11]이었던 것이다.

---

6) Bernard Cerquiglini, 'Une langue, une littérature', in *ibid.*, p.24.

7) Jean-Charles Huchet, *Le roman médiéval*, PUF, 1984, p.9.

8) Charles Méla, 'La mise en roman', in Poirion (ed.), *op. cit.*, p.86.

9) B. Cerquiglini, *loc. cit.*

10) *ibid.*, pp.25-26.

11) *ibid.*, p.30.

그러나 두 개의 모순된 힘은 완전히 하나로 뭉쳐질 수는 없는 법이다. 그것들은 응집되기보다는 길항한다. 한편으로 문학 언어의 파롤적 측면은 작가의 숨겨진 비밀, 즉 그가 방언적 소속임을, 그 상징적인 의미에서 '하층민 출신'임을 드러내는 결핍의 구멍이었다.12) 그러나 그 자리는 동시에 중세의 작가가 보편 언어의 압제에 저항하여 언어의 자유를 꾀할 수 있는 힘의 원천이기도 하였다. 크레티엥의 『그랄 이야기』의 운문 일부와 『아더의 죽음』의 한 문단을 비교한 리흐너(Rychner)의 모범적인 분석에 의하면, "자유는 운문 쪽에서, 압제는 산문 쪽에서 나타난다."13) 당연히 산문 쪽에 자유가 있으리라는(왜냐하면, 율격의 파괴와 관련되어 있으니까) 통념을 뒤엎는 그러한 발견은 중세 소설의 운문 자체가 단순히 구어를 활자로 옮겨 놓은 것이 아님을 보여준다. 그것은 오히려 그의 숨은 비밀이 거꾸로 구어로부터의 명백한 단절, 즉 '글쓰기에 대한 철저한 자각'을 작가에게 요구하였다는 것을 시사한다.

따라서 두 개의 언어, 아니 두 종류의 글쓰기가 12세기의 궁정 문화에 융해되지 못하는 대류들처럼 마구 뒤섞여 있다. 하나는 표현적 글쓰기라고 이름 붙일 수 있으며, 다른 하나는 구성적 글쓰기라고 이름 붙일 수 있다. 하나는 규칙과 문법을 만들어내면서 궁정적 이념(그 이념의 내용이 무엇이든)을 전파하는 수레로서 기능한다. 하나는 그 규칙과 문법을 수락하면서(달리 방도가 없기 때문이다), 아니 그것을 의식적으로 철저화시키면서 새로운 문체와 형식들을 단련해냄으로써, 즉, "글쓰기의 형식들에 대한 규제된 놀이"14)를 함으로써, 존재하고 있는 이념의 표현이 아닌 무엇을 새겨 넣는다. 크레티엥의 소설에 자주 등장하는 '운을 넣

---

12) "중세의 작가들이 그들의 이야기를 구어적 전통에서 끌어왔다고 말하는 것은 아주 드문 일에 속한다." *Tristan et Iseut*, Le livre de Poche, 1989, p.241의 주 3.

13) B. Cerquiglini, *La parole médiéval*, Minuit, 1981, 17에서 재인용.

14) *ibid.*, p.18.

다(rimer)'는 표현은 바로 그것을 이야기하는 게 아니겠는가?

3.2. 무훈시의 비극적 세계

표현적 글쓰기의 정점에 무훈시가 자리하고 있다는 것은 오래도록 하나의 상식으로 굳어져 왔다. 루카치의 표현을 빌면, 서사시는 "삶은 어떻게 본질적으로 될 수 있는가 하는 물음에 대한 대답을 하고 있다."[15] 즉, 총체성의 현전과 그에 대한 접근이 문제가 되는 것이다. "별이 빛나는 창공을 보고, 갈 수가 있고 또 가야만 하는 길의 지도를 읽을 수 있던 시대",[16] 따라서 "존재와 운명, 모험과 완성, 삶과 본질이 동일한 개념"[17]이 되어버린 시대의 문화적 표현이 서사시인 것이다. 따라서 "말이건, 행동이건, 주제들의 이음이건, 서사시는 그것들이 엄격하게 약호화되어서 '하나의 완강한 율법이 유동성 없는 하나의 실체에 필연적으로 딱딱한 하나의 질서를 부과하는' 형태인 것처럼 보인다. 그리고 여러 층위—언어, 구성, 의미화 등등—간을 동질의 규칙들이 통합함으로써 하나의 위계질서를 구성하는 것을 가정한다."[18]

그러나 '~인 것처럼 보인다', '가정한다'는 표현에 유의하자. 실제 프랑스의 무훈시는 서사시의 일반적인 개념에 속하지 않는다는 것을 우리는 이미 보았다. 무엇보다도, 그것은 12세기의 프랑스 사회가, 서사시의 유토피아를 꿈꾸는 사람들이 생각하는 것과 같은 별이 빛나는 창공의 시대, 밤이 지워져 버린 시대가 아니었기 때문이다. 12세기의 프랑

---

15) Georg Lukács, La théorie du roman, Gonthiers, 1963, p.26.

16) ibid., p.19.

17) ibid., p.21.

18) Daniel Madelénat, L'épopée, PUF, 1986, p.72.

스 사회는, 아니 유럽 사회는 예측 불가능한 변화가 활발히 진행되고 있던 시대이었다. 제국은 사라졌으며, 미지의 제국을 향한 수많은 욕망들이 들끓고 있었던 것이다. 그리고 그 욕망들이 13세기의 군주제라는 하나의 균형을 향해 진행되어가고 있던 상태에서 그것들은 이단과 광인이 횡행하는 어두운 밤을 스스로 만들어내고 있었다.

이미 우리는 1.2절에서, 12세기 프랑스의 무훈시가 호머의 『일리아드』, 『오디세이』와 같은 웅장하고도 광활한 전개를 보여주고 있지 못하다는 것을 보았다. 또한, 프랑스 왕실의 군주제적 이념의 표현으로서의 그 무훈시가 동시에 파열된 개인의 의식을 나타내고 있다는 것을 보았다.

한편으로 무훈시는 닫힌 세계의 끝없는 되풀이와 다른 한편으로 이미 태어나기 시작한 개인의 자율성에 대한 의식 사이의 첨예한 대립을 빚어냈던 것이다. 그것은 2장에서 보았던 바대로 두 겹의 사회적 흐름의 모순, 즉 분산적 해방의 운동 위를 덮치는 중앙 집중적 권력의 힘의 강제라는 모순에 정확하게 대응한다. 그 파열된 의식은 그 자체로서 하나의 비명, 아무런 삶에 대한 비전과 시각을 가지고 있지 못한 완전한 절망의 새된 소리일까? 그렇지 않다. 그러한 비명의 존재 자체가 새로운 삶에 대한 강렬한 요구를 드러내고 있는 것이다. 아우얼바하의 말을 들어보자.

> 우리의 비교[고대서사시, 라틴어 원전과 무훈시에 대한]가 보여주듯이, 처음으로 일련의 사건들이 포함하는 다양한 장면을, 등장인물들에게 삶과 인간적 부조를 부여하는 방식으로, 돋보이게 한 것은 바로 토속어로 된 시[Chanson de geste와 성자전을 가리킴. 인용자]였다. 그 삶은 변함없이 존속하는 범주들의 경직성과 편협성에 의해 분명 제한되어 있으며, 행동의 부재로 인해 쉽게 소멸되는 삶이긴 하지만, 그러나 그만큼 범주들의 경직된 틀에 저항하는 생동하고 선명한

사실적 삶이다. 토속어 시인들은 인간을 살아 있는 존재로 보고, 병렬
구문에 시의 힘을 부여하는 형식을 발견한 최초의 사람들이었다.[19]

　이미 『롤랑의 노래』의 한 대목을 비교적 자세하게 분석한 바 있으므
로, 더 이상의 주제론적인 논의는 피하기로 한다. 다만, 덧붙여서 무훈
시의 형식 그 자체도 단순히 병렬 구문(parataxes)의 되풀이로만 시종일
관하지는 않는다는 분석이 나와 있다는 것을 지적하기로 하자. 루이 트
뤼포(Louis Truffaut)는 우선, 무훈시가 병렬구문의 경직된 되풀이로 이루
어져 있다는 아우얼바하 이후의 통념을 확인하면서 그것이 경직된 세
계관과 상응하는 것임을 말한다. "이러한 문체는 시인이 명백하게 단절
된 범주들 속에서 사유하고 표현한다는 것을 보여준다. 여기에서는 병
렬구문이 봉건 세계의 경직된 구조를 거대하게 드러내 보여준다. 우리
는 단번에 단 하나의 차원에 단 하나의 비전에 놓여 있다는 인상을 받
는다. 왜냐하면, 종속 구문의 부재는 모든 것을 같은 평면 위에 놓으려
고 하는 바, '시각'을 제공하고 있지 않기 때문이다. 우리의 눈은 말하
자면, 정지된 시간들의 단조로운 연속 위에 놓여 있는 것이다."[20] 그러
나 "좀 더 자세히 보자"고 그는 말한다. 좀 더 자세히 보면, 그러한 단
조로운 되풀이가 그럼에도 불구하고 어떤 시간의 흐름을 타고 있다는
것을 알 수 있다. "순간이 태어나자마자 죽어버리는 그러한 파편화와는
거리가 멀게, 그것은 어떤 지속성의 구성을 포함한다. 그것은 그 시대
의 세밀화들에서 주 예수 그리스도가 따로 모셔진 공간이 중첩된 띠들
로 구성되는 바와 같은 블록들이 겹쳐 이루어진 건축적인 구성이다."
이 지속성의 시간이 "초-시간적"인 시간, 즉 추상적 시간이라는 것은

19) E. Auerbach, *Mimesis* (trad.), Gallimard, 1968, pp.127-128.
20) Louis Truffaut, 'Réflexions sur la naissance et le développement de la perspective au Moyen Age', in *Revue des Sciences humaines*, Fasc. 132, octobre-décembre, 1968, pp.664-665.

분명하다. 그러나 그 블럭화된 시간을 잇는 것들이 있는 것이다. 무훈시에서 그것을 기법적으로 나타내는 것이 '유인(amorce)', 즉 무수한 시절들의 종결부에 들어가 다음 시절의 서두를 예시하는 기법이다. 이 유인의 기법을 읽는 사람은 "짐승들이 서로 먹고 먹히는 광경 혹은 메달들이 사슬의 고리들을 이루며 상호 침투하고 있는 그림이 그려져 있는 로마네스크 예술의 아키볼트나 프리즈를 생각하지 않을 수 없게 된다. 중세 사회의 틀은 경직되어 있다. 그러나 그럼에도 불구하고 다양한 성층 사이를 완전히 단절시키는 간막이들은 존재하지 않는 것이다."21)

무훈시는 내용적으로도 형태적으로도 두 세계 혹은 두 관점의 첨예한 어긋남을 보여준다. 물론, 그 어긋남은 해소될 길이 없다. 관자놀이가 끊기는 롤랑의 처절한 모습은 그것을 압축적으로 재현한다. 찢어진 개인과 대답 없는 세계가 완벽하게 긴장하고 있는 것이다. 그 긴장이 13세기 군주제의 성립과 더불어 문득 끊어질 때, 무훈시는 그 세기 말장 드 그루시(Jean de Grouchy)의 무훈시에 대한 정의 및 주장과도 같은 조잡한 예술 도구론의 도구로 전락한다. "[…] 이러한 종류의 노래를 나이 든 사람, 노동자들, 열악한 환경의 사람들이 그들의 노동으로부터 휴식을 취하고 있는 동안 들려주어야 한다. 그것은 다른 사람들의 비참함과 재난을 배움으로써, 그들이 더욱 용이하게 그들의 비참·재난을 견디고, 각자 더욱 열심으로 자기 일을 다시 잡게끔 하기 위해서이다."22) 그러나 이때 사람들은 더 이상 무훈시를 즐기지 않을 것이다.

---

21) *ibid.*, p.665.
22) D. Poirion, 'La Chanson de geste', in Poirion (ed.), *op.cit.*, p.60.

3.3. 트리스탕의 비극적 세계

무훈시의 저편에 전설이 있다. 트리스탕 이야기는 베룰과 토마의 소설을 포함하여, 시, 『산문 트리스탕』, 스칸디나비아의 무훈담(Saga), 그리고 유실되어 잊힌 시들, 소설들로 산재한다. 트리스탕 이야기를 전설로 다루게 하는 가장 큰 형태학적 표지는 "오늘날 보존되어 있는 부분적 에피소드들 모두가 그로부터 흘러나오는 최초의 하나의 트리스탕 이야기"[23]란 존재하지 않는다는 사실이다. 물론, 조세프 베디에가 모든 트리스탕 이야기들을 끌어 모아 한편의 트리스탕을 만들어냈다는 것은 주지하는 바이다. 그러나 그것은 일종의 꿈의 작업이며, 그 꿈 자체가 전설의 일부를 이룬다. 실로, 고아 트리스탕과 삼촌의 아내와의 불륜의 사랑은 오늘날에도 생생히 살아 있는 서구인의 집단 무의식이다. 바그너의 오페라와 토마스 만의 소설, 그리고 장 콕토의 『영원한 회귀L'Eternel retour』에 이르기까지, 트리스탕 이야기는 영원히 되풀이되는 모형 이야기, 그러나 그 모형 자체는 부재하는 검은 구멍의 모형 이야기이다.

이 절은 크레티엥이 직접 읽은 것으로 추정되며, 『클리제』를 통하여 반대 의견을 강렬하게 표시한 토마의 『트리스탕』의 한 대목을 분석하는 것으로 논의를 전개하고자 한다. 분석이 될 대목은 트리스탕의 시체를 부여안고 애곡하는 이죄의 유명한 독백이다.

> "사랑하는 사람이여, 당신의 주검을 보고 나는 더 이상 살 수도 없고 살려 해서도 안 됩니다. 당신은 나에 대한 사랑 때문에 죽었습니다. 그러니 나는 당신에 대한 정으로 죽습니다. 내 사랑하는 이여, 내가 제 시간에 도착하지 못해서 당신을 치료하고 당신에게서 병을 덜어주지 못한 탓입니다. 이제 어느 것도 나를 위로하지도 나를 즐겁게

---

23) Philippe Walter, 'Préface', in *Tristan et Iseut*, Livre de Poche, 1989, p.9.

하지도 못할 것입니다. 어떠한 기쁨도, 어떠한 향락도 없을 것입니다. 저주받을 저 폭풍이여! 나를 바다에서 꼼짝 못하게 하고 내가 여기 오는 것을 방해했답니다. 내가 제 시간에 도착했다면, 사랑하는 이여, 나는 당신의 생명을 구했을 텐데요. 당신께 다정하게 우리의 사랑을 이야기했을 텐데요. 나의 모험, 우리의 희열, 우리의 기쁨, 우리의 사랑이 우리에게 주었던 고통과 크나큰 슬픔을 당신께 울며 애기했을 텐데요. 당신과 입맞춤하고 당신과 포옹하면서 이 모든 것을 당신께 떠올렸을 텐데요. 내가 당신을 치료할 수 없었다면 적어도 우리는 함께 죽을 수 있었을 텐데요! 내가 제 시간에 도착해서 운명의 장난을 막지 못하고 당신이 죽은 후에야 여기에 왔으니, 당신과 똑같은 약을 먹는 것만이 나를 위로해줄 것입니다. 당신은 나 때문에 생명을 잃었어요. 그러니, 나는 당신의 진실한 연인이 해야 할 일을 하겠어요. 나는 당신과 같은 방법으로 죽겠어요."

이죄는 트리스탕을 팔에 꼭 껴안고 그 옆에 눕습니다. 그녀는 그의 입술에, 얼굴에 입 맞춥니다. 그리고 그를 꼭 껴안습니다. 그녀는 몸과 몸을 마주대고 입술과 입술을 맞추고 누워 숨을 거둡니다. 그녀는 그렇게 그의 죽음이 가져다준 슬픔으로 인하여 그의 곁에서 죽습니다.[24]

간략하게 앞부분의 정황을 적어보자. 이죄에 대한 사랑을 못 잊어 갖은 방법으로 이죄를 만나려고 애쓰나 실패하거나 짧은 만남에 그치고 마는 트리스탕은 어느 날 거인과의 싸움에서 독상을 입는다. 친구 카에르뎅(Kaherdin)이 트리스탕의 치료를 위해 이죄를 데리러 간다. 이죄가 오면 배는 흰 돛을 달 것이고 오지 않으면 검은 돛을 달 것이다. 이죄를 실은 배는 흰 돛을 달고 오는데, 질투에 사로잡힌 트리스탕의 아내 흰 손의 이죄(Iseut aux Blanches Mains)가 검은 돛이라고 속인다. 트리스탕은 슬픔으로 죽는다.

---

24) *Tristan et Iseut*, *op. cit.*, pp. 480-483.

인용된 대목은 두 가지 점에서 주목을 요한다. 하나는 이죄의 끝없는 말의 되풀이다. '사랑하는 사람이여', '사랑 때문에', '기쁨, 희열…', '이야기했을 텐데요', '포옹하면서', '껴안고', '입맞춤한다', '죽음', '도착하지 못했으니'. 같은 방식으로 이죄의 말들은 고착되어서 한 치도 다른 곳으로 벗어나지 못한다. 이러한 강박적 되풀이는 트리스탕과 이죄의 갈 곳 없는 비극을 언어의 차원에서 그대로 재현한다. 그것은 불륜의 사랑, 즉 중세 사회에 나타난 최초의 개인의식의 완벽한 절망을 전한다. 그러나 그 비극을 발성하는 말은 바로 그것 자체에 의해서 절망과 반대되는 것을 뿜어낸다. 나는 아프다라는 발언은 그 발언 자체를 통해 아픔을 극복할 의지를 표현하는 것이다. 과연, 이 대목에서 가장 놀라운 것은 이죄가 그 고착된 절망의 언어를 통해 그들의 소망을 완전하게 표현하고 있다는 것이다. 가정법을 근거로 해서 이죄는 이루지 못한 그들의 사랑을 이루고, 그들이 사랑으로 인하여 야기된 고난을 기쁨으로 추억하며 심지어 함께 죽을 것까지, 그러니까, 그들의 사랑의 전 역사를 가장 사실적인 언어로 재구성해내고 있는 것이다. 그리고 그 사랑의 성취의 역사를 죽음으로서 완성한다. 즉, 다시는 변경될 수 없는 것으로 만들어버린다. 둘이 완전히 합체된 자세로. 바로 여기에 이 대목의 아름다움이 있다. 골드만이 규정한 바로서의 비극적 세계관, 즉 무이며 동시에 전체인 세계를 이죄의 애곡은 가장 높은 곳으로 이끌어 올리고 있는 것이다.

이러한 비극적 세계관이 죽음에 의해서만 형상화되는 것일까? 아니다. 왜냐하면, 전체이며 동시에 무인 세계인식 속에서는 삶이 곧 죽음이며 죽음이 곧 삶이기 때문이다. 옥스포드 소장의 『미친 트리스탕*La folie Tristan*』에서 트리스탕은 말한다. "슬픔 속에서 산다는 것은 기나긴 죽음과 같다."[25] 이 말을 그대로 거꾸로 뒤집으면, '죽음의 형식으로 기나긴 삶을 살아낸다'가 될 것이다. 과연,『미친 트리스탕』의 대단원은, 트리스탕이 처음에 결심한 대로 죽음으로 끝나는 것이 아니다. 그는 광인으로 변장해 결국 이죄와의 희열을 성취해 내는 것이다. "트리스탕은 여왕 이죄를, 그녀가 있는 바로 그 자리에서, 가지는 일 외에는 아무 것도 요구하지 않습니다. 트리스탕은 행복으로 충만합니다. 그는 그가 아주 좋은 처소를 발견했다는 것을 잘 압니다."26)

　바로 여기에서 비극은 고착되면서도 살아남는다. 그것은 출구가 없지만, 그 출구 없음을 증거하면서 세상에 대한 가장 강력한 저주, 새 세상에 대한 가장 강력한 소망을 재현하는 것이다. 위 이죄의 애곡에서 고착되지 않는 두 마디 말, "저주받을 저 폭풍이여! 나를 바다에서 꼼짝 못하게 하고 내가 여기 오는 것을 방해했답니다"와 "당신과 똑같은 약을 먹는 것만이 나를 위로해줄 것입니다"27)의 존재 이유는 거기에 있다. 트리스탕의 고착된 비극은 동시에 한없이 막막한 난바다를 저 끝에 두고 있다. 그리고 트리스탕과 이죄의 죽음은 그들의 최초의 사랑(그 한없는 방랑을 야기한)을 저 끝에 두고 있다. 한 점으로 응고된 말 속에 가장 드넓은 공간, 비록 그것이 행복에 도달할 길 없는 끝없는 고난의 공간이라 할지라도 삶의 무한한 가능성을 간직하고 있는 경계 없는 세계가 온통 들어가 있는 것이다. 따라서 이죄의 이 독백이 보여주는 '전체이며 동시에 무'인 세계는 이중적이다. 현실과 가정, 그리고 좁은 죽음과 넓은 죽음.

---

25) *ibid.*, p.234.

26) *ibid.*, p.280.

27) 이 말이 고착되지 않고, 즉 되풀이되지 않고 따로 떨어져 나와 있다는 것은 약간 설명을 필요로 한다. 같은 방식으로 죽겠다는 것은 되풀이되며, 사실 그렇게 실천된다. 그러나 트리스탕은 슬픔으로 인해 죽었지, 약에 의해 죽은 것은 아니다. 또한, 이죄의 죽음을 묘사하면서, 작가는 그녀가 약을 먹는 광경을 보여주지 않는다. 그렇다면 그 '약'은 무엇인가? 그것은 트리스탕과 이죄의 사랑을 유발시킨 미약(philtre)에 대한 암시 이외에 다른 것일 수 없다.

무훈시와 트리스탕 전설이 드러내 보여주는 것은 다음과 같다.

첫째, 12세기 소설의 언어적이고 정신적인 토양을 이루고 있는 문화적 자료들은 단순히 지배 이념의 표현도 아니며, 집단적 심성의 직접적인 반영도 아니다. 무훈시는 프랑스 왕실의 군주제 지향의 이념을 드러내면서도 동시에 그것에 찢긴 개인의 첨예한 외침을 드러낸다. 트리스탕 전설은 개인의식의 비극적 현실을 보여주면서도 동시에 그것이 가질 수 있는 최대한의 삶의 가능성을 드러내 보여준다. 그것들은 말의 바른 의미에서 비극적 세계관을 구성한다. 그 비극적 세계관을 자양분으로 하면서 크레티엥의 소설은 다른 방식으로 나아갈 것이다. 더 이상, 전체와 무의 완벽한 어긋남이 아닌 방식으로. 롤랑이 지나간 협곡로와 트리스탕을 난파시키는 난바다는 숲과 궁정으로 바뀔 것이다. 다시 말하면, 삶의 대립자로서가 아니라 형성자로서 참여할 것이다.

둘째, 무훈시와 트리스탕 전설이 공통적으로 드러내는 또 하나의 중요한 특성은, 궁정의 지배적 이념이 무조건 개인적 의식을 박탈하기만 하는 것은 아니라는 것이다. 그것은 거꾸로 개인의 용맹과 무훈을 부추긴다. 롤랑의 오만한 행동은 그러한 부추김을 전제로 하지 않으면 이해될 수 없으며, 트리스탕이 이죄를 데리고 오는 행동도 그의 '개인적' 무훈을 통한 오해의 해명이라는 의미를 담고 있다. 그들은 모두, '영웅'으로서 추켜올려지거나 혹은 영웅이 되려 한다. 그러나 영웅과 개인 사이에는 정황과의 관계에 있어서 미묘한 차이가 있다. 영웅은 세계의 기본 질서를 성화시키는 개인이며 동시에 그 질서의 대표자가 될 수 있는 가능성에 가장 근접할 수 있는 자이다. 따라서 영웅은 집단에 대한 상대적인 개념으로서의 개인이 아니라, 집단의 집약적 표상으로서의 개인이다. 그런데 바로 거기에서 문제가 발생하는 것으로 보인다. 왜냐하면, 집단을 요약하는 인물은 '왕' 이외의 누구도 될 수 없기 때문이다. 따라서 그 '영웅'의 전망은 필연적으로 실패할 수밖에 없다. 롤랑이 지나간 '협곡로'는, 오직 한 사람만이 앞서 갈 수 있는 길이면서, 동시에 아무리 뛰어난 자라도 추월이 불가능한 길이었다. 한편, 트리스탕의 난바다는 그의 항로가 왕의 그것이라고 주장할 수 없는 자가 불가피하게 난파하고 말 장소였다. 여기에서 우리는 2장에서의 '개인'에 대한 뒤비의 진술을 좀 더 잘 이해할 수 있게 된다. "모든 개인은 곧바로 불온한 자로 간주되어 의혹의 대상이 되거나, 혹은 거꾸로 영웅으로 간주되어 찬양의 대상이 되었는데, 그 둘의 경우 모두 '사적인 것(privé)'과 대립되는 '낯선 것(étrange)'의 영역으로 내몰려졌다"는 진술이 그것으로서, "영웅으로 간주되어 찬양의 대상"이 되는 것이 곧 "낯선 것의 영역으로 내몰려"지고, 그리하여, "그 자신의 의사에 관계없이 스스로 악을 행하는 자로 운명지워질" 수밖에 없는 까닭이 위와 같은 사정으로부터 연유하는 것이라 할 수 있는 것이다. 영웅은 부추김을 받으면서 쫓겨난다. 상승의 길이 추락의 함정인 것이다.

따라서 우리는 『롤랑의 노래』와 '트리스탕' 전설의 주인공들이 '개인'의 개념을 둘러싼 두 개의 이데올로기의 모순으로 말미암아 비극을 맞이한 존재들이라고 말할 수 있다. 한편에 집단의 표상으로서의 개인인 영웅이 있다. 반대편에 긍정적 집단 이념을 벗어나 독자적인 주체성과 자유를 주장하는 '개인'이 있다. 롤랑과 트리스탕은 그 둘 중 어느 하나를 선택하는 것이 아니다. 그들은 그 두 개의 '개인'의 이데올로기의 압박에 의해서 파열하거나(롤랑), 찢겨서 분열된(트리스탕) 존재들이다. 아마도 '비극'의 진정한 의미가 거기에 있을 것이다. 비극은 선택의 문제를 벗어나는 것으로서, 양자택일이 불가능한 모순을 겪고 치르는 것이다. 그렇다면 롤랑과 트리스탕 이후, 즉 크레티엥 소설의 인물들은 그 모순을 어떻게 이어나갈 것인가? 그 물음이 4장의 주제를 이룰 것이다.

제 4 장
크레티엥 소설의 구조

우리는 거인들의 어깨 위에 내려 앉은 난쟁이들이다.
— Bernard de Chartres[1]

 이 장은 크레티엥 소설의 내재적 구조를 분석하는 것을 목표로 한다. 서문에서 기술하였듯이, 분석의 방향은 작품 속에 옮겨진 사회·문화적 정황과 그에 대한 텍스트의 참조와 일탈, 그리고 텍스트의 운동 자체로서의 자기 갱신 과정을 살펴보는 것이다.

 따라서 분석은 다음과 같은 순서를 밟게 될 것이다. 첫째, 크레티엥의 작품이 세계의 문제를 어떠한 틀로 구성하였는가를 살펴볼 것이다. 그것은 기본적으로 앞 장들의 논의의 연장선상에 놓인다. 즉, 개인의식의 탄생과 실제적인 '개인'의 부정으로 이루어진 궁정 사회에서 문학적 층위에 수용된 문제의식은 무엇인가가 추적될 것이다. 둘째, 그것을 수용하는 소설 특유의 방법은 무엇인가가 분석될 것이다. 이 문제는 다음과 같이 이분될 것이다. 하나는 주제이며, 다른 하나는 형태이다. 즉, 크레티엥 소설의 인물들의 의식을 기본적으로 관류하는 주제는 무엇인

---

1) M. Zink, "L'église et les lettres", in *Précis de littérature française du Moyen Age*, PUF, 1983, p.44.

가가 먼저 논의될 것이고, 다음, 그것이 '소설'이라는 문학적 형태와 어떻게 연관되는가를 살펴볼 것이다. 이렇게 문제를 이분하는 까닭은 크레티엥 소설의 문학적 의미를 소설적 구성 원리의 발견과 연결시키려는 의도 때문이다. 그러나 궁극적으로 문학적 의미와 소설적 형태는 하나이다. 따라서 이 논의를 통해서 크레티엥의 문학적 주제와 소설 원리 사이의 접목이 이루어진다면, 이제 그것들은 하나로 논의될 수 있을 것이다. 셋째, 크레티엥의 소설이 그의 내부로 수용한 세계의 문제틀에 대해서 어떻게 대응하여 극복하려 하는가, 즉, 정황에 대한 소설의 변형 작업이 분석될 것이다. 넷째, 그러나 '변형'은 소설이 정황에 대응하는 방법일 뿐 아니라, 소설 자체의 내재적 원리라는 것이 우리의 가설이다. 따라서 그 변형은 텍스트의 운동 자체를 갱신하는 과정으로 확산될 것이다. 이러한 변형의 변형, 소설의 소설화 과정이 크레티엥 소설의 전체적 구조를 이룬다는 것이 분석·검증될 수 있다면, 우리는 중세 작가의 문학적 가치를 발굴함과 동시에 최초의 소설이 보여주는 소설 구성 원리를 발견한다는 이중적 목표에 다다를 수 있을 것이다.

4.1. 공간의 탄생

우리는 앞 장에서 두 가지 모습의 비극적 세계관을 보았다. 삶의 형식의 차원에서 그 비극적 세계관은 공간의 폐색에 연유한 것이었다. 『롤랑의 노래』가 대 기사의 형상을 통해, 그리고 『트리스탕』이 몰락한 기사의 형상을 통해 웅변해 보여준 것은 삶의 예기치 않은 변화와 새로운 삶의 가능성에 대한 확신에도 불구하고 그것을 담당할 구성원들은 그들이 놓인 사회적 조건으로부터 한 걸음도 벗어나지 못한다는 것이다. 주제의 차원에서 그것은 『롤랑의 노래』에서는 빼어난 기사들의 거칠 것 없는 질주와 자기 파멸 사이의, 그리고 『트리스탕』에서는 트리스탕과 이죄의 꿈과 현실 사이의 해소될 수 없는 대립으로 나타났다. 형태론적 차원에서 그것은 『롤랑의 노래』에서는 시절의 병렬적 되풀이와 다음 시절에 대한 이월적 예시 사이의 첨예한 어긋남으로, 그리고 『트리스탕』에게서는 끊일 줄 모르는 독백 속에 절망의 현전(現前)과 희열의 실현을 동시에 충만시키는 방법으로 나타났다. 소설은 이 주제와 형태의 차원에서 동일하게 나타나는 꿈과 현실의 즉각적 부딪침의 연장선상에 있다. 그 연장선 위에 무슨 변화가 일어나는 것일까?

일반적인 견해는, 비극적 세계의 병첩된 모순에 시간을 개입시킴으로써 소설이 전개된다고 말한다. 그러나 소설의 탄생의 자리에 놓인 12세기 소설들의 문화적 자료가 공간의 폐색을 보여주고 있는 것이라면, 실제 소설은 공간의 열림으로부터 그의 자율적인 행보를 전개하는 것이 아닐까? 2장의 서두에서 말했듯이 소설은 변화하는 세상과 함께 태어났다는 것은 그에 대한 시사를 던져줄 지도 모른다. 즉 소설은 이미 시간이 열린 상황 속에서 태어났다. 동형론적 관점에서 보자면, 따라서 소설 형식은 시간의 열림에 상응한다고 말해질 수 있겠으나, 변형론적 관점에서 본다면, 시간의 열림이란 단지 소설의 밑자리에 불과한 것이 아니겠는가? 그리고 시간의 열림에도 불구하고 닫힌 채로 남아 있는 공간, 따라서 열린 시간 자체의 경색을 유발하는 사회·문화적 정황에 대한 물음과 성찰이 소설에게 남겨진 과제가 아닐까? 아우얼바하는 무훈시에 시간이 명확한 데 비해 소설에서 시간은 거의 무의미하다는 것을 발견한다. 즉, "7년 동안 샤를르마뉴 대제가 정복사업을 하였다." 하면 그것은 구체적인 내용을 가지고 있는데, 그러나 『사자의 기사』에서 칼로그르낭이 "7년 동안 모험을 하였다."라고 말할 때는 아무런 실제적

내용을 가지지 않는다.[2] 그 사이에는 아무런 상황의 변화가 없기 때문
이다. 그러나 그것이 시간에 대한 무감각을 말하는 것일까? 아우얼바하
는 이어 말한다. "더 이상 출신만으로는 충분하지 않다. 이 덕목들
[courtoisie의 덕목들]은 사람의 몸 안에 뿌리내려야 한다. 그리고 사람은
그가 그 덕성들을 유지하길 원한다면, 그것들을 지속적으로, 자유롭고
도 지칠 줄 모르게, 시련 위에 놓아야 한다."[3] 즉, 열렸으나 어떤 특정
한 방식으로 다시 획정된 시간을 넘어 미지의 시간에 대한 가능성이 그
검은 7년 속에 있을 수 있는 것이다. 그러나 어쨌든 표면적으로 크레티
엥의 소설은 시간에 대한 탐구를 보여주지 않는다. 시간은 거의 부재하
며, 만일 시간이 있다면, 그것은 교회의 시간들일 뿐이다. 궁정이 열리
는 날은 종교적 기념일들이다. 혹은 주인공들에게 들리는 교회 종소리
가 새벽 기도시간과 저녁 미사 시간을 알려준다. 그러나 그것들은 순전
히 형식적인 표지들일 뿐이다. 궁정이 열리는 날에 종교 의식이 거행되
는 것은 아니며, 새벽 기도 시간에 기도의 장면이 묘사되는 것도 아니
다. 이러한 시간에 대한 가벼움은 어디에서 연유하는 것일까? 아마도
그것은 다른 것의 무거움에서 근원을 두고 있는 것이 아닐까?

여기에서 무훈시와 전설에 대한 앞 장의 논의를 다시 새겨보는 것은
유익한 일로 보인다. 『롤랑의 노래』와 『트리스탕』에서 시간은 각기 무
엇이었던가? 전자에게 있어서 그것은 원정과 회귀의 왕복선상에 놓인
다. 전진하면서 향수를 달래며, 돌아오면서 출발을 꿈꾼다. 그 시간은
카롤링거 왕조의 영광된 제국의 실현, 혹은 자애로운 프랑스(la Douce
France)로의 회귀를 정상이며 태반으로 놓고 끊임없이 되풀이되는 시간
이다. 그 시간은 하나로 획정된 시간이다. 그 시간에서 무엇이 일어났

---

2) Erich, Auerbach, *Mimesis* (trad.), Gallimard, 1968, p.139.
3) *ibid.*, p.144.

는가? 한 걸음도 옆으로 비킬 여지가 없는 협곡로의 공간이 태어난다. 정지된 공간, 즉 대기사 롤랑이 아무리 무용을 쌓는다 하더라도 그 무용은 결국 샤를르마뉴라는 한 점을 쫓아가는 무용일 뿐, 타인에게 자신을 드러내거나 타인을 누르는 모험이 될 수 없다. 그는 운명적으로 봉사자로서만 살게 되어 있다. 이 공간의 폐색은 궁극적으로 시간의 단절을 유발한다. 즉, 롤랑에게는 결코 샤를르마뉴와 같은 지위에 오를 수 없다는 숙명이 주어진다는 것이다. 가늘롱(Ganelon)과 롤랑 사이에 벌어진 싸움이 유산 상속 싸움이라는 것은 아주 시사적이다. 왕조는 세습되며 번창하지만, 기사들은 언제나 왕조에 매인다. 비록 단선적인 시간이라도 왕조에게 있어서 그것은 무한히 뻗힌 데 비해, 롤랑에게는 그의 존재의 소멸과 더불어 사라지는 것이다. 의부와의 유산 상속 싸움은 그 존재의 일회성에 대한 선고이자 피고자의 비극적인 항변의 씨앗이다.

다른 한편으로 『트리스탕』에게 있어서 시간은 정지한 시간이었다. 그의 신분은 그의 아버지가 몰락한 왕인 것과 마찬가지로 몰락 속에서 시작되며, 한 번도 그 몰락의 낙인은 사라지지 않는다. 그는 따라서 이단자이다. 왜냐하면, 다른 사람들은 시간의 흐름을 타고 '나아가고' 있기 때문이다. 그렇게 저 홀로 정지한 시간 속에서 이른바 공간의 파열이 나타난다. 트리스탕은 난바다로 내던져지는 것이다. 이죄가 숲 속으로 트리스탕과 함께 달아날 때 그 둘은 동시에 세계 밖으로 내던져진 존재이다. 그들은 따라서 '결혼'이라는 세상의 의식을 거행할 수가 없다. 트리스탕과 이죄 사이에 놓인 칼은 그 가느다란 선 하나로 그 둘을 영원히 갈라놓는다. 이죄가 마르크 왕의 궁으로 돌아감으로써 실현된 트리스탕과 이죄의 결정적 이별은 그 결과에 불과하다. 또한, 이죄가 흰 돛을 달고 와도 트리스탕에게는 검은 돛일 수밖에 없다.

크레티엥 소설의 인물들은 롤랑과 트리스탕의 사이에 있다. 그들이 기사라는 것은 트리스탕적이 아니라 롤랑적이다. 왜냐하면 기사로 서임받는다는 것은 선택됨의 표지이기 때문이다. 그러나 그들의 행동은 롤랑적이지 않고 트리스탕적이다. 그들은 샤를르마뉴와 그의 왕조에 의해서 이미 부여된 임무를 수행하기 위해 길을 떠나지 않는다. 그들의 모험은 그들 스스로가 찾아야 하는 모험, 자신의 가치와 용맹을 드높일 것 같아 7년 동안 찾아 헤매었으나 여전히 도로에 그칠 수도 있는 모험이다. 따라서 그들은 더 이상 협곡로를 달리지 않는다. 그들에게 세상은 산지사방으로 열려 있다. 고뱅은 자신을 도와준 여인에게 말한다. "친애하는 여인이여! 내가 어디에 있든 당신에게 봉사하는 것을 포기하는 것은, 내가 머리가 허옇게 센 노인이 되고 난 후일 것이오."[4] 시간은 예정되어 있다. 그는 언젠가 노인이 될 것이다. 그러나 공간은 모든 곳으로 열려 있다. 그는 시간이 허락하는 한 어느 곳에서도 있을 수 있으며, 어느 곳으로도 건너갈 수 있다. 그러나 위 진술은 그 공간의 무한성으로 시간의 유한성을 극복하려고 하는 것이 아닌가? 왜냐하면, 그는 그 공간의 무한성을 빙자하여 "머리가 허옇게 세는" 순간을 부재시키려 하기 때문이다. 다시 말해, "어디에 있든"은 "영원히"와 동의어가 되고 있기 때문이다. 결국, 공간의 열림이 시간의 해방을 가능하게 한다. 크레티엥의 기사들은 "공간을 정복하는 영웅"[5]이 되고자 함으로써 하나로 획정되고(무훈시의 경우), 영원히 어긋난(트리스탕의 경우) 시간을 다른 시간으로 바꾸려 한다. '허구'와 '글쓰기'의 탄생은 그렇게 해서 자신의 존재이유를 얻는다.

줌토르는 크레이엥 소설의 독창성을 "역사적 기술(historiographie)로부터 공상적 이야기로" 나아간 것에서 발견한다. 그것은 "그 당시의 문화

---

4) 『그라알[중1]』, v.5604-5606; 『그라알[중2]』, p.397.
5) Paul Zumthor, 'De Perceval à Don Quichotte', in *Poétique* N° 87, Sept. 1991, Seuil, p.261.

집단의 독점적 문화 자산이었던, 그리스, 로마의 고대"에 그가, 그리고 12세기의 프랑스 문화가 더 이상 의존하지 않게 되었다는 것을 의미한다. 그리고 "다른 차원의 참조 체계"[6]가 있다는 것을 발견하게 되었다는 것을 의미한다. 그의 소설은 영원히 닫힌 그리스·로마의 세계의 울타리를 마침내 넘어간 것이다. 허구는 공간의 창조였던 것이다. 푸리에 (Fourrier)에 의하면, 크레티엥의 그 허구는 크레티엥 소설의 본질 자체로서 나타나며, 그것은 그 이전에 볼 수 없던 일이었다.

> [크레티엥에게서 모험을 통해서 표현되는] 기묘한 세계(le merveilleux)는 로망 앙티크들에서처럼 단순히 우발적이고 부가적인 요소가 아니다. 로망 앙티크는 기묘한 세계를 통해 동방적 이국취미를 드러내고, 특히, 굉장한 기념물들이나 놀라운 기계장치, 동화적인 짐승들의 묘사같은 것들로 그것을 표현한다. 그러나 브르타뉴 소설에서 기묘한 세계는 이야기의 실체 자체이다.[7]

그 허구가 있음으로써 시간의 해방이 또한 가능해진다. 다시 줍토르를 빈다면, 그것은 "그 자신의 고유한 리듬의 개화"[8]를 가능하게 하기 때문이다.

> 그 이전까지 선율과 리듬의 요구에 종속되었고 그리고 부분적으로는 그것들에 의해 결정되었던 허구는 이제 텍스트의 존재의 두 차원 중 하나가 된다. 그 다른 하나의 차원은 '글쓰기'이다. 이야기는 외적 현실을 형상화하면서, 동시에, 그 스스로 담론으로서 나타난다. 즉 '무엇의(de quelque chose)' 기호이자 동시에 '무엇을 대신하는

---

6) Paul Zumthor, 'Le champ du romanesque', in *Europe* N° 642, Oct. 1982, p.30.

7) Anthime Fourrier, *Le courant réaliste dans le roman courtois en France au Moyen Age*, T.1, Paris, Nizet, 1960, p.112.

8) Paul Zumthor, *Essai de poétique médiévale*, Seuil, 1972, p.340.

(pour quelque chose)' 기호가 된다. 시간의 재현이 폭발하는 것이다. [⋯] 이야기의 고유한 시간과 그가 허구적으로 담당하고 있는 말의 시간 사이에 긴장이 수립된다.[9]

허구가 도입됨으로써, 즉 공간이 열림으로써 시간의 분화가 가능해지는 것이다. 바로, 유럽의 역사적 진전과 더불어 활짝 열렸으나, 하나의 시간으로 단일화되면서 다른 모든 시간의 가능성들을 이단으로 파묻어 버렸던 그 현실에 대한 거역이 시작되는 것이다.

소설의 탄생이 공간의 열림과 연관되어 있다면, 그러나 동시에 그것은 공간에 대한 강박관념이 된다. 드넓은 공간, 때로는 신비한 사건들이 돌출하고 때로는 그와 비슷하지만 그에게 적대적인 기사와의 결투 장소가 되는 그 공간들 어느 곳에도 그는 정착하지 못하기 때문이다. 공간은 그에게 명사가 아니라, 순수 동사 그 자체이다.

긴 세월 동안 마상에서 여러 낮을, 그리고 때로는 여러 밤을 보내고, 갑옷을 입고, 손에 창을 쥔 편력 기사는 싸움을 생업으로 삼으며 세상을 주유하겠다고 선언한다. 그의 활동은 그렇게 우연에 맡겨진 것처럼 보인다. 그의 삶은 예측 불가능성의 표지 하에 전개된다. 크레티엥 드 트르와의 『이벵』에서의 칼로그르낭도, 『성배 탐구』에서의 페르스발도 그리하였으니, 그들은 우리의 문학에서 1170-1180년 동안에 출현한 최초의 편력기사들이다. 그를 한 사람의 개인으로서 드러내주는 표지를 갖지 못한 채로, 투구 속에 얼굴을 파묻은 그는 보란 듯이, 일종의 역설적인 헐벗음(nudité)을 과시한다. 그의 행동 전부는 오만하고 탐욕스러우며 거칠고 혹은 세속적인 일반 기사들의 오만(superbia)을 거부한다. 그는 자신이 익명이기를 원한다. 고작해야, 상징적 별명(sobriquet emblématique)이 그를 가리킨다. 가장 빈번

---

9) *ibid.*, pp.340-341.

히는, 그의 이름 고백은 적에 의해서 강탈된다. 혹은 승리를 거둔 다
음에야 밝혀진다. 편력자는, 분명 그의 주인인 왕과, 그리고 더 나아
가 몇몇의 편력의 동료와 유대를 맺고 있다. 그가 순회하는 머나먼
곳들에서, 모든 유대는 그의 기원과 단절되지 않으며, 그는 그 유대
를 잊는 법이 없다. 그러나 광활한 대지의 불확실한 넓이에 뛰어들면
서, 기사는 자아를 박탈당한다. 길든, 짧든, 그의 편력의 시간은 그가
'장소(lieu)'를 가질 수 없는 시간이다. 그에게는, 그가 가는 '공간
(espace)'만이 남는다. 그의 자발적인 뿌리뽑힘은 사람의 일상적인
조건에서 편력자를 뽑아낸다.[10]

자기를 돋보이게 하기 위한 모험, 그 영원한 자아의 추구는 역설적이
게도 자아의 상실을 초래한다. 2장에서 조사된 광기의 편재성은 바로
그 자아 상실(일상적인 조건으로부터의)과 동궤에 있다.

4.2. 광기의 안팎

실로, 크레티엥의 인물들에게 광기란 불가피한 육체의 징후이다. 그
것은 홀로 되려는 자가 자각하는 자신의 숙명이다. 아니 광기는 일종의
결단이기도 하다. 에렉이 그를 모욕한 기사를 쫓아 "튼튼하고 잘 구축
되고 아름다운 어느 성"[11]에서 그와 새매를 다툴 때, 기사는 자신에게
도전하는 에렉에게 누구냐고 묻는다.

> 'Cui? fet il, vassax, qui es tu,
> qui l'esprevier m'as contredit?'

---

10) Paul Zumthor, 'De Perceval à Don Quichotte', pp. 259-260.
11) 『에렉[중]』, v. 345-346; 『에렉[헌]』, p. 9.

> Erec hardïemant li dit :
> 'Uns chevaliers sui d'autre terre.
> Cest esprevier sui venuz querre,
> et bien est droiz, cui qu'il soit let,
> que ceste dameisele l'et.
> — Fui! fet li autres, ce n'iert ja;
> folie t'a amené à ça.

그가 묻습니다. '그대는 누군가? 나에게 거역해서 새매를 요구하는 그대는 누군가?' 에렉은 대담하게 그에게 대답합니다. '다른 나라에서 온 기사올시다. 나는 이 새매를 차지하려고 왔습니다. 그리고 어느 눈먼 사람이 있던 간에, 이 아가씨가 그것을 차지하는 것은 당연한 일입니다.' 상대방이 말합니다. —달아나게. 그렇겐 안될 거야. 그대를 이곳에 데리고 온 것은 광기야.[12]

왜 하필이면, 에렉은 '이방'에서 왔다는 것을 강조하였을까? 그것은 혼자라는 것을 강조하는 것이 아니겠는가? 그리고 그것은 기사의 응수가 말해주듯이 광기의 선택임을 보여주는 것이며 또한 에렉의 대꾸가 보여주듯이 '눈먼' 상태를 넘어서기 위한 것이 아니겠는가? 실로 2장에서 보았듯이 광기는 이성의 반대말이 아니다. 왜냐하면, 모두가 미쳤기 때문이며, 또한 이미 보았듯이 지나친 이성도 광기이기 때문이다. 광기는 곧 에렉이 기사에게 "내가 보기엔, 방금 당신이 한 말이 미친 소리군요"[13]라고 말했듯이 편재하는 것, 사람을 가리지 않고 침투해 들어가는 잠복된 변동의 징후일 따름이다. 그러니, 광기는 반대항을 가질 수 없고, 또한 그러니, 광기의 다양성이 문제가 될 수밖에 없다. 홀로 되는

---

12) 『에렉[중]』, v.840-848; 『에렉[현]』, p.22.
13) 『에렉[중]』, v.854; 『에렉[현]』, p.22.

자는 모두의 광기를 벗어나 자기만의 광기를 선택한다. 그때 그 광기는 잘 계산된 광기가 아닐 수 없다.

이러한 추론을 뒷받침하는 증거 하나를 제시할 수 있을 것이다. 그것은 에렉과 에니드가 에렉의 나태(récréantise)와 에니드의 발설로 인해 생겨난 오랜 시련의 모험 끝에 서로의 사랑을 확인하였을 때, 그리고 아더의 궁정으로 돌아가길 결정하기 직전에, 기브레(Guivret)가 에니드에게 새로 가져다 준 말의 상아 안장틀에 새겨져 있는 "에네아스(Eneas)의 내력"을 말한다. "나는 진실로 말할 수 있습니다"[14]라고 화자가 특별히 강조하고 있는 그 에네아스의 이야기는, 물론 버질(Virgile)에 의해 퍼지고 1160년경에 로망 앙티크(Roman Antique)로 번역된 그, 트로이인으로 로마의 창건자가 된 에네아스의 이야기이다. 그 이야기는 에네아스가 "어떻게 트로이로부터 와서" 그를 환대한 도시를 "어떻게 속였는지" 그리고 그의 영토를 어떻게 늘렸는지의 내용을 담고 있는 것으로서, 말의 안장틀에 "아주 잘 새겨져서 순금으로 금박이 되어"있으며, 화자가 알려주는 바에 의하면, "브르타뉴 세공가가 그것을 새기는 데 7년이나 걸렸으며, 그동안 다른 아무 일도 하지 않았다"[15]고 한다. 화자의 이러한 호들갑이 금박된 이야기의 가치를 드높이는 데 있음은 명약관화하지만, 화자가 난데없이 이 이야기를 꺼내는 속내도 어렵지 않게 눈치 챌 수 있다. 그것은 말할 것도 없이 에렉과 에니드의 모험이 감추고 있는 신비스런 비밀을 암시하자는 데 있는 것이다. 왜냐하면, 에렉과 에니드가 모험의 시련 끝에 서로의 사랑을 마침내 확인한 직후에 그 이야기가 나왔다는 것, 그리고 에니드의 이 새 말이, 예전의 얼룩 점박이 말과 동등한 가치를 가지고 있으면서도 유별나게 희한한 색깔을 가지고 있다는

---

14) 『에렉[중]』, v.5282; 『에렉[현]』, p.140.
15) *ibid.*, v.5291-5303.

것은, 이 새 말이 에렉과 에니드의 다시 태어난 삶, 아주 새로운 삶의 표지가 된다는 것을 가리키기 때문이다.

그런데 머리의 "한쪽은 완전히 희고 다른 한쪽은 올빼미처럼 검은" 이 말의 색깔은 에네아스의 이중적인 생애와 맞춤하게 상응한다. 그는 트로이 출신으로 로마의 창건자가 되었고, 그를 환대한 도시를 속여 정복한 이중적인 존재이기 때문이다. 이 에네아스의 생애가 에렉과 에니드의 모험에 대한 암시가 된다면, 그것은 에렉과 에니드의 모험이 곧 이중적인 모험이라는 것을 암시하는 것이 될 것이다. 즉, 그것은 이방성과 일탈성 그리고 광기의 모습을 띠고 있는 에렉의 모험이 그 자체로서 정상적 사회를 속여 넘겨, 그것을 전복시키거나 정복하는 계산된 모험이리라는 추측을 가능하게 하는 것이다. 모두가 말리는데 단둘이 떠나는 에렉-에니드, 그리고 에렉은 에니드에게 계속해서 말을 금지시키고 그 덕분에 에렉은 계속적으로 위험에 처해 결국은 죽을 지경에 이르는, 그 어처구니없는 행동은 그 속에 은밀한 어떤 계략을 숨겨놓고 있다고 할 수 있는 것이다. 만일 그러한 추측이 맞다면, 크레티엥 소설의 인물들에게 있어서 이단·광인이 된다는 것은 삶의 필연적 조건을 넘어서서 적극적 선택이 될 수 있다. 트리스탕과 결정적으로 다른 점이 이것일 것이다. 트리스탕의 이방성은 그가 벗어날 수 없는 불행의 숙명적 조건이었으나, 크레티엥의 인물들에게는 오히려 불행의 선택이 새로운 삶의 기회로서 기능할 수 있는 것이다.

4.2.1. 광기의 심연

물론, 그 불행의 선택이 더 행복해지기 위해서인지, 아니면 다른 목적이 있는지 아직 탐구되지 않았다. 그것은 그 광기 및 이단의 능란한 속임수를 파헤치기 이전에 작품의 어디로부터 광기가 발원하는가를 살펴 볼 것을 요구한다. 그것이 텍스트 내부로부터 읽혀지지 않는다면, 텍스트 저 깊은 곳에 광기의 심연이 도사리고 있지 않다면, 광기에 대한 모든 논의는 무용한 정열이 될 뿐이다.

우선, 『에렉과 에니드』에서, 에렉을 불가피하게 모험의 세계로 끌어들이는 것이 무엇인가를 질문하는 것으로부터 시작하기로 하자. 그것은 무엇인가? 에렉의 모험은 기본적으로 두 가지로 나뉜다. 하나는 사슴 사냥 때 난쟁이에게 당한 치욕을 갚기 위해 떠난 모험이며, 다른 하나는 에렉의 나태로 인하여 사람들의 비난을 받은 에렉과 에니드가 함께 치르는 모험이다. 우리는 그 두 개의 모험 중 두 번째 모험의 마지막 사건, 즉, '궁정의 기쁨(Joie de la Cort)'의 모험에서 광기의 핵심적인 모습을 볼 수 있다. 가장 핵심적이라는 것은 두 가지 이유에서이다. 하나는, 앞으로 분석될 것이지만, 그것이 크레티엥 소설의 인물들에게 광기를 유발하는 근본 원인을 가장 직접적이고 선명한 양태로 드러내 보여준다는 점에서이다. 다른 하나는 이 '궁정의 기쁨'의 모험이 실질적으로 『에렉과 에니드』의 전 모험을 집약시키고 있는 사건이라는 점에서이다. 우선, 두 번째 점부터 논의를 하겠다.

'궁정의 기쁨'의 모험은 줄거리만으로 따진다면, 여러 사건 중의 한 사건에 불과하다. 그러나 그것이 '궁정의 기쁨'이라는 이름을 가지고 있다는 것은 아주 의미심장하다. 왜냐하면, 에렉의 첫 모험은 아더의 '사슴 사냥' 계획으로부터 시작되었는데, 그 사슴 사냥은 바로 '궁정의 기쁨'을 위한 것이었기 때문이다. 아더는 "옛 풍속을 되살리기 위해 흰 사슴 사냥을 개최하길 원하여",[16] 결정을 내리면서, "내일 아침, 우리는

---

16) 『에렉[중]』, v.37-38; 『에렉[현]』, p.2.

모두 대단한 기쁨 속에 모험 가득한 숲으로 흰 사슴 사냥을 떠날 것이
오. 그것은 대단히 멋진 사냥이 될 것"[17)]이라고 장담한다. 따라서 '궁정
의 기쁨'의 모험은 사슴 사냥으로 시작된 에렉의 모험을 실질적으로 종
결하는 기능을 가지고 있다는 추측이 충분히 가능하다. 물론 이러한 추
측에는 하나의 반론이 있을 수 있을 것이다. 즉, 사슴 사냥으로 시작된
에렉의 첫 모험은 에렉이 이더에게 승리를 거두고 귀환하는 것으로 끝
났으며, 그것은 두 번째 모험의 마지막을 장식하는 '궁정의 기쁨'과는
별개의 것이라는 것이다. 그러나 에렉의 첫 모험을 끝내면서 화자가
"이제 여기에서 첫 번째 이야기가 끝났습니다"[18)]라고 말할 때 우리는
역설적으로 그 첫 이야기가 그 자체로서 완결된 것이 아니라 두 번째
이야기를 향해 열려 있다는 암시를 받는다. 실로, 첫 모험의 끝 부분에
서 에렉과 에니드가 아더의 궁정으로 돌아갈 때, 화자는, 그들의 모험이
이제 끝난 것이 아니라 시작되고 있는 것처럼 말한다. 그는 에렉을 두
고, "그는 그의 모험이 즐겁습니다. 그리고 그가 그의 모험에 행복해한
다면 그것은 그가 비범하게 아름답고 현명하며 예절 바르고 얌전한 연
인을 가졌기 때문입니다"[19)]라고 말한다. 화자는 분명 에렉의 귀환이 즐
거운 것이 아니라 '모험'이 즐겁다고 말하고 있다. 사슴 사냥으로 시작
된 에렉의 명예 회복의 모험만을 첫 이야기의 모험이라고 한다면, 위의
화자의 진술은 내용상 틀린 말이 될 것이다. 그것이 틀린 말이 아니라
면, 그 진술 속의 '모험'은 곧 새롭게 시작될 모험, 즉 두 번째 이야기의
모험에 대한 암시가 되지 않을 수 없다. 모험을 끝내고 돌아가는 행위
자체가 또 하나의 모험의 시작이 되고 있는 것이다.

---

17) 『에렉[중]』, v.63-67; 『에렉[현]』, p.2.
18) 『에렉[중]』, v.1796; 『에렉[현]』, p.47.
19) 『에렉[중]』, v.1462-1465; 『에렉[현]』, p.38.

이제, '궁정의 기쁨'의 모험 자체를 살펴보기로 하자. 그 희한한 이름의 모험은 무엇인가? 제일 먼저 주목할 것은 그 모험을 해보려는 에렉을 사람들은 이구동성으로 말린다는 것이다. 그 사람들은 모두 세 부류로 나눌 수 있다. 우선, 그 모험의 이름이 '궁정의 기쁨'임을 처음 에렉에게 알려준 기브레(Guivret)는 그것이 "아무도 살아서 돌아오지 못하는 모험"[20]이라면서 에렉을 말린다. 기브레의 만류를 뿌리치고 성에 들어간 에렉을 처음 군중이 맞이하는데 처녀들은 "이 무슨 슬픔이냐!"[21]고 애도한다. 그 다음은 에렉의 질문에 대한 성주의 대답이다. "그것은 아주 슬픈 것이랍니다. 왜냐하면, 그것은 수많은 신사들(prodome)을 참담하게 만들었기 때문이지요. 당신이 내 말을 믿지 않는다면, 당신 자신이 거기서 죽음을 당하는 불운에 처하게 될 겁니다. 그러나 당신이 내 말을 믿는다면, 충고하건대, 그처럼 당신이 결코 그 끝에 다다를 수 없는 끔찍한 것에 대해 묻는 걸 포기하십시오. 더 이상 아무 말도 하지 말아 주세요."[22] 이 세 대답은 일종의 발전적 전개를 보여주고 있다. 기브레는 불행을 예고하고 처녀들은 불행의 실제를 알려주며(목 잘린다는 것), 영주는 그것의 실제 역사(많은 신사의 죽음)를 말해준다. 더 나아가, 그것들은 불행의 심화를 보여준다. 기브레는 돌아오지 못하는 불행을 말하며, 처녀들은 그것의 '수치'를 말하고 영주는 그에 대한 질문 자체가 금지의 대상이라는 것을 보여준다. 그러니까, 그 '궁정의 기쁨'은 사실의 차원에서, 정신의 차원에서, 그리고 말의 차원에서 실재하는 불행이다. 그러니까, 그에 대해 만류하고 슬퍼하며 금지한다는 것이 아무 소용이 없는 것이 아닐까? 이미 그것은 삶의 전 차원에 금지의 형식으

---

20) 『에렉[중]』, v.5414; 『에렉[현]』, p.143.

21) 『에렉[중]』, v.5461; 『에렉[현]』, p.144.

22) 『에렉[중]』, v.5562-5571; 『에렉[현]』, p.147.

로 현전하기 때문이다.

이 삶의 모든 차원에서 현전하면서 금지된 불행은 『에렉과 에니드』 뿐만 아니라, 크레티엥 소설 전체의 주인공들을 두루 가로막는 불행이며, 또한 그럼에도 불구하고, 그들이 자발적으로 뛰어들고 마는 광기의 장소이다. 랑슬로가 그니에브르를 찾아 갈 고르의 왕국도 "원하는 자는 들어갈 수 있으나, 그로부터 되돌아오는 것은 금지된 곳"[23]이며, 마찬가지로 이벵이 마지막으로 겪게 되는 모험의 장소인 '불길한 모험'의 성 또한, 그의 "불행과 수치"[24]를 위해 예비된 곳이다. 2장에서 보았듯이, 성밖으로 나가는 고벵의 행동도 "죽음의 불행을 자초"하는 일이다. 그러나 그럼에도 불구하고 크레티엥의 인물들은 그 불행을 선택하는 광기를 서슴지 않는다. 랑슬로는 빠져나갈 수 없다는 선고에도 불구하고, "나는 할 수만 있다면, 여기서 빠져나갈 것이"[25]라고 대꾸한다. 이벵은 "나머지는 그대에게 달렸어요. 아무도 길을 막지는 않아요. 성루에 올라가는 것은 당신 자유지요. 그러나 제 말을 믿는다면, 길을 돌아가세요"[26]라는 나이 지긋한 여인의 충고에 "나를 저곳으로 데리고 가는 것은 나의 완강한 마음이랍니다. 나는 내 마음이 명령하는 대로 할 겁니다"[27]라며 그의 길을 되돌리지 않는다. 왜 그러는 것일까? 랑슬로의 경우엔, 고르에 잡혀 있는 모든 사람 중에 "한 사람만이라도 용맹한 싸움을 통해 이 포로상태로부터 해방되는 데 성공한다면, 실로 모든 사람이 집으로 되돌아갈 수 있"[28]기 때문이며, 이벵의 경우엔 마음이 명령하기 때문이며, 고벵의 경우엔 성밖으로 나가지 않으면 "슬퍼 죽을

---

23) 『랑슬로[중]』, v.2101-2102; 『랑슬로[현]』, p.75.
24) 『이벵[중]』, v.5111.
25) 『랑슬로[중]』, v.2105; 『랑슬로[현]』, p.74.
26) 『이벵[중]』, v.5153-5156; 『이벵[현]』, pp.67-68.
27) 『이벵[중]』, v.5170-5171; 『이벵[현]』, p.68.
28) 『랑슬로[중]』, v.2112-2115; 『랑슬로[현]』, p.75.

지도 모르기" 때문이다. 저마다 불행을 선택하는 불가피한 까닭이 있는 것이다. 따라서 그들의 불행의 선택은 선택의 문제 이상의 것이다. 그것은 그들이 필연적으로 빠져 들어갈 수밖에 없는 광기의 심연을 이룬다.

그 광기의 심연이 무엇인가를 가장 선명하게 보여주는 것이 바로 '궁정의 기쁨'의 모험이다. 그것은 그 모험에서 에렉과 결투를 벌이는 마보아그렝(Maboagrain)의 입을 통해서 밝혀진다. 마보아그렝이 에렉에게 패배한 후 들려주는 말에 의하면, 놀랍게도 그것은 사랑으로부터 연유한 것이었다.

> 저기 앉아 있는 처녀는 젊은 시절부터 저를 사랑했고 저도 그녀를 사랑했답니다. 우리는 서로에게 반했지요. 우리의 사랑은 오직 커지기만 하고 아름다워지기만 했습니다. 그러다가 그녀는 내게 그게 무엇인지 말하지 않고 하나의 선물을 요구했습니다.[29]

그 선물의 내용은 마보아그렝이 기사로 서임받을 때 드러난다. 그것은 이른바 사랑의 감옥이라 이름할 수 있는 것이었다.

> 나의 아가씨는 곧장 내게 약속을 지킬 것을 독촉하였습니다. 그리고 내가 무술로 나를 굴복시킬 수 있는 기사가 나타날 때까지 이곳에서 내가 나가지 않겠노라고 그녀에게 맹세하였다고 선언하였습니다. […] 나는 내게 가장 소중한 사람의 즐거운 기쁨을 느끼고 보게 되자, 태연한 척하지 않을 수 없었고 최소한도의 짜증도 표시할 수 없었습니다. 왜냐하면 그녀가 알아차렸다가는 그녀는 자신의 마음을 거두어갔을 터이고, 나는 나에게 무슨 일이 일어나든 어떠한 가치도 못 느꼈을 터이기 때문입니다. 그리하여 나의 아가씨는 나를 오랫동

---

29) 『에렉[중]』, v.6002-6007; 『에렉[현]』, p.159.

안 붙잡아두게 되었다고 생각하고 있었습니다. 그녀는 나를 이길 수
있는 기사가 어느 날 이 포도원에 들어오리라고는 생각지 못했습니
다. 때문에, 그녀는 내가 살아 있는 날 끝까지 나를 그녀와 함께 가
두게 되었다고 생각하고 있었습니다.[30)]

따라서 에렉과의 결투에서 마보아그렝의 패배는 역설적으로 그에게
해방을 가져다주는 것이 된다.

나는 당신께 모든 사실을 이야기했습니다. 그리고 이것을 알아주
십시오. 당신이 획득한 영광은 하찮은 것이 아니라는 것을. 당신은
내 삼촌과 내 친구들의 궁정에 커다란 기쁨을 가져다주었습니다. 왜
냐하면 내가 여기에서 빠져나갈 수 있게 되었기 때문입니다. 그리고
이제 궁정으로 오게 될 모든 사람이 이로부터 커다란 기쁨을 누리게
될 터이기 때문입니다. 이 기쁨을 기다렸던 사람들은 그것을 '궁정의
기쁨'이라고 불렀습니다.[31)]

드디어, '궁정의 기쁨'의 비밀이 밝혀진 셈이다. 그것은 사랑의 감옥
에 갇힌 자를 구해내는 것이다. 광기의 심연엔 구속으로 변한 사랑이
도사리고 있었던 것이다. 그러나 그것뿐이었을까? 마보아그렝이 그를
가두는 감옥을 지키는 데 동원한 수단이 무용(武勇)이라는 것은 그 이상
의 무엇이 있다는 것을 암시한다. 그는 이 모험을 찾아 오는 기사에게
싸움을 걸어 온 힘을 다해 그를 물리쳐야만 했다. 그것은 사랑이 곧 무
훈이라는 것을 말해준다. 다시 말하자면, 그것은, 에렉이 에니드와의 사
랑에 빠져 있을 때 사람들이 비난한 나태(récréantise)도, 또는 아무 까닭
도 모른 채 그저 무훈만을 찾아―물론 외면적으로 보아―에렉이 마

---

30) 『에렉[중]』, v.6023-6047; 『에렉[현]』, p.160.
31) 『에렉[중]』, v.6065-6074; 『에렉[현]』, p.161.

보아그렝과 벌이는 일방적인 기사도적 결투도 아니며, 차라리 그 둘을 합친 것이라는 것을 보여준다. 무훈과 사랑이 하나로 뒤섞여버린 것, 그것이 무엇인가? 그것은 바로 아더가 그의 궁정에서 개최한 사슴 사냥, 혹은 에렉이 얼마 후 겪게 될 새매 사냥의 모험 속에 있다. 왜냐하면 그것들은 모두 여인은 자신의 연인을 가장 뛰어난 기사로 여기고, 기사는 자신의 연인을 가장 아름다운 연인으로 만들고자 벌이는 시합이었기 때문이다. 결국 '궁정의 기쁨'의 모험은 긴 에움길을 거쳐서 작품의 시발을 알리는 아더 궁정의 기쁨을 예리하게 관통하는 것이다. '궁정의 기쁨'이 궁정의 기쁨의 헛됨을 폭로한다. 그러니까 궁정의 기쁨은 궁정으로부터의 해방이었다.

이렇게 보면, 마보아그렝을 꼼짝 못하게 묶어 놓고 있는 광기는 궁정적 관계 그 자체로부터 비롯된다고 말할 수 있다. 사랑-무훈의 하나됨의 추구 속에서 마보아그렝의 불행이 싹텄기 때문이다. 그러나 진짜 광기는 궁정적 관계에 있는 것이 아니라, 그 궁정적 관계의 헛됨을 알면서도 거기에서 빠져나오지 못하는 혹은 빠져나오지 않는 행위 속에 있다고 할 수 있다. 마보아그렝을 에렉이 패퇴시켰어도, 그리하여, 드디어 마보아그렝이 해방되었다 할지라도, 여전히 에렉도 마보아그렝도 궁정으로 돌아갈 것이기 때문이다. 궁정은 여전히 남는 것이며, 따라서 광기의 심연은 상태가 아니라 차라리 동사(삶)인 것이다.

문제는 그렇다면 광기의 존재가 아니라, 광기를 실행하는 자, 혹은 그 실행의 행위에 초점이 맞추어진다. 앞에서 나누어 제시된 마보아그렝의 행위는 우선 그 단서를 보여준다. 왜 마보아그렝은 그 사랑의 감옥으로부터 빠져나올 생각을 못했던 것일까? 약속을 지키지 않을 수 없어서라고 대답하는 것은 윤리적인 대답이다. 그러나 윤리적 태도 밑에는 물리적인 관심이 있게 마련이다. 마보아그렝은 말한다. "나는 내게 가장 소중한 사람의 즐거운 기쁨을 느끼고 보게 되자, 태연한 척하지 않을 수 없었고 최소한도의 짜증도 표시할 수 없었습니다. 왜냐하면 그녀가 알아차렸다가는 그녀는 마음을 거두어갔을 터이고 나는 나에게 무슨 일이 일어나든 어떠한 가치도 못 느꼈을 터이기 때문입니다."

요컨대 그것은 상대방의 마음의 소유에 관련되어 있는 것이다. 그러나 그 소유의 욕망은 그 자체로서 하나의 역설을 탄생시킨다. 나는 소유하려고 하나, 바로 그것 때문에, 소유 당한다는 역설이 그것이다. 그것은 다음과 같은 논리의 반전으로 이루어져 있다. 나는 그녀의 마음을 원한다, 나는 그녀의 마음이 내게서 떠나갈까 봐 그녀의 말에 순종한다, 내 마음은 그녀에게 종속된다. '내가 그녀의 마음을 소유하지 못하는 한, 나는 어떠한 가치도 못 느낄 것'이라고 생각하는 마보아그렝에게 그 역설은 결코 빠져나갈 수 없는 딜레마이다. 광기의 심연엔 양자택일이 불가능한 모순이 도사리고 있는 것이다.

아마도 『클리제스』는 이 양자택일이 불가능한 모순을 가장 직접적으로 탐구하는 소설일 것이다. 알렉상드르(Alexandre)와 소르다모르(Soredamor)는 서로 첫 눈에 반한다. 그러나 그들은 고백하지 못한다. 그것은 그들이 너무 고결하기 때문이다. "아가씨는 아주 품위 있고 아름다웠으므로 거기에 기꺼이 마음을 쏟았다면 틀림없이 사랑에 대해 많은 것을 배웠을 것입니다. 그러나 결코 그녀는 그런 데에 마음을 쏟는 데 동의하지 않았습니다. 이제 사랑은 그녀를 고통스럽게 할 것이고, 그녀가 언제나 그에게 대했던 대단한 오만과 거부에 대해 복수를 하게 될 것입니다."[32] 소르다모르는 사랑의 습격에 저항한다. 그는 그녀를 고통스럽게 한 눈을 꾸짖는다. "그의 아름다움이 내 눈을 속이지 않았더라면, 그리

---

32) 『클리제스(중)』, v.445-453; 『클리제스(헌)』, pp.22-23.

고 내 눈이 그 속임수를 보았더라면, 나는 그를 사랑하지 않아도 되었을 텐데."[33] 그러나 그것은 거짓말이다. "눈을 사랑할 수는 없기"[34] 때문이다. 소르다모르는 더 깊은 곳으로 죄인을 추적해 들어간다. 그러나 그 과정은 그녀의 마음속에 사랑이 깊이 뿌리내렸다는 것을 더욱 더 깊이 확인하는 과정일 뿐이다.

> 그러면 대관절 누구인가? 오직 그것들을 품은 내 자신일 뿐이다. 내 눈은 내 마음의 동의와 허락 없이는 아무 것도 보지 못한다. 그리고 내 마음은 나를 고통스럽게 만드는 것을 욕망했을 리가 없다. 나의 고통을 유발하는 것은 바로 내 마음의 욕망이다. 나의 고통을 내 마음이? 내 마음의 충동에 밀려 내가 나를 고통스럽게 하는 것을 욕망하다니, 분명 나는 미친 게다. 가능하다면, 나는 내 슬픔의 원인이되는 욕구를 제거해야 한다. 내가 그럴 수 있을까? 미친 것, 내가 무슨 말을 했나? 내가 나를 통제할 수 없다면, 나는 힘도 없을 게다. 통상 사람들을 방황하게 하고 마는 사랑이 나를 잘 인도할 생각을 할까? 다른 사람들이나 제대로 인도하라고 해라. 나는 조금도 그의 것이 아니다. 그의 것이 되지도 않을 테고, 그의 것이 되어 본 적도 없다. 나는 결코 그와의 관계를 좋아하지 않을 테다.[35]

그러나 마지막 문장들의 필사적인 저항은 "소용이 없다."[36] 이미 나를 통제할 수 없는데, 어떻게 힘을 가질 수 있겠는가? 인용문은 사랑의 교사자를 밖에서 찾으려고 하면 할수록, 다시 말해 사랑에 저항하는 힘을 나에게서 확인하려고 하면 할수록 내가 사랑의 포로가 되고 만다는 것을 보여준다. 왜냐하면, 내가 나를 통제하고 있다면, 눈이며, 마음이

---

33) 『클리제스(줄)』, v.486-488; 『클리제스(헨)』, p.24.
34) 『클리제스(줄)』, v.492; 『클리제스(헨)』, p.24.
35) 『클리제스(줄)』, v.497-513; 『클리제스(헨)』, p.24.
36) 『클리제스(줄)』, v.531; 『클리제스(헨)』, p.25.

지금 증거하는 사랑은 결국 나의 책임으로 귀속될 수밖에 없기 때문이다. 그것은 하나의 자가 당착, 도저히 빠져나올 길 없는 궁지이다.

알다시피, 이와 같은 양자택일이 불가능한 모순이 불문학사의 위대한 시기에 있었다. 코르네이유의 의지의 비극이 그것이다. 로드리그(Rodrigue)의 궁지는 이렇다. 나는 고결성(générosité)을 실천해야 한다. 따라서 나는 나의 아버지를 모욕한 사랑하는 여인의 아버지와 결투를 해야만 한다. 그렇지 않으면 나는 고결하지 못한 것이 되고, 따라서 그녀의 사랑에 값할 만한 존재가 되지 못할 것이기 때문이다. 시멘느(Chimène)의 입장에서도 마찬가지다. 나는 나의 아버지를 죽인 로드리그를 죽여야 한다. 그렇지 않으면 로드리그의 사랑에 값할 만한 존재가 되지 못하기 때문이다. 그것이 의지의 역설이며, 비극이었다. 그러나 그 모순에 하나의 알리바이가 있다는 것도 익히 아는 바이다. 그것은 바로 '의지'라는 어사에 있다. 의지가 전제가 되어 있지 않다면, 내가 고결한 인물이 되지 않아도 된다면, 그와 같은 모순은 발생할 수가 없다. 마찬가지로 알렉상드르와 소르다모르의 사랑에도 알리바이가 없을 수 없다. 그것은 바로 '나'이다. 다시 말해 만사의 주재자로서의 개인에의 요구이다. 그 개인에의 요구가 없다면, 사랑의 책임자를 찾는 탐문이 존재할 수가 없다. 그것은 다시 한번 크레티엥의 소설이 개인의 탄생과 관련이 있다는 것을 증거한다. 그러나 그 개인은 드러나지 못하고 광기의 탈을 쓰지 않을 수 없는 저주받은 개인이다.

4.2.2. 광기의 3차원

그러나 더욱 중요한 것이 있다. 크레티엥의 소설은 그 개인의 요구가 야기하는 모순에 머물지 않는다는 것이다. 알렉상드르와 소르다모르의 애탐은 클리제스와 페니스 사이에 일어나는 새로운 모순의 전주곡일 뿐이다.

로-보로딘은 예리하게도 크레티엥의 소설에서 나타나는 사랑의 핵심은 사랑을 획득할 것인가, 아닌가의 문제가 아니라, 사랑을 어떻게 지연시킬 것인가라는 것을 지적한다.

> 매력적인 사랑의 책은 어느 것이나, 아주 개성적인 솜씨에 의해서 새롭게 해독되어야 한다. 그럴 때, 발견들과 놀라운 것들이 넘쳐난다. 오비드(Ovide)의 주인공들은 기지 싸움과 언술의 섬세함을 거의 보여주지 못하는 채로, 문제의 대미를 장식하기 위해, 즉 사랑을 성취하기 위해, 어떤 태도를 취할 것인가에 대해서만—그것도 아주 간략하게—질문을 던진다. 그와 반대로 궁정적 주인공들은 내성(instrospection)의 방법을 특별히 가다듬으면서 그들의 마음을 그 가장 깊은 주름까지 뒤지고, 불확실함과 주저를 의도적으로 연장시킨다. 그들은 사랑의 고백 주위를 오래 지체하면서 방황함으로써 고백을 언제나 연기시킨다. 그들은 우물쭈물하는 걸 즐기고, 그들이 스쳐 지나가는 행복의 강가에서 그들을 위해서만 울리는 은밀한 느린 종소리들을 흘려보낸다.[37]

실로, 클리제스와 페니스의 사랑은 다르게 전개된다. 그들도 물론 눈으로부터 사랑을 시작한다. 그러나 그들은 더 이상 사랑 그 자체의 충격을 느끼지 않는다. 그들은 눈이 마주치는 순간 '이미' 사랑을 한다.

> 아름다운 자태를 한껏 뽐내면서 그는 그의 삼촌 곁에 섭니다. 그를 아는 사람들은 그에게서 눈을 떼지 못합니다. 또한, 젊은 처녀를 알지 못하는 사람들도 마찬가지로 열렬하게, 기적을 보듯, 그녀를 봅

---

37) Myrrha Lot-Borodine, *De l'amour profane à l'amour sacré*, Nizet, 1979, p.40.

니다. 그런데 클리제스는 사랑을 담아서 그녀 쪽으로 은밀히 눈길을 보냅니다. 또한 어찌나 현명하게 그것들을 거두는지 오고 가는 눈길 속에서 한 번도 그것을 광기로 간주할 수 없게끔 합니다. 그는 그녀를 다정하게 바라봅니다. 그러나 함께 있는 사람들은 젊은 처녀가 똑바로 그에게 그와 같은 눈길을 보내는 걸 눈치 채지 못합니다. 속임 없는 신실한 사랑으로 그녀는 그에게 눈길을 주고 그의 눈길을 받습니다.[38]

이 인용문은 클리제스-페니스와 다른 사람들 사이의 차이가 무엇인가를 뚜렷이 보여준다. 다른 사람들은 아름다움의 존재 자체에 반한다. 그러나 클리제스와 페니스에게 사랑은 마치 기정사실처럼 다가온다. 그리고 그 다음, 사랑이란 무엇인가가 문제가 아니라 어떻게 사랑을 하는가가 중요해진다. 은밀하고도 신실한 사랑, 즉 속임수와 진실이 한데 얽힌 사랑의 방법, 그것이 진짜 문제가 되는 것이다. 물론 그 '어떻게'의 문제에도 고통이 따르지 않는 것은 아니다. 그러나 이제 그 고통은 오래 음미할 고통, 희한하게도 즐거운 고통이다. 클리제스는 유모에게 이렇게 고백한다. "모든 병 중에서 내 병은 특별해요. 솔직히 말하자면, 나는 내 고통에 홀렸어요. 그리고 그게 기쁨을 주는 병이라면, 내 슬픔은 내 욕망의 대상이고 내 고통은 나의 건강이에요. 나는 내가 한탄해야 될지 어떨지 모르겠어요. 왜냐하면, 내 느낌에 내 병은 오직 나의 의지로부터만 오거든요. 아마도 내 욕망이 고통스러운 것이겠지요. 그러나 나는 내 욕망에서 안락을 느낄 정도로 그것은 나를 아늑하게 아프게 해요. 그리고 내 슬픔이 어찌나 기쁜지, 감미로운 병을 앓고 있어요."[39]

홀린 고통은 오래 감미로운 고통이다. 고통에 홀린 자는 더 이상 고

---

38) 『클리제스[중]』, v.2754-2769; 『클리제스[헨]』, pp.82-83.
39) 『클리제스[중]』, v.3030-3044; 『클리제스[헨]』, pp.89-90.

통의 극점에 도달하거나 고통으로부터 빠져나오는데 관심을 갖지 않는
다. 고통을 '어떻게' 즐기는가가 문제가 될 뿐이다. 실로 그들은 광기를
길들이지 않는다. 그들은 차라리 광기에 길든다. 오래도록. 그것이 행
복을 가져다주기 때문이다. 그러자, 여기에서 결정적인 변화가 일어난
다. 더 이상 '무엇'이 아니라 '어떻게'가 중요해지자마자, 고통을 즐기는
방법과 태도의 다양성이 태어나는 것이다. 초점이 '무엇'이었을 때, 대
상은 하나일 수밖에 없다. 왜냐하면, 그것은 언제나 가장 나은 대상을
지향하기 때문이다. 클리제스의 대상은 페니스일 수밖에 없다. 나르시
스보다도 아름다운 클리제스는 세상에서 가장 아름다운 새, 페닉스
(Phénix)를 닮은 페니스만을 자신에 값할 만한 여인으로 택할 수 있기 때
문이다. 마찬가지로 기사들은 저마다, 여인들은 저마다, 자신의 여인,
자신의 기사를 가장 아름다운 여인, 가장 훌륭한 기사로서 내세우며 다
툰다. 그러나 이제는 목표가 더 이상 문제가 되지 않는다. 목표는 이미
주어져 있다. 랑슬로의 마음을 빌려 말하자면, "사람들이 저마다 아름
답고 매력적이라고 생각하는 것은 그에게는 관심이 없"[40]는 것이다. 이
제는 방법이, 그러니까 명사가 아니라 동사가 보편적인 논의의 대상이
된다. 그곳이 약속의 땅인지 재앙의 땅인지는 알 수는 없어도 우리를
홀리는 최고의 땅이 하나 있다. 이 하나의 땅에서 어떻게 밭을 일구는
가하는 것이다. 그러니, 『클리제스』의 화자가 "자연이 두 번 다시 만드
는 데 결코 성공할 수 없는" 페니스의 아름다움에 대한 묘사를 포기하
면서 이렇게 말하는 것은 아주 핵심을 내비치는 말이다. "그녀의 팔, 그
녀의 몸, 그녀의 머리, 그녀의 손을 묘사하는 일은, 내가 할 수 있는 일
너머에 있기 때문에, 포기하겠습니다. 왜냐하면, 내가 설사 천년을 살고

---

40) 『랑슬로[중]』, v.1225-1227; 『랑슬로[헌]』, p.54.

매일 매일 내 능력을 더해간다 하더라도, 나는 그것들에 대한 진실한 개념을 가지기도 전에 탈진할 것이기 때문입니다. 내가 그 일에 말려들어 내 모든 재능을 사용한다면, 나는 거기에 내 노력을 낭비하는 일이 될 것이고, 그것은 단지 허망한 노력이 될 뿐이라는 것을 나는 알고 있습니다."[41] 대상 자체에 대한 매달림이란 얼마나 허망한 일인가를 그는 알고 있는 것이다. 또한, 마찬가지의 시각에서, 『그랄 이야기』의 서두에서 작가가 이렇게 운을 떼는 것은 아주 교묘한 허사이다.

> Ki petit semme petit quelt,
> Et qui auques requeillir velt,
> En tel liu sa semence espande
> Que Diex a cent doubles li rande;
> Car en terre qui riens ne valt,
> Bone semence seche et faut.[42]

> 적게 뿌리는 자는 적게 거둡니다. 그리고 좋은 수확을 원하는 사람은 그에게 백배의 결실을 가져다 줄 장소에 씨를 뿌립니다. 왜냐하면, 아무 가치도 없는 땅에서는 좋은 씨앗도 말라비틀어지고 죽기 때문입니다.

이 말로 시작하면서, 크레티엥은 소설의 자료를 제공해 준 플랑드르의 백작 필립(Philippe de Flandre)이 얼마나 훌륭한(알렉산더 대왕보다도 더 너그러운) 사람인지 침이 마르도록 찬사를 보내는데, 그것은 마치 얼마나 좋은 밭에 씨를 뿌리느냐, 즉, 얼마나 위대한 군주 밑에서 일을 하느냐가 중요한 것처럼 읽힐 수도 있을 것이다. 그러나 교묘한 초점은 거기

---

41) 『클리제스[중]』, v.2695-2705; 『클리제스[현]』, p.81.
42) 『그라알[중1]』, v.1-6; 『그라알[중2]』, p.27.

에 있는 것이 아니라 "백배의 수확"을 어떻게 거둘 것인가에 있다. 좋은 땅을 고르는 것은 당연하다; 중요한 문제는 그 다음에 어떤 식으로 뿌리는가이다, 라고 말하는 것이다. 맨 처음 행이 은밀히 지시하고 있는 주제가 바로 그것이다. 그것은 아무리 좋은 땅이라도 적게 뿌리는 자는 적게 거둘 수밖에 없다고 말하고 있는 것이다. 물론 그 '적게(petit)'가 '시원찮게(de peu de valeur)'[43]라는 질적 의미의 수량적 치환이라는 것은 능히 짐작할 수 있는 일이다.

『클리제스』에서 그 문제의 밭에는 사랑하는 두 사람이 등장인물이 되어 있다. 초점이 되는 것은 어떻게 그 둘은 한 마음이 될 수 있는가이다. 그 사랑의 조건은 함께 겪고 함께 느끼는 데에 있다. "내 눈은 단 한 사람을 제외하고는 나를 즐겁게 하는 어떠한 대상도 볼 수가 없습니다. 그러나 내가 그것을 우선 비싸게 사지 않으면, 나는 그가 내게 주는 행복을 누릴 수 없습니다. 내가 그를 원한다면, 그도 나를 원합니다. 내가 고통스럽다면, 내 슬픔과 내 고통을 그도 나누어 가져야 합니다."[44]

그러나 그 한 마음이란 정말 가능한가? 물론『클리제스』의 전개는 그렇게 한 마음이 된 두 연인이 결국 알리스와 궁정 사람들의 눈을 속여 행복한 결혼을 쟁취하는 것으로 나아간다. 그러나 그들이 처음 눈길을 마주친 순간부터 이미 그 행복을 향한 전진을 가로막는 것이 있다. 바로 화자의 입장이다. 클리제스와 페니스의 은밀한 눈길의 오고 감을 묘사하다가 화자는 문득 허리를 끊는다. "그녀는 그녀의 눈길과 그녀의 마음을 그의 마음속에 놓습니다. 그는 그녀에게 그의 마음을 약속했습니다. 약속했다구요? 그가 그것을 전적으로 바친다구요? 아니오, 내 생각엔 나는 거짓말을 하고 있습니다. 왜냐하면 누구도 마음을 줄 수는

---

43) A. J. Greimas, *Dictionnaire de l'ancien français*, Larousse, 1968, p.488.
44) 『클리제스(중)』, v.5360-5369; 『클리제스(현)』, p.151.

없기 때문입니다."[45]

사랑의 소유가 거꾸로 소유됨을 초래한다는 것은 이미 마보아그렝에게서 본 바와 같다. 그런데 이번엔 누가 소유하는가의 여부가 아니라 정말 소유는 가능한가가 문제가 된다. 여기서 페니스와 화자 사이의 은밀한 논쟁이 벌어진다. '은밀히'라는 것은, 화자는 결코 페니스를 직접 반박하지 않기 때문이다. 페니스의 생각으로는, 마음과 몸은 동시에 함께 오직 한 사람만의 소유가 되어야 한다. 그녀는 이죄를 비웃는다. "나는 이죄가 살았던 삶에 만족할 수가 없어요. 사랑은 그녀에게서 너무나 비참해졌어요. 왜냐하면, 그녀의 마음은 단지 한 사람만의 소유였지만, 그녀의 몸은 두 사람의 소유였거든요. 그렇게 그녀는 둘 중 아무도 거부하지 못한 채로 평생을 보냈어요. 이러한 사랑은 타당하지 못했어요. 하지만 내 사랑은 영원히 한결같을 거예요. 내 몸도 내 마음도 결코 어떤 대가를 치르든 갈라지지 않을 거예요. 내 몸은 절대로 매춘하지도 두 사람의 소유자를 가지지도 않을 거예요. 마음을 갖는 자가 또한 몸도 가지는 거죠. 나는 그 외의 누구도 거부할 거예요."[46] 페니스의 하나 됨은 그러니까 전면적이다. 클리제스와 페니스의 하나 됨, 그리고 더 나아가, 몸과 마음의 하나 됨.

『수레의 기사』에서 한 여인이 랑슬로를 유혹하였을 때도, 화자는 그와 유사하게 말한다. "이 기사는 한 마음속에 두 마음을 가지고 있지 않습니다. 게다가 그는 그가 이미 누군가에게 바쳤기 때문에 다른 곳에 내려 놓을 수 없는 제 마음의 지배자며 주인이 아닙니까? 하나의 장소에 정착하는 것, 바로 그것을 모든 마음을 지배하길 원하는 사랑은 원합니다."[47] 마보아그렝의 경우와 달리, 그리고 소르다모르의 경우와 달

---

45) 『클리제스[중]』, v.2777-2781; 『클리제스[현]』, p.83.
46) 『클리제스[중]』, v.3110-3124; 『클리제스[현]』, pp.91-92.

리, 이제 마음을 한 곳에 완전히 바치는 것이 마음의 지배자이며 주인
이 되는 길이다.

그러나 『사자의 기사』의 화자는 그와는 다른 말을 하고 있다. 그는
환대받는다고 사랑으로 착각하면 바보라고 말한다. "그런데 한 부인이
아주 정중하게 불운한 사람에게 다가가서 그에게 향연을 베풀어주고
포옹한다고 해서 사랑받고 있다고 생각하는 사람들은 바보들이라고 불
릴 수 있습니다. 바보는 아름다운 말들에 황홀해 합니다. 그런데 그는
곧 농락당하고 마는 것입니다."[48] 이것은 사랑의 환상을 지적하고 있는
것이 아닌가? 이 대목은, 작품의 줄거리 상에서, 직접적으로는, 로딘느
의 성에서 대접받는 아더의 군사들에 대한 풍자로서 기능하며, 암시적
으로는 이벵이 로딘느와의 약속을 위반할 데 대한 복선으로 기능한다.
하지만, 그 구체적 문맥을 잠시 떠나 읽을 경우, 그것은, 사랑의 소유라
는 환상 그 자체에 대한 풍자이자 희롱으로 읽힌다.

『클리제스』에서의 화자가 페니스의 그 확고한 의지, 몸과 마음의 하
나 됨의 의지에 대해 회의의 시선을 갖다 들이대는 것도 그와 같은 맥
락에 있다.

> 나는 두 마음을 하나의 육체 안에서 일치시킬 수 있다고 말하는
> 사람들에게 동의하지 않을 것입니다. 한 몸 안에 두 마음이 거주할
> 수 있다는 것은 진실도 아니며 그럴 듯하지도 못합니다. [⋯] 나는
> 당신께 그러면 어떻게 두 마음이 함께 있지 않은 채로 오직 하나를
> 이룰 수 있는지 설명해드리겠습니다. 두 마음이 오직 하나일 수도 있
> 습니다. 그러나 그것은 감정이 서로 통하여 똑같은 것을 함께 원하기
> 때문입니다. 이 욕망의 공통성 때문에 '각자가 두 사람의 마음을 가

---

47) 『랑슬로[중]』, v.1228-1233; 『랑슬로[현]』, p.54.
48) 『이벵[중]』, v.2461-2467; 『이벵[현]』, p.33.

졌도다'라는 낡아빠진 표현을 쓰는 사람들이 있습니다. 그러나 한 마음은 두 장소에 있지 못합니다. 의지는 물론 하나일 수 있습니다. 그러나 각자는 그럼에도 제각각의 마음을 지킵니다. 그것은 마치 여러 사람이 한 노래를 혹은 한 곡조를 합창할 수 있는 것과 마찬가집니다. 이러한 비교를 통해서 나는 당신께 한 몸은 두 마음을 가질 수 없다는 것을 증명하는 바입니다. 이것을 잘 알아두십시오. 그리고 어떤 사람이 상대방이 원하고 증오하는 것을 다 알고 있다고 할 때조차, 한 육체는 한 마음밖에 가질 수 없습니다. 하나로 화합하는 목소리들도, 한 목소리를 이룬다 해도, 한 사람의 소유가 될 수는 없는 것입니다.[49]

얼핏 페니스와 똑같이 '한 마음'을 이야기하고 있는 듯이 보이나, 화자와 페니스의 차이는 명백하다. 페니스의 하나 된 마음은 하나가 된 두 마음을 뜻하나, 화자는 각기 한 마음만이 가능하다고 말하는 것이다. 이러한 것은 화자가 페니스보다 더욱 개인주의적인 입장에 서 있음을 보여주는 것일까? 그러나 화자의 이 입장이 은근히 페니스의 입장을 반박하고 있음을 고려해야 할 것이다. 그리고 페니스의 입장이야말로 공동체적 이념으로부터 개인의 해방에의 의지가 가장 강렬하게 표현된 경우였다. 그래서 그녀는, 마음은 트리스탕에게 있으나 몸은 마르크 왕과 트리스탕 두 군데로 나뉜 이죄를 공박하고 몸도 마음도 그가 사랑하는 사람 이외의 어느 누구에게도 주지 않겠다고 선언하였던 것이다. 페니스에게는, 바로 그것이 제 마음의 주재자요 주인이 되는 길이었다. 그렇다면 화자의 '각자 한 마음'이라는 명제는 거꾸로 그러한 개인적 해방의 길이 사실상 불가능하다는 것을 말하고 있는 셈이다. 아무리 사랑하는 사이일지라도 궁극적으로 하나가 된다는 것은 불가능하다, 그것

---

49) 『클리제스(중)』, v.2783-2814; 『클리제스(현)』, pp.83-84.

이 결국 개인의 권리 획득, 즉 소유에 입각한 것인 한, 각자 상대방을 소유하려고 하기 때문에, 혹은 거꾸로 자발적으로 상대방의 소유가 되려고 하는 경우에도 그 자발성 자체가 그를 의지의 소유자로 만들기 때문에, 사실상 한 대상의 완전한 소유는 불가능하다. 과연 페니스는 그의 개인적 해방에의 의지가 그 자체로서 자신을 노예상태로 전락시킨다는 괴로운 감정에 직면한다. 클리제스가 그녀에게 "내가 완전히 소속되어 있는 여인에게 하직 인사를 하는 게 도리일 것 같습니다"[50]라는 신비한 말을 남기고 아더의 궁정으로 떠난 이후, 페니스는 몸이 여의고 괴로워하는 상념 끝에 어느덧, 자신이 사랑의 노예가 되어 있음을, 그러나 그럼에도 클리제스의 마음을 잡을 수 없음을 한탄한다.

> 내 마음은 몰래 그이의 마음을 따라갔지. 그렇게해서 그 둘은 하나가 되었던 거야. 그러나 진실을 말하자면, 그 둘은 아주 다르고 심지어 상반되기까지 해. 어떻게 그럴 수 있을까? 그이의 마음은 주인이고 내 마음은 노예야. 그리고 노예는 좋든 싫든 주인이 원하는 모든 것을 해야 해. 그리고 다른 모든 것들은 잊어야 해. 그게 내 마음을 온통 사로잡고 있는 거야. 그런데 그이는 내 마음에도, 나의 섬김에도 전혀 관심이 없는 거야.[51]

그렇다면 화자는 사랑에의 전념이 헛되다는 걸 역설하고 다른 삶의 태도를 가르치려는 것일까? 아니다. 여기에서 화자는 한 사람의 인물 역할을 하고 있다는 것을 유념할 필요가 있다. 그 인물의 입장은 가령, 앞에서 보았던 브로셀리앙드 숲의 되찾은 청명과 푸르름, 혹은 '두 여왕의 성'에서의 두 여왕이 권하는 안식과, 반어적인 차원에서 동궤에

---

50) 『클리제스[중]』, v.4282-4283; 『클리제스[현]』, p.122.
51) 『클리제스[중]』, v.4448-4459; 『클리제스[현]』, pp.126-127.

놓인다. 즉, 광기의 헛된 몸부림의 대척지에 그 푸르름과 안식이 있는 것이라면, 화자는 광기의 헛됨을 드러내는 방법을 통해 그 안식과 푸르름 쪽으로 독자를 은밀히 유도하는 것이다. 그러나 브로셀리앙드 숲의 그것이 한 순간 나타났다가 흔적도 없이 사라졌던 것처럼, 그리고 두 여왕의 권유가 끝내 성공을 못 거두었던 것처럼, 『클리제스』의 화자도 자신의 주장을 그러한 도덕률의 결정들로 빚어내지 않는다. 그는 자신의 반대 의견을 되풀이하면서 여전히 주 인물들의 뒤를 따라간다. 그것은 『클리제스』의 주제가 어느 한 입장의 부각이 아니라, 두 길항하는 입장들의 겨룸이라는 것을 보여준다. 그때 화자의 존재는 페니스의 헛된 욕망을 질타하는 것이 아니라 페니스의 생각의 변주를 부추기고, 그 안에 아주 다채로운 주름을 새겨 넣도록 해주는 역설적인 역할을 한다. 페니스의 한탄이 절망으로 추락하지 않고, 그 스스로 새로운 삶의 태도로 변화되면서 이어지는 과정에 대해, 일종의 촉매제로서 기능하는 것이다. 실로, 페니스는 앞서와 같은 한탄에도 불구하고 사랑의 헛됨에 절망하는 것이 아니다. 오히려 거꾸로 더욱 더 사랑 속으로 깊이 진입한다. 그녀는, "내 마음은 수인(囚人)이야"라고 외치면서도, 그러나 갇힌 내 마음을 되찾아오지 않겠다고 선언한다.

> 내 마음이여, 거기 그냥 있어주렴! 나는 그것을 다른 데로 옮기지 않을 거야. 나는 그의 주인이 그를 동정할 때까지 그가 주인의 집에 머물러주기를 원해. 주인은 여기에서보다는 거기에서 당연히 그의 하인에게 마음을 더 줄 거야. 왜냐하면 그들은 이국땅에 있으니까. 하인이 열심히 봉사해서 잘 비위 맞출 줄 안다면, 궁정의 관습대로, 그는 돌아오기 전에 아주 부자가 될 거야."[52]

---

52) 『클리제스(중)』, v.4476-4484; 『클리제스(현)』, p.127.

그러나 그 사랑의 집착이 그저 이전의 태도를 똑같이 되풀이하는 것일 수는 없다. 사랑의 고통과 사랑의 필연성을 동시에 알고 있는 이제는, 사랑의 기술에 세련된 기교가 필요할 것이다. 특히 마지막 문장의 "잘 비위 맞출 줄 안다면(S'or set bien servir de losenge)"은 아주 중요하다. 왜냐하면, 그것은 클리제스가 떠나면서 던진 말을 사람들이 흔히 그러하듯이 "아첨이 아닐까" 하고 의심했던 것과 정확히 대응하기 때문이다. 아첨의 흔적을 걸러내고 진실을 파악하려던 페니스는 이제 아첨과 진실이 실은 한몸이라는 것을 발견하기에 이르른 것이다. 또한, "궁정의 관습대로"라는 말도 주의 깊게 읽을 필요가 있다. 그때의 궁정은 이제, 겉으로 드러나는바 고결한 인물들이 모이는 궁정도, 오직 약육강식만이 판치는 음모의 소굴도 아니다. 그 궁정은 공인되고 용인되는 규범과 예법을 충실히 따르면서 동시에 궁정의 법도를 교묘하게 배반하는 특이한 음모가 싹트는 장소이다. 그 특이한 음모는 광기는 광기이되, 조리 있는 광기, 현명한 광기가 아닐 수 없다. 얼마 후 화자가 지적하고 있듯이. "성 바울의 권유를 잘 관찰하고 가슴에 새기는 것이 좋습니다. 정숙한 채로 있기를 원하지 않는 사람은 눈에 띄거나 비난받지 않는 방식으로 현명하게 처신하기를 그는 충고했던 것입니다."[53]

이로써 광기의 세 겹이 밝혀진 셈이다. 맨 바깥 층에는 몰래 한 사랑의 존재 자체가 있다. 클리제스와 페니스의 불륜의 사랑의 시작이 그것이다. 그 다음 층에는 사랑의 즐김이 있다. 그것은 사랑의 문제를 그 대상으로부터 그 방법으로 전환시킨다. 마지막으로 현명한 광기, 사랑의 문제를 맹목의 목표로부터 질문의 대상으로 바꾸는 한편, 동시에 사랑의 방법을 더욱 세련시키는 것이 그것이다. 그것을 통해서 사랑을 가로

---

53) 『클리제스(중)』, v.5264-5269; 『클리제스(현)』, p.148.

막는 세상의 조건과 그럼에도 그것을 성취하려고 애쓰는 사람들의 욕
망이 함께 성찰의 대상이 된다. 세계관의 측면에서 보자면, 첫 번째 층
에서는 궁정의 집단주의적 이념과 불륜의 사랑 사이의 불꽃 튀는 직면,
즉 트리스탕에 상응하는 비극적 세계인식[54]이 있다면, 두 번째 층에서
는 그 불륜의 사랑을 자발적으로 선택한 개인주의적 반-현실주의, 차라
리 반현실주의적 현실주의가 있다.[55] 그리고 맨 아래 층에 그러한 개인
주의적 반-현실주의 자체에 대한 반성이 있다. 아니, 그곳에는 페니스
의 개인주의에 대한 반성뿐만이 있는 것이 아니다. 그곳에는 그 반성을
하나의 도덕률로 환원시키고 싶어하는 (그러나 그러지 못하는, 않는)
화자의 '각기 한 마음'의 자유주의에 대한 반성이 또한 있다. 그곳에서
는, 따라서 그 모든 세계관이 결코 하나의 대답으로 주어지지 못하며,
언제나 그것의 실현을 지연시키고 갈등과 성찰을 지속시키는 질문들의
얽힘이 있는 것이다. 이렇게 요약할 수 있겠다. 광기의 심연은 두껍고,
광기의 바닥은 넓다. 그곳에는 결코 "대답이 주어질 수 없는 방식으로"
(바르트) 질문들이 태어나 자라며 서로의 싸움을 통해 직조된다. 그 만화
경처럼 펼쳐지는 직조의 판이 크레티엥 소설임은 새삼 말할 필요가 없
으리라.

---

54) 이러한 태도의 요약이 소르다모르의 독백 속에 있다. "눈을 보지 않는 사람은 마음을 아프게 할 수
   없어요"(『클리제스(중)』, v.482). 이 구절을 미샤는 다음과 같이 절묘하게 현대 불어로 옮긴다. "눈
   길이 오고가면 갈수록 고통은 더해 갑니다"(『클리제스(현)』, p.23).
55) 이러한 모순된 태도가 존재할 수 있다는 것은, 2장에서 살펴보았던 것처럼, 12세기의 중세 사회가
   그 자체로서 역동적 모순의 상태에 있었다는 것을 고려하지 않으면 이해될 수 없다. 집단주의의 이
   념과 개인주의의 이념은 서로 상충하면서 동시에 서로 추동하는 현실적인 힘들이었다. 근대 사회
   의 세계관의 보편적 도식, 즉 헤겔이 발언한 이후 하나의 정설로 굳어져 버린, "크리스챤이즘 이후
   의 세계는 본질적으로 낭만주의적이다"라는 명제에 입각한 세계/자아의 대립은 ─ 따라서 집단주의
   적 이념을 세계로 놓고, 개인주의적 열망을 세계로부터의 일탈로 놓는 대립적 파악은 ─ 진리도 아
   니며, 여기에서 적용될 수도 없다.

4.2.3. 말과 행동과 사유

이처럼 끊임없이 연기되는 삶이, 소설의 고유한 주제로 나타난다면, 그것은 또한 소설의 내용적 형식이라고 이름 붙일 수 있는 것에서도 소설 특유의 것을 산출해낸다. 우리는 그것을 삶의 형식이라는 차원에서, 그리고 문학의 형식이라는 차원에서 살펴볼 수가 있다.

앞에서 인용하였던 로-보로딘의 말을 상기하는 것이 좋을 것이다. 대미를 어떻게 장식할 것인가가 문제가 아니라, 어떻게 내성의 놀이를 연장시킬 것인가가 소설 특유의 문제라고 그녀는 말했던 것이다. 삶의 형식의 차원에서 그것은 행동의 양태들이 분화하였다는 것을, 그리고 그 분화 속에서 한 특이한 행동의 양식이 태어나 지배적인 자리를 차지하게 되었다는 것을 암시한다. 현실의 반영, 혹은 현실과의 대결 속에서 문학은 항상 말과 행동의 일치와 괴리를 되풀이하며 변주시킨다. 그런데 소설에서는 그것들을 일치시키는 데 서두르지 않고 그 괴리를 넓혀 나가면서 그 안에 특이한 새로운 삶의 형식을 깔아 놓는다. 사유가 바로 그것이다.

크레티엥의 소설이 기사도의 무훈을 다루는 것인 만큼, 행동은 언제나 가장 중요한 묘사의 대상이다. 격렬한 결투 장면들의 빈번한 출현은 기사도적 무훈이 궁극적으로 행동의 세계라는 것을 집약적으로 표현한다. 그 결투는 결투자 둘 모두가 공히 어떠한 속임수 없이 각자가 가지고 있는 최고도의 기량을 발휘하는 것으로 나타난다. 그렇지 않으면, 그것은 기사다운 행동이 되지 못하기 때문이다. 랑슬로와 멜레아강의 결투를 보라. 무조건 싸움을 하는 게 아니고, 우선 격식과 모양이 문제가 된다. "아침 일찍 제 1과 기도 시간이 울리기 전에 두 사람은 결투 장소에 인도되어 왔습니다. 그 둘은 모두 머리에서 발끝까지 무장을 하

고 쇠갑주를 두른 말 위에 올랐습니다. 멜레아강은 멋진 위용을 과시하
고 있었습니다. 그는 팔과 다리와 발이 균형 있게 발달되어 있었고, 그
의 투구와 목에 걸린 방패는 그에게 황홀할 정도로 어울렸습니다."[56]
그리고 결투, "두마리의 멧돼지도 그렇게 싸울 수 없을 만큼 격렬한"[57]
두 사람의 결투는 줄기찬 공격 속에 오랫동안 "똑같은 타격을 상대방에
게"[58] 준다. 결투의 모양 자체가 완벽한 조화로움으로 나타나는 것이
다. 새매 시합에서의 결투에선 결투의 모양새가 흐트러질까봐 잠시 결
투를 중지하기까지 한다. "이보게, 잠시 뒤로 물러서 쉬기로 하세. 우리
의 공격은 지금 너무나 힘이 빠져 있네. 좀 더 잘 싸우는 게 좋을 듯하
이, 왜냐하면 곧 저녁이 올 테니까. 결투를 이렇게 오래 끄는 것은 부끄
럽고, 아주 못난 짓이야. 우리의 여인들을 위해 우리 강검을 가지고 다
시 붙어보는 게 좋을 듯 하네─그거 잘 말했네."[59] 클리제스의 용맹은
어떠한가? 그가 삭스의 공작과 결투를 하는 장면을 작가는 "그들은 검
을 가지고 번쩍거리는 투구 위에서 한편의 단가(lai)를 연주합니다. 사람
들은 입이 다물어지지 않습니다"[60]라고 풀어 보여준다. 무용은 예술의
차원으로 승격된다. 이벵과 에스칼라도스의 결투에 대해서도 작가는 말
한다. "결투는 더욱 아름다워지기만 했습니다."[61] '불길한 모험'의 성에
서 이벵과 싸울 두 괴물이 사자를 가두어놓으라고 요구할 수 있는 것은
이러한 싸움의 고결성에 힘입어서이다. "자네들 사자가 무서운가 보지?
자네들이 직접 쫓아버리게나"라고 응수하는 이벵에게 그들은 이렇게
말한다. "그가 당신을 도우느냐 안 도우느냐는 문제가 아니올시다. 다

56) 『랑슬로[중]』, v.3536-3545; 『랑슬로[현]』, p.106.
57) 『랑슬로[중]』, v.3608; 『랑슬로[현]』, p.107.
58) 『랑슬로[중]』, v.3619; 『랑슬로[현]』, p.108.
59) 『에렉[중]』, v.895-905; 『에렉[현]』, p.24.
60) 『클리제스[중]』, v.4024-4026; 『클리제스[현]』, p.115.
61) 『이벵[중]』, v.861; 『이벵[현]』, p.12.

만, 혼자서 아무의 도움도 받지 않고, 당신이 할 수 있는 최선을 다해 싸우시오. 당신은 우리 둘과 혼자서 싸워야 합니다."[62]

그러나 다른 한편으로 그것이 궁정성(courtoisie)을 다루고 있다는 사실 때문에, 소설은 동시에 언제나 말을 중요하게 다룬다. 이벵이 미쳐서 브로셀리앙드 숲을 헤매이게 된 것은 바로 로딘느와의 약속을 그가 위반(manquer à parole)하였기 때문이다. 에니드가 에렉과 함께 괴로운 모험을 떠나는 것도 "오 당신은 얼마나 불행한가요?"라는 한마디 실언으로부터 야기된 것이었다. 클리제스와 페니스 사이의 괴로운 상념은 어디서 나오는가? 바로 클리제스의 한마디, "내가 완전히 소속되어 있는 여인"이라는 말에서 시작되었던 것이다.

이러한 말과 행동의 동등한 중요성은 말과 행동 사이에 하나의 저울대를 놓아야 하는 장면을 연출하기도 한다. 가령, 랑슬로가 그가 수레에 오른 것을 비난하고 '검의 다리'를 건너지 못하게 막는 기사와 결투를 하였을 때가 그러하다. 결투에서 이긴 랑슬로는 패배한 기사의 용서를 구하는 요청을 받아들이려고 하나, 문득 '측대 보행을 하는 노새(mule à l'amble)를 탄 여인'이 나타나 그의 목숨을 요구한다. 그 요구의 대가는 어떤 보상에 대한 '약속'이다. "그에 대한 보상은, 제가 드릴 수 있는 만큼, 아주 후할 거예요. 그대가 내 도움을 필요로 하는 일이 언젠가 꼭 오리라는 것을 전 믿어요."[63] 이 약속을 담보로 한 목숨의 요구와 자비의 요청 사이에 갈등하던 그는 재결투로서 그 문제를 해결한다. 물론, 그녀의 약속은 훗날 훌륭하게 지켜진다. 그녀는 멜레아강의 누이로서, 멜레아강의 계략에 의해 탑에 갇혔던 랑슬로를 탈출시켜 주었던 것이다. 반면, 그 앞서 있었던 냇물 목을 지키는 기사와의 결투에서는

---

62) 『이벵중』, v.5546-5548; 『이벵[현]』, p.72.
63) 『랑슬로중』, v.2800-2803; 『랑슬로[현]』, p.90.

그와 동행한 여인의 간청으로 그를 용서한다. 이번에는 랑슬로가 기사에게 "언제라도 그가 원할 때는 수인이 되겠다는" '약속'을 요구하는데, 여인은 "훗날의 선물"을 담보로 패배한 기사의 영원한 해방을 청원한다. 이러한 예들은, 말이 행동에 버금갈 뿐 아니라, 더 중한 무게를 가질 수도 있다는 것을 잘 보여준다.

이상의 검토는 말과 행동 사이의 갈등이 사실상 크레티엥 소설의 중심적인 주제(삶의 형식의 차원에서)라는 것을 확인시켜준다. 실로 이벵의 로딘느에 대한 약속의 위반도, 기사도의 무훈(행동)에 정신이 팔린 나머지 야기된 위반이었다. 에렉과 에니드의 이상야릇한 모험에서 에니드를 내내 괴롭히는 것도 에렉에게 닥친 곤경(기사들의 습격 : 행동)을 '말'할 것인가, 아닌가의 문제였다. 『그랄 이야기』에서의 쾨(Keu)와 고뱅의 논쟁은 이 말과 행동의 대립을 가장 요약적으로 보여주는 예일 것이다. 아더의 일행은 상념에 빠져서 사람들의 접근에 전혀 관심이 없는 한 기사(페르스발)를 만나는데, 먼저 쾨가 그에게 다가가 끌고 오려고 한다. 그래서 결투가 벌어지나, 쾨는 "쇄골이 부서지고 겨드랑이가 빠지는" 대패를 하게 된다. 이때 고뱅이 나서서 아더에게 말한다.

> 기사는 다른 기사를 그의 생각으로부터―그게 무엇이든―빠져 나오게 할 권리가 있다는 것을, 당신은 늘 말씀하셨고, 그것을 우리에게 하나의 법으로 세우셨습니다. […] 그런데 그것은 전적으로 그들의 잘못으로 인한 상념일까요? 저는 모릅니다. 하지만, 그들에게 불행이 닥쳤다는 것은 분명합니다. 저 기사는 생각에 빠져 있었습니다. 그가 무슨 잘못을 범했든지, 아니면, 그의 여인을 빼앗겼는지도 모릅니다. 그는 그걸로 고통하고, 그 생각에 빠져 있었습니다. 그러나 이게 당신을 기쁘게 하는 일이라면, 저는 그의 거동을 보러 가겠습니다. 그리고 언제 그가 그의 생각으로부터 빠져 나올 수 있는지

보아서, 그를 여기 당신께 데리고 오도록 간청해 보겠습니다.[64]

이 말을 마치자마자, 쾨는 분노로 소리친다. 그의 분노는 고벵이 말이나 번지르르하게 하는 사람이라는 것이다.

> 아! 고벵이여, 그가 어떻게 나오든간에, 손을 써서 그를 데려오시오. 당신이 그럴 여유가 있다면 멋진 행동을 보여주시오. 당신을 위한 결투를 벌이시오. 당신은 그렇게 해서 많은 사람을 잡아왔지요. 적이 수많은 타격으로 지쳤을 때, 그때가 용감한 사람이 그를 차지하게 되는 행운을 갖는 순간입니다. 고벵이여, 당신에게서 뭔가를 배울 수 없을 만큼 당신을 미쳤다고 생각한다면 내 머리에 백번도 더 저주가 떨어져도 좋아요. [하지만] 그대는 당신의 말을 잘도 팔 줄 알지요. 언제나 상냥하고 한 번도 거친 적이 없지요. 그러니, 당신이 그에게 가서 할 말이 거만한 말이겠어요, 증오의 말이겠어요, 경멸의 말이겠어요? 그러리라고 믿었거나 믿는 사람이 있다면, 나까지 포함해서 저주받으라고 그래요. 분명, 당신에겐 그 일을 수행하는 데 비단 제복 한 벌이면 족하지요. 당신은 칼을 뽑을 필요도 창을 부러뜨릴 필요도 없지요. 당신이 자부하는 게 이런 거지요. "오 기사양반, 신의 가호가 있기를, 그리고 즐거우시고 건강하시기를 빕니다." 이 말을 할 혀만 있다면, 당신이 원하는대로 될 테지요. 이 말을 하는 데라면 내가 당신에게 가르칠 게 없어요. 당신은 고양이를 간질이듯이 잘 그를 간질일 수 있을 테니까요. 그러면, 사람들이 말할 겁니다. 지금 고벵님께서는 대단한 결투를 하고 계시다, 라고 말입니다.[65]

고벵은 "아 쾨여, 당신은 내게 좀 더 잘 말할 수도 있을 텐데요."라고 유감을 표시하고, 아더가 고벵을 상념에 빠진 기사에게 보냄으로써 논

---

64) 『그라알[중1]』, v.4352-4369; 『그라알[중2]』, p.313, 315.
65) 『그라알[중1]』, v.4371-4403; 『그라알[중2]』, p.315, 317.

쟁은 더 이상 진전되지 않는다. 하지만, 이 인용문만을 통해 무용과 말의 명백한 대립을 알 수 있다. 가장 특기할 만한 것은 행동과 말이 똑같이 궁정으로 사람을 데리고 오는 데 쓰인다는 것이다. 그것들은 모두 궁정적 관계의 강화를 위해 '사용'된다. 두 번째로 알 수 있는 것은, 그럼에도 그 둘의 차이는 아주 심각하다는 것이다. 무용을 내세우는 사람의 입장에선 말 잘하는 것은 장사아치, 아첨꾼들의 몫이다. 그것은 정정당당하지 못한 행위이다. 물론 말 잘하는 사람은 무훈을 내세우는 사람을 비난하지 않는다. 그것은 그의 말의 기술을 위반하는 일일 터이기 때문이다. 다음, 이 논쟁에서 직접 드러나지 않는 것이지만, 페르스발을 데려오는데 쾨가 실패했다면, 고뱅은 성공했다는 것이다. 즉, 말이 행동을 이긴 것이다.

그렇다면 크레티엥의 소설은 삶의 형식의 차원에서 말의 행동에 대한 우위를 논증하는 것일까? 다시 말해, 기사도적 세계에 대한 말(혹은 문자) 세계의 지배를 선언 혹은 유포하는 것일까?

그러나 이미 광기의 3차원을 통과해 온 현재로서는, 더 이상 말도 행동도 절대적인 목표가 될 수 없다는 것을 짐작할 수 있을 것이다. 기사도의 모험이 7년 안 헤매었으나 한갓 헛될 뿐인 것이라면, 말 또한 헛될 뿐이다. 아니, 헛될 뿐만 아니라, 유해하기도 하다. 에니드에게 그것은 "독약이 든 치명적인 말(la mortel parole antoschiee)"[66]이었다.

> 오! 불행한 에니드여, 나는 내 주인의 살해자가 되었구나. 내 미친 짓이 그만 그이를 죽음으로 몰아넣었어. […] 좋은 침묵은 결코 누구도 나쁘게 할 수는 없는데, 말은 빈번히 유해하구나. 어쨌든 이 진실을 경험한 셈이야.[67]

---

66) 『에렉[중]』, v.4609.
67) 『에렉[중]』, v.4585-4595; 『에렉[현]』, p.121.

그러나 교묘한 초점은 위 인용문에서도 에니드의 한탄에 있는 것이 아니라, 마지막 문장의 '진실의 경험'에 있다. 그것이 그 한탄에도 불구하고 에니드를 살게 해주기 때문이다.[68]

실제 크레티엥의 소설에서는 말과 행동의 사이에서 말이나 행동이 아니라, 바로 '사이'가 초점이 된다. 그 '사이'에서 무엇이 발생하는가? 클리제스가 아더의 궁정으로 떠나가는 대목은 거기에서 '사유'가 발생한다고 정확히 지적한다.

> 그가 떠날 때, 감추어지고 억제된 수많은 탄식과 오열이 있습니다. 그러나 추호의 의심도 없이 사랑이 그들을 하나로 결합시키고 있다는 것을 알아차리기 위해서는 눈을 뜨고 밝은 눈을 가지는 것만으로 충분합니다. 슬픔에도 불구하고 시간이 되자마자 클리제스는 그녀로부터 멀어져 갑니다. 그는 생각에 잠겨 멀어져 갑니다. 황제도 생각에 잠긴 채로 있습니다. 그리고 다른 사람들도 그렇습니다. 그러나 누구보다도 생각에 잠겨 있는 것은 페니스입니다. 그녀의 안으로 생각들이 바닥도 강안도 없이 몰려듭니다. 그렇게 그녀는 빠져듭니다. 그렇게 그것들은 꼬리를 뭅니다. 생각에 잠긴 채로 그녀는 그리스에 도착합니다.[69]

한마디 말(내가 완전히 소속되어 있는 여인이라는)과 육체의 멀어짐 사이에서 클리제스도, 황제도, 다른 사람들도, 그리고 페니스는 더욱 더, '생각'에 빠져든다. 생각은 바닥도 강안도 없이 몰려들고 번식한다. 그것은 마치 그녀 자체가 무수히 분화하는 것과 같다. 작가는 pensée가 여

---

68) 물론 이 대목에서 에니드는 한탄과 더불어 자결을 시도한다. 그러나 한 백작이 나타나서 그것을 막는다. 그녀의 죽음은 외부의 힘에 의해서 연기된 것이다. 스스로 죽음을 지연시키는가, 외부의 힘에 의해서 연기되었는가, 그러나 별개의 문제. 에니드의 소설적 생애에 있어서, 그녀는 지금 살아남았고, 그 경험은 그녀에게 좋은 교훈이 되어줄 것이다.

69) 『클리제식중』, v.4284-4299; 『클리제식현』, p.122.

성형임을 이용해 그것을 교묘하게 환기시킨다("El panser dom ele est emplie"). 이 '생각'은 어떻게 발생하는가? 그것은 한편으론 탄식과 오열의 억제로부터 생겨난다. 금지된 사랑이 그럼에도 불구하고 살아 있을 때, 그것은 더 이상 금지당한다는 사실 자체에 머물지 않고, 금지와 해방 사이에 새로 놓일 길을 모색하는 것이다. 다른 한편으로 그것은 '밝게 보는(regart clerement)' 능력을 가질 때 비로소 생겨난다. 그게 없으면, 여전히 생각은 맹목, 즉 말과 행동에 갇힌 상태를 벗어나지 못한다. 사유는 오직 '현명한' 사유일 뿐이다. 그 현명한 사유는 앞 절에서 보았던 바, '정숙하지 못한' 자가 선택하는 현명한 광기의 치환된 이름이다.

이 현명한 사유는, 앞에서 인용된 고뱅의 말을 되새길 때, 그 의미를 좀 더 명확하게 이해할 수 있다. 고뱅은 "생각에 잠긴 다른 기사를 그의 생각으로부터 깨어나게 하는 것은 기사의 권한"이라고 말할 뿐만 아니라, 그것이 아더에 의해 법으로 선포되었음을 상기시킨다. 왜? 문맥을 그대로 따라가면, 어떤 미지의 불행으로부터 기사를 구출하기 위해서이다. 그러나 미지의 불행이란 실제의 불행이 아니라 단지 불행이라고 추정되는 것일 뿐이다. 그리고 법이란 언제나 강제를 동반하는 것이다. 법은 그 '강제성'을 통해서 추정된 불행을 빙자하여, 상념을 금지시킨다. 결국, 그것은 상념 속에 들어 있을지도 모르는 불온의 씨앗을 서둘러 적발하고 없애버리려는 의도의 실행이 아니겠는가? 그것이 집단적 공동체로서의 궁정이 갖는 '법'의 힘이고 역할이다. 공동체로부터 이탈하는 모든 것, 공동체의 약호체계로서 해득될 수 없는 모든 이단적 기호는 감금되고 추방되고 지워진다. 사유를 지속시키고 증폭시키며 변주시키는 것, 그것은 그러한 감금·추방·삭제에 대항해 저항하는 것이며, 더 나아가 현명한 사유는 공동체의 이념에 자신을 밀착시키면서 배반을 꿈꾸는 것이다.

이 사유의 탄생은 크레티엥으로부터라고 감히 말할 수 있지 않을까? 로-보로딘은『오비드』와 비교하였지만, 3장에서 보았던『롤랑의 노래』 며『트리스탕』에도, 사유가, 좀 더 정확히 말하면 '현명한 사유'가 있었 다는 증거를 찾아보기는 어렵다. 물론 인류가 생겨난 이래로부터 사유 는 존재하였다. 그러나 그 사유는 행동 혹은 말의 다른 이름이었다. 또 한,『롤랑의 노래』와『트리스탕』에서도 사유의 흔적이 없다고 할 수는 없다. 그러나 그것은 엇갈리거나 파묻힌다. 롤랑의 각적 소리는 세계에 대한 거부를 한 순간에 행동으로 집약시키지만, 그 행동은 결국 파열하 고 만다. 트리스탕의 시체를 부둥켜안은 이죄의 애곡은 이루지 못한 그 들의 꿈을 또 하나의, 그러나 같은 구조의, 세계로 성화(聖化)시킨다. 혹 은 마리 드 프랑스의『밤꾀꼬리Laostic』를 보자. 매일 밤을 밤꾀꼬리를 빙자해 이웃의 기사와 사랑을 속삭이던 부인은, 남편인 영주가 그 새를 잡아 그녀의 가슴에 던지자, 슬퍼할 새도 없이 새를 비단에 싸고 각종 진귀한 보물이 상감된 상자에 넣어 기사에게 보낸다. 기사는 사정을 알 아차리고 그 상자를 내내 가슴에 품고 다닐 것이다. 부인과 기사의 그 행위에는 슬픈 기지가 반짝이나 관계의 지속성을 보장해주지는 못한다. 이들의 삶은 행동에서 행동으로 혹은 말에서 말로 즉각적으로 성큼성 큼 뛰어간다. 그곳에는 삶의 모순을 지연시키는 위장의 행위, 성찰의 공간이 부재한다. 반면, 뤼네트를 학대하는 세 명의 기사(한 명의 집사와 두 형제)에게 이벵이 "그녀는 행동에 있어서도, 말에 있어서도, 생각에 있어서도 그녀의 주인(로딘느)을 배반한 적이 없다"[70]고 항의하는 대목 이 적절하게 지시하듯이, 사유를 말과 행동과 동등한 자격으로 삶의 형 식의 한 범주로서 올려놓은 것은 바로 크레티엥이었다.

---

70)『이벵[중]』, v.4432-4433;『이벵[현]』, p.58.

사유는 크레티엥에게 와서 처음으로 모든 주인공을 두드러지게 하는 표지가 된다. 랑슬로에게 그니에브르가 어디로 갔는지 알려면 수레에 탈 것을 요구했던 그 신비의 난쟁이는 항상 "집요한 침묵"[71] 속에 있었다. 그런가 하면 랑슬로 자신이 수레에 오른 뒤, 내내 생각에 잠긴 인물이 된다. 고대 비극의 성가대와도 같은 역할을 하는 군중들이 합창하며 수레의 기사를 비난함으로써 그가 '수치'를 느끼게 되는 것이 생각의 출발선이었다. 고벵을 환대하는 데 비해 자신을 박대하는 여인의 성에서의 '침대에 오르지 못하는' 수모와 '불붙은 창'의 습격, 그리고 그를 유혹하는 여인의 동침 요구와 그에 대한 거부 사이의 갈등과 그 여인에 의해 꾸며진 거짓 강간극 등은 마치 그에 대한 사유의 훈련 과정과도 같다. 그리고 마침내 그는 생각에 깊이 잠기니 그를 동행한 여인이 "그와 대화를 하려고 시도하지만, 그는 그것에 전혀 관심이 없고 그녀의 수다에 귀먹은 채로 있다. 그의 생각은 그를 즐겁게 하고, 말은 그를 귀찮게 한다."[72] 한편, 에렉과 에니드의 기상한 모험에서 에렉이 끊임없이 에니드의 말을 금지시키고 말하는 것을 "미친 짓"으로 질타하는데, 그럼에도 에렉의 곤경에 대해 말을 하지 않을 수 없는 에니드의 오랜 시련 또한 사유의 훈련 아니겠는가?

다시 한번 광기의 세 차원을 되새긴다면, 이 사유가 크레티엥에게 있어서, 말과 행동보다 우위에 놓여 특권화되지는 못하리라는 것도 또한 짐작할 수 있다. 만일 그렇게 되었다면, 크레티엥의 소설은 일종의 관념 문학으로 치달았을 것이다. 그러나 크레티엥은 그렇게 하지 않았다. 기사도 로망은 기사도 로망일 뿐이다. 무엇보다도 사유는 말과 행동을 매개자로 하지 않으면 드러날 수 없다는 것을 그가 깊이 깨달았기 때문

---

71) 『랑슬뢰[중]』, v.417-418; 『랑슬뢰[현]』, p.36.
72) 『랑슬뢰[중]』, v.1332-1335; 『랑슬뢰[현]』, p.57.

이 아니었을까?

> 그런데 어느 누구의 혀도, 입도, 그가 아무리 수많은 기술을 가지
> 고 있다 하더라도 그[에렉]의 대관식에서 전시된 화려함의 세목들을
> 그 3분의 1도, 4분의 1도, 심지어 5분의 1도 묘사하지 못할 겁니다.
> 그것을 묘사하려고 애쓰는 나는 그러니 미친 짓에 빠져 있는 셈입니
> 다. 그러나 내가 그것을 하는 게 올바르기 때문에, 그리고 그것이 할
> 만한 일이기 때문에 나는 내 하찮은 감각으로서나마 그것의 일부를
> 묘사하는 일을 포기하지 않을 겁니다.[73]

어떠한 화려함도, 어떠한 깊은 생각도 현실의 말을 거치지 않으면 존
재할 수가 없다. '현명한' 사유는 사유를 억압하고 말소하는 말과 행동
에 업혀서 자신을 드러낸다. 그렇다면 말과 행동과 사유 사이의 대립이
중요한 것이 아니다. 중요한 것은 그것들이 서로 얽히는 관계다. 사유
를 묘사하려는 자는 미친 자이지만, 그 관계를 잘 드러내려고 하는 사
람은 잘 미친 자이다.

여기에서, 멜레아강의 계략에 의해 감금되었던 랑슬로가 그가 갇혀
있는 집의 부인을 구슬러서 잠시 탈출하여 마상 시합이 벌어질 누아즈
(Nouaz)에 나타났을 때를 되새겨보는 것은 유익한 일이 될 것이다. 그때
그는 한 전령(hyra[héraut])에게 들키게 되는데, 랑슬로는 그를 잡아 단단
히 입막음을 시키고, 전령도 약속한다. 하지만, 그러나 "집에서 뛰쳐나
가자 마자" 전령은 사방에 돌아다니면서,

> 기준을 제시할 사람이 왔도다![74]

---

73) 『에렉[중]』, v.6640-6650; 『에렉[현]』, p.176.
74) 『랑슬로[중]』, v.5563; 『랑슬로[현]』, p.150.

라고 소리지르면서 다닌다. 이 난데없는 말에 사람들은 어리둥절해 하는데, 바로 다음, 화자는 그가 처음으로 '말하는 방법'을 우리에게 가르쳐주었다고 설명하고 있다.

> 이 전령은 우리에게 일종의 학교 선생님과 같았습니다. 그는 우리에게 말하는 방법을 가르친 것입니다. 그 방법이 가장 먼저 그의 입에서 나온 것입니다.[75]

그렇다면 이 전령의 말은 아주 의미심장한 말이다. 그것은 여러 가지 측면에서 현명한 사유의 전략을 적절히 드러내 보여준다. 우선, 첫째로 전령의 이 말이 약속의 위반이라는 것을 주목해야 할 것이다. 분명, 그는 "저는 아주 좋은 평을 받아왔고 앞으로도 그럴 사람입니다. 제가 살아 있는 한, 사람들이 아무리 제게 비싼 대가를 지불한다 하더라도 저는 당신이 저에게 기분 나빠할 무엇을 하지는 않을 것입니다"[76]라고 약속했던 것이다. 그러나 그 약속은 당신을 보았다는 말을 '하지 않겠다는' 약속이 아니라, '당신의 기분을 거스를 무엇을 하지 않겠다는' 약속이었다. 그 약속은 그렇다면 제대로 지켜진 것인가? "입을 조심하지 않으면, 눈을 뽑고 목을 부러뜨리겠다"[77]는 랑슬로의 협박이 그 후 실행되지 않은 것으로 보아, 약속은 틀림없이 지켜진 것이라고 볼 수밖에 없다. 그렇다면 그는 말을 하되 특별한 방식으로 말을 함으로써 말의 '위험'과 말의 '욕망'을 동시에 극복한 것이다. 마치, 갈대숲 속의 구렁 안에 '임금님 귀는 당나귀 귀다!'를 외친 옛이야기의 이발사가 그렇게 했던 것처럼. 그러나 이발사에겐 갈대숲의 구렁이 있었지만, 전령의 눈

---

75) 『랑슬로[중]』, v.5572-5575; 『랑슬로[현]』, p.150.
76) 『랑슬로[중]』, v.5556-5560; 『랑슬로[현]』, p.150.
77) 『랑슬로[중]』, v.5553-5555; 『랑슬로[현]』, p.150.

앞엔 사람들이 우글거리는 저자 거리만이 있을 뿐이다. 그는 어떤 외부적인 것에도 도움을 구하지 못하고, 스스로 말의 제작자가 되어야만 한다. 그것이 "기준을 제시할 사람이 왔도다"라는 야릇하기 짝이 없는 말을 탄생시켰던 것이다. 두 번째로 이러한 말의 제작은 궁극적으로 이 전령의 입장이 소설가로서 크레티엥의 입장의 소설 내적 투영이 아닐까라는 짐작을 가능하게 해 준다. 앞에서 인용하였던 화자의 설명, 즉 그가 '말하는 방법'을 처음으로 가르쳐준 사람이라는 것은 바로 그가 작가의 분신임을 가리키는 것이 아니겠는가? 또한, 그가 '전령'이라는 것이 그에 대한 보완적 증거가 될 수 있을 것이다. 왜 하필이면 전령이 랑슬로를 발견하였겠는가? 전령이란 소식(nouvelles)을 가져오는 사람, 즉 새로운 이야기를 만들어내는 사람인 것이다. 그러니, 그는, 그 상징적인 의미에서 말을 제작하는 데, 가장 맞춤한 기사도 세계의 인물이라 하지 않을 수 없다. 세 번째로, 그러나 그럼에도 불구하고 그 전령이 소설가와 그대로 일치하지는 않는다는 것을 지적해야 될 것 같다. 이 말이 일종의 예언적 기능을 하고 있다는 것을 유념하자. 그것은 크레티엥 소설의 '내용'에서 '말'이 맡는 일반적 역할과 같은 층위에 있다. 즉, 말이 맡아 하는 가장 중요한 기능은 '약속'인데, 그것은 크레티엥의 소설(내용)에서 말이 근본적으로 '수행적(performatif)'[78]이라는 것을 알려준다. 확언적인 말들(가령, 그니에브르의 납치 소식, 혹은 『그랄 이야기』에서의 왕의 우울함)은 운무와 같고 천리를 가는 발 없는 말로서의 소문으로, 혹은 『수레의 기사』에서 두드러지게 나타나는 바와 같은 군중들의 합창으로 나타난다. 바로 이 수행성 때문에 말은 '행동'과 비견되는 힘을 소유하게 되는 것이겠지만, 덕분에 그것은 행동의 세계와 똑같은 구조, 똑같은 권

---

78) 이 용어는 오스틴적인 의미에서, 즉 확언적(constatif) 언어와 구별되는 의미에서 사용된 것이다.

력으로서 존재할 수 있을 뿐이다. 그런데 실제로 크레티엥의 소설은 결코 예언적이지 않다. 언제나 그는 그가 본 것, 혹은 읽은 것에 입각해서 벌어진 상황을 재현한다고 주장한다. 빈번히, 내가 실제로 들은 말인데, 혹은 내가 실제로 본 것인데 등등의 첨사가 등장하는 것은 그 때문이다. 그는 결코 '학교 선생님'이 아닌 것이다.[79] 소설가의 입장은 전령의 입장에서 예시성을 다른 것으로 대체할 때 나타난다. 그것은 무엇인가? 전령의 그 말이 '황당하며, 예언적이다'라고 규정할 수 있다면, 크레티엥의 소설은 '황당하되, 예언적이지 않다'. 그것은 묘사적이다. 즉, 그것은 미래와 연관되어 있지 않고 현재와 밀착해 있다. 물론 그 현재에의 밀착이 현재의 극복, 혹은 현재의 어둠의 드러냄과 관련되어 있으나, 그는 '현재가 극복된 상태', 즉 미래를 미리 가져오지 않는다. 그가 미래형의 기능을 수행하려면, 그것 또한 어두움의 방식으로 나타날 수밖에 없다. 아마도 『그랄 이야기』의 페르스발의 경우는 그렇게 음영의 형식으로 드러나는 미래형의 언어들이 가장 표면적인 층위로까지 솟아오른 경우일 것이다.

그것은 성배의 신화를 둘러싼 아주 보편화되어 있는 질문, 즉 성배와 어부 왕의 병듦과 땅의 황폐에 관한 것이다. 다른 문맥에서이긴 하지만, 제시 웨스턴 여사는 크레티엥의 『그랄 이야기』가 다른 그랄 이야기들과는 다른 특이한 점이 있다는 것을 지적한다.

> 크레티엥 드 트르와가 쓴 『퍼시발』에서 우리는 이제껏 사람들이 충분히 강조하지 않았던, 그렇다고 해서 사소한 점이 아닌 어떤 특정한 변화가 있었음을 깨닫게 된다. 즉 질문의 내용에 변화가 있었다. 주인공은 더 이상 성배가 무엇이냐고 묻는 것이 아니라(산문체 『퍼

---

79) 이는, 크레티엥의 소설을 곧바로, 자유 신학자들의 사상과 연관시킬 수 없다는 2장에서의 지적과 상응한다.

시발』에서와 마찬가지로) 성배가 누구를 위해 쓰이느냐를 묻는 것이다. 이는 근원적이고 원시적인 단순함에서 작품이 벗어나는 것을 의미한다. 이러한 점은 어떤 불가사의한 인물을 발전시키지 않는 산문체 『퍼시발』에서보다는 크레티앙의 작품에서 더 뚜렷한 동기가 된다. 더 훨씬 중요한 변화는 어부 왕의 병이 주인공의 방문 이전에 시작되었고 또 질문이 제기될 때 나올 수 있는 성질의 것이지만 만약 질문이 미리 정해진 조건들을 충족시키지 못할 때 땅에 재앙을 가져올 수 있다는 점이다. 그리하여 왕의 병과 땅의 황폐가 반드시 이유와 결과라는 관계로 연결이 되어 있지 않다. 오히려 이제까지 간과되어왔던 점은 땅의 황폐가 성배 탐구자 그 자신에 직접적인 원인이 있다는 점이다.[80)]

웨스턴의 지적은 크레티엥의 소설이 '무엇'이 아니라 '어떻게'를 탐구한다는 것을 다시 한번 확인시켜준다. 여기서 우리의 관심을 끄는 것은 크레티엥의 침묵이다. "노새를 타고 채찍을 든 추악한 여인"이 아더의 궁정에 나타나서 한 비난은, 그 여인을 '화자'와 동등한 위치에 놓을 때(이것은 다시 논의될 기회가 있을 것이다), 하나의 의문을 발생시킨다. 즉, 다른 소설들에서는 말이 문제가 되었었는데, 왜 여기에서는 침묵이, 에니드의 표현을 빌리자면, "누구도 나쁘게 할 수 없는" 침묵이 비난의 이유가 되고 있는 것일까? 물론 여기에서 그랄의 상징적 의미라든가, 어부 왕의 존재라든가 성배 해석가들 사이의 뜨거운 논란을 야기하고 있는 그런 문제가 관심의 대상은 아니다. 우리의 관심은 삶의 형식으로서

---

80) 제시 웨스턴, 정덕애 역, 『제식에서 로망스로』, 문학과지성사, 1988, p.26; 제시 웨스턴이 증거로 들고 있는 것은 다음의 두 대목이다. (1) "만약 당신이 그것을 물었더라면 시름에 누워 있는 부유한 왕은 자신의 상처가 완쾌되었을 것이오. 그러나 지금 그의 운명은 진정 끝장났고 그는 영원히 자신의 땅을 한 뼘도 다스릴 수 없게 되었소."(『그라알(중1)』, v.4670-4676; 『그라알(중2)』, p.335.); (2) "슬퍼하는 부인들은 그들의 남편을 잃을 것이고, 땅은 황폐 속에 놓일 것이오. 구애받지 못하는 처녀들은 한숨지을 것이요. 수없이 많은 기사가 죽음으로 떨어질 것이오. 이 모든 불행이 그대로부터 유래한 것이로다."(『그라알(중1)』, v.4678-4684; 『그라알(중2)』, p.335.)

의 말과 침묵에 있을 뿐이다. 또 하나 물론, 에니드가 침묵을 예찬하고 말을 비난하였을 때, 그 침묵에도 '좋은'이라는 단서가 붙어 있었다. 그렇다면 페르스발의 이 침묵은 나쁜 침묵이었을까? 만일 그렇다면 왜 그러할까?

페르스발이 침묵을 지키는 직접적인 동기가 된 것은 그를 기사로 만들어 준 고른느망 드 고로(Gornement de Gorhaut)로부터이다. 페르스발의 여인 블랑슈플로르(Blancheflor)의 삼촌이기도 한 그는 페르스발에게 박차를 신겨주고 입맞춤을 하면서 "주께서 창조하고 명하신 가장 드높은 신분"81)을 검과 함께 수여하는 예식을 행한 후, 기사가 지켜야 할 덕목들을 가르치는데, 그것들은 아량,82) 침묵, 여성에 대한 헌신, 신심이다. 그중 '침묵'의 덕목이 바로 성배 앞에서의 침묵의 직접적인 원인이 되는 바, 침묵이 필요한 이유는 "지나치게 말을 많이 하면, 사람들이 천박함의 탓이라고 돌릴 것들을 말하지 않을 수 없기 때문"이다. "속담이 말하듯이, 지나친 말은 죄악"83)이라는 것이다. 그런데 이러한 가르침은 처음 페르스발이 아더의 궁정을 향해 떠날 때 그의 어머니가 가르친 기사도의 덕목과 대조를 보여 흥미롭다. 페르스발의 어머니도 마찬가지로 기사가 지킬 덕목을 가르치는데, 그것들은 여성에 대한 헌신, 정숙,84) 명예, 신심이다. 따라서 어머니가 가르치는 덕목들에는 '침묵'이 빠져 있다. 그리고 아량이 아니라, 명예가 문제가 되는데, 그 명예는 "명예로운 사람들과 '말'을 하고 친구가 되어야 하"85)며, 그것을 위해서는, "사람이란 이름(sornom)을 통해서 인식되는 법"86)이니, 꼭 "길에서 사람을

---

81) 『그라알(중1)』, v.1637-1638; 『그라알(현)』, p.44.
82) "결투에서 이겼을 때, 상대방이 자비를 구하면, 죽이지 말라"
83) 『그라알(중1)』, v.1652; 『그라알(중2)』, p.135.
84) "여인이 그대에게 입맞춤을 허락한다 해도, 그 이상은 그대에게 금지하노라" 『그라알(중1)』, v.547-548; 『그라알(중2)』, p.61.
85) 『그라알(중1)』, v.563-564; 『그라알(중2)』, p.61.

만나면, 그의 이름이 무엇인지 물어보도록 하라"는 내용을 담고 있다.
고른느망의 기사도와 어머니의 기사도는 따라서 명백히 대립된다. 그렇
다면 두 개의 기사도가 있단 말인가? 그 각각의 기사도는 무엇이란 말
인가?

이러한 의문을 풀어줄 세 개의 열쇠가 있는 것으로 보인다. 그중 하
나는 고른느망이 페르스발을 기사로 서임하는 의식을 행하면서, 어머니
가 입혀 주었던 옷을 모두 버리게 했다는 것이다. 페르스발은 그때 "어
머니가 만들어 준 옷보다 이것이 더 가치가 있느냐"고 묻는데, 고른느
망의 대답이 특이하다. 그는 "그것보다 가치가 덜 한 것인데, 그러나 내
명령을 따르기로 약속하였으니까, 어머니의 옷을 버리라"고 말한다. 페
르스발은 그 말에 순종한다. 두 번째의 열쇠는 페르스발이 고른느망에
게서 떠날 때, 고른느망은 페르스발에게 어머니의 가르침에 대해 더 이
상 말을 하지 말라고 명령했다는 것이다. 어머니의 가르침에 대해서 말
하는 것은 이제부터는 "미친 짓"이라고[87] 그는 단호하게 말한다. 그러
니까, 그의 침묵의 가르침은 단순히 기사의 품위에 관계된 것일 뿐 아
니라, '모계'에 대한 차단의 의미를 포함하고 있다고 할 수 있다. 세 번
째로, 페르스발의 어머니는 땅의 황폐와 사람들의 도주에 대해 페르스
발에게 얘기해주었었다는 것이다[88](그런데 페르스발은 어머니가 들려주는 이
야기에는 전혀 관심이 없었다.).[89] 그 땅의 황폐는 아더의 아버지인 우터 팡
드라공(Uter Pandragon)의 죽음 이후에 발생한 사건인데, 그로부터 모든
고귀한 가문이 비참해지고 봉토를 잃었으며 쫓겨나게 되었는데, 페르스
발의 아버지도 그중 한 사람이었다. 그리고 페르스발의 두 형은 다른

---

86) 『그라알[중1]』, v.562; 『그라알[중2]』, p.61.
87) 『그라알[중1]』, v.1682-1683; 『그라알[중2]』, p.137.
88) 『그라알[중1]』, v.435-454.
89) 『그라알[중1]』, v.489-490; 『그라알[중2]』, p.57.

궁정으로 기사도 수업을 떠났다가, 귀향하던 중 같은 날 결투에서 패배해 동시에 죽었다.

그러니까, 이렇게 답을 내릴 수 있다. 두 개의 기사의 계보가 분명히 있다; 하나는 실종된 계보이며 다른 하나는 현전하는 그것이다; 그리고 후자는 전자를 은폐하고 삭제하려고 한다; 한편, '노새를 탄 추악한 여인'의 비난은 바로 실종된 기사의 계보에 관계된 것이다. 그런데 작품 전체를 통틀어 그 실종된 기사도의 실제적 존재에 대한 암시가 어머니의 말 이외에는 아무 것도 나타나지 않는 한 그것은 사실상 현전하는 기사도의 이면으로서 해석될 수밖에 없는 것이 아닐까? 더욱이, 페르스발의 두 형이 기사도 수업을 떠나는 것은 아버지의 권유에 의해서였다[90]는 것은 그의 이상을 실현할 수 있는 곳을 그가 현실의 기사도 이외의 어느 다른 곳에서 구하지 않았다는 것을 증명해준다. 또한, '노새 탄 추악한 여인'이 채찍을 들고 나타났다는 것도 그러한 해석을 뒷받침해 줄 수 있을 것이다. 이미 2장에서 보았듯이, 채찍(혹은 막대기)은 가신 의례의 마지막 의식을 장식하는 물건이다. 그 채찍을 고른느망도 들고 있었고,[91] '노새 탄 여인'도 들고 있었다. 기사란 그 본래의 의미에 있어서 '말 탄 사람'이라면, 고른느망은 '말 타고 채찍 든 남자'로 바꾸어 말할 수 있으며, 그것은 '노새 탄 여인'과 대칭적 관계를 형성한다. 공통적인 것은 채찍(혹은 막대기)을 들고 있다는 것이며, 다른 것은 말/노새, 남자/여인, 품위 있는/추악한의 대립이다. 이른바 행동에 관계하는 것은 같으며, 상태에 관계하는 것은 다른데, 그 다름은 일종의 우열적

---

90) 우터 팡드라공의 죽음 이후 재앙이 닥쳤을 때, 그는 다른 어느 곳으로 도망가야 할지 알지 못해서 '황폐한 숲'에 정착하였다(『그라알[중1]』, v.452-454). 그리고 두 아들은 "아버지의 충고와 권유에 의해(『그라알[중1]』, v.460) 두 궁정으로 떠났다. 이러한 것은 이른바, 사라진 아버지의 세상이 이 세상 밖에 있지 않다는 것을 증거한다.

91) 『그라알[중1]』, v.1356-1357; 『그라알[중2]』, p.113.

관계에 놓여 있다. 그것은 결국 노새 탄 여인이 환기시키는 실종된 기사도가 사실상 현존의 기사도의 어두움에 다름 아니라는 것을 보여준다. 그렇다면 노새 탄 여인의 침묵에 대한 비난은 결국 기사도의 공언된 현실과 은폐된 사실 사이의 관계에 대한 질문을 하지 않았다는 것에 대한 비난으로 읽힐 수 있다. 그것은 또한 페르스발이 진홍포의 기사로부터 아더가 빼앗긴 술잔(coupe)을 되찾아 주는 것과 긴밀히 대응한다. 진홍포의 기사를 죽이고 페르스발은 술잔을 되찾아 이보네(Yvonet)를 시켜 다시 아더의 궁정으로 보내지만, 이미 그가 엎질러버렸던 술잔의 내용물(포도주)은 사라져버렸다. 페르스발의 술잔 탈환의 행위에는 그 안의 내용물—진홍포의 기사가 여왕에게 쏟아부어, 여왕이 홈빡 뒤집어쓰고 만—에 대한 무능력이 동시에 들어가 있는 것이다. 바로 그에 대한 질문, 즉 저질러진 사건에 대한 질문을 배제한 채로 사물을 되찾기만 했다는 데 대한 비난이 곧 그 침묵에 대한 비난이 아니겠는가?

그런 의미에서 그 비난은 '말'을 하지 않은 데 대한 비난이라기보다는 '사유'를 하지 않는 데 대한 비난이다. 아니, 사유를 적절히 풀어내지 못하는 데 대한 비난이다. 질문이란 결국 말로 풀려나간 사유가 아니겠는가? 다시 말하자면, 궁극적으로 말(혹은 행동)에 업혀 나타날 수밖에 없는 사유의 자기 드러냄의 형식이 질문이 아니겠는가? 이제 다음과 같은 도식을 그려볼 수 있겠다.

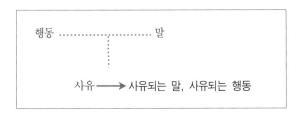

크레티엥의 세계는, 삶의 형식의 차원에서, 사유되는 말, 사유되는 행동의 세계라 할 수 있다. 그러한 세계는 도대체 어떤 세계인가? 앞에서는 그것을 한편으론 '허황되며 묘사적인(예시성을 감춘)' 세계라 보았고, 다른 한편으론 '질문'의 세계로 보았다. 그 둘을 하나로 묶으면, 그것은 세계에 대한 질문을 사실 기술의 형식으로 드러내는 거짓된 이야기라고 할 수 있다. 이제 12세기 소설의 가장 변별적인 특징인 허구로 들어가는 통로를 찾은 셈이다.

4.2.4. 허구의 선택

지금까지의 분석을 종합해본다면, 허구란 그 당시의 진지한 작가들에게 필연적인 선택이었다고 하지 않을 수 없다. 쥼토르가 크레티엥의 소설에서 그 이전 작가와 구별되는 두 가지 특징을 '글쓰기'와 '허구'로 들었을 때, 그것은 정말 핵심을 찌르는 것이었다. 현실의 복잡다단한 이념들과 삶의 형식들의 갈등과 충돌을, 그리고 그것들이 궁극적으로 지향해 마지않는 집단주의적 갈망들을, 그것들의 관계를 아니, 그 관계의 이면 혹은 어둠을, 그중 어느 하나에 대한 지지 없이, 그리고 외부의 어느 것에도 의지하지 않고, 그것들과 함께 살아가면서 풀어내는 작업이 갈 길은 그것밖에 더 있지 않았을 것 같기 때문이다.

그러니, 그 허구는 정확하게 정의될 필요가 있다. 허구의 세계는 단순히 거짓이나 공상의 이야기도 아니며, 17세기 이후 고정관념처럼 굳어져버린 '그럴듯함(vraisemblance)'의 세계일 수도 없다. 그것은 무엇보다도 '~체 하는' 이야기이다. 즉, 진실인 척하면서 거짓을 이야기하고 거짓인 척 하면서 진실을 이야기하는 이야기이다. 그것은 빈번히 실제적인 자료들, 서적이라거나 경험(작가가 직접 보았다고 하는 것)을 빙자하여 가공의 이야기를 꾸미거나 아니면, 헬리오도르(Héliodore)가 짐짓, "도대체 어떤 시인이 이와 같은 이상한 이야기를 무대 위에 올린 적이 있었던가?"[92]라고 허두를 떼듯이, 완전히 거짓말을 하는 척 하면서, 세상에 대한 진실을 은밀히 새긴다. 크레티엥 소설의 서두에서 특별히 강조되는 이야기의 진실성은 바로 전자의 전략이며, 랑슬로가 샘에서 주운 머리카락을 "마틴 성자와 자크 성자도 무시한 채로 미친 듯이" 애지중지하는 걸 묘사하면서, 작가가 "내가 진실이라고 얘기하면 사람들은 나를 거짓말쟁이거나 미친 놈이라고 생각할 것입니다"[93]라고 능청을 떠는 것은 후자의 전략에 속한다. 허구란 서얼(Searle)이 적절하게 지적하고 쥬네트가 동의하고 있듯이, "단언의 형식으로 이루어지나 그 조건을 충족시키지 못"하는(혹은 않는) "'체 하는'(feinte/pretended) 단언"인 것이다.[94] 이러한 '체 하는 허구'를 가능하게 하는 조건은 그것이 암시하는 '문면 이외의 것'에 대한 유혹, 혹은 "이야기에 유혹되는 체험"[95]일 것이다. 다시 말한다면, 그것은 현실을 뛰어넘으려는 욕망과 또한 동시에 가공의 세계를 현실 속으로 재도입시키려는 또 하나의 욕망에 의해서 추동되고 있는 것이다. 그러니 『수레의 기사』의 화자는 제가 하는 이야기의 황당함을 부끄러워하거나 감추려고 하는 법 없이, "랑슬로가 품은 머리카락과 백번 정련되고 백번 불에 담금질된 금을 나란히 놓고 자세히 들여다본다면, 금 쪽이, 이 여름의 가장 환한 대낮과 비교한 밤보다도 더욱 어두컴컴할"[96] 것이라고, 자랑스럽게 말할 수 있는 것이다. 가장 어두운 것처럼 보이는 것이 가장 밝은 것, 즉 가장 허황된 이야기가 가장

92) Fusillo, *Naissance du roman*, Seuil, 1989, p.34에서 재인용.
93) 『랑슬로(중)』, v.1480-1481; 『랑슬로(현)』, p.60.
94) Gérard Genette, *Fiction et diction*, Seuil, 1991, p.46.
95) Kendall Walton의 명제 : Thomas Pavel, *Univers de la fiction*, Seuil, 1988, p.74에서 재인용.
96) 『랑슬로(중)』, v.1487-1494; 『랑슬로(현)』, p.60.

진실된 이야기라는 것을 작가는 암시하고 있는 것이다. 그러나 토마스 파벨이 또한 적절히 지적하고 있듯이, 허구는 '체 하는' 데에서만 끝나지 않는다. 왜냐하면, 독자들은 그것이 허구라는 것을 알고 있으며, 동시에 허구라는 전제 위에서 읽기 때문이다. 가령 아이들이 모래 반죽으로 파이를 만들 때 "중립적인 증인은 실제로 파이는 없으며 아이들이 완전히 허구의 세계 속에 빠져 그 안에서 파이를 만든다는 것을 알고 있는 것이다."[97] 그런 의미에서 허구의 세계는 한편으로는 허구와 진실의 변증법을 생산하고, 다른 한편으로는 허구를 더욱 허구답게 하는, 즉, 허구를 한판의 놀이의 공간으로 만드는, 파벨의 용어를 다시 빈다면, "복합적 구조" 혹은 "이원적 구조(structure duelle)"[98]로 이루어져 있다고 할 수 있다. 허구와 진실의 변증법은 허구에 참여하는 사람의 동경·열망을 강렬하게 드러낸다면, 허구의 허구화는 그 동경·열망의 성취를 지연시키고 성찰하게 하고 운산하게 하는 여백 많은, 아니 여백을 더욱 벌리는 공간을 만들어낸다. 『사자의 기사』에서 칼로그르낭이 "내 말에 귀와 마음을 함께 기울여주십시오. 왜냐하면, 마음으로 이해되지 않으면, 말들은 달아나버리기 때문입니다"[99]라고 말하였을 때, 그것은 바로 그러한 허구의 두 세계의 중첩성을 암시하는 것이라고 할 수 있다. 귀로 듣는 이야기는 말들을 달아나게 하지만, 마음으로 듣는 이야기는 말들을 오래 붙잡아, 말들을 달아나게 하는 말들의 욕망과 꿈, 지금까지 누누이 이야기했던 용어를 다시 쓰자면, 즉 광기에 현명함을 부여하는 것이다.

　대부분의 중세 연구자들이 지적하듯이, 크레티엥의 소설 작품들이 저

---

97) Pavel, *op. cit.*, p.75.
98) *loc. cit.*
99) 『이벵[중]』, v.149-152; 『이벵[현]』, p.3.

마다 두 개의 이야기로 이루어져 있다는 것은 그러한 허구의 이원성을 작가가 잘 느껴 알고 있었다는 것을 시사한다. 가령, 『에렉과 에니드』는 에렉과 에니드가 결혼하기까지의 에렉의 무훈담과 에렉과 에니드가 결혼한 이후의 두 사람의 시련을 명백히 두 개의 이야기로 나누어 이야기하고 있으며(앞에서 보았던 것처럼, "여기서 첫 번째 이야기가 끝난다"라는 것을 작가가 명시하고 있다.), 『클리제스』는 '클리제스'에 관한 이야기를 하기 전에 그의 아버지 '알렉상드르'에 관한 이야기를 아주 길다랗게 늘어놓고 있는 것이다. 『그랄 이야기』가 페르스발과 고벵이라는 두 사람의 주인공을 가지고 있다는 것은 새삼 말할 필요가 없을 것이다. 얼핏 하나의 이야기로만 보이는 『수레의 기사』와 『사자의 기사』는 어떠한가? 『사자의 기사』가 『에렉과 에니드』와 흡사한 이원적 구조를 가지고 있다는 것은 거의 명백하다. 이벵이 로딘느와 결혼하기까지의 과정과 기사도 무훈에 심취한 나머지 로딘느와의 약속을 잊음으로써 온갖 방황을 겪게 되는 과정이 분명하게 갈라져 있기 때문이다. 『수레의 기사』에서도 랑슬로가 그니에브르를 구출하고 사랑을 나누는 데 성공하기까지의 과정과 랑슬로가 고벵을 찾으러 떠났다가 멜레아강에게 갇히게 되는 그 이후의 과정은 분명한 분할선을 가지고 있는 두 개의 이야기로 나눌 수 있다. 왜냐하면, 『수레의 기사』의 앞부분에 제시된 사건(그니에브르의 납치)은 랑슬로의 구출로 사실상 일단락지어지고 그 이후의 랑슬로의 모험은 또 다른 사건이기 때문이다. 과연 작품에 마침표를 찍으면서, 작가는 뒷부분을 "크레티엥의 완전한 동의 하에" 고드프르와 드 레니(Godefroiz de Leigni)라는 성직자가 마무리했다고 덧붙이고 있는 바, 그 뒷부분이란 "랑슬로가 탑에 갇힌"[100] 이후를 말하는 것이다.

---

100) 『랑슬로(중)』, v.7102-7110; 『랑슬로(현)』, p.182.

그러나 이렇게 밖으로 나타난 이야기의 이분화 못지않게 내면적으로 겹쳐지는 내부의 두 이야기가 존재하고 있음에 주목해야 할 것이다. 즉, 똑같은 언어로 이루어져 있지만, 귀로 들리는 이야기와 마음으로 들리는 이야기가 다른 것이다. 혹은 "마음의 혀"로 말하는 이야기와 "입술"로 하는 이야기[101]가 똑같은 입으로부터 동시에 발성되는 것이다. 이미 그 실제에 대해서는 앞의 두 절에서 자세히 본 바 있으므로, 되풀이 할 필요가 없을 것이다. 다만, 그것이 외면적인 이분화로 나타나든, 내면적인 두 겹으로 나타나든, 소설 텍스트의 이원적 구조는 허구의 본질적인 구성적 절차라는 것을 기억 속에 넣어두는 것이 좋을 것이다. 바로 그것이, 허구에 주목할 때조차 그 안에서 진실을 서둘러 발견하고 싶어하는 욕망, 진실에 빨리 도달하고자 하는 가속적 서두름을 지연시킬 수 있을 것이기 때문이다. 글쓰기의 차원에서든 글읽기의 차원에서든 변형의 운동은, 그것을 한 판 잘 놀지 못할 때, 그 본래의 운동을 확산시키지 못하고 또 하나의 고착된 사물로 굳어져버릴 것이다.

4.3. 형태의 궁지

이제, 그 이원적 구조로서의 변형, '~체' 하면서, 동시에 그 거짓의 제스처를 놀이의 공간으로 옮겨놓는 작업의 구체적 양상을 살필 때가 되었다. 그러나 그 이전에 짚어두고 가야 할 것이 있는 것 같다. 허구가 소설의 변형 — 놀이를 주제론적 관점에서 본 것이라면, 소설의 형태론

---

101) "그와 같이 그것을 마음의 혀로 말하듯 말해야 하니, 결코 입술로 말을 찾지 않습니다."(Sommer, I). Ch. Méla, 'La mise en roman', in *Précis de littérature française du Moyen Age*, sous la direction de Daniel Poirion, PUF, 1983, p.95에서 재인용.

적 측면의 어떤 것들이 그 허구의 놀이에 버금가게 그 자신의 언어학적 구조를 만들어나가고 있었는가를 볼 필요가 있기 때문이다. 이념의 광역적 전달 매체로서 인류사의 전면에 등장하기 시작한 언어가 이념의 해체 혹은 반성적 작업을 수행하는 것으로 변모하기 위해서는 그 자신의 형태에 대한 자체 변형 혹은 해체가 수행되지 않을 수 없기 때문이다.

4.3.1. 운문과 산문

문자의 선조성(線條性)은 그것이 하나의 통화체계라는 것을, 다시 말해서, 특정한 이데올로기를 운반하는 수레라는 것을 보여주는 가장 명백한 표지이다. 로망어를 제일 먼저 공공의 문자로서 인정한 것이 투르의 공의회, 즉 교회 지도자들의 회의이었다는 것은 12세기의 문자도 그와 같은 사정으로부터 출발하였다는 것을 상징적으로 보여준다. 문자는 이념이 흘러가는 여러 갈래의 수로가 되면서, 동시에 위험한 사상들이 침투해 들어오는 것을 차단하는 울타리의 역할을 수행한다. 그 여러 갈래의 수로는 따라서 단단하고 조직적이고, 한결같은 모양을 가지고 있으며, 시작과 끝이 분명한 송수관을 구성한다. 문자의 세계는 근본적으로 일원화되는 랑그의 세계이다. 그렇기 때문에 그것은 언제나 가장 큰 전범이 되는 것을 상정하며, 세상의 모든 언어를 그 안에 흡수하려고 한다. 12세기의 서구 사회에서 그 전범으로서의 책, 즉 대문자 책은 물론 성서이다. 그러나 그 성서는 성서 그 자체라기보다는 절대적인 권위와 단 하나의 의미가 성직자들에 의해 부여되어서, 그 권위에 "완전히 복종"[102]해야 하는 성서이다. 따라서 성서는 한편으로 이 세계의 모든 해석자가 되어, 이 "세계 자체가 신의 손가락으로 쓰인 책"으로서 읽혀지도록 한다. 다른 한편으로 그것은 모든 글쓰기 행위에 대한 "알파며 오메가"로서 존재한다.[103] 즉, 모든 책은 성서라는 대문자 책의 "부차적인 복사, 옮겨쓰기, 주석"으로서 존재하게 되는 것이다. 드라고네티의 말을 계속 따라가면, 12세기 소설들 대부분의 서두에 등장하는 다양한 의례적 수사학은 바로 그러한 소문자 책으로서의 "대문자 책의 권위에 대한 복종의 태도를 시늉하고 상징화하는"[104] 절차이다.

그러나 하나의 일의적 통화체계로서의 문자가 세상에 널려 있는 무수히 이질적인 파롤들을 모두 끌어모아 랑그에 복종시키기에는 문자의 선조적 구조는 너무나 비좁고 얇다. 그 때문에 그것은 그것들을 수용하여 거르는 좌우심실을 가지지 않을 수 없다. 앞에서 지적되었듯이, 본래 문자(letre)가 라틴어만을 의미하는 것이라면, 투르 공의회의 로망어에 대한 인정은 라틴어를 벗어나는 지방어들의 독자적인 존재를 불가피하게 인정하지 않을 수 없다는 뜻을 포함하고 있으며, 동시에 그것들을 본래 문자의 의도에 맞게 적절히 재적응시키겠다는 의지를 담고 있는 것이다. 로망어는 문자의 입장에서는 필요악과도 같아서, 적절히 활용하면 포교를 위한 최적의 수단이 될 수 있으나, 방치하면 자신에 대한 위험스럽기 짝이 없는 적으로 변모할 수도 있는 존재였다.

그러나 로망어의 입장에서도 라틴어는 받아들이며 뛰어넘어야 할 미묘한 존재로서 다가온다. 그 자신의 독립적 생애의 계기를 맞이한 로망어는 라틴어로부터 일방적으로 복종을 강요당하기만 한 것은 아니다. 권위와 학식의 풍부한 자산을 가지고 있는 라틴어 문화는 그가 양질의 영양을 취할 보물창고와도 같았다. 그런 의미에서 로망어는 라틴어 문

---

102) Roger Dragonetti, *La vie de la lettre au Moyen Age*, Seuil, 1980, p.44.
103) cf. *ibid.*, pp.42-43.
104) *ibid.*, p.45.

화를 하나의 상징적 전범으로 받아들이게 된다. 로망어는 그 상징적 질서체계로부터 교양과 학문을 습득하면서, 동시에 그 자신의 상상적 욕망의 충족을 위하여, 즉 세속적이고 일상적인 방향으로 활용하고 싶어 한다.

12세기의 소설은 그러한 문자와 로망어의 미묘하게 겹질린 욕망들 사이에 위치한다. '사이에 위치'한다는 것이 단순히 중간의 길을 취하는 것이라고 생각을 한다면, 그것은 상징적 질서와 상상적 욕망 사이의 관계를 지나치게 단순하게 생각하는 것이 될 것이다. 상상적 욕망은 그가 현실적으로 기댈 수 있는 힘의 근거를 찾지 못하는 한 궁극적으로 상징적 질서 안으로 편입될 수밖에 없기 때문이다. 아니, 차라리 무한히 뻗어나가는 상상적 욕망이 그 현실적 힘을 상징적 질서로부터 구하게 되고, 그 질서의 구조와 방식을 체내화시키게 되는 것은 거의 필연적인 수순이다. 따라서 라틴 문화로부터 하나의 모델을 발견하고 그에 맞추어 자신의 문화를 수립하려는 로망어의 문화가 결국 대문자 책이 요구하는 하나의 원리에 복종하지 않을 수 없는 것이다. 그 원리란 "이 신학적 모델에 대한 위험스러운 수사학적 사용을 경계하라"[105)는 것이었다. 현실적인 힘이란 좋고 나쁜 것을 구별하는 힘이며, 나쁜 것들을 좋은 것으로 개량하고 그렇지 않은 것은 버리는 힘이다. 12세기 말의 프랑스어 교사 라울 아르당(Raoul Ardent)은 22가지의 파롤들을 모아 간추리면서, 그것들을 말하고 침묵하는 방법을 일관된 체계로 묶으려고 하였는바, 그의 본질적인 목표는 "좋은 파롤과 나쁜 파롤을 구별하고 후자로부터 전자를 분리시키는 것"[106)이었다.

문화적 표현 수단으로서의 언어에서 그 좋고 나쁨은 운문과 산문으

---

105) *loc. cit.*
106) Carla Casagrande et Silvana Vecchio, *Les péchés de la langue*, Cerf, 1991, p.55.

로 대별되었다. 무훈시가 낭송의 형식으로 이루어졌다는 것, 즉 완벽한 운문으로 구성되었다는 것은 운문과 산문 사이의 미묘한 지배-종속의 관계를 적절하게 보여준다. 11세기 말과 12세기 초엽만 해도 운문은 보편적 진리를 전파할 수 있는 강력한 대중적 수단으로 동원될 수 있었던 것이다. 그것은 그 운문이 자신의 이념적 시니피에를 갖추지 못함으로써 가능했을 것이다. 무훈시의 시초에 놓인 역사적 세계가 지시하는 마지막 시니피에는 현존하는 질서의 보편주의적 이념 이외의 어느 것도 될 수 없었던 것이다(물론, 그럼에도 그 안에 파열이 있었다는 것은 이미 본 바와 같다.). 그러나 운문이 허구의 세계와 만남으로써 운문은 그의 고유한 시니피에들, 혼란스럽게 편재하는 다종다양한 모태를 암시하게 된다. 켈트적 기원, 동방적 기원, 동화적 기원, 혹은 비의 종교 등등으로 오늘날 해석되고 있는 그것들은 그 자체의 이념적 성격 때문이라기보다는 그것들의 비공식성 및 다양성으로 인하여, 세계의 상징적 질서를 이탈하는 잡다한 상상적 욕망들, 보편주의적 이념을 위협하는 이단들로서 나타나게 된다. 2장에서 보았던 것처럼 13세기의 신학자들이 브르타뉴 계열의 소설을 비난하였던 것은 바로 그러한 일탈적 움직임들에 대한 불안의 표현이었으며, 언어의 형태적 차원에 있어서, 그것은 언어에서 모계성(목소리의 차원)을 배제하는 것, 즉 산문에 대한 강요로 그 실제적인 표현을 보게 된다.

따라서 12세기 소설이 처한 입장은 복합적일 수밖에 없다. 한편으로 그것은 산문의 요구에 저항하지 않을 수 없다. 다른 한편으로 그것은 운문의 수단화에 저항하지 않을 수 없었다. 또한 동시에 산문화의 요구에 복종하는 '체' 하지 않을 수 없었을 것이다. 다른 한편으론, 동시에, 운문의 효율성을 가장하지 않을 수 없었을 것이다. 즉, 12세기 소설은 운문과 산문을 동시에 넘어서는 자기 나름의 고유한 형식을 찾아내지 않을 수 없었을 것이다. "크레티엥이 '수레의 기사'에 대한 그의 책에 운을 넣는(rimer) 일을 시작"하면서, 아첨꾼들을 잔뜩 비난하는 것은 그러한 복잡한 사정과 관련될 것이다. 크레티엥은 우선, 샹파뉴의 백작 부인이 로망어로 소설을 만들어달라고 요청했다는 것을 밝힌 다음, 아첨꾼 작가들을 격렬하게 비난한다.

> 진실로 어떤 자는 아마도 그녀에 대한 아첨을 하는 걸로 작품을 시작할 겁니다. 그는, 4월이나 5월에 부는 산들바람이 그 매력에 있어 모든 바람들을 뛰어넘듯이, 백작 부인이 모든 부인들 중에 으뜸간다고 말할 것입니다 — 나는 오직 동의할 밖에 없습니다. (그러나) 결단코 나는 부인에게 아첨하는 야심가는 아닙니다. 내가, '그 많은 진주며 붉은 마노들도 하나의 보석만 할까요, 그 많은 여왕이 백작 부인만 할까요?'라고 말할까요? 분명코 나는 그렇게 하지 않을 것입니다. 그것이 비록 사실이라 할지라도 말입니다. 내 마음은 그렇게 하고 싶어도 말입니다. 단지 나는 나의 재주와 나의 노력이 어떠하든 간에 그것들보다 그녀의 명령이 더 큰 영향을 끼친다는 것만을 주장하려 합니다.[107]

그런데 이 아첨꾼들에 대한 이 비난은, 그 비난에 포함된 백작 부인에 대한 언급 때문에 이중적으로 읽힐 수 있다. 한편으론 그것은 그가 비난하는 아첨꾼들의 아첨보다 더 단수가 높은 아첨으로 해석될 수도 있다. 다른 한편으로, 거꾸로, 그 아첨꾼들에 대한 비난이 백작 부인에 대한 조롱까지 포함하는 것으로 읽힐 수도 있다. 아첨꾼의 아부의 내용에 대한 정확한 지적과 그것을 바로 뒤집는 작가의 반어(~라고 내가 말할까요?)는 예리한 풍자의 솜씨를 보여준다. 게다가 아부의 내용에 대한 거듭되는 동의의 야릇한 어조("오직~할 수밖에 없습니다", "비록 그것이 사실

---

107) 『랑슬로[중]』, v.7-23; 『랑슬로[헌]』, p.27.

이라 할지라도", "내가 그렇게 하고 싶어도")는 작가가 진심으로 그렇게 말하는 것인지, 아니면 야유인지 알쏭달쏭하게 만든다. 이 두 가지 해석의 가능성 때문에, 또한 이 작업에 대한 백작 부인의 막강한 영향력이 작품을 더욱 멋지게 만든다는 것인지 아니면 작가에 대한 일종의 억압인지 모호하게 만들며, 작가가 '수레의 기사'에 "운을 넣는"다는 것이 백작 부인의 의도를 더욱 돋보이게 하기 위한 솜씨를 발휘한다는 것인지, 아니면 백작 부인이 요구하는 바와는 다른 무엇을 은밀히 그 깊은 곳에 새겨 넣는다는 것인지 알 수가 없다.

사실 그 두 가지 해석의 가능성이 모두 크레티엥의 글의 대뇌 속에 있었다고 가정할 수 있지 않을까? 그럼으로써 크레티엥은 공동체의 이념적 요구를 가장 앞서서 실행한다는 것을 그 교묘한 말솜씨에 의해 보여주는 척 하면서, 동시에, 그 이념적 요구에 반하는 것을 집어넣는다는 것을 '마음의 혀'로 말하고 있는 것이 아닐까? 앞에서의 주제론적 분석은 그러한 해석이 상당히 가능성이 있다는 뒷받침을 해 줄 수 있다. 그러나 이 절의 대상인 언어의 형태에까지 그것을 적용할 수 있는가 하는 것은 순수 문체론적인 탐구가 심도 있게 행해져야 정확히 알 수 있는 일이다. 그러한 순수 문체론적인 분석을 우리는 감당하지 못한다. 다만, 크레티엥에게서 나타난 형태의 파격이 그러한 분석에 대한 이정표의 역할을 할 수 있다는 것만을 지적하기로 하자.

형태의 파격이란, 그가 종래의 소설적 정형률을 위반하였다는 것을 의미한다. 본래, 소설은 "어긋나는 데가 없는 8음절 짝절"[108]들로 이루어진다.[109] 그런데 완전히 정형화된 이 문법은 크레티엥에게 와서 파괴

---

108) J.C. Payen, *Le Moyen Age I — des origines à 1300*, *Littérature française*, Collection dirigée par Claude Pichois, Arthaud, 1970, p.152.

109) "12세기에 소설적 기술의 가장 변별적인 특징은 8음절 시행 아니 차라리, 평탄운의 8음절 짝절의 활용이다. 이 형식은 1150년 이전부터 존재한다." Ch. Méla, *op.cit.*, p.108.

당한다. 로크에 의하면, 크레티엥에게 있어서 그 문법이 지켜질 때에도, "시행에 리듬을 주는 강세의 위치가 고정되어 있지 않아, 시에 유쾌한 다양성을 부여하며, 구-잇기(enjambements)와 구-걸치기(rejets)의 잦은 빈도에 의해 그 다양성은 더욱 증대된다." 그리고 드디어 문법의 파괴 : "『에렉과 에니드』때부터, 크레티엥은 2행 짝절을 파괴해서, 자주 그의 문장을 한 짝절의 첫 번째 시행에서 끝내던가, 혹은 두 번째 시행에서 후속 이야기, 혹은 에피소드를 시작하게끔 한다."[110] 이러한 파격은 크레티엥의 소설이 "무훈시의 단일운으로부터의 분화과정에서 결정적인 단계"를 이루고 있음을 보여준다. 『에렉과 에니드』는 "구문의 천편일률적인 조화와 그때까지 불변의 쌍을 이루어오던 리듬과 행복하게 절연한 것이다."[111]

그런데 이 정형률의 파괴는 산문화로의 역사적 과정 속에 놓이는 것일까? 물론 그렇다. 그러나 하나의 전제가 필요할 것이다. 소설의 산문화는 세계의 요구에 대한 타협이면서 동시에 소설의 성숙을 보여주는 것이라는 것이다. 12세기 말경에 사실상의 공식적인 모국어로서 격상된 로망어[112]로 작업한 소설은 로망어의 그 발전에 힘입어 13세기 들어 자연스럽게 산문의 세계로 옮겨간다. 다시 말해 세계 내적 존재로서의 자신을 확인하게 된다. 그러나 소설의 '허구성'이 암시하듯이, 소설은 세계의 공식적 존재로서의 자신의 삶의 외관 밑에 더욱 은밀하게 이단적 존재성을 새겨 넣으려는 세련된 기술적 절차를 가다듬게 된다. 로망어의 성장, 즉 소설 언어의 공식적 세계로의 진출이 가속화되어갈수록, 그 이전에 단순히 가공의 이야기로 간주되었던 소설이 근엄한 사람들에

---

110) M. Roques, 'Introduction', 『에렉[중]』, p.37.
111) Ch. Méla, op. cit., p.110.
112) cf. P. Zumpthor, La lettre et la voix, Seuil, 1987, p.303.

의해서 "태부린 거짓말(bel mentir)"로 불온시되면 될수록, 소설의 가면은 더욱 더 교묘해지지 않을 수 없는 것이다.

실제의 소설들 모두에서 그것이 어떻게 진행되어 나갔는가는 여기서의 관심사는 아니다. 다만, 크레티엥의 특이한 문법도 그 과정 속에, 혹은 그 과정의 단초에 놓이는 것이라고 할 수 있다. 아무튼, 크레티엥에게서 시도된 정형률의 파괴는 그가 목소리의 직접성으로부터 거리를 두려는 의도를 가지고 있었음을 짐작하게 해준다. 그러나 그렇다고 해서, 산문의 요구가 그러했듯이, 그의 언어가 이념의 비히클, 즉 보편적 추상 개념을 비유하는 알레고리를 지향했다고 할 수 있을까? 2장에서 살펴보았던 비츠의 견해를 다시 상기해 보자. 그의 소설은 "구어적 어법"으로 이루어졌던 것이다. 쥼토르의 말을 빌리자면, 그는 그의 언어에 "속 깊이(en abyme) 목소리의 허구성(une vocalité fictive)"[113]을 통합시키려고 했다. 목소리의 직접성으로부터 벗어난다는 것은, 차라리, 그 간접화를 통해서, 파롤로서의 로망어와 보편적 이념의 매체로서의 언어 사이에 사유의 공간을 열어, 그 둘의 즉각적인 대립, 혹은 즉각적인 통합(왜냐하면, 무훈시에서 이미 보았듯이, 그 자체로서 표출되는 상상적 욕망은 상상적 질서에 흡수되지 않을 수 없기 때문에)을 "의미의 탐색과 질의에 대한 참여"로 변형시키는 것이라고 해석되는 것이 타당할 것이다. 크레티엥의 소설은, 산문화 경향에 성큼 보조를 같이 하면서, 동시에 예전의 소설보다도 더 깊이 산문성의 궁극적 알리바이로 존재하는 보편적 이념 상징에 대한 해체를 보여주는 것이 아니겠는가?

이러한 잠정적인 가정은 소설의 형태에 있어서 두 가지 절차의 존재를 찾아보게끔 한다. 즉, 보편 상징의 수단으로 쓰이길 요구하는 세계

---

113) *loc. cit.*

에 대해 그것을 증명해 보이는 절차와 그 상징적 세계 자체를 해체시키는 절차가 그것이다. 형태적 차원에서 우리는 그것을 대표적인 두 양상을 통해 살펴보려고 한다. 하나는 허구가 드러나는 방식이며, 다른 하나는 상징의 쓰임새이다.

4.3.2. 표지되지 않는 허구

크레티엥의 허구가 드러나는 방식은 12세기 소설의 일반적 경향 속에 함께 놓인다. 그것은 중세 문학의 익명성, 혹은 중세 소설의 사실성에 대한 주장을 말한다. 크레티엥의 소설은 그 이전에 조프르와 드 몬무트가 그러했던 것과 사실상 다르지 않게 이야기의 진실성을 주장한다. 그의 이야기는, 보베의 성 베드로 성당의 도서관에 있는 책에 실제 나오는 이야기(『클리제스』)거나, 백작 부인이 제재를 제공해주었거나(『수레의 기사』), 오늘날보다도 사랑에 더 신실했던 옛사람들의 이야기거나 (『사자의 기사』) 그렇다. 오늘날의 눈으로 볼 때 그의 소설은 명백히 허구이지만, 그러나 허구에 대한 표지를 전혀 가지고 있지 않은 것이다. 그의 소설들은, 옛이야기들에서 허구의 표지로 기능하는 "옛날 옛적에", "il étais une fois", "Once upon a time" 등의 총칭적 표식도 갖고 있지 않다. 그렇다면 그것은 정말 허구이긴 한가?

서얼은 허구와 문학을 구별하는 자리에서 허구란 비-서술학적 범주라고 주장한다. 그가 보기에, 문학이든, 허구든, 그것을 그렇게 판단하는 것은 서술의 고유한 내재 구조로부터 나오는 것이 아니다. "문학임을 판단하는 것은 독자에게 있으며, 허구임을 결정하는 것은 저자의 권한"[114]이라는 것이다. 만일 그렇다면 크레티엥의 소설을 허구로 놓을 근거는 전혀 없는 셈이다. 그러나 서얼이 주장하는 것처럼 허구란 외적 표지에 의해서만 지시될 수 있는 비-서술학적 범주일까? 쥬네트는 서술학적 범주로서의 허구가 드러나는 방식을 탐구한다. 그가 보기에, 사실적 이야기와 허구적 이야기를 구별시켜주는 것은 외부적 표지에만 있는 것이 아니고 그 내재적 구조에도 있다. 그것을 증명하기 위해, 그는 이야기의 주체로서 작가, 화자, 인물의 구별을 통해 그 세 존재 사이의 등항이 어떻게 나타나는가에 따라 사실적 이야기와 허구적 이야기의 차이를 밝힌다. 그 분석에 의하면, 작가와 화자와 인물이 모두 다른 경우와 화자와 인물이 같더라도 작가와 화자가 다르고, 그리고 따라서 작가와 인물이 다른 경우가 허구적 이야기이다.[115] 여기서 쥬네트의 분류를 상세히 소개할 필요는 없을 것이다. 다만, 이러한 기준에 근거할 때, 중세 소설은 허구로서 인정되기가 어렵다는 것을 지적하기만 하면 된다. 왜냐하면, 중세 소설에서는 작가와 화자가 동일하기 때문이다. 그러나 쥬네트는 그럼에도 불구하고 단테의 『신곡』이나 카리톤의 『케레아스와 칼리로에Chéréas et Callirhoé』, 그리고 근대소설 중 필딩의 『톰 존스』 등이, 그렇다고 해서 사실을 말하는 이야기라고 말할 수는 없다고, 즉 그래도 허구라고, 말한다. 그의 주장을 직접 들어보자.

> 왜냐하면, ─이 점을 상기시키고 싶은 바─ 서술의 정체를 규정하는 것은 시민권이라는 관점에서 본 등록번호상의 신분이 아니라, 그가 그것의 진실성을 떠맡고 있는 이야기에 대해 작가가 얼마나 진지하게 점착되어 있는가이기 때문이다. 그런 의미에서, 서얼 식으로 말하자면, 카리톤(Chariton)이나 필딩(Fielding)은, 『고리오 영감』의 발자크나 『변신』의 카프카가 그렇지 않은 것처럼, 그들이 단언하는 것들에 대해 역사적 진실성을 책임지지 않으며, 따라서 그들은, 정직한

---

114) John R. Searle, *Sens et expression*, Minuit (trad.), 1982, p.102.
115) cf. Gérard Genette, *op.cit.*, pp.78-88.

시민이고 가족의 착한 아버지이며, 자유롭게 사유하는 사람으로서의 내가, '나는 교황이로다!' 라는 류의 농담이나 반어적 언표를 입으로 생산하는 목소리와 나를 동일시하지 않는 것처럼, 이야기를 생산한다고 간주되는 같은 이름의 화자와 동일시되지 않기 때문이다.[116]

쥬네트가 그것을 의식하고 있었든, 그렇지 않든, 이러한 진술은 결정적인 하나의 진실을, "그 어머니에게서는 잠복되었지만, 자식에게서는 무자비하게 나타나고야 마는" 유전적 형질로서의 진실을 발설하고 있는 셈이다. 그것은 작가와 화자의 일치 여부가 허구와 사실을 구별하는 기준이 되는 것은 정직한 진술의 상태에서나 가능하다는 것이다. 그러한 순수 상태를 조금만 벗어나면, 작가와 화자의 동일성은 정반대로 작가와 화자의 불일치를 은폐하는 거짓, 즉 허구에 대한 허구로서 기능하게 된다. 그리고 그 허구에 대한 허구는 반어나 장난의 공간으로 들어가는 입구가 된다.

이 장의 서두에서 보았던 것처럼 크레티엥의 소설이 이야기는 이야기이되 '새로운' 이야기이듯이, 크레티엥의 진실성 주장은 진실에 기대어서 허구를 발성하는 것이라고 할 수 있다. 그런데 그 진실성 주장, 즉 허구에 대한 허구가, 그것이 방법적으로 반어와 장난의 입구에 놓이는 것이라면, 그 허구는 결국, 새로운 진실로서 인정받으려는 허구라기보다는 진실성 자체에 대한 반어이며 장난이 아닐까? 그것이야말로 "문자 세계에 대한 간계",[117] 문자를 빙자하여 문자를 파괴하는 간계가 아닐까?

---

116) *ibid.*, p.85.
117) R. Dragonetti, *op. cit.*, p.83.

4.3.3. 상징의 탈 신비화

앞 절에서는 크레티엥이 그의 소설을 진실성의 수준에 올려놓으려는, 혹은 그렇게 가장하려는 행위를 하고 있다는 것을 보았다. 그리고 그 진실성 주장을, 자신의 허구가 진짜 진실이라고 강변하기 위해서라기보다는, 진리로서 여겨지는 것들, 혹은 진실의 욕망에 대한 반어며 장난으로 해석할 수 있는 가능성을 점쳐 보았다. 다시 말하자면, 크레티엥의 허구는, 잠복되어 있는 현실의 진실한 모습을 반영한다는 의미에서의 허구, 즉 사실상 미래의 진실성을 담보하는 허구가 아니라, 진실성 자체에 대한 해체로 볼 수 있다는 것이다. 그러한 해석이 적합성을 획득할 수 있는지를 살펴 볼 필요가 있을 것이다. 우리는 중세의 문자 세계를 지배한 보편 상징의 원리가 크레티엥의 소설에서 어떻게 변용되고 있는지를 추적함으로써 그에 대한 답을 찾아보고자 한다.

앞에서 이미 말했고, 주지하다시피, 중세에 있어서의 언어란, 혹은 언어를 통해 표현되는 삶의 양태들은 모두 보편적인 진리에 대한 상징으로서 기능한다. 언어와 사상과 사물의 일치는 중세인의 사유를 지배하는 가장 특이한 생각이었다. 드라고네티가 "문자적 사유(sens littéral)"[118]라고 이름 붙인 것이 바로 그것이다. 그러한 보편 상징의 원리가 13세기 이후 거대한 알레고리 문학을 창출하게 된다는 것은 주지하는 바와 같다.[119]

---

118) 단어의 형상과 의미 사이에는 "순환적인 유추 양태", 즉 상호 조응의 관계가 내재해 있다고 보는 중세 특유의 사고를 말한다. cf. R. Dragonetti, *op.cit.*, pp.66-67; 또한, cf. Robert Guitte, *Forme et senefiance*, Droz, 1978, pp.29-45.

119) 성 아우구스티누스에 의하면, "성서는 신앙의 기적들을 이미지들을 동원해 인간이 이해할 수 있는 말들로 표현한 상징의 그물"로서, 신학자들은 "성서의 단어에서 문자 그대로의 뜻(La lettre)을 찾는 한편, 인간적 표현들이 그에 대해 의미하는 바(allégorie)를 추적한다." 알레고리란 표지될 수 없는 보편적 진리를 비유하는 모든 인간적 표현들이다. 13세기는 "알레고리가 전 장르에 침투한 시기"였다. cf. D. Boutet et A. Strubel, *La littérature française du Moyen Age*, PUF, 1978,

따라서 크레티엥의 소설에서도 그 언어들의 상징적 의미를 해석하려는 시도는 어쩌면 당연한 것이었을 것이다. 가령, '성배'에 대한 상징의 미론적 해석의 다양한 접근은 보편 상징의 원리가 중세에 보편화되어 있었음을 전제로 할 때 그 타당성을 부여받는 것이다. 그러나 실제로 크레티엥은 그러한 작품 외부의 보편 상징의 드러냄을 위해 그의 언어를 '쓰고' 있는 것일까? 우리가 지금까지의 검토를 통해 충분히 암시받은 것처럼, 크레티엥의 소설은 오히려, 그러한 보편 상징의 경향에 특이한 방식으로 저항하지 않았을까? 페터 하이두(Peter Haidu)는 바로 그것에 대해 정면으로 문제를 제기한다.

그는 우선, 크레티엥 소설에 대한 상징적 해석들(Bezzola, Robertson, Chenu)의 주목할만한 성과를 열거한 다음, 그러나 그 해석들이 공통적으로 안고 있는 난점, 즉 작품 내부의 분석을 거치지 않은 채, 특정한 중세적 심성에 대한 관점에 근거하여 외부로부터 작품에 의미를 덧씌우는 방법의 자의성을 지적한다. 하이두는 그러한 지적 자의성을 범하기보다는, 상징을 아주 범속하게 이해해, "텍스트에 의해 현재화되는 대상은 그 시니피에가 어떤 명시적인 정의 혹은 비교적 명백한 서술적 절차에 의해 밝혀질 수 있는 시니피앙"[120]이라는 관점으로부터 출발할 것을 제안한다. 이러한 관점은, 따라서 상징을 중세의 지배적 학문 세계가 부과한 보편적 해석학의 대상으로서 받아들이는 것이 아니라, 작품 자체 내의 요소들의 상관성에 의해 의미가 밝혀지는 기능적 항목으로 이해하는 것이다.

이러한 관점으로부터 크레티엥에서의 상징의 쓰임새를 분석할 때 무엇이 나타나는가? 놀랍게도 상징은 상징으로서의 본래의 기능을 하지

---

pp.42-44.
120) *ibid.*, p.15.

못하거나 혹은 아주 전혀 다른 역할을 한다. 하이두의 분석 중 두 개의
예만 인용하겠다. 첫째, 상징적 표증을 가진 물건들이 실제적인 능력을
보여주지 못한다는 것이다. 가령, 랑슬로와 이벵이 똑같이 지닌 반지가
그렇다. 이벵은 그것을 뤼네트에게서 받았는데, 주인을 죽인 살인자를
찾아나선 로딘느와 신하들로부터 그를 보이지 않도록 해준다. 물론 그
반지가 몸을 숨기는 데 효력을 발휘하는 것은 분명하다. 그러나 투명화
는 이벵을 안전하게 해주는 데 그치지 않고, 추적자들과 이벵에 대한
동시적인 훼손을 야기한다. 우선, 주인을 살해한 자의 추적자들은 보이
지 않는 이벵 옆에서 소동을 피움으로써 희극적인 존재들로 전락한다.
이러한 것은 이벵을 더 돋보이게 하는 데 쓰일 수도 있을 것이다. 그러
나 이벵도 또한 그와 같은 경험을 한다. 왜냐하면, 로딘느가 이벵의 바
로 앞에서 살인자를 "사기꾼이며 살해자"라고 저주하는데, 그것에는 비
겁한 방법으로, 즉 기사답지 못한 방법으로 남편을 이겼으리라는 험담
이 들어 있다. 모습을 감춘 이벵은 면전에서 그에 대한 반박을 할 수가
없다. 그는, 테살라가 만들어준 물약을 먹은 페니스가 죽은 체하는 데
성공하는 대가로 갖은 육체적 모욕을 당하는 것과 마찬가지로,[121] 정신
적인 모욕을 당하는 것이다.[122] 랑슬로의 반지는 어린 시절의 그를 길
러주었던 요정에게서 받은 것으로, 앞뒤의 문 사이에 갇혔던 랑슬로는
그것을 꺼내 보는데, 그것은 "실제로 갇힌 사람들"의 광경만을 보여준
다. 또, '검의 다리'를 건너기 전에 다리 건너편에 보였던 무서운 사자

---

121) 『트리스탕』과 비교해 보면, 이 물약의 권능의 약화를 더욱 쉽게 알 수 있을 것이다. 『트리스탕』에
서 물약은 트리스탕과 이죄의 사랑을 필연적인 것으로 만들어 그 둘을 비극으로 치닫게 하는 최초
의 요인이었다. 그것을 그들은 실수로 마시고 엄청난 시련을 맞이하게 된다. 반면, 테살라의 물약
은 페니스의 사랑의 전략 중 하나의 방책으로 제조된 것인데, 효과는 분명 있었지만, 그 동기에
있어서 제한적이고(인물들에 의해 지배되어 있고), 그 결과에 있어서도 제한적이다(페니스의 육체
적 모욕의 방치).

122) *ibid*., pp. 27-29.

들은 다리를 건너자마자 사라진다. 역시 반지로 보니까, 그것은 "마술에 속은" 것이었다. 실제로는 "어떠한 생명도 거기에 없었던 것이다."[123] 하이두는 이러한 장면으로부터 마술성을 가지고 있는 상징적 물건들이 주인공들에게 어떠한 영향력을 미치지 못한다는 것을 본다.[124] 아마도 그 반지를 '통해 보는' 것이 어쨌든 유의미한 절차로서 나타나 있는 한, 덧붙여 이렇게 말해야 할 것이다. '마술로 보니, 마술은 부재한다'라는 것을 크레티엥의 소설은 암시한다고. 즉, 반지는 마력을 상실한 것일 뿐 아니라, 일종의 자기 조롱을 스스로 드러내고 있는 것이다. 두 번째의 예는 『사자의 기사』에서의 '사자'의 상징성에 대한 분석이다. 그의 분석에 의하면, 사자는 다음과 같은 3가지의 "상징적 양상"을 드러낸다. ⅰ) 예수 그리스도의 한 모습을 상징; ⅱ) 사자는 잔혹하며 이따끔 악마적이다; ⅲ) 앙드로클레스(Androcles)와 피라무스와 티스베(Pirame et Tisbé)와 같은 고전적 상징.[125] 이 중 ⅰ)과 ⅱ)는 명백히 상반되는 상징이며, ⅲ)도 역시 그 안에 상반된 2개의 상징을 포함하고 있다. 왜냐하면, 앙드로클레스의 상징은 ⅰ)의 상징과 상응하는 데 비해, 피라무스와 티스베의 상징은 "연인들의 죽음의 직접적인 원인"과 결부되는 바, "전-기독교적인 상징"으로 해석되어야 하기 때문이다. 그렇다면 이 모순을 어떻게 이해할 것인가? 이러한 비일관성으로부터 『사자의 기사』를 단순히 "경박한 코메디"로 보려는 쾨즐러나 화이트헤드의 해석을 넘어서, 하이두는 "상징의 명백한 평가 절하"를 본다. 왜냐하면, 한편으로 사자는 분명 보편적 해석학의 대상으로서 등장하기 때문이다. 어쨌든 '사자'가 제목의 한 부분을 차지하고 있고 또한 사자가 처음 등장하게 되는

---

123) 『랑슬로[중]』, v.3129; 『랑슬로[현]』, p.97.

124) Haidu, *op.cit.*, pp.31-32.

125) *ibid.*, p.71.

장면인 '사자와 뱀'의 싸움이 사건의 층위에서 아무런 의미도 가지고 있지 않다면, 그것은 필연적으로 독자를 "의미의 층위에서 그 에피소드를 정당화하도록 자극"하기 때문이다. 그러나 다른 한편으로, 크레티엥이 이 중요한 기법들을 아주 "자유롭게", 무상적으로 사용한다는 것을 인정하지 않을 수 없다. "크레티엥의 상징주의는 더 이상 진지한 알레고리적 분석들을 필수불가결하게 하는 성격들을 하나도 포함하고 있지 않은" 것이다.126) 결국 하이두의 결론은 이렇다. "도덕적이고 종말론적인 도구주의는 크레티엥의 상징의 기능에 아무런 영향을 미치지 못한다."127) 거꾸로, "크레티엥의 기술은 근본적으로 역설적인 바, 그의 상징주의는 반-상징주의이다. 그것은 독자를 문학의 문자적 층위뿐 아니라 삶의 현상적 층위로 이끌고 간다. 이젠 독자가 전통적 상징주의의 성향을 우선 포기한 다음, 문학적 무상성으로 인한 실망을 수락할 줄 알고, 마침내 이 소설들의 도덕적 의미가 무엇인가를 고려하는 데에 이르러야 할 차례다. 크레티엥 드 트르와의 진지한 도덕을 해득하기 위해서는 웃을 줄 알아야 하며, 환상을 포기하고, 모든 도덕적 사유를 내던질 줄 알아야 한다. 그 다음에 그것들을 진지하게 다루어보기 위해서는 문화적 변형작업들과 문명의 운명들과 함께 놀이하는 것을 수락해야 한다. 그것들을 좋아하기 위해서는 남자와 여자를 조롱할 줄 알아야 한다."128)

하이두의 분석은 상징적 질서로서의 중세의 보편 이념 혹은 보편 지향의 이념이 크레티엥에게서 비판적 성찰의 대상이 되고 있음을 보여준다. 아니, 그 이상으로 거기에는 권위를 끌어내림으로써 웃음을 유발

---

126) *ibid.*, p.72.
127) *ibid.*, p.80.
128) *ibid.*, p.82.

하고, 그 웃음을 시작으로 자유로운 놀이의 공간을 여는 힘을 가지고 있음을 알 수 있다. 앞 절과 함께 연관하여, 이제, 크레티엥의 소설은 상징적 질서에 대한 상상적 관계의 음모를 꾸민다고 할 수 있을 것이다. 그 음모는 상상적 욕망만으로도, 상징적 질서의 지배만으로도 이루어지지 않는다. 그것은 상징적 질서에 가장 적극적으로 가담하는 시늉을 통해 상징적 질서의 깊은 곳으로 침투하고 상상적 관계의 욕망을 그 안에 심음으로써 상징적 질서의 해체와 전복을 꾀한다. 그런 의미에서 크레티엥의 작업은 비판적이며 동시에 해방적이다. 그러나 그가 그 비판을 놀이의 차원에 놓고 있다는 것을 주목해야 할 것이다. 그러한 무상성의 행위는 그의 비판 혹은 풍자가 대안적이 아니라는 것을 암시한다. 그에게 해방은 미리 와 있지도 않으며, 해방의 이념 자체가 존재하지 않는다. 크레티엥의 소설은 언제나 그가 비판적으로 해부할 대상 내에 들어가 있어, 역시 언제나 그가 은밀히 해체하는 보편 이념의 외관을 쓰고 나타나기 때문이다.

4.4. 헛된 모험의 되풀이

앞 절의 마지막 진술들은 크레티엥이 이른바 '민중적 합창'과도 같은 폭발적이고 확신에 찬 새로운 이념을 가지고 있다는 것을 함의한다. 크레티엥의 소설 공간은 성찰과 놀이의 공간이지, 선언과 축제의 공간이 아니라는 것이다. 이미 우리는 크레티엥 소설의 밑자리가 적어도 세 겹으로 이루어진 것을 보았다. 그 복합적인 자리 속에서 사랑의 획득을 향한 질주가 아닌 사랑의 끝없는 연기가 발생하는 것이며, 그 중층의 자리 깊은 곳으로부터 새로운 삶의 기운이 솟아오르는 것이 아니라 그

중층의 광기 속으로 더욱 깊이 침잠함으로써 성찰과 놀이가 어우러지
는 특이한 공간이 열린다.

결국 크레티엥의 소설이 그의 이상과 현실 어느 곳에도 한 마음을 주
지 않고 그 둘을 모두 끌어안으려고 한다면, 그의 모험은 기본적으로
반복적일 수밖에 없다. 현실의 길을 가는가 하면 또한 이상의 길을 가
지 않을 수 없고, 이상의 길을 가는 도중에도 현실의 길을 되밟을 수밖
에 없기 때문이다. 그러니, 또한 따라서 그 되풀이되는 모험은 계기적
인 것이 아니라 동시적일 수밖에 없으며, 똑같은 되풀이가 아니라 예측
불가능한 변형을 생산한다. 현실로부터 이상으로거나 이상으로부터 현
실로 가는 것이 아니라 현실-이상을 하나로 살기 때문에 동시적일 수
밖에 없으며, 그렇게 하나로 엉킨 몸체를 끊임없이 쪼개면서 반대되는
것을 생산하고 그에 비추어서 본래의 모습을 반성적으로 되돌아보기
때문에, 그리고 그 거꾸로도 마찬가지이기 때문에 변형을 생산하지 않
을 수 없다. 모험의 형식 자체가 모험적인 것이다.

소설의 특권적인 언어가 그러한 특이한 모험을 하나의 소리와 글자
로 한꺼번에 보여줄 수 있다면, 물론 그러한 마술을 연출하지 못하는
게 논리적인 언어의 숙명이다. 언어의 선조성에 속박되어 있는 해석의
언어는 불가피하게 그것을 하나하나 나누어 순차적으로 기술할 수밖에
없다. 아마도 그 되풀이되는 모험을 시작하게 하는 것, 즉 구조적으로
최초의 선택이 되는 것이 무엇인가부터 말해야 할 것이다.

4.4.1. 치욕의 선택

광기로부터 언어의 모험으로 건너가는 그 구조의 출발선에 '치욕'이
있다. 크레티엥의 인물들은 모두 치욕으로부터 출발한다는 것이다. 에

렉의 모험은 난쟁이에게 뺨을 얻어맞는 것으로부터 시작하였다. 왕비와 정담을 나누며 걷던 중 어느 아름다운 기사를 만나, 그에게 말을 건네러 갔다가 기사의 행자인 난쟁이에게 채찍으로 얻어맞은 것이다. 에렉의 경우처럼 명시적인 것은 아니지만 클레제스의 생애 또한 치욕으로부터 출발한다고 할 수 있다. 클리제스는 그의 숙부인 알리스의 결혼을 위한 원정을 수행한다. 그런데 알리스는 알렉상드르에게 결코 결혼을 하지 않겠다고 약속을 했었다. 그것은 사실상 클리제스에게 황제의 지위를 물려주겠다는 약속이었다. 클리제스가 알리스를 수행할 뿐만 아니라 그를 위해 결투를 해야 할 것이라면, 클리제스는 그와 그의 아버지를 배반한 사람에게 충성을 바치는 기막힌 꼴을 당한 것이 아닐 수 없다. 클리제스가 받은 그 사실상의 모욕은 삭스 공작의 조카에 의해 강하게 환기된다. 삭스 공작의 조카는 알리스의 일행과 독일 황제의 일행이 만난 콜로뉴에 와서 페니스를 "내놓지 않는 한 평화도 휴전도 기대하지 말라"는 숙부의 말을 전한다. 그런데 아무도 그 말에 대꾸하지 않는다. 모욕을 느낀 그는 "오만하지 않고 지나치지 않은" 성품에도 불구하고 젊은 혈기에 클리제스에게 결투를 신청한다.[129] 삭스 공작의 조카의 모욕은 클리제스에 의해 패배해 강에 빠짐으로써 가중될 것이다.[130] 클리제스는 그와 그의 일행을 가장 깊은 물목에 빠뜨린 후 "즐겁게 돌아온다." 그러나 실은 그것이 그 자신이 받은 치욕을 희롱하는 일이 아니겠는가? 삭스 공작의 조카가 클리제스에게 결투를 신청한 것은 배반당하고도 침묵하는 클리제스에 대한 꾸중이 깃들은 것이 아닐까? 그리고 '즐겁게 돌아오는' 클리제스에 대한 화자의 진술은 독자에게 클리제스의 뛰어난 무술을 알려주기보다는 그의 바보스러움을 희화적으로 전

달하는 것이 아닐까? 랑슬로의 경우는 치욕이 문면에 되풀이해서 나타
나기 때문에 굳이 분석이 필요하지 않다. 그도 난쟁이에게 치욕을 당하
게 되는데, 이번엔 그니에브르가 간 곳을 알려면 수레에 오르라는 난쟁
이의 요구에 의해서이다. 수레란 작가가 말하는 바에 의하면, 그 당시
에는 죄인을 싣고 길거리를 달리는 일종의 죄인 공시대의 역할을 하고
있었다.[131] 게다가 랑슬로는 빈번히, 군중들에 의해 혹은 그가 싸우게
될 기사에 의해서 '수레에 올랐다'는 사실 때문에 무안과 모욕을 당하
게 된다. 이벵의 모험 또한 치욕으로부터 시작하였다는 것도 작품을 따
라 읽다 보면 알 수 있는 일이다. 칼로그르낭이 그의 헛된 모험의 이야
기를 마치자 그의 사촌인 이벵은 "당신이 받은 수치를 복수"하기 위해
그 모험을 직접 해보겠다고 말한다. 그때 옆에 있던 쾨는 이제 그가 받
게 될 모욕을 즐겁게 보기 위해 "읍장도 길 보초도 모두가 기꺼이 그대
를 따라갈" 터인 즉, "언제 떠날 건지 꼭 알려달라"고 조롱을 한다. 이
때문에, 아더가 손수 원정 계획을 세웠을 때, 이벵은 혼자서 몰래 떠날
생각을 하지 않을 수 없게 된다. "그의 유일한 괴로움은 쾨가 그보다 앞
서서 [샘의 성주와] 결투를 할 권리를 가지리라는 확신이었"[132]던 것이
다. 또한 그래서, 그는 에스칼라도스를 이기려고 악착같이 싸우는데,
"왜냐하면, 그는 여전히 쾨가 그에게 던진 조롱을 마음속에 담아두고
있었[133]"기 때문이다. 페르스발의 경우에도 치욕이 기사도 모험의 계기
가 된다. 페르스발이 아더의 궁정에 도착하였을 때, "10년 동안 웃음을
잊었던 처녀"가 그를 보고 미소를 짓고 "그대보다 더 뛰어난 기사는 존
재하지도 않을 것이며 누가 보지도 못할 것이고 누가 알지도 못할 것이

131) 『랑슬로[중]』, v.333-335; 『랑슬로[현]』, p.34.
132) 『이벵[중]』, v.682-685; 『이벵[현]』, p.9-10.
133) 『이벵[중]』, v.894-895; 『이벵[현]』, p.12.

라고" 말하는데, 그 높은 목소리의 말을 "가증스럽게 여긴" 쾨는 처녀의 뺨을 때린다.[134] 이후, 페르스발은 자신에게 패배하는 기사마다 아더의 궁정으로 보내면서 그와 처녀가 쾨에게서 받은 모욕에 대한 복수를 환기시키게 될 것이다. 마지막으로 고벵을 보자. 모든 기사가 "에스클레르 산(Mont Esclaire) 아래에 갇힌 처녀"를 구하는 '시합'[135]을 하러 가는데, 고벵만은(그리고 페르스발은) 다른 곳으로 떠나지 않을 수 없게 되는 바, 겡강브레실(Guinganbrésil)이라는 사람이 아더의 궁정으로 와서 고벵이 결투에 대한 사전의 약속도 없이 그의 영주를 죽였으니 "사기꾼"이며, "따라서 수치, 모욕, 비난"[136]을 받아야 한다고 주장하였기 때문이었다. 고벵은 자신의 결백을 증명하기 위해 외로운 모험을 떠나지 않을 수 없다.

이처럼 모든 인물이 치욕을 안고 그들의 특이하고 고독한 모험을 시작한다. 그런데 그 치욕은 지금까지 진술한 대로, 그가 '받은' 치욕일 뿐일까? 그것은 훗날의 영광을 성취하는 데 필요조건이 될 수난으로서의 치욕일까? 그것은 전락 — 시련 — 구원이라는 보편적인 이야기의 도식의 첫 번째 항목으로서 기능하는 것일까? 다음의 분석은 그 치욕이 의도된 치욕이라는 것을 밝혀줄 것이다.

의도된 치욕이라는 진술은 우선 내용의 정의를 필요로 한다. 왜냐하면 보편적 이야기의 도식에서도 그것은 의도되는 것이기 때문이다. 그러나 그 의도는 전적으로 작가의 머릿속에(혹은 인류의 집단 무의식 속에) 있는 것이다. 작가는 주인공의 영광을 돋보이게 하기 위해 그를 일부러 수난 속에 빠뜨린다. 하지만 작가의 인형인 주인공은 그것이 작가에 의

---

134) 『그라알[중1]』, v.1049-1052; 『그라알[중2]』, p.93.
135) 『그라알[중1]』, v.4706-4707; 『그라알[중2]』, p.337.
136) 『그라알[중1]』, v.4762; 『그라알[중2]』, p.341.

해서 일부러 만들어진 것이라는 것을 알 수가 없다. 안다면, 그의 차후의 영광은 순수성을 상실할 것이다. 크레티엥에게서 나타나는 치욕의 의도성은 그런 것이 아니다. 그것은 두 가지 부분으로 나누어 살펴볼 수 있다. 첫째는 작가의 의도는 보편적 이야기에서 나타나는 작가의 의도와 다르다는 것이며, 둘째는 치욕은 작가만의 것이 아니라 주 인물의 것이기도 하다는 것이다. 주 인물은 수난을 당하는 것이 아니라 치욕을 선택한다는 것이다.

작가의 의도가 일반적 이야기에서의 그것과 다르다는 것은, 무엇보다도 주인공의 수난이 동시에 주인공에 대한 경멸을 포함하고 있다는 것을 의미한다. 에렉은 채찍을 맞은 그 자리에서 모욕을 갚지 못한다. "기사가 무장을 하고 거칠고 오만한 것을 보고는, 난쟁이를 그가 보는 앞에서 때렸다가는 즉석에서 죽임을 당할까 봐 두려웠기"[137] 때문이었다. "광기가 용기는 아니다"[138]라면서 에렉은 물러나고 작가는 그것을 두고 "에렉은 역시 현명하게 행동했다"고 적는다. 이러한 장면과 묘사는 에렉의 봉변만을 전해주는 것이 아니라, 에렉의 '비겁함'에 대한 희화화를 포함하고 있다. 에렉에게는 행동의 순수성이 결여되어 있기 때문이다. 정정당당하게 싸움을 걸어 간신히 죽을 고비를 넘긴 후(주인공이니까) 훗날 복수를 하게 된다는 식의 전개를 『에렉과 에니드』는 처음부터 포기하고 있다. 클리제스의 희극성은 이미 본 바와 같다. 그것은 알렉상드르의 행동과 비교하면 더욱 두드러진다. 소르다모르에 대한 사랑에 사로잡혔으나 고백하지 못하고 있던 알렉상드르는 반란자 앙그레스(Angrès) 백작을 생포하는 무훈을 세웠을 때 그의 사랑을 공식적으로 인정받을 기회를 맞이한다. 아더가 무훈에 대한 보상으로 "15마르크의 비

---

137) 『에렉[중]』, v.227-230; 『에렉[현]』, p.6.
138) 『에렉[중]』, v.231; 『에렉[현]』, p.6.

싼 술잔"을 주고, 알렉상드르가 "원하기만 한다면 무엇이든(왕위와 여왕만 빼고) 소유하게 해주겠다"고 약속한 것이다. 그러나 그런데도 알렉상드르는 고백하지 못하고 유예를 요청한다. 그 대신, 술잔은 즉석에서 받는다. 여기까지는 알렉상드르의 소심함을 보여주는 것으로 이해될 수 있을 것이다. 그런데 그 다음 그는 이 술잔을 바로 고뱅에게 주어버리고 고뱅은 살며시 받긴 하지만 무척 난처해 한다.[139] 이것은 일종의 "대역죄(lése-magesté)"[140]에 해당하는 것이다. 하이두에 의하면, 이것은 "알렉상드르가 왕의 제스처의 상징성에 방수되어 있는" 상태를 보여주는 것이며, "전통적 상징 체계가 복잡한 심리적 정황이라는 장벽에 부닥치고 있다"[141]는 해석을 가능하게 한다. 물론 이 자리에서 그것이 관심은 아니다. 문제는 알렉상드르의 이 태도를 클리제스의 그것과 비교해 보면, 클리제스의 태도가 얼마나 희극적인가를, 즉 그의 못남이 어느 정도인가를 더욱 잘 느낄 수 있다는 것이다.

이벵이 칼로그르낭을 대신해 모험을 떠나겠다고 말했을 때 쾨의 조롱은 조금 다른 측면에서 검토될 수 있다. 쾨는 이벵의 말을 바로 맞받아 소리치는데, 그 내용은(앞에서 인용된 대목의 앞부분) 다음과 같다. "저녁식사 후에는 모두 떠들어대는 법이지. 맥주 한 통보다는 포도주 한 병 안에 객설이 더 많은 법이지. 마치 포식한 고양이가 흥분 떠는 것 같단 말이지. 밥을 먹은 다음엔 꼼짝도 안하면서 저마다 로라뎅(Loradin)을 죽이려고 한단 말야, 그리고 그대는 포레(Forré)를 위한 복수를 떠나고 말

---

139) "La cope prant et par franchise/ Prie mon seignor Gauvain tant/ Que de lui cele cope prant/ Mes a molt grant paine l'a prise." 이 대목은 7개의 판본 중, 우리가 자료로 사용하고 있는 Guiot의 판본에만 유일하게 나타나지 않는다. 미샤는 "필수불가결한 시행들은 아니나 기요에 의해서 탈락되었을 가능성이 있다"고 적고 있다. 『클리제스[중]』, p.212.

140) Haidu, *op. cit.*, p.26.

141) *loc. cit.*

야. 그대의 안장 받침은 채워졌나? 그대의 철 장화는 준비되었고? 그대
는 깃발을 올렸나?"[142] 이러한 신랄한 희롱은 이벵이 쾨에게서 받은 모
욕을 강조하는데, 주목할 만한 것은 "포레를 위해 복수한다(vengier
Forré)"라는 부분이다. 이 말은 무훈시와 소설들에 빈번히 등장하는 일
종의 관용구로서, 통상 "지나치게 건방진 계획을 발표하거나 무훈을 성
취할 수 없는 상태에 있는 기사에게 적용되는 것으로", "실현될 수 없거
나 우스꽝스러운 기도를 하는 사람의 자만을 힐난"하는 데 쓰인다.[143]
그런데 포레(Forré)가 기독교세계의 기사가 아니라, 사라센인이며 여러
무훈시에서 롤랑(혹은 샤를르마뉴, 때로는 올리비에와 함께)에 의해서 죽거나,
포로가 된 적이란 것이 해석을 더욱 미묘하게 만든다. 르 쟝티(Le Gentil)
는 이 점에 주목하여, 쾨의 이 발언에서 '포레를 위해 복수한다'는 것은
"'가소롭거나' '힐난될만한' 무훈이라기보다는 '있을 수 없는' 무훈"을
뜻한다고 해석한다.

바로 여기에서 그러한 무훈을 생각하거나 하려고 드는 듯한 인
상을 줄 때 우스꽝스러움이 태어난다. 왜냐하면, 그렇게 하는 사람
은 분노의 항의보다는 경멸 섞인 웃음을 야기할 실패를 향해 달려
가는 꼴이 되기 때문이다. 그러나 분노의 항의라는 것도 역시 무시
할 수 없다. 『에올Aiol』의 첫대목에서 보았던 것처럼 부르주아 우드레
(Houdré)는 주인공의 빈약한 차림만을 비웃는데 그치지 않는다. 그
는 또한 그에게 이교도적인 기사, 그의 옛 카롤링거 사람들을 살해하
려고 드는 '변절자'의 태도를 드러내고 있다고 비난한다.

르 쟝티는 덧붙여, 이 말이 "로라뎅을 죽인다"는 말과 함께 쓰였다는

---

142) 『이벵[중]』, v.590-600; 『이벵[현]』, p.8.
143) Pierre Le Gentil, 'Vengier Forré', in *Études de langues et de littérature du Moyen Age*,
(offertes à Félix Lecoy), Paris, Honoré Champion; 1973, p.308.

것을 들어, 자신의 해석을 보강한다. "'저마다 로라뎅을 죽이려고 한다!' 이 또한 불충한 자다! 그런데 여기서는 복수가 문제가 아니다. 그럴 수가 없는 게, 왜냐하면, 기독교인들은 그에 저항해서 전혀 싸울 수가 없기 때문이다. 무적의 술탄인 누르-에딘(Nour-Eddin; Loradin)과도 같은 무시무시한 적을 죽음으로 몰아넣는다는 것은 가장 대표적인 불가능한 모험이다. 그리고 누군가에게 맛있는 식사 후의 행복감 속에서 말로 그러한 무훈을 성취하기란 쉽다고 말하는 것은 무엇보다도 그른 정도가 지나치고 웃기지도 않는 주장을 하는 것이라고 비난하는 것이 된다. '로라뎅을 죽이다'와 '포레를 위해 복수하다'는 정확히 동의어로서 본질적으로 '교만'을 겨냥하고 있다는 것은 의심할 나위가 없다."144)

르 장티가 일반적인 해석보다 더 나아간 부분은 이 조롱이 적대성을 포함하고 있다는 것에 대한 발견이다. 그러나 그는 좀 더 깊이 나아가지는 못한 것 같다. 왜냐하면, 그는 그것을 가장 잔인한 비난으로만 해석하기 때문이다. "이 조롱들이 보통, 그러한 사악한 비난에 실제로 해당하지 않는 사람들을 겨냥하고 있다는 것을 잊지 말기로 하자—왜냐하면, 그것이 이 모든 화법들의 특징 중의 하나이기 때문이다. 궁극적으로 조롱받는 자가 공감을 불러일으키고, 조롱하는 자가 자신의 비난과 수치를 유인함으로써 스스로를 웃음거리로 만든다."145) 르 장티의 의견에 동의한다면, 결국 이러한 조롱은 모욕을 받은 자가 결국 그 반대를 증명함으로써 되갚아질 것으로 여겨질 수 있을 것이다. 그러나 정말 그럴까? 오히려, 그것은 조롱받는 자의 실제의 적성(이단성)을 은근히 시사하지는 않을까? 이벵은 쾨의 조롱을 말리는 그니에브르에게 이렇게 말한다.

---

144) *ibid.*, p.312.
145) *ibid.*, p.314.

　　부인, 실로 그의 무례함은 저를 얼어붙게 합니다. 궁정 전체를 통
해서 쾨님의 힘, 학식 그리고 가치가 대단히 뛰어나니, 그가 궁정에
서 입다물지도 귀머거리가 되지도 않을 것입니다. 그는 모든 양식
(bon sens)과 예법(courtoisie)에 대해 모독으로 대답하는 탁월한 비결
을 가지고 있습니다. 그는 결코 다른 식으로 하지 않습니다. 부인께
서는 제가 거짓말쟁이인지 아닌지 알 수 있는 높은 자리에 계십니다.
그러나 저는 결투를 신청하거나 광기를 발휘할 생각은 없습니다. 왜
냐하면, 분규를 해결할 책임을 가진 자는 먼저 공격하는 사람이 아니
라 되갚는 사람입니다. 자기의 동료를 야유하는 사람은 잘 알지도 못
하는 사람과 결투를 하는 데까지 이를지도 모릅니다. 저는 다른 개가
자기에게 이빨을 드러냈다고 해서 털을 곤두세우고 송곳니로 식식거
리는 개와 닮고 싶지는 않습니다.[146]

　이벵의 이 말은 "그때까지 잠들어 있다가 사람들이 그리도 오래 기다
린 방으로 아더가 들어옴으로써" 중단된 대화의 마지막 말이다. 끝 말
이라는 점에서 그것은 이후의 사건들에 대한 일종의 암시를 포함하고
있다고 할 수 있다. 그 말은 세 사람을 대상으로 하고 있다. 쾨와 그니
에브르와 이벵 자신이다. 먼저, 쾨에 대해서 : 쾨는 무례하나 힘·학
식·가치가 뛰어난 사람이다. 혹은 거꾸로, 쾨는 뛰어난 사람이나 무례
하다. 쾨가 힘·학식·가치가 뛰어나다는 말은, 자기를 조롱한 쾨에 대
해 빈정거림으로써 자신이 받은 모욕을 되돌려주는 것으로 읽힐 수도
있다. 그러나 이벵의 말하는 법에 주의하면 꼭 그것만을 의미하는 것은
아니라는 것을 알 수 있다. 쾨가 힘·학식·가치가 뛰어나다는 것은 궁
정에서이다. 즉, 그는 궁정에서 도덕적·물리적으로 가장 영향력 있는
사람 중에 속한다. 그런데 그 쾨가 예법(궁정성)에 모독으로 대답하는 비
결을 가지고 있다. 즉, 쾨는 가장 궁정적이면서 가장 비-궁정적이다. 이

146) 『이벵[중]』, v.630-648; 『이벵[헌]』, p.9.

러한 모순된 화법을 염두에 둔다면, 이벵의 쾨에 대한 빈정거림은 사실
상 궁정 자체에 대한 비난(궁정이라는 공간이 모순덩어리라는 것까지 포함한)을
겨냥하고 있다는 것을 시사한다. 다음, 그니에브르 : 왕비는 이벵이 거
짓말을 하고 있는지 아닌지를 아는 뛰어난 분이다. 그런데 그것은 이벵
이 받은 모욕에 대해서 실질적으로 아무런 영향력을 행사하지 못한다.
할 수 있는 게 있다면, 이벵의 모욕당함을 인정하니, 결투할 기회를 준
다는 것이다. 그것은 그니에브르가 궁정적 관계로부터 한 걸음도 못 벗
어나고 있다는 힐난을 포함한다. 마지막으로 이벵 자신 : 그런데 이벵은
그런 식으로 사태를 처리하지 않을 것이다. 왜냐하면, 그것은 분규를
해결하는 것이 아니기 때문이다. 그러니까, 실로 이벵이 속에 품고 있
는 분규는 쾨와 그 사이의 모욕이 아니다. 그것은 모욕의 진원, 즉 모험
의 성취 여부에 대한 해결을 요구한다. 그런데 궁정적 관계에 묶여 있
는 한, 그러한 것을 해결할 수는 없다. 결투란 기껏해야, 이빨 드러낸
개에게 같은 식으로 송곳니를 식식거리는 개의 행위이기 때문이다. 그
렇다면 이벵은 궁정으로부터 일탈해야 하는 것이 아닐까? 그것을 결정
적으로 확인시켜준 것이 아더이다. 아더는 사람들의 기다림에 아랑곳없
이 여태 잠들어 있다가 뒤늦게 나타난다. 이것은 이벵이 받은 모욕의
최종적인 책임이 아더에게 돌아갈 수 있다는 것을 암시한다. 아무튼,
그는 그니에브르를 통해 칼로그르낭이 겪은 모험을 듣고는 손수 우물
을 보러 가겠다고 선언하여 "서임된 기사건 신참자건 모든 기사들을 출
발의 욕망에 불타게" 한다. 그러나 이벵에게 있어서는 아더의 이 결정
이야말로 이벵이 해결할 분규를 결정적으로 막는 행위이다. 왜냐하면,
이 궁정의 제국주의에서 이벵이 차지할 역할이 없을 것이기 때문이다.
궁정적 서열로 볼 때 "쾨가 [혹은 고벵이] 그보다 먼저 우물의 기사와
결투를 하리라는 것은 확실한 일이다."[147] 그 확신을 강조하기 위해 작

가는, "이벵을 오직 괴롭히는 것은"에서의 '오직(seulement)', '틀림없이(sans faille)', "잘 알고 있다"의 '잘(bien)', "그는 결코 거부하지 못할 것이다"의 '결코(ja)' 등 강조형의 부사(구)를 한데 몰아 연속시킨다.

결국 "포레를 위한 복수"라는 표현이 포함된 쾨의 조롱은 사실을 말한 것으로 해석되는 것이 타당하다. 이상의 분석이 타당성을 갖는다면, 이벵은 필연적으로 아더 궁정의 공동체로부터 뛰쳐나가, 그것과 적대하지 않을 수 없기 때문이다. 과연, 그가 로딘느와 결혼했을 때 그는 사실상의 반-아더의 대표자로 나서게 된다. 뤼네트가 로딘느와 이벵을 짝지워주기 위해 로딘느를 설득할 때 중요한 이유의 하나로 등장하는 것이, 아더의 침략을 막아줄 사람이 필요하다는 것이었다.[148] 물론 하나의 반론이 있을 수 있을 것이다. 아더가 우물로 와서 이벵과 마주했을 때 고벵의 역할로 이벵임이 밝혀지고 아더는 로딘느의 궁정에서 환대를 받았기 때문이다. 그러나 그것은 별개의 문제다. 중요한 것은 이러한 모험의 과정을 통해 이벵이 독립을 선포할 수 있게 되었다는 것이다. 더욱이, 앞에서 보았듯이 아더의 일행을 환대하는 로딘느의 태도에는 묘한 위선, "환대받는다고 사랑이라고 생각하면 착각"이라고 작가로 하여금 말하게 하는, 계략이 숨어 있었다. 최소한도로 해석해도 그것은 적의 도발을 억지하기 위한 거짓 봉사로서 이해될 밖에 없다. 그러나 어찌 됐든 이벵은 고벵의 권유로 다시 아더의 궁정으로 돌아가지 않았느냐고 한다면? 하지만, 그것이 이벵의 불행의 씨앗이었다. 그로부터 이벵은 저주받은 이벵이 되었던 것이다.

그렇다면 '로라뎅을 죽이다'와 '포레를 위해 복수하다'는 이 대목에 관한 한 "동의어"일 수 없다. 우선 문자적인 의미에 있어서 완전히 반

---

147) 『이벵[중]』, v.682-686; 『이벵[현]』, pp.9-10.
148) 『이벵[중]』, v.1619-1620; 『이벵[현]』, p.22.

대되는 뜻을 가지고 있는 이 두 어구가 나란히 놓였다는 이유만으로 동의어가 될 수는 없는 것이다.[149] 이 대목에서, 그것들은 아주 상이한 주어를 가지고 있으며, 그리고 접속사 'Et'에 의해서 그 변별성이 강조되고 있다. 또한, 동사도 다르다. '로라뎅을 죽이다'에 붙은 동사(vet)는 소원의 뜻만을 나타내고 있는 데 비해, '포레를 위해 복수하다'에 붙은 동사(irois)는 행위를 포함한다. 위의 분석을 토대로 한다면, 그 두 어구는 그 문자적인 의미에 걸맞게 아주 상반된 행위를 뜻한다. "저마다 로라뎅을 죽이려 한다"는 아더의 계획에 따라 신명난 기사들의 행위에 이어지며, 그리고 '포레를 위한 복수'는 오로지 이벵의 몫으로 떨어지는 것이다. 실제로 쾨는 일종의 진실을 그의 조롱 속에 끼워 넣은 셈이다. 그러니까, 이벵이 쾨를 두고 "힘과 학식과 가치가 뛰어나다"고 한 말은 단지 쾨를 빈정대기 위해서 한 말인 것만이 아니다. 그 안에는 쾨의 학식이 가지고 있는 궁정적 가치를 옹호하고 궁정에 거스르는 것을 사전에 방지하는 힘에 대한 지적이 들어 있는 것이다. 그러나 쾨와 이벵 간의 상호 예시는 겉으로 드러나지 않는다. 그것들은 상대방에 대한 조롱 뒤에 감추어져 있다. 마찬가지로 '로라뎅을 죽이려 하는' 기사들과 '포레를 위해 복수하러 가는' 이벵의 차이도 교묘하게 감추어져 있다. 르 장티로 하여금 그렇게 해석하게 한 것처럼, 등위 접속사 'Et'는 양편의 두 사항 간의 동질성을 더욱 앞으로 내세운다(그러나 우리의 분석이 적합성을 가지고 있다면, 그것은 동질성 아래에 변별성을 감추고 있다. 바로, 그 동질적 성격을 뚜렷이 부각시키는 그 행위 자체로서). 이벵의 최초의 선택은 로딘느의 환대

---

149) 중세 연구가들은 르 장티의 이 의견을 아무런 의심없이(르 장티 자신이 그의 해석이 아직은 추정적이고 따라서 수정을 요구한다고 밝혔음에도 불구하고) 그대로 수용하고 있다(cf. B. Woledge, *Commentaire sur Yvain*, T. 1, Droz, 1986., p.87; Claude Brudant et Jean Trottin의 현대어 번역본(『이벵[현]』)의 각주, p.8). Forré의 실증적 어원을 밝혔다는 그의 공헌을 지나치게 존중했기 때문이었을까?

가 그러하듯이 교묘한 위장을 수행하고 있는 것이다.

이상의 분석을 토대로, 다음과 같이 말할 수 있겠다. 작가는 치욕의 광경을 제시함으로써 주인공을 희화적으로 만들 뿐만 아니라 그에게 궁정에 대한 적대성(이단성)을 부여한다. 그것은 이야기의 일반적 도식과 중요한 차이를 보여준다. 후자에게 있어서 주인공의 치욕은 되갚아질 치욕, 즉 훗날의 영광을 더욱 돋보이게 하기 위한 사전의 포석으로서 기능한다면, 크레티엥은 주인공을 실제로 '치욕에 값할 만한' 인물로 만든다. 그것이 주인공을 희극적으로 만드는 요인이다. 그러나 크레티엥은 거기서 그치지 않는다. 그는 인물의 희극성의 밑면에 반체제성을 깔아놓는다. 그가 아더의 궁정에 대한 배반자라는 것을 은밀히 시사하는 것이다. 이야기의 일반적 도식에서 주인공의 터전이 궁극적으로 주인공의 성공을 누려야 할 땅으로 기능한다면, 다시 말해, 그 존재의 터전 자체는 의심의 영역으로부터 비켜나 있다면, 크레티엥은 인물을 그가 몸담고 있는, 그리고 그가 어쨌든 외면적으로 충성을 바치는 현실에 대해 적의를 감추고 있는 인물로 구성함으로써, 그 삶의 터전 자체를 불신과 전복의 대상으로 바꾼다.

4.4.2. 간지의 탄생 : 웃음과 음모

여기서 '의도된 치욕'은 작가의 관점으로부터 인물 자신에게로 이동한다. 그가 인물을 '남몰래' 불온한 인물로 만들어놓은 다음에는 더 이상 그의 언어에 의해서는 인물의 반체제적 성격을 부각시킬 수 없기 때문이다. 그는 인물에게 그의 기만적 생애를 맡겨 놓을 수밖에 없다. 바로 그러한 점에서 치욕을 당한 인물들이 그 자리에서 복수를 하지 않는 까닭을 다시 바라볼 필요가 있다. 왜 에렉은, 이벵은, 랑슬로는, 페르스발은, 고벵은 자신의 치욕을 수락하는가? 에렉의 경우엔 당장 갖춘 무구가 없다는 것이 변명이었다. 그러나 이벵은 그러한 복수가 진정한 의미에서의 되갚음이 못 된다는 것을 보여주었다. 이 두 경우를 양 극단으로 놓고 다른 인물들을 살펴보자. 클리제스는 자신의 치욕을 몰랐기 때문이라는 설명이 가능하다. 페르스발은 쾨의 모독이 있은 직후에 바로 서둘러 아더의 궁정을 빠져나간다. 그에 대한 문면의 설명은 없으나, 아직 기사의 자격을 획득하지 못했기 때문이었을 것이라는 추정을 할 수 있다. 아더의 궁정 앞에서 만난 진홍포의 기사의 무구에 반한 페르스발은 아더에게 그와 같은 무구를 갖춘 기사로 임명해달라고 요청하였고, 그 진홍포의 기사에게 부상당했던 쾨는 화가 나서 "지체하지 말고 그를 쫓아가 뺏어 입으라"[150]고 말했던 것이다. 그러나 그러한 추정이 가능하다 하더라도, 왜 페르스발은 진홍포의 기사를 죽인 직후에 아더의 궁정으로 되돌아가 자신에게 가해졌던 모욕을 갚을 생각을 하지 않았을까라는 의문은 여전히 남는다. 유일한 단서는, 쾨가 처녀의 뺨을 때린 사건과 페르스발이 아더의 궁정을 떠나는 순간 사이에 광인의 존재가 있었다는 것이다. 광인은 평소에 "이 처녀는 어떠한 지고한 영광보다도 위에 있는 기사도의 영광을 가질 사람을 보게 될 때야 비로소 웃을 것이오"[151]라고 말하고 다녔는데, 바로 그 한 가지 이유만으로 쾨는 지나가면서 그를 "발로 걷어차고 잘타는 불에 집어던져버린다." 그래서, "그는 비명을 지르고 처녀는 우는데" 청년(페르스발)은 지체 없이 궁정을 떠나 진홍포의 기사를 쫓아갔던 것이다. 그렇다면 광인의 말에 어떤 암시가 있고, 페르스발이 그것을 알아차렸기 때문에 돌아 올 생각을 못한 것이라고 할 수 있다. 그 암시는 광인의 말로 미루어, 어떠한

---

150) 『그라알(중1)』, v.1004-1005; 『그라알(중2)』, p.91.
151) 『그라알(중1)』, v.1059-1062; 『그라알(중2)』, p.95.

지고한 영광보다도 드높은 영광에 대한 암시일 것이다. 즉, 그러한 영광을 획득하기까지는 이른바 예언된 운명이 보류될 것이기 때문에 궁정으로 돌아오지 않을 수 있다. 그러나 기사도에 대해 전혀 무지한 페르스발이 어떻게 그걸 알아차렸을까? 거기까지는 알 수가 없다. 그러나 어찌 됐든 그것을 가정하지 않으면 이해가 불가능하다는 것은 하나의 사실로서 주어진다. 그렇다면 문제는 알 수 없는 '영광'에 대한 '앎'과 현재의 페르스발의 물리적 조건 사이의 간극이 그를 치욕의 되갚음을 오래도록 유보케 하는 요인이 된다는 것으로 집약된다. 그렇다면 치욕은 더 이상 주어지는 것이 아니다. 그것은 그에게 하나의 선택의 대상으로 변모한다. 왜냐하면, 궁정적 관계 이상의 어떤 무엇은 치욕의 자발적 수용을 통해서만 획득될 수 있기 때문이다.

그러한 사정을 랑슬로의 치욕은 더욱 잘 보여준다. 그는 수레에 오르라는 난쟁이의 말에 잠시 주저를 하는데, 그것은 치욕이 작가에 의해서 필연적으로 주어지는 정황이라기보다는 인물의 선택 사항이라는 것을 의미한다. 그것은 랑슬로가 수레에 오른 바로 직후 고벵에게도 같은 문제가 주어졌을 때 고벵이 "단호하게 거부"하는 것과 명백히 대조되면서 좀 더 확실하게 나타난다. 게다가 고벵의 현명함은 거꾸로 그의 바보스러움을 결국 초래하게 된다. 수레에 오르기를 거부한 고벵은, 그러나 혼자 말 달리지 않고 수레를 쫓아간다. 그것은 그가 치욕을 감수하지 않으면서도 왕비의 행방을 찾아가는 그 나름의 전략이었을 것이다. 그러나 소설의 전개는, 이미 보았듯이, 고벵의 지나친 느림(현명함)이 그의 실패의 원인이 되었다는 것을 보여준다. 거꾸로 말한다면, 치욕을 선택한 자만이 왕비를 구하는 '영광'을 누릴 수 있다.

이러한 것들을 염두에 둔 채 클리제스를 다시 보기로 하자. 정말 클리제스는 자신의 치욕을 알지 못했을까? 그는 독자의 눈에 희극적으로 비치기만 하는 인물이었을까? 그러나 그러한 해석은 차후에 그가 페니스와 함께 실행하는 놀라운 간계를 이해할 수 없게 만든다. 그것까지 염두에 둔다면, 클리제스를 다시 생각해 보지 않을 수 없다. 그러나 클리제스가 알리스를 콜로뉴로 동행한 사실과 삭스 공작의 조카를 신명나게 물리쳤다는 것에서는 클리제스의 '의심스러운' 행동을 찾아볼 수가 없다. 하지만, 다음과 같은 장면들은 클리제스의 속내를 직접 알려주는 것은 아니지만, 그에 대한 간접적인 단서가 될 수 있을 것으로 보인다.

첫째, 클리제스의 신원과 내력에 대해서 다른 사람들은(작가나 독자뿐만이 아니라, 작품 내의 여러 종류의 다른 인물도) 다 알고 있다는 것이다. 클리제스와 삭스 공작의 조카 사이의 결투에서 드러난 그의 무훈은 사람들을 매혹시켰으니, 사람들은 다투어 그의 신원을 알려고 한다. 그래서, 소문은 퍼지고 퍼져, 마침내 페니스도 그가 누구인지 알게 되었다. 클리제스의 신원을 안 페니스는 커다란 기쁨에 휩싸인다. "사랑은 그에게 이 세상에서 가장 예의 바르고(courtois) 용맹한 사람을 사랑하게 했"[152]기 때문이다. 때문에, 그녀는 유모 테살라의 약물에 힘입어 알리스와 결혼을 한 후에도 처녀성을 유지하겠다는 계획을 세우게 되는 바, 그 계획에는 "그가 썩 나쁘지 않은(de male part) 만큼, 그녀가 그를 사랑한다는 것을 안다면, 이 사랑에 대해 행복해 할 것"이라는 판단과 "사랑하는 사람의 상속권을 찾아주기 위해서 처녀성을 지키겠다"[153]는 의지가 부가되어 있다. 그리고 이어서 결혼식의 만찬에서 클리제스가 알리스에게 봉사하는 것을 본 테살라는 "그가 스스로 상속권을 박탈당할 일에 열심이구나"[154] 하고 생각하고는 "화가 나고 서글퍼져서"[155] 바로 클리

---

152) 『클리제식중』, v.2944-2946; 『클리제식현』, p.87.
153) 『클리제식중』, v.3182-3186; 『클리제식현』, p.93.

제스를 불러 물약을 주고, 황제에게 오직 그것만을, 그리고 오직 황제에게만 그것을 따라주라고 말한다. 클리제스는 그것이 "그에게 좋은 것이라는" 말을 듣고[156] 물약을 가져가 "그 안에 어떠한 해독이 있는지 모르기 때문에" 황제의 잔에 따른다.

　연속적으로 이어지는 위의 장면으로부터 다음과 같은 의문이 발생한다. 타인들은 모두 아는 '상속권 박탈'의 문제를 클리제스 혼자만이 모른다는 것이 있을 수 있는 일일까? 그가 황제에게 직접 따를 물약에 "어떠한 해독(nul mal)이 있는 줄 몰랐다"는 것으로 보아, 그가 테살라와 페니스의 계략을 눈치 채지 못했다는 것은 확실하다. 그러나 그것이 알리스와 페니스의 결혼은 곧 그의 상속권 상실을 의미한다는 사실까지도 몰랐다는 것으로 확대될 수 있을까? 게다가, 페니스의 생각에 그가 "결코 썩 나쁘지 않을 것이다(ja tant n'iert de male part)"는 판단은 의미가 불확실하다. 그것은 단순히 클리제스가 괜찮은 사람이라는 뜻일까? 그렇다면 차라리 '그는 아주 훌륭한 사람이니까'라고 말했어야 하지 않을까? 단어의 뜻에 충실한다면, de male part란 단순히 나쁘다(mauvais)의 뜻이 아니라, 나쁜 편, 즉 적이라는 뜻이 아닐까? 그렇게 이해한다면, 위 문장은 "그는 결코 나의 반대자가 안 될 테니까", 즉 알리스를 속이는 문제에 있어서 그녀와 같은 생각을 하리라는 것으로 해석될 수 있다. 만일 이러한 해석이 가능하다면, 페니스가 확신하지 못하는 것은 시행이 그대로 지시하듯이, 클리제스가 그녀의 사랑을 아느냐의 문제밖에 없다. 클리제스가 처해 있는 괴로운 상황(자신의 상속권을 박탈하는 삼촌에게 봉사한다는)은 클리제스 스스로도 알고 있으면서도 어떤 불가피한

---

154) 『클리제스(줌)』, v.3230; 『클리제스(현)』, pp.94-95.
155) 『클리제스(줌)』, v.3231; 『클리제스(현)』, p.95.
156) 『클리제스(줌)』, v.3267; 『클리제스(현)』, p.95.

이유로 그것을 감내하고 있는 것이다. 어떤 불가피한 이유란 정말 있는 것일까? 그 자신을 그렇게 치욕의 한 복판에 자발적으로 떨어지게 만드는 희극적 존재로 전락시킬 수밖에 없는 불가피한 이유가 있긴 있는 것일까? 여기에서 두 번째 단서로 건너가 보자.

두 번째 단서는, 알렉상드르가 클리제스에게 남긴 유언이다. 그는 클리제스에게 상호 연관된 두 가지 유언을 남기는데, 그 하나는 "너의 용맹과 용기의 가치를 알기 위해서는" 필히 "아더의 궁정에 가서 브르타뉴 사람들, 영국 사람들과 비교를 해봐야 한다"는 것이며, 다른 하나는 "궁정 기사들 중에서 으뜸가는 사람과 자신을 견주기 전에는 이름을 밝히지 말라"[157]는 것이다. 이 유언은 클리제스가 오센느포르(Ossenefort)의 마상 시합에서 익명으로 참가하여 사그르모르(Sagremor), 랑슬로, 페르스발을 차례로 이기고, 마침내 고벵과의 무승부로 끝난 결투를 통해 자신의 이름을 밝힘으로써, 실제로 실천된다. 문제는 클리제스의 가치는 알렉상드르에 의하면, 아더의 궁정을 거쳐 올 때까지는 불확실한 것으로 남아 있다는 것이다. 그것이, 클리제스로 하여금 치욕을 선택하도록 한 기본 원인이 아니었을까? 그리스에서 아무리 뛰어난 무용을 쌓는다 하더라도, 그리고 삭스 공작과 정당한 결투를 하기 위해, 알리스에 의해 미리 기사로서의 서임을 받았다 할지라도, 그는 아직 기사도에 값할 만한 인물이 못되었던 것이 아닐까? 따라서 그는 그의 상속권 박탈에 대해 이의를 제기할 권리를 가지지 못했던 것이 아닐까? 그러나 또한 그렇다면 그의 브르타뉴로의 출발은 정식으로 상속권을 요구하기 위한 수련의 계획, 즉 알리스에 대한 교묘한 전쟁의 선포가 아니겠는가? 또, 떠나기 전에 페니스에게 "내가 완전히 소속된 여인"이라는 말을

---

157) 『클리제스[중]』, v.2564-2575; 『클리제스[현]』, p.78.

남긴 것은 실제로 그녀와 결혼하겠다는, 즉 알리스에게서 왕비를 빼앗 겠다는 선언이 아니겠는가? 실로, 클리제스가 브르타뉴로 떠나기로 결 정하는 순간의 그의 모습을 작가는 "용맹한 사람, 세련된 사람 클리제 스(Cligés li preux, li afeitiez)"[158)라고 기술한다. 클리제스는 힘과 지혜의 겸비자로서 나타나는 것이다. 그것은 그가 단순히 아버지의 유언을 실 천하기 위해서 떠나기보다는 어떤 계획의 실천을 위해서 떠나는 것임 을 강력하게 지시한다.

그렇게 해석될 수 있다면, 그러나 왜 클리제스는 바로 아더의 궁정으 로 떠나지 않았을까, 라는 의문이 제기될 수 있다. 그는 아버지의 유언 직후 왜 서둘러 아더의 궁정으로 떠나 그의 기사로서의 가치를 증명받 지 못하고, 알리스의 결혼에 의한 상속권 박탈의 위기에 처하게 되고, 알리스에게서 기사 작위를 받게 되었을까? 그러나 이것을 풀이할 수 있 다면, 바로 클리제스의 치욕의 '선택'의 핵심을 잡을 수 있을 것이다. 그 부분이야말로 그의 자발성을 가장 뚜렷이 드러내 줄 부분이기 때문 이다. 이 의문에 대해서는, 우선 가장 간단한 대답이 있을 수 있다. 그 럴 기회가 없었기 때문이라는 것이다. 아버지의 죽음, 알리스의 결혼을 위한 원정으로 이어지는 사건 속에서 아직 아더의 궁정으로 떠나는 일 은 미루어질 수밖에 없었을 것이다. 그러나 알렉상드르의 죽음 이후 알 리스는 "꽤 오랫동안"[159) 결혼을 하지 않고 지냈다. 그 기간이 어느 정 도였는지는 알 수 없으나, 그동안 클리제스는 무엇을 하고 있었을까라 는 의문이 가능하다. 또 다른 대답도 있을 수 있다. 클리제스는 자신의 무훈을 시험할 기회를 가지지 못했기 때문이었을 것이라는 것이다. 그 러나 아버지의 유언은 용맹과 가치는 아더의 궁정에서 시험받아야 한

---

158) 『클리제스(중)』, v.4170.
159) 『클리제스(중)』, v.2592-2593.

다고 명시하고 있다. 그 이전의 무훈이며, 기사 서임은 알렉상드르의 유언에 따르자면 전혀 무의미한 것일 뿐이다. 그렇다면 그것은 오직 클리제스의 선택으로 남는다. 그는 무슨 이유에서인가, 아더의 궁정으로 서둘러 떠나지 않았다. 그것이 무엇일까?

알렉상드르의 죽음과 아더 궁정으로의 떠남 사이에 놓인 클리제스에게 일어난 사건들이 그에 대한 대답을 해줄 수 있을 것이다. 그가 겪은 사건은 크게 세 가지이다. 알리스와의 동행, 페니스의 만남, 삭스 공작을 물리치는 무훈이 그것들이다. 주의 깊은 독자라면, 이 세 가지 사건이 형태적으로 알렉상드르가 겪은 사건과 동일하다는 것을 눈치 챌 수 있다. 아더와의 합류, 소르다모르의 만남, 앙그레스 백작을 물리치는 무훈에 그것들이 상응하는 것이다. 클리제스의 사건은 알렉상드르의 사건을 형태적으로 그대로 되풀이하고 있는 것이다. 그 되풀이의 형태가 어느 정도로 같은지는, 앙그레스 백작을 물리치는 데 알렉상드르가 사용한 계략(적으로의 위장)을 클리제스도 삭스 공작을 물리치는 데 똑같이 사용한다는 데에서 잘 알 수 있다. 2장의 서두에서 던졌던 질문을 되풀이하자면, 언어의 경제라는 관점에서 용납될 수 없는 이 되풀이를 왜 했을까? 유일한 대답은 그 안에 무슨 변화가 있다라는 것이다. 이 되풀이되는 모험들은 형태는 같으나 그 요소들의 기능과 관계, 즉 구조는 다를 수 있다.

우선 그들에게 각각 아더의 궁정과 알리스의 궁정이 삶의 터전으로 나타났다는 사실부터 살펴보기로 하자. 알렉상드르가 그리스인이면서 아더의 궁정을 (소설이라는 무대에서의) 삶의 터전으로 택하게 된 데에는 나름의 이유가 있을 것이다. 알렉상드르는 아버지 알렉상드르와의 대화를 통해서 그것을 분명히 나타내는데, 그것은 '명성(renom)'의 획득이다. 아더의 궁정으로 떠나겠다는 아들의 말에 황제는 그리스의 모든 것이 "네 것이니" "그런 생각을 하지 말라"고 만류한다. 그러나 선택받은 왕자가 누릴 수 있는 안식은 그를 만족시키지 못한다. "안식과 명성은 잘 일치하지 않는 것 같습니다. 왜냐하면, 항상 평안을 누리는 사람은 강력한 군주로서 자신을 빛내지 못하기 때문입니다. 그것들은 아주 다르고 상반되는 것들입니다. 부를 가지고 그것을 늘리기만 하는 사람은 그것의 노예가 됩니다. 존경하는 아버님, 저에게 명성을 획득할 수 있는 기회가 남아 있는 만큼 저는 그러한 일을 위해 시련과 노력을 쏟고 싶습니다."[160] 아들이 대는 이러한 이유는 명성이 그리스 황제로서의 그의 부가 재산이 될 수 있다는 것을 알려준다. 그는 강력한 군주에게 필요한 것을 무훈으로부터 얻으려고 하는 것이다. 그런데 그것은 그의 군주 상속을 기정 사실로서 전제로 할 때 가능한 것이다. 아버지와 아들 사이에는 그 이름의 일치와 걸맞게 완벽한 상호 합의가 있다. 그것은 아더와 그 사이에도 마찬가지로 나타난다. 아더는 그에게 실제적이고 잠재적인 후원자로서 존재하게 된다. 반면, 클리제스에게 아더의 궁정은 부차적인 것일 수밖에 없다. 그에게 닥쳐 있는 현실적인 문제는 그리스 황제의 자리를 이어받는 것이다. 따라서 이야기의 차원에서 클리제스의 삶의 터전은 알리스의 궁정일 수밖에 없다.

그러나 알리스의 궁정은 클리제스에게 삶의 터전임에도 불구하고 적대적인 장소이다. 알리스가 바로 그의 잠재적 적대자이기 때문이다. 이 점이 알렉상드르와 클리제스의 결정적인 차이 중의 하나이다. 알렉상드르에게 그것은 화해적 잠재성을 가지고 있는데 비해, 클리제스에게는 그의 삶의 터전은 적대적 잠재성을 나타낸다. 이러한 것이 클리제스에게 미치는 가장 큰 영향은 그는 그의 삶의 터전에서 기댈 근거를 찾지

---

160) 『클리제스(중)』, v.155-164; 『클리제스(헨)』, p.15.

못한다는 사실이다. 알렉상드르에게 '안식'은 원하기만 하면 주어질 수 있는 것이지만, 클리제스에게는 그것 자체가 존재하지 않는다. 이러한 차이는 그들이 겪는 다른 사건들에도 중요한 영향을 미친다. 알렉상드르와 소르다모르의 사랑을 보자. 그들의 사랑은 서로 고백하지 못하는 어긋남에도 불구하고 그니에브르의 존재에 의해 결국 성취를 맛보게 된다. 요컨대 세상이 그들의 사랑을 뒷받침해주고 있는 것이다. 그러나 클리제스에게는 그런 그니에브르가 존재하지 않는다. 물론 테살라가 있다. 그녀가 클리제스와 페니스의 사랑에서 알렉상드르-소르다모르의 짝에 대한 그니에브르가 되어주고 있다. 그러나 결정적인 차이는 테살라는 그니에브르가 아더의 편이듯이, 알리스의 편이 되지 못한다는 것이다. 그녀는 반쪽, 즉 클리제스-페니스의 편일 수 있을 뿐이다. 그렇기 때문에 클리제스와 페니스 사이의 사랑의 확인이 이루어지지 않으면 테살라는 둘의 사랑의 성취에 아무런 영향력을 발휘할 수가 없는 것이다. 그 이전에 그녀가 할 수 있는 일은 페니스의 처녀성을 지켜주는 것뿐이다. 따라서 클리제스와 페니스의 사랑은 전적으로 당사자들의 문제로 귀속되게 된다. 분명 클리제스의 선택은 바로 이러한 사정과 연관되어 있다. 클리제스는 오로지 그 자신의 힘에 의해 그리스에서 자신의 근거를 확보해야 한다. 그렇지 않은 상태에서 아더의 궁정으로 떠나는 것은, 그 스스로 상속권을 포기하는 것을 의미하게 되는 것이다. 그가 획득해야 할 근거는 지위의 획득과 사랑의 대상의 발견이다. 그런데 그 근거의 획득은 동시에 알리스의 폐위를 미래로 두고 있는 것이기도 하다. 그것은 클리제스의 상속권의 인정을 가능하게 하는 것이며, 따라서 알리스에게 약속의 실천을 요구하는 것이기 때문이다. 페니스가 그 사랑의 대상이 되지 않을 수 없는 필연적인 이유가 거기에 있다. 또한, 동시에 클리제스가 "삭스 공작과 결투를 하는 데 안달이 난 나머지"[161)

알리스에게서 기사 서임을 받는 필연적인 이유도 거기에 있다. 그렇지 않고 아더의 궁정에서 기사 서임을 받았더라면, 그는 아더의 기사가 되었을지는 모르나 그리스의 황제가 되지는 못했을 것이다.

　여기까지 오면, 클리제스의 희극에 존재의 이유를 부여할 수 있을 것 같다. 그는 알리스에게 봉사함으로써, 아니 봉사하기를 선택함으로써만 알리스로부터 왕위를 되찾아올 수 있는 근거를 확보할 수 있었던 것이다. 그는 그의 적의 등에 업혀야만 적을 물리칠 수 있기 때문이다. 크레티엥의 인물들이 치욕을 선택하는 모든 까닭이 여기에 있다 할 수 있다. 이벵이 쾨의 조롱을 즉각적인 결투로 이끌고 가지 않은 것도 궁정 속에서 궁정적 풍속을 넘어서길 원했기 때문이다. 랑슬로가 그렇게 오랫동안 마보아그렝과 군중들의 조롱을 감수하였던 것도 그와 같은 맥락에 있을 것이다. 그는 그니에브르와 많은 사람을 고르의 왕국에 빼앗긴 아더의 궁정이 얼마나 비참한 상태에 놓여 있는가를, 모두가 그것을 인정하려고 들지 않았을 때, 홀로 몸으로 체현한 것이었다. 그는 죄인 공시대로서의 수레에 오름으로써, 아더의 사람 모두가 갇혔다는 것을 보여주었던 것이다. 그러니, 훗날, 수레에 오르기를 주저했던 데 대한 그니에브르의 꾸짖음[162])에 까닭이 없지 않았던 것이다. 그 치욕이 일방적으로 가해진 치욕일 뿐이라고 해석된 에렉의 경우는 그렇다면 어떠한가? 이미 4.2.1절에서 아더의 사슴 사냥이 근본적인 차원에서 문제화되고 해결을 얻는 것은 '궁정의 기쁨'에 와서야라는 것을 이미 보았었다. 그 사슴 사냥으로부터 비롯된 에렉의 치욕 또한 겉으로는 그를 모욕한 기사와의 결투에서 승리함으로써 되갚아지는 것이겠지만, 속으로는 궁정의 기쁨의 해결을 위해서 계속적으로 연기되는 것이 아니겠는

---

161) 『클리제스[중]』, v.3967; 『클리제스[현]』, p.114.
162) 『랑슬로[중]』, v.4484-4489; 『랑슬로[현]』, p.127.

가? 에렉의 나태(récréantise)는 그 점에서 사슴 사냥 날 난쟁이에게서 받은 모욕과 형태적으로 동일한 관계에 있다. 다음과 같은 순차적인 항목별 비교는 그 동형성을 잘 알게 해준다.

	'사슴 사냥' 사건	'에렉의 나태' 사건
i	뛰어난 기사임이 명시된다.	뛰어난 기사로서 인정받는다.
ii	그니에브르, 처녀(I)와 동행한다.	에니드와의 사랑에 빠진다.
iii	사슴 사냥 일행을 뒤따라가다 놓친다.	부하기사들은 기사도 무훈에 파견한다.
iv	기사, 난쟁이, 처녀(II)를 만난다.	사람들이 에렉의 나태를 비난한다.
v	처녀(I)가 난쟁이에게 모욕당한다.	에니드가 치욕임을 느낀다.
vi	에렉이 모욕당한다.	에렉에게 치욕이 전해진다.

이 양편 모두의 경우에 있어서, 각 항목에 똑같은 의미를 부여할 수 있다. ⅰ) 궁정 사회의 인정, ⅱ) 나태, ⅲ) 수동적 수락과 점진적 이탈, ⅳ) 비난, ⅴ) 간접적 치욕, ⅵ) 직접적 치욕.

약간의 부연을 필요로 하는 것들이 있다. 먼저, 항목 ⅳ). 이 양편의 비교 사항은 얼핏 동질성을 가지고 있지 않은 것처럼 보인다. 그러나 처녀(I)가 난쟁이에게 말을 건네러 갔을 때 난쟁이가 하는 말은 에렉 일행이 가는 길에 대한 비난을 분명히 포함하고 있다. 그는 처녀의 길을 가로막으면서 두 가지 말을 하는데, 하나는 "이 앞쪽으로는 당신들이 할 일이 아무 것도 없다"는 것이며, 다른 하나는 "돌아가시오. 당신이 이렇게 멋진 기사와 말을 나눈다는 것은 가당치 않다"[163)는 것이다. 이 두 말은, 단순히 기사에게 접근하는 것을 막는 것이 아니라, 에렉 일행이 접어든 길이 잘못된 길임을, 그리고 그것은 기사도적 명예를 더럽힌 길임을 간접적으로, 그러나 강력하게 환기시키고 있는 것이다. 그 길은

---

163) 각각, 『에렉[중]』, v.166, v.173-174; 『에렉[현]』, p.5.

그러나 사슴 사냥 일행을 따라간 길이니 또 다른 길이 될 수 없다라는 반론이 있을 수 있겠지만, 에렉이 그니에브르와 만난 장소가 "길이 구부러지는 곳(au tor de la rue)164)"이었다는 것은 또 하나의 길에 대한 암시를 충분히 해줄 수 있다. 사건의 전개에서는 아무 의미도 없는 이 묘사는 에렉 일행이 간 길이 사실의 차원에서는 사슴 사냥 일행을 따라간 길이지만 의미의 차원에서는 다른 길임을 가리키는 징조단위165)로서 기능하는 것이다. 다음, 연구의 이 지점에서 당장 의미 해독을 요구하는 것은 아니지만, 그니에브르-에렉-처녀(pucelle)의 짝과 난쟁이-기사-처녀(pucelle)의 짝 사이의 계열적 차이는 기억해 둘 필요가 있다. 앞으로 그것은 두 장소에서 다시 검토될 것이다.

이와 같은 동형성을 유념한다면, 에렉의 나태 이후의 모험이 사슴 사냥 이후의 모험의 되풀이라는 것을 더욱 잘 알 수 있다. 물론 거기에도 변화가 있다. 사슴 사냥에서 에렉이 받은 모욕은 육체적 모욕이지만, 그의 '나태'로부터 그가 받은 것은 말의 치욕이다. 그러나 이미 난쟁이에게 받은 모욕에도 말의 치욕은 포함되어 있었다. 다만, 그가 받은 육체적 모욕에 의해 가리워졌을 뿐이다. 그것은 결국 에렉의 두 번째 모험이 첫 번째 모험을 일단 완성한 후의 모험이 아니라, 첫 번째 모험의 미완성으로부터 다시 열린 겹의 모험이라는 것을 의미한다. 바로 그것 때문에 앞에서 보았던 것처럼 에렉과 에니드가 아더의 궁정으로 귀환하는 대목을 두고 작가는 그것이 모험의 출발임을 지적할 수 있었던 것이다. 그렇게 본다면, 에렉이 난쟁이로부터 받은 치욕은 이중적 의미를

---

164) 『에렉[중]』, v.106.

165) 징조단위란 롤랑 바르트가 「이야기의 구조적 분석 입문」에서 규정한 의미로서 사용된 것이다. 그것은 앞에서 살펴보았던 보편적 해석학의 대상으로서의 '상징'과 구별해, 암시적 기능들의 총체를 지시하기 위해 도입되었다. cf. R. Barthes, 'Introduction à l'analyse structurale des récits', in *Communications* 8, 1966.

가진다. 일차적으로 그것은 에렉에게 가해진 예기치 않은 수난이 된다. 그것은 새매 시합에서 기사를 물리침으로써 되갚아진다. 그러나 이차적으로 그것은 에렉 자신에 의해서 준비된 치욕이다. 왜냐하면, 난쟁이가 암시하였듯이, 그것은 기사 일행으로부터의 이탈이 원인이 되기 때문이다. 따라서 그것은 그의 새매 시합에서의 결투로 완성되지 않는다. 그것은 '궁정의 기쁨'에까지 연장될 것이다. 또한, 그 치욕의 이중적 의미는 각각 대상이 달라진다. 수난으로서의 에렉의 모욕은 궁정으로의 귀환으로 귀결하지만, 선택으로서의 에렉의 치욕은 궁정 자체의 문제화를 겨냥하고 있기 때문이다.[166]

이제 이 절의 잠정적인 결론을 내릴 수 있게 되었다. 크리티엥의 주인공들에게 치욕은 수용의 대상이 아니라 선택의 대상이다. 그들은 그것을 선택함으로써 궁정적 관계에 수용됨과 동시에 궁정적 관계를 넘어설 계기를 마련한다. 광기의 심연 속에 새로운 공간이 열리게 된 것이다. 그들의 그 선택은 따라서 필연적인 동시에 의지적이다. 삶의 근거를 확보하기 위해서라는 점에서 그것은 필연적이며, 그 근거 자체를 전복의 대상을 바꾼다는 점에서 그것은 의지적이다. 그 선택의 필연성을 두고, 『클리제스』의 화자는 클리제스가 "초인이 아니라 인간이기 때문"[167]이라 말한 바 있다. 그리고 베르나르 드 샤르트르의 말을 빌리자

---

166) 이에 대해서는 4.2.1절에서 자세히 기술한 바 있으므로, 반복을 피한다.

167) 클리제스는 적으로 위장하여 삭스 공작의 진중으로 들어간다. 그가 한 기사의 머리를 창에 꿰고 다가오는 것을 보고 삭스 공작의 군은 그들의 기사가 클리제스의 머리를 꿰고 오는 것으로 착각하고 환호하며 그에게 달려간다. 그때 작가는 약간은 느닷없이 클리제스의 행동을 이렇게 묘사한다. "그들은 전속력으로 달려옵니다. 클리제스는 삭스 군을 향해 박차를 가합니다. 그는 몸을 웅크려 방패 밑에 바싹 붙입니다. 창은 똑바로 겨누고 머리는 똑바로 들고서입니다. 그는 삼손과도 같은 초인적인 용기는 없었던 것입니다. 그의 용맹은 인간의 그것일 뿐이었습니다."(『클리제스중』, v.3508-3513; 『클리제스현』, p.102.) 이 장면은 클리제스의 치욕을 선택하는 모습을 하나의 스틸로 완벽하게 형상화하고 있다. 그는 몸은 웅크리고 머리는 똑바로 쳐든다. 육체는 모욕을 감수함으로써 안전을 지키고 머리는 똑바로 듦으로써 공격의 목표를 확실히 겨눈다. 그럴 수밖에 없는 것은 그가 바로 똑같은 '인간'이기 때문이다. 계략의 필연성이 거기에 있다. 크리티엥에게서 '초월

면, 그 범상한 인간은 "거인의 어깨 위에 앉은 난쟁이"이었던 것이다. 퀼러는 이 말을 인용하면서, "더 멀리 보기 위해서"[168]라고 주석을 달고 있다. 우리가 그 '더 멀리'에 있는 것이 무엇인가에 대해서는 퀼러에게 동의하지 않지만, '더 멀리'의 자세에 대해서는 전적으로 찬표를 던질 수 있을 것이다. 난쟁이는 거인 위에 앉음으로써 거인보다 더 멀리 볼 수 있는 것이다.

그런 의미에서 그들의 선택은 하나의 간지, 치욕의 조롱을 전복의 웃음으로 바꾸어 놓는 간지이었다고 말할 수 있다. 모든 희극은 "조리 있는 광인"의 몫이라고 베르그송은 말했던 바, 크레티엥의 인물들을 바닥 모르게 빨아들였던 저 광기의 심연은 그것의 합리적 구성을 통해 드디어 간지의 지평을 열어놓은 것이다.

4.4.3. 또 하나의 간지 : 작가의 위상

앞 절은 인물의 치욕의 선택에 대해 분석하였다. 그 선택이 필연적이며 동시에 주체적이라는 점에서 소설 속의 인물들을 마치 실제로 살아 있는 인물인 것처럼 묘사하였고, 그것을 전제로 하였다. 그러나 그들이 어차피 소설 속의 인물들이라는 점에서 그들의 그 주체적 선택마저도 실은 작가의 붓 끝에서 나오는 것이 아닐까? 물론 그럴 것이다. 그러나 작가의 붓 끝이 모두 작가의 몫이라는 보장은 없다. 지드가 "신의 몫"이라고 부른 부분을 작가의 붓은 작가의 의사에 반하여 얼마든지 만들어낼 수 있는 법이고, 그것이 작가의 의도와는 다른 문학적 성취를 낳

적'인 것을 보려는 모든 노력은 이 한 컷의 그림 앞에 무색해진다.

168) Erich Köhler, *L'aventure chevaleresque : Idéal et réalité dans le roman courtois* (Trad.), 2ᵉ édition, Gallimard, 1974, p.62.

을 수도 있다. 따라서 작품의 모든 부분에 작가가 개입한다는 것은 현명한 태도가 못된다. 그러한 의도는 인물들이 '스스로 말하려 하는' 보이지 않는 열망들을 작가의 단일한 의식에 구속시킴으로써, 작품을 그의 의식이며 이념의 복제물로 전락시킨다. 현명한 작가는 그의 의식의 몫과 무의식의 몫을 적절하게 긴장시키고 조화시키면서 그의 계획을 넘어서는 세계의 구성이 그를 놀라게 하며 이루어지기를 꿈꾼다.

이러한 문제가 전통적으로 '시선(vision)' 혹은 '시점(point de vue)'의 이름으로 논의되어 왔다는 것은 주지하는 바이다. 그리고 12세기 중세 소설이 일종의 전지적 시점을 채택하고 있다는 것은 거의 의심의 여지가 없어 보인다. 작가는 그가 이미 알고 있는 정보, 그리고 그가 이미 겪은 사실들을 가지고 이야기를 풀며, 인물들의 속내 곳곳을 탐지하여 그 마음들의 움직임에 운을 새기기 때문이다. 외적 정황에 대해서든, 내면 심리에 대해서든 그가 모르는 것은 거의 없다. 그러나 정말 그러한가? 다음의 분석들은 크레티엥의 소설의 시선이 꼭 그렇지 않으며, 오히려 정반대일 수 있다는 것을 보여줄 것이다.

우선, 12세기 소설의 작가가 그의 소설의 완전한 소유자라기보다는 일종의 대리인이라는 점은 1.3.3절에서 이미 논의한 바가 있다. 작가는 공식적인 차원에서 "신적 부권의 모방자"로서 존재하였다. 그러나 이미 우리는 그러한 작가의 공식적인 역할이 한편으로 시늉되고 다른 한편으로 배반되는 양상들을 충분히 보았다. 축약한다면, 그 시늉과 배반은 '모방하되 변형한다'는 원리를 통해 나타난다. 그리고 그 원리의 실천은 인물들이 스스로 치욕적 자리를 선택함으로써 가능하게 되었다. 그렇다면 작가 또한 신적 부권의 대리인이라는 자신의 본래의 직함을 다른 방식으로 사용하지 않았을까? 12세기 소설가에게 있어서 '대리인'으로서의 그의 역할이 상당부분은 열등한 의미를 담고 있었다는 것을 상기할 필요가 있을 것이다. 플라톤에게 있어서 시인이 그러했듯이, 12세기의 소설가들은 라틴어 문화의 전파자들에 의해서 끊임없이 감시받고 교정되어야 할 존재이었다.[169] 즉 그들의 삶의 조건은 소설의 주인공들이 그러했듯이 '난쟁이'로서의 조건이었다. 그러나 작가들이 그 조건을 새로운 삶의 기회로 포착했으리라는 것도 충분히 짐작할 수 있다. 그것이 작품과 작가의 관계에 있어서 어떤 새로운 변화를 가져오게 하지 않았을까?

겉으로 드러나는 작가의 위치는 언제나 작품의 위에 있고 진실의 아래에 있다. 그 진실이란, 역사상의 문헌, 경험, 후원자 등이다. 작가는 그 진실에 근거하여 로망어의 작품을 쓴다. 이 진실과 로망어의 사이에서 작가는 때로는 진실의 대리인으로서의 자부심을 공공연하게 드러내기도 하며, 때로는 '헛되이 시시덕댄다는' 꾸짖음을 예상하고 자기 검열을 하기도 한다. 크레티엥 소설들의 서두에 등장하는 의례어(lieu commun)들, 가령 2장의 서두에서 보았던 『클리제스』의 서두의 "그로부터 이야기의 진실성이 증명되는 바이니 이 이야기는 더욱 믿을만 합니다"라는 주장은 전자에 속하며, 가령 다음과 같은 작가의 진술은 후자에 속한다. "이 상처[사랑의]에 대하여 여러분이 듣기 원한다면, 내가 아무리 오래 이야기해도 보따리를 다 풀지 못할 것입니다. 그러나 곧바로 다른 분들은 내가 여러분께 허황된 소리나 하고 있다고 비난할 것입니다."[170] 그러나 역시 2장의 서두에서 가정되었듯이 그 진실성 주장에는 은밀한 변형의 작업이 발동하고 있으며, 그 허황된 이야기에 대한 자기 검열에는 그것을 강요하는 사람들에 대한 항변이 실려 있다. "오늘날 사람들은 더 이상 사랑에 관심이 없습니다. 오늘날의 사람들은 옛날 사람들이 사

---

169) 2.3.1절을 참조.
170) 『이벵[중]』, v.5383-5387; 『이벵[현]』, p.70.

랑하듯이 사랑하지도 않으며, 사랑에 대해서 들으려고도 하지 않습니다."171)

따라서 작가들이 작품에 개입하는 양상들은 좀 더 치밀하게 조사될 필요가 있다. 겉으로 내세우는 것과 속으로 꾸미는 짓이 다를 수 있기 때문이다. 실제로 자세히 읽을 경우 작가의 눈은 '대리인'으로서의 그의 자격이 부여할만한 고압적인 동시에 굴종적인 시선을 드러내지 않는다. 작가—이제부터는 화자라고 말하는 것이 낫겠다, 작가의 신분적 지위와 글 속에 참여한 작가가 서로 다를 수 있다는 것이 확인되었으니까—는 대체로 인물들의 속마음까지 속속들이 안다는 점에서 푸이옹 (Fouillon)적인 의미에서 '배후에 놓인(par derrière)' 시선을 가지고 있으나, 그러나 인물들을 쫓아가는 그 눈길은 실질적으로 '함께 겪는' 시선임을 보여준다. 몇 개의 예를 들어보겠다.

> ⅰ) 헤어지는 순간 어머니도 울고 처녀도 울고 아버지도 웁니다. 그게 사랑입니다. 그게 자연입니다. 그게 제가 키운 아이에 대한 정입니다.172)
>
> ⅱ) 아더 왕은 아주 숭앙 받는 왕홀(王笏)을 가져오게 했습니다. 그게 어떻게 만들어졌는지 들어보십시오.173)
>
> ⅲ) 이제 우리는 아직 싸움이 벌어졌던 장소에 남아 있는 에렉에 대해서 다시 말해야 하겠습니다. 내가 알건대, 트리스탕이 성 삼손의 섬에서 모르호(Morholt)를 이겨 그를 죽였을 때도, 에렉 덕분에 이곳에 만연한 기쁨에 비견할 기쁨은 없었습니다.174)
>
> ⅳ) 이 사람에 대해 나는 여러분께 다만 아무도 그보다 나은 사람은 없다는 것만을 이야기 하겠습니다.175)

---

171) 『이벵[중]』, v.5388-5391; 『이벵[현]』, p.70.
172) 『에렉[중]』, v.1441-1444; 『에렉[현]』, p.38.
173) 『에렉[중]』, v.6808-6810; 『에렉[현]』, p.181.
174) 『에렉[중]』, v.1238-1244; 『에렉[현]』, p.32.

위의 네 가지 예는 화자가 작중에 직접 개입해 발언하는 대표적인 유형들을 무작위로 뽑아 본 것이다. ⅰ)은 전지적 시점의 화자가 인물들의 생각과 느낌을 지배하는 전형적인 예를 보여준다. 그러나 이러한 방식의 발언은 실은 크레티엥의 소설에서 자주 나오지 않는다. 비교적 이러한 방식의 발언이 빈번한 작품은『클리제스』인데, 하지만, 그것은 인물들을 지배하기 위해서라기보다는 인물을 깊이 붙잡고 있는 생각과 다른 생각을 화자가 제시함으로써 일종의 논쟁을 유발한다는 것은 이미 4.2.2절에서 본 바 있다. ⅱ)는 비교적 자주 나오는 유형의 발언이다. 이것은 크레티엥 소설의 화자가 낭송 문학의 낭창자들의 수법과 같은 구어적 전통을 활용하고 있다는 것을 보여준다. 그것은 ⅰ)과 다르게 화자의 위상이 독자들에 대해 규정적이라기보다는 공감적 혹은 공참여적이라는 것을 은밀히 시사해준다. ⅲ)의 경우는 주 인물들, 혹은 막치른 사건들의 최고성을 보여주는 예로 가장 빈번히 나타나는 발언이다. 그 최상적 성격의 의미에 대해서는 이미 말한 바 있으며, 지금 문제가 되는 것은 화자가 말하는 방식이다. 주목해야 할 것은 ⅳ)가 적절히 환기하는 대로, 인물 자체를 길게 묘사함으로써 그 뛰어난 모습을 형상화할 수, 화자는 이와 같은 개념적 규정으로 혹은 ⅲ)과 같은 비유를 통해서 소설의 길이를 줄이고 있다는 것이다. 화자는 왜 그러한 방식을 택했을까? 다음의 예들은 그 이유와 의미의 변이를 보여줄 수 있을 것이다.

ⅰ) 내가 왜 여러분께 이야기를 길게 늘어놓으려 하겠습니까?[176]

ⅱ) 나는 이 악덕과 덕에 대해 오랫동안 이야기할 수도 있습니다.

---

175)『클리제스[중]』, v.325-326;『클리제스[현]』, p.19.

176)『에렉[중]』, v.1080;『에렉[현]』, p.28.

그러나 그것은 나를 너무 지연시키게 될 것입니다. 나는 다른 곳을 향해 내 이야기를 돌립니다. 그러니, 아버지가 아들에게 주는 교훈을 직접 그 몇 마디를 들어보세요.[177]

iii) 그러나 왜 내가 여러분께 방을 장식하고 있는 벽지에 수놓아진 무늬들에 대해 시시콜콜 말하겠습니다. 그럴 경우 나는 쓸 데 없는 일로 시간을 낭비하게 될 터입니다. 그리고 나의 이야기를 서두르려 하지 않는 것입니다.[178]

iv) 그것은 여러 사람들을 불쾌하게 할 터이니, 나는 내 말을 낭비하고 싶지 않습니다. 대신 그보다 유익한 이야기에 전념하겠습니다.[179]

i)은 이러한 식의 생략이 빈번히 행해진다는 것을 보여주기 위해, 가장 간단한 예를 들어 본 것이다. ii), iii), iv)는 각각 그 생략의 이유를 드러내 보여준다. ii)는 언어의 경제에 대해 화자가 명확한 관념을 가지고 있음을 보여준다. 긴 설명보다는 몇 마디 말로서 유형화시키는 게 이야기의 박진감을 위해 낫다는 것을 알고 있는 것이다. iii)도 같은 예지만, 묘사에 대한 적대감이 추가되어 있는 것이 보인다. 묘사에 대한 적대감? 그보다는 쓸 데 없는 말들에 대한 적대감일 것이다. 쓸 데 없는 말이란 무엇인가? iv)는 그것이 학문 세계의 검열과 관계있다는 것을 명확하게 보여준다. 바로, 헛되이 시시덕대는 일에 대한 경고가 화자로 하여금 길게 정황을 늘어놓는 일을 삼가게 하는 것이다. 그러나 이 대목에서 중단되는 이야기와 시작하는 이야기가 무엇인지를 살펴본다면, 그게 그리 간단하지는 않다는 것을 알 수 있다. 억제된 이야기는 윈스도르 성을 함락시킨 아더 궁정의 기쁨의 광경이며, 대신 시작될

---

177) 『랑슬로[중]』, v.3181-3186; 『랑슬로[현]』, p.98.
178) 『에렉[중]』, v.5523-5527; 『에렉[현]』, p.146.
179) 『클리제스[중]』, v.2320-2322; 『클리제스[현]』, p.71.

"보다 유익한 이야기"는 알렉상드르가 아더에게서 받은 3개의 영예 및 3개의 기쁨과 클리제스의 탄생이다. 궁정 묘사는 멈추고, 클리제스의 이야기에 핵심이 되는 암시가 들어 있는 대목이 출현하는 것이다. 이것은 4.3.1절에서 보았던 『수레의 기사』의 서두, 즉 마리에 대한 아첨꾼 작가들의 크레티엥의 신랄한 비난과 연결지어 생각해볼 수 있다. 그것들은 모두, 궁정 소설의 상징적 지배 중심으로 존재하는 '궁정'에 대해 은밀히 거리를 취하는 작가의 태도를 보여준다. 그렇다면 크레티엥 소설의 화자는 근엄한 성직자들의 요구를 수락하는 척 하면서 자신의 의도에 맞게 그것을 활용하고 있는 것이 아니겠는가? 그 의도란 신적 부권의 대리인으로서의 역할을 수행하는 가운데 배반의 계략을 실천하는 것이 아니겠는가?

이러한 추측은 그가 그의 시선을 일방적으로 작품을 조감하는 데 쓰지 않고 독자와 은밀한 통화를 모색하는 데에서 좀 더 잘 확인된다. 가령, 랑슬로를 만난 고벵의 태도를 묘사하는 화자의 말을 보자. "아! 그가 친구를 다시 보았을 때 얼마나 기뻤는지! 나는 여러분께 사실을 말씀드리는 것입니다. 추호의 의심도 품지 마세요. 그는, 비록 왕위를 준다 해도, 그 영광이 그것을 그에게서 앗아가려 한다면 즉석에서 포기할 터입니다."180) 얼핏, 가장 궁정적인 기사로서의 고벵의 우정을 보여주는 듯한 이 발언은, 그러나 고의적으로 "의심하지 마세요"라는 말을 끼워 넣음으로써 역설적으로 화자의 발언에 대해 의심을 품게 만든다. 혹시, 고벵은 마보아그렝과 싸우지 않게 된 것을 다행으로 생각해서 기뻐한 것은 아닌지, 혹은 자신이 차지할 수도 있었을 영광의 기회를 랑슬로의 출현으로 박탈당한 신 맛을 애써 감추면서 기뻐하는 척 하는 건

---

180) 『랑슬로[중]』, v.6800-6806; 『랑슬로[현]』, p.176.

아닌지… 등의 의심을 독자에게 품게 하는 것이다. 이러한 사정을 감안할 때 화자가 사건을 묘사하거나 설명하기만을 하는 것이 아니고 자주 독자에게 말 건네고 있다는 사실이 새롭게 다가온다. 다음의 예들을 보자.

> ⅰ) 그에 대해서, 저는 그가 몸은 작지만 마음은 크고 담대하다고 말할 수 있겠습니다.[181]
>
> ⅱ) 그들은, 그의 사촌인지 조칸지 확실히 알 수는 없습니다만 셋으로 아주 기술이 좋고 세련되었습니다.[182]
>
> ⅲ) 내 생각엔 여왕은 새 기사들이 오는 걸 보려고 막사 곁에 와 앉아 있었던 모양입니다.[183]

ⅰ)의 예는 단순히 화자의 판단을 그대로 진술하고 있는 듯이 보인다. 그러나 "말할 수 있겠습니다(savrai ge bien dire)"라는 진술은 일종의 암시를 포함하고 있다. 그것은 독자에게, 지금까지 만난 성주와 다른 성주를 보게 되리라는 기대를 조장한다. ⅱ), ⅲ)의 경우는 전지적 시점의 화자라기보다는 목격자로서의 화자를 여실히 보여주는 예이다. 더욱이, 그 목격자는 뛰어난 관찰자가 못된다. 그는 그의 진술에 불확실한 공백을 남겨두고 있는 것이다. 그 공백을 메우거나, 그 공백 속으로 들어가는 일이 독자에게 남겨지리라는 것은 분명하다. 그런가 하면, 자신의 말을 곧바로 부인하는 경우도 적지 않다. 다음의 예들을 보자.

> ⅰ) 한 정해진 장소에 정착되기를, 모든 마음을 지배하는 사랑은 원합니다. 모두라구요? 아닙니다. 그럴 경우의 마음들에 한해

181) 『에렉[중]』, v.3664-3666; 『에렉[현]』, p.96.
182) 『랑슬로[중]』, v.6768-6770; 『랑슬로[현]』, p.175.
183) 『클리제스[중]』, v.1192-1195; 『클리제스[현]』, p.43.

서일 뿐입니다.[184]

ii) 결코 어떤 고약도 치료를 바라며 거기에 붙여지지 않을 것입니다. 왜냐하면 사랑의 희생자는, 상처가 악화되지 않는 한, 치료와 약을 찾는 일에 저항할 것이기 때문입니다. 아니, 내가 무슨 말을 하는 건가요? 차라리 상처가 병보다 앞서 나갈 겁니다.[185]

iii) 에렉은 그들이 그를 죽일 음모를 꾸미리라는 것을 눈치 채지 못합니다. 그러나 하나님께서 그를 도와주러 오실 것입니다. 나는 그렇게 되리라고 믿습니다.[186]

i)의 경우는 화자의 판단을 특정한 대상에 더욱 집중시키기 위해 본래의 발언을 수정한 예이다. 그것은 평범한 절차인 것처럼 보이지만, 그러나 일종의 화자의 교묘한 계략을 동반하고 있다. 왜냐하면, 그것을 통해서 그는 궁정 사회 일반으로부터 주인공을 떼내어버리고 있기 때문이다. ii)의 경우는, 화자가 자신의 판단을 극단화시킨 끝에 거꾸로 판단을 부인하게 되는 예다. 그러나 동시에, 그 화자의 계략 자체가 화자의 지배권을 넘어서는 일이라는 것을 보여준다. 상처는 병보다 앞서 나간다. 병은 그가 기술할 수 있지만, 병 없는 상처의 발생은 인간으로서의 그는 기술할 수가 없는 것이다. 따라서 ii)의 부인은 이중적이다. 하나는 사랑의 상처에 대한 마음의 병의 우위를 부인하는 것이며, 다른 하나는 그의 개입의 범위에 대한 부인이다. iii)은 얼핏, 신적 부권의 대리인으로서의 화자의 입장을 잘 표현하고 있는 대목처럼 읽힐 수 있을 것이다. 그러나 전후 사정을 생각하면, 그 판단은 그릇된 것임이 명백하다. 왜냐하면, 에렉의 위험은 이미 에니드가 알고 있었고, 에니드는

---

184) 『랑슬뢰[중]』, v.1232-1234; 『랑슬뢰[현]』, p.54.
185) 『랑슬뢰[중]』, v.1338-1343; 『랑슬뢰[현]』, p.57.
186) 『에렉[중]』, v.3418-3421; 『에렉[현]』, p.90.

성주와의 결혼을 거짓으로 약속하는 체 하면서 기회를 보아 에렉에게 알릴 계획을 가지고 있었기 때문이다. 물론 에니드는 에렉을 도우러 올 신은 아니다. 따라서 iii)의 화자의 진술은 무의미한 췌사이다. 그러나 그것이 작품 속에 끼워져 있다면, 전혀 무의미하지는 않을 것이다. 존재하는 모든 것은 의미가 있는 법이다. 이 췌사는 두 가지 관점에서 이해될 수 있다. 하나는 이것이 무훈시의 시절의 되풀이[187]에서 빌려온 기법이라는 것이다. 그것은 크레티엥의 소설이 여전히 구어적 전통에 놓인다는 것에 대한 증거로 제시될 수도 있을 것이다. 그러나 소설이 무훈시와 다르다면, 소설은 그것을 그냥 되풀이하기 위해서 빌려오지 않았을 것이다. 이미 '듣는' 청중이 아닌, '읽는' 독자는 이러한 되풀이에서 권태를 느끼거나 비웃을 기분을 가질 것이다. 두 번째 관점은 바로 그것으로부터 비롯되는 바, 화자의 진술이 스스로를 희화화하고 있다는 것이다. 사건이 인물들의 몫으로 떨어져 있다면, 화자의 개입 자체가 무의미한 것이 아니겠는가? 화자는 개입을 통해 그 개입의 무의미성을 보여준다. 일종의 자기 조롱이 발동되는 것이다. 클리제스와 페니스가 도피할 처소를 만든 장(Jean)을 처형하는 장면을 묘사하면서, "황제는 그에게 치욕을 준 대가로 매달아 화형시킬 것입니다. 그가 지불해야 할 대가를 치르게끔 할 것입니다(그러나 그것은 소득이 없는 지불이 될 것입니다.)"[188] 같은 대목도 마찬가지의 췌사에 속한다. 개입이 무의미함에도 불구하고 화자의 존재가 부권의 수탁자로서 실재해야 한다면, 화자가 다음에 할 수 있는 일은 무엇일까? 그것은 독자와 놀이하는 일이 아닐까?

---

187) 앞에서 병렬적 반복(parataxe)이라고 부른 것.
188) 『클리제스(중)』, v.6451-6455; 『클리제스(현)』, p.179.

  i) 하지만 여러분은 그의 출발하게 된 계기가 무엇인가를 내가
     여러분께 말하리라고 믿습니까? 아닙니다. 왜냐하면 여러분은
     내가 여러분께 보여주었던 것처럼 이런 저런 것들의 진실을
     알고 있기 때문입니다. 그걸 다시 얘기한다는 것은 나에게는
     짜증나는 일입니다. 이야기를 그 말들을 순서에 맞추어 다시
     시작해서 풀어내려고 하는 사람에게는 그건 간단한 일이 아니
     기 때문입니다.[189]

  ii) 어느 분이 내게 왜 그가 그것들을 감추느냐고 묻는다면, 나는
     당분간 대답을 하지 않겠습니다. 그것은, 마상 시합에 참여한
     왕궁의 모든 높은 귀족이 자신의 이름을 날리기 위해 말에 올
     랐을 때 여러분께 말해질 것입니다.[190]

  iii) 나는 내가 왜 그녀가 나타내는 고통을 이야기하는 데 오래도
     록 시간을 써야 하는지 모르겠습니다. 그러나 슬피 울면서 그
     녀는 그녀의 여주인에게 이렇게 말을 하였습니다.[191]

  i)과 ii)는 화자가 독자에게 이야기를 일방적으로 전달하거나 혹은
거꾸로 자신이 그에게 주어진 이야기의 감을 있는 그대로 옮기는 사람
이 아니라는 것을 명확하게 보여준다. 그는 "말들을 순서에 맞게" 쓰는
노력을 기울이는 사람, 즉 '구성(conjointure)'의 작가라는 것이 화자의 한
전언이라면, 독자는 이야기의 줄거리를 함께 풀어나가야 한다는 것이
다른 전언이다. 그것을 위해서 화자는 일종의 수수께끼 놀이를 독자에
게 제안하는 것이다. 그 놀이의 제안은 독자의 공감적 참여를 유도하는
것이며 동시에 그렇지 못한 사람들, 혹은 그럴 생각이 없는 사람들에
대한 공격이기도 하다. 사실 화자가 제시하는 수수께끼는 소설을 꼼꼼
히 읽은 사람이라면 누구나 알 수 있는 것이다. 그럼에도, 그걸 구태여

---

189) 『에렉[중]』, v.6420-6429; 『에렉[현]』, p.170.
190) 『클리제스[중]』, v.4574-4580; 『클리제스[현]』, p.130.
191) 『이벵[중]』, v.2914-2916; 『이벵[현]』, p.39.

물어보는 '어느 분'이 있다면, 그는 꼼꼼히 읽지 않은 사람임에 분명하다. 하지만, ii)의 진술은 그것이 공격 이상이라는 것을 보여준다. 화자는 그 '어느 분'에 대해 조롱하거나 꾸짖는 대신, 나중에 말해주겠다고 약속한다. 그 나중은 언제인가? "마상 시합에 참여한 왕궁의 모든 높은 귀족이 자신의 이름을 날리기 위해 말에 올랐을 때"이다. 꼼꼼하게 읽은 독자는 이때가, 바로 위 수수께끼의 열쇠가 되는 알렉상드르가 지시한 때와 일치한다는 것을 알 수 있을 것이다. 알렉상드르는 죽기 전에 클리제스에게 아더 궁정에 가서 높은 기사들과(심지어 고벵과도) 시합을 하되, 가장 으뜸가는 기사와 자신을 견주기 전에는 결코 "이름을 밝히지 말라"고 했던 것이다. 화자는 클리제스의 그 행동에 맞추어, 글을 읽을 줄 모르는, 혹은 이야기의 일방적인 전달-수용 관계의 편견에 사로잡혀 있는 독자에게 (뻔한) '비밀'을 밝혀주는 일을 그때까지 미루는 것이다. 화자는 그렇게 둘러대는 방식을 통해서 독자로 하여금 그 스스로 작품 속에 참여할 권리를 부여한다. 그런데 동시에, 그렇다면 화자는 그 자신이 화자의 거북한 입장을 그만 두고 인물로서 참여하고 싶은 것은 아닐까? 과연, iii)은 화자가 인물이 되는 희한한 광경을 연출한다. 분명, 이야기의 낭비에 대해서 투덜대고 있는 것은 화자이다. 그럼에도 불구하고 그는 이야기를 해야 하는 모양이다. "그러나"라고 그는 말한다. 그런데 그 '그러나'라는 돌쩌귀를 돌려 이야기의 문을 열었더니 이야기하는 사람은 화자가 아니라, 미친 이벵을 발견한 시녀이다.

지금까지의 분석을 요약하면 이렇다. ⅰ) 화자의 공식적인 입장은 진실로서 주어진 이야기를 전달하는 사람이다; ⅱ) 그러나 화자는 그 입장을 시늉하면서도, 한편으론 그 이야기를 '(재)구성'하고, 다른 한편으론 독자와의 놀이 공간으로 이야기를 꾸민다; ⅲ) 그 시늉과 놀이를 통해 화자는 소설 내의 한 인물로서 소설의 미지의 미래에 가담하려고 한다.

하지만, 진실 전달자로서의 그의 공식적 입장은 그를 내내 불편하게 할 것이다. 그것이 그에게 이야기의 공간을 마련해 준 제도의 요구이기 때문이며, 그는 그에 부응하지 않고서는 살아남을 수가 없기 때문이다. 따라서 그는 인물로서의 변신에 성공한 때에라도 그에 대한 강박관념을 버릴 수가 없을 것이다. 그렇지 않다면, 그는 실로 자유로운 자이겠으나, 그의 삶의 조건은 그를 자유인이게끔 하지 않는다. 그는 무언가, 인물로서의 그의 모습에 그의 강박관념을 새기지 않을 수 없다. 또, 그 불가피함은, 인물이 그러했듯이, 또한 그의 적극적 선택이 되지 않을까?

4.4.4. 변신의 이념학

그런 점에서, 크레티엥의 소설에서 사건의 전개에 중심적인 역할을 맡지 않는 인물들을 다시 생각해 볼 필요가 있을 것이다. 화자가 몸을 빌릴 작중의 존재들이 바로 그들이기 때문이다. 역사상의 인물들이 너무나 강한 사실의 무게 때문에 소설의 주인공이 되기가 곤란하다면, 그와 마찬가지로 소설 속의 중심 인물들은, 즉 프로타고니스트든, 안타고니스트든, 이야기의 중심 내용들을 실어나르는 역할을 하는 인물들은 줄거리의 무게 때문에 화자가 침투해 들어가기에는 어울리는 대상이 되지 않는다. 화자는 차라리 밖에서 그들을 살아 있게 해주어야 할 것이다. 반면, 중심 줄거리에 관계없이 여타의 인물들이 때로는 배경으로 때로는 시종으로, 즉 주 인물들을 돋보이게 해주는 보조적 장치로서 불가피하게 존재해야 한다면, 그들은 그 자유로움으로 인하여 화자에게 몸을 빌려주기에 알맞다. 그러나 그것이 그들을 다시 한번 화자의 보조적 장치로 만드는 것이라고 이해해서는 곤란할 것이다. 거꾸로 그들이 함유하고 있는 자유의 양은 침범당하는 그만큼 침범자에게 삼투되어 들어가거나 밖으로 뿜어져 나가 침범자가 본래 있던 자리를 채운다. 그리고 원소들의 위치가 바뀌면 새로운 화학적 반응이 일어나게 마련이다. 화자의 침범과 보조 인물들의 수용 혹은 자리 바꾸기의 관계가 어떻게 이루어지는가에 따라서 아주 새로운 이야기 공간이 탄생할 수 있다. 그런 의미에서 그것은 보조적 인물들을 또 다른 주인 밑의 노예로 만드는 것이 아니라, 그들을 주 인물들과 동등한 삶을 누릴 기회를 마련해주는 것일 수 있다.

그러나 이러한 추상적인 진술은 여전히 검증을 필요로 한다. 크레티엥 소설의 보조적 인물들이 실제로 화자가 작품 속에 깃들 장소가 되기에 적합한지, 그것이 실제로 일어나고 있는지는 오직 작품(혹은 작품 읽기)만이 말해줄 뿐이다.

보조적 인물들은 크게 두 부류로 나눌 수 있다. 난쟁이, 광인, 유모 등등 특이한 모습이나 능력을 가지고 있는 인물들이 그 하나이며, 군중이 그 둘이다. 크레티엥의 소설에서 그들이 맡고 있는 역할을 볼 때, 전자는 대체로 '촉매'로서 기능하며 후자는 '징후'로서 존재한다. 난쟁이, 광인, 유모 등은 주인공들이 겪는 사건의 변화 지점에 위치하면서 그 변화를 유발 혹은 조성하고 있으며, 군중은 그 사건의 분위기를 확산시키는 역할을 한다.

전자는 다시 두 부류로 나뉠 수 있을 것이다. 궁정 사회, 혹은 기사도 사회의 울타리 밖에 존재한다고 할 수 있는 난쟁이, 광인, 노파 등등이 한 부류라면, 모든 작품 도처에서 출몰하는 배신들, 뤼네트(로딘느의 시녀), 테살라, 시녀(앞에서 본 『사자의 기사』의), 또는 마상 시합을 개최하는 백작 부인(『수레의 기사』와 『사자의 기사』), 멜레아강의 누이, 페르스발과 고뱅의 시종 역할을 하는 이보네(Yvonet), 페르스발을 어부 왕에게로 안내하고 고뱅을 두 여왕의 성으로 동행하는 뱃사공(『그랄 이야기』) 등등 궁정 사회 내의 정상적 성원이면서 주인공들의 옆에서 그들에게 영향을 미치는 사람들이 다른 하나의 부류이다.

그렇게 본다면, 실질적으로 세 부류로 나뉘게 되는 바, 그들이 이야기에 출현하는 양태는 그들이 신원적으로만 갈라지는 것이 아니라, 기능적으로 명백한 변별성을 유지하고 있다는 것을 보여준다. 난쟁이·광인 등의 출현은 일회적이며, 대체로 사건의 앞에 위치한다. 유모, 시녀 등등은 산재적이다. 그들은 출현의 빈도가 잦으며 대체로 주인공들의 대화 상대자이다. 그에 비해 군중들은 거의 주 인물들과 직접적인 접촉을 갖지 않는다. 그러나 그들은 주 인물들이 가는 어느 곳에나 편재한다. 군중들은 수군대고 춤추고 몰려들고 공격하고 일하며, 주인공들의 뒤에 항상 존재한다.

이러한 출현 양태를 잠정적으로 가정하고 구체적으로 살펴보도록 하자.

우선, 첫 번째 부류는 다음과 같이 열거될 수 있다.

- 『에렉과 에니드』 ― 에렉을 모욕하는 난쟁이
- 『수레의 기사』 ― 랑슬로를 수레에 오르게 하는 난쟁이
- 『사자의 기사』 ― 칼로그르낭·이벵에게 우물의 모험을 가리키는 거인
- 『그랄 이야기』 ― 페르스발을 저주하는 노새 탄 여인

두 번째 집합은 다음과 같이 열거될 수 있다.

- 『에렉과 에니드』 ― 에니드의 아버지 배신/ 기브레 : 에렉·에니드
  와 동행하는 기사
- 『클리제스』 ― 테살라·장 : 클리제스·페니스를 도와주는 유모·

장인
- 『수레의 기사』—유혹하는 여인 등등/ 랑슬로를 구해주는 멜레아강의 누이/ 고르에서 만난 로그르의 배신
- 『사자의 기사』—숲의 배신/ 뤼네트 : 로딘느의 시녀/ 이벵을 구해주는 시녀 및 노리송 부인
- 『그랄 이야기』—이보네/ 뱃사공

세 번째 집합은 다음과 같이 열거될 수 있다.

- 『에렉과 에니드』— 새매 시합이 벌어진 성의 군중/ 브랑디강 성의 군중
- 『클리제스』—그리스인들/ 부인들
- 『수레의 기사』—풀밭에서 춤추며 노래하는 군중/ 포로가 된 사람들/ 암석로의 사람들/ 구출되는 사람들
- 『사자의 기사』—살인자 이벵을 찾는 성민들/ '불길한 모험'의 성에서의 일하는 처녀들/ 고벵을 공격하는 부르주아들

이상의 나열은 철저한 것은 아니다. 또한, 이런 식의 분할은 언제나 일정한 도식성을 감수할 수밖에 없다. 가령, 『클리제스』에서 클리제스의 행동이 예시되는 것은 알렉상드르의 유언에 의해서이다. 그렇다면 알렉상드르를 주 인물로 놓을 것인가, 아니면, 위의 난쟁이·광인의 부류에 넣을 것인가의 문제가 발생한다. 물론 인물들이란 언제나 하나의 독립적인 개체인 것만이 아니라, 소설의 전개 속에서 자유롭게 역할을 바꾸어 맡을 수 있기 때문에 무훈을 쌓는 알렉상드르와 유언하는 알렉상드르를 서로 떼어서 생각하면 될 것이다. 그러나 그럼에도 전자의 알렉상드르가 후자의 알렉상드르가 아닌 것이 아니다. 따라서 위와 같은 인물들 별의 분류는 언제나 모자라거나 넘친다. 그러나 탐색이 구조의

틀을 짜는 데 있다면, 어느 정도의 도식성은 불가피할 수밖에 없다. 여기서 문제가 되는 것은 대체로 이렇게 묶일 수 있는 인물들이 작품 속에서 무슨 역할을 어떤 방식으로 행하고 있는가에 대한 분석이다.

첫 번째 집합의 난쟁이·광인 등은 주 인물의 행동을 촉발하는 역할을 담당하고 있음을 알 수 있을 것이다. 그들의 역할은 철저히 촉매적이다. 다시 말해, 주인공과 사건을 함께 겪는 법이 없다. 이를테면, 에렉을 모욕한 난쟁이를 보자. 에렉은 모욕을 갚기 위해, 그 일행을 쫓아가는데, 그가 정작 싸울 사람은 난쟁이가 수행한 기사 이더(Yder)이다. 이더에게 이기고 난 후에 에렉은 이더 일행을 모두 아더의 궁정으로 보내는데, 거기에 이르기까지, 난쟁이가 담당하는 역할은 없다. 혹은 랑슬로를 수레에 오르게 하는 난쟁이를 보자. 그도 랑슬로를 수레에 오르게 한 후, 다음 여인의 성으로 간 후엔 더 이상 나타나지 않는다. 『사자의 기사』의 거인이 칼로그르낭과 이벵의 모험 앞에 각각 단 한번 나타나고는 그 이후 흔적조차 없다는 것은 앞에서 이미 본 바와 같다.

반면, 세 번째 집합의 군중들은 그들의 양태가 아주 다양하다는 것을 볼 수가 있다. 새매 시합이 벌어진 성의 군중들은 이더에게 경배하는 군중인데, 브랑디강 성에서의 군중은 에렉을 걱정하고 만류하는 군중이다. 『클리제스』에서 알렉상드르와 함께 아더의 궁정으로 간 그리스인들, 오센느포르에서의 그리스군과 독일군, 그리고 의사를 내쫓는 부인들은 모두 비슷하게 주 인물을 도와주는 역할을 한다. 그러나 그 양태는 아주 다르다. 알렉상드르의 그리스 동료들은 알렉상드르의 의견과 행동을 따르는 사람들인 데 비해, 클리제스의 그리스군, 독일군은 클리제스와 동떨어져 있다. 그들은 클리제스의 무훈에 경탄하나 이미 보았듯이 그 안에는 조롱이 포함될 수도 있으며, 또 함께 싸우지 않는다. 알렉상드르와 비교해서 가장 두드러진 차이가 이 부분이다. 알렉상드르가

적으로 위장해서 윈스도르 성에 침입할 때는 동료들과 함께였지만, 클리제스는 저 혼자 침투한다. 의사들을 내쫓는 부인들은 또 주인공들의 행동이나 의사와 전혀 관계없이 우연히 그들을 도와준 셈이 되는 역할을 한다. 랑슬로에게 있어서 군중들의 다양성은 더욱 뚜렷하다. 그들은 노래 부르거나 갇혀 있고, 랑슬로를 조롱하거나 랑슬로에 의해서 해방된다. 『사자의 기사』에서의 군중은 한편으로는 이벵에게 적대적이며 다른 한편으로는 이벵과 전혀 무관하다. 그러나 살인자 이벵을 찾는 군중들이 그들의 희극적 모습을 통해 거꾸로 이벵의 희극적 모욕을 비추인다는 것은 이미 앞에서 본 바 있으며, 이벵과 전혀 무관한 일하는 처녀들이 이벵과의 눈의 마주침을 통해 이벵의 "고개를 숙이게" 했다는 것도 서론에서 비교적 세밀하게 분석한 바가 있다.

이 두 부류가 주 인물의 행동과 직접적으로 얽히지 않는다면, 두 번째 부류의 인물들은 주 인물과 함께 의논하고 다툰다. 가장 무관한 듯이 보이는 노리송 부인의 시녀조차도, 미친 이벵의 잠든 모습을 보고 부인에게 "슬피 울며" '말한다'.

행동의 형식의 차원에서 보면, 주인공을 모욕하거나 자극하는 첫째 부류의 인물들은 행동을 촉발하며, 둘째 부류의 인물들은 주인공과 말을 나누고, 셋째 부류의 인물들은 주인공의 사유 혹은 계략 혹은 성찰을 야기하거나, 그것의 결과에 의해서 삶의 변화를 겪는다. 따라서 각각에 행동, 말, 사유를 적용할 수 있다면, 행동을 촉발하는 인물들은 행동이 결핍되어 있고, 사유를 야기하는 인물들은 생각을 집중시키는 것이 아니라 무수히 분화하는 생각들을 만들어낸다. 아니 차라리 분화하는 생각들 그 자체이다. 그들은 거의 '징후적'이다. 반면, 두 번째 부류의 인물들은 사유하고 행동하며 그것을 말(계략)에 집중시킨다.

이와 같은 차이는 두 가지 방향으로 해석될 수 있다. 하나는 앞에서

보았던 말-행동-사유의 삼각형에 변화가 생겼다는 것이며, 다른 하나
는 화자와 이들의 관계이다. 삼각형의 문제부터 말해 보자.

4.2.3절에서 본 바 있듯이, 삶의 형식의 3차원은 일종의 변증법적 구
조를 이루고 있다. 말과 행동의 대립이 사유 속으로 통합되었던 것이
다. 그러나 그 변증법은 거꾸로 된 변증법이다. 사유가 말과 행동을 수
렴하지 않고, 말과 행동의 부딪침 속에서 퍼져나갔기 때문이다. 사유는
종합하며 솟아오르는 것이 아니라, 층을 쌓으며 광기의 심연 깊이 내려
앉았던 것이다. 그것은 다음과 같은 그림으로 표시할 수 있다.

[그림 1]

그에 비해, 이 절에서 검토되고 있는 보조 인물들이 각각 담당하고
있는 행동·사유·말은 다르다. 우선, 말과 행동을 사유가 아우르는 것
이 아니라, 행동과 사유를 말이 수렴하고 있다. 첫 번째 부류의 난쟁
이·광인이 촉발하는 행동은 두 번째 부류의 '말'에 의해서 새로운 전
기를 맞이한다. 가령, 모욕을 받고 이더 일행을 쫓아간 에렉은 배신의
집에 유숙하게 되는데, 거기서 배신의 딸 에니드를 만나고 이더와 새매
를 다툴 조건을 확보한다. 혹은 수레에 오른 랑슬로가 이후에 만나는
여인들은 침대에서 자는 걸 금지하는 모욕을 주는가 하면(치욕의 처벌),
자신과의 동침을 유혹한다(치욕의 시험). 『사자의 기사』에서의 뤼네트의

활약은 가장 두드러진 보기일 것이다. 그녀는 거인으로부터 촉발되어 이벵에게 닥친 모험의 궁지, 혹은 로딘느에게 닥친 성의 위기, 그리고 그 둘의 화해할 수 없는 적대성을 뛰어난 변론술로 해결하고 하나로 일치시킨다. 다른 한편, 두 번째 부류의 인물들은 세 번째 부류의 군중이 전파하는 분위기를 개념적으로 요약한다. '불길한 모험'의 성에서의 성주와 브랑디강 성에 들어가기를 말리는, 몸은 작으나 마음은 담대한 기브레는 군중이 이벵 혹은 에렉에게 전해주었던 또는 전해줄 염려와 위험을 명료하게 설명하거나 지시한다. 혹은 『그랄 이야기』에서의 이보네는 소문의 우체부 역할을 하고 있다. 그런 의미에서 두 번째 부류의 인물들의 '말'은 집약·수렴적이며, 그것이 수렴하는 것은 첫 번째 부류의 행동(행동이 결핍된)과 사유(분화된)이다. 그것을 다음과 같은 그림으로 표시할 수 있을 것이다.

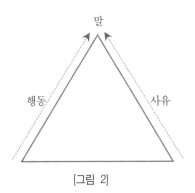

[그림 2]

화살표는 두 개의 그림에서 모두 전이의 방향을 가리킨다. [그림 1]에서 말과 행동은 사유로 확산되어 나간다. 반면, [그림 2]에서 행동과 사유는 말로 집중된다. [그림 1]에서 말·행동·사유가 각각 한 변을 차지하고 있다는 것은 그것들의 자율적 움직임의 폭을 지시한다. [그림 2에서는 그 밑변이 꼭짓점으로 바뀌어 있는데, 그것은 그 행동이나 사유가 일회적이거나 분화적이어서 자율적 움직임의 폭을 가지고 있지 못하다는 것을 지시하기 위해서이다. 그것들이 '말'로 '집중'된다는 점에서, 역시 세 항목 모두 꼭짓점에 위치한다고 할 수 있다. [그림 1]의 삼각형은 말·행동의 자율적 움직임들이 사유로 확산되어 나간다는 점에서 변증법적이라기보다는 차라리 해체적이며, [그림 2]의 삼각형이 정-반-합의 '지양'(Aufheben : 흡수하며 제거하는 절차)이라는 의미에서의 변증법적 종합에 제대로 해당한다고 할 수 있다.

먼저, 왜 '말+행동=사유'의 관계가 '행동+사유=말'의 관계로 바뀌게 되었는가를 질문해야 할 것이다. 이미 '말+행동=사유'의 사유가 행동과 말의 침전으로서의 사유라는 것을 보았다는 것을 기억한다면 쉽게 답을 이끌어낼 수 있을 것이다. 덧쌓이는 사유, 바닥 모르게 깊어지는 광기의 심연에 대해, 작가는 그것들을 도저히 '표현'할 수 없지만 '그럼에도 불구하고 말을 해야 한다'는 것을 인식하고 있었다. 그때, 그 '말'이 무엇이었던가? 다시 기억을 되새기자면, 그것은 '질문'의 형식으로 제기된 말, 혹은 허구화된 말이었다. 그 질문이며 허구의 세계가 지금까지 살펴본 음모를 감춘 기사도 모험의 세계이었다. 물론, 그 세계는 질문과 허구를 통해서 드러난 세계이지, 질문이나 허구 자체는 아니다. 그것들은 화자의 글쓰기, 혹은 독자의 글 읽기에 있다. 하지만, 화자가, 진리의 대리인으로서의 숙명으로 인하여 작품에 개입하는 것이 불가피할 때 그가 자신의 입장을 정반대로 활용하여 독자와 놀이하는 방식으로 가담하려 한다는 것을 이미 앞 절에서 살펴본 바가 있다. 그 놀이가 요구하는 궁극적인 기법은 화자 자신을 인물로 변신시키는 것이었다. 그렇지 않고, 그대로의 화자로 존재하고 있을 때는 그는 권유와 검열의 억압에서 자유롭지 못할 터이다. 위의 그림을 보면, 화자가 인물로 몸

바꾸면서 간 궁극적인 자리에 두 번째 부류의 인물들이 놓인다는 것을 알 수 있을 것이다.

실로 여기에 두 번째 부류 인물들의 독특한 자리가 있다. '말'의 인물들인 그들은 화자의 언어가 조형되어서 나타난 인물들, 다시 말해 육체를 가진 말인 것이다. 그러나 그들이 독립적으로 출현한 것이 아니라는 것을 위의 그림은 보여준다. 무엇보다도 말이 침투할 여백을 먼저 만들어주는 것은 첫째 부류의 인물들이다. 그들이 촉발하는 행동은 수수께끼와 함께 나타나기 때문이다. 난쟁이의 모욕은 직접적으로는 에렉에 대한 치욕일 뿐이지만, 동시에 저 '궁정의 기쁨'에까지 연결될 새로운 모험의 개시인 것이며, 숲에서 만난 거인은 모든 짐승을 달아나게 하는 폭풍과 새들이 화창하는 청명을 동시에 예시한다. 전령의 외침은 수수께끼 그 자체이다.

에렉을 모욕하고 랑슬로를 수레에 오르게 할 인물이 왜 굳이 난쟁이여야 하는가? 화자의 선택의 진정한 의미는 거기에 있다. 그는 인물로 변신하는데 우선 궁정 사회의 울타리 밖의 존재 안으로 침투한다. 인물들이 치욕을 '선택'하였듯이, 화자 또한 적극적인 치욕의 선택을 꾀한 것이다. 그것의 효과는 이중적이다. 하나는 이른바 진리의 대리인으로서의 그의 자세가 실제로 기사를 수행하는 보잘것없는 노예에 불과하다라는 것을 반영하는 데 있다. 다른 하나는, 난쟁이의 사회적 존재론에 바로 맺어진 것이다. 버림받은 자, 배척받는 자의 공간에서 이야기가 솟아나온다는 것을, 따라서 그 이야기는 보편적 공동체의 이념에 대한 근원적 부정이며 전복의 이야기일 수 있다는 것을 암시한다. 화자는 치욕을 선택함으로써 작가로서의 그의 입장을 정직하게 드러내며, 동시에 그에게 그러한 필사가로서의 굴종적인 입장을 강요한 사회에 대한 반란을 꾀할 수 있게 되는 것이다. 이제, 앞 절에서 유보사항으로 남겨

두었던 그니에브르-에렉-처녀의 짝과 난쟁이-기사(이더)-처녀의 짝의
관계에 의미를 부여할 수 있을 것이다. 그 짝의 대립이 보여주는 것은
난쟁이가 그니에브르와 계열적 관계에 놓여 있다는 것이다. 다시 말해
난쟁이의 출현은 바로 그니에브르에 대한 항구적인 대체의 위협이 나
타났다는 것에 다름아니다.

그 반란은, 물론 난쟁이 그 자체로부터 나오는 것이 아니고, 화자가
다시 몸을 바꿀 두 번째 부류의 인물들로부터 나타난다. 그것은 정상적
인, 즉 사회적인 언어를 그들이 쓸 줄 알기 때문이다. 난쟁이-에렉-처
녀의 짝이 그의 '궁정의 기쁨'의 모험에서는 에렉-에니드-기브레로 바
뀌었다는 것은 그것을 잘 보여준다. 그렇지 않다면, 무슨 까닭으로 기
브레가 그 둘과 동행하는지 그 의미를 이해할 수 없을 것이다. 이를 통
하여 화자의 작품 내부로의 가담은 주인공들과 동등한, 현실적 영향력
을 가진 위치로 오르게 된다. 『클리제스』에서도 유언을 남기고 죽은 알
렉상드르의 존재는 테살라 · 장으로 이월되는 것이며, 『사자의 기사』에
서는 난쟁이가 모험의 발단부를 열어 놓는다면(그가 없었으면, 그니에브르
가 간 곳은 쾨에 의해서 차단되었기 때문에 더 이상 알 수가 없었을 것이다.), 멜레
아강의 누이는 랑슬로의 마지막 감옥을 연다. 그녀는 멜레아강에 의해
영원히 갇혀 버린 탑으로부터 랑슬로를 빠져나오도록 도와주었던 것이
다. 마찬가지로, 『사자의 기사』에서 뤼네트는 눈 밝은 여인답게 이벵과
로딘느의 두 번의 만남을 모두 성사시킨다. 한편, 『그랄 이야기』에서의
'뱃사공'을 보자, 그는 『그랄 이야기』을 나누고 있는 두 개의 모험, 즉
페르스발의 모험과 고벵의 모험에서 각각의 주인공들의 삶의 결정적인
전기를 제공하는 한편으로 동시에 그 별개의 두 모험을 상호 연락시키
는 유일한 중개자로서 활약한다. 기사도로의 입문으로부터 참회에 이
르는 페르스발의 모험을 보라. 거의 탐욕에 가까운 그의 기사도에 대

한 열광이 참회로 표변하는 데 결정적인 계기가 되는 것은 '어부 왕'의 성에서 성배에 대해 질문을 하지 않았다는 것이다. 어부 왕과 동행하여 페르스발을 성으로 안내하는 인물이 바로 뱃사공이었다. 또, 누명을 갚기 위해 나선 고벵의 모험은 1년 후 아더의 궁정에서 기로믈랑(Guiromelant)과 결투하게 될 것이라는 소식을 시종이 듣고 아더 궁정에 도착하는 것으로 실종되는데,[192] 그 기이한 모험의 여정 사이에 끼인 신비한 '두 여왕의 성'에 고벵이 들어가는 것을 말리고, 그럼에도 함께 동행하며, 또한 고벵이 그 성에서 해방되도록 도와주는 인물이 뱃사공이었다. 뱃사공은 페르스발과 고벵 각각에게 있어서 변전의 전기, 혹은 변전의 가능성이 되는 지점에 위치하고 있는 존재인 것이다. 그러면서 동시에 그는 페르스발과 고벵의 별개의 모험을 남몰래 이어주는 역할을 하고 있다. 어부 왕의 성이 기사도의 몰락을 징후적으로 드러내어 보여준다면, 두 여왕의 성은 현실적 기사도로부터 벗어난 안식의 상태를 암시한다. 따라서 페르스발의 기사도의 욕망은 어부 왕의 성을 통해 고벵이 체현하는 기사도의 치욕(누명)과 만나는 것이며, 고벵의 기사도의 치욕은 두 여왕의 성을 통해서, 그 치욕의 근원, 즉 페르스발적 기사도의 욕망을 비추어볼 수가 있는 것이다.

그렇다면 이 보조적 인물들은 궁정 사회의 정상인으로서 주인공들과 대등하게 모험에 참여하면서, 동시에, 궁정 사회에 대한 반란의 징후를 주인공들의 모험에 새겨 넣는 역할을 한다고 할 수 있다. 실제로 그들이 그들의 행동으로 말미암아 궁정 사회로부터 받는 징벌은 그들이 궁정사회의 어둠으로서의 광인·천민이 정상인의 탈을 쓰고 궁정 사회로 진입한 존재라는 것을 증거한다. 뤼네트의 예는 그것을 가장 잘 보여준

---

192) 『그랄 이야기』는 여기서 미완의 상태로 중단된다.

다. 광기에서 깨어난 이벵이 새로운 모험을 시작하고 문득 최초의 모험의 장소이었던 우물에 다다르고 괴로운 회한에 사로잡히다가 옆의 교회당으로부터 흐느끼는 소리를 들었으니, 그 소리의 주인공은 바로 이벵의 죄로 인하여 고발당한 뤼테느였다. 그녀는 그를 지켜줄 기사를 구하지 못하는 한 죽임을 당할 운명이었다. 이벵은 구해줄 것을 약속하고 그 이튿날 다시 오는데, 이미 그녀에 대한 처형이 진행되고 있었으니, 불에 태워죽이는 형벌이다. "속옷을 제외하고는 아무 옷도 입지 않은 여인은 이미 장작 더미 위에 세워져 있었"고 "불 앞에서는 그녀가 꾸미지도 않은 계획을 억지로 전가시키는 자들이 그녀를 묶어놓은 채로 감시하고 있었다."[193] 이 광경은 마녀 처형의 장면을 그대로 재현한다. 존재하지도 않는 계획의 범죄를 씌우고 속옷만을 입혀(사회성의 박탈) 불에 태워죽이는 것은, 반 사회적 존재를 가공적으로 만들어 그를 태움으로써 사람들의 의식을 정화시키는 마녀 처형의 전형적 절차인 것이다. 그러나 처형하는 자들은 그것을 통해서 거꾸로 처형되는 인물을 그들의 법에 정면으로 맞서는 존재로 부각시켜 놓는다. 원하든 원하지 않았든 마녀가 된 인물은 사회 전체와 맞먹는 무게의 반란자가 되는 것이다. 『클리제스』에서 클리제스·페니스의 은신처를 만들었던 장을 알리스가 화형시키려 하는 것도 마찬가지의 경우에 속한다. 그와는 다른 양상으로, 멜레아강의 누이가 랑슬로를 마지막으로 구출하는 방식도 반란의 구조적 형상을 날카롭게 빚어낸다. 우선, 그가 '멜레아강'의 누이라는 것을 상기하자. 멜레아강은 앞에서 보았듯이 일종의 악의 화신이다. 악의 누이는 누구이겠는가? 그녀는 멜레아강과 달리 랑슬로를 구원한다. 그러나 그 구원의 행위는 바로 그녀를 그니에브르의 대체자로서 나

---

193) 『이벵[중]』, v.4314-4319; 『이벵[현]』, p.57.

타나게 하고 있다. 즉, 그니에브르가 아더 궁정의 상징적 여성이라면, 그녀는 그니에브르로부터 그 상징의 권위를 탈취하는 것이다. 물론 작품의 내용적 줄거리 속에는 그러한 것은 암시조차 되지 않는다. 하지만, 그녀가 랑슬로를 구출할 때 어떻게 했는가를 생각해 보자. 그녀는 랑슬로의 탑으로 곡괭이를 하나 집어 넣어주어서 랑슬로를 그것으로 벽을 부수고 탈출하는 데 성공한다. 그런데 이 장면이야말로 랑슬로가 그니에브르와 희열의 하룻밤을 보내기 위해 그니에브르의 침실로 침입하는 광경과 완벽하게 대응하는 것이다. 그 구체적인 항목들을 비교해 보면 그것을 확실하게 알 수 있다.

	랑슬로-그니에브르	랑슬로-멜레아강의 누이
눈의 만남	랑슬로는 그니에브르와 창살을 두고 만난다.	멜레아강의 누이는 탑의 작은 구멍을 통해 랑슬로와 만난다.
수단	랑슬로는 손으로 창살을 벌린다.	그녀는 랑슬로에게 곡괭이를 구해주고, 랑슬로는 그것으로 벽을 부수고 탈출한다.
결과 1 : 육체적 손실	랑슬로의 손에서 피가 난다(랑슬로는 알아차리지 못한다).	랑슬로는 기진한다.
결과 2 : 육체의 만남	그니에브르와 희열의 밤을 지낸다.	멜레아강의 누이는 랑슬로의 옷을 벗기고 제 손으로 정성 들여 그를 목욕시키고 치료해준다.

이 비교에서 알 수 있듯이, 랑슬로-멜레아강의 누이는 랑슬로-그니에브르를 그 시작부터 종결까지 그대로 되풀이하고 있다. 그럼으로써, 이미 멜레아강의 누이는 그니에브르를 대체하고 있는 것이다. 과연, 랑슬로는 그녀에게 평생의 봉사를 약속한다. "아가씨, 감사하오. 당신 덕택에 내가 여기서 나가게 된다면, 내가 당신께 했던 봉사기사의 목에

대한 요구는 완전히 보답받는 게 됩니다. 아, 제발 그렇게 되었으면! 그리고 성 베드로 사도의 이름으로 맹세하노니, 나는 영원히 당신의 것이 될 터입니다. 네, 주께서 증인이 되어주실 겁니다. 나는 당신이 내게 명령하는 모든 것을 하루도 걸르지 않고 시행할 것입니다. 당신이 무엇을 원하든 내게 요구하십시오. 그게 내 힘에 속하는 일인 한, 당신은 즉석에서 그것을 가지게 될 겁니다."194) 이야기의 표면 위에서 그니에브르는 영원한 랑슬로의 연인이지만, 그 뒷면에서는 멜레아강의 누이가 그녀를 대신할 약속이 걸린 것이다. 그리고 그녀가 랑슬로를 치료하는 모습을 보라. 악의 화신의 누이가 정성 들여 목욕시키고 치료한 랑슬로의 "얼굴에는 천사의 아름다움이 퍼져 나오고 있는"195) 것이 아닌가? 악이 선을, 마녀가 천사를 탄생시키는 것이다.

우리는 드디어, 크레티엥 소설의 밑에 잠복한 반란의 가장 첨예한 부분에까지 왔다. 그러나 여기에서 그치면 안된다고 작품은 말한다. 왜냐하면, 작품은 또한 반란의 불가능성을, 혹은 위에서 본 바와 같은 대체의 헛됨을 이야기하고 있기 때문이다. 앞의 예를 이어서 풀이한다면, 멜레아강의 누이는 랑슬로를 그렇게 소생시켰음에도 불구하고 랑슬로를 다시 궁정으로 떠나보낸다. 랑슬로가 그것을 원했고 멜레아강의 누이는 그것에 기꺼이 동의하였기 때문이다. 랑슬로는 그녀에게 감사하고, 그녀에게 했던 약속을 다시 상기시킨다. 그러나 할 일이 있다고 그는 말한다. "당신이 원하는 대로 당신은 나의 몸과 마음을 나의 도움을, 내가 가지고 있는 모든 것을 당신 마음대로 할 수 있습니다. 그러나 사람들이 나의 주인이시고 나를 언제나 영예롭게 해준 아더의 궁정에서 나를 본 지가 아주 오래 되었습니다. 나는 거기에서 할 일이 있을 듯합

---

194) 『랑슬로[중]』, v.6582-6596; 『랑슬로[현]』, p.172.
195) 『랑슬로[중]』, v.6670; 『랑슬로[현]』, p.173.

니다. 나의 자애롭고 고귀한 여인이여, 내가 당신께 청을 드려도 될까요? 나에게 떠나도록 허락하는 은총을 베풀어 주십시오. 괜찮다면, 나는 궁정으로 돌아가고 싶습니다." 즉석에서 그녀는 동의한다. "랑슬로, 아름답고 다정한 사람이여, 그렇게 하세요. 나의 목표는 오직 어디에서든 당신의 명예와 당신의 행운 뿐이랍니다."[196)

에렉의 '궁정의 기쁨'이 궁정으로부터의 해방이며 동시에 궁정으로의 귀환임을 이미 보았었다. 그와 마찬가지로, 랑슬로도 여전히 궁정으로 되돌아간다. 불륜의 사랑을 혁명적으로 실천한 클리제스도 알리스의 죽음과 더불어 약속된 대로 황제가 된다. 이벵은 마침내 로딘느와 재결합한다. 그것은 옛날의 상태로의 복귀인가? 아니면, 다른 무엇이 있는가? 다른 무엇이 있다면, 가령, 멜레아강의 누이에게 약속된 새로운 삶의 가능성은 왜 부인되는가?

한 가지 확실한 것이 있다면, 궁정 사회의 이상형에 대한 대체가 같은 구조의 또 다른 개별적 이상형을 낳는 것이 되어서는 안될 것이라는 것이다. 혹은 크레티엥 소설의 반란이 전면적으로 행해진다면, 그 스스로 그러한 동형적 교체를 거부하리라는 것이다. 바로 그것이 인물이며 화자의 선택을 하나의 길에 대한 단호한 선택이 될 수 없게 만드는 요인일 것이다. 거기에서 지금까지 살펴보았던 변증법적 지양의 구도는 해체의 국면에 들어가게 된다. 주 인물들의 따로 살기, 다시 말해 치욕을 선택한 자가 바로 그것을 통해서 전혀 새로운 독립 국가를 건설하는 것, 그리고 화자의 인물 되기, 즉 궁정 소설의 이념형을 교체하는 것은, 만일 그것이 한 세계를 다른 한 세계로 바꾸는 것이라면, 결국 같은 구조의 내용 바꾸기에 불과할 것이다. 그것은 공동체의 이념을 개인의 이

---

196) 『랑슬로[중]』, v.6687-6699; 『랑슬로[현]』, p.174.

념으로, 궁정의 이상형을 개인의 이상형으로 바꾸었을 뿐, 여전히 단일성의 신화에 매어 있는 것이기 때문이다. 집단이 중요한가, 개인이 중요한가 또는 성스러움인가 악마주의인가의 논쟁은 닭이 먼저냐 달걀이 먼저냐의 논쟁과 마찬가지로 똑같은 우선·우위의 신화를 끝도 없이 되풀이하는 것에 불과한 것이다. 크레티엥의 인물들이 어느새 궁정으로 미묘하게 귀환하고 있는 것은 바로 그 단일성의 신화에 빠지지 않기 위해서가 아닐까? 다시 말해서, 새로운 세계를 옛 세계의 역(逆)-구조로 만들지 않기 위해서가 아닐까? 그러나 귀환의 형식이 마찬가지의 단일성의 신화에서 빠져나올 수 있다는 보장도 또한 없다. 클리제스의 황제됨은 결국 공동체의 수장으로서 알리스를 대신한다는 것에 불과할 수도 있는 것이다. 에렉은 아더와 마찬가지의 '왕'이 되는 것이며, 랑슬로의 불륜의 사랑은 결국 그니에브르와 아더의 합법적 결혼에 대한 불법적 결혼에 불과할 수도 있는 것이다.

바로 여기에 허구가 허구화되어야 할 까닭이 있다. 허구의 세계가 진실에 알리바이를 대는 순간, 그는 허구의 풍요한 가능성을 상실해버린다. 다시 말해 그 무수한 세계에 대한 질문들을 하나의 대답으로 축소시켜 버린다. 롤랑 바르트의 말을 다시 빌리자면, "결코 대답이 주어지지 않을 방식으로 질문을 제기하는 것"은 허구를 철저히 허구화하는 데에 있는 것이지, 허구를 진실로 혹은 진실을 허구로 만드는 데 있지 않다. 허구의 허구화란 어떠한 진실에도 근거를 두지 않은 채로 진실을 시늉하고 흉내내는 것, 단일한 진실의 폐쇄성에 틈을 열고 무수한 진실의 대답들을 있을 수 있는 모든 가능성으로 놓고 시험하고 놀이하는 것이다. 이제 우리는 그 허구를 허구화하는 문턱을 넘어선다.

4.5. 거울의 신비 : 반성과 해방

앞 절에 이어서, 논의를 전개하기로 하자. '랑슬로-그니에브르'와 '랑슬로-멜레아강의 누이' 사이의 되풀이가 궁극적으로 같은 구조의 생산이 아니라면, 아니어야 한다면, 거기에는 어떤 구조의 변형이 일어나고 있기 때문이다. 어떤 변화가 있는가? 근본적인 차이가 하나 있다. 랑슬로-그니에브르는 침실로 '들어가는' 장면을 연출하지만, 랑슬로-멜레아강의 누이는 감옥으로부터 '해방되는' 장면을 연출한다는 것이다. 이러한 주제적 차이는 그냥 지나칠 것이 아니다. 그것은 그 광경의 세부적인 항목들에서 나타나는 다양한 차이와 상호 조응적인 관계에 놓인다. 우선, 랑슬로-그니에브르와 랑슬로-멜레아강의 누이가 창살을 사이에 두고 갈라져 있는 것은 똑같다.

랑슬로가 침실로 들어가는 방식과 감옥을 탈출하는 방식은, 그러나 그 구체적 양태에 있어서, 많은 차이를 보여준다. 우선, 그니에브르와 멜레아강의 누이는 각각 창살을 벌리는 것에 대해 랑슬로와 동의한다 (혹은 계략을 짠다). 그런데 침실로 들어가는 랑슬로는 오로지 그의 혼자 힘으로 창살 벌리기를 시도한다. 그니에브르는 그동안 침실로 돌아가 있다. 왜냐하면, 다른 사람이, 특히 옆방에서 자고 있는 쾨가 눈치 채면 안 되기 때문이다. "하지만, 잠시 기다려요, 나는 다시 잠자리에 누워 있겠어요. 운 나쁘게 소리를 내지 않도록 주의하세요! 고요를 깨뜨려 저 방에서 자고 있는 집사를 깨우는 일이 일어난다면, 우리는 기뻐할 일이 하나도 없어요. 또한, 그것이 내가 침대로 돌아가는 이유이기도 해요. 그가 이 창가에 서 있는 나를 본다면, 그는 그것을 좋은 쪽으로 생각하지 않을 거예요."[197] 랑슬로는 동의하고 왕비가 침실로 돌아가는 동안 창살을 벌리는데, "창살은 어찌나 날카로운지 새끼 손가락의 첫째

지골이 뼈신경까지 찢어지고 약손가락의 첫째 관절이 갈라진다."[198] 그
래서 그는 피를 흘리는데, 그러나 "아주 다른 생각에 빠져 있는 그는 상
처를 느끼지 못한다."[199]

　반면, 감옥의 랑슬로가 탈출하는 방식은 아주 다르다. 우선, 멜레아강
의 누이가 구멍을 넓힐 물건을 찾는다. 그녀는 주위에서 곡괭이 하나를
발견하는데, 랑슬로의 제안에 따라, 병사들이 식사를 올려주는 데 쓰기
위해 랑슬로가 가지고 있던 끈을 통해 그 곡괭이가 랑슬로에게 건네지
고, 랑슬로는 그것으로 감옥을 부수고 나온다. 랑슬로가 혼자 힘으로
침실로 침투해 들어간 것과 달리, 이번엔 여인이 발견한 도구(곡괭이)와
적의 도구(끈), 그리고 랑슬로의 힘이 합해져서 일을 성사시킨다. 게다
가 그보다 더 미묘한 사건이 있다. 여인은 랑슬로에게 "구멍(cest pertuis)
을 넓혀서 거기를 통해서 빠져나올 수 있도록 해줄 물건을 찾아보겠
다"[200]고 했었다. 여기까지 읽으면, 당연히 랑슬로가 할 일은 창살을 벌
리는 것으로 이해할 수 있다. 왜냐하면, 멜레아강이 랑슬로를 가둔 곳
은 돌과 떡갈나무 목재를 재료로 "57일이나 걸려 지은" "아주 튼튼하고
두껍고 길쭉하고 넓은 탑"[201]으로서, "입구라고는 작은 창문 하나"[202]
밖에 없는 건물이었기 때문이다. 여기서 '길쭉하다(longue)'는 탑의 높이
를 나타내는 것으로 이해할 수밖에 없다. 즉, 랑슬로가 갇힌 탑은 프라
피에가 적절히 번역했듯이, "높고 거대하고 벽이 두꺼운 탑"[203]이며, 여
인이 말하는 구멍은, 역시 프라피에가 번역하고 있듯이, "창문"[204]일 수

---

197) 『랑슬로[중]』, v.4618-4626; 『랑슬로[현]』, p.130.
198) 『랑슬로[중]』, v.4639-4643; 『랑슬로[현]』, p.130.
199) 『랑슬로[중]』, v.4645-4646; 『랑슬로[현]』, p.130.
200) 『랑슬로[중]』, v.6607-6611; 『랑슬로[현]』, p.172.
201) 『랑슬로[중]』, v.6128-6129; 『랑슬로[현]』, p.162.
202) 『랑슬로[중]』, v.6138-6139; 『랑슬로[현]』, p.163.
203) 『랑슬로[현]』, p.162.

밖에 없다. 그런데 여인이 건네준 도구가 "단단하고 묵중하고 날카로운 곡괭이"[205]라는 것부터 심상치 않더니, 랑슬로는, 더욱이 오랜 감금과 허기로 지칠대로 지친 상태에서, 그 곡괭이를 "온 힘을 다해 휘두르고 두드리고 치고 밀쳐서, 하지만 몸의 상태를 악화시키는 대가로, 거기에서 가볍게 빠져나오는 데 성공한다."[206] 이 대목의 '밀쳐서(a boté)'를 프라피에는 느닷없게도 "벽을 뚫어서(enfonce le mur)"[207]로 번역하고 있는데, 그것이 일리가 없는 것이 아니다. 왜냐하면, 그게 높은 탑의 창문이었다면, "음식을 높이 끌어올리기 위해(por traire mangier a mont)"[208] 끈이 필요한 창문이었다면, 그 구멍을 부순 후에 또 내려 올 일이 남아 있을 것이기 때문이며, 따라서 그렇게 "가볍게 그로부터 빠져나온다"는 것은 불가능하기 때문이다. 그렇다면 랑슬로가 빠져나올 출구는 창문(음식을 주기 위해 유일하게 벌려놓았던)이 아니라, 탑 아래의 '벽'(랑슬로가 곡괭이로 깨부술)이었다고 해석해야 할까? 높은 곳의 창문을 통해 곡괭이를 받아 탑 아래로 내려와 벽을 깨부쉈다는 말이 되는가?

그러나 이러한 따짐은 디테일의 사실성을 요구하는 사실주의적 관점에서나 의미 있는 일이며, 동시에 그러한 관점으로는 도저히 해득하기 어려운 일이다. 그렇게 따질 때, "사면의 벽"에 갇혔던 그의 모습이 위아래를 오르내릴 수 있다는 것은 상상하기가 어려울 뿐더러, 지칠대로 지친 랑슬로가 어떤 괴력을 발휘하여 그 두껍고 튼튼한 벽을 깨뜨릴 수 있었는지, 그리고 설사 벽을 깨뜨리는 데 성공했다 하더라도, '가볍게' 나올 수 있기는 했는지, 모든 게 의혹투성이로 변모할 것이기 때문이

---

204) 『랑슬로[현]』, p.172.
205) 『랑슬로[중]』, v.6620; 『랑슬로[현]』, p.172.
206) 『랑슬로[중]』, v.6622-6625; 『랑슬로[현]』, p.172.
207) 『랑슬로[현]』, p.172.
208) 『랑슬로[중]』, v.6616; 『랑슬로[현]』, p.172.

다.[209] 기호들의 기능적 관련을 중시한다면, 그 창문이 바로 그 벽이라고 이해하는 것이 타당할 것이다. 여인의 "구멍을 넓히고 그곳을 통해 빠져나오라"는 말이 무심하게 발설된 건 아닐 테니까 말이다. 그 창과 벽이 서로 다른 게 아니라는 것은 다음과 같은 대목을 통해서도 확인될 수 있다. 여인은 탑에서 들리는 신음소리를 듣고 랑슬로가 아닐까 의심하여 그의 이름을 부른다. 그 소리에 처음 잘못 들은 게라고 생각했던 랑슬로는 재차 부르는 소리에 "좁은 구멍(le pertuis petit)"[210]으로 다가간다. 여기에서 우선 '창'이라는 표현이 사용되고 있지 않음을 유의해야 할 것이다. 한 걸음 한 걸음 그곳으로 다가갔을 때 "그는, 거기에 기대어 위로 아래로 정면으로 그리고 옆으로 눈을 돌린다." 그러다가 "시선을 저 밖으로(fors) 주고 볼 수 있는 만큼 멀리 바라보았을 때, 그에게 고함을 질렀던 그녀를 발견하였다."[211] 위·아래를 보았을 때는 발견되지 않고 멀리 밖으로 보니까 여인을 보았다는 것이다. 물론, 여인이 탑의 바로 아래가 아니라 좀 멀찍이 떨어져 있었다고 생각할 수도 있을 것이다. 그러나 "볼 수 있는 한까지 멀리 보려고 했을 때" 간신히 보일 정도로 멀리 떨어져 있었다면, 어떻게 그녀가 랑슬로의 신음소리를 들었을

---

209) 지나가는 길에 한 가지 덧붙이자. 프라피에도 이 야릇한 불일치를 의식했는지, 멜레아강의 누이가 처음 탑을 발견했을 때의 장면에 대해, "하나의 '비좁고 낮은' 창문을 제외하고는 어떠한 울타리나 창문도 보이지 않는다"라고 번역하고 있다(『랑슬로[현]』, p.169). 창이 낮다면, 위의 사실성에 대한 의문들이 해소될 수 있을 것이다. 그러나 이는 오역으로 보아야 할 것이다. 원문, "ele n'i voit huis ne fenestre,/ fors une petite et estroite"(『랑슬로[중]』, v.6448-6449)는 "그녀는 '작고 비좁은' 창문 하나를 제외하곤 어떤 울타리도 창문도 보지 못한다"라고 번역해야 타당하기 때문이다(우리와 마찬가지로 로크의 기요 판본을 원 대본으로 하고 포오스터 판을 참조한 프라피에가 포오스터판과 기요판과의 차이점을 일일이 지적하는 자리에서 이 대목에 관해서는 별다른 언급을 하지 않고 있는 것으로 보아, 원문에 문제가 있지는 않은 것으로 보인다). 게다가, 이어지는 대목, "높게 치솟은 탑에는 사다리도 계단도 없다(An la tor, qui est haute et droite,/ n'avoit eschiele ne degré)"(『랑슬로[중]』, v.6450-6451)는 창이 높은 곳에 있음을 분명하게 암시한다.

210) 『랑슬로[중]』, v.6560.

211) 『랑슬로[중]』, v.6561-6566; 『랑슬로[현]』, p.171.

것이며, 또 그녀의 외침은 랑슬로에게 어떻게 들렸겠는가? 여기서 문제는 그것의 사실성이 아니라, 상하의 구도가 원근의 구도로 바뀌었다는 데에 있다. 분명 갇히긴 탑에 갇혔으나, 탈출하기로는 지면과 거의 같은 높이의 벽을 수평의 방향으로 부숨으로써 해방되었다는 것이다. 사실성의 차원에서는 전혀 이해할 수 없는 이러한 변화는, 중세 특유의 문자적 사유, 즉 형상-단어-의미의 일치에 대한 관념을 참조할 때만이 이해될 수 있다. 즉, 갇힘은 상/하의 공간적 구도, 그리고 압제와 상응하나, 해방은 수평의 공간적 구도, 그리고 평등과 동궤에 있다는 것이다. 이것은 2장의 2.2.2절에서 보았던 바, 페르스발이 숲 속에서 기사들에게 매혹당하자마자 풀밭이 갑자기 숲 밖의 풀밭으로 변신하는 것과 마찬가지다.

랑슬로-그니에브르와 랑슬로-멜레아강의 누이의 되풀이는, 그렇다면 심대한 구조상의 틀의 변화를 수반하고 있는 되풀이다. 이 수직적 구도로부터 평면적 구도로의 전환이 무엇을 함의하고 있는지의 문제는 잠시 접어두기로 하자. 다만, 이 절의 서두를 이루는 이 자리에서 확인해 두어야 할 사항은 이러한 변형을 은닉한 되풀이를 통해 크레티엥의 소설은 공동체적 이념의 반영으로서의 문자 행위를 '왜곡'하고 있다는 것이다. 또한 공동체적 이념에 대한 안티테제로서의 개인적 영웅의 창조(개인주의 이데올로기를 탄생시키거나 그것에 뒷받침된)의 행위도 '왜곡'하고 있다는 것이다. 궁정 사회의 보편적 이념이든 개인주의의 이념이든, 크레티엥의 소설은 그것을 비추면서, 동시에 일그러뜨린다. 그런 의미에서 크레티엥의 소설은 신비한 일그러진 거울이 아니라 할 수 없다. 그것은 반영하되 왜곡한다. 혹은 표현하되 넘치거나 모자란다. 그럼으로써 그것이 하는 이데올로기적 기능이 있다면, 그것이 반영 혹은 표현을 떠맡는 대상을 은밀하게 희화화하는 것일 것이다. 그러나 실제로 그것이 수행하는 절차는 그러한 이데올로기적 희화화를 목적으로 하고 있다기보다는, 이 거울의 일그러짐을 통해서 발생하는 기묘한 불일치의 체험 및 그에 대한 성찰을 유도하고 있다고 보는 것이 타당할 것이다. 왜냐하면, 그것은 풍자의 저편에 또 하나의 보편적 이념을 두고 있지 않기 때문이다. 말의 바른 의미에서의 조롱은 언제나 안전하게 기댈 데를 가지고 있는 자의 몫이다. 정상인보다 낮은 인물을 그리는 데서 희극이 발생하듯이(아리스토텔레스), 스스로 높은 곳에 위치할 때만이 순수 조롱의 능력을 가질 수 있는 것이다. 그러나 거인의 어깨 위에 내려앉은 난쟁이는 그러한 높은 자리에 있지 못하다. 혹은 있지 않는다. 그는 더 멀리 보기 위해서 거인의 어깨 위에 앉지만, 그의 시선은 거인의 시선과 같은 높이에 있을 뿐이다. 그의 더 멀리 보기는 거인의 시선을 뚫고서 보기, 그 동공(瞳孔)을 열어보기인 것이다. 바로 거기에 시늉의 본래적 의미가 있는 것이 아니겠는가?

하이두는 「소설의 태초에 아이러니가 있다*Au début du roman, l'ironie*」라는 기이한 제목의 글에서, 크레티엥이라는 거울의 일그러진 반사를 '아이러니'라고 부른다. 그에 의하면, 크레티엥 소설의 "궁정적 사랑은 그 텍스트의 주제도, 그의 이데올로기적 덮개도 아니다. 그것은 텍스트 속의 한 대상이다. 그것도 조롱에 맡겨질 대상"[212]이다. 이 조롱은 "텍스트의 자기 반사에 근거하여" 발생하는데, "이 자기 반사가 불완전하다는 것이 이 텍스트를 아이러니컬한 것으로 규정하게끔 한다." "아이러니는 텍스트의 모든 층위에 작동하는 텍스트 구조의 원리이다. 그것은 구조적 관계 속에 놓인 두 단위들, 즉 한 동일체의 되풀이이며 동시에 차이에 의해 관계 지워지는 단위들 사이의 부정합성(incongruité)이

---

212) Peter Haidu, "Au début du roman, l'ironie", *Poétique* N° 36, nov. 1978, pp.465-466.

다."213) 하이두는 크레티엥의 소설적 글쓰기는 그에게 주어지는 본래의 이야기 텍스트의 "구조화된 자료들에 대한 거리 취하기로부터 발동되어서 아이러니로 실현된" 입장으로 규정하면서, 이 일종의 "미학적 거리"를 통해 텍스트를 무한히 다양하게 해석할 수 있는 놀이 공간을 만들어낸다고 주장한다.

> 우리는 그것을 미학적 거리라고 부를 수 있다. 그것은 텍스트를 이야기하는 목소리(여기에서는, 비록 쓰인 텍스트에 근거하고 있지만, 구어적인)와 그것을 듣는 청중이 폭넓게 공유하고 있는 입장이나 이야기 자체의 입장과 동일시될 수 없는 입장이다. 텍스트는, 그 문학적 실존 속에서는, 의미전달의 대상도 의미전달의 수단도 아니다. 의미전달의 대상은 여러 가능한 잠재적 해석들의 한 벡터인 바, 그 잠재적 해석들을, 이야기 수용자의 해독 능력이 활성화시켜야 한다. 텍스트를 해석이라는 의미 생산의 활동으로 여는 것은 사건 차원과 말의 차원 사이에 존재하는 불—일치로부터 발생하는 '놀이'(역학적 의미에서의)이다. 후자(말의 차원)는 전자(사건 차원)를 중개할 뿐만 아니라, 또한 '거리를 벌린다.' 서술 구조의 층위에 귀속될 수 있는 의미론적 내용과 말의 표면 층위에 귀속될 수 있는 의미론적 내용의 차이는, 텍스트를 그 시대의 일반 상징 구조에의 점착으로부터 떼내어주면서, 그것을 다의미적 텍스트 생산성으로서 만든다.214)

4.5.1. 관계의 구조적 변화

이제 우리의 시선은 화자, 보조 인물들로부터 주 인물들로 옮겨간다. 전자의 인물들을 통해 '되풀이와 변화'의 기본 벡터가 암시되었다면, 그것은 이야기의 표면에서 가장 완강하게 정통적 양상을 고집하고 있는

---

213) *ibid.*, p.466.
214) *loc. cit.*

주 인물들의 밑에서 실은 가장 강력하게 발동하고 있을 것이다.

주 인물들의 치욕과 간지는 소설의 표면적 층위로 부상하면서, 그들의 영광과 보상으로 변모한다. 이야기의 보편적 도식에 보이는 그대로, 시련의 종결과 구원의 성취가 나타나는 것이다. 물론 이야기의 흥미는 주인공의 시련을 딛고 일어서는 영광에만 있는 것이 아니고, 그 과정 속에서 동시에 전개되는 상대 역들의 몰락에도 있다. 다시 말하자면, 초두의 인간관계가 뒤집혀지는 양상 속에서, 세상의 반란을 꿈꾸는 무의식의 욕망은 그가 쏟아져나갈 수로를 발견한다. 간단히 그 관계가 뒤집히는 양상을 나열하는 것도 무익한 일은 아닐 것이다.

실제 소설의 줄거리를 구성하기 때문에 가장 두드러지는 뒤집기는 주인공과 적 사이의 관계이다. 『에렉과 에니드』에서의 에렉-이더, 에렉-성주, 에렉-마보아그렝, 『클리제스』에서의 클리제스-알리스, 『수레의 기사』에서의 랑슬로-멜레아강, 『사자의 기사』에서의 이벵-에스칼라도스, 이벵-거인 아르펭(Harpin), 이벵-3명의 적(뤼네트를 고발한), 이벵-악마의 아들들, 그리고 이벵-고벵, 『그랄 이야기』에서의 페르스발-진홍포의 기사, 페르스발-클라마되(Clamadeus)/앙기즈롱(Enguigeron), 페르스발-'황야의 오만한 자(Orgueilleux de la Lande)', 고벵-에스카발롱, 고벵-그레오라스(Gréoras)의 조카, 고벵-'통행로의 오만한 자', 고벵-기로플랑 등등이 그들이다. 이 지루한 나열이 보여주듯이, 그러나 그 관계의 뒤집기는 일률적으로 나타나는 것이 아니다. 적들은, 때로는, 주인공 기사의 편력 중에 우연히 만나는 결투 상대자이기도 하고, 때로는 작품의 처음부터 끝까지 팽팽하게 주인공과 대립하는 큰 적(아더의 궁정 자체를 위협하는)이기도 하다. 그리고 이 적들은, 『그랄 이야기』의 고벵의 이야기에서 두드러지게 나타나는 바, 주인공과의 결투에서 매번 지기만 하기보다는, 끊임없이 결투를 지연시키고 반복시킨다.

이와 같은 다양성은 주 인물들과 적의 관계를 좀 더 세밀하게 고찰할
것을 요구한다. 적들은 한 작품 내에서 특이한 연관을 맺으면서 주인공
의 모험을 전체적으로 짜는 데 씨눈을 이룰 것이며, 또한 작품들 사이
의 연관을 이루는 고리의 역할을 할 수도 있을 것이다. 그러나 이에 대
한 고찰을 하기 전에, 관계가 뒤집히는 또 하나의 측면을 보자.

주인공-적 기사의 관계가 외적 관계라 한다면, 궁정 사회 내부에서도
관계의 뒤집힘이 발생한다. 가장 핵심적인 예는 쾨(Keu)일 것이다. 오만
하고 방자한 그는 주인공 및 프로타고니스트들을 모욕하다가 결국 자
기 자신이 치욕을 뒤집어쓰는 꼴을 당한다. 쾨가 오만하고 방자하다고
해서 그를 궁정 사회 내의 부정적 인물인 것으로만 생각해서는 안 된
다. 그는 아더의 가장 최고의 심복이기 때문이다. 아더나 그니에브르가
그의 방자한 행동을 자주 나무람에도 불구하고 언제나 그가 당하는 불
행을 안타까워한다. 가령, 쾨가 페르스발에게서 패하고 돌아왔을 때,
"아더는 집사가 그렇게 부상당한 것을 보고 대단히 괴로워한다. 그는
거기에서 슬픔과 분노를 느낀다." 그리고 "마음속 깊이 그를 아끼고 사
랑하는 왕은 아주 유능한 의사"[215]에게 치료를 받게 한다. 그러니, 그
전에 쾨가 페르스발에게 미소를 지은 처녀의 뺨을 때리고 광인이 쾨의
훗날의 치욕을 예언하였을 때, 아더가 쾨에게 "Ha! Kex, molt feïs que
cortois/ Del vallet quant tu le gabas!"[216]라고 말한 것을 두고, 멜라가
"아 쾨여, 이것이, 네가 청년을 조롱하였을 때 그대가 보여준 쿠르트와
지의 결과구나"[217]라고 번역한 데에는 일리가 없는 것이 아니다. "아
쾨여! 네가 청년을 조롱하였던 것은 쿠르트와지가 결여된 행동이었

---

215) 『그라알(중1)』, v.4338-4340; 『그라알(중2)』, p.313.
216) 『그라알(중1)』, v.4078-4079.
217) 『그라알(중2)』, p.295.

다"[218]라는 자크 리바르(Jacques Ribart)의, 의미가 좀 더 분명한, 번역에 비해, 멜라의 애매모호한 번역이 함의하고 있는 것은 쾨의 거동에는 쿠르트와지의 결핍이 있는 것이 아니라, 궁정성 자체의 결함이 있다는 것을 시사하고 있는 것이다. 여기까지 온다면, 쾨의 치욕은 궁극적으로 아더 궁정의 치욕으로 이어지는 것은 아닌가라는 추측을 할 수 있다. 실로 조프르와 드 몬무트의 『브리타니아 왕실사』에서 쾨는 아더의 가장 중요한 심복의 하나였다. 그리고 "아더는 그의 최측근 기사인 쾨와 베디브르(Bedivere)를 대륙 영토의 부-왕으로서 임명하였다."[219] 『브리타니아 왕실사』에 의하면, 쾨는 아더 왕의 대륙 지배의 대리인이었던 것이다. 아마도 크레티엥의 소설에서 쾨가 '집사(senechal)'라는 것은 『브리타니아 왕실사』의 흔적이라고 볼 수 있을 것이다. 집사란 궁정의 총괄적 관리를 담당하는 사람이라면, 따라서 궁정의 중앙집권적 운동의 대표자로서 역할하고 있는 것이라고 할 수 있다. 그에 비해 주인공이 체현하는 기사의 양식은 편력기사, 즉 궁정 밖으로의 원심적 운동을 보여준다. 작품의 표면적 주제 위에서는 그 원심적 운동이 궁정의 제국주의를 드러내는 것이겠지만, 이미 우리는 크레티엥의 주인공들이 그러한 것과는 거리가 멀다는 것을 보았다. 또한, 편력기사로서의 주인공이 중앙집권적 움직임의 대리자인 쾨와의 관계를 뒤집는다는 점에 근거해 그것을 궁정의 집단적 이념[220]으로부터 벗어나려는 개인주의적 해방으로 보려는 견해도 가능한 견해이기는 하나 우리의 지금까지의 분석을

---

218) 『그라알[현]』, p.85.
219) Geoffrey Ash, *Le Roi Arthur — Rêve d'un âge d'or* (trad.), Seuil, 1992, p.6.
220) 오해를 피하기 위해 이 집단적 이념이 현세 궁정을 공고히 하는 지배 이념일 수도 있지만 동시에 이상적 궁정, 즉 현세 궁정에 대한 초월적 부정일 수도 있다는 것을 지적하자. 아더의 궁정이란 "잃어버린 황금 시대의 꿈"일 수 있는 것이다. 그것이 현세적이든 초월적이든 분명한 공통점은 절대적이고 집단적인 이념이라는 것이다.

통해 부정된 것이다. 그렇다면 이 관계의 뒤집기는 무엇을 의미하는가? 어찌 됐든 주인공의 '개인적' 성공이 문면에 드러나 있는 분명한 사실이라면, 그것은 개인의 선언이 아닌 무엇일 수 있는가?

이미 암시는 충분히 주어져 있다. 다만 우리의 암시를 마지막까지 붙잡는 이 모순을 밝히고 관계의 변화가 실제적으로 어떻게 나타나는지를 보아야 할 것이다. 아마도 개인으로서의 주인공의 성공이 어떠하든 그렇다고 해서 이야기의 표면적 층위에서도 아더의 궁정에 대한 백조의 노래는 크레티엥의 소설에는 나타나지 않는다는 사실에 주목해야 할 것이다. 『아더의 죽음』은 13세기에 가서야 비로소 출현할 것이다.

따라서 변화하는 것은 관계의 뒤집기 이상 혹은 이외의 무엇이 되지 않을 수 없을 것이다. 교체가 아니라 틀 자체의 변화가 그것이 아닐까? 그것이 지금부터 분석되어야 할 문제가 된다. 앞에서 제시되었던 것처럼 그것은 궁정 내부와 외부 양쪽에 대해 주 인물들이 맺는 관계의 변화를 통해 살펴질 것이다. 그러나 주 인물들 사이에 형성되는 관계는 적대성의 문제만이 있는 것이 아니다. 주인공과 여인의 사랑의 문제가 또한 있다. 궁정 소설은 무훈의 이야기며 동시에 사랑의 이야기이다. 다양하게 뻗어 있고 다소간 착종되어 있는 이 문제들이 일의적으로 풀릴 수는 없을 것이다. 도식적으로나마 그 문제들을 개념적으로 분리시키고 다시 관계를 맺어주는 일이 필요할 것이다.

주인공을 기준으로 볼 때, 궁정 내외의 기사 혹은 왕은 주인공과 계열적 관계에 놓이는 데 비해, 연인은 통합적 관계에 놓인다고 할 수 있을 것이다. 가령, 에렉은 이더, 마보아그렝 등과 우위를 겨루고, 에니드와 사랑을 이룬다. 전자들 사이에는 선택이 문제가 되고, 에렉과 에니드 사이에는 화해가 문제가 된다. 따라서 가장 간단한 이야기의 형식은 에렉이 이더·마보아그렝 등등과 싸워 으뜸가는 기사가 되는 한편, 에니드와의 사랑을 이루는 것이 될 것이다. 그보다 좀 더 복잡한 형식은 그 두 가지 방향의 이야기를 새로운 인과율에 의해서 통합시키는 일일 것이다. 즉, 에렉이 으뜸기사가 되는 '한편으로'가 아니라, 으뜸기사가 '됨으로써' 에니드와의 사랑을 성취할 수 있게 되고 다른 한편으로 그들의 사랑이 에렉의 기사다움에 영향을 미치게 된다면, 두 방향의 문제가 상호 영향 관계에 놓임으로써 이야기의 긴장을 더욱 높일 것이다. 실로, 이야기의 표면적 층위의 판은 바로 그러한 상관적 관계에 놓인 무훈과 사랑으로 짜여져 있다 할 수 있을 것이다. 그것은 다음과 같은 도식으로 이루어져 있다고 할 수 있다.

ⅰ) 사랑과 무훈의 탄생
ⅱ) 사랑과 무훈의 갈등
ⅲ) 사랑과 무훈의 화해

『에렉과 에니드』는 이 도식을 가장 선명하게 드러내는 작품이다. 우선, 에렉은 기사로서의 명예회복의 문제를 만난다. 그것의 해결을 위해 간 곳에서 에니드를 만난다. 이더에게 이기고, 에니드를 연인으로 맞아 아더의 궁정으로 귀환한다. 여기까지가 첫 번째 과정이 될 것이다. 다음, 에니드와의 사랑에 빠진 나머지 기사도를 등한시한다. 에렉은 에니드와 함께 모험을 떠난다. 에렉은 에니드에게 침묵을 강요하지만, 에니드는 에렉의 위험을 알아차릴 때마다 갈등 끝에 발설을 하게 된다. 이 두 번째 과정은 무훈을 위한 사랑의 금지라는 수를 에렉이 던지고, 그에 대해 에니드가 사랑에 의한 무훈의 변형이라는 수로 응수하는 국면을 연출한다. 마지막으로 사랑과 무훈이 마침내 화해하여 다시 궁정으로 귀환한다는 것이 세 번째 단계가 될 것이다. 그러나 이미 이러한 이야기의 표면적 주제로 이야기가 완성된다면, 지금까지의 우리의 검토가 아무런 의미를 가질 수 없다는 게 뻔한 일이 된다. 『에렉과 에니드』 자체는 실제, 그러한 이야기의 보편적 도식에 넘치거나 모자란다.

무엇보다도 두 번째 과정에서 세 번째 과정으로 건너가게 되는 과정은 미묘한 문제를 발생시킨다. 어떻게 그 한판의 게임이 화해의 길로 접어들 수 있었을까? 에니드의 사랑의 진정성을 확인했기 때문에? 로크는 소설을 요약하면서, 그렇게 사건이 진행된 듯이 기술한다.[221] 그와 같은 판단은 에렉의 말에 의해서 실제로 증거를 찾을 수 있다. 에니드와 결혼하려는 리모르 백작(comte de Limors)을 죽이고 탈출한 후에 에렉은 "당신이 나를 완벽하게 사랑한다는 확신을 가졌으니, 이제 예전처럼 당신의 명령에 완전히 복종할 것이며, 또한 당신이 나를 '말'로 모욕을 하였다면, 이제 그것을 완전히 용서하니 그 과오와 그 말로부터 당신을 자유롭게 해주겠다"[222]고 약속했던 것이다. 그렇다면 "예전처럼"이라는 말이 정확하게 지시하고 있듯이 에렉은 다시 '나태(récréantise)'로 돌아가는 것인가?

그러나 에렉과 에니드의 두 번째 모험이 '사슴 사냥'의 첫 번째 모험의 연장선상에 있다는 것을 이미 본 우리로서는 그것에 동의하지 못할 것이다. 실상, 이 대목은 여러 가지 의문점을 내포하고 있다. 만일 에렉이 한 위의 말을 문면 그대로 인정하여 로크의 판단을 따른다면, 에렉의 나태 당시 에니드가 꺼냈던 말, 즉, "오, 당신은 얼마나 불행한가요!"라는 말이 에렉을 모욕한 것이 되고,[223] 따라서 죄는 에니드에게 떨어진다. 즉, 에렉의 '나태'는 아무 문제가 되지 않는 것이다. 그렇게 될 경

---

221) 『에렉[중]』, p.XIV.
222) 『에렉[중]』, v.4886-4893; 『에렉[현]』, p.129.
223) 로크는 에니드의 그 '말'이 에렉의 두 번째 모험의 열쇠가 된다는 것을 지적한다. 『에렉[중]』, p.14, 주 2.

우, 에렉이 에니드를 용서했음으로, 다시 '나태'로 돌아가기만 하면 될 것이다. 그러나 그것은 작품을 더 이상 끌고 갈 수 없게 만들 것이다. 그 이후의 일들, 에렉과 기브레의 다시 만남, 에렉과 아더 일행의 만남, '궁정의 기쁨'의 모험 등은 아무 의미를 갖지 못할 것이다.

다음, 위의 에렉의 발언은 특이하게도 화자에 의해 다시 한번 되풀이 된다. 위의 발언 직후에 에렉과 에니드는 기브레를 만났는데, 서로 알아보지 못하는 바람에 결투가 일어나 기진해 있던 에렉은 패하고 사경에 이르게 된다. 다행히, 에니드가 기브레를 알아봄으로써 사태는 진정되는데, 에니드가 에렉을 전심을 다해 치료하는 것을 묘사하면서 화자는 이렇게 말하는 것이다. "그녀는 아무도 그에게 손대지 못하도록 합니다. 또한, 이제는 에렉도 더 이상 그녀를 비난하지 않습니다. 왜냐하면, 그는 그녀를 충분히 시험하였고, 그녀에게서 그에 대한 크나큰 사랑만을 발견한 때문입니다."[224] 더욱 흥미로운 것은, 그 직전, 에렉이 의식을 회복하였을 때, 기브레에게, 리모르 백작의 성에서 일어난 일을 그대로 되풀이해 묘사하고 있다는 것이다. 게다가, 에렉이 침상에서 일어났을 때 궁정 사람들이 유령이 되살아난 줄 알고, "달아나시오! 달아나시오! 주검이 우리를 쫓아와요!"[225]라고 외쳤던 말은, 단순히 이야기되지 않고 직접화법 자체로서 되풀이된다. 그렇다면 그 사건은 두 번 되풀이되어 서술되는데, 묘한 역대칭을 이루면서 기술된다는 것을 알 수 있을 것이다.

---

224) 『에렉[중]』, v.5095-5098; 『에렉[현]』, p.135.
225) 『에렉[중]』, v.5062, v.4840; 『에렉[현]』, p.234. 그대로 되풀이된다고 했지만, 강조가 있다. 화자의 묘사에서는 "Veez le mort."(유령이 나타났다; Voici le mort)이지만, 에렉의 묘사에서는 "주검이 우리를 쫓아온다"이다.

	리모르 백작 성의 탈출	에렉의 용서
기브레를 만나기 전	화자의 묘사	에렉의 발언
기브레를 만난 후	에렉의 묘사	화자의 발언

이 역대칭의 되풀이는 그 사이에 결정적인 어떤 변화가 있다는 것을 암시한다. 그것은 "주검이 우리를 쫓아온다"는 성 사람들의 말이 그대로 지시하듯이, 새로운 탄생, 무덤으로부터의 새 삶의 탄생을 의미하는 것이 아닐까?

과연, 기브레를 만나기 전에 에렉이 에니드에게 했던 또 하나의 발언은 그것을 분명하게 보여준다. 에렉은 에니드를 말로부터 해방시켜준다고 약속했음에도 불구하고, 다시 한번 에니드에게 침묵을 강요하는 것이다. 에렉과 에니드를 구하려고 달려 온 기브레 일행을 에렉이 보았을 때 그는 기브레인 줄 모르고 이제 죽게 되었다고 생각하면서 에니드에게 말한다. "나는 바로 저들과 맞닥뜨리겠소. 당신은 여기에서 아무 소리내지 말고 있어요. 저들이 당신에게서 멀어질 때까지는 저들 중 아무도 당신을 알아차리지 못하도록 주의하도록 하오."[226] 그런데 기브레가 출발할 때는 "달이 훤히 밝았을 때"이며, "거의 자정 경에"[227] 에렉 일행은 기브레를 보았다. 달이 그렇게 밝았는데, 어떻게 못 알아 보았을까? 달이 환히 밝았다는 것이 전혀 사실적인 지시성을 가지고 있지 않다는 것을 알 수 있을 것이다. 그것은 오직 징후적으로만 기능한다. 환한 달과 자정의 혼합, 즉 그것은 낮과 밤의 혼용을 의미하는 것이 아니겠는가? 아무튼, 에렉은 그의 약속과는 달리, 다시 한번 침묵을 요구한다. 물론, 그 침묵에의 요구는 시험을 위한 것은 아니다. 이번엔 에니드

---

226) 『에렉[중]』, v.4956-4959; 『에렉[현]』, p.131.
227) 『에렉[중]』, v.4927-4933; 『에렉[현]』, p.130.

의 생명을 지키기 위한 불가피한 일이다. 그러나 그럼에도 불구하고 그 것은 에렉과 에니드가 '사랑과 무훈의 갈등'이라는 그 게임에서 아직 벗어나지 못하고 있음을 보여준다. 그들은 에렉이 '말'로써 그것을 풀 었음에도 불구하고, 그 게임 속으로 너무나 깊숙이 진입해 버려, 수를 되물릴 수가 없는 것이다. 그것은 에렉이 기브레에게 패함으로써 진짜 죽음의 문턱에 이름으로써 간신히 풀릴 수 있는 것이다. 즉, 리모르 성 에서의 거짓 시체로서의 죽음이 기브레에게 패배함으로써 죽을 지경으 로 변화할 때 가능한 것이다. 결국, 에렉과 에니드의 모험은 약속이나 확인으로써 해결되는 것이 아니라, 삶의 근본적인 변화를 통해 다른 출 구를 여는 것이다. 실로, 이 두 번의 죽음을 전후해 주 인물들의 근본적 인 관계의 변화가 나타난다. 그것을 에렉의 첫 번째 모험까지 포함하여 도식화해 보면 다음과 같다.

		첫 번째 모험	두 번째 모험	사경 이후
i	모험	새매 시합	침묵의 모험	궁정의 기쁨
ii	장소	성	숲	성
iii	동반자	그니에브르-처녀	에니드	에니드-기브레
iv	아더	사슴 사냥 개최	쾨의 패배	신하의 부재
v	적	이더	여러 기사 및 성주들	마보아그렝
vi	의미	명예 회복	사랑의 확인	?

아마도 풀이가 요구될 것이다. 일반적인 독법에서는 두 개의 이야기 만이 드러나서 비교적 간단하게 설명이 될 수 있다면, 이렇게 삼분화된 이야기에서는 작품의 구석들에 감추어진 징후를 읽고 의미를 부여해야 하기 때문이다. 우선 i)을 통해 두 번째 모험이 2개로 분화된 것을 알 수 있다. 이미 그 근거는 밝힌 바 있다. 즉, 에렉이 죽을 지경에 처하는

사건이 일종의 거듭남을 암시하고 있었기 때문이다. 그런 의미에서 에렉과 에니드가 함께 하는 모험에서 에렉이 에니드와 적 기사 혹은 성주들과 벌이는 모험과 '궁정의 기쁨'의 모험은 구별될 수 있다. 그것은 다른 사항들에서도 확인된다. 우선, 모험의 장소가 성에서 숲228)으로 다시 성으로 바뀌고 있다. 다음, 첫 번째 모험에서 에렉이 난쟁이로부터 모욕을 당할 때 그의 동반자는 그니에브르와 처녀이었다. 그 3인짝이 두 번째 모험에서는 에렉-에니드의 2인짝으로 변형된다. 그것이 '사경 이후'에는 에니드-기브레-에렉의 3인짝으로 다시 변화된다. 또한, 아더와의 만남도 그 삼분법의 타당성을 확인시켜준다. 분명, 에렉이 궁정으로 돌아가는 장면은 두 번밖에 나타나지 않는다. 그러나 에렉-에니드가 모험을 떠났을 때, 특별한 이유도 없이, 아더 일행과 만나는 사건이 일어난다.229) 따라서 실질적으로 에렉이 아더와 접촉하는 장면은 3번이다.

이러한 3분화가 타당하다면, 그것들은 각각 어떤 의미를 가지면서 변화해 나가는가? 3인짝-2인짝-3인짝으로의 변화, 성-숲-성의 변화, 궁정에서 아더를 만남→숙영지에서의 아더의 만남→궁정에서의 아더의 만남은 세 번째 모험이 첫 번째 모험으로 되돌아가는 것은 아닌가라는 추측을 가능하게 해준다. 그러나 자세히 본다면, 그것이 그렇게 간단한 것이 아니라는 것을 알 수 있다. 우선, 동반자의 문제를 살펴보자. 첫 번째 3인짝, 즉, 에렉-처녀-그니에브르의 짝은 이미 본 바 있듯이, 이더-처녀-난쟁이의 3인짝과 대응된다. 그러나 '궁정의 기쁨'의 모험에서

---

228) 두 번째 모험의 이 부분에서 숲만이 모험의 장소가 되는 것은 아니다. 그 안에는 두 번의 성('이웃'의 성과 리모르 성)과 기브레가 사는 탑이 나온다. 그러나 전반적으로 에렉-에니드의 모험은 숲을 중심으로 전개된다. 기브레와의 싸움도 탑 밖에서 벌어진다. 기브레가 에렉이 지나가는 것을 보고 공격해왔기 때문이다. 그리고 두 성에서의 모험은 성으로부터 '탈출'하는 사건으로 나타난다.
229) 『에렉[중]』, v.3909-4252.

에렉 일행은 3인짝, 즉 에렉-에니드-기브레인 데 비해, 에렉과 겨루는 마보아그렝은 랄루트 백작의 딸만을 짝으로 두고 있다. 첫 번째 모험에서 두 개의 3인짝이 대칭을 이루고 있다면, '궁정의 기쁨'의 모험에서는 3인짝/2인짝의 일그러진 대칭이 나타나는 것이다. 다음, '장소'에서도 마찬가지의 현상을 볼 수 있다. 에렉이 이더와 겨루는 성의 장소는 일반적으로 마상 시합이 벌어지는 장소와 다를 바 없다. 그 장소는 결투하는 두 기사, 연인, 군중이 모이는 광장이다. 그러나 마보아그렝과 에렉이 겨루는 장소는 과수원으로서, "벽도 울타리도 없이", 오직 "마치 철로 닫힌 것처럼 유일한 통로를 제외하고는 침투할 수 없는 공기"로 둘러싸여 있고, "여름이나 겨울이나 꽃들이 피고 열매들이 열려 있다."230) 그리고 그 과일들은 "마술에 묶여 있어서, 안에서는 먹을 수 있으나, 밖으로 가지고 나오지는 못"하며,231) "새들이 하늘을 날며 사람을 즐겁게 하고"232) "땅에는 온갖 향료와 약초가 널려 있다."233) 그리고 "날카로운 말뚝들", 그곳에는 "빛나는 투구들이 걸려 있는데" 그 "둥근 금속 아래에는 사람의 머리가 걸려 있으며, 맨 끝의 하나만이 사람 머리가 아닌 뿔을 걸어놓고 있다."234) 그 빈 말뚝에는 이제 에렉의 목이 걸릴 것이다. 그리고 에렉의 목이 걸리면 다른 빈 말뚝이 다시 박힐 것이다. 일단 이 결투의 장소가 일상적인 장소가 아니라는 것을 알 수 있을 것이다. 그리고 그곳이 마상 시합에서의 장소와는 다르게 숲의 형상을 가지고 있다는 것을 알 수 있을 것이다. 그 숲은 궁정과 전혀 다르나, 그러나 같은 구조를 가지고 있다. 왜냐하면, 그곳에는 공기가 성벽을 대신

---

230) 『에렉[중]』, v.5689-5697; 『에렉[현]』, p.151.
231) 『에렉[중]』, v.5698-5700; 『에렉[현]』, p.151.
232) 『에렉[중]』, v.5705-5707; 『에렉[현]』, p.151.
233) 『에렉[중]』, v.5710-5714; 『에렉[현]』, p.151.
234) 『에렉[중]』, v.5730-5736; 『에렉[현]』, p.152.

하기 때문이다. 따라서 그 결투의 장소도 야릇한 어긋남을 가지고 있다. 성의 측면에서 보면, 그것은 일반 궁정의 성과는 달리 혼란스러운데, 그러나 또한 출입이 폐쇄되어 있다. 숲의 측면에서 보아도, 그것은 궁정과 대립자로서의 숲(괴물, 이단이 출몰하며 변화무쌍한)과는 달리 질서가 놓여 있다. 혹은 하나의 질서에 갇혀 있다. 사철 꽃피는 나무와 열매란 질서의 항구성을 의미한다.

이상으로 볼 때, 세 번째 모험은 첫 번째 모험의 되풀이가 아니라는 것이 분명하다. 그렇다면 어떤 변화가 있는가? 다시 동반자의 문제로 돌아가자. 에렉은 에니드, 기브레를 동반자로 가진다. 여기서 기브레는 그니에브르/난쟁이의 변용이라는 것을 알 수 있을 것이다. 첫 번째 모험에서 에렉과 우열의 관계에 놓여 있던 동반자들이 기브레에서는 평등의 관계로 바뀌어 있다. 더욱이, 기브레가 에렉과 결투를 벌였던 기사임을 상기하자. 첫 번의 결투에선 에렉이 이기고 두 번째 결투에선 기브레가 이긴다. 그 적이 이제 동료로 바뀐 것이다. 따라서 그것은 단순히 위계질서의 수평화 이상의 의미를 담고 있다. 그것은 에렉과 선택적 관계에 놓여 있던 인물이 에렉과 형성적 관계를 이루는 인물로 변모했다는 것을 의미하기 때문이다. 즉, 계열성이 통합성으로 바뀐 것이다. 관계의 틀 자체가 변화된 것이다.

'궁정의 기쁨'의 결투의 장소의 신비성은 그 자체로서는 의미 해독이 불가능하다. 그것은 궁극적으로 에렉과 마보아그렝이 싸울 장소이기 때문에 주인공과 적과의 관계를 통해 밝혀질 수 있을 것이다.

다음, 아더의 모습에도 심각한 변화가 일어난다. 첫 번째 이야기에서 아더는 사슴 사냥의 개최자이며(고뱅의 염려에도 불구하고) 동시에 사슴을 잡은 가장 드높은 인물이다. 그러나 숲 속에서 에렉을 만났을 때, 아더가 직접 나선 것은 아니나 쾨가 에렉을 알아보질 못하여 모욕을 주고

싸움을 걸었다가 에렉이 그의 창의 앞뒤를 돌리고 그의 방패를 쳐 관자
놀이를 때리는 치욕을 당한다. 그 치욕의 형상은 의미심장하다. 그것은
제 도구에 의한 치욕을 나타내기 때문이다. 그리고 마지막 이야기에서
의 아더는 어떠한가? 에렉이 아더의 궁정으로 돌아가려 할 때, 그는 "우
울해 있었다." 왜냐하면, "그의 궁정에 더 이상 사람들이 없었기 때
문"235)이다. 갑자기 왜 그런 일이 일어났는가? 문면에서 그에 대한 설
명은 하나도 없다. 따라서 그것은 에렉의 동반자 문제와 겹쳐 놓을 때
만 풀린다. 아더에게서 사람이 빠져나가는 동안, 에렉에게는 적이 동료
로 바뀌고 있었다. 그것은 단순히 아더와 에렉이 서로 보이지 않는 적
대자들이고 아더의 편이 줄어드는 만큼 에렉의 편이 늘어난다는 것을
의미하지 않는다. 왜냐하면, 적의 동료로의 바뀜은 선택적 관계(우위 다
툼의 관계)가 통합적 관계로 변모했다는 것을 뜻하기 때문이다. 따라서
그것은 에렉의 편이 늘어났다는 것을 의미하는 것이 아니라, 아더를 정
점으로 놓은 집단의 위계질서 자체가 와해되는 것을 의미한다. 따라서
에렉이 아더에게 에니드의 부모를 소개하였을 때 아더가 갑자기 침묵
하게 되는 것은 우연한 것이 아니다. 그것은 에렉의 대관식을 위한 예
수 탄신일의 낭트에서의 모임에서였는데, 아더도 전 국토의 모든 남성
과 여성을 부르고 에렉도 많은 사람을 부른다. 그때 에렉이 제일 먼저
초청한 사람은 에니드의 부모이었는데, 낯선 두 사람을 보고 에렉에게
부인에 대해 묻는다. 에렉이 그녀가 에니드의 어머니라고 대답하자, 그
는 갑자기 "침묵을 하고 말이 없는 채로 있다."236) 그 다음에 화자는 아
더가 에니드의 부모를 옆에 나란히 앉히고 에니드의 부모의 기쁨을 묘
사한다. 이 기술 중에서, 아더의 침묵은 아주 생경하게 들어가 있다. 대

---

235) 『에렉[중]』, v.6370-6371; 『에렉[현]』, p.169.
236) 『에렉[중]』, v.6568; 『에렉[현]』, p.174.

관절 그의 침묵이 무엇을 뜻하는가? 그것은 아더 궁정의 삶의 질서·원리와는 다른 새로운 삶의 질서·원리가 아더 궁정으로 진입하였다는 것을 아더가 알아차렸다는 것을 의미하는 것이 아니겠는가?

그 새로운 삶의 질서란 무엇인가? 그것은 『그랄 이야기』에서 페르스발의 어머니가 들려주는 사라진 기사도의 계보와 끈을 닿고 있는 것으로 보이지만, 그러나 그것이 쾰러라면 그렇게 해석하고야 말 것처럼 이상적 기사도에 대한 표지는 아닐 것이다. 아더가 하필이면 왜 부인에 대해서만 물어 보았겠는가? 작품을 꼼꼼히 읽어보면, 에니드의 어머니는 그곳에 속하기보다는 일반 군중에 속하기 때문이다. 처음 에렉이 에니드의 부모를 만났을 때 에니드의 아버지는 배신이었고, 그 어머니와 에니드는 "작업실에서 일하고 있었다." 화자는 그들의 등장에 대해 비교적 상세히 묘사한다.

> Li vavasors sa fame apele
> et sa fille qui molt fu bele,
> qui an un ovreor ovroient,
> mes ne sai quele oevre i feisoient.
> La dame s'an est ores issue
> et sa fille, qui fu vestue
> d'une chemise par panz lee,
> delïee, blanche et ridee;
> un blanc cheinse ot vestu desus,
> n'avoit robe ne mains ne plus,
> et tant estoit li chainses viez
> que as costez estoit perciez :
> povre estoit la robe dehors,
> mes desoz estoit biax li cors.[237]

배신은 그의 아내와 딸을 부릅니다. 그 딸은 아주 아름답습니다. 그녀들은 한 작업장에서 일하고 있었습니다. 무슨 일인지는 모르겠어요. 부인은 그곳에서 딸과 함께 나오는데, 딸은 펑퍼짐한 옷자락에 엷고 희고 주름진 내의를 입고 있었습니다. 그녀는 그 위로 흰 가운을 걸쳤습니다. 그리고 더 이상 옷이라고는 아무 것도 입고 있지 않았습니다. 게다가 가운은 어찌나 낡았는지 팔꿈치에 구멍이 나 있었습니다. 그 옷차림은 극단적으로 초라했습니다. 그러나 그 위로 나온 몸은 아름다웠습니다.

에니드의 미모와 차림의 대비를 선명하게 보여주는 유명한 대목이다. 그러나 여기서 중요한 것은 그것이 아니라 어머니에 대한 묘사이다. 어머니는 에니드와 같은 옷차림을 하고 있으며, 똑같이 노동으로 고단한 모습을 하고 있을 것이다. 그런데 똑같이 등장하는 두 사람인데, 어머니에 대한 묘사가 전혀 없다는 것은 특이한 사항이다. 인용된 원문의 1-2행(397-398)과 5-6행(401-402), "Li vavasors sa fame apele/ et sa fille qui molt fu bele"과 "La dame s'an est hors issue/ et sa fille, qui fu vestue"의 문장 구성을 주의해 보자. 397-398행에서 sa fame와 sa fille는 모두 동사 apele의 목적어이다. 그러나 작가는 그 둘을 떼어서 sa fame는 곧바로 동사의 목적어임을 보여주고, sa fille는 행을 떼어서 주격 관계대명사 qui의 선행사임을 강조한다. 401-402행에서도 La dame와 sa fille는 모두 s'an est hors issue의 주어이다. 그러나 이번에도 마찬가지로, La dame만을 주어의 제 위치에 놓고, sa fille는 따로 떼어서 관계대명사 qui의 선행사임을 강조한다. 결국, 에니드에게는 성질이 풍부하게 부여되는 데 비해, 어머니는 속성 없는 존재, 사물과 같은 존재로서 제시되는 것이다. 그것은 에렉이 그들과 함께 앉는 장면에서도 마찬가지

237) 『에렉[중]』, v.397-410; 『에렉[현]』, p.11.

로 나타난다. 에니드는 아버지의 명령으로 에렉의 손을 잡고 아버지가 앉아 있는 곳으로 안내하여 나란히 앉는다. 그런데 어머니는 보이지 않는다. 다만, 그녀는 "미리 집을 정돈해서 담요와 매트리스를 깔아 놓았었고, 세 사람은 거기 나란히 앉았던"[238] 것이다. 어머니는 그러니까 한 사람의 하녀에 지나지 않는다. 그녀는 『사자의 기사』에서의 여직공들과 같은 층위에 놓이며, 동시에 그 여직공들이 노동하는 성에서 소설을 읽고 있던 가족 중, "팔을 기대고 누운" 부인의 대척지에 놓인다. 똑같이 빈한한 옷을 입었지만 에니드는 그녀의 미모와 예법(쿠르트와지) 덕분에 '천민의 수준'으로부터 벗어난다. 그러니, 아더가 하필이면 부인에 대해 물어본 것이며, 에렉의 이야기를 듣고 침묵한 것이며 그 까닭을 짐작할 수 있을 것이다. 에니드의 아버지인 "평생을 전장에서 보낸"[239] 배신도 그가 현재 아무리 가난하다 하더라도 여전히 궁정적 범주에 속하며, 에니드는 그곳으로 발탁된 출세자(arriviste)인데, 어머니만이 그러지 못한 상태로 존재하는 것이다. 그 비사회적 존재가 이제는 아더와 나란히 앉는다. 게다가 작품의 끝이자 절정에 가서 그 이름이 밝혀지니, 타르세네시드(Tarsenesyde)[240]가 그녀의 이름이다. 이야말로, 평등의 틀이 지배·종속의 틀을 대체하게 된 결정적 계기가 아니겠는가? 따라서 에렉의 대관식을 말하면서 화자가 느닷없이 아더를 알렉산더 대왕과 시이저에 비교하면서, 아더에 비하면 그들은 "빈약하고 쩨쩨하다"[241]고 너스레를 펴는 것은 이중적인 의미를 띠고 있는 것이다. 겉으로는 왕 아더의 후덕을 내세우는 데 쓰이지만, 속으로는 불가피하게 관계의 근본적인 변화를 수락하게 된, 즉, "세자르도 알렉산더도 감히 그와 같은 엄

---

238) 『에렉[중]』, v.477-481; 『에렉[현]』, p.13.
239) 『에렉[중]』, v.515; 『에렉[현]』, p.14.
240) 『에렉[중]』, v.6832.
241) 『에렉[중]』, v.6614; 『에렉[현]』, p.175.

청난 비용을 지출하지 않았을"²⁴²⁾ 지출을 하고 만 것을 가리키고 있는 것이다.

이렇게 본다면, 『클리제스』에서 클리제스가 익명으로 마상 시합에 참가하여 승리를 거두었을 때, 그가 기사들에게 취한 태도를 이해할 수 있다. 마상 시합에서 그의 "포로가 되었던 모든 기사들이 그를 군주로 부르려 하였는데, 그는 그것을 거절하고 모두에게서 그들의 '말'을 면제해주었다."²⁴³⁾ 클리제스의 태도도 또한 궁정 사회의 집단적 이념이 요구하는 관계의 틀의 근본적인 변화에 직결되어 있는 것이다. 그런데 '말'을 면제해주었다는 말에 주목하자. 그 말이, 에니드의 '말'과 동궤에 있으리라는 것은 의심할 나위가 없다. 그 말은, 그러니까, 기사의 무훈을 포장하는 말, 즉 궁정적인 것의 이념적 표현이었다. 그러나 하나의 미묘한 문제를 발생시키는 것은 클리제스는 그의 무훈을 통해서 무훈을 포장하는 말로부터의 해방을 실현했다는 것이다. 바로 그것 때문에, 클리제스의 그 태도에는 비교적 느닷없는 데가 없지 않다. 그러나 다시 한번 되돌아보면, 에렉도, 랑슬로도, 이벵도 같은 경로를 거친다. 그렇다면 그들의 무훈은 기사의 무훈을 되풀이하면서 어떻게 변화시키고 있는가? 이제 그 문제로 건너갈 차례가 된 것 같다.

4.5.2. '나'와 '적'의 순환

앞 절에서 미검토의 사항들로 남겨두었던 것들은 바로 그러한 의문과 함께 한다. 주인공과 적 기사들의 관계가 그것이다. 우선 이미 확인되었던 점들을 다시 한번 상기하고 지나가는 것이 좋을 것이다. 하나는

---

242) 『에렉[중]』, v.6621-6623; 『에렉[현]』, p.176.
243) 『클리제스[중]』, v.4940-4945; 『클리제스[현]』, pp.140-141.

기브레에게서 볼 수 있듯이 적 기사들과의 적대적 관계가 화해적 관계로 변하는 것이다. 그것은 선택적 관계로부터 통합적 관계로의 변화, 즉 위계적 틀로부터 수평적 틀로의 변화를 의미한다. 그것은 단지 기브레에게서만 나타나는 것이 아니라. 모든 적대적 기사가 그렇게 바뀐다. 주인공 기사가 적 기사를 물리쳤을 때 그를 죽이는 대신 아더의 궁정으로 보내는 것은 그것과 연관되어 있다. 겉으로 그것은 아더 궁정의 기사를 증대시키는 것이지만, 속으로는 수평적 틀의 양을 증가시키는 것이다. 그러나 그럼에도 불구하고 '적'이라는 추상명사는 여전히 남는다. 에렉은 기브레의 만류에도 불구하고 '궁정의 기쁨'의 모험에 뛰어든다. 고뱅도 뱃사공의 만류에도 불구하고 '두 여인의 성'으로 들어간다. 랑슬로가 그니에브르와 고르의 왕국에 갇힌 자국민들을 해방시켰음에도 불구하고 『수레의 기사』는 왜 그렇게 오래도록 이야기를 더 끌고 가는가? 이벵이 마지막으로 우물에 다시 가서 폭풍우를 일으킨 깊은 이유는 무엇인가? 그들은 이제 존재하지 않는 유령과 헛된 싸움을 전개하려는 것일까?

우리가 알고 있는 또 하나의 사항은 4.2.1절에서 밝혔던 것처럼 '궁정의 기쁨'의 모험은 사랑과 무훈이라는 궁정 사회의 양대 명제에 대한 동시적 부정과 관련되어 있다는 것이다. 즉, 사랑 따로 무훈 따로의 문제가 아니라, 사랑에의 매임이 곧 기사도의 감옥을 만들었다는 것이다. 그것은 무훈에 의한 사랑의 해결(군주제 통치의 이념적 표현)도 사랑에 의한 무훈의 극복(개인주의적 해방의 표현), 또는 이상적 기사도에 의한 현세적 기사도의 초월(퀼러가 그렇게 해석하였듯이, 사랑과 무훈이 하나된 옛날 세계의 이상화에 의해 사랑이 결핍된 거친 현실 기사도를 낭만적으로 초월하는 것)도 크레티엥 소설의 주제가 아니라는 것을 보여준다. 사랑과 무훈이 하나가 되는 것이 목표가 아니라, 사랑과 무훈의 하나됨이 문제의 징후임을 그것은 드러내고 있는 것이다.

이미 알고 있는 이 두 가지 사항을 한데 묶어서 본다면, 주인공의 '적'이라는 추상명사와의 결투는 궁극적으로 그러한 사랑과 무훈의 하나됨의 헛됨을 겨냥하고 있다는 것을 짐작할 수 있을 것이다. 그러나 그것이 왜 결투로 나타나야만 했는가의 문제는 여전히 문제로 남는다. 왜냐하면, 에렉은 정원으로 들어갈 때, 에니드의 사랑의 확인에서 근본적인 힘을 얻고 있기 때문이다. 그는 슬퍼하는 에니드를 달래면서, "내 속에 용맹이라고 있는 것은 오직 당신의 사랑이 내게 준 것뿐일진대, 나는 몸과 몸이 부딪치는 결투에서 살아 있는 어느 누구도 두려워하지 않을 것이오"[244]라고 말한다. 그렇다면 그는 바로 사랑과 무훈의 하나됨으로부터 힘을 얻어 결투에 임하는 것이다. 사랑과 무훈의 하나됨, 바로 그것이 사랑과 무훈의 하나됨이 야기하는 문제성과 싸운다? 그게 도대체 가능한 일인가?

에렉과 마보아그렝의 결투의 장면을 꼼꼼히 다시 읽어본다는 것은 아마도 그에 대한 단서를 제공해 줄 수 있을 것이다. 에렉이 정원으로 들어가서 나오기까지의 과정은 다음과 같은 단락으로 나눌 수 있다.

    ⅰ) 에렉은 홀로 정원으로 들어간다.
    ⅱ) 에렉은 한 침대에 누워있는 미인을 만난다.
    ⅲ) 에렉은 기사와 결투한다.
    ⅳ) 기사(마보아그렝)가 패배와 더불어 기쁨을 선언한다.
    ⅴ) 에렉의 질문과 기사의 대답이 이어진다.
    ⅵ) 에렉이 뿔피리를 분다.
    ⅶ) 에니드를 포함하여 모든 사람이 정원으로 들어간다.
    ⅷ) 에니드가 침대의 여인과 이야기를 나눈다.

---

244) 『에렉[중]』, v.5805-5809; 『에렉[현]』, p.154.

이 단락의 연쇄가 앞 절에서 보았던 것처럼 새로운 관계의 틀을 가져 온다는 것은 ⅰ)과 ⅶ)를 대비해 봄으로써 다시 한번 증명될 수 있다. 에렉이 결투를 위해 정원에 들어갈 때는 혼자 들어가야 했으나, 결투에서 승리한 후, 에렉이 뿔피리를 불자, 이제 군중들이 "말탄 사람이든 걸어서든 기다림 없이 정원으로 달려가 에렉의 무장을 풀어주고, 기쁨에 관한 노래를 앞다투어 합창을 하였고, 부인들은 오늘날 전해져 내려오고 있지 않은 '기쁨의 노래*Lai de Joie*'를 지었던"245) 것이다. 게다가, 홀로 슬픔에 젖어 있는 "은빛 침대 위의 여인"에게 에니드가 가서 그녀의 내력을 물으려고 하는데, "에니드는 거기에 아무도 함께 데려가지 않고 혼자 가려 했으나, 가장 품위 있고 가장 아름다운 일군의 부인들과 처녀들이 그녀를 우정에 의해서 혹은 우정을 위해서 그와 동행하였고, 그녀들도 또한 '기쁨'이 그리도 우울하게 만들어 놓은 여인을 위로하려고 하였다."246) 위계의 틀이 평등의 틀로, 군림의 틀이 해방의 틀로 변화하는 것이다. 그렇다면 정말, 에렉의 무훈(사랑에 뒷받침된)이 정원의 기사의 감옥(무훈과 사랑의 하나됨이 야기한)을 깨뜨린 것인 바, 그것은 드러나는 그대로 '그 자신에 의한 그 자신으로부터의 해방'을 보여주는 것이 아닐 수 없다. 그러한 역설이 어떤 의미를 가지고 있는가?

ⅲ)의 에렉과 기사의 결투의 장면이 그 해답을 줄 수 있다. 유별나게 자세하게 묘사되고 있는 그 결투의 장면은 다른 결투의 장면과 다른 특이한 두 가지 점을 보여준다. 하나는 작가가 다른 결투를 묘사할 때는 그런 적이 없었는데 이번에만은 결투에서 확실하게 알아두어야 할 것을 지적하고 있다는 것이다. "여기를 여러분은 확실하게 아셔야 합니다. 이제부터 그들은 더 이상 고삐를 쥐고 있지 않고 있습니다. 또한,

---

245) 『에렉[중]』, v.6131-6137; 『에렉[현]』, pp.162-163.
246) 『에렉[중]』, v.6155-6162; 『에렉[현]』, p.163.

그들은 세창을 사용하지 않고 굵고 아주 윤기나는 창을 가지고 있었습니다. 그리고 잘 마른 재목을 사용했기 때문에 그것들은 보통 것보다도 더 단단하고 강건했습니다."[247] 우선, 이 강조를 통해서 작가가 의도적으로 독자의 시선을 끌려고 애쓴다는 것을 알 수 있다. 그런데 작가가 강조하는 것은 그들이 결투를 시작했다는 것일 뿐이다. 고삐를 쥐고 있지 않다는 것은 결투 시 방패와 창을 양손에 들어야 하기 때문에 그럴 수밖에 없는 것이고, 굵은 창은 결투에 쓰이는 창을 가리키기 때문이다. 그렇다면 굳이 강조를 한 이유는 무엇인가? 작가는 결투 자체를 강조하기보다는 결투의 모양새를 강조하려 한 것이 아니었을까? 실로, 이 결투 장면의 묘사는 아주 특이한 점이 있으니, 그것은 두 적수의 행동이 동시에 함께 묘사되고 있다는 것이다. 앞의 대목에 이어서 일부만을 인용해 보자.

> 둘은 함께 그들의 방패 위를 그들의 날카로운 쇠끝으로 아주 세게 때립니다. 각자의 창끝은 1트와즈(약 6피트) 가량의 번쩍이는 방패 속에 박힙니다. 그러나 둘 모두 몸에 미치지는 못했고, 부러진 창도 없었습니다. 각자는 할 수 있는 한 창을 제 몸 쪽으로 당겼습니다. 그들은 서로 덤벼들며 규칙에 따라 결투를 재개합니다. 각자 상대방을 공격합니다. 그들은 어찌나 세게 때리는지, 그들의 말이 주저앉습니다. 안장 위에 앉아 있는 그들은 머뭇거리지 않습니다. 신속하게 그들은 일어섭니다. 왜냐하면 그들은 용감하고 날렵하기 때문입니다...[248]

결투의 끝까지 이 묘사의 방식은 한결같이 계속된다. 이 묘사가 보여주는 것은 세분하자면 두 가지이다. 하나는 그들을 한 사람처럼 묘사한

247) 『에렉[중]』, v.5888-5893; 『에렉[현]』, p.156.
248) 『에렉[중]』, v.5894-5911; 『에렉[현]』, pp.156-157.

다는 것이고, 다른 하나는 '반짝거리는' 방패를 통해서 그들 각각의 행동은 상대방에 대해서 거울의 역할을 하고 있다는 것이다.[249] 계속되는 주어 '그들'은 그들이 한 사람처럼 취급되고 있다는 것을 보여준다. 그리고 그들 각각이 상대방에게 주는 타격은 똑같은 모양의 결과와 반응을 유발한다. 각각의 창은 서로의 방패에 똑같이 박히고 그들은 똑같이 잡아당기며, 똑같이 주저앉고, 똑같이 일어선다. 그들은 결국 분화된 한 몸이 아닐까? 물론 결투에서 승자와 패자는 있다. 에렉이 이기고 마보아그렝이 진다. 그러나 그것은 처음에 나온 둘 사이의 불균형을 보완하는 역할을 하는 것은 아닐까? 왜냐하면, 마보아그렝은 "사람들이 알고 있는 키 큰 기사들보다 한 피트는 더 큰"[250] 거인 기사이기 때문이다. 만일 그러한 추측이 타당성을 갖는다면, 그들은 일그러진 거울을 통해, 그러나 완벽하게 그 동형성이 비추어지는 한 몸이라 할 수 있다.

그러한 추측을 보완해주는 장면을 들어보자. 마보아그렝은 패배를 자인하고 그것이 동시에 해방임을 말해준다(이에 대해서는 4.2.1절에서 자세하게 논한 바 있으므로 되풀이하지 않겠다.). 그리고 나서, 뿔피리를 승자가 불어줄 때 해방이 완성된다고 말한다. 그래서 에렉이 뿔피리를 불려고 하는데, 그 묘사는 다시 한번 완전한 대칭을 보여준다. "에렉은 당장 일어났습니다. 그와 동시에 상대방도 일어났습니다. 그들은 둘 모두 뿔피리 쪽으로 다가갔습니다."[251] 만일, 결투 장면에서의 대칭성이 상호 결투라는 의미만을 가졌다면, 일단 균형이 무너진 지금, 다시 그들을 '똑같이' 묘사한다는 것이 무의미했을 것이다. 그러나 대칭성은 여전히 지속된다. 그것은 결국 그들의 몸과 마음의 전체의 완벽한 일치와 조응을

---

249) 그들의 창이 "반들거리는(plenees;planées)" 창이라는 것도 그것의 반사적 기능을 보여준다.
250) 『에렉[중]』, v.5853-5854; 『에렉[현]』, p.155.
251) 『에렉[중]』, v.6106-6108; 『에렉[현]』, p.162.

의미하는 것이 아니겠는가?

또 하나의 증거가 있다. 에니드와 침대 여인의 대칭성이 그것이다. 침대 여인은 "우아한 몸과 아름다운 얼굴을 가졌으니, 모든 종류의 아름다움을 한 몸에 종합하고 있는" 여인으로 묘사된다.

> 나는 더 이상 길게 그녀를 묘사하고 싶지는 않습니다. 그러나 그녀의 장신구와 용모를 관찰할 수 있었던 사람이라면 진실로 그렇게 아름답고 그렇게 품위 있는 라비니 드 로랑트(Lavinie de Laurente)라도 그녀의 아름다움에는 4분의 1도 못 미친다고 말할 수 있을 것입니다.[252]

독자들은 금세 어리둥절할 것이다. 왜냐하면, 이미 가장 아름다운 여인이 한 사람 있었기 때문이다. 바로 에니드이다. 에니드에 대해서 작가는 이렇게 묘사했었다.

> 처녀의 아름다움은 꽝장했습니다. 그녀를 만들어낸 자연은 거기에 그의 모든 정성을 기울였습니다. 자연 스스로가 그녀(자연)가 단 한 번 만들 수 있었던 이렇게 아름다운 피조물이 보여주는 바에 대해 5백번도 더 감격했었습니다. 왜냐하면, 그때 이후, 아무리 노력하였어도 그녀는 그와 같은 범례를 어떠한 방법으로도 다시는 만들어내지 못하였기 때문입니다. 그 점에 대해서는 자연이 증거합니다. 세상에서 이보다 더 아름다운 여인은 나타난 적이 없습니다. 나는 진실로 여러분께 말하노니, 금발의 이죄의 머리카락이 아무리 아름다운 황금빛이라 하더라도, 그녀 곁에서는 아무 것도 아닙니다. 그녀는 백합꽃보다도 더 빛나고 해맑은 이마와 얼굴을 가졌습니다…[253]

---

252) 『에렉[중]』, v.5837-5843; 『에렉[헌]』, pp.154-155.
253) 『에렉[중]』, v.411-428; 『에렉[헌]』, pp.11-12.

그렇다면 에니드와 침대 여인(후에, 랄루트 백작의 딸이면서, 에니드의 사촌으로 밝혀질)은 완벽한 대칭을 이룬다. 그들은 두 사람의 인물이면서도 실상 하나인 셈이다. 물론 약간의 일그러짐이 여기에도 있다. 에니드는 이죄보다도 아름다운 여인이라면, 침대의 여인은 라빈니(Lavinie)보다도 아름다운 여인이다. 그런데 라비니는 '에네아스(Eneas)'의 여인이다. 에네아스는 이미 살펴본 바 있듯이, 기브레가 에니드에게 구해준 새 말의 안장틀에 그 내력이 새겨져 있는 트로이 태생으로 로마를 세운 신화 속의 인물이며, 로망 앙티크로 번역된 버질의 『에네아스』의 주인공이다. 그렇다면 라비니는 그 신화적 표지의 에움길을 둘러 에니드를 넌지시 가리키고 있다는 것을 짐작할 수 있을 것이다. 하지만, 이 일그러진 부분도 마찬가지로 벌충의 장치를 가지고 있다. 에니드가 침대 여인을 슬픔으로부터 기쁨으로 바꿔준다는 것이다. 에니드가 그녀에게 다가왔을 때 한마디도 대답하지 않고 오열에 빠져 있던 침대의 여인은 에니드를 보는 순간 낯이 익다는 것을 느끼고 에니드에게 물어본다. 에니드는 그녀에게 "곧바로 대답하면서 모든 진실을 밝혀준다. '나는 랄루트를 통치하는 백작의 질녀예요. 나는 그의 누이 동생의 딸이죠. 나는 랄루트에서 태어나서 그곳에서 자랐답니다.'"[254] 그 말을 듣고 침대 여인의 슬픔은 기쁨으로 뒤바뀌었으니, 왜냐하면, 그녀는 랄루트의 백작의 딸이었던 것이다. 그녀는 자신이 브랑디강 성에 오게 된 내력을 이야기해 주고 이어서, 에니드도 "사촌에게 그녀가 겪었던 모험을 하나도 빠뜨리지 않고 하나하나 이야기해 준다"[255] 작가가 "똑같은 걸 두 번 말하는 것은 아주 지루한 이야기 방식이기 때문에 되풀이 해 말하지 않겠다"[256]고 생략하고 있는 에니드의 내력이 사촌의 내력과 또한 대칭을

---

254) 『에레[중]』, v.6195-6199; 『에레[현]』, p.164
255) 『에레[중]』, v.6270-6271; 『에레[현]』, p.166.

이루고 있다는 것은 또 한번 주의할 대목이다. 마보아그렝이 랄루트에 왔던 것은 에렉과 똑같다. 그러니까, 둘 모두 랄루트로부터 그들의 특이한 모험이 발원했던 것이다. 그러면서, 마보아그렝은 랄루트에 머문 데 비해, 에렉은 아더의 궁정으로 돌아갔으며, 마보아그렝과 그 여인이 아무도 모르게 랄루트를 떠나 브랑디강 성으로 왔는데 비해, 에렉도 에니드와 단 둘이 야밤에 아더의 궁정을 떠나 브랑디강 성으로 온 것이다. 따라서 브랑디강 성은 랄루트(그 백작의 이름이 밝혀지지 않다가, 나중에 어머니의 이름을 통해서 함께 밝혀지게 될, 그러나 진술은 안 될)와 아더의 궁정이 만나는 자리이었던 것이다. 에렉이 마보아그렝과 결투를 하게 될 정원의 그 특이한 모습은 그것과 관련을 맺고 있다고 하지 않을 수 없다. 그것은 궁정의 대척지로서의 숲과 궁정의 모습이 이상야릇하게 혼합된 모습이었던 것이다. 그러나 그렇다고 해서 마보아그렝-침대 여인을 랄루트의 대표자로, 에렉-에니드를 아더 궁정의 대표자로 보아서는 안될 것이다. 왜냐하면, 그들은 각각 그들의 생활 기반을 떠나 각각 브랑디강 성으로 온 사람들이기 때문이다. 따라서 그들의 마주침은 랄루트로부터 브랑디강 성으로 가는 움직임과 아더 궁정으로부터 브랑디강 성으로 가는 움직임의 만남, 두 운동의 만남으로 이해해야 할 것이다.

이제 이 지리한 분석을 끝낼 때가 되었다. 에렉과 마보아그렝, 에니드와 사촌의 상호 대칭성은 결국, 내가 적이며 적이 나라는 것을 보여준다. 에렉이 싸운 상대는 바로 자기 자신이었던 것이다. 그 이념적인 의미에 있어서 그것은 집단주의의 영웅의 신화 혹은 그 대척지에 있는 개인주의의 신화 양쪽으로 해석될 수 있는 그 '개인'에 대한 싸움이라고 할 수 있다. 우리는 드디어 2장에서 내세웠던 가설, 소설의 발생은

256) 『에렉[중]』, v.6272-6274; 『에렉[현]』, p.166.

개인의 탄생과 궤를 같이하고 있으나, 그 개인은 근대의 각종의 이념들이 만들어내어 신화화하고 혹은 질타한 의미에서의 개인, 단단하고 독립적인 존재, 혹은 고립되고 자기 폐쇄적인 존재로서의 개인이 아니라는 가설을 증명할 수 있게 된 것이다. 그리고 더 나아가 '영웅'으로서의 개인, 즉 집단적 이념의 대표자로서의 개인도 아니라는 것을 이제 알 수 있다. 그렇다면 그 개인은 무엇인가?

우선, 에렉의 싸움이 궁극적으로 자신에 대한 싸움이라는 것은 그 개인이 반성의 형식을 가진 개인이라는 것을 의미한다. 그 반성은 궁정적 삶의 관계 자체에 대한 반성, 그에 대한 안티테제까지 포함한 반성이다. 그러나 그 반성이 개인을 통해서 이루어진다? 그것은 불가사의한 얘기다. 여기서, 거울의 일그러짐이 그 답을 줄 수 있을 것이다. 그 일그러짐은 하나된 두 존재 사이에 미묘한 차이를 벌린다. 어떤 차이가 있는가? 첫 대면에서 마보아그렝과 에렉의 차이는 외모에 있었다. 다음, 결투의 승부에서 차이가 난다. 그렇다면 그것은 외양에 대한 실질의 승리를 의미하는 것인가? 즉, 궁정적 예법에 대한 실제적인 행동의 승리, 더 나아가, 신분에 대한 개인의 능력의 승리를 의미하는 것인가? 그러나 그 외양을 끝내 지켜주는 것이 무훈의 능력이며, 에렉의 모험을 뒷받침해주는 것이 에니드의 사랑임을 이미 보았었다.

다음, 에렉은 승리는 또한 승리 자체로 끝나는 것이 아니었다. 마보아그렝의 패배는 곧 역설적으로 그의 해방을 의미하는 것이라면, 에렉의 승리는 곧 반성을 의미하는 것이다. 결국, 두 존재의 차이가 드러낸 것은 양자 간의 우열의 확인이 아니라, 뿔피리를 부는 장면이 그대로 지시하듯이, 양자의 대칭의 항구성이었다. 그렇다면 그들 각각은 실제 자신을 거울로 상대방의 결핍을 혹은 잉여를 보여주는 것이 아니겠는가? 에니드와 침대 여인의 차이는 그것을 좀 더 깊이 살펴볼 수 있게 해준다. 역시 둘의 차이도 처음엔 외모의 차이며, 다음엔 말의 차이다. 그런데 외모의 차이는 사실상 존재할 수가 없다. 왜냐하면, 둘 모두 이제껏 존재한 바가 없는 미모의 여인들이기 때문이다. 그렇다면 무슨 외모의 차이가 있는가? 그 차이는 미에 대한 관점의 차이일 수밖에 없다. 침대 여인의 미모를 묘사하면서, 굳이 "장신구의 아름다움"을 집어넣고 있다는 것을 상기하자. 침대 여인의 미모는 인공적 아름다움과 관계되어 있다. 그에 비해서, 에니드의 미모는 "자연이 만들어낸" 최고의 미모이었다. 에니드의 미모는 자연적 아름다움에 속하는 것이다. 그러나 문제는 여기서 그치는 것이 아니다. 에니드가 아더의 궁정으로부터 왔다는 것은, 그리고 그녀가 '말'로서 침대 여인의 슬픔을 기쁨으로 바꾸어준다는 것은 그녀가 '사회적' 존재라는 것을, 즉 반-자연적 존재라는 것을 암시한다(그녀는 본래, 빈한한 출신이었으나, 왕의 아들인 에렉을 따라가 지위가 이렇게 변모하였다는 것을 사촌에게 말해준다.). 반면, 침대 여인이 랄루트에서 왔다는 것은, 그리고 그녀가 이룬 정원이 이상야릇한 궁정 속의 숲(정원)이라는 것은, 그리고 그 정원이 폐쇄공간이라는 것은 그녀가 반-사회적 존재라는 것을 보여준다. 그렇다면 그녀의 존재 각각의 내부에도 역설이 존재하고 있는 것이다. 에니드의 외모의 자연성은 그녀의 말의 사회성과 어긋나 있고, 침대 여인의 외모의 인공성은 그녀의 말(마보 아그렝을 묶어둔 약속)의 야만성과 어긋나 있다. 그녀들 각각 자체가 일그러진 존재이었던 것이다.

이러한 일그러짐, 즉 상호 반사를 통해서 드러나는 잉여와 결핍은 크레티엥 소설의 주인공-개인의 궁극적 존재양식에 대한 모습을 그릴 수 있게 해준다. 반성의 형식으로서의 그 개인은 그 자체로서 존재하기 보다는 그것의 넘쳐남 혹은 모자람에 대한 증거로서 존재한다. 말을 뒤집으면, 개인은 그의 대립점에 있는 것들, 아니, 좀 더 정확하게 이야기하면, 그의 대립점에 있으면서 그것을 포함하는 영역들, 즉 궁정 '사회', 집단적/개인적 '이념', 초월적/세속적 전망 등등, 그 안에서 개인을 억압하며 동시에 키우는, 조정하고 관리하는 상징적 질서들과 그들의 관계를 가리키는 표지로서 존재한다. 그 개인은, 따라서 사회 밖으로 홀로 떨어져 나온 존재로서 사회를 비추는 것도 아니고, 그 사회 속에서 성공을 함으로써 그러한 것도 아니며, 그 사회에 항변하는 드높은 기치를 올림으로써 그러한 것도 아니다. 일그러진 거울-개인은 오직 사회적 관계들의 구조적 축약도를 이룸으로써, 그러나 그것을 직접적으로 반영하는 것이 아니라, 그 속을 뚫고 흐르며 얼키설키는 숱한 일의적 욕망들을 일그러뜨린 형상으로 왜곡함으로써만 그러하다. 그 개인은 실체가 아니라, 구조, 그것도 일그러진 구조였던 것이다.

4.5.3. 성찰의 놀이

해방의 출구이며 반성의 표지인 개인은 그러나 때론 해방을 가능하게 하고 때론 반성을 수행하는 것이 아니다. 그는 해방과 반성을 동시적으로 그리고 전체적으로 추구할 수밖에 없다. 그것이 실체가 아니고 구조인 존재의 숙명이다. 브랑디강 성에서의 에렉이 이겨낸 '궁정의 기쁨'의 모험이 '기쁨'이라는 이름을 가지고 있다는 것이 '궁정의 기쁨'이라는 모험을 이겨냈기 때문인지, 아니면, 궁정에 기쁨을 가져다주었기 때문인지 얼핏 분간하기 어려운 것은 그 때문이다. 마보아그렝이 에렉에게 패배를 자인하고 모험의 내력을 이야기할 때, 그 기쁨은 분명 궁정에 도래한 기쁨을 의미한다. "당신은 내 삼촌과 내 친구들의 궁정에 커다란 기쁨을 가져다 주었습니다. 왜냐하면 내가 여기에서 빠져나갈 수 있게 되었기 때문입니다. 그리고 이제 궁정으로 오게 될 모든 사람이 이로부터 커다란 기쁨을 누리게 될 터이기 때문입니다. 이 기쁨을 기다렸던 사람들은 그것을 '궁정의 기쁨'이라고 불렀습니다." 그러나 그 모험의 이름 자체가 '궁정의 기쁨'이라는 것은 그 모험의 미묘한 되먹임을 암시한다. 브랑디강 성의 모험이 『에렉과 에니드』의 발단부, 즉 아더의 사슴 사냥의 되풀이임은 이미 4.2.1절에서 살펴본 바 있다. 그 검토를 통해서 알게 된 것은 에렉의 두 번째 모험은 첫 번째 모험에 대한 해체이자 반성이라는 것이었다. 그런데 첫 번째 모험은 곧 궁정의 기쁨을 시초이자 결과로 두고 있다. '흰 사슴 사냥'에 대한 고뱅의 만류를 왕은 "왕의 약속은 철회될 수 없다"는 이유를 들어 물리치면서, "내일 아침 우리는 모두 '아주 즐겁게' 모험 가득한 숲으로 흰 사슴을 사냥하러 가리라"[257]고 선언한다. 그리고 에렉이 에니드를 아더의 궁정으로 데리고 왔을 때, "여왕은 '아주 기뻐하고', 궁정 전체가 그의 도착 때문에 '즐거움으로 가득'하다. [⋯] 그가 홀 안에 도착하자 마자 왕은 그를 맞이하러 내려가고 여왕도 그를 따라 한다. 둘 모두 그에게 '신의 가호가 있기를!' 말하며, 그들이 뛰어난 미모를 가진 것을 알아차린 처녀를 환대한다. 왕은 손수 팔을 내밀어 그녀를 말에서 내리게 잡아주니, 왕은 예절을 잘 알며, 그 순간의 그는 아주 기분이 좋았던 것이다."[258]

브랑디강 성의 모험이 에렉의 이 첫 모험을 반성적으로 해체하고 있다면, '궁정의 기쁨'의 모험은 궁극적으로 궁정의 기쁨을 반성적으로 되비춘다는 것을 알 수 있다. 그것은 인물들을 왜곡하여 비추는 거울일 뿐 아니라, 그 모험 자체가 어느 거울 앞에 서 있다. 그 거울은 무엇인가? 인물들의 거울로서의 그 모험이 일그러진 것, 즉 균일하지 않은 굴곡과 깊이를 가지고 있는 것이라면, 그것은 기하학적인 구도에 있어서

---

257) 『에렉[중]』, v.63-65; 『에렉[현]』, p.2.
258) 『에렉[중]』, v.1515-1528; 『에렉[현]』, p.40.

그 모험이 인물 앞에 놓여 있다기보다는 인물 위를 혹은 인물 속을 뚫고 걸쳐져 있다는 것을 의미한다. 굴곡을 가진 반사면은 무표정한 수직성을 다양한 각도의 운동들로 펼쳐내기 때문이다. 그와 마찬가지로 '궁정의 기쁨'이라는 이름의 그 거울을 다시 비추이는 거울은 그것 앞에 놓여 있지 않고 그것을 뚫거나 걸쳐져 가로지르고 흐르고 있는 복수·복면의 도정들이 아닐 수 없다. 다시 말해, '궁정의 기쁨'이라는 모험을 향해 가는 길, 혹은 그로부터 떠나는 길 혹은 그를 비켜 지나간 길 등등 숱한 '궁정의 기쁨'을 인수(因數)로 하여 인물들이 펼쳐내는 각종 모험의 역사들이 '궁정의 기쁨'과 그것의 해체 사이의 복잡한 전류들의 회로도를 이룰 것이다.

바로 앞 절에서 그 운동의 두 가지를 뽑아 보았다. 그것들은 '궁정의 기쁨'을 중심의 도달점으로 둔 두 구심적 운동을 말한다. 하나는 에렉-에니드의 아더 궁정으로부터의 브랑디강 성으로의 움직임이고 다른 하나는 마보아그랭-침대 여인(랄루트 성주의 딸)의 랄루트로부터 브랑디강 성으로의 움직임이다. 이 두 개의 움직임은 브랑디강 성의 '궁정의 기쁨'이 작품의 중심 혹은 절정을 이룬다고 할 때에만 독점적인 움직임들로 선택될 수 있다. 그러나 작품은 에렉이 두 차례에 걸쳐 아더의 궁정을 떠나 귀환하는 과정을 큰 줄거리로 가지고 있으며, '궁정의 기쁨'은 줄거리의 차원에서 그것의 한 단계에 불과하다. 물론, 그 작은 부분이 기능적 차원에서, 이야기의 의미 전체를 집약하고 있는 일종의 상징적 핵자라는 것은 지금까지의 검토로 충분히 납득될 수 있을 것이다. 그러나 크레티엥 소설을 이끌고 가는 상징의 탈신비화는 상징적 물건에만 적용되는 것이 아니라, 상징의 방법에서도 똑같이 일어난다. 다시 말해, 그 반성적 동사로서의 집약적 중심은 그 자체로서 자신에 반하는 것을 드러내며 해체된다. 따라서 그것은 다른 움직임들과의 관련 하에서 다시 바라보아져야 할 것이다. 물론, 그 다른 움직임들은 그것들을 비추인다는 의미에서의 상관성을 유지하고 있는 것들, 즉 아더의 궁정과 랄투트를 두 축으로 하는 움직임들로 경계지워질 수 있을 것이다.

이와 같이 보면, 위의 두 움직임에 두 개의 도정을 추가할 수 있다. 하나는 첫 이야기를 이루는 에렉의 모험으로 그는 브랑디강 성을 거치지 않고, 아더 궁정과 랄루트 사이를 왕복하는 경로를 보여준다. 다른 하나는 에렉과 에니드가 함께 겪는 모험의 도정, 즉 두 번째 이야기 전체를 이루는 모험을 말한다. 따라서 아더의 궁정과 랄루트 사이를 관통하는 움직임은 4가지가 되는 바, 다음과 같은 그림으로 표시할 수 있을 것이다.

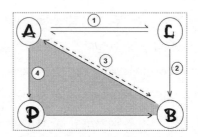

A : 아더의 궁정, L : 랄루트(Laluth), B : 브랑디강(Brandigan) 성, P : 푸엥튀리(Pointurie)
① 첫 모험의 에렉 ② 마보아그랭-침대 여인 ③ 에렉-에니드 ④ 두 번째 모험의 에렉-에니드

①과 ④는 작품의 시초와 종결의 무대인 아더의 궁정[259]을 기준으로 나누어 볼 수 있는 두 모험으로, 작품에서 첫 번째 이야기와 두 번째 이

---

259) 위 그림의 네 개의 꼭짓점 중 다른 셋은 그에 해당하는 성들의 첫 글자를 따서 표시를 한 데 비해, 아더의 궁정만은 아더의 첫 글자를 따서 A로 표시하였다. 그 이유는, 아더의 궁정은 한 곳에 고정된 것이 아니라, 전 지역을 돌아다니면서 이동하기 때문이다. 첫 모험에서의 아더의 궁정은 카라디강(Caradigan)에서 열렸으나, 두 번째 모험에서 에렉-에니드가 돌아가는 아더의 궁정은 카라디강이 아니라, "아더가 지금 있는 곳이라고 사람들이 그들에게 말해준 성"(『에렉[중]』, v.6362-6363; 『에렉[현]』, p.169)이다.

야기로 지칭된 것들이다. ②와 ③은 에렉의 모험의 실질적인 절정을 이루는 브랑디강 성을 기준으로 놓았을 때 그 중심을 향해 나아간 두 개의 움직임을 말한다. 지금까지의 논의에서 비교적 생소한 것처럼 보이는 ⑨의 지점은 기브레의 안내로 에렉의 치료를 위해 들른 푸엥튀리(Pointurie) 성을 말하는데, 그곳에서 기브레가 에니드에게 준 말이 그 안장에 트로이의 '에네아스'의 내력을 새겨놓고 있었다는 것은 이미 살펴본 바가 있다.

　①의 모험은 에렉이 치욕을 만회하기 위해 아더의 궁정을 떠나서 랄루트로 갔다가 다시 돌아오는, 아더 궁정과 랄루트 사이의 최단 거리의 왕복을 나타낸다. 그 결과는 이미 알고 있듯이, 명예의 회복과 에니드와의 결혼이다. 그러나 그러한 주인공의 성취는 행복하게 완결되는 것이 아니라, 에렉의 나태를 유발하고 결국 다른 모험을 요구하게 된다. 그 모험은 아더 궁정과 랄루트 사이의 직선 도로를 따라가서는 이룰 수 없는 모험이다. 아마도 개념적인 차원에서 에렉이 가야 할 길은 ③이 될 것이다. 왜냐하면, 그것은 무훈을 쌓는 모험이 되어야 하고, 그 모험의 가장 드높은 곳에 '궁정의 기쁨'이 자리하고 있기 때문이다. 그러나 실제로 에렉-에니드의 모험은 그 대각의 직선 코스를 주파하지 못했다. 그것은 일차적으로 에렉-에니드가 치러야 할 모험의 성격에서 연유한다. ①의 모험과는 달리, 이번의 모험은 목표와 대상이 분명하지가 않다. 그것은 '기사도의 무훈'이라는 출발점과 아더의 궁정으로 화려하게 귀환한다는 종착지만이 표지되어 있을 뿐, 그 무훈이 만날 모험이 무엇인지, 그가 모험을 어떻게 치뤄낼지, 그 모험의 목표는 무엇이 될지, 모든 것이 의문 부호 속에 갇혀 있기 때문이다. 이 장의 서두에서 보았던 바, 쥼토르가 편력기사의 편력을 "장소를 가질 수 없는 시간"이라고 규정했던 것은 그 때문이며, 『수레의 기사』에서 칼로그르낭이 7년 동안

모험을 찾아 헤매었으나 헛되었었던 것도 그로부터 연유하는 것이다. 줌토르는 이러한 특성으로부터 나오는 편력의 상징적 구조를 "수평성과 길가기", "열림과 발견", "한없음과 예측 불가능성"으로 요약하면서, "이러한 상징적 구조는 12세기의 사회가 그 자신에 대해 갖고 있던 강력하면서도 혼란스런 지각의 외재화"라고 말한다.

> 실로, 6세기와 14-15세기 사이의 서구인들의 심성적 구조는 부분적으로 그들의 지상적 상황, 달리 말하자면, 그들의 대지와 장소에 대한 관계에 의해서 결정되었다. 즉, 이미 알고 있으며, 다정하며, 실제 사회 집단에게나 각 개인에게나 저마다 고유한 '이곳(ici)'과 복수적이고 유혹적이지만, 이해될 수 없기 때문에 두렵고, 아마도 잔혹하다고 추측되는 '저곳(ailleurs)'에 대한 이중의 지각에 의해서 결정되었던 것이다. 편력기사의 인물형을 꿈꾸는 사람은, 그가 이전에 누구였든 간에, 이러한 대립을 극복하려고 하고 있었다.[260]

공간을 정복하는 영웅이 되려는 기사의 꿈은 그로부터 비롯한다. 그러나 그 '영웅'에의 꿈이 오직 개인의 몫으로서 돌려질 수 있는 것은 아니다. 그것은 궁정의 제국주의, 넓혀 말하면 서구의 제국주의에 의해 조정되는 실에 매어 있었던 것이다. 또한, 중세 기사도 로망의 편력 기사 유형의 진화와 서구인의 "문화적 세계의 발견"의 단계의 진화를 상관적으로 파악하는 줌토르의 이어지는 논의에 우리는 찬동할 수 없다. 이민족의 침입으로부터 해방되면서 발동한 서구 제국주의의 치환된 표현인 그 '문화적 세계의 발견'이 어떠한 경로를 밟아 움직이든, 소설은 그와 동형적 구조를 가지는 것이 아니라, 그에 대한 반성적 절차를 수행할 것이라는 게 지금까지의 논의가 길어낸 '발견'이기 때문이다. 앞

---

260) *op. cit*, p.261.

절에서 본 ②와 ③ 사이의 일그러진 반사의 상관성은 그것을 단적으로 증명한다. 크레티엥의 소설은 편력기사의 배후에 놓인 궁정의 제국주의를 표현하지 않으며, 심지어, 그것을 보상하지도 않는다. 그것은 그것이 그 욕구의 집중과 극단 속에서 어떻게 제가 파놓은 함정에 빠지게 되는가를 감추어 드러낸다.

그러나 이 절의 문제는 그 발견으로부터 더 나아가는 것이다. 즉, 그 양자의 반성적 빛으로서의 상호 반사는 작품의 현실적 층위에서 즉각적으로 혹은 직접적으로 나타나지 않는다. 반성의 절차 자체가 반성적이어야 하기 때문이다. 그 절차는 따라서 궁정으로부터 소명을 부여받은 편력기사의 공간 정복의 모험이 주파할 수 있는 모든 곳을, 다시 말해 궁정의 제국주의가 그의 식민지로 상정할 수 있는 전 범위를 두루 거쳐야 한다. 대신, 그 모험은 궁정의 기사도적 소명이 의미하는 대로 확산적이지 않다. 궁정의 요구는 아더의 궁정으로부터 사방으로 뻗어 있는 정복의 공간의 다양한 지점 사이에 무수히 많은 직선의 통로를 뚫는 것이다. 즉 그것은 ⓐ에서 출발하여, ①과 ⓑ 사이에 놓인 무수한 지점으로 부채살처럼 퍼진다. 그러나 에렉의 모험은 그러한 끊임없는 전진-회귀의 경로를 밟지 않고, 제 움직임 속에 자체 변형의 움직임을 낳는 길을 그리며 나아간다. 그것이 적어도 두 번의 꺾임이 나타나 있는, ⓐ로부터 출발해 ⓟ와 ⓑ를 경유해 돌아오는 길이다.

따라서 에렉과 에니드의 모험은 그 출발의 순간부터 종결에 이르기까지 특이한 구조를 이루면서 전개된다. 그것은 다음과 같은 다섯 항목으로 정리될 수 있다.

　　ⅰ) 모험의 주체 : 에렉과 에니드 단 둘이 떠난다.
　　ⅱ) 모험의 방법 : 침묵의 요구

iii) 모험의 현상 : 습격과 원조
iv) 모험의 경과 : 박탈과 이룸
v) 모험의 결과 : 랄루트의 주민의 진주

우선, ⅰ)에서부터 시작하자. 에렉과 에니드는 일체의 다른 수행자를 갖지 않는다. 에렉의 출발을 안 그의 아버지 호수 왕(le roi Lac)은 3, 40명의 기사를 데리고 갈 것을 권유한다. 그 이유는 "왕의 아들은 혼자 떠나는 법이 아니기 때문"[261]이다. 그러나 에렉은 에니드와 단 둘이 떠나는 것을 고집한다. 그는 그 이유를 명확히 밝히지 않는다. 그러나 두 번에 걸쳐, 그럴 수밖에 없다는 것을 강조한다. "달리 할 수는 없습니다."[262] 이렇게 두 번이나 되풀이된다는 것은 에렉과 에니드의 단 둘의 떠남이, 그 이유가 분명하지 않음에도 불구하고 필연적이라는 것을 보여준다.

그렇다면 에렉은 왜 그것을 직접 밝히지 않는 것일까? 추론해 볼 수 있는 까닭은 두 가지로 압축된다. 그것은 독서의 힘으로 알아차릴 수 있거나, 아니면, 그 이유에 대한 발설 자체가 금기시되기 때문일 것이다. 아마도 에렉의 대답의 모호성에는 그 두 가지가 상관적으로 관련되어 있는 것으로 보인다. 왜냐하면, 지금까지의 논의로 보아, 작가가 독서의 운동으로만 알아차릴 수 있게 하는 것은 이야기의 표면적 주제 밑에 은밀히 새겨놓는 반-주제, 즉 범법적 담론이기 때문이다. 몰래 눈치챌 수 있는 것은 불온한 것이고, 그 역 또한 그렇다. 실제, 에렉을 만류하면서 아버지가 제시하는 이유의 사회적 의미에 주목한다면, 단 둘의 떠남이 갖는 의미에 대한 이러한 짐작을 확증할 수 있다. 그 이유는 "왕

---

261) 『에렉[중]』, v.2706; 『에렉[현]』, p.71
262) 『에렉[중]』, v.2715; 『에렉[중]』, v.2733; 『에렉[현]』, pp.71-72.

341 크레티엥 소설의 구조

의 아들은 혼자 떠나는 법이 아니"라는 것인데, 그것은 왕족의 법도를 밝히는 진술로서, 작품 속에서, 그런 종류의 진술은 위의 말을 포함하여 세번 나온다. 나머지 두 번 중 하나는 직접적인 발언이며, 다른 하나는 행동을 수반하여 간접적으로 나타난다. 전자는 사슴 사냥의 계획을 고 뱅이 만류했을 때, 아더가 "왕의 말은 취소될 수 없다"고 물리친 것을 말한다. 후자는, 무리한 모험으로 에렉이 사경을 헤매게 되었을 때 만 난 리모르의 성주가 강제로 에니드를 아내로 삼으려고 한 행동을 말한 다. 전자의 아더의 발언으로 강행된 사슴 사냥으로부터 에렉의 치욕이 시작되었고, 또, 궁극적으로 그에 대한 반성적 해체가 『에레과 에니드』 의 심층적 주제를 이루는 것임을 이해하고 있는 지금, 에렉과 에니드의 단 둘의 떠남이 궁정의 법도에 '반'하는 방향으로, 다시 말해 궁정의 금 기를 깨뜨리는 방향으로 떠난다는 것을 충분히 시사해준다. 그것은 후 자에 의해 더욱 증거를 보강할 수 있다. 리모르 성의 백작은 죽은 것으 로 판단된 에렉을 성으로 데려와 원탁 위에 올려 놓고, 주위의 가신들 에게 에니드와의 결혼을 요구한다. 에니드는 저항하지만, 주교를 불러 강제로 결혼식을 올린다. 그러나 에니드는 연회 속에서 끝내 슬픔에 잠 겨 있다. 백작은 달래고 협박하지만, 에니드는 대꾸를 하지 않는다. 그 러자, 백작이 그녀의 뺨을 때리고, 이때 주위에 있던 가신들이 백작을 비난하면서 만류하자, 백작은 "모두 입닥치시오! 이 부인은 내 것이고, 나도 그녀의 것이오. 그러니, 나는 내 기분대로 그녀를 다루겠소"[263]라 고 외친다. 이때 에니드는 더 이상 침묵하지 못하고, 결코 그녀는 그의 것이 아니라고 선언한다. 백작은 에니드를 다시 때리고, 에니드는 소리 지르며 저항한다. 리모르의 궁에서 일어난 이 일련의 사건은 아더의 사

---

263) 『에렉[중]』, v.4799-4802; 『에렉[현]』, p.127.

슴 사냥과 마찬가지로 만류와 강행이라는 행동의 대립으로 이루어져 있다. 다만, 만류가 뒤늦게, 그리고 행동이 더욱 난폭하게 일어나고 있을 뿐이다. 이 차이는 아마도 사슴 사냥의 사건이 작품의 맨 처음에 위치해 있는데 비해, 리모르 성의 사건이 작품의 반전부, 즉 에렉과 에니드의 모험의 대 반전의 계기에 위치해 있다는 것과 연관된 것으로 보이는 바, 두 사건은 대칭을 이루면서, 구조적으로 같은 형태를 취하고 있는 것이다.264) 따라서 아더/백작의 상응성은 명백해 보인다.

그렇다면 그 아더와 백작이 공통적으로 드러내는 것은 무엇인가? 비난하고 만류하는 신하들에 대한 백작의 위압적인 말은 그가 그것을 당연한 것으로, 즉 결혼의 의식이 이루어진 순간 그와 에니드와의 부부 관계는 기정사실인 것으로 여기고 있다는 것을 보여준다. 바로 그 점이 만류하는 고뱅을 물리치는 아더와 일치하는 핵심적인 점인 것으로 보인다. 즉, 아더와 백작은 둘 다 법도와 의례를 대변하면서, 그것의 폭압성을 암시하거나 노출하는 것이다.

그렇다면 왕의 아들로서는 할 일이 못되는 에렉과 에니드의 단 둘의 떠남은 그러한 법도와 의례, 즉 궁정의 제도-구조에 대해 '반'하는 떠남임을 알 수 있다. 그러나 그것이 겉으로 드러나지 않는 만큼 단순히 반대하거나, 혹은 반대의 세계를 향해 떠나는 것일 수 없다. 그것은 미묘

---

264) 아더와 리모르 백작의 상응성은 그들이 좌중에게 에니드를 소개하는 장면에서도 완벽하게 보인다. 아더는 사슴을 잡은 사람이 최고의 미인에게 키스를 하기로 되어 있는 그 의식을 거행할 때, 좌중의 기사에게 에니드가 "비록 내 집 출신은 아니지만, 흰 사슴의 키스를 받을 가치와 권리가 있지 않는가"고 묻는다. 그 물음에 기사들은 이구동성으로 "그녀가 가장 예쁘니, 그녀의 선택은 정당한 것"이라고 대답한다(『에렉(중)』, v.1773-1784). 한편, 리모르 백작은 에니드와의 결혼을 요구하면서 가신들에게 "지체 없이 이 여인을 아내로 삼길 원하는 바, [...] 그녀의 미모와 그녀의 고귀함은 그녀가 한 왕국이나 제국의 으뜸자리를 차지할 수 있다는 것을 보여준다"(『에렉(중)』, v.4714-4721)고 주장한다. 이 두 장면은 똑같이 미모 ─ 권력 사이의 궁정적 관계를 '공표'한다. 다만, 아더의 그것이 유도적인 데 비해, 리모르 백작은 강제적이다. 그것 역시 리모르 백작의 사건은 사슴 사냥 사건에서 은폐되어 있던 궁정의 문제성이 드디어 위기의 지점에 이르렀다는 것을 보여준다.

하고도 복잡한 행로를 노정한다. 여기서 두 번째 항목, 즉 모험의 방법으로 건너간다.

에렉-에니드의 모험의 가장 큰 특징은 에렉이 에니드에게 침묵을 요구하였다는 것이다. 그러나 그 특이한 요구가 앞의 항목과 무관하게 그 자체로서 해석될 수는 없다. 에렉과 에니드의 단 둘의 떠남은 모험의 주체를 보여줄 뿐만 아니라 그 자체로서 모험의 방식을 이룬다. 그것은 그들의 모험이 궁정이 요구하는 기사도적 모험에 대해 '반'하는 모험이면서 동시에 특이한 방식으로 반하는 모험임을 가리킨다. 우선, 앞에서 살펴 본, 아더와 리모르 백작의 진술이 모두 '만류'를 수반하고 있음에 주목할 필요가 있다. 아더는 고벵의 만류를 듣고, 리모르 백작은 가신들의 비난에 부딪친다. 고벵의 만류는 아더의 아버지 '팡드라공' 때부터 내려 온 관습에 대해, 그리고 가신들의 비난은 자연적 사실로 굳어진 제도적 형식들에 대해 '반'하는 행위이다. 그 행위는 그러나 두 가지 점에서 에렉-에니드의 단 둘의 떠남과 차이를 가지고 있다. 하나는 그들의 만류는 여전히 궁정적 덕목을 구실로 가지고 있다는 것이다. 사슴 사냥을 강행할 경우 "커다란 불행이 있을 것"이라는 고벵의 만류는 그 자체로 궁정적인가 반-궁정적인가를 따지기가 어려우나, 가신들의 리모르 백작에 대한 항의는 그가 에니드를 때리는 행위가 "대단히 비겁한 짓(grande vilenie)"[265]을 범하는 것임을 명시함으로써 그것이 궁정적 덕목에 의한 궁정적 법도에 대한 항의임을 보여준다. 그것은 왕의 아들로서 할 짓이 못되는 에렉의 떠남이 반-궁정적 성격을 가지는 것과 명백히 다르다.

이러한 궁정에 대한 긍정/부정의 차이에 뒷받침되어 나타나는 두 번

---

265) 『에렉[중]』, v.4795.

째의 차이는 고벵과 가신들의 그 '반'하는 행위는 굴종으로 이어진다는 사실에 있다. 고벵의 만류는 아무런 효과를 보지 못하며, 가신들의 항의는 백작의 "입 닥치라"는 외침으로 묵살당한다.

이러한 만류-굴종의 구조에 비해서, 에렉-에니드의 떠남은 어떠한가? 여기서 한 가지 특기할 사실이 하나 있는데, 그것은 첫 이야기에서 에렉이 에니드와 더불어 아더의 궁정으로 환향할 때의 태도이다. 그때도 그들은 단 둘이 아더의 궁정으로 간다. 랄루트의 백작이 일단의 사람들을 에렉과 함께 동반시키려 했으나, 그때도 에렉은 "오직 그의 연인이 아니면, 누구도 데리고 가지 않을 것이며, 누구의 동행도 원하지 않는다고 선언한다."[266] 이것은 그에 앞서, 백작이 에니드에게 좋은 옷을 입히려고 할 때 에렉이 거절한 것과 조응한다. 랄루트의 백작에게는 "아주 현명하고 사려 깊은" 친 질녀가 있었는데, 그녀가 백작에게 그의 질녀(에니드)를 "이렇게 빈한한 옷차림을 한 채로 에렉이 데려가게끔 하는 것은 누구보다도 당신에게 커다란 수치가 될 것"[267]이라고 말한 데 대해, 백작이 그녀에게 "부탁컨대, 당신이 제일 예쁘다고 생각하는 당신의 옷을 에니드에게 주라"[268]고 요청하였을 때, 에렉은 그것을 거절한다. 그 까닭인 즉슨, "나는 여왕이 그녀에게 옷을 한 벌 주지 않는 한, 그녀가 어떤 다른 옷을 받는다는 것을 결코 그가 원하지 않기"[269] 때문이라는 것이다. 그리고 아더의 궁정으로 갔을 때, 에렉은 그니에브르에게, 백작의 질녀가 옷을 주려 했는데 거절했다는 사실까지 밝히면서, 에니드의 옷을 요구하고, 여왕은 에니드에게 "자신을 위해 만들어진 새 겉옷과 정장 외투"[270]를 에니드에게 준다.

---

266) 『에렉[중]』, v.1431-4133; 『에렉[현]』, p.47.
267) 『에렉[중]』, v.1344-1348; 『에렉[현]』, p.35.
268) 『에렉[중]』, v.1349-1352; 『에렉[현]』, p.35.
269) 『에렉[중]』, v.1356-1358; 『에렉[현]』, p.35.

이러한 장면은 에렉이 에니드와 단 둘이 아더의 궁정으로 돌아가는 것이, 왕-왕비의 짝의 지위로 그들을 드높이려는 의도를 수반하고 있다는 것을 보여준다. 실질적으로 첫 이야기는 에렉의 권위 회복뿐만 아니라, 더 나아가, 어느 누구에게도 종속되지 않는 가장 이상적인 기사-연인의 형상에 이르는 것을 주제로 하고 있다.[271] 그것은 결국, 왕-왕비의 상징적 의미를 그들이 구현한다는 것을 뜻한다. 그렇다면 그와 똑같은 방식으로 단 둘이 떠나는 에렉-에니드의 두 번째 모험은 일종의 왕권의 직접적인 출정과도 같은 것을 암시하는 것일까? 거기에서 침묵을 요구한다는 것은 무엇을 의미하는가?

그러나 에렉-에니드의 실제의 모험인 두 번째 이야기는 첫 번째 이야기에 대한 반성이지 해체임은 이미 누차 확인되었던 바, 이 연구의 가장 기본적인 주제를 이루는 것이다. 여기서 프라피에의 다음과 같은 지적은 상당히 유효한 도움을 줄 듯 싶다.[272] 그는 에렉과 에니드의 떠날 때의 모습에 대해 작가가 돌연히 자세하게 묘사하고 있다는 것에 주목한다(『에렉[중]』, v.2620-2659). 그 묘사에서 특히 눈에 띠는 것은 그가 양탄자 위의 "표범의 그림 위에"[273] 앉았다는 것이다. 그 장면은 베졸라에 의해서 이미 관찰되었던 바, 베졸라는 그것을 "가장 완벽한 상징적 강도와 아름다움"으로 표현된 "남성성, 전사의 뛰어남"으로 해석한다. 그런데 프라피에는 그것이 사자가 아니라 표범이라는 점에 착안한다.

---

270) 『에렉[중]』, v.1570-1572; 『에렉[현]』, p.41.

271) 첫 모험에서 에렉-에니드가 아더의 궁정으로 가는 모습을 완벽한 조화로움으로 묘사하고 있는 것은 그 때문일 것이다. "그 둘은 예법과 미모와 고결함에 있어서 완전한 짝을 이루었습니다. 그들은 자태며 교육이며 성격이며 어쩌나 닮았는지 진실을 말하기로 결심한 사람이라면 누구도 누가 더 나은지, 누가 더 아름다우며, 누가 더 현명한지 결정할 수 없을 것입니다. 그들은 똑같은 마음을 가졌으며 완벽하게 서로에게 어울렸습니다. 그들 각자는 상대방의 마음을 차지하고 있었습니다." 『에렉[중]』, v.1484-1494.

272) cf. J. Frappier, *Histoire, Mythes et Symboles*, pp.256-259.

273) 『에렉[중]』, v.2630; 『에렉[현]』, p.69.

중세의 상징학 속에서 사자와 표범과 멧돼지는 모두 남성성을 상징하지만, 그러나 그 사이에는 등급이 있다는 것이다. 그 앞서 있었던 테네브록(Tenebroc)의 마상 시합에서 이긴 후 "그 기상으로 말하자면 사자와 같다"[274]고 묘사되었던 에렉이 표범의 형상으로 바뀌었다는 것은 무엇을 말하는가? 프라피에의 판단에 의하면, 그것은 "에니드의 '과오'에 대한 절도를 잃은 대응"으로 인한 "상대적 전락"[275]을 상징한다. 즉, 에니드와 모험을 떠나기로 한 그의 결단이 비록 고결한 것이긴 하지만, 충동적이며 폭력적이라는 점에서 그 순수성을 어느 정도 상실했다는 것이다. 그리고 그 표범의 상징학에 이어서 묘사되는 은 갑옷은 중세의 보편 상징을 넘어서, "시인의 상상력 속에서 의도적인 의도로 창작된 […] 순전히 개인적인 상징"인데, "갑옷의 찬란함이 정신적 의미로 가득 차 있다는 것이 진정한 상징의 의미를 이루는" 바, "얼룩을 완전히 덮어버릴 수 없는 채로, 그것은 에렉이 그렇게 되어야 할, 혹은 '나태'가 그의 영광을 흐리게 한 이래 현재의 에렉이 그 위치에 오르지 못한 완벽한 기사의 이미지"라고 프라피에는 해석한다. 즉, 그것은 에렉의 얼룩을 한편으로 드러내면서, 다른 한편으로 그 완벽함을 통해, 에렉에 대해 "'범례'라는 중세적 의미로서의 거울"[276]로서 작용한다는 것이다.

이와 같은 프라피에의 해석은 우선, 에렉과 에니드의 모험이 첫 이야기에서의 그들의 귀환과 형태적인 닮은꼴을 보여줌에도 불구하고, 의미의 변형이 일어났다는 것을 알려준다. 그러나 그것을 프라피에처럼 '타락' 혹은 전락의 관점에서 해석하는 것은 문제점들을 노출한다. 두 가지 사항을 지적하면 이렇다. 첫째, 프라피에가 각주에 부기하고 있듯이,

---

274) 『에렉[중]』, v.2212; 『에렉[현]』, p.58.
275) *op. cit*, p.258.
276) *ibid.*, p.259.

표범의 상징은 작품의 후반부에서 다시 등장한다. 그것은 에렉이 아더로부터 왕위를 수여받는 의식의 장면에서인데, 아더와 에렉이 앉은 순전히 상아와 황금으로만 된 의자들은 모두 두 다리에는 표범의 모습이 다른 두 다리에는 악어의 모습이 새겨져 있다. 프라피에는 이것을 부기하면서, 간단히 베졸라의 의견을 따라, "악에 대한 용맹의 투쟁"의 상징으로 해석하는데, 그렇게 간단히 해석될 수 있는 것이 아니다. 왜냐하면, 본래 왕과 왕비를 위해 만들어지고, "그 둘을 구별하겠다는 생각을 일부러 갖고 모든 면을 들여다본다 할지라도, 아무리 사소한 부분도 다른 점을 발견할 수 없는"[277] 그 두 의자에 에렉과 아더가 나란히 앉는다는 것은 그 둘의 등가성의 실현을 '상징'하는 것이기 때문이다. 따라서 표범이 사자에 비해 '상대적인 타락'을 상징한다는 프라피에의 해석은 적어도 『에렉과 에니드』에 관한 한 합당하지 않다. 둘째, 프라피에는 표범 그림의 의미를 중세의 보편 상징에서 구하고 이어서 나오는 갑옷의 묘사를 순수한 작가 개인의 상징으로서 이해하고 있는데, 그러한 분리 처리가 그리 합당해 보이지 않는다. 물론, 표범 그림에 대한 그러한 해석은 중세 상징학에서 보편화된 동물 상징 체계(Bestiaires)를 참조할 때 충분히 가능한 해석이다.[278] 그러나 표범 그림만을 그에 기대어서 해석하고 갑옷은 시인의 창작으로 여기는 것은 일관성의 결여를 초래한다. 앞서, 하이두의 분석을 통해 보았듯이, 크레티엥은 중세의 보편 상징을 그대로 차용하는 것이 아니라 그것을 이용하여 탈상징화를 기도하고 있다는 점을 유념한다면, 그리고 그 탈상징화의 결과로서 크레티엥의 작품 속의 상징적 표지들은 외부의 보편 상징학에 의해서가 아

---

277) 『에렉[중]』, v.6656-6661; 『에렉[현]』, p.177.

278) 중세의 동물 상징 체계에 대해서는, Francis Dubost, *Aspects fantastiques de la littérature narrative médiévale (XIIème - XIIIème siècles)*, Librairie Honoré Champion, 1991, T. I., pp.426-627에 자세히 조사되어 있다.

니라, 작품 내적 구조 안에서의 기능적 항목들로서 이해되고 분석되어야 한다는 것이 타당성을 갖는다면, 표범 그림과 갑옷 묘사도 모두 보편 상징의 표현도구로서 아니라, 작품을 구성하는 상관적인 징조적 단위들로서 이해되고 분석되어야 한다.

그럴 경우, 프라피에의 해석에는 일정한 수정이 요구되지 않을 수 없다. 우선, 그가 갑옷 묘사를 '거울'과 같은 기능을 하는 것으로 이해하는 데 대해서는 충분히 납득할 수 있는 것으로 보인다. 그러나 그 거울이 에렉의 '타락'을 비추이는 것으로 해석하는 데에는 동의를 보낼 수 없다. 그러한 해석은 표범이 사자보다 '못한' 동물이라는 중세의 보편적 동물 상징 체계에 근거할 때 가능한 해석이다. 그러나 외부 참조 체계에 근거한 그 해석은 내적 구조의 도움을 전혀 받지 못하고 있다. 프라피에는 에렉의 모험 출발의 결단이 에니드에 대한 일종의 난폭한 폭력을 동반하고 있다는 데에서 그 근거를 구하지만, 그것은 순전히 연구자의 추정일 뿐이다. 에렉의 행동이 급격하고, 에니드의 속내의 한탄을 유발하는 것은 사실이지만, 그렇다고 해서 그것이 에렉의 '가치'를 훼손시키는 것이라고 생각하는 것은 너무 단순한 유추이다. 그러한 해석은 에렉이 모험을 떠나 계속적으로 에니드에게 강제를 행사하는 것(침묵의 요구)까지도 타락한 행위로 이해하게 만든다. 그러나 에렉은 그것을 의도적으로나마 지속시켰고, 작가는 그에 관한 장면을 2,500여 행이나 길게, 그러니까 사실상 에렉-에니드의 두 번째 모험의 중추로서, 설정하였다. 그것이 단순히 타락한 행동이었다면, 그러한 비중의 부여가 가능하겠는가? 또한, 프라피에가 갑옷 묘사의 거울 기능이 투구 묘사로 이어지고 있다고 지적하는 대목을 살펴볼 필요가 있다. 그것은 다음의 대목이다.

"한 하인이 그의 머리에 거울보다도 더욱 밝게 빛나는 황금 띠를
두른 투구를 매어주었습니다"[279]

아마도 굳이 프라피에가 이 대목을 부연해서 지적하는 것은, 투구 묘
사가 거울의 기능을 하고 있다는 해석에 대한 가장 명백한 증거를 여기
에서 찾을 수 있기 때문일 것이다. 그러나 이 대목을 통해서 투구의 반
사성을 결정적으로 확인할 수 있다면, 그렇다고, 그 반사가 에렉의 '타
락'을 교정하기 위한 '범례'의 역할을 하고 있다는 증거는 아무 데도 찾
아볼 수 없다. 오히려, 그것은 현재의 에렉을 더욱 돋보이게 하는 역할
을 할 수가 있는 것이다.

따라서 프라피에의 무리한 외부적 참조를 제거하고 순수한 내부적
기능들의 관련만을 주목한다면, 다음과 같은 사실을 확인할 수 있다.
첫째, 에렉과 에니드의 모험의 출발은 첫 번째 이야기에서의 귀환의 모
습과 대칭을 이룬다. 둘째, 그러나 그것은 후자를 그대로 되풀이하는
것이 아니다. 거기에는 변화가 있다. 그 변화는, 에렉이 에니드와 단 둘
이 떠나겠다고 고집할 때 아버지 호수 왕이 그에게 다그치면서 한 말
그대로, 특별한 '계획(afere[projet])'[280]에 의해 진행되는 의도적 변화이다.
셋째, 그 변화의 가장 의도적인 부분은 에니드의 침묵이다.

따라서 에렉-에니드와 궁정과의 관계는 수락-변형으로 요약될 수 있
다. 그것은 앞에서 보았던 만류하는 사람들의 반대-굴종의 관계와 정면
으로 대립된다. 후자들의 행위가 외면적 반대에도 불구하고 실질적인
종속으로 이어진다면, 에렉-에니드의 두 번째 모험은 외면적인 동일성
속에 은밀한 세상 바꿈을 기도하는 것이다. 그 변화의 기도의 첫 번째

---

279) 『에레[중]』, v.2653-2656; 『에레[현]』, p.70.
280) 『에레[중]』, v.2694.

과제로서 에니드에 대한 침묵이 요구되었다면, 그것은 무엇을 말하는 가? 에렉 자신이 밝히지 않는 그 의미에 대해서는, 이미 한 가지 해석의 가능성을 암시 받을 수 있다. 즉, 에렉의 나태에 대해 한탄한 에니드의 '말'이 모험의 일차 원인인 한, 에니드에 대한 침묵의 요구는 그에 대한 징벌, 혹은 시험이라고 해석할 수가 있는 것이다. 그렇다면 그것은 궁 극적으로 궁정 기사도의 문화에 대한 나태의 문화의 이념적 도전으로 이해될 수도 있을 것이다. 물론, 그 신기한 '나태'의 문화가 단순히 즐 김 혹은 사랑의 문화, 넓혀 말해 개인주의적 자유의 문화 혹은 여성 숭 배의 문화로서 해석될 수 없다는 것은 이 연구에서 이미 누차 보아왔 다. 무엇보다도 여기서, 그 나태의 문화는 '표범', 즉 또 하나의 남성성 과 깊은 연관을 맺고 있다. 윗 절의 논의를 여기로 끌어들이자면, 그것 은 차라리 남성성, 즉 궁정성 자체를 문제 삼는, 더 나아가 궁정성의 반 대항으로서의 여성 숭배나 개인주의를 포함하여 문제 삼는 문화일 것 이다. 또한 우리가 주목을 해야 하는 것은 그러한 여러 가지의 해석을 가능하게 하면서 그것들을 다시 배반하는 서술의 전개에 있다. 우선, 방금 본 것처럼, 첫째 이야기의 귀환하는 에렉-에니드와 둘째 이야기의 출발하는 에렉-에니드의 동형성에 근거한 궁정적 모험의 형상이 있다. 다음, 프라피에의 노트를 비판적으로 독해함으로써, 그 모험의 형상으 로부터 그에 반하는 모험이 그 속으로부터 태어난다는 것을 알 수 있 다. 이념적인 차원에서 그것은 무훈에 대한 '나태(recreantise)'의 도전이 라는 의미를 갖는다. 그러나 에렉-에니드의 모험은 거기서 그치지 않는 다. 그것은 그런 척 하면서, 그것을 다시 뒤집는다. 이제, 모험의 구조 의 세 번째 항목, 즉 모험의 현상으로 건너감으로써 그것을 살펴볼 수 가 있을 것이다.

  에렉이 에니드에게 침묵을 요구하고 있는 가운데, 그들에게 닥치는 모험은 두 가지로 요약될 수 있다. 하나는 적 기사(들)의 공격이며, 다른 하나는 위험에 빠진 기사-여인에 대한 원조이다. 그들은 3명 그리고 5명의 약탈기사에게 공격당하고, 또, 두 명의 거인에게 학대받는 카독 드 카브리엘(Cadoc de Cabruel)과 그 여인을 구출한다. 이러한 기본적인 모험의 두 가지 양상은 그들의 모험 자체가 또한 거울의 반사라는 것을 보여준다. 위험에 빠진 기사-여인은 바로, 공격당하는 에렉-에니드와 구조적으로 동형 관계에 놓이기 때문이다. 그런데 이 동형성만 보아서는 아직 이해의 심층에 가 닿은 것이 아니다. 그 거울은 무척 신기한 거울이어서 거울 속의 내가 튀어 나와서 거울 밖의 나를 구하도록 하는 통로가 되기 때문이다. 따라서 그 거울은 단순히 평면 유리 거울일 수 없고, 이상하게 비틀린, 혹은 거울에 비친 인물들 자체가 거울을 이루는 묘한 두께를 가진 거울이 아닐 수 없으니, 그 거울에 대해 질문을 해야만 한다. 우선, 모험의 두 기본 양상이 아더와의 만남을 전후로 해서 있다는 것에 주목해야 할 것이다. 즉, 숲으로 사냥 나온 아더의 일행과 마주쳤던 것이다. 따라서 거울은 일차적으로 아더(의 궁정)라고 말할 수 있을 것이다. 그러나 이미 그 아더(의 궁정)는 크레티엥 소설의 보편적 배경으로서의 아더(궁정)가 아니다. 그들이 숲으로 사냥 나왔다는 것은 그것이 첫 번째 이야기의 사슴 사냥의 동형체라는 것을 의미하지만, 이번엔 왕의 제 일급 신하인 쾨가 에렉에게 망신을 당한다. 에렉의 모험의 안팎을 비추어주는 그 거울 자체가 훼손을 겪는 것이다. 그것은, 에렉-에니드의 두 번째 모험이 궁정의 이념에 근거해 출발한 것도 아니고, 그 반대의 이념에 근거해 출발한 것도 아니며, 훼손된 궁정(의 실질)에 근거해 출발한 것임을 의미한다. 동시에, 그들의 모험은 그것 자체를 문제로 삼고 있다는 것을 알 수 있다. 그렇지 않으면, 그것이 숲으로 옮겨 와 에렉-에니드의 모험을 비추고, 동시에 에렉-에니드의 모험에 의

해 훼손당할 이유가 없기 때문이다. 그러나 그 거울에 비치는 그들의
모험은 생각보다 간단하지가 않다. 앞에서 방금 본 두 개의 기본 양상,
즉 피격과 원조는 일반적으로 기사가 모험 중에 만날 수 있는 대표적인
두 양상을 거론한 것일 뿐이다. 그 앞뒤에는 그와 관련된, 그 기본 양상
들을 변형시키고, 그것들을 연결시키는, 즉 아더 일행이라는 거울에 이
상한 구멍을 뚫는 여러 사건이 함께 놓여 있다. 그것들을, 앞에서 본 사
건들과 함께, 순차적으로 나열하면 다음과 같다.

> ⅰ) 약탈기사들(3명, 5명)의 습격
> ⅱ) 이웃 성에서 성주(백작)의 방문과 탈출
> ⅲ) 기브레의 공격
> ⅳ) 아더 일행을 만남
> ⅴ) 카독을 구원
> ⅵ) 리모르 백작의 초대와 탈출
> ⅶ) 기브레의 구원

이 일련의 사건들은 ⅳ)의 '아더 일행과의 만남'을 기준으로 해서 다
음과 같이 재배치될 수 있다.

	앞면	거울	뒷면
①	약탈기사들의 습격		카독을 구원
②	성주의 방문	아더 일행을 만남	리모르 성주의 초대
③	기브레의 공격		기브레의 구원

이렇게 그림을 그려보면, 그 반사의 사실과 양상을 좀 더 정확하게

볼 수 있다. 거울을 기준으로 해서, 앞면과 뒷면의 각 항목은 정확히 교응하고 있다. 전체적으로 앞면에서는 적이 에렉-에니드에게 다가가는 방향을 취하고 있고, 뒷면에서는 에렉이 상대방에게 다가가는 방향을 취하고 있다. 다만, 뒷면의 ③항만이 조금 모호한데, 그러나 자세히 보면 소문을 듣고 달려온 기브레와 에렉이 서로 마주쳤을 때, 그들은 서로 알아보지 못한 채, 에렉이 먼저 공격하는 것으로 묘사되고 있음을 알 수 있다.[281] 그것은 뒷면의 다른 항목이 취하고 있는 방향의 일관성을 여전히 유지시켜준다. 그리고 각 항목의 앞면과 뒷면이 그대로 상응한다는 것은 이 도표만으로도 충분히 알 수 있는 일이다. 그러나 이 그림은 또한 이 거울의 반사가 실제의 거울과 다른 특이한 반사를 하고 있다는 것을 보여준다. 우선, 위 그림은 반사의 순서가 잘못되었다는 것을 보여준다. 앞면과 뒷면 모두 사건이 일어나는 순서는 ①→②→③의 순서로 이루어져 있다. 따라서 '아더 일행과의 만남'을 기준으로 하여, 전면에서 가장 멀리 떨어져 있는 것이 후면에서는 가장 가까운 곳에 나타나고, 전면에서 가장 가까운 사건은 후면에서 가장 뒤늦게 발생한다. 따라서 '아더 일행과의 만남'은 엄격한 의미에서 거울이라고 할 수 없다. 그렇다면 그것은 무엇인가?

이에 대한 대답을 듣기 전에 또 하나의 특이한 면을 보기로 하자. 위 그림을 자세히 읽는다면, 또 하나의 거울이 놓여 있다는 것을 눈치 챌 수가 있다. ②가 그것으로서 그 사건을 기준으로 해서, ①과 ③이 동일한 형태의 관계를 보여주고 있는 것이다. 앞면에서 약탈기사들과 기브레는 모두 에렉을 '습격'한다. 실로, 기브레는 "몸은 작으나 마음이 담대한" 사람으로서 진술되고 있음에도 불구하고 특별한 이유 없이 에렉

---

281) cf. 『에렉중』, v.4968-4973.

일행을 보자마자 공격의 준비를 한다. 그것은 그 성품에 관계없이 이 대목에서 그가 습격자의 역할을 맡아하고 있다는 것을 의미한다. 그 점에서 앞면의 그는 약탈기사들과 하나도 다를 바가 없다. 그 습격의 조건은 그러한 동형성을 분명하게 가르쳐준다. 그는 "자신의 투기장 앞을 한 무장 기사가 지나가는 것을 본 때문에, 그 기사가 먼저 지쳐서 자신이 '힘이 없음(recreanz)'을 고백할 때까지, 끝까지 싸워보려고"[282] 한다. 그런데 약탈기사들의 공격의 목표도 그와 유사하다. 에렉 일행을 본, 첫 번째 3명의 약탈기사 중 하나는 다른 두 동료에게 습격의 이유를 이렇게 설명한다. "우리가 이번에 아무 것도 얻지 못하면, 우리는 수치스럽고, '용기가 없으며(recreant)', 특별히 재수가 없는 사람들이 될 거요."[283] 그러니까, 이 약탈기사들은 단순히 '사악한' 약탈꾼들이 아니다. 더욱이 그들이 그 습격에서도 "당시의 관습과 풍속"을 지켜 한꺼번에 에렉을 공격하지 않는다("만일, 그들이 그를 함께 공격한다면, 그것을 일종의 '배반'과 같은 것이 될 터입니다")[284]는 것은 그들의 약탈이 긍정적 관습의 수호 혹은 적어도 수락의 선상에 놓여 있는, 그 나름의 합당한 이유를 가지고 있다는 것을 보여준다. 그 이유란, 위의 진술이 그대로 보여주듯이, '나태'의 문화에 대한 도발이라 할 수 있으며, 그것은 기브레의 결투의 조건과 그대로 상응한다. 이러한 앞면에서의 '습격'의 동형성과 마찬가지로, 뒷면에서도 '원조'의 동형성이 있다. 에렉-에니드는 두 명의 거인에게 학대받는 카독 드 카드뤼엘과 그의 여인을 구원하며, 기브레는 상처로 인하여 죽을 지경에 이른 에렉을 구원한다.

그렇다면 에렉-에니드가 만나는 모험의 사건들은 사실상 수직적이고

---

282) 『에렉[중]』, v.3676-3680; 『에렉[현]』, p.97.
283) 『에렉[중]』, v.2800-2802; 『에렉[현]』, p.74.
284) 『에렉[중]』, v.2825-2826; 『에렉[현]』, p.74.

수평적인 두 개의 거울에 비추이고 있는 것이다. 그리고 두 개의 거울의 존재는, 앞에서, 아더와 리모르 백작의 유사성을 보았던 것을 적절하게 보완해준다. 따라서 위의 그림은, 그 모험의 시간적 순서를 함께 고려하여, 다음과 같이 수정될 필요가 있다.

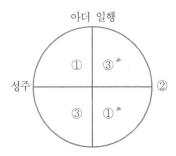

그림을 이렇게 그려보면, 모험의 양태 혹은 방법론이 좀 더 확실해진다. 에렉-에니드는 궁정성을 배경으로, 혹은 궁정성이라는 목표를 향해, 궁정성 자체를 경유한다. 문법적으로 불편한 이 진술은 그들의 모험이 사실상 목적 없는 과정이라는 것을 의미한다. 그들의 모험의 과정은 목표를 문제 삼는, 다시 말해 목표를 해체하는 놀이이기 때문이다. 아니, 목표 그 자체의 힘으로 목표를 해체하는 놀이라 할 수 있을 것이다.

그러나 사건들의 상응의 양상은 아직 해결해야 할 문제가 있음을 보여준다. 즉, 그 사건들은 두 개의 축을 근거로 해서 대각선의 방향으로 상응한다. 따라서 그것들을 교응시키는 두 개의 축은 엄밀한 의미에서 거울이라고 할 수 없다. 앞 절에서 그 야릇한 거울의 현상학을 규정하기 위해 '일그러진'이라는 형용사를 도입하였다면, 이제는 그보다 더욱 현실감 있는 비유를 찾아낼 수 있을 듯싶다. 현실적인 물리적 실체로서,

그러한 상응을 가능하게 하는 것은 오직 회전문만이 그럴 수 있다. 즉, 두 개의 축을 회전의 축으로 놓고 어느 쪽에서든지 180°로 돌리면, 각각의 사건은 정확히 상응하는 사건에 겹쳐질 수 있다. 이제야 비로소 되풀이와 변형의 놀이에 실제적인 방법론이 나타난다. 『에렉과 에니드』의 거울 반사 놀이는 회전문의 놀이, 제 얼굴을 보면서 돌아 들어가면(혹은 나가면), 정확히 제 얼굴이 비추이는 지점에서 새로운 세상이 펼쳐지는 놀이였던 것이다. 이제, 그 놀이의 경과, 즉 에렉-에니드의 모험 속에서 그들에게 나타난 존재의 변화의 항목으로 건너간다.

그러나 우선 위에서 확인된 사실로부터 한 가지 중요한 구조상의 의미를 길어내어야 할 것이다. 두 개의 거울을 통해 나타나는 4중의 존재 변화가 에렉-에니드의 두 번째 모험의 기본 구조라고 할 때, 거울의 역할을 하는 사건과 실제의 존재의 변화를 보여주는 사건들은 모두 '사건'으로 나타난다. 그렇다면 그들 사이에 무슨 형태상의 차이가 있는가? 확인할 수 있는 가장 기본적인 사실은 이렇다. 에렉-에니드의 두 번째 모험이 첫 이야기의 되풀이이며 변형임은 이미 저 앞에서 살펴본 바가 있다. 그런데 위에서 확인된 것은, 그 두 번째 모험 자체가 또한 2중의 되풀이와 변형으로 이루어져 있다는 것이다. 이러한 사실은 얼핏 사소한 것 같지만, 실제로는 중요한 문제를 함축하고 있다. 이야기의 되풀이와 변형의 구조가 이원적 구조로서 한정될 때, 그것은 언제나 하나로의 통합에 '걸린' 상태에 놓이게 된다. 즉, 양자를 대비시키고, 그중 한 쪽에 우월성을 부여하는 것이다. 그러나 그것이 그 자체로서 분화의 씨앗을 틔울 때, 방향은 통합으로부터 분산으로 뒤바뀌게 된다. 그때, 더 이상 고정적이고 절대적인 '하나'는 존재할 수가 없게 된다. 간단한 산술을 하여도, 두 가지 항목이 조합될 수 있는 경우의 수는 하나로 고정되지만, 그것이 셋만 되어도 조합될 수 있는 경우의 수는 셋으로 늘어나고 넷의 경우엔 12로 확대 증폭된다. 숫자 하나의 차이가 통합과 분산을 가름하는 것인 바, 실질적으로 그것은 에렉-에니드의 두 번째 모험에 결정적인 의미를 가지는 것으로 보인다. 왜냐하면, 그것이 거울이 되는 사건과 모험 자체가 되는 사건을 나누는 데 하나의 기준이 되기 때문이다.

앞 절에서 보았던 것처럼 에렉-에니드의 모험은 2인짝의 형태로 이루어져 있다. 그러나 그것은 모험의 프로타고니스트들만을 고려할 때 가능한 계산이다. 기사도 로망의 모험이 기본적으로 적 기사와의 결투를 중심으로 이루어진다고 할 때, 모험의 상대방을 고려하는 것은 필수적인 일이다. 그런데 그 두 번째 모험의 프로타고니스트가 에렉-에니드라는 두 사람으로 구성되었다는 것은, 그리고 곧 살펴보겠지만, 그들이 각각 다른 체험을 겪고 있다면,[285] 에렉-에니드의 모험이 일반적인 기사도 모험의 도식을 위반하고 있다는 것을 의미한다. 일반적인 도식에서도 기사-여인은 짝으로 나타나지만, 그들은 사실상 하나에 불과하다. 왜냐하면, 결투에서의 승리가 곧 자기 여인의 드높임이며, 그 역도 마찬가지이기 때문이다. 첫 이야기의 사슴 사냥에서 제창되었고 이더와의 싸움을 통해 에렉이 실연해 보인 것이 바로 그것이다. 그것은 결국, 여인이 소설 무대의 한 인물로 등장하긴 하나, 실질적인 행동의 배역을 맡지 못하고 있다는 것을 의미한다. 우리는 그것을 『수레의 기사』에서 작가가 당시의 풍습을 전해주는 데에서도 확실히 알 수 있다. 즉, 작가의 전언에 의하면, 모든 기사는 젊은 여인을 하나 만나게 되어, 좋은 평판을 얻으려면, 그녀를 명예롭게 해주는 일에 소홀히 해서는 안 된다. 그렇지 않으면, 그는 모든 궁정에서 영원히 수치스러운 존재가 될 것이

---

285) 이것은 첫 이야기에서 에렉-에니드의 귀환의 양상과 명백히 다른 점이다. 이미 보았듯이, 그들의 귀환의 모습은 완벽한 조화의 양상을 보여주고 있기 때문이다.

다. 그러나 어떤 다른 이가 그녀를 탐내어 그와 결투를 하여 이긴다면, 이긴 자는 여인을 함부로 다루어도 수치나 비난의 대상이 되지 않는 다.286) 바로 아더의 왕국인 로그르(Logre) 왕국의 "관례와 풍습"인 그 풍 속은 통상 숭배의 대상으로 여겨지는 여인이란 그의 기사가 승리자일 경우에만 그러하고, 패배할 경우, 존재 이유 자체를 상실한다는 것을 보 여준다. 여인은 기사-무훈의 부대물일 뿐 아무런 행동적 역할을 하지 못하는 것이다. 일반적인 기사도의 도식이 그러하다면, 그에 비해 에니 드는, 이제 곧 보게 되듯이, 불가피하건, 의지적이건 간에 작품 속에서 기본 구도를 이끌어가는 주 기능을 담당하게 된다.

　여기서 특기할 사실은 거울의 역할을 맡는 성주의 초대와 탈출의 사 건은 두 경우 모두, 3인의 역할이 분리되어 2인 배역으로 환원되고 있 다는 것이다. 뒤에 나타나는 리모르 성에서는(②ʰ)287) 그것이 명백하다. 왜냐하면, 에렉은 시체로서 그곳으로 운반되어 갔기 때문이다. 따라서 에렉이 깨어나 백작을 죽이기 전까지 갈등과 싸움은 결혼을 강요하는 백작과 에니드 사이에만 나타난다. 그러나 첫 번째의 경우(②), 성주를 만났을 때 에렉과 에니드가 분명히 산 모습으로 함께 백작을 만났으므 로, 표면적으로는 그러한 환원이 일어나지 않는다고 봐야 할 것이다. 그러나 그 부분의 서술을 자세히 보면, 그 반대라는 것을 알 수 있다. 문제가 되는 대목은 백작이 에니드에게 결혼을 요구하는 장면이다. 백 작은 에니드의 미모에 강하게 이끌리면서 에렉에게 가서 "선한 의도로 당신들을 만나러 왔으며",288) "당신에 대한 애정으로, 그녀의 마음에 드 는 모든 봉사를 할 준비가 되어 있다"289)고 하면서 에니드와 대화를 나

---

286) 『랑슬로[중]』, v.1301-1316.
287) ②ʰ는 p.355의 ②의 뒷면을, ②는 ②의 앞면을 가리킨다. 다른 번호도 마찬가지다.
288) 『에렉[중]』, v.3290; 『에렉[현]』, p.86.
289) 『에렉[중]』, v.3294-3295; 『에렉[현]』, p.87.

누는 것을 허락해주기를 부탁한다. 그럼으로써 에렉은 순순히 응낙하고, "창 2개 정도의 거리"[290]에 떨어져 앉아 있는 에니드에게 백작은 다가가서 에렉의 생명을 담보로 한 유혹과 협박을 한다. 이 대목에서 에렉은 그 진상을 알건 모르건, 그러나 그 자신의 수락에 의해서, 갈등에서 빠진 셈이 된다. 갈등은 백작의 의도 혹은 계략에 의해서 2인 사이의 갈등으로 축소되고 있는 것이다.

이와 같은 분석이 타당성을 갖는다면, 거울의 역할을 하는 사건과 모험으로서 전개되는 사건의 차이는 명료하게 드러난다. 전자는 사슴 사냥의 의식에 의해서 공표되었던 긍정적 관계, 즉 기사-여인, 혹은 기사-무훈의 이원적 통합을 향해 있다면, 후자들은 그 통합적 이원성을 분화시켜 그 통합의 힘을 분산시키고 복수의 행동들을 증대시키는 방향을 향해 있다. 그것들은 그 고착적 이원적 구조에 구멍을 내고(모자라고) 덧붙인다(넘쳐난다.). 그럼으로써 무엇이 생산되었는가? 인물들의 존재의 변화가 생산된다. 이제 그 항목으로 넘어갈 차례다.

존재의 변화에 대해서는 이미 앞 절에서 다룬 바 있으므로 미처 보지 못한 부분(앞 절에서 다룬 부분의 앞부분)만을 비교적 자세하게 살펴보고 전체적인 의미를 부여해 보겠다. 실질적으로 이 과정이 이 장의 결론을 이루게 될 것이다.

먼저 자세히 살펴 볼 부분은 기브레를 다시 만나기 직전까지, 즉 에렉과 에니드가 단 둘이 하는 모험의 부분을 말한다. 문제가 되는 것은 에렉-에니드-상대방(적)의 존재의 변화이다. 이 세 인물(군)은 다시 앞에서의 그림에 근거하여, 각각 4개의 단계로 나누어질 것이다.

우선, 에렉에게 일어난 변화는 계속되는 승리와 동시에 가중되는 기

---

290) 『에렉[중]』, v.3302-3303; 『에렉[현]』, p.87.

력 상실이다. 아더의 일행을 만나기 전, 그는 계속적으로 승리를 거둔다. 그 승리는 다시 둘로 나누어져 살펴볼 수 있다. 성주의 초대를 받기전 약탈기사들과의 싸움에서는 그들을 죽이고 8필의 말을 빼앗는다. 그는 그러한 무훈을 통해서 에니드에게 자신이 '나태'하지 않음을 증거한다. 결국, 에니드는 이번엔 다시 자신의 잘못을 탄식하게 된다.

> 나는 이 세상에 내 낭군과 같은 기사는, 하물며, 그보다 더 나은 기사는 더욱이, 없다는 것을 확실하게 깨달을 수 있었어. 나는 예전에도 그것을 알고 있었어. 이제는 그가 5명의 무장 기사도 3명의 무장 기사도 두려워하지 않는다는 것을 내 눈으로 확인하였으니, 더욱 잘 알겠어. 내가 받는 이 수모 속으로 나를 빠뜨린 오만한 모독을 발설한 내 혀는 그러니, 얼마나 부끄러운 짓을 했던가!291)

에렉의 계속되는 승리는 에니드에게는 가중되는 수모이다. 실질적으로 그녀는 에렉에게 침묵을 강요당할 뿐 아니라, 에렉이 빼앗아 오는 말들을 그녀가 끌고 앞장 서 달리도록 명령받는다. 그러나 오만한 성주의 초대를 받고, 결혼의 협박과 닥쳐오는 위험에서 탈출한 후 그 둘의 상황은 다시 변한다. 이번에 에렉이 싸우게 될 기사는 한 사람(기브레)이고 그와의 결투에서 에렉은 이기지만 약탈기사들의 경우처럼 죽이지 않고 서로의 이름을 나누고 헤어진다. ①에서는 약탈자들에 대한 약탈이 행해지고, ③에서는 화해가 이루어진다. 한편 에니드에게서도 변화가 일어난다. 그녀에게 대해 에렉은 계속 침묵을 요구하나, 에니드는 실제적인 위협의 상태에서 벗어난다. 기브레의 습격이 닥쳤을 때, "그녀는 그에게 알려주고, 에렉은 그녀를 위협한다. 그러나 그는 그녀를 나쁘게 할 어떠한 의도도 갖고 있지 않다. 왜냐하면, 그는 그녀가 무엇

---

291) 『에렉[중]』, v.3104-3112; 『에렉[현]』, p.82.

보다도 그를 사랑하고 그 또한 사랑이 가능한 한 언제까지라도 그녀를 사랑한다는 것을 확인하였고 [이제는] 알기 때문이다."292)

이 변화의 계기는 어디에서 왔는가? 그것은 성주가 협박하였을 때, 취한 에니드의 행동과 밀접한 연관을 맺고 있다. 에렉의 생명을 대가로 결혼을 요구하는 성주에게 '침묵의 덫'에 걸려 있는 에니드는 에렉의 생명을 위해서 굴복을 하지 않을 수 없게 된다. 그러나 그녀는 그 굴복을 교묘한 반격의 기회로 전환시키는데, 그것은 특이한 '말'을 통해서이다. 그녀는 일단, 성주의 요구를 수락한다. 그 수락은, 그러나 단순히 마지못한 피동적인 수락이라기보다는 묘한 적극성이 있다. 왜냐하면, 그녀는 백작을 납득시키기 위해서 과장된 언사를 서슴지 않기 때문이다. 그녀는 "이런 삶을 너무 오랫동안 살아왔으니, 이제 나의 낭군 기사와 동행하는 걸 원치 않는다"293)고 하면서, 백작에게 에렉은 용맹하니 "그를 묶어서 죽이거나 머리를 자르라고"294) 방법을 가르쳐주는가 하면, 심지어, 백작과의 결혼을 열렬하게 원한다는 것을 보여주기 위해 "저는 벌써 한 침대 속에 알몸으로 당신을 느끼고 싶어요"295)라는 노골적인 언사를 서슴지 않는다. 이것은 에니드가 자신에게 부여된 수락의 역할을 능동적인 간지의 역할로 바꾼다는 것을 보여준다. 그 간지를 위해 동원된 것은 '말'이되 '거짓말'이다. 유추적으로 해석하자면, 그 '거짓' 말을 통해서, 에니드는, 침묵의 명령을 배반하지 않으면서 에렉의 생명을 구할 정당한 기회를 발견한 것으로 보인다. 실로, 이 거짓 약속 뒤에 에니드가 에렉에게 위험이 닥쳤음을 알렸을 때, 에렉은 에니드를, 전과 다르게 꾸짖지 않는다. 작가는 이렇게 묘사한다.

292) 『에렉[중]』, v.3751-3755; 『에렉[현]』, p.99.
293) 『에렉[중]』, v.3387-3389; 『에렉[현]』, p.89.
294) 『에렉[중]』, v.3385-3386; 『에렉[현]』, p.89.
295) 『에렉[중]』, v.3390-3391; 『에렉[현]』, p.89.

> 에렉은 그의 부인이 그에 대해서 충성을 보인다는 것을 잘 알았습
> 니다. […] 벌써 말들에 안장이 얹히고, 부인은 주인을 불렀습니
> 다.296)

에니드의 말과 더불어 에렉의 협박이 나오는 것이 아니라, 곧바로 난
관을 빠져나오기 위한 둘의 행동이 뒤따르는 것이다. 따라서 이 거짓말
은 아주 의미심장한 계기를 포함한다. 우선, 성주 혹은 궁정적 풍속이
라는 이름의 그 거울에 대해서 : 에니드의 거짓말은 성주의 속임수를
다시 되치는 행위로 나타난다. 즉, 허구를 다시 허구로 만드는 것이다.
다음, 역시 그에 대해서 : 에니드의 행위는 성주의 요구를 수락함으로써
성주의 의도를 무산시킨다. 그것은 『수레의 기사』에서 작가가 들려준
궁정의 풍속을 고려할 때 좀 더 의미 깊게 이해될 수 있다. 그 풍속에
의하면, 다른 기사의 여인을 기사와 싸워 빼앗았을 때는, 여인을 함부로
다루어도 무방하다. 그렇다면 성주는 자신의 의도를 관철시키는 행위를
통해서 그의 궁극적인 목적(에니드와 결혼하고, 그녀를 호사하게 해주는 것)을
상실하는 것이다. 셋째, 에렉과의 관계에 대해서 : 이 사건을 계기로, 에
렉은 더 이상 에니드의 '말'에 대해서 꾸짖지 않는다. 물론, 아더 일행
을 만나기 전까지의 과정에서 에렉은 여전히 에니드에게 침묵을 요구
한다. 그러나 더 이상 그 요구가 배반되었다고 해서 화를 내지는 않는
다. 다시 말하면, 침묵의 요구는 계류된다.

궁극적으로 이 계기가 가져다준 것은 거울 자체의 피반사이다. 즉,
허구에 허구가 도입됨으로써, 본래의 반사의 기능을 상실하고 그 자신
되비침을 당한다는 것이다. 에니드가 자신의 굴종을 간지로 뒤바꾸었을
때, 일어난 것은 궁정적 풍속을 거울 뒷면에 옮겨 놓으려는 성주의 의

---

296) 『에렉[중]』, v.3480-3481, v.3487-3488; 『에렉[현]』, p.92.

도가 무산되었다는 것이며, 동시에, 승리와 지배의 전제성이 화해와 묵인으로, 다시 말해, 적들의 살해와 에니드에 대한 침묵의 강요가 적과의 상호 인식과 에니드의 사랑을 인정하는 것으로 뒤바뀌었다는 것이다.

그것을 가능하게 한 것이 허구의 허구화에 있었다면, 그것은 ②° 에서의 '유령'의 출현이 갖는 징조적 의미를 이해할 수 있게 해준다. 그 수평적 거울의 사건에서 일어난 것은 본래의 동형 반사의 거울에 이형 물체를 추가하는 것일 뿐만 아니라, 그 자체의 헛그림자를 도입하는 것, 즉, 같은 구조를 따라함으로써 새로운 구조를 만들어내는 것이라 할 수 있는 것이다. 과연, 약탈자에게서는 약탈을 감행하고(①), 에렉이 구원하는 기사-여인이 위험에 닥친 에렉-에니드의 모습과 동형을 이루며(①°), 살려준 자에게 구원을 받고(③-③°), 도움 주는 만큼 도움을 받는다(①°-③°). 이 동형을 비추는 평면 거울을 들이댔을 때, 신기하게도 존재의 변화가 일어났던 것이다. 그 변화는 '아더 일행을 만난 사건'의 뒤, 즉 수직으로 놓인 거울 뒷면에서도 역시 계속적으로 진행된다.

우선, 뒷면의 에렉에게 있어서 앞면의 공격은 구원으로 바뀐다. 약탈자에 대한 맞받아치는 약탈은 이제 불행에 빠진 기사를 구원하는 행위로 반전된다. 그리고 리모르 성의 사건을 축으로 해서, 에렉의 구원하는 행위는 기브레로부터 구원받는 행위로 바뀐다. 약탈/구원, 구원함/구원받음의 반사와 변형이 일어난 것이다. 그런데 어떻게 해서, 에렉은 구원을 받아야 할 처지에 놓이게 된 것일까? 계속되는 모험으로 기력을 상실하고 죽을 지경에 놓였기 때문이다. 바로 이 점이 에렉에게서 나타난 존재의 변화를 전반적으로 요약할 수 있게 해주는 단서가 된다. 그것은 에렉의 거듭되는 승리는 동시에 계속되는 기력 상실과 함께 있다는 것을 보여주기 때문이다. 그것을 결국, 에렉이 '나태하지 않'다는 것을 증거하는 모험이 동시에 그의 '나태'(즉, 힘없음)를 가속화시키는 모험이 된다는 것을 의미한다. 그러나 에렉은 그의 나태하지 않음을 증거함으로써 궁정의 소문을 이겨냈던 것은 분명하다. 사자와 표범의 대비는 그것을 '상징'한다. 따라서 에렉이 기력 상실에 빠지는 것은 '사자'에 대한 굴복, 즉 소문의 인정이 될 수 없다.

에렉이 다시 빠지게 된 새로운 '나태'는, 앞 절에서 보았던 관계의 변화를 염두에 둘 때, 비로소 이해된다. 앞면의 모험이 에렉, 에니드, 적각각에게서 일어나는 사건이며 모험이었다면, 뒷면의 모험은 그렇게 인물들을 개별자로 존재할 수 없게 한다. 에렉의 기력 상실은 에니드의 항거(리모르 성주에 대한) 및 발견(기브레의)과 기브레의 도움이라는 끈을 통해, 회복되는 것이다. 그것이 바로, 4.5.1절에서 선택적 관계의 통합적(syntagmatique) 관계로의 변화라고 이름 붙인 것이다. 에렉/에니드/기브레의 대립적 관계가 에렉-에니드-기브레의 상호보조적인 관계로 변화하는 것이다. 이 변화를 통해서, 에렉-에니드는, 아니, 이제 더 이상 2인짝이지 않고 3인짝인 에렉-에니드-기브레는 모험의 결산, 혹은 결산하는 모험, 즉 브랑디강 성의 모험을 거쳐 아더의 궁정으로 귀환한다. 그 양상을 반성과 해방의 주제적 관점에서 본 것이 바로 앞 절의 내용을 이루고 있다면, 이곳에서는 그것을 서술의 전개의 측면에서 한번 더 볼 필요가 있다. 그것이 마지막 항목, 즉 모험의 결과에 해당한다.

모험의 결과는 이 절의 가장 앞에서 그려보았던 그림, 즉, 아더의 궁정—랄루트—푸엥튀리—브랑디강 성을 네 꼭짓점으로 하면서 이어지는 사각형의 그림에 압축되어 있다. 그 그림에 표시된 선들은 에렉-에니드의 모험의 연속되는 되풀이와 변형의 과정을 적절히 보여준다. 그 과정의 각 단계는 동시에 소설의 겹을 그 겉으로부터 속으로 차례로 벗겨가면 나타나는 단면들이다. 순서적으로 나열하면 이렇게 될 것이다.

    ⅰ) 기사도적 모험과 승리와 귀환의 과정 : 첫 이야기
    ⅱ) 되풀이되는 모험 : 그러나 방향 부재 : 두 번째 이야기
    ⅲ) 부재된, 기사도적 모험 : 기사도적 모험 자체의 부재
    ⅳ) 실질적인 에렉-에니드의 모험 : 아더의 궁정 ― 푸엥튀리 ― 브
       랑디강 성 ― 아더의 궁정
    ⅴ) 드러남 없이 진행된 모험 : 에니드의 어머니의 아더 궁정으로
       의 입성

  ⅰ)은 문면 그대로 전형적인 기사도의 모험을 보여준다. ⅱ)는 ⅰ)을 되풀이하지만, 방향을 알 수 없다. 그것은 궁극적으로, 기사도 모험의 목표, 즉 궁정의 제국주의에 대한 부정을 나타낸다. 그 모험은 아더의 궁정으로부터 푸엥튀리를 잇는 선이 될 것이다. 그러나 실제로 에렉의 모험은 거기서 그치지 않았다. 따라서 작품에서 그 모험의 선은 그려질 수가 없다. 왜냐하면, 그것이 그려지는 순간, 그것은 에렉-에니드의 실질적 모험, 즉 ⅳ)의 모험에 포함될 것이기 때문이다. 대신, 작품은 주체를 바꾸어 그것을 암시적으로 그려놓았다. 마보아그렝과 침대 여인이 달린 길, 즉 앞의 그림에서 ②에 해당하는 길이 그것이다. 에렉-에니드와 마보아그렝-침대 여인의 반사성을 기억한다면, 그것이 에렉-에니드가 달릴 길에 대한 반사, 그러나 비틀려져 비친 길임을 알 수 있을 것이다. 그 비틀림의 의미는 ⅴ)에 가서 온전히 드러난다. ⅲ)의 길은 에렉-에니드의 두 번째 모험이 첫 번째 모험과 동형적이라는 가정 하에 그려볼 수 있는 길이다. 즉, 랄루트와 브랑디강 성이 선택적 관계에 놓이고, 에렉은 그의 명예 회복을 위해 랄루트로 갔듯이, 브랑디강 성은 나태에 대한 소문으로부터 벗어남과 동시에 최고 기사가 이룰 '궁정의 기쁨'(그 표면적인 의미에서)을 성취하기 위해 택할 또 하나의 랄루트가 되었을 것이다. 물론, 그 길은 그려지지 않았다. 에렉-에니드의 두 번째 모험에서

브랑디강 성은 또 하나의 랄루트가 아니라, 특이한 굴곡을 가진 그들의 실제 모험의 한 단계가 되었던 것이다. 그 실제 모험의 길이 아더의 궁정으로부터 출발해 숲과 성을 경유해 푸엥튀리 성을 거쳐, 브랑디강 성을 지나, 아더의 궁정으로 귀환하는 iv)의 길이다. 그 길은 에렉-에니드의 두 번째 모험이 더 이상 단선적이고 팽창주의적인 길이 아니라는 것을 보여준다. 그 길은 적어도 두 번의 꺾임이 있는 삼각형의 구도를 형성한다. 물론, 앞에서의 논의를 통해 그 삼각형의 각 선 또한 복잡한 굴곡으로 이루어져 있다는 것을 알 수 있을 것이다.

이 단순화된 삼각형의 도정이 의미하는 바가 무엇인가? 일차적으로 그것은 궁정의 이념과 다른 또 하나의 이념의 성립을 암시한다. 푸엥튀리 성에서 에니드가 새로 구한 말의 안장틀에 새겨져 있는 에네아스의 내력이 그것을 압축적으로 상징한다. 이미 보았듯이 그것은 트로이로부터 와서 로마의 창건자가 된 인물의 내력으로, 삶의 이중성, 즉 진리, 관습, 예법의 일의성을 뛰어넘어 동시에 진리와 허구, 관습과 이상, 예법과 퇴폐를 사는 삶을 암시한다. 그 내력이 새겨진 말의 얼굴도 그것을 선명하게 암시한다. 역시 앞에서 보았듯이, 에니드의 옛 말이 얼룩 점박이 말이었다면, 푸엥튀리 성에서 얻은 새 말은 반은 검고 반은 흰 야누스의 얼굴을 한 말이다. 그것은 궁정의 지배 속에 흩어져 있던 반-궁정의 이념이 온전히 하나의 실제적인 체계로서 구성되었음을 암시한다.297) 그러나 그 반-궁정의 이념은 또 하나의 이념으로 본래의 이념을 대체하는 것, 즉 아더를 에렉으로 교체하는 것일 수도 있다. 물론, 작품은 그렇게 진행되지 않았다. 그리고 작품은 실질적으로 그 가능성을 부

---

297) 여기서, 사자와 다르나 그 의미가 불명확한 '표범'의 상징성 또는 징후성을 이해할 수 있을지도 모른다. 문제는 표범이 사자보다 못한 동물이란 데 있었던 것이 아니라, 색깔의 차이에 있었다는 것을 이제는 충분히 생각해볼 수 있기 때문이다. 사자가 단색의 동물인 데 비해, 표범은 줄무늬를 가진 동물, 따라서 에니드의 말의 색깔에 상응하는 동물이다.

정할 뿐만 아니라, 다른 구도의 모험이 그를 통해 생성되었다는 것을 보여준다. v)의 모험이 그것으로서, 그것은 작품의 줄거리에도 형태에도 전혀 나타나지 않았으나, 보이지 않게 진행된 사건이다.

그 결과가 무엇인가? 바로 에니드의 어머니가, 즉 랄루트의 가장 가난한 계층의 인물이 아더-에렉과 동등한 자리에 앉게 되었다는 것이다. 그것은 그녀 자신의 모험으로 나타나지 않았다. 대신 그것은 마보아그렝-침대 여인의 모험을 빌려서 랄루트-브랑디강 성-아더의 궁정을 잇는 삼각형을 형성한다. 마보아그렝-침대 여인이 보여준 모험이 무엇이었던가를 생각하면, 그 의미를 분명히 알 수 있을 것이다. 그것은 궁정의 제국주의의 헛됨을, 다시 말해 개인-영웅의 신화의 허망함을 체험적으로 보여주는 모험이었다. 따라서 v)의 모험이 이질적인 인물들의 모험으로 단속적으로 이어져 있다는 것은 오히려 적절한 일이다. 그것이 일원적인 종합을 철저히 거부하는 방법이 되기 때문이다. 에렉-에니드의 모험이 개인-영웅의 신화를 해체해 인물들의 연합으로 나아갔다면, 보이지 않게 진행된 v)의 모험은 인물들의 관계의 단절과 해체를 통해 나타난다. 그 결과는 천민 계층의 입성이다. 앞의 그림을 기억한다면, 그 연합과 단절·해체는 정확히 대칭을 이룬다. 에렉-에니드의 모험, 즉 개인-영웅의 신화를 해체하는 '개인'의 모험은 인물들을 연합시키면서, 그것들을 다시 하나의 끈으로 묶지 않고 열린 관계로 풀어 여는 통로가 되는 것이다. 이제야, 크레티엥 소설의 '개인'이 오늘날 이해되고 있는 의미로서의 개인이 아니라는 것을 분명히 알 수 있다. 크레티엥 소설의 주인공들이 끝까지 내세우는 개인은 거울이되 '일그러진' '거울'이었다. 그것은 거꾸로, 궁정 사회가 조장하는 다양한 '개인'의 욕망들을 그 결핍 혹은 잉여가 얽힌 관계로서 드러내는 개인이었던 것이다. 그런 의미에서 크레티엥 소설의 개인은 실체가 아니라, 구조로서 존재한다. 그것은 사회 속의, 사회 밖의, 사회에 대한 한 점으로서의 개인이 아니라, 궁정 사회의 울타리 밖으로 내팽개쳐진 이단들, 광인들, 마녀들을 궁정 사회 속으로 들어오게 한, 그들이 통행세를 물며 통과할 공식적 성문과 다른 곳에 뚫린 열린 구멍이었던 것이다. 뒤비가 말했던 대로 진짜 개인이 탄생하고 있었던 그곳, 그러나 이미 보았듯이 궁정 사회가 가공적으로 만들어낸 야만지대였던 그곳, 따라서 그들의 존재 자체가 기독교적인 동시에 군주제의 강화를 향해 나아가는 궁정 사회의 역설적인 악마성과 혼란을 비추는 그들이 '개인'의 구멍을 통해 사회 속으로 몰려들어왔던 것이다.

결론적으로 기원에 놓인 소설, 혹은 소설의 기원은 개인의 일대기도 진실을 목표로 한 허구의 놀이도 아니었다는 것을 이제 알 수 있게 되었다. 그것은 전진과 회귀를 기본 구도로 가지지 않고, 끝없는 '분화'를 구조로 갖는다. 그것은 더욱 깊은 진실을 보여주기 위해 허구를 선택하는 것이 아니라, 진실인 체 하는 행위 자체를 허구화시킴으로써 절대적 '진리'의 부재를 증거하고, 삶의 무한히 다양한 가능성을 실험하는 놀이가 된다. 그 허구가 일반적으로 이해되고 있는 허구와 결정적으로 다른 점은, 그것이 결코 진실의 알리바이를 가지지 않는다는 것이다. 물론, 신적 부권의 공적 대리인으로서의 중세 작가는 진실에 기대어서 진실인 체 하면서 이야기를 풀어나간다. 그러나 그가 하는 실질적인 작업은 그 진실의 참조를 통해 자신의 존재 증명을 꾀하는 것이 아니라, 혹은 타락한 현실에 대한 부재 증명을 꾀하는 것이 아니라, 거꾸로 타락한 현실 속에 철저히 존재해 있다는 것을 증명한다. 그 철저한 존재성을 통해 나타난 것은, 보편적 이념의 표현체로서의 이야기가 아닌, 무한히 많은 다른 이야기를 분화시키며 스스로 그에 겹쳐지는 이야기, 즉 무한히 많을 수 있고, 가능성을 띠어볼 수 있는, 삶의 내력과 사건들을 계속적으로 열어나가는 허구화의 놀이였던 것이다.

제 5 장
마무리 : 신생기 근대소설의 형상

크레티엥 드 트르와와 오시앙을 두 연인이 함께 읽는 동안 그들은 갑자기 사랑을 느낀다.
제 3의 언어가 사랑에 빠진 사람들의 만남의 장소가 된다.
책은 두 육체 안으로 내려가고 거기에서 겹쳐 인쇄된다.
두 입맞춤이 뒤섞인다. 그니에브르-랑슬로의 입맞춤과 파올로-프란체스카의 입맞춤이.
오시앙의 주인공들을 휩쓸었던 격정은 샬롯과 베르테르를 휩쓰는 눈물의 격류가 된다.
— 롤랑 바르트[1]

지금까지 우리는 크레티엥 드 트르와라는 한 중세 작가의 소설 세계를 살펴보았다. 비교적 복잡한 과정을 거쳐왔기 때문에, 다시 한번, 우리가 지나온 길을 요약하는 것으로 결론을 대신하고자 한다.

크레티엥 드 트르와를 연구 대상으로 삼게 된 제일 큰 이유는 그가 프랑스 최초의 소설가에 속한다는 사실에 있었다. 우리는 오늘날 문학의 가장 큰 영역을 차지하고 있는 소설이 어떤 경로를 통해 어떤 모습으로 발생하였을까에 대해 관심을 가졌고, 그리고 자연스럽게, 로망어의 탄생과 함께 태어난 12세기 소설(로망)의 실제에 주목을 하게 되었다. 그러나 우리는 소설에 대한 지금까지의 일반적인 견해와 우리의 관심이 어긋난다는 사실에 부딪치지 않을 수 없었다. 즉, 우리의 관심은 오늘날의 소설과 12세기 소설 사이에 연속성을 수립할 수 있다는 전제 하에 가능한 것이었는데, 소설에 대한 일반적인 견해는 오늘날의 소설과

---

1) Roland Barthes, *Le discours amoureux - Séminaire à l'École pratique des hautes études 1974-1976*, Paris : Seuil, 2007, p.654.

중세의 소설 사이에 엄격한 분할선을 그어놓고 있었던 것이다. 통상적인 생각에 따르면, 오늘날의 소설은 18, 19세기 자본주의 사회의 성립 이후, 혹은 16세기와 17세기 초엽의 라블레, 세르반테스 이후 시작되었고, 중세의 소설은 소설이라는 이름에 값할 수 없는 공상적 유희에 불과하였다. 우리는 똑같은 용어를 가진 문학적 자료들을 그렇게 분리시킬 수 있는가에 대해 상식적인 의혹을 품었고, 문헌들을 검토한 결과, 상당 부분 그러한 견해는 중세에 대한 전반적인 폄하와 무관심에 원인을 두고 있다고 판단하게 되었다. 따라서 우리는 중세의 한 작가를 통해 시원의 소설이 어떻게 태어나고 있었는가를 추적하려는 본래의 의도에, 12세기의 소설과 오늘날의 소설 사이의 연속성을 입증하는 절차를 포개어 놓게 되었다.

서론은 이러한 이중적 의도에 대한 기본 근거와 방법론을 세우는 장소가 되었다. 우리는 작업을 크게 두 가지로 나누었다.

우선, 중세 소설을 오늘날의 소설의 모태로 보려는, 즉, 중세 소설에서 근대성을 찾고자 하는 의도의 타당성을 제공할 수 있는 근거를 제시하려고 하였다. 중세와 근대에 관한 논의들과 소설의 특수성을 검토하여 이론적인 근거를 찾아보았고, 중세 문학 작품들에 대한 간단한 사례 분석을 통해 중세의 문학을 단순히 보편적 이념의 전달 매체이거나 공상적 유희로 무시할 것이 아니라 그 시대에 대한 나름의 문화적 대응으로 볼 필요가 있다는 점을 보여주려고 하였다.

다음, 우리의 탐구에 적절한 방법론을 찾아보았다. 그것은 모든 시대의 소설을 두루 포괄하면서 소설 장르를 특징 지우는 것이 무엇인가를 찾아내는 데서 시작되어야 했다. 우리는 일반적으로 소설의 특수한 성질로서 공인되고 있는 탈규칙성(주제적 차원에서는 개인의식의 존재)으로부터 출발하였다. 만일 중세의 소설과 오늘날의 소설 사이에 연속성을 수립할 수 있다면, 크레티엥의 소설은 오늘날 인성되고 있는 소설적 원리 들을 내포하거나 적어도 유사한 원리들을 보여줄 것이기 때문이었다. 우리는 소설의 이 기본 특성으로부터 소설의 기생적이고 동시에 일탈 적인 존재론을 유추해내었다. 즉, 소설은 독립적인 규범을 갖지 못하고 다른 것들(현실과 문학)에 기대어서만 존재한다는 점에서 기생적이며, 동 시에 그가 기대는 다른 것들을 단지 따르는 것이 아니라, 다양한 준거 장르들을 두루 흡수하면서 그것들 각각의 단일 규범의 폐쇄성으로부터 끊임없이 벗어나려 한다는 점에서 일탈적이라는 것이다. 우리는 소설의 이 존재양상에 비추어 상호-텍스트적 방법론을 적용하는 것이 알맞다고 판단하였다. 왜냐하면, 기생적이고 일탈적인 존재인 소설에게 있어서 텍스트 상호관련성은 부가적인 참조물이 아니라, 그의 내재적 원리가 되지 않을 수 없을 것이기 때문이었다.

본론은 서론에서 제시된 '근대성'의 문제와 상호-텍스트적 방법론을 확인하고 적용하면서, 크레티엥 소설의 구체적 발생 과정과 전개 양상 을 추적하는 장소가 되었다.

우리는 상호-텍스트적 방법론의 적용 범위를 '근대성'이라는 사회적 문제의식에 의해 조정하였다. 그 결과, 본론은 크게 셋으로 나뉘게 되 었다. 첫째, 사회 · 문화적 정황과 소설 발생의 관계, 둘째, 소설 발생의 문학적 토양, 셋째, 크레티엥 소설의 현실 변형 및 자기 변형의 양상. 상 호-텍스트적 관점은 본론의 각 장을 이루는 이 세 단계의 탐구과정에 대한 내적 원리의 역할을 하였다. 즉, 사회 · 문화적 정황과 문화적 토 양과 크레티엥의 소설들 사이에는 계속적인 준거와 일탈의 관계가 놓 여 있다고 가정하였고, 그러한 방향으로 분석을 진행하였다. 또한, 그것 은 이 세 단계 각각의 내부에도 마찬가지로 가정되고 적용되었다.

2장에서 우리는, 12세기 사회 · 문화적 정황이 소설을 발생시키게 되는 전반적 사정을 조사하였다. 우리가 밝힐 수 있었던 것은 다음과 같다. 12세기 사회는 로마로 상징되는 보편 제국으로부터 유럽인이 자신의 주체성을 찾으면서 독립해나가는 원심적 운동 속에서 움직이고 있었다. 그와 동시에 서구인은 그 원심적 운동을 또 하나의 로마를 건설하려는 구심적 운동, 즉 보편화를 향한 열망 속으로 수렴시키고 있었다. 거기에서 '사적인 것'이라고 이름 붙일 수 있는 특이한 궁정 문화가 탄생한다. 그 사적인 문화는 개인의 의식을 탄생시키고 부추기면서 동시에 그것을 가족관계와 유사한 사적 유대로 수렴시킴으로써 개인의 해방을 궁극적으로 억제하는 문화이다. 12세기 문학의 비극적 인식은 그로부터 비롯된다. 12세기의 문학은 사회·문화적 정황이 부추기는 개인의식의 분출구가 되면서 동시에 또한 그것이 요구하는 보편 이념의 표현 도구의 역할을 하지 않을 수 없는 모순에 끼이는 것이다. 소설은 그 모순을 근거로 출발한다.

그러나 궁정의 한 복판에서 생장한 소설은, 바로 그 삶의 조건으로 인하여, 궁정 사회의 모순으로부터 도피할 수 있는 어떠한 근거도 찾지 못한다. 또한, 동시에 궁정 사회의 전반적 모순에 대한 인식으로부터 출발한 소설은 궁정 사회 내의 어떠한 개별 집단에서도 자신의 물리적 준거를 찾을 수 없었다. 우리의 검토에 의하면, 소설은 점차 몰락의 길을 밟고 있던 기사 계급의 초월적 이념의 표현도, 점차 강화되고 있던 군주제에 의한 의식 순화의 도구도, 궁정 사회로부터의 일탈을 모색하고 있던 자유 신학자 집단의 개인주의 이념의 표현도 아니다. 그 이념들이 각각, 궁정 사회가 부추기면서 동시에 억누르는 개인의식을 신비화하거나 순화시키거나 이념화하려 한다면, 소설은 부추겨지면서 억압되는 개인의식의 존재 자체를 문제 삼는다. 12세기의 소설에서 '개인'은 이념적 목표가 아니라, 궁정 사회 전반의 모순을 비추는 거울이 된다.

3장에서 우리는 12세기 소설의 문학적 토양을 간략히 검토하였다. 검토된 대상은 로망어, 무훈시, 트리스탕 전설인데, 그것들은 그 자체로서 연구대상이 된 것이 아니라, 소설의 밑바탕을 이루는 문학적 의식을 살펴보기 위해 동원되었다. 12세기를 전후하여 라틴어의 지배로부터 벗어나 유럽인의 독자적 언어로 등장하기 시작한 로망어(들)은 궁정 사회의 모순을 언어적 차원에서 재현한다. 즉, 로망어는 보편어로부터 독립한 개별어이자 동시에 보편 이념을 확산시키는 데 유용하게 동원될 수 있는 수단이었다. 무훈시와 트리스탕 전설은 궁정 사회의 모순이 야기하는 개인의식의 고뇌를 최초로, 그리고 가장 직접적인 방식으로 드러낸다. 직접적이라는 진술은 그들이 어떠한 탈출의 준거나 나름의 생존의 방법론을 갖지 못한 채로, 궁정 사회의 모순을 첨예하게 표출했다는 것을 의미한다. 그 점에서 무훈시와 트리스탕 전설은 전형적인 비극적 세계를 이룬다. 롤랑과 트리스탕은 궁정사회가 그 인간적 전범으로서 제시한 영웅-개인에의 요구와 개인 그 자체의 해방을 향한 의식 사이에 찢겨 파열한다.

무훈시와 트리스탕 전설의 비극적 세계는 소설에 의해서 극복의 계기를 맞는다. 우리가 4장에서 길게 분석한 것이 바로 그 과정이다. 크레티엥의 소설은 궁정 사회의 밖이나 안에서 어떠한 집단적 준거도 갖지 않는다. 그러면서 동시에 궁정 사회의 모순을 극단적으로 표출하는 데에 머무르지도 않는다. 거기에서 소설 특유의 방법론이 발원하는 바, 그것은 궁정 사회의 모순을 지속시키고 변주시킴으로써 그것을 문제화하는 것이다. 크레티엥의 소설은 궁정 사회의 인간적 전범으로서의 영웅적 개인, 즉 편력 기사의 모험을 되풀이하면서 그 헛됨을 드러내고 다른 삶들의 가능성을 환기시킨다.

우리는 그 과정을 다음과 같은 단계를 통해 검토하였다.

1. 12세기의 소설이 발견한 삶의 조건이 무엇인가를 질문하였다. 우리는 그것을 '공간의 탄생'으로 파악하였다. 12세기는 사회 자체가 변동하는 사회였다. 즉, 새로운 시간이 이미 열려 있었다. 그러나 그 시간은 군주제의 강화라는 역사적 과정을 향해 일원화된 시간이었다. 그에 비해, 공간은 미지의 영역으로 앞에 놓인다. 궁정 사회의 입장에서는 그 미지의 영역은 궁정의 소명을 받고 파견된 기사가 정복할 미래의 궁정 영토이었다. 그러나 편력하는 개인의 입장에서 공간은 궁정 밖으로의 탈출의 장소가 될 수도 있었으며, 동시에, 궁정 밖으로 추방되어 내팽개쳐질 암흑의 장소이기도 하였다. 크레티엥 소설의 주인공들에게 공간은, 소명으로서의 정복의 편력을 겉으로 되풀이하면서, 탈출의 욕망을 속으로 키우며, 버림받음(자아상실)의 강박관념에 시달리는 장소가 된다.

2. 크레티엥 소설의 인물들을 그 심층에서 사로잡고 있는 문제가 무엇인지를 추적하였다. 우리는 그것을 '공간'의 복합적 의미로부터 자연스럽게 길어내어, '광기'라는 이름을 붙일 수 있었다. 왜 광기인가 하면, 자아 상실에 대한 끊임없는 강박관념에도 불구하고, 주인공들은 탈출에의 욕망에 사로잡혀 영원한 편력을 하지 않을 수 없기 때문이다. 크레티엥의 모든 인물들에게서 빈번히 발언되며 도처에 편재하는 그 '광기'는, 그러나 세 겹의 층을 이룸으로써, 광기의 심연에 머물지 않고 새로운 차원으로 건너갈 근거를 마련한다. 크레티엥 소설의 기본 주제를 이루는 궁정적 사랑의 측면에서, 그 세 겹의 층위는 각각, 궁정적 사랑의 존재 자체, 사랑의 즐김, 사랑법에 대한 질문을 말한다. 맨 바깥층에는

궁정의 집단주의적 이념이 요구하는 무훈과 개인적 일탈로서의 사랑(빈번히 불륜으로 나타나는) 사이의 첨예한 갈등과 대립이 있다. 무훈과 사랑은 양자택일이 불가능한 모순으로 나타난다. 다음의 층에서 그 갈등과 대립은 사랑 자체에의 탐닉으로 바뀐다. 그러나 그 탐닉은 동시에 질병이다. 탐닉의 끝은 사랑의 감옥에 유폐되는 것이다. 세 번째 층은 사랑의 감옥 속으로 더욱 진입하되, 그것의 이념적 의미(사랑과 무훈의 갈등)를 계속적으로 질문하게 되는 단계를 말한다. 더 이상, 사랑 자체가 목표가 되지 않고 사랑의 의미와 방법에 대한 끊임없는 질문이 문제가 된다. 그럼으로써, 무훈도 사랑도 하나의 대답으로 주어지지 않는다. 결코 대답이 주어질 수 없는 방식으로, 무훈과 사랑의 관계에 대한 질문들이 다채롭게 펼쳐진다. 광기 속으로 더욱 깊이 들어감으로써 광기 자체를 문제화하는 것이다.

삶의 형식의 차원에서, 그 과정은, 말과 행동과 사유의 변증법으로 나타난다. 궁정의 위용을 실증하는 무훈의 영역 즉 행동의 세계와 궁정적 예법(궁정의 남성성을 여인에 대한 헌신으로 치장하는)을 대표하는 말의 세계가 대립적으로 나타난다. 그러나 크레티엥의 인물들은 말도 행동도 택일하지 않는다. 그들은 말과 행동 사이에 머무른다. 그 사이에서 새로운 삶의 형식이 태어나니, 그것이 사유이다. 사유는 말과 행동의 미묘한 갈등과 유착을 끊임없이 되새기면서 그것들을 선택의 대상으로부터 질문의 대상으로 바꾼다.

문학의 차원에서, 그것은 허구의 선택으로 나타난다. 그 허구는 현실적 문제를 되풀이하면서, 혹은 현실적 문제 속에 더욱 깊이 진입하면서, 그것을 질문의 대상으로 바꾸어 놓으려는 전략의 산물이다. 이 허구에도 세 겹이 있다. 우선, 사실 혹은 진실을 전달하라는 지배 이념의 요구가 있다. 궁정 속에서 그의 물질적 생존을 꾀해야 하는 작가는 그것을 수락하지 않을 수 없다. 그러나 작가는 실제 그것을 수락하는 체 한다. 크레티엥은 '신적 부권의 대리인'으로서 진리와 사실을 전달하는 역할을 충실히 수행하는 척하면서, 진리의 진리성을 문제화한다. 바로 그것이 '~체 하는 담론'으로서의 허구를 이룬다. 그러나 크레티엥의 소설이 정말 대답이 주어질 수 없는 방식으로 질문의 판을 넓혀나간다면, 그 허구는, 또 다른 진실(더욱 우월한 상상적 진실)을 전제하거나 목표로 두어서는 안 될 것이다. 크레티엥의 소설은 진리(라고 주장되는 것들)를 허구화할 뿐 아니라, 허구의 세계 자체를 하나의 진리로 환원시키지 않을 것이다. 그것은 허구를 허구화하는 것, 즉 현실적이거나 가능한 모든 진리를 반성적으로 해체하는 것이 될 것이다. 이어지는 절들은 그 허구의 허구화의 양상과 과정을 추적하는 작업이 될 것이다.

3. 하지만, 그에 앞서서, 우리는 크레티엥 소설이 갖는 허구의 형태적 표지들과 의미를 일별하였다. 그것은 기본적으로 주제론적 관점에 서 있는 우리의 논의에 형태론적 보완을 해야 할 필요가 있다는 인식에 의해서이다. 검토의 과정은 3단계로 나뉘었는데, 운문, 허구의 표지, 상징 처리의 방식이 각각 그것이다.

'운문'이란 12세기의 소설이 운문으로 이루어졌다는 것을 이르는데, 크레티엥의 소설은 그 이전까지 지속되어 오던 정형률의 파괴를 보여준다. 그것은 그의 소설이 목소리의 전통과 산문화의 요구(지배 문화의 요구로서의) 사이에 위치에 있다는 것을 의미한다. '사이에 위치해 있다'는 것은 그의 소설이 양자를 동시에 문제 삼으려 했다는 것을 의미한다. 그로부터, 기본적인 두 형태적 절차가 나타나는데, 하나는 허구의 표지를 갖지 않는다는 것이며, 다른 하나는 상징으로부터 보편상징의 신비성을 제거하고 그것을 거꾸로 희화화한다는 것이다. 이 형태적 절차들

은 주제론적 관점에서 진리인 체 하면서 그것의 진리성을 의혹의 차원
으로 옮겨 놓는 허구의 절차와 동궤에 있다.

4. 이러한 허구의 방법론을 통해서 크레티엥의 소설은 광기의 심연으
로부터 언어의 모험으로 건너간다. 그 언어의 모험은 기본적으로 편력
기사가 벌이는 모험의 일반 유형을 되풀이하면서 그것을 문제화하는
모험이다. 따라서 그 되풀이는 단순한 반복일 수는 없다. 거기에는 특
이한 되풀이의 방법이 요구되며, 동시에, 되풀이함으로써 되풀이된 것
을 변화시킬 것이다.

우리는, 그 방법을 인물군의 분류에 따라, 기본적으로 세 가지로 나
누어 살펴보았다. 주인공의 경우, 작가-화자의 경우, 보조 인물의 경우.

먼저, 크레티엥 소설의 주인공들은 모두 치욕으로부터 출발한다는 전
반적인 사실을 확인하였다. 그런데 그 치욕은 어쩔 수 없는 물리적인
힘에 의해서 감수할 수밖에 없고 따라서 훗날의 영광을 더욱 돋보이게
하는 치욕이 아니라 주 인물의 덕목을 훼손시키는 치욕으로 파악되었
다. 그것은 일반적인 이야기 도식으로부터 크레티엥의 소설이 벗어나
있다는 것을 보여주는 가장 기본적인 표지가 된다.

다음, 우리는 그 치욕이 주인공에 의해 의도적으로 선택된 치욕이라
는 것을 확인하였다. 그것은 교묘한 간지와 연결된 것으로서, 다음 세
가지 의미를 담고 있다. 치욕적인 존재가 됨으로써, 주인공은 궁정 사
회의 인간적 전범이라는 역할에서 벗어난다; 그는 오히려 궁정 사회에
반하는 존재가 되는데, 치욕을 대가로 궁정에서 살아남는다; 그러나 또
한 그 전략에 의해서, 주인공은 궁정적 삶의 관계를 전복시킬 근거를
확보한다.

주인공의 이러한 자기 훼손(궁정 이념의 눈으로 볼 때)은, 필연적으로 다

른 인물들을 마저 살펴보게 한다. 왜냐하면, 더 이상 주인공만이 이야기의 중심이 아닐 것이기 때문이다. 우리는 이야기의 밖에서 작가-화자를, 이야기의 안에서 보조 인물들을 이어서 살펴보았다.

작가-화자는 중세의 지배 문화로부터 진리 전파의 대리인으로서의 역할을 부여받는다. 그 점에서 그는 이야기의 위에 군림하는 존재이다. 실제로 크레티엥의 소설에서 작가-화자는 한편으로 진리의 수탁자임을 공공연하게 표명하고 후원자에 대한 찬양을 아끼지 않는다. 다른 한편으로 그는 소설 속의 인물들을 속속들이 조정하는 전지적 시점을 보여준다. 그러나 좀 더 자세히 보면, 작가-화자의 위치는 이야기의 '배후에' 있지 않고 인물들과 '함께' 사건을 겪는 장면을 연출한다. 다른 한편, 이야기의 '배후'에 있는 자가 가지는 힘을 작가-화자는 인물들을 조종하는 데 쓰기보다는, 독자와 유희를 하는 데 사용한다. 이러한 방법에 의해 작가-화자는 진리 전달자로서의 역할을 시늉하면서 독자와의 놀이 공간을 꾸민다. 그 시늉과 놀이를 통해 작가-화자는 소설 내의 한 인물로서 소설의 미지의 미래에 가담하려고 한다.

보조 인물들은 작가-화자가 그 본래의 사명을 버리지 않은 채로 있으면서 몰래 몸을 빌리기에 좋은 작중 내 인물들이다. 그러한 화자의 침투는 동시에, 이야기의 일반적 유형에서 간단히 부차적인 기능적 도구로 무시되고 있는 보조 인물들이 주인공과 동등한 무게를 가지고 이야기에 가담할 수 있도록 해주는 것이기도 하다. 그 보조 인물들은 기본적으로 세 유형으로 나뉘는데, 난쟁이·광인 등 궁정적 관계의 밖에 위치해 있는 부류, 부인·시녀 등 궁정 내의 정상적 존재들, 그리고 익명의 군중이 그것들이다. 이 세 부류는 각각, 삶의 형식의 차원에서, 행동과 말과 사유를 담당한다. 이 세 부류에 의한 행동·말·사유의 기능적 연관은 크레티엥 소설의 기본적 구도에 중요한 변화를 생산한다. 즉,

기본 구도에서는 말과 행동의 대립이 사유로 확산되어 나갔는데, 이제는 행동과 사유를 말로 수렴시킨다. 그것은 궁극적으로 소설이 언어의 모험이라는 것과 관련되어 있다. 즉, 어떠한 사유도 말의 차원으로 옮겨가지 않는 한 소설화될 수 없는 것이다. 하지만, 이제 그 말은 더 이상 궁정 사회를 치장하는 말이 되지는 않을 것이다. 또한 어느 또 다른 이상적 사회에 대한 표현도 아닐 것이다. 왜냐하면, 그것은 사유, 즉 계속적으로 삶의 모순을 지연시키면서 문제화하는 절차가 새겨 넣어진 말이며, 동시에 그 사유와 행동의 대립을 문제화하는 말이기 때문이다. 따라서 그 말은 지속적으로 그 '표현'(진리에의)이 지연되는 말, 지연되고 변주됨으로써, 단일한 진리의 부재를 보여주는 말이 될 것이다. 또한, 따라서 그 말은 불가피하게 꽤 긴 길이와 꽤 복잡한 굴곡을 가진 구조화된 말일 것이다. 그것은 크레티엥 소설의 모험과 같은 길이, 굴곡을 가진다.

5. 이 길이와 굴곡을 가진 말의 모험이 드러내는 의미와 구조가 우리의 마지막 분석 대상이다. 우리는 그것을 다시 세 단계로 나누었다. 첫째, 인물들 간의 관계가 어떻게 변화하는가. 둘째, 그 관계의 변화를 통해 크레티엥 소설이 궁정 사회의 이념에 대해 취하는 대응은 무엇인가. 셋째, 그것은 어떠한 구성원리를 낳는가.

우선, 인물들 사이의 선택적 관계가 통합적 관계로 변화한다는 것을 우리는 알 수 있었다. 즉, 가장 뛰어난 자가 누구인가가 중심 문제가 되는 기사도 모험의 기본 원칙이 무너지고 적과 주인공, 보조 인물 두루 복수적 개인들의 어울림이 형성된다. 지배·종속의 위계질서가 평등의 틀로 바뀐다. 하지만, 이것은 단순히 주 인물들(주인공과 안타고니스트들) 사이의 화해를 의미하는 것은 아니다. 문면에 감추어진 채로 발생한,

가장 중요한 변화는 천민 집단, 즉 궁정 밖으로 추방되어 있던 존재가 입성하고, 궁정 내 중심 인물들과 동등한 자리에 앉는다는 것이다.

다음, 주인공과 적-기사의 싸움은 구조적으로 주인공(궁정적 표상으로서의)의 자신에 대한 싸움과 동일한 것으로 드러난다. 의미론적으로 그것은 크레티엥 소설이 문제화하는 것은 사랑이냐 무훈이냐의 갈등의 문제를 넘어서 사랑과 무훈의 하나됨, 즉 궁정 사회의 폭력성과 그것을 치장하는 예법(쿠르트와지)의 결합을 문제화한다는 것을 뜻한다. 행동 혹은 존재의 형식의 측면에서, 그것은, 크레티엥 소설의 이야기를 움직이는 개인이 궁극적으로 반성의 형식을 가진 개인이라는 것을 의미한다. 그 개인은, 집단주의의 표상으로서의 영웅-개인과 개인주의의 푯대로서의 자유인-개인 양쪽을 모두 반성적으로 해체한다. 개인의 신화를 해체하는 그 개인은 따라서 독립적이고 개별적인 실체로서의 개인이 아니라, 사회적 관계들을 비추는 구조로서의 개인이다.

마지막으로, 크레티엥의 소설은 방금 본 해방과 반성을 개념적으로 수행하는 것이 아니라 형상적으로 추구하며, 해방·반성을 각기 개별적으로 추구하는 것이 아니라 동시적으로 추구한다. 따라서 그 해방과 반성의 모험은 지배 이념이 요구하는 편력기사의 모험을 표면적으로 되풀이하는 체 하면서 그 길의 단선성을 무너뜨리고 무수히 많은 새로운 길들을 뚫어 놓는다. 우리가 집중적으로 분석한 『에렉과 에니드』의 경우, 에렉-에니드의 두 번에 걸친 모험은 그 심층에 있어서 전부 5개 모험의 길로 분화된다. 결론적으로 크레티엥의 소설은 개인의 일대기도 또 다른 진실을 꿈꾸는 허구의 창조도 아니라, 허구를 끊임없이 분화시킴으로써 단일한 절대적 진리의 존재를 부정하는 한편으로, 삶의 무한히 다양한 가능성을 실험하는 놀이가 된다.

우리는 중세 소설의 근대성을 입증하는 동시에 근대적인 의미에서의
소설의 발생 경로와 그 구성적 원리의 일단을 엿보려 하였다. 우리는
중세의 소설을 소설의 장에서 제외시켰던 일반적인 견해에 대해 반대
되는 증거를 제출하려 하였다. 우리의 작업이 타당성을 갖는다면, 그것
은 그 일반적인 견해가 내포하고 있는 소설의 원리에 대한 관점에 대해
서도 생산적인 문제제기를 할 수 있을 것이다. 오직 문제제기의 수준에
서 간단히 기술해 보겠다.

지금까지의 상식적인 소설 기원에 관한 견해는 18, 19세기 근대 자본
주의의 성립과 더불어 나타난 영국의 디포우(Defoe), 리차드슨(Richardson),
필딩(Fielding)과 프랑스의 발자크, 스탕달 이후의 소설들을 근대적인 의
미에서의 소설로 보는 견해이다. 그러한 견해는 문학적 주제에 있어서
'개인적 진실'의 탐구를 소설의 고유한 주제로서, 문학적 형태에 있어서
리얼리즘을 근대소설의 근본 형식으로서 본다. 그러한 입장을 가장 선
명하게 표명하고 있는 이론가로서는 와트(Watt)를 들 수 있다. 와트에
의하면, 소설의 발생은 사회적으로는 상인 부르주아의 성장, 그리고 철
학적으로는 데카르트로부터 발원한 근대 합리주의적 사유의 발달과 궤
를 같이하고 있으며, 그로부터 나타나는 소설 형식의 중심 요소들은 독
창성, 특수성, 개인, 시간과 공간의 실제성, 단어와 사물의 일치이다.[2]
이 중심 항목들은 모두 '개별성'이라는 기본 개념으로부터 나온다. 독
창성이란 "공인된 모델들로부터 뽑아낸 문학적 규율에 의존"하지 않고
"새로운 개인적 경험의 진실"을 추구한다는 것을 의미하며, 특수성이란
"보편적인 것의 거부"와 "특수한 것의 강조"를 말한다. 개인이란, "초기

[2] 와트는 데카르트·로크의 근대적 철학과 소설 형식 간의 일치라는 가정 하에, 그 형식적 특징들을
논하고 있다. 이하의 요약은, Ian Watt, *The Rise of the Novel*, Pelican Book, 1977, 1장, 특히,
pp.12-33을 정리한 것이다.

의(18세기의. 인용자) 소설가들은 전통과 대단히 의미심장한 단절을 꾀했으며 등장인물들이 동시대적 사회 환경 내의 특수한 개인들로 간주되게끔 이름을 붙였다"3)는 구절이 분명하게 가리키듯이, 주체적이고 실제적인 개인을 말한다. 시간과 공간 또한 "로크에 의해 수용되었던 개체화의 원칙" 즉, "특정한 위치 내에서의 존재의 대한 원칙"에 의해 지배된다. 단어와 사물의 일치란, 외적 아름다움을 조성하는 수사학적 사용에 단어를 동원하던 재래의, 특히 프랑스의 로망으로부터 벗어나, "문학적 가치들을 상실하는 대가를 치르면서까지", "문장상의 정확성, 즉각성"을 성취하려는 의도를 말한다.

따라서 와트의 소설관은 근대 자본주의의의 개인주의의 발달에 걸맞게 '개별성'의 대 원리에 근거하여, 소설을 인물에 있어서 개인적 모험의 세계로, 사건에 있어서 합리적 분할로 나누어진 시·공간, 특히 시간적 인과율에 의해 규정되는 세계로, 서술에 있어서 사물과 언어의 일대일 대응 원칙에 근거한 사실 묘사의 세계로 보고 있다고 할 수 있다. 그러나 이러한 소설관은 우리가 살펴 본, 크레티엥 소설의 기본 원리들과 미묘한 동일성과 심각한 차이를 보여준다. 우선, 개인의식의 탄생과 소설의 발생을 동궤에 놓고 있다는 점에서 크레티엥의 소설과 와트의 소설관은 기본 인식을 공유하고 있다고 할 수 있다. 그러나 그렇다면 와트의 주장과는 달리, 근대적인 의미에서의 소설은 18세기 이후가 아니라, 소설, 즉 로망이라는 단어가 출현한 12세기 유럽으로 소급되어야 한다. 다음, 와트는 개인의식의 발달과정 혹은 개인의 진전과정과 소설의 성장을 일치시키고 있는 데에 비해, 우리가 조사한 크레티엥의 소설은

---

3) 그에 비해, "산문적 허구의 초기의 유형들"에서 나타나는 등장인물들의 이름은 "실제적이며 동시대적인 삶 같은 것은 전혀 시사하는 바 없는 이국적이며 고풍스러운 또는 문학적인 함축된 의미를 지닌 그런 이름들"이었다고 와트는 주장한다.

개인의식으로부터 출발하되 개인 자체를 문제화, 즉 해체하고 있는 것
으로 파악되었다. 마찬가지로 소설적 사건의 차원에서 와트는 특히 시
간을 중요시하고, 시간적 인과율을 소설 특유의 형식으로 보고 있는 데
비해, 크레티엥 소설은 공간의 탄생과 더불어 자신의 변별성을 획득하
였으며, 그의 시간은 인과율적이지 않고 중첩적인 것으로 파악되었다.
이러한 차이는 우리가 보기에는 현실과 문학의 관계에 대한 근본적인
관점의 차이가 함께 개재되어 있는 듯하다. 와트도 우리와 마찬가지로
소설이 변동하는 세상에서 태어났다는 생각을 공유하고 있으나, 와트는
세상의 변동과 소설의 발달 사이에 동형적 관계를 놓으려고 하는 데 비
해, 우리가 가설로 제기하였고 분석을 통해서 검증한 바에 의하면, 그
둘 사이에는 동일한 형태의 관계가 아니라 변형의 관계가 놓여 있다.
소설은 현실과 구조적인 일치를 보여주는 것이 아니라, 현실을 해체하
고 바꾸어 놓는다. 따라서 우리가 본 바로는 세계 변동이라는 현실 즉
시간이 이미 열린 상태에서 소설은, 시간이라는 범주를 무훈시와 전설
의 비극에 끼워 넣는 것이 아니라, 이미 열렸지만 동시에 단선적 시간
으로 환원되고 있는 그 시간에 낯선 공간을 집어넣음으로써 그 시간의
단선적 인과율의 세계를 해체하고 다양한 시공간 줄기(모험의 분화)로 분
화시켜 놓는다. 마찬가지의 관점의 차이가 서술의 문제에도 적용될 수
있을 것이다. 크레티엥의 글쓰기는 사실 묘사에 대한 강박 관념을 보여
주는 것이 아니라 허구를 놀이화하는 방향으로 나아간다. 그것이 허황
된 상상 놀이라는 통념이 그릇된 것임을 우리는 이미 보았다. 크레티엥
소설의 허구의 놀이는 오히려 사실인 체 하면서 사실의 일의성, 진실의
절대성을 뒤집고 다양한 사실의 상대화를 향해 있다.

　이른바 리얼리즘의 사실 묘사라는 근본 원칙은 실상, 진실의 유일성
에 대한 맹신이 만들어낸 환상이 아닐까? 롤랑 바르트는 디테일의 묘사

가 환상의 창출과 유지를 위해 기능한다는 것을 분석해 보인 바가 있다. 그에 의하면 묘사는 근대 리얼리즘이 독점하고 있는 형식적 자질이 아니라, 고대로부터 존재해 온 특별한 미학적 기능을 담당하는 것이다. 그 미학적 기능은 아름다움을 조성하는 것인데, 근대에도 묘사의 미적 기능은 유효성을 상실하지 않았으나, 리얼리즘적 당위와 뒤섞이게 된다. 그리고 이 두 가지 요구의 혼합은 특이한 결과를 유도했으니 현실성에 대한 환각의 효과가 바로 그것이다. 덧붙여 풀이한다면, 묘사의 고전적 기능, 즉 아름답게 보이는 기능이 파편적인 세부적 일상의 모습들을 이상화시켜, 큰 현실 혹은 역사 그 자체와 동일시하도록 해주는 효과를 발휘한다는 것이다.

> 플로베르의 청우계, 미슐레의 작은 문이 결국 하는 말은 오직 이
> 것뿐이다. 이곳은 현실이다(Nous sommes le réel). 이때 의미되는 것
> 은 (그것이 지시하는 우발적인 내용들이 아니라) '현실성'이라는 범
> 주이다. 달리 말하면, 오직 지시하기만을 위하여 시니피에를 공백으
> 로 두는 것이 리얼리즘의 시니피앙 자체가 된다. '현실성의 효과'가
> 생산되는 것이다.[4]

바르트의 분석은 근대의 리얼리즘이 그가 거부한 고전적 그럴듯함의 새로운 변용임을 보여준다. 고전적 그럴듯함이 '미적' 환상을 위해 기능했다면, 이 새로운, "고백되지 않은 그럴듯함"은 "지시적 환상"을 위해 기능한다. 그것은 "모든 고전적 담론의 초두에 함축되어 있는 중심 어휘, [즉] esto(자, …을 인정하기로 하자)"를 거부하고 사실적이고 세분적인 언어들을 동원함으로써 "배후의 사상으로부터 해방"되기를 꾀하는 듯이 보이나, 바로 그 배후의 사상을 배제한다는 원칙 자체로부터 '묘사

---

4) Roland Barthes, 'L'effet du réel', in *Littérature et réalité*, Seuil, 1982, p.89.

되는 모든 것은 모두 현실이다'라는 새로운 그럴듯함을 창출하는 것이다. 바로 그것이 "리얼리즘"이라고 바르트는 말한다.[5)]

바르트의 진술을 인정한다면, 근대 리얼리즘 소설의 특징으로서 제시된 특수성, 개별성은 사실 하나의 위장, 보편성과 일반성을 은폐하며 동시에 암시하는 기능적 도구의 역할로 귀착하고야 만다. 소설의 발생 과정을 현실과 문학 간의 갈등적 매개에 대한 고찰 없이 근대 부르주아의 발달과정과 일치시킬 때, 그것은 필연적인 결과로서 주어질 것이다. 실제로 근대의 소설가들은 근대 사회에 대해 끊임없이 질문을 던지고 그 모순에 대해 고뇌한 것이지, 사회 속에 행복하게 몸담은 것이 아니기 때문이다.

기왕의 견해에 대한 이러한 비판적 일별은 서구 유럽에 있어서의 소설의 전개에 대한 새로운 시각의 요구와 관련되어 있을 것이다. 그것은 소설사의 무수한 공백지대들을 발굴·탐사하여 연속성을 수립하는 것과도 연결되며, 동시에, 소설의 역사를 단선적 진보의 관점에서 보는 태도에 대한 문제제기를 포함한다. 실로, 지금까지 최초의 소설 이후의 흐름에 대한 일반적인 논의는 초월과 극복의 관점에서만 제기되었다. 즉, 한편으로, 크레티엥 소설의 '이 땅의 모험'은 로베르 드 보롱을 기점으로 하여 13세기 그랄 소설들에서 종교적 초월로 전이된다. 다른 한편으로 12세기의 기사도 로망은 앙트완느 드 살르를 거쳐 라블레, 그리고 돈키호테로 이어지면서 풍자와 공격의 대상이 된다. 그러나 그러한 논의에서는 크레티엥 소설의 표면적 주제만이 대상이 되었을 뿐이다. 크레티엥이 긍정적 이념의 표현(그것이, 기사도적 열망이든, 군주제의 의도이든, 성직 세계의 교화적 수단이든)을 겉으로 내세우면서 은밀히 그것 자체로

---

5) *ibid.*, p.88.

서 드러낸 궁정 세계의 어두움, 그리고 새로운 삶의 가능성 혹은 새로운 문화의 가능성은 소설사의 목차에서 질문조차 되지 않았다. 크레티엥의 그 특이한 모험은 일회적인 것일 뿐일까? 그것은 소설들의 실제 역사에서도 결국 소멸하고 말았던 것일까?

우리가 알 수 있는 것은 라블레와 돈키호테의 지점에 혹은 18, 19세기의 '소위' 근대소설의 시기에 단호한 단절선을 그음으로써 소설사는 기사도 로망의 허황된 공상적 이야기로부터 사실적이고 개인주의적인 허구로서의 이행을 소설들의 공식적 실크로드로서 인정하였다는 것이다. 그러나 인과율적 도식에 근거한 근대소설의 기승전결적 구조는, 혹은 그러한 이론은 20세기에 들어와 심각한 도전에 직면하였고 한편으론 누보 로망적 경향으로 해체되어 갔고, 다른 한편으론 투르니에, 마르케스 등에 의해서 환상적이고도 철학적인 세계로 융해되어 갔다. 크레티엥의 소설의 이면적 주제가 허구의 허구화(해체와 놀이)에 있고 그 형식이 무한한 모방·변형 놀이에 있다는 지금까지의 분석이 타당성을 가지고 있다면, 그것은 아이러니컬하게도 크레티엥의 숨은 소설이 현대소설의 경향과 맞닿아 있다는 시사를 제공한다. 크레티엥의 그 주제·구조가 겉으로 드러나지 않고 숨어 잠행했던 것처럼 또 하나의 소설적 경향이 소설사의 지하수로를 흐르고 있었던 것은 아닐까? 가령, 13세기의 산문 소설들은 단순히 이념의 표현 수단으로서만 존재했던 것일까? 세르키글리니(Cerquiglini)는 그것이 산문에 대한 글쓰기의 저항, 즉 산문의 사용을 필연적인 것으로 자각한 자의 역설적인 산문의 글쓰기, 즉 "텍스트와 랑그"[6]의 싸움이었다는 것을 문체 분석을 통해 드러내 보여주었다. 실로, 소설의 역사를, 문학의 역사를 전면적으로 다시 보아야

---

6) Bernard Cerquiglini, *La parole médiévale*, Minuit, 1981, p.247.

하는 것은 아닐까?

그러나 그러한 짐작은 아직 막연하기만 할 뿐이다. 무엇보다도 그러한 짐작이 성급하게 공식적 소설사를 대체하는, 또 하나의 공식주의적 소설사를 만들려는 욕망을 경계해야 할 것이다. 크레티엥의 소설이 그러했듯이, 그것은, 그런 게 정말 있다는 가정 하에, 현실의 표면에 드러나 있는 소설들에 겹질리며 있는 것이 아닐까? 다시 말하자면, 그것은 한편으론 현대의 독자들이 미처 발견하지 못한 작품들 속에 있기도 하겠지만, 다른 한편으론 드러나 존재하는 무수한 소설 작품 자체 속에 아주 다양한 음각으로 새겨져 있는 것이 아닐까? 혹은 그 작품들 사이를 가로지르는 어떤 새로운 소설들의 관계가 그 감추어진 역사의 장소가 아닐까? 그렇다면 그것은 소설쓰기의 차원에 놓여 있는 문제일 뿐이 아니라 소설읽기, 더 나아가 글쓰기 ― 읽기를 관류하는 문화적 움직임의 새로운 패러다임을 요구하는 것이 아닐까? 이러한 문제는 라블레를, 세르반테스를, 플로베르를, 그리고 발자크를 어떻게 이해할 것인가라는 비교적 현대적인 물음으로 이어진다.

이 연구의 출발선상에는 사실 그러한 현대적인 물음들이 강박관념처럼 깔려 있었다. 시간에 대한 편견을 부정하고 공간의 열림으로부터 소설의 탄생을 찾고자 한 것은 바로 그로부터 연유한 것이었다. 근대소설론의 주류를 이루는 시간에 대한 집착은 줄거리의 인과성에 대한 과도한 강조를 낳았고, 그것은 그 원인 ― 결과의 목적론적 모험을 담당할 주인공의 특수한 개인성에 대한 선호, 즉 성격 혹은 전형의 창조에 대한 선호를 낳았다. 그러나 그 덕분에 그것은 삶이 선으로 이루어진 것이 아니라 두께와 부피를 가지고 있는, 다층적인 위상들이 뒤섞여 있다는 것을 무시하였고, 또한 소설이 개인의 일대기라기보다는 복수적 인물들의 겨룸터라는 것을 간과하였다. 그 시간에 대한 집착이, 하나로 고착된 시간, 즉 단순과거의 폐쇄적 시간으로 함몰하였다는 것은 아이러니컬하다기보다 차라리 필연적인 인식론적 결과이었다. 이념적인 차원에서 시간에 대한 집착은 공간의 자연성에 대한 인식과 궤도를 같이 한다. 즉, 인식하는 자가 디디고 서 있는 공간에 대한 질문이 제거된 채로 미래의 비전만이 주어지는 것이다. 그 결과는 역설적이게도 팽창주의의 욕망으로 드러난다. 다른 공간에 대한 인식이 부재하였기 때문에, 다른 공간은 야만이거나 아니면, 내 것이었던 것이다. 그리고 그것은 오늘날의 사람들이 겪고 있는 역사의 가속화와 역사의 폭발 속에도 무섭게 자리하고 있다.

이러한 문학적이고 이념적인 문제에 대한 반성이 시작된 것은 20세기 초엽부터의 일이다. 그것은 앞에서 말했던 바와 같은 새로운 소설들의 흐름으로 나타나기도 하였고, 과거의 소설을 새롭게 읽으려는 노력으로도 나타났다. 이 연구가 의도한 것은 그 후자의 길을 따라가 보는 것이었다. 그 첫 시도는 소설의 처음부터 소설을 다시 바라볼 수는 없을까 하는 의문으로 나타났다.

그 의문의 문턱에 우리는 간신히 발을 들여놓았다. 그러한 진술은 우리의 작업이 무수히 많은 과제를 차후에 남겨놓고 있다는 것을 뜻한다. 그 과제를 간추려 보는 것으로 이 논문을 끝내기로 한다.

첫째, 크레티엥 소설의 내적 구조로서 우리가 살펴본 원리들이 그의 전체 작품들 사이에서 어떠한 변주를 보여주는가 혹은 크레티엥의 작품들 사이에 맺어지는 상관적 관계는 무엇인가의 문제가 탐구되어야 할 것이다. 지금까지의 분석에 입각해서 유추한다면, 그 크레티엥 소설의 외적 구조도 내적 구조를 변형시키는 작업을 보여줄 것이다. 그러나 그 변형이 실제 어떻게 드러날 것인지, 정말 변형이 있는지는 작품들 자체를 놓고 구체적으로 검토를 하지 않으면 대답될 수 없는 것이다.

둘째, 크레티엥과 동시대의 작가들 사이의 상관관계가 검토되어야 할 것이다. 우리는 부분적으로 무훈시와 소설의 관계, 그리고 베룰, 토마, 마리 드 프랑스 즉 영국 궁정의 작가들과 크레티엥 사이의 비교를 시도하였다. 그러나 크레티엥과 동시대에, 같은 프랑스 궁정에서 활동했던 다른 작가들, 특히 크레티엥과 마찬가지로 샹파뉴 궁정에 체류하였던 것으로 추정되는 고티에 다라스(Gautier d'Arras)[7]의 소설 세계와 크레티엥의 소설 세계 사이의 비교는 전혀 시도되지 못했다. 아마도 동시대의 작가들과의 비교 검토가 이루어진다면, 우리의 연구는 더욱 심화될 수 있거나 혹은 변형을 맞이할 것이다.

셋째, 크레티엥의 소설을 포함한 12세기의 소설과 그를 잇는 13세기의 소설 사이에 어떠한 변화가 있는지 살펴보아야 할 것이다. 아더 왕 계열의 무수한 작품군, 13세기 전반기를 통해 계속된 『페르스발 후속담 *Continuation de Perceval*』들, 『호수의 랑슬로*Lancelot au Lac*』, 『성배 탐구의 이야기들*L'Estoire dou Graal, Perlesvaus : Gueste del Saint Graal, Estoire del Saint Graal*』 등등 산재해 있는 크레티엥 이후의 소설들이 크레티엥의 소설들을 어떻게 참조하고 변형하였는지를 조사해야 할 것이다. 더 나아가 궁극적으로 이러한 참조·변형의 과정은 소설사 전체로 확대되어야 할 것이다.

---

7) 고티에 다라스에 대해서는 알려진 게 아직은 거의 없는 실정이다. 그의 작품으로는, Guy Raynaud de Lage가 펴낸 *Eracle*(Honoré Champion, 1976)와 Yves Lefèbre가 펴낸 *Ille et Galeron*(Honoré Champion, 1988)이 현재 나와 있다.

참고 문헌
※ 괄호 안은 초판 연도를 말함.

1. Chrétien de Troyes의 소설들

Erec et Enide, (édités d'après la copie de Guiot [Bibl. nat., fr. 794]) publié par Mario Roques, Librairie Honoré Champion, 1990(1952).

Erec et Enide, traduit en français moderne (d'après l'édition de Mario Roques) par René Louis, Librairie Honoré Champion, 1984(1953).

Cligés, (édités d'après la copie de Guiot [Bibl. nat., fr. 794]) publié par Alexandre Micha, Librairie Honoré Champion, 1982.

Cligés, traduit en français moderne par Alexandre Micha, Librairie Honoré Champion, 1982.

Le chevalier de la charette, (édités d'après la copie de Guiot [Bibl. nat., fr. 794]) publié par Mario Roques, Librairie Honoré Champion, 1983.

Le chevalier de la charette(Lancelot), traduit en français moderne par Jean Frappier, Librairie Honoré Champion, 1982(1967).

Le chevalier au Lion(Yvain), (édités d'après la copie de Guiot [Bibl. nat., fr. 794]) publié par Mario Roques, Librairie Honoré Champion, 1982.

Le chevalier au Lion(Yvain), traduit en français moderne par Claude Buridant et Jean Trotin, Librairie Honoré Champion, 1991(1971).

Le roman de Perceval ou le conte du Graal, (publié d'après le ms. fr. 12576 de la Bibliothéque National par William Roach), Librairie Droz, 1959.

Le conte du Graal ou le roman de Perceval(Edition du manuscrit 354 de Berne, traduction critique, présentation et notes de Charles Méla), Le livre de poche, Librairie Générale Française, 1990.

Le conte du Graal (Perceval) (traduit en français moderne par Jacques Ribard), Librairie Honoré Champion, 1991.

2. 다른 중세 문학 작품들

Poètes et Romanciers du Moyen Age, Edition établie et annoté par Albert Pauphillet, Pléiade/Gallimard, 1952.

La chanson de Roland, édition critique et traduction de Ian Short, Livre de Poche, Librairie générale Française, 1990.

Tristan et Iseut, textes originaux et intégraux présentés, traduits et commentés par Daniel Lacroix et Philippe Walter, Livre de Poche, Librairie générale Française, 1989.

3. 이론적 저작들

Histoire de l'Europe, sous la direction de Jean Carpentier et François Lebrun, Seuil/Points, 1990.

Carpentier (Jean), Lebrun (François) et Carpentier (Elisabeth), *Histoire de France*, Seuil, 1987; 장 카르팡티에 외, 주명철 역, 『프랑스인의 역사』, 소나무, 1991.

Histoire de la France-naissance d'une nation des origines à 1348, sous la direction de Georges Duby, Larousse, 1986.

L'homme médiéval, sous la direction de Jacques Le Goff, Seuil, 1989.

Histoire de la vie privée; De l'Europe féodale à la Renaissance, T. 2, sous la direction de Philippe Ariès et Georges Duby, Seuil, 1985.

Modernité au Moyen Age : Le défi du passé, publié par Brigitte Cazelle et Charles Méla), Droz, 1990.

Manuel d'histoire littéraire de la France, T.1 : Des origines à 1600 (par un collectif sous la direction de Jean Charles Payen et Henri Weber), Editions sociales, 1971.

Précis de littérature française du Moyen Age, sous la direction de Daniel Poirion, PUF, 1983.

Études de langues et de littérature du Moyen Age, (offertes à Félix Lecoy), Paris, Honoré Champion, 1973.

Romans Grecs et Latins, textes présentés, traduits et annotés par Pierre Grimal, 'Bibliothéque de la Pléiade', Gallimard, 1958.

Essentials of the theory of Fiction, éd. par Michael Hoffman and Patrick Murphy, Duke University Press, 1988.

Philosophie anaylytique et esthétique (Textes rassemblés et traduits par Danielle

Lories), Meridiens Klincksieck, 1988.

Aristote, *La Poétique*, (Texte, traduction, notes par Roselyne Dupont-Roc et Jean Lallot), Seuil, 1980. 천병희 역, 『시학』, 문예출판사, 1976.

Ashe (Geoffrey), *Le Roi Arthur-Rêve d'un Âge d'or* (trad.), Seuil, 1992(1990).

Auerbach (Erich), *Mimesis*(traduit par Cornélius Heim), Gallimard, 1968.

Badel (Pierre Yves), 'Rhétorique et polémique dans les prologues de romans au Moyen Age', in *Littérature*, N° 20, décembre 1975.

Bakhtine (Mikhail), *Esthétique et théorie du roman*(traduit par Daria Olivier), Gallimard, 1978.

_____, *L'oeuvre de François Rabelais et la culture populaire au Moyen Age et sous la Renaissance*(traduit du russe par Andrée Robel), Gallimard, 1970.

Barthes (Roland), *Le degré zéro de l'écriture*, Editions Gonthier, 1953 et 1964 by Editions du Seuil.

_____, 'Introduction à l'analyse structurale des récits', in *Communications*, 8, Seuil, 1981(1966).

_____, 'L'effet du réel', in *Littérature et réalité*, Seuil, 1982.

Barthes et Nadeau, *Sur la littérature*, Presses universitaires de Grenoble, 1980.

Barthélemy (Dominique), *L'ordre seigneurial — XIe — XIIe siècle*, Seuil/Points, 1990.

Baumgartner (Emmanuèle), *Tristan et Iseut*, PUF, 1991.

Bezzola (Reto R.), *Les origines et la formation de la littérature courtoise en Occident (500-1200) — Première partie : La tradition impériale de la fin de l'Antiquité au XIe siècle*, Librairie Honoré Champion, 1968.

Bloch (Marc), *La société féodal*, Albin Michel, 1989(1939); 한정숙 역, 『봉건사회』, 한길사, 1986.

Bloch (Oscar) et Wartburg (W. Von), *Dictionnaire Etymologique de la langue française*, PUF, 1932.

Bourneuf (Roland) et Ouellet (Réal), *L'univers du roman* (김화영 편역 : 『현대소설론』), 문학사상사, 1986.

Boutet (D.) et Strubel (A.), *La littérature française du Moyen Age*, PUF, 1978.

Casagrande (Carla) et Vecchio (Silvana), *Les péchés de la langue*, Cerf, 1991.

Cerquiglini (Bernard), *La parole médiéval*, Minuit, 1981.

Chartier (Pierre), *Introduction aux grandes théories du roman*, Bordas, 1990.

Coulet (Henri), *Le roman jusqu'à la Révolution*, Armand Colin, 1967.

Curtius (E.R.), *La littérature européenne et le Moyen Age latin* (trad. par Jean Bréjoux), PUF, 1956.

Delort (Robert), *La vie au Moyen Age*, Seuil, 1982

Dragonetti (Roger), *La vie de la lettre au Moyen Age*, Seuil, 1980

_____, *Le gai savoir dans la rhétorique courtoise*, Seuil, 1982

_____, *Le mirage des sources*, Seuil, 1987

Dubois (Jean) et al., *Dictionnaire du français classique*, Larousse, 1971.

Duby (Georges), *Les trois ordres ou l'imaginaire du féodalisme*, Gallimard, 1978.

Dumézil, Georges, *Du mythe au roman*, PUF, 1987(1970)

Duneton (Clause) et Claval (Sylvie), *Le Bouquet des expressions imagées*, Seuil, 1990

Erasme, *Eloge de la folie*, Flammarion, 1964.

Forster (E.M.), *Aspects of the novel*, Penguin Books, 1976 (1927)

Foucault (Michel), *Les mots et les choses*, Gallimard, 1966

Fourrier (Anthime), *Le courant réaliste dans le roman courtois en France au Moyen Age*, T.1, Paris, Nizet, 1960.

Frappier (Jean), *Histoire, Mythes et Symboles : Etudes de littérature française*, Droz, 1976.

Fusillo (Massimo), *Naissance du roman*(traduit de l'italien par Marielle Abrioux), Seuil, 1989.

Garrisson (Janine), *Royaume, Renaissance et Réforme(1483-1559),* Nouvelle histoire de la France moderne T.1, Points/Histoire, Seuil, 1991

Genette (Gérard), *Fiction et Diction*, Seuil, 1991

_____, *Introduction à l'architexte*, Seuil, 1979; 최애리 역, 김현 편, 「原텍스트 서설」 『장르의 이론』, 문학과지성사, 1987.

_____, *Nouveau discours du récit*, Seuil, 1983.

_____, *Palimpsestes*, Seuil, 1982.

Gilson (Etienne), *La philosophie au Moyen Age*, Payot, 1986.

_____, *Les idées et les lettres*, Vrin, 1955.

Girard (René), *Mensonge romantique et vérité romanesque*, Grasset, 1981.

Goldmann (Lucien), *Pour une sociologie du roman*, Gallimard, 1964.

Gourevitch (Aaron J.), *Les catégories de la culture médiévale*, Gallimard, 1983(1972).

Greimas (A.J.), *Dictionnaire de l'ancien français*, Larousse, 1968.

Grimal (P), *Dictionnaire de la mythologie grecque et romaine*, PUF, 1951.

Guenée (Bernard), *Histoire et culture historique dans l'Occident médiéval*, Aubier, 1980.

Guiette (Robert), *Forme et senefiance*, Etudes médiévales recueillies par J. Dufournet, M. De Grève, H. Braet, Droz, 1978.

Haidu (Peter), *Lion-queue-coupée*, Droz, 1972.

_____, Au début du roman, l'ironie', *Poétique* N° 36, nov. 1978.

Hamburger (Käte), *Logique des genres littéraires* (trad.), Seuil, 1977(1957).

Han (Françoise), 'Le premier romancier français', in *Europe* N° 642, octobre 1982.

Hauser (A.), 백낙청 역, 『문학과 예술의 사회사 — 고대·중세 편』, 창작과 비평사, 1976.

Huchet (Jean-Charles), *Le roman médiéval*, PUF, 1984.

Huijinga (J.), *Le déclin du Moyen Age, Payot*; 최홍숙 역, 『중세의 가을』, 문학과지성사, 1988

Husson (Didier), 'Logique des possibles narratifs', in *Poétique* N° 87, Sept. 1991, Seuil

Jauss (H. R.), 'Littérature médiévale et théorie des genres' in *Poétique*, N° (?), Seuil, 1979 (최애리 역, 김현 편, 『장르의 이론』, 문학과지성사, 1987)

Jouhaud (Christian), 'Histoire et Histoire littéraire : Naissnace de l'écrivain', in *Annales* Juillet-Août 1988

Kempf (Roger), *Diderot et le roman*, Seuil, 1976(1964)

Kibédi Varga (Aron), 'Le roman est un anti-roman', in *Littérature* N° 48, Décembre, 1982.

Kristeva (Julia), *Le texte du roman*, Mouton Publishers, 1970

_____, 'Le mot, le dialogue et le roman', in *Σημειωτκη : Recherches pour une sémanalyse*(Extraits), coll. Points., Seuil, 1969.

Kundera (Milan), *L'art du roman*, Gallimard, 1986.

Köhler (Erich), *L'aventure chevaleresque : Idéal et réalité dans le roman courtois* (trad.), 2e édition, Gallimard, 1974(1970).

Lanson (Gustave), *Histoire de la littérature française*, Hachette, 1912.

Lazar (Moshé), *Amour coutois et "Fin'amors" dans la littérature du XII siècle*, Klincksieck, 1964.

Le Gentil (Pierre), 'Vengier Forré', in *Études de langues et de littérature du Moyen*

Age, (offertes à Félix Lecoy), Paris, Honoré Champion; 1973.

Le Goff (Jacques), *Pour un autre Moyen Age*, Gallimard, 1977.

_____, *La naissance du Purgatoire*, Gallimard, 1981.

_____, *La civilisation de l'Occident médiéval*, Arthaud, 1984.

Littré (Emile), *Dictionnaire de la langue française*, Gallimard/Hachette, 1965.

Lukacs (Georg), *La Théorie du roman*, Gonthiers, 1963(1920); 『소설의 이론』 (반성완 역), 심설당, 1985.

Madelénat (Daniel), *L'épopée*, PUF, 1986.

Magendie (Maurice), *Le roman français au xviie siècle — De l'Astrée au Grand Cyrus*, Slatkine Reprints, Genève, 1970(1932).

Marx (Jean), *La légende arthurienne et le Graal*, PUF, 1952.

Matoré (Georges), *Le vocabulaire et la société médiévale*, PUF, 1985.

Micha (Alexandre), *De la chanson de geste au roman*, Genève, Droz, 1976.

Méla (Charles), *Blanchefleur et le saint homme ou la semblance des reliques — Etude comparée de littérature médiévale*, Seuil, 1979.

_____, *La reine et le Graal, — La conjointure dans les romans du Graal, de Chrétien de Troyes au Livre de Lancelot*, Seuil, 1984.

Pauphilet (Albert), *Le legs du Moyen Age*, Melun, Librairie d'Arranges, 1950.

Pavel (Thomas), *Univers de la fiction*, Seuil, 1988.

Payen (Jean Charles), *Le Moyen Age I — des origines à 1300, Littérature française*, Collection dirigée par Claude Pichois, Arthaud, 1970.

_____, 'Le peuple dans les romans de Chrétien de Troyes', in *Europe* N° 642, octobvre 1982.

Petit (Aimé), *Naissance du roman — Les techniques littéraires dans les romans antiques du XIIè siècle*, Editions Slatkine, 1985.

Rey (Alain), 'Origine et Emplois du mot ROMAN en ART', in *Travaux de linguistique et de littérature*, 11(? II)-2, 1964.

Reynier (Gustave), *Le roman réaliste au xviie siècle*, Slatkine Reprints, Genève, 1974(1914).

Robert (Marthe), *L'ancien et le nouveau*, Payot, 1967.

_____, *Roman des origines et origines du roman*, Grasset, 1972.

Schuerewegen (Franc), 'Télédialogisme-Bakhtine contre Jakobson', in *Poétique* N° 81, fév. 1991.

Searle (John R.), *Sens et expression* (traduit par Joëlle Proust),

Serroy (Jean), *Roman et réalité — Les histoires comiques au XVIe siècle*, Librairie Minard, 1981.

Sève (Bernard), 'Le roman comme enthymème', in *Littérature*, N° 86, Mai 1992, Larousse.

Thibaudet (Albert), *Réflexions sur le roman*, Gallimard, 1938.

Todorov (Tzvetan), *Mikhail Bakhtine, le principe dialogique*, Seuil, 1981; 최현무 역, 『바흐찐 : 문학사회학과 대화 이론』, 까치, 1987

Truffaut (Louis), "Réflexions sur la naissance et le développement de la perspective au Moyen Age", in *Revue des Sciences Humaines*, N° 132, Octobre-Décembre 1968.

Vallette (Bernard), *Esthétique du roman moderne*, Nathan, 1987.

Veyne (Paul), *Comment on écrit l'histoire*, Seuil, 1971.

Viala (Alain), *La naissance de l'écrivain*, Minuit, 1985.

Vitz (Evelyn Birge), 'Chrétien de Troyes : clercs ou ménestrel? : Problèmes des traditions orale et littéraire dans les Cours de France au XII " siècle', in *Poétique* N° 81, Février 1991, Seuil.

Watt (Ian), *The rise of the novel*, Penguin Books, 1972.

Western (J.), 정덕애 역, 『제식으로부터 로망스로』, 문학과지성사, 1988.

Woledge (Brian), *Commentaire sur Yvain (Le Chevalier au Lion) de Chrétien de Troyes*, 2 vols., Droz, 1986, 1988.

_____, *La syntaxe des substantifs chez Chrétien de Troyes*, Droz, 1979.

Zumthor (Paul), *Histoire littéraire de la France médiévale*, Slatkine, 1954

_____, *Essai de poétique médiévale,* Seuil, 1972.

_____, *La lettre et la voix*, Seuil, 1987.

_____, 'Le champ du romanesque', in *Europe* N° 642, Oct. 1982.

_____, 'De Perceval à Don Quichotte', in *Poétique* N° 87, Sept. 1991, Seuil.

Zéraffa (Michel), *Roman et Société*, PUF, 1971.

작품 줄거리 요약[*]

---

* 중세 문학에 대한 국내의 소개 및 연구가 아직은 시작의 단계에 있다는 점을 감안하여 작품 줄거리를
  요약하여 붙인다. 불어판 텍스트들에 이미 첨부되어 있는 요약을 참조하였다.

『에렉과 에니드*Erec et Enide*』

　작품 서두에서, 크레티엥 드 트르와는 자신의 계획을 밝힌다. 그는 잘 '구성(conjointure)'된 한 편의 이야기를 만들겠다고 말한다. 왜냐하면, 누구나 자신이 알고 있는 바를 잘 말하고 잘 알려주는 것이 좋기 때문이다. 이야기의 주인공은 호수 왕(Le roi Lac)의 아들, 에렉(Erec)이다. 크레티엥은 자신들의 이익에만 집착하는 이야기꾼들이 그 이야기를 조각조각 내고 망쳐놓고 있다고 비난한다.

　부활절 날, 카라디강(Caradigan)에서는 아더(Artur) 왕이 방대한 궁정을 열었는데, 왕은 궁정을 더욱 빛나게 하기 위해서, 옛날의 풍속인 '흰 사슴 사냥'을 벌이려고 한다. 그 사냥 의식에 따르면, 그 짐승을 잡은 자는 궁정 내의 가장 아름다운 여인에게 키스를 하도록 되어 있다. 고벵은, 그것이 치열한 경쟁을 낳을 것임을 상기시킨다. 여인들은 누구나 자기의 연인인 용맹한 기사를 통해 미의 왕관을 독차지할 자격이 있다고 생각할 것이기 때문이다. 그러나 아더 왕은 그의 결정을 거두지 않는다. 이튿날, 사냥이 시작된다. 여왕 그니에브르(Guenièvre)는 시녀 하나를 데리고 사냥을 따라간다. 이 일행에 젊고 아름다운 원탁기사단원인 에렉이 합류하는데, 그는 연인도 없이 혼자이며 무장도 하지 않았다. 그들이 사냥 행렬로부터 한참 뒤쳐져 있을 때, 세 사람은 어떤 무장기사 일행을 만난다. 그 일행도 세 사람으로, 기사와 그의 아름다운 연인, 그리고 채찍을 든 난쟁이이다. 그니에브르는 정중하게 그 기사에게 시녀를 보내, 그의 여자 친구와 함께 여왕 앞으로 와 줄 것을 청하게 한다. 그러나 난쟁이는 그것을 거절하고 시녀를 때려 손에 상처를 입힌다. 여왕은 다시 에렉을 보낸다. 난쟁이는 그에게도 상처를 입힌다. 무장을 하지 않은 에렉은 굴욕을 참을 수밖에 없다. 그러나 그는 무기를 찾아 그가 받은 모욕을 갚을 때까지 기사 일행을 쫓아가겠다고 여왕에게 맹세하고 떠난다.

한편, 아더가 사슴을 잡아, 궁정은 벌써 경쟁의 분위기에 휩싸여 있다. 그러나 가장 아름다운 여인에 대한 키스를 위해, 에렉이 돌아올 때까지 3일을 기다리자는 그니에브르의 제안에 만장이 동의한다.

난쟁이의 기사를 쫓아 간 에렉은 튼튼하게 구축된 한 '성'에 도착한다. 마침 성에서는 축제가 벌어지고 있다. 이튿날 아름다운 새매를 상품으로 주는 시합이 있을 예정으로, 기사들은 그들의 여자 친구를 위해, 저마다 그것을 차지하려고 할 것이다. 에렉은, 전쟁으로 몰락한 낮은 신분의 기사인 어떤 '배신(陪臣)'에 의해 접대를 받는데, 그는 에렉에게, 새매를 차지하는 사람은 바로 그니에브르와 그의 수행자들이 받은 모욕을 되갚을 사람이라고 알려준다. 이 배신은 옷차림은 빈한하기 짝이 없으나 굉장한 미모와 완벽한 예절(courtoisie)을 갖춘 딸 하나를 두고 있다. 에렉은 주인으로부터 싸움에 필요한 무기들을 얻는다. 그는 자신을 밝히고 처녀에게 청혼한다. 에렉의 준수한 모습과 고귀함은 아버지의 동의를 얻어내고, 아버지는 그가 항상 꿈꾸고 있던 딸의 찬란한 결혼이 이제 성사되리라는 기쁨에 잠긴다. 이튿날, 그를 모욕했던 기사(이더[Yder]로 이름이 밝혀진다.)와의 결투가 벌어진다. 에렉은 승리자가 되고, 처녀는 새매를 차지할 수가 있게 된다. 에렉은 다음날 그녀와 함께 아더의 궁정을 향해 떠날 것인데, 그러나 우선 그에게 패배한 이더 일행을 여왕에게 보내어 여왕의 처분에 맡긴다. 이더는 카라디강에 가서, 에렉의 승리를 말하고, 그가 아주 아름다운 여인과 함께 오고 있다는 것을 알린다. 그는 용서를 받아, 이제부터 아더의 기사단원이 될 것이다.

그동안, 에렉은 주인(배신)에게 하직을 고하고, 훗날의 부귀영화를 약속한다. 그는 처녀의 외삼촌인 성의 백작에게도 하직 인사를 한다. 이때, 백작은 자신의 질녀를 성장한 옷차림으로 떠나보내려 하는데, 에렉이 거절한다. 두 젊은이는 랄루트(Laluth)를 떠나 나란히 말을 타고 간다. 그 모습은 굉장히 아름다우며, 완벽히 조화롭다. 그들은 카라디강에 도착한다. 에렉은 그의 여인을 그니에브르에게 소개시키고, 그니에브르는, 에렉의 요청에 의해, 화려한 의상을 그녀에게 선물한다. 그리고 기사들이 모두 모인 자리에서 아더는 궁정에 도착한 이 신입자가 흰 사슴의 정복자의 키스를 가장 받을만하지 않느냐고 묻는다. 모두가 동의한다. 아더는 그녀에게 다정한 우애의 키스를 한다. 그것이 에렉의 승리에 이어, 처녀의 승리이다. 이야기의 첫 이야기가 닫힌다. "여기서 첫 이야기가 끝납니다(Ici fenist le premiers vers)"라고 크레티엥은 말한다.

아더의 궁정에서, 에렉은 그의 처가 사람들에게 한 약속을 잊고 있다가, 그들을 아버지 호수 왕의 왕국에 정착시킨다. 그 다음, 아더의 궁정에서 호화로운 초대와 기쁨 속에 결혼식을 올린다. 우리는 이제야 비로소, 이 '새 부인'의 이름이 에니드(Enide)라는 것을 알게 된다. 한 달 후, 축연의 절정으로 열린 마상 시합은 또다시 에렉에게 찬란한 승리를 가져다 줄 것이다. 그는 그의 아버지와 친구들에게 젊은 아내를 소개시키러 간다. 거기에서도 사람들은 그녀를 환대하고 칭송하며 귀여워한다.

에렉은 너무나 사랑에 빠져, 기사도의 수련을 등한시한다. 그의 기사들은 이 직무 유기를 두고 술렁댄다. 에니드는 그들의 비난을 듣고 남편에 대한 걱정으로 수심에 잠긴다. 어느날 아침, 아직 자고 있는 남편 곁에서 깬 그녀는 눈물을 흘리고 만다. 눈물은 에렉의 얼굴을 적셔서, 그를 반쯤 깨운다. 그 순간 그녀는 다음과 같은 한탄의 말을 흘리게 되는데, 이 '말'이 새로운 드라마의 계기가 된다. 그 말은 "이 무슨 불행인가!('Con mar i fus!')"이다. 깨어난 에렉은 이 말과 눈물을 설명해줄 것을 요구한다. 당황한 에니드는 처음엔 주저하고 부인하다가, 마침내 사실을 털어놓는다. 에렉은 에니드에게 말을 준비시킨다. 그도 화려하게 무장하고, 수행원을 데리고 가는 아버지의 만류를 뿌리친 채 에니드와 단둘이 떠난다.

그는 에니드를 앞세우고 전속력으로 말 달리게 한다. 그러나 그는 그녀에게, 그녀가 무엇을 알아차리건, 그에게 아무 말도 하지 말 것을 명한다. 그녀는 세 명의 약탈기사가 그들을 공격해오는 것을 알게 된다. 오랜 갈등 끝에, 그녀는 에렉에게 위험을 알린다. 에렉은 그녀를 꾸짖은 후, 공격자들에게 달려들어, 그들을 죽이거나 상처입히고 낙마시킨다. 에렉은 세 마리의 말을 끌고 돌아와, 에니드에게 주고는 앞장 서서 말을 몰고 달리라고 명령한다.

에니드는 다시 5명의 약탈기사를 본다. 에니드는 마찬가지의 주저 끝에 위험을 에렉에게 알리게 되고, 에렉은 꾸짖는다. 이어지는 행동도 똑같다. 에렉은 침입자들을 공격하여 그들을 패주시키거나 죽이고, 말들을 에니드에게 주고는, 그녀에게 침묵을 재차 강요한다.

밤을 꼬박 숲 속에서 보내면서, 에니드는 잠든 에렉의 곁에서 잠을 못이루며 자신을 한탄한다. 아침에 어떤 친절한 종자가 그들을 만나, 그들에게 시장기를 달랠 것을 주고 그들을 이웃 '성'으로 데리고 간다. 그 성의 영주는 거만한 백작인데, 저녁에 에렉과 에니드의 도착을 알고는, 그들을 만나러 간다. 에니드의 미모에 반한 백작은 에니드와 단 둘이 대화를 나누면서 사랑을 요구한다. 에니드는 거절하려 하지만, 백작이 에렉을 죽이겠다고 협박하자, 거짓으로 그에게 굴복하기로 약속한다. 밤에, 그녀는 에렉에게 위험을 알린다. 둘은 함께 서둘러 떠나고, 곧 분노한 백작은 수많은 군대를 끌고 그들을 추격한다. 에니드는 이번에도 위험을 다시 에렉에게 알린다. 에렉은 다시 그녀를 벌주겠다고 위협한 후, 추격자들과 싸워 집사를 죽이고 백작을 상처입혀서, 달아나는 데 성공한다.

에렉은 여전히 에니드를 앞세우고, 계속 말타고 간다. 어떤 높은 탑을 둘러 가다가, 그들은 그 탑의 성주에게 발견된다. 그는 키가 작지만, 용기가 대단한 영주로서, 그의 결투장 앞을 지나는 모든 기사에게 싸움을 건다. 그는 에렉을 공격하기 위해 달려온다. 에니드는 이 새로운 위험을 알아차리고, 이번에도 침묵을 깰 것인지 고통스럽게 주저한다. 그녀는 마침내 에렉에게 알리고, 에렉은 또다시 그녀를 위협하는데 이번엔 말뿐이다. 실제 마음속으로는, 이제 그는 그녀가 세상의 무엇보다도 그를 사랑하며, 그 또한 그만큼 그녀를 사랑한다는 것을 잘 알고 있다. 그는 습격자를 맞이한다. 치열한 결투 끝에, 습격자는 무기를 빼앗기고 용서를 구한다. 그는 자기 이름을 밝히는데, 기브레(Guivret le Petit)이다. 두 적수는 이제 친구가 된다. 그들은 얼마동안 서로의 상처를 붕대로 감싸주고, 헤어진다.

우연히 에렉과 에니드는 아더, 그니에브르, 그리고 그의 제후들이 며칠 간 숙영하며 사냥을 하러 온 숲으로 들어간다. 집사 쾨(Keu)가 그를 발견하지만, 그가 누구인지 알아차리지 못한 채로, 그에게 왕 앞에 알현하라고 무례하게 독촉한다. 에렉은 장난을 치면서 거부한다. 쾨는 그와 대결하나, 에렉은 그의 창 뒤축을 군마 발밑으로 던져버린다. 쾨는 그의 패배를 아더에게 알리고, 아더는 고벵을 시켜, 이 미지의 기사와 접촉하도록 한다. 아주 유쾌한 논쟁 끝에, 두 친구는 서로를 알아본다. 고벵은 에렉과 에니드를 숙영지로 안내하고, 두 남녀는 그니에브르와 아더의 즐거운 환영을 받는다.

이튿날 바로, 에렉은 에니드와 다시 길을 떠난다. 어떤 숲을 지나다, 그들은 한 아가씨의 구원을 부르는 외침을 듣는다. 두 명의 거인이 그의 남자 친구를 사로잡아서, 끌고다니며, 학대하는 것이다. 에렉은 거인들을 죽여, 기사 카독 드 카브뤼엘(Cadoc de Cabruel)을 구해준다. 에렉은 카독과 그의 여인을 아더의 궁정으로 보내, 자신의 승리를 보고하도록 한다.

너무나 많은 무훈은, 그러나 에렉에게 숱한 상처를 남기고 그를 지치게 한다. 그는 말에서 떨어져 움직이지 못한다. 에니드는 에렉이 죽었다고 생각하고, 고통과 회환으로 울부짖는다. 신중하지 못한 '말'(앞의 'Con mar i fus!') 한마디가 남편을 기나긴 마상의 모험으로 던져넣었고, 급기야는 그를 죽게끔 했던 것이다. 부인의 외침은 근처를 지나가고 있던 리모르(Limors) 성의 백작의 귀에까지 닿는다. 백작은 에렉의 시체를 리모르로 운반하게 하고, 큰 방의 원탁 위에 올려놓는다. 에니드의 미모에 반한 백작은 이 젊은 과부와 결혼하기를 원한다. 그는, 그녀의 거부에도 불구하고 결혼식을 강행한다. 결혼식의 피로연에서 에니드는 음식을 거부하고, 백작은 강제로 먹이려고 한다. 식장에 모인 제후들이 영주의 태도를 비난하지만, 백작은 영주의 권위를 내세워 굴복시킨다. 하지만, 에니드는 매섭게 항의한다. 이 소란통에 에렉이 깨어난다. 그는 아직 비몽사몽 중인데도, 허리에 찬 검을 뽑아 백작의 두개골을 가른다. 모여 있던 모든 사람은 이 살아난 시체 앞에서 경악한다. 그는 방패와 창을 되찾아서, 밖으로 나가고, 마침 말을 물 먹이러 가고 있던 소년에게서 말의 고삐를 빼앗는다. 그는 에니드와 함께 말에 올라 달빛이 환히 비추는 길을 전속력으로 질주한다. 그는 에니드에게 그가 그녀를 변함없이 사랑해왔으며, 그녀에게 침묵을 명했던 것은 단지 그녀를 시험해 보려고 했던 것일 뿐이라고 고백한다. 그리고 이제 그는 그녀의 사랑을 확신하고, 마찬가지로 그녀도 그의 사랑을 확신할 것이 틀림없다고 말한다.

한편 기브레는 리모르 성의 백작이 숲 속에서 한 죽은 기사를 발견하고 고인의 부인과 강제로 결혼하려 했다는 소식을 듣는다. 그는 그 기사와 부인이 에렉과 에니드라고 판단하고, 그들을 구하기 위해 군대를 이끌고 리모르로 진격한다. 에렉과 에니드는 이 군대를 보고, 그들의 정체를 몰라 불안해한다. 에렉은 에니드를 숲 속에 숨기고는 꼼짝 말고 있으라고 명령한 후, 군대를 향해 공격한다. 기브레와 에렉은 서로 알아보지 못하고, 결투를 벌인다. 에렉은 별다른 공격도 하지 못한 채 말에서 떨어진다. 그때, 에니드가 기브레의 말 고삐로 달려든다. 그래서, 기브레가 그녀를 알아보게 된다. 기브레는 그들을 데리고 푸엥튀리(Pointurie) 성으로 가서, 정성 들여 치료를 받게 한다. 이제 기브레는 그들과 함께 동행할 것이다. 병에서 회복된 에렉이 아더의 궁정으로 돌아가기로 결심하였을 때 기브레는 말을 잃은 에니드에게 말 한 필을 주는데, 그 말은 한쪽 얼굴은 새까맣고 반대쪽은 희며, 안장틀엔 에네아스(Eneas)의 내력이 새겨져 있다.

아더의 궁정으로 돌아가는 도중에 그들은 에브렝(Evrain) 왕의 영지인, 브랑디강(Brandigan)이란 이름의 아주 튼튼하고 아름다운 성 곁을 지나간다. 에렉은 거기에서 묵고 싶어한다. 기브레는 만류한다. 몇 해 전부터 거기에는 어떠한 사람도 살아서 돌아오지 못한 모험이 있었던 것이다. 에렉은 그 모험이 "궁정의 기쁨('La Joie de Cort')"이라는 이름을 가졌다는 것을 듣고는 꼭 그 모험을 해보겠다고 고집한다. 왜냐하면, 그 모험은 자기 자신만을 위한 것이 아니라 만인에게 '기쁨'을 가져다 줄 수 있는 것이기 때문이다. 에렉은 혼자 모험의 장소로 들어간다. 그곳은 어떤 침투 불가능한 공기의 띠로 보호되고, 헤아릴 수 없이 많은 꽃들과 새들, 딸 수는 있지만 가져갈 수는 없는 사시사철 열리는 진기한 과일들, 그리고 그곳의 결투에서 패배한 기사들의 머리를 죽 달아놓고 있는 말뚝들, 그걸 불면 모든 마술이 풀리게 되지만 아무도 그것을 분 사람은 없는 마술 피리 등으로 가득 찬 한 과수원이다. 그 과수원에서 에렉은 거인처럼 큰 뛰어난 기사와 결투를 한다. 그 무시무시한 기사는 에브렝 왕의 친조카인 마보아그렝(Maboagrain)으로, 그는 한 아가씨에게 한 경솔한 맹세 때문에, 이 과수원에 갇혀 결투를 하고 언제나 승리를 하지 않을 수 없게 되어 있었다. 에렉과 마보아그렝의 결투는 똑같은 무용과 똑같은 자세로 오래도록 계속된다. 그러나 결국 에렉이 이긴다. 마보아그렝은, 결투에서 진 덕택으로 사랑의 족쇄로부터 풀려난다. 마보아그렝의 여인은 슬픔에 잠기나, 그녀를 위로하러 온 에니드가 어린 시절의 사촌이라는 것을 알고 기뻐한다. 에렉이 마술의 피리를 불자 모든 마술이 풀린다. 마보아그렝과 그의 여인은 만인의 기쁨 속에 그들의 친지와 그들의 동족들에게로 돌아갈 수 있게 된다. 그것이 '궁정의 기쁨'이다.

에렉, 에니드 그리고 기브레는 아더 왕의 궁정에 도달한다. 에렉의 아버지인 호수 왕이 죽음으로써 에렉이 땅을 상속한다. 아더는 에렉과 에니드의 즉위가 다음 성탄절, 낭트(Nantes)에서 열 궁정에서 있을 것이라고 발표한다. 축제는 화려하였다. 에렉은 에니드의 아버지 리코란즈(Licoranz)와 어머니 타르세네시드(Tarsenesyde)를 그곳으로 모신다. 아더는 에렉의 곁에 낯선 여인이 앉는 것을 보고 에렉에게 묻는다. 에렉이 에니드의 어머니임을 알려주자, 문득 아더는 침묵한다. 아더는 에렉과 에니드에게 왕관을 씌워준다. 그 대관식은 이제까지 그렇게 많은 사람이 모인 적이 없었던 만큼 많은 왕, 백작, 공작, 제후가 모여 지켜보는 가운데에서 이루어졌다. 작가는 아더가 알렉산더 대왕보다도 후덕한 군주임을 칭송한다.

『클리제스*Cligés*』

작가는 보베(Beauvais)에 있는 성-베드로(Saint-Pierre) 교회 도서관의 한 책에서 소설의 주제를 발견했다는 것을 밝힌다. 옛날의 책들은, 그리스와 로마가 그 전에 소유했었던 기사도와 '성직세계(clergie)'를 이제 프랑스가 물려받았다는 것을 우리에게 가르쳐준다고 한다.

콘스탄티노플(Constantinople)의 황제인 알렉상드르(Alexandre)와 그의 부인 탕탈리스(Tantalis)는 두 아들을 두었는데, 그 이름은 각각 알렉상드르(Alexandre), 알리스(Alis)이다. 형은 아더 궁정의 명성에 끌려 그의 아버지에게 허락을 받아 아더의 곁으로 무사 수련을 쌓으러 간다. 그는 영국에 도착해 왕을 만나, 그에게 충성 서약을 한다.

아더는 브르타뉴(Bretagne)로 갈 일이 생겨, 영국을 앙그레스 드 윈드소르(Angrès de Windsor) 백작에게 맡긴다. 항해 중, 알렉상드르는 여왕의 시녀 소르다모르(Soredamor)를 만나고 둘은 서로 반한다. 그러나 둘 모두 감히 고백하지 못한다. 둘은 기나긴 독백들을 통해 마음의 번민을 토로하고 어떻게 처신할 것인지 괴로워한다.

10월 초, 사절들이 브르타뉴로부터 와서 왕에게 앙그레스가 그를 배반했다고 알린다. 아더는 영국을 탈환하러 간다. 그는 알렉상드르와 그의 동료들에게 작위를 수여하고, 여왕은 젊은 왕자에게 비단 셔츠를 선물한다. 그런데 이 옷을 짠 사람은 바로 소르다모르로서, 그녀는 이음새의 금색 실에 그의 금발 머리카락을 끼워놓았다. 그동안, 앙그레스와 그의 부하들은 런던을 포기하고 윈드소르 성으로 후퇴한다. 아더의 군대가 타미스(Tamise) 강을 따라 숙영하고 있는 동안, 알렉상드르는 그의 첫 '기사도'를 행한다. 그는 앙그레스 편의 네 사람을 생포해 여왕에게 바친다. 그러나 왕이 그들을 요구하여, 그들의 사지를 찢는다. 소르다모르는 여전히 그녀의 사랑을 고백할 것인지 결정하지 못하는데, 그러나 두 젊은이가 여왕의 집에서 함께 있게 된 어느 저녁, 여왕은 셔츠에 금발 머리카락이 꿰매어져 있는 것을 보고 웃기 시작한다. 그녀는 처녀에게 그녀가 이 옷을 만드는 데 어떤 일을 맡았었는가를 이야기하라고 권한다. 행복에 들뜬 알렉상드르는 밤새도록 금발 머리카락 앞에서 사랑의 황홀 속에 빠진다.

바로 그날 밤, 반역자들이 왕의 군대를 습격할 준비를 한다. 그러나 달이 떠서 그들을 노출시킨다. 경보가 울리고, 알렉상드르는 혼전 속에서 돋보인다. 그의 동료들과 그는 땅에 남은 적들의 갑옷으로 위장하고, 이 간계를 통해, 윈드소르의 성 안으로 침투하여, 알렉상드르가 앙그레스 백작을 생포하는 데 성공한다.

그러나 그리스인들은 슬퍼한다. 왜냐하면 그들은 알렉상드르가 죽었다고 생각하기 때문이다. 그리고 소르다모르는 이 소식에 실신한다. 다행스럽게도, 승리자인 알렉상드르가 나타나 왕에 의해 약속된 보상을 받는다. 그러나 알렉상드르는 감히 소르다모르의 손을 요구하지는 못한다. 그들의 사랑을 확신하고 두 젊은이를 약혼시키는 사람은 여왕이다. 결혼식이 거행된다. 소르다모르가 한 아이를 낳았으니, 그가 바로 클리제스(Cligés)이다.

콘스탄티노플의 왕은 자신의 죽음이 임박했음을 느끼자, 아들 알렉상드르에게 사절을 보내는데, 사신들은 한 사람만 제외하고 폭풍으로 실종된다. 간신히 목숨을 구한 생존자는 그리스로 돌아가, 알렉상드르가 돌아오던 중에, 난파해 죽었다고 이야기한다. 알렉상드르의 동생인 알리스가 그래서 제왕에 오른다. 그러나 알렉상드르는 이 소식을 듣고 서둘러 가족과 함께 그리스로 돌아온다. 그는 왕위를 요구하지만, 알리스와 합의를 보아, 그에게 제왕의 왕관을 남겨주는 대신, 자신이 실질적인 통치를 행하기로 한다. 게다가 알리스는 결코 결혼하지 않겠다고 약속한다. 알리스의 상속권을 클리제스에게 주기 위해서이다. 알렉상드르가 먼저 죽고, 소르다모르도 그 이후 오래 살지 못한다.

알리스는 오랫동안 그의 약속을 지켜왔다. 그런데 그의 제후들이 그에게 결혼하라고 조르는 것을 못 이겨, 독일 황제의 딸인 페니스(Fénice)와 결혼하기로 결정한다. 페니스는 삭스(Saxe)의 공작과 약혼한 사이였다. 그 때문에, 삭스 공작이 싸움을 걸어 와, 알리스와 클리제스가 독일 황제를 지원하기 위해 떠난다. 양측은 콜로뉴(Cologne)에서 합류하는데, 거기서 만난 페니스와 클리제스는 서로에게 반한다. 이때 삭스 공작의 조카가 황제에게 약속의 이행을 요구하러 온다. 용감한 클리제스는 그와 빛나는 전투를 벌임으로써 용맹을 과시한다.

사랑의 병은 처녀를 괴롭히고, 그녀는 유모 테살라(Thessala)의 강압적인 질문에 못 이겨 그녀가 결혼해야 할 사람의 조카를 사랑한다고 고백한다. 그런데 그녀는 두 사람에게 자신을 나누어 주지도 않을 것이며, 이죄(Iseut) 와 같은 운명을 밟는 데에도 결코 동의하지 않을 것이다. 마술이 능란한 테살라는 물약을 준비하고, 그것을 알리스가 결혼식의 만찬에서 마시게 한다. 페니스는 순결한 채로 보호되고, 알리스는 그녀를 소유하는 환상만을 체험한다.

알리스와 독일 황제의 군대는 콜로뉴로부터 라티스본느(Ratisbonne)로 이동한다. 거기에서 클리제스는 삭스 공작의 조카를 죽이고, 단신 적으로 위장하여 공작의 진영에 뛰어들어, 공작에게서 군마를 빼앗으며, 적들 일당에게 납치된 페니스를 구해, 진영으로 돌아온다. 알렉상드르의 경우와 마찬가지로, 그리스군은 벌써 그가 죽고 페니스는 납치당한 것으로 여기고 슬퍼하고 있었던 참이었다. 마침내, 대단한 결투 끝에, 클리제스는 공작으로 하여금 패배를 자인하도록 만든다.

알리스는 독일 황제를 하직하고, 콘스탄티노플로 돌아간다. 그때 클리제스는 아버지의 유언을 상기하고, 아더 왕에게 가서 기사의 수련을 쌓기로 결심한다. 그는 알리스에게서 떠나라는 허락을 받고, 페니스에게 작별을 고하는데, 그녀 또한 그처럼 혼란에 싸여 있다. 그는 그녀를 생각에 잠겨 있는 채로 두고 떠난다. 그녀는 클리제스가 떠나기 직전 그녀에게 한 한마디 말을 끊임없이 되새긴다. 그것은 "내가 완전히 소속되어 있는 여인"이라는 말이다.

영국에 도착한 클리제스는 오센느포르(Ossenefort)에 이르는데, 거기에서는 큰 마상 시합이 열릴 예정이다. 그는 익명으로 참가하여 용맹을 과시함으로써 사람들을 놀라게 한다. 검은 갑옷을 입고 사그르모르(Sagremor)에게 이기며, 푸른 갑옷을 입고서는 랑슬로(Lancelot)를, 진홍 갑옷을 입고서는 페르스발(Perceval)을 이겨, 매일 더욱 더 호기심과 찬탄을 불러일으킨다. 고뱅과의 결투를 통해 그는 자신이 아더의 조카와 동등한 사람임을 보여준다. 아더는 이 미지인을 궁정으로 초대하고, 식사 도중, 클리제스는 자신을 밝힌다. 그러나 그의 성공이 그에게 페니스를 잊도록 하지는 못해서, 그는 다시 콘스탄티노플로 돌아간다.

콘스탄티노플로 돌아간 지 오래된 어느 날, 클리제스는 여왕 페니스의 방에 나타난다. 그는 그녀에게 처음엔 위장된 말들로, 다음엔 가식 없는 고백으로, 그의 사랑을 표현한다. 그녀도 그에게 사랑을 고백하며, 그에게 기적의 물약 덕택에 결코 알리스의 소유가 되지 않았음을 알려준다. 그러나 그녀는 그가 그녀를 그의 남편으로부터 영원히 빼내어줄 때에야 비로소, 클리제스의 것이 되리라. 그녀는 유괴당한 것처럼 하여 브르타뉴로 도피하자는 의견을 거절한다. 그녀가 선택한 방법은 죽음을 가장하는 것이다. 장례식이 끝나면, 클리제스가 그녀를 무덤에서 끌어내어줄 것이다. 테살라는 페니스를 마비시켜 죽은 것처럼 보이게 할 새로운 물약을 준비한다.

황후는 우선 병든 것처럼 가장한다. 테살라는 집안을 들락거리는 사람들을 쫓아낸다. 그동안, 클리제스의 시종이며 건축가이고 충성심이 강한 장(Jean)이 그의 명령을 받들어 한증실과 도배된 방들과 보이지 않는 문들, 연인들이 확실한 은둔처로 사용될 수 있는 지하의 홀들 등등 화려한 시설을 갖춘 탑을 짓는다. 콘스탄티노플에는 황후의 병에 대한 소식이 퍼진다. 충실한 하녀인 테살라는 의사들로 하여금 환자의 오줌을 검사하게 해, 환자가 치료 불가능하다고 믿게끔 만든다. 전문가들은 황후가 '오후 3시경'을 넘어 살지 못할 것이라고 발표한다.

그때, 살레른느(Salerne)로부터 3명의 의사가 와서, 솔로몬 부인의 간계를 상기하면서, 일종의 트릭이 있지 않나 의심한다. 그들은 황후가 아직 숨을 쉬고 있다는 것을 확증으로 잡고, 알리스를 위해 그녀를 소생시키기 위해 힘을 다한다. 그들은 소위 시체에서 수의를 벗기고, 위협하고 피나도록 때리고 손 안에 납물을 흘려넣는다. 궁정의 부인들이 이 야만적인 치료에 분개해 3명의 의사를 창문 밖으로 내던져버리고 페니스를 관 속에 다시 넣는다.

장례식이 거행된다. 장이 무덤 속에 시체를 눕힌다. 그는 그 안에 보드라운 짚 침대를 준비해 놓았다. 밤이 되자, 클리제스와 장은 묘지의 담을 넘어서 페니스를 무덤으로부터 꺼내고 장의 탑으로 옮긴다. 테살라가 달려 와 그의 여주인을 깨어나게 하고, 의사들의 학대로 인해 피폐해진 몸을 회복시켜준다.

이제, 연인들을 위한 완전한 행복의 시간이 시작된다. 그러나 이 깊숙한 은둔이 있은 지 15개월 후, 페니스는 밝은 햇빛을 보고 연인과 과수원에서 노닐고 싶어 안달한다. 그들이 함께 나무 아래 누워있는 어느 날, 달아난 새매를 쫓아 온 베르트랑(Bertrand)이라는 이름의 기사가 과수원 벽을 올라왔다가 두 연인이 나무 아래 "발가벗고" 있는 것을 목격한다. 페니스가 깨어 비명을 지른다. 클리제스는 칼을 잡고 베르트랑을 쫓아가 그의 다리를 벤다. 그러나 베르트랑은 궁정으로 달아나는 데 성공하여 알리스에게 희한한 소식을 전한다.

죄인들은 테살라와 함께 도망친다. 알리스는 미칠 듯한 분노에 빠져 나라 구석구석을 뒤지라고 명령한다. 그러나 테살라의 마술이 도망자들을 보호해주어서, 그들은 결국 아더의 궁정에 도달한다. 클리제스는 삼촌의 불충, 약속의 위반을 고발한다. 왕이 직접 지휘하는 군대가 불충한 자를 벌하러 출발하려고 할 즘, 그리스의 사절들이 와서 클리제스에게 그의 삼촌이 분노로 죽고 모든 제후가 그를 그들의 군주로서 맞이할 준비를 하고 기다린다고 알린다. 클리제스와 페니스의 결혼식과 대관식이 콘스탄티노플에서 열린다. 클리제스는 그의 부인을 영원히 그의 친구(Amie)로서 대우하였고, 그녀를 가두거나 내시의 감시를 받도록 하지도 않았다. 그렇게 해서, 그것은 알리스의 불행을 계기로 각성된 콘스탄티노플의 황제들에게 풍속으로 정착되었다.

『수레의 기사Clevalier de la charette』

승천일 어느 날 아더가 그의 한 성에서 개최한 궁정에 멜레아강(Méléagant)이 이름을 밝히지 않은 채 나타나 특이한 거래를 제안한다. 고르(Gorre)의 왕국에는 로그르(Logres) 왕국에서 잡혀온 아주 많은 포로가 있는데, 그들은 고르를 떠날 수 없다. 고르는 길이 험하고 잘 방비되어 있어서, 일단 거기에 들어가면 "다시는 돌아올 수 없는" 왕국이다. 만일, 아더 왕이 그의 부인 그니에브르를 그의 기사 중 한 사람에게 맡겨서, 근처의 숲에서 멜레아강과 싸워 이긴다면, 고르에 묶여 있는 포로들은 해방될 수 있다. 그러나 여왕의 수호자가 패배자가 될 경우에는, 여왕은 그들이 유배된 곳으로 가야 할 것이다. 아더는 이 도전을 받아들이지 않을 수 없는 처지인데, 불행하게도 여왕의 보호를 집사 쾨가 요청함으로써 아더는 여왕을 그에게 맡긴다. 그러나 쾨는 지고, 사람들은 그의 말이 피투성이가 되어 돌아오는 것을 본다. 고벵과 아더는 그녀의 뒤를 추적하기로 결정한다.

이때, 어느 방향에서인지, 무슨 의도인지도 모르지만, 다른 기사가 지칠대로 지친 말을 타고 도착한다. 그가 바로 랑슬로(Lancelot)인데, 그 이름은 오랫동안 밝혀지지 않을 것이다. 그는 고벵을 알아보고, 고벵은 그에게 말을 한 필 빌려준다. 그러나 고벵은 그 기사가 누구인지 모르는 것처럼 보인다. 그럼에도, 고벵은 그를 따라갈 것이다.

새로 온 기사는 숲을 향해 돌진한다. 그러나 매복하고 있던 멜레아강의 부하들에 의해서 낙마하고 만다. 그래서 그는 걸어서 길을 쫓다가, 한 버릇없는 난쟁이가 모는 수레를 만난다. 여기에서, 작가는 수레의 창피스런 성질, 죄인을 싣고 다니면서 공시하는 도구로서의 성질을 강조한다. 난쟁이는 여왕이 간 곳을 알고 싶으면 수레에 오르라고 말한다. 랑슬로는 잠시 주저하다가 수레에 오른다. 반면, 랑슬로를 만난 고벵은 수레에 오르기를 거절한다. 당장 온 나라가 랑슬로가 수락한 이 수치를 알게 되고, 그에게 조소를 퍼부을 것이다.

말을 탄 고벵과 수레의 랑슬로는 첫 번째 아름다운 '아가씨'의 성에 도착하고, 아가씨는 그들을 차별 대우한다. 랑슬로는 침대에서 자는 걸 금지당하는 모욕과 불붙은 창의 시험을 받는다. 그는 어려움 없이 용감하게 벗어난다.

아침에, 그는 창문 밖으로 멜레아강의 일행이 여왕을 데리고 가는 것을 본다. 그래서 당장 쫓아 내려가려고 한다. 그를 모독했던 아가씨는 그에게 말과 창을 내주는 데 동의한다.

여왕을 다시 쫓아가는 고벵과 랑슬로는 한 십자로에서 두 번째 아가씨를 만난다. 그녀는 그들에게 두 개의 다리를 알려준다. 그것들은 이제 그니에브르가 갇히게 될 고르 왕국으로 진입하는 다리들로서, 건너기가 아주 어렵다. 하나는 "'수중' 다리(Pont 'évage')"로, 그 널바닥에서 수면까지의 높이는 그로부터 해저까지의 깊이와 같다. 그리고 '검의 다리(Pont de l'Epée)'는 비좁고 단도날처럼 날카롭다. 랑슬로가 고벵에게 선택권을 넘겨주어, 고벵은 첫 번째 다리를 택하고, 랑슬로는 두 번째 다리로 간다.

우선, 랑슬로는 황야의 가장자리에 있는 한 냇물목에 도착하는데, 건너는 게 금지되어 있다. 그러나 그는 여왕을 다시 만나겠다는 생각에 아주 깊이 잠겨 있어서, 도강을 금지하는 소리를 듣지 못한다. 그래서 냇물목을 지키는 기사와 싸움이 벌어지고 랑슬로가 승리하는데, 그의 적과 함께 다니는 세 번째 아가씨가 훗날의 보답을 담보로 목숨을 살려줄 것을 간청한다. 랑슬로는 그를 용서한다.

네 번째로 만난 아가씨는 랑슬로가 구하는 것이 무엇인지를 아주 잘 아는 듯이 보이는데, 그가 그녀에게 사랑을 주고 오늘 밤 당장 그것을 증명해 보인다면, 그를 도와주겠다고 선언한다. 고벵과는 다르게 사랑 놀음에 별 관심이 없지만, 그 때문에 여왕을 찾는 일을 망칠 수는 없는 랑슬로에게는 잔인한 곤경이다. 랑슬로는 계속적인 주저를 통해 접촉을 하지 않는 데 성공한다. 아가씨는 그럼에도 불구하고 그를 동행해 안내하는 일을 해준다.

그 여인과 함께 랑슬로는 한 우물과 섬돌에 다다른다. 그는 섬돌 위에서 여왕이 떨어뜨린 빗을 발견한다. 여인은 랑슬로에게 빗을 달라고 요구한다. 랑슬로는 거기에 붙어 있는 머리카락을 떼어서 거의 실신할 정도의 감정으로 그것들을 가슴에 품는다.

그 다음, 랑슬로와 여인은 아주 좁은 길에 접어든다. 그들은 거기에서 한 기사를 만난다. 그런데 이 기사는 랑슬로와 동행한 여인을 사랑하고 있다. 그는 여인을 데리고 가려 한다. 불가피하게 싸움이 벌어진다. 그러나 결투를 하려면 좀 더 적절한 장소를 찾아야 하리라.

그리하여, 그들은 많은 사람들이 놀러 온 한 풀밭에 다다른다. 사람들은 모두 '수레'의 기사를 알아보고 그에게 수치를 준다. 랑슬로와 싸워야 할 사람의 아버지인 나이든 기사가 이 결투를 말린다. 그러나 아버지와 아들은 그가 누구인지 알기 위해 거리를 두고 그를 좇아가기로 결정한다.

그들은 함께 한 은둔지에 다다른다. 그 둘레에는 아더 왕의 여러 영웅의 미래의 무덤들이 둘러서 있다. 랑슬로는 포로들을 구출할 사람에게 예비된 무덤의 거대한 평석을 어렵지 않게 들어 올린다.

여행자들은 마침내 헤어진다. 랑슬로는 한 기사를 만나, 그의 집에 유숙한다. 5명의 아들과 두 딸을 두고 있는 이 배신은 그 자신이 본래 로그르 출신임을 밝히고, 랑슬로가 그와 마찬가지의 포로가 되었음을 슬퍼한다. 랑슬로는 이 감옥에서 빠져나갈 수 있다는 것을 의심하지 않으며, '검의 다리'로 가는 길을 묻는다. 배신의 두 아들이 이제부터 그와 동행할 것이다.

사람들은 랑슬로에게 우선 위험한 암석로(Passages des Pierres)를 통과하라고 알려준다. 랑슬로는 그를 접대한 사람들이 이미 그가 온다는 것과 그의 해방자로서의 역할을 알고 있었다는 것을 깨닫는다.

암석로는 한 수루에 의해 지켜지고 있는데, 거기에는 한 명의 기사와 그의 부하들이 있다. 여기에서 다시, 수루의 군인들이 랑슬로에게 수레에 올랐다는 것을 두고 조롱한다. 싸움이 벌어지고 랑슬로가 승리한다.

그 다음, 랑슬로와 그의 동료들은 한 남자를 만난다. 그 남자는 랑슬로 일행에게 쉴 곳을 제공하겠다면서 그들을 자신의 성채로 데리고 간다. 길을 가는 도중에, 그의 종자 한 사람이 와서, 로그르 사람들이 고르 사람들에 대항해 봉기했다는 것을 알린다. 남자는 말에 박차를 가하고 성 안으로 질주한다. 랑슬로 일행이 그를 막 따라 들어간 순간, 뒤에서 문이 내려와 닫히고, 앞으로도 남자 뒤로 문이 내려와 닫힌다. 랑슬로는 어린 시절 그를 길러주었던 요정이 준 마술반지로 요정에게 구원을 요청하지만, 반지는 그들이 꼼짝없이 갇혀 있는 모습만을 보여준다. 갇힌 여행자들은 성벽의 비밀문을 찾아 그것을 깨뜨려 열고 들판으로 나간다. 밖에는 이미 전투가 벌어지고 있다. 그들은 그들의 동족을 구하러 달려간다. 수세에 몰려 있던 로그르 사람들은, 랑슬로의 용맹에 힘입어 승리를 거둔다. 기쁨에 환호하는 그들은 앞다투어 그들의 구원자를 집으로 모시려 한다. 랑슬로는 그들의 다툼을 나무란다.

랑슬로는 이번에 또다시 많은 자식을 둔 다른 배신에게 대접을 받는데, 그 집에 한 기사가 나타나 랑슬로에게 수레에 올랐던 사실을 비난한다. 랑슬로는 대꾸를 안 하지만, 주인 가족들은 놀라며 한탄한다. 오만한 기사는 랑슬로의 목숨을 사는 조건으로 '검의 다리'를 건널 수 있도록 해주겠다고 제안한다. 랑슬로는 거절하고, 결투가 벌어진다. 결과는 랑슬로의 승리. 랑슬로는 기사를 수레에 태움으로써 그가 받은 모욕을 되갚아준다.

패배한 공격자는 용서를 구하나, 노새를 탄 한 처녀가 와서 그녀의 적인 패배자의 머리를 요구한다. 랑슬로는 처녀의 요구와 기사의 간청 사이에서 결정을 못내린다. 또 한번의 결투가 공격자의 패배를 확증시키고, 그의 머리는 잘려 처녀에게 건네진다. 이것은 중요한 결과를 낳을 것이다.

로그르 출신 배신의 아들들은 무시무시한 '검의 다리'에까지 랑슬로를 따라온다. 랑슬로는 대담하게도 이 날카로운 다리에서 미끄러지지 않기 위해, 발과 손과 다리를 벗은 채로 건너는 시도를 하고, 마침내, 잔혹한 상처들을 대가로 건너는 데 성공한다. 이 용감한 무훈을 신실한 자 바데마구스(Bademagus)와 그의 아들인 불충한 자 멜레아강이 한 탑에서 지켜보았다.

여왕 그니에브르를 이 훌륭한 승리자에게 돌려주라고 멜레아강에게 충고하는 아버지와 그것을 거부하는 아들 사이에 논쟁이 벌어진다. 바데마구스는 정중하게(courtoisement) 부상한 랑슬로를 돌봐주고 그에게 무구를 갖추어준다.

바데마구스와 그니에브르가 창가에서 지켜보는 가운데, 랑슬로와 멜레아강이 결투한다. 그니에브르의 한 시녀가 이 결투를 보면서, 그니에브르에게 멜레아강의 적수가 누구냐고 묻는다. 여왕은 그녀에게, 그리고 바로 우리에게도, 그 이름을 가르쳐준다. 그 이름은 호수의 랑슬로(Lacelot du Lac)이다(실제, 랑슬로라는 이름은 여기에서 처음 밝혀진다.). 처녀는 랑슬로의 이름을 크게 불러, 그에게 그니에브르가 그를 바라보고 있다는 것을 알게 해준다. 감격한 랑슬로가 처음엔 무방비상태로 넋이 나가 있다가, 처녀가 다시 그의 의무를 그에게 상기시켜주자, 용감하게 싸워 멜레아강을 패배시킨다.

바데마구스는 여왕에게 그의 아들을 용서해달라고 간청한다. 여왕이 동의한다. 여왕에게 절대 충성하고 성품이 관대하기도 한 랑슬로는 싸움을 멈춘다. 그런데도, 불충한 멜레아강는 계속해서 그에게 공격을 하고, 또한 여왕을 돌려주라는 아버지의 말을 거부한다. 마침내, 그는 조건을 달아, 그니에브르를 풀어준다. 일 년 후, 아더의 궁정에서 두 적수의 새 결투가 있을 것이다.

로그르의 포로들은 이렇게 해서 풀려나고, 랑슬로는 바데마구스의 안내로 여왕 앞으로 간다. 그러나 그녀는 그녀의 해방자에게 경멸만을 표시하니, 바데마구스도 쾌도 해득할 수 없다. 랑슬로는 비탄에 잠긴 채로 고벵을 찾으러 떠난다.

랑슬로와 바데마구스의 합의를 잘 모르는 왕의 신하들은 랑슬로를 쫓고, 그가 죽었다는 소문이 퍼진다. 여왕은 슬픔에 잠겨, 그녀의 냉랭한 태도가 자기를 구원한 사람의 죽음을 자책한다. 그녀는 그 후, 모든 음식을 거부한다. 이번엔 랑슬로가 이와 같은 결정에 관해 듣고, 절망하고 자살을 하려고 시도한다.

슬픔과 사랑의 긴 독백을 통해 나타나는, 이 두 사람 각각에게 일어난 이중의 오해는 마침내 해결되어, 랑슬로는 여왕 앞에 나타난다. 해명의 시간. 그니에브르는 단지 장난을 치려고 했을 뿐이었다고 사과한다. 그러나 랑슬로에게 수레에 오르기를 잠시나마 주저했다고 비난한다. 랑슬로는 용서를 구하고, 그니에브르는 바로 오늘 저녁 그녀의 창가로 단둘이 이야기 나누러 와도 된다고 허락한다.

밤에, 랑슬로는 밖으로부터 창가로까지 온다. 그는 그니에브르의 곁에 더욱 가까이 가기 위해, 쇠 빗장을 벌리려 한다. 여왕은 침실로 돌아가 기다리고, 랑슬로는 손에 상처를 입는 대가로 창살을 열고 방에 들어가는 데 성공한다. 그리고 그날 밤은 말로 다 표현할 수 없는 사랑의 밤이다.

창살이 랑슬로의 손에 남긴 상처는 피를 흘려 여왕의 옷에 얼룩을 남겼다. 아침에, 멜레아강은 방에 들어서면서 핏자국을 발견한다. 그는 그것을 쾨의 것이라고 생각하는데, 쾨는 바로 옆방에 상처 입고 누워있으며, 그의 상처들은 정말 벌어져 피 흘리고 있었다. 그래서 그는 여왕에게 쾨와 간통하였다고 비난한다.

여왕은 랑슬로에게 알리고, 그는 비밀을 감춘 채 집사를 도와주러 온다. 그래서, 다시 멜레아강과 랑슬로의 결투가 벌어지려 한다. 바데마구스가 중재하고, 여왕과 랑슬로의 동의를 얻어 결투는 중단되고, 일 년 후 아더의 궁정에서 벌어지기로 약속된 결투에 맡겨진다.

랑슬로는, 다시 고뱅을 찾으러 떠난다. 고뱅은 그동안 적잖은 어려움과 불편을 겪으면서 '수중 다리'를 건너려고 시도했었다. 고뱅에게 다가가기 직전, 랑슬로는 또 하나의 난쟁이를 만난다. 난쟁이는 그를 아주 좋은 숙소로 안내하겠다고 제의하는데, 그것은 악독한 계략이었다. 이 난쟁이는 멜레아강의 명령에 따라 움직이는 사기꾼이었던 것이다. 랑슬로의 동료들이 고뱅을 익사 직전에서 구해내었을 때, 그들은 더이상 랑슬로를 찾을 길이 없다.

한 거짓 편지가 랑슬로의 친구들에게 그가 지금 아더의 궁정을 향해 가고 있으니, 벌써 도달했는지도 모른다고 알려준다. 이 또한, 랑슬로로 하여금 어떠한 도움도 받지 못하도록 하려는 멜레아강의 계략이었다.

랑슬로는 멜레아강의 한 집사의 집에 감금된다. 그러나 여왕의 궁정의 두 부인, 노오즈(Noauz)의 부인과 포멜르글르와(Pomelegloi)의 부인이 마상 시합을 계획하고, 여왕이 그에 동의한다. 여왕이 노오즈의 마상 시합에 나타나리라는 소문이 포로가 된 랑슬로의 귀에까지 들린다.

랑슬로는, 그녀를 만나러 갈 수 없다는 것을 슬퍼하여, 집사의 부인으로부터, 확실히 돌아온다는 전제 하에, 집사가 없는 동안 며칠 간만 빠져나가는 허락을 얻어낸다. 집사의 부인은 랑슬로에게 남편의 진홍빛 갑옷과 씩씩한 말을 빌려주기까지 한다.

랑슬로는 몰래 노오즈에 도착한다. 그러나 한 전령이 그를 알아본다. 랑슬로가 그에게 침묵을 지키라고 협박했음에도 불구하고, 전령은 풀려나자마자 사방에 대고 이렇게 소리친다. "기준을 제시할 사람이 왔도다('Or est venu qui l'aunera')."

시합 첫날. 익명으로 시합에 참여한 랑슬로의 빛나는 승리. 그러나 여왕은 이 기사의 뛰어남에 호기심을 갖고 혹시 랑슬로가 아닐까 알고 싶어서, 시녀 한 사람을 시켜 "가장 나쁘게('au noauz'au plus mal')" 하라는 명령을 전달하게 한다. 랑슬로는 복종하고, 비겁한 태도를 보여줌으로써 수치로 뒤덮인다.

시합 이튿날, 여왕은 이기기만 하다가 자발적으로 비겁쟁이가 된 이 기사가 랑슬로 이외에 누구일 수 없다고 생각한다. 또 한번 시험하기 위해, 그녀는 다시 "가장 나쁘게" 하라는 말을 전하게 한다. 그는 이번에도 복종한다. 그러자 그녀는 이어서 명령을 바꾸어 "가장 좋게('au mieulz')" 하라고 전하게 한다. 랑슬로의 찬란한 승리. 그는 승리한 후에, 몰래 시합장을 빠져나가 감옥으로 다시 간다.

집사의 아내는 랑슬로가 돌아오는 것을 보고 기뻐 어쩔 줄을 모른다. 그러나 그녀는 그녀가 외출을 허가했다는 것을 남편에게 고백하고야 만다. 멜레아강은 고르 근처 어느 해변에 빈약한 음식물들만 통과할 수 있는 작은 창문 하나 이외에는 아무 출구도 없는 탑을 짓게 하여, 랑슬로를 거기에 가둔다.

그의 적이 이제 없으리라는 것을 확신한 멜레아강은 아더의 궁정에 가서 약속된 결투를 요구한다. 고벵이 랑슬로를 대신해 나선다. 바데마구스 왕이 아들을 진정시키려 하나, 소용이 없을 것이다.

그러나 아버지와 아들의 대화를 멜레아강의 누이 하나가 엿듣는다. 그녀 또한, 그녀가 관심을 가지고 있는 랑슬로에게 무슨 일이 일어났는지 알고 싶어 하는데, 그녀는 바로 랑슬로에게 적의 머리를 요구했던 바로 그 여인이다. 그녀는 다시 노새 위에 올라, 온 나라를 찾아다닌다. 그녀는 마침내 바닷가의 탑 앞에 다다른다. 그리고 거기에 새나오는 한탄을 듣는다. 그녀는 거기에 갇혀 있는 사람이 랑슬로가 아닐까 추측하고, 그의 이름을 부른다. 둘은 창살을 사이에 두고 서로 알아본다. 그녀는 그에게 곡괭이 하나를 건네주고, 그는 그것으로 탑의 빈틈을 부수고 나온다. 그는 자유의 몸이 되었으나, 탑을 빠져나오느라 온몸이 지쳐 사경을 헤맨다. 멜레아강의 누이가 그를 정성을 다해 치료하고, 회복된 랑슬로는 그녀에게 영원한 충성을 맹세한다. 그러나 그니에브르에게 돌아가 할 일이 있다는 것을 랑슬로는 잊지 않았다. 그는 새롭게 충성을 바친 여인에게 허락을 얻어 아더의 궁정으로 떠난다.

멜레아강은 아더의 궁정으로 와서 방약무인하게 랑슬로를 요구한다. 고벵이 무장을 하는데, 그때 바로 랑슬로가 돌아오는 것을 본다. 랑슬로는 그의 적의 불충함을 설명한다. 결정적인 싸움. 멜레아강은 죽는다.

작가는 뒷부분이 자신의 완전한 동의 하에 고드프르와 드 레니(Godefroi de Leigni)라는 성직자에 의해 씌어졌음을 밝힌다.

『사자의 기사*Chevalier au Lion*』

　아더의 기사인 칼로그르낭(Calogrenant)은 어느 날 식사 후의 모임에서 몇 년 전 브로셀리앙드(Brocéliande)의 숲에서 그가 겪었던 영광스럽지 못한 모험을 이야기한다. 조금은 우연에 맡긴 채 놀라운 모험을 찾고 있던 그는, 한 배신 가족의 환대를 받은 후에, 숲에서 추한 거인을 만난다. 일련의 질문과 대답을 통해 거인은 자신이 숲을 지배하는 '사람'임을 밝히고, 칼로그르낭은 자신이 모험을 7년 동안 찾아 헤매었지만 좋은 결과를 얻지 못한 편력기사라고 밝힌다. 거인은 옛 성당 가까운 곳에, 아름다운 소나무가 그늘을 드리우고 있고 진기한 섬돌이 있는 한 우물로 가면, 모험이 있을 것이라고 귀띔해준다. 길다란 사슬로 소나무에 매어달린 우물에서 쇠바가지로 길어올린 물을 섬돌 위에 뿌리면, 무시무시한 광풍이 일어 둘레의 나무들을 부러뜨리고 그 둘레를 황폐화시킨다는 것이다. 칼로그르낭이 직접 시험해 보자 거인의 말대로 무시무시한 광풍이 인다. 그리고 곧 청명한 푸르름이 찾아오고 빈 나뭇가지에 새들이 앉아 아름다운 노래를 화창한다. 칼로그르낭은 넋을 잃고 새들의 합창을 듣는다. 이때 한 힘센 기사가 곧장 다가오는 것을 보았다. 그는 그에게 자신의 영토를 이렇게 황폐하게 만드는 이유가 무엇이냐고 묻는다. 이어진 결투에서 칼로그르낭은 패배해 넘어져 불쌍하게 걸어서 도망치는 수밖에는 달리 살 길이 없었다.

　주의 깊게 듣던 청중들은 다양한 반응을 보였다. 거만하고 신랄한 집사 쾨는 평상시처럼 조롱과 멸시를 퍼붓는다. 칼로그르낭의 사촌인 이벵(Yvain)이 그 모험을 직접 겪어볼 뜻을 비추자, 쾨는 이벵도 조롱한다. 잠을 자고 있던 아더 왕이 들어와 이야기를 듣고는 손수 기사들을 이끌고 그곳에 가기로 결정한다.

　위리앙(Urien) 왕의 아들 이벵은 다른 기사들이 모험을 선점할 것을 두려워한다. 그렇게 되면, 쾨가 그에게 가한 모욕을 갚을 길이 없기 때문이다. 이벵은 몰래 혼자서 문제의 샘으로 가기로 결심한다.

그는 칼로그르낭과 똑같은 절차를 밟아, 배신 가족과 숲의 거인을 만난 후, 소나무와 섬돌이 있는 샘을 발견한다. 그도 마찬가지로 물을 섬돌에 뿌린다. 똑같은 광풍과 되찾은 청명. 곧 영주가 나타나서, 격렬한 결투가 벌어진다. 이벵은 우물의 수호자를 치명적으로 상처 입히고, 그는 서둘러 달아난다. 승리자는 그를 바짝 추격해 그의 성까지 따라붙는다. 그런데 문이 갑자기 이벵의 면전에서 닫혀 멈출 수밖에 없었고, 영주는 몸을 숨긴다. 한편, 이벵의 뒤에서, 그의 박차 바로 뒤로 또 하나의 날카로운 문이 떨어져 그의 말을 두 동강 내고 기사를 입구의 벽면과 닫힌 미닫이문 사이에 가두어 놓는다.

그러나 갑자기 하나의 좁은 벽 문이 열리며 한 매혹적인 아가씨가 나타난다. 그 아가씨는 이벵을 알아보고, 그에게서 받은 예의(courtoisie)에 대해 감사를 하는데, 언젠가 그의 여주인의 사절로 아더의 성에 파견되었을 때 그 모임에 참석한 누구의 집에서도 받아보지 못했던 환대를 이벵에게서 받았던 것이다. 감사의 뜻으로, 젊은 처녀는 갇힌 기사를 구해주기로 생각하고, 그에게 죽은 영주의 집 안에 있는 은신 장소를 찾아준다. 그 집의 사람들은 살인자를 잡으려고 혈안이 되어 있는 중이다.

처녀는 집에 도달하자, 이벵의 손가락에 반지 하나를 끼워준다. 그것은 그를 보이지 않게 해주는 힘이 있어서, 그를 잡으려고 하는 모든 사람 한가운데 있는데도 불구하고 발각되지 않는다. 보이지 않는 이벵은 죽은 기사의 장례행렬을 보게 되는데, 맨 앞에는 미망인이 가고 있다. 부인은 절망과 분노가 극에 치달아 남편을 죽인 자를 저주한다. 이벵은 보이지 않는 덕분으로 공격을 면하지만 대신 부인의 저주를 아무 손도 쓰지 못하는 채로 들어야만 하는 묘한 처지에 놓이게 된다. 다른 한편으로 이벵은 부인이 절망과 분노에도 불구하고 이 세상이 낳은 가장 아름다운 여인이라는 사실에 탄복한다. 그는 그녀로부터 눈길을 뗄 수가 없다. 그리고 그가 시선을 돌리려고 하면 할수록 더욱 강하게 사로잡히는 포로, 아무리 애를 써도 사랑의 포로가 되고 마는 것을 느낀다. 아마도 광기이리라. 이벵은 그렇게 생각한다. 그러나 그를 도우는 아가씨의 도움은 그것을 현실로 바꾸어 줄 것이다.

실제로 아가씨는 아주 대담하면서도 아주 이성적인 방식으로 그의 여주인으로 하여금, 슬픔 속에 갇혀 있으면 안될 뿐만 아니라, 또한 그녀의 남편 에스칼라도스 르 루(Esclasdos-le-Roux)의 죽음은 영광스럽고도 바른 형식을 갖춘 결투로 인한 것이니 복수를 생각해서도 안 된다고 설득하려고 한다. 더욱이, 이제 무방비의 상태가 된 이 우물과 봉토를 향해 아더의 군대가 쳐들어오고 있는 중이다. 아가씨는 교묘한 변증술을 통해 부인과 이벵을 결합시키는 데 성공한다. 즉, 영주의 죽음으로 위험한 탐욕의 대상이 되고 있는 이 영지를 지킬 사람은 바로 영주를 죽인 사람밖에는 없다는 말로 부인을 설득한다. 부인은 처음 저항하고 화를 내지만, 결국 뤼네트에게 설득당하고 만다.

그러나 그 살인자가 어디 있는가? 처녀는 그를 아더의 궁정에서 되찾는 데 열중인 척 한다. 그리고 이제는 부인이 그를 서둘러 만나고 싶어 안달하는 참이다. 이제까지 그를 숨겨왔던 아가씨는 이제 그를 나타나게 한다. 부인은 이 기사의 아름다움과 열정적인 그의 솔직한 말에 마음을 빼앗긴다. 그들의 결혼식은 아주 적절한 시간에 열렸으니, 결혼식이 끝난 직후, 아더가 우물에 와서 섬돌에 물을 뿌렸던 것이다. 폭풍이 일자, 이벵은 바로 뛰쳐나가 교만한 쾨를 패대기치고 고뱅과 왕에게 자신을 알아보게 한다. 모두가 기뻐한다. 이 기쁨은 곧 이벵 자신의 실수로 인해 두 연인의 고통으로 끝날 것이다. 새로운 소설이 크레티엥 이야기의 두 번째 부분으로 시작되니, 그것은 전반부보다 복잡하고 드라마틱하다.

고뱅은 그의 친구 이벵이 새로운 행복을 찾은 것을 보고 아주 좋아하면서도, 사랑의 기쁨이 아무리 아름답고 아무리 충분히 조화롭다 하더라도 그것 때문에 그의 기사도의 영예를 희생시켜서는 안 된다는 것을 그에게 상기시킨다. 그는 이벵에게 그와 함께 가치와 영광을 다투는 마상 시합회에 참여하자고 요청한다. 그리고 이제는 그 이름이 로딘느(Laudine)라고 밝혀진 부인(그리고 우리는 아름답고 수완이 능하며, 게다가 고뱅과 마음이 아주 잘 맞는 그 시녀의 이름이 뤼네트[Lunete]라는 것도 알게 된다.)은 그녀의 새 남편과 헤어지는 고통에도 불구하고, 그의 영광에 장애가 되지 않도록 하기 위해 그의 출발에 동의한다. 그러나 그녀는 이벵의 부재기간을 딱 일 년으로 한정하며, 이 기간이 넘었을 경우, 그녀가 관대하게 바친 사랑은 이 무례한 망각 앞에서 단호히 사라질 것이라고 경고한다.

부인의 의심은 너무나 정당한 것이었다. 그의 사랑이 분명한 데도 불구하고, 이벵은 약속된 날짜를 지나치고 만다. 그가 그것을 깨달았을 때는 너무 늦었다. 로딘느의 한 시녀가 아더의 궁정에 나타나 이벵에게 분노와 경멸의 말을 전한다. 사랑의 도둑질의 희생자가 된 그녀의 부인은 절망하고 격분하여, 사랑을 거두고 영원히 그것을 되돌려주지 않을 것을 결심한 것이다.

이벵에게 있어서, 그 타격은 엄청난 것이다. 그의 이성은 증발한다. 그는 그가 더 이상 사람들의 사회에 머물 수 없다고 생각한다. 그래서 그는 숲으로 달아난다. 숲 속에서 그는 발가벗은 채로 날고기를 먹는 '야만인'으로서 산다. 때때로 겁 많은 한 은자의 집에 출몰하여 인간의 음식(보리로 만든 딱딱한 빵)을 얻어먹고 사냥한 짐승을 놓고 간다. 그러한 삶이 한동안 계속되던 중, 숲 속에 잠들어 있는 이벵을 노리송(Norison) 부인의 시녀가 발가벗고 있는 이벵을 발견한다. 부인 일행은 그의 얼굴에 난 상처자국으로 그가 이벵임을 알아보고는 마침내, 요정 모르간느(Morgane)가 부인에게 준 고약의 힘으로 차츰 차츰 그의 정신을 회복시켜준다.

이성을 되찾은 이벵은 그 순간부터 버림받은 사람들, 특히 불행히 학대받는 여인들에 대해 봉사하는 가치 있는 일을 하게 될 것이다. 처음, 그는 기적의 고약으로 그를 구하는 데 성공했던 노리송 부인을 돕는다. 그는 나라와 부인의 손을 빼앗기 위해 나라를 침략한 이웃 영주 알리에(Alier) 백작으로부터 그녀를 구해준다. 침략당한 나라의 사람들은 그렇게 해서 구출되고, 부인은 몸소 이 용감한 수호자에게 영주의 직위를, 즉 남편의 지위를 주길 희망한다. 그러나 이벵은 그의 승리 후에, 그 나라 사람들이 대단히 아쉬워하는 가운데, 그가 구출한 사람들을 떠난다.

새로운 속죄의 기회가 곧 나타난다. 이번에는 고귀한 짐승, 사자가 문제였는데, 이벵은 입에서 불을 뿜는 뱀이 사자의 허리를 칭칭 감고 있는 것을 본다. 이벵은 한순간 주저한 다음, 그가 구출했을 경우 바로 그 사자가 자신을 공격할지도 모르는 위험을 무릅쓰고 이 고귀한 짐승을 구원하기로 결심한다. 그는 뱀을 죽여 사자를 풀어준다. 그리고 그는 사자가 그에게 몸짓을 통해 명백히 경의를 표하는 것을 보고 놀란다. 사자는 은혜를 기억할 줄 아는 자의 놀랍고도 모범적인 충직함을 가지고, 그의 충실한 동반자가 될 것이다. 이벵은 이제 '사자의 기사(Chevalier au lion)'가 되고, 그 짐승은 이제부터 언제나 그의 곁에서 그를 도울 것이다.

그 후, 이벵은 우연히 소나무가 있는 우물에 있는 자신을 발견한다. 그는 영원히 로딘느의 사랑을 잃었다는 생각 끝에, 절망에 사로잡힌다. 사자도 그 마음을 나누는 듯하다. 그런데 근처에 있는 오래된 교회당으로부터 이벵은 여인의 흐느낌과 애소가 흘러나오는 것을 듣는다. 그는 옛날에 자신을 도와주었던 여인 뤼네트가 안에 갇혀 있는 것을 알게 된다. 다른 시종들이 그녀에 대한 여주인의 신임을 질투해서 이벵의 결함을 이유로 들어 뤼네트를 배반죄로 고발했던 것이다. 그래서 그녀는 그녀를 고발한 세 명의 적에 대항해 자신을 보호해 줄 수호자를 찾지 못한다면 산 채로 화형을 당할 위험에 처해 있다. 그런데 보호자가 되어 줄 수 있는 고벵은 아더의 궁정에 없다(그는 그니에브르를 찾는 일을 하고 있었다. 그것은 『사자의 기사』를 『수레의 기사』와 연결시킨다.). 그리고 이벵은 찾을 길이 없는 형편이다. 그러나 뤼네트의 한탄을 듣는 사람이 바로 이벵인 것이다. 그는 불행에 빠진 여인에게 자신을 밝히고, 내일 당장 그녀를 보호하러 올 것이라고 약속한다.

그날 밤 이벵은 한 성의 대접을 받는데, 그 성은 비탄에 잠겨 있다. 영주의 아들들이 '산의 괴물(Harpin de la Montagne)'이라는 거인에게 사로잡혀 죽을 위험에 놓여 있는데, 그 거인은 영주의 딸을 얻지 못한 데 대한 분노로 그렇게 한 것이다. 거인은 아들들을 살려주는 대가로, 그의 가장 천한 하인들의 색욕에 그녀를 바치라고 제안하고 있다. 그런데 그 젊은 처녀는 바로 고벵의 친 질녀이다. 이벵은 그래서 그의 가장 소중한 동료의 불행한 친척들을 도와주기 위해 달려간다.

이튿날, 실로 그는 거인과 싸워, 사자의 도움으로 그를 죽임으로써, 고벵의 질녀와 그의 조카들을 공포에서 구해준다. 그 다음 뤼네트를 구하러 달려가, 세 명의 적과 싸워 이기고, 그녀에게 정의의 심판을 하듯이 부인의 총애를 다시 획득하게 해주는 데 성공한다. 이제 한 걸음만 더 가면 이벵과 부인의 재결합이 가능할 것이다. 그러나 우리는 아직 거기에 이르지 못한다.

그 전에, 참회하는 기사는 또 다른 사건에 말려든다. 그가 느와르-에핀느(Noire-Epine)의 영주라는 것밖에는 알려진 것이 없는 사람이 두 딸을 남기고 죽는다. 그런데 큰 딸이 유산의 일부를 작은 딸에게 내주기를 거부한다. 동생은 그녀의 권리를 지켜 줄 보호자를 찾으려 하면서 고벵을 생각한다. 그러나 그녀는 언니에게 앞지름을 당하고 말았다. 언니는 이미 이 유명한 기사의 보호를 확보해놓고 있었던 것이다. 그러나 이제 이벵이 이 상속받지 못한 여인의 권리를 옹호해 줄 것이다. 뜻밖에도 탁월한 기사이자 친구인 두 사람들 사이에 결투가 벌어지게 될 운명이다.

그러나 그것은 '불길한 모험(Pesme-Aventure)' 성의 사건 이후에나 벌어질 것이다. 이벵은 어느 날 저녁 한 성에서 아주 정중하지 못하게 대접을 받았는데, 그 성의 이름은 '불길한 모험'이다. 사람들은 그에게 거기에 들어가지 말라고 충고했으나, 수포로 돌아갔다. 이 성에서 이벵은 아주 대조적인 두 광경, 즉, 성주의 가족이 단란하게 소설을 읽는 광경과 단단한 말뚝들을 박은 큰 울타리에 둘러싸인 거대한 작업장에서 3백 명의 처녀가 아주 비참한 상태로 노동을 하고 있는 광경을 목격한다. 후자의 처녀들은 전쟁에서 패배한 어떤 이웃 영주가 바친 조공으로서 거기에 와 있는데, 그들을 받은 성주는 악마(Netun)의 자식인 두 괴물에 의해 도움을 받고 있다. 한편 영주는 이벵이 이 괴물들과 싸워 승리함으로써 자기 딸과 결혼하기를 원하고 있다. 영주의 아름다운 딸 또한 이 기사와 합쳐지기를 갈망하고 있다. 이벵과 사자는 괴물들과 싸워 쉽게 이길 뿐만 아니라, 성주 딸의 구혼도 물리친다. 그는 일하는 처녀들과 함께 성을 떠난다.

이제 마지막 사건만이 남았다. 즉, 앞에서 예정된 친구와의 결투이다. 이 팽팽한 결투는 그 둘 각각에게 상대방에 대한 경의를 갖게 해준다. 고벵과 이벵은 서로 자신이 졌다고 주장하다가 서로의 이름을 밝히고, 기뻐하면서도 동시에 서로 적이 되고 만 불운을 한탄한다. 상속의 문제는 둘이 서로 자기가 졌다고 주장하는 바람에 해결되지 않는다. 아더 왕이 나서서 탁월한 솜씨로 중재한다. 즉, 이전에 큰 딸이 그에게 동생의 권리를 빼앗겠다는 말을 고백한 적이 있음을 상기시키고, 그 죄악에 대한 벌을 받을 것인가, 아니면 동생에게 그녀의 몫을 돌려줄 것인가를 선택하도록 한 것이다. 왕은 그러한 협박을 통해서 동생의 권리를 되찾아준다.

그런데 이벵은 이성을 되찾은 후에 한순간도 쉬지 않고 그의 사라진 행복을 생각하고 있었다. 그는 용서를 받지 못하면 죽어버리겠다고 결심한다. 그래서 그는 우물로 다시 가 폭풍을 일으키고 뤼네트의 도움으로 그녀의 발아래로 뛰어듦으로써 '우물'의 부인과의 행복한 관계를 회복하는 데에 성공한다.

작가는 소설을 끝내면서, 그가 지금까지 이야기한 모든 모험들은 작가가 직접 들은 것으로서, 거짓으로 보태진 것은 하나도 없음을 밝힌다.

■ 『그랄 이야기*Le Conte du Graal*』

우선, 작가는 후원자인 필립 드 플랑드르 백작을 찬양한다. 그리고 지금까지 왕궁에서 이야기되었던 어느 이야기보다도 좋은 이야기를, 백작의 명에 따라 하겠노라고 말한다.

어느 봄 날 한 골 족의 종자(나중에 페르스발[Perceval]이라고 이름이 밝혀질)가 사슴 사냥을 하다가, 숲 속에서 요란한 소리를 듣는다. 그는 그것을 악마들의 신호라고 해석했으나, 실제로는 아더 궁정의 5명의 기사였다. 그들은 3명의 아가씨와 5명의 기사를 추적하고 있는 중이었다.

페르스발은 그들이 누구인지 모르는 채로, 그 기사들 중에 가장 아름다운 기사에게 경배한다. 골 족의 종자를 현혹시킨 것은 무구의 호사함으로서, 그는 그와 같은 것을 하나 얻고 싶다는 욕망 때문에 그에 대해 질문을 퍼붓기를 그치지 않는다. 대장-기사가 인내심 있게 페르스발에게 대답해주자, 그제서야 페르스발은 그들이 찾고 있는 사람들에 대한 정보를 제공한다.

어머니의 집으로 돌아온 페르스발은 기사 작위를 수여하는 아더의 궁정으로 떠나겠다고 알린다. 남편과 두 아들을 잃은 후에, 남은 아들을 기사도 세계로부터 떼어놓기로 결심했었던 어머니는 아들을 설득하려고 하나 소용이 없다. 페르스발의 욕망을 들어주지 않을 수 없게 된 어머니는 그에게 필요한 옷을 준비해준다. 거친 삼베 내의, 골(Gaule)풍 바지, 사슴 가죽으로 된 두건, 그리고 창(javelot) 하나. 그리고 기사가 취해야 할 거동 및 행동에 대해 가르친다.

3일 후 페르스발의 출발은 어머니의 죽음을 유발한다. 페르스발은 떠나가면서 어머니가 실신하는 것을 보지만, 어머니의 사망은 짐작하지 못한다.

페르스발은 하루 종일 말을 달리고 밤에 숲을 지나간다. 새벽에 그는 멋진 막사 하나를 보면서 교회로 착각한다. 이 골 족의 종자는 텐트의 열린 틈

새를 통해서 한 처녀가 침대 위에 혼자 잠들어 있는 것을 발견한다. 이 여인
의 이름은 '황야의 오만한 여인(Orgueilleuse de la Lande)'이다. 페르스발은 처
녀에게 접근하여 포옹하려고 하고 그녀의 손가락에서 반지를 빼앗는다. 떠
나기 전 굶주린 페르스발은 처녀의 기사 연인 몫으로 남겨져 있었던 먹을
것을 해치운다.

'오만한 자(Orgueilleux)'가 돌아왔을 때, 처녀는 연인에게 그녀가 당한 폭
행을 이야기한다. 그러나 남자는 그녀가 침입자와 눈이 맞았다고 의심하고
는 문제의 도둑을 찾을 때까지 비참과 망신 속에서 살 것을 선고한다.

페르스발은 길을 가던 도중, 한 석탄 장수가 당나귀를 끌고 가는 것을 본
다. 석탄 장수는 페르스발에게 아더의 궁정으로 가는 길을 알려주면서, 아더
가 제도(諸島)의 사자 왕을 크게 물리친 이야기며, 그런데도 가신들이 궁정을
떠나서 아더가 슬픔에 빠져 있다는 등의 상세한 이야기를 해준다.

아더의 궁정에 가까이 왔을 때, 페르스발은 한 기사를 만나는데 그 기사
가 입은 진홍빛 무구는 그 전에 만났던 기사들의 무구보다 더욱 페르스발의
마음을 끈다. 진홍의 기사, 혹은 진홍 갑옷의 기사로 불리는 이 기사는 방금
아더에게서 황금 술잔을 빼앗아 여왕 그니에브르의 머리 위에 내용물을 쏟
아부은 참이었다. 그는 아더 왕에게 그가 안겨준 모욕을 페르스발에게 이야
기해주면서 왕에게 전할 말을 준다.

진홍 무구를 가지고 싶다는 탐욕에 빠진 페르스발은 기사의 말을 듣는 둥
마는 둥 하여 아더 왕에게 그의 메시지를 전하는 것을 잊는다. 페르스발은
홀 안으로 들어가 한 종자(이보네[Yvonet] : 고뱅의 시종)에게 왕이 누군지 가르
쳐줄 것을 요구한다. 말을 탄 채로 페르스발은, 생각에 빠져 있는 왕에게 다
가간다. 페르스발이 타고 있는 사냥말의 머리가 왕의 모자(bonnet)를 떨어뜨
리게 된 순간에야 왕은 생각에서 벗어난다.

곧장 페르스발은 반역기사의 진홍 무구와 같은 무구를 왕에게 요구한다.
그러나 아더의 집사인 쾨가 페르스발을 불충한 방법으로 선동하여 반역기사
의 무구를 직접 빼앗으라고 말한다. 이때 페르스발을 보고, 10년 동안 웃음
을 잃었던 처녀가 웃는다. 쾨가 그 처녀의 뺨을 때리고, 자기 처소로 돌아가

다가, 예전에 이 처녀를 두고 "최고의 기사도의 영광을 획득할 사람을 보는 날, 이 처녀는 웃게 될 것"이라고 예언했던 광인을 발견하고는 그를 타는 불 속에 발로 처넣는다. 광인은 비명을 지르고 처녀는 운다. 그러나 페르스발은 아랑곳없이 궁정을 빠져나가 진홍 기사와 대결하고 그의 눈에 창을 찔러 넣어 죽인다.

그럼에도 불구하고, 촌사람인 페르스발은 적의 무구를 끄를 줄을 몰라서 쩔쩔맨다. 모든 광경을 숨어서 보고 있던 이보네가, 죽은 자의 옷을 벗겨 승리한 종자에게 무구를 입혀준다. 그런데 페르스발은 어머니가 마련해준 옷을 벗지 않은 채로 그 위에 빼앗은 무구를 입는다. 이보네는 봉사의 대가로 페르스발의 사냥마를 얻는다. 그리고 페르스발의 명으로 왕에게 황금 술잔을 되돌려주는 일을 한다. 왕은 일개 골의 종자가 반역기사로부터 그렇게도 쉽게 술잔을 빼앗았다는 데에 놀란다.

이제 페르스발은 한 가지 욕망밖에는 없다. 그것은 어머니에게 되돌아가는 것이다. 결투가 벌어졌던 장소를 떠나 숲을 빠져나왔을 때 그는 한 장엄한 성을 발견한다. 그 성의 성주인 고른느망 드 고로(Gornament de Gorhaut)는 어떤 강제 선물을 대가로 페르스발에게 환대를 약속한다. 페르스발은 검술의 달인인 고른느망의 지도로 마상 기술의 수련을 쌓게 되어 드디어 놀라운 기술을 갖추게 된다. 그런데 이튿날 스승을 떠날 때 페르스발은, 어머니가 마련해주었던 옷을 벗어버리게 된다. 고른느망이 신입 기사에게 명주 옷을 입혀주면서, 그것을 요구했던 것이다. 그리고 이제부터는 말을 삼가고 모계 혈통에 대해 침묵을 지켜야 한다는 고른느망의 충고를 잔뜩 안고 페르스발은 길을 다시 떠난다.

페르스발은 한 황폐한 성에 다다르는데, 그 성의 주인은 고른느망의 질녀인 블랑슈플로르(Blancheflor)이다. 그때 이 여인은 클라마되스(Clamdeus)라는 기사의 청혼을 거절한 탓으로 클라마되스의 군대에 의해 포위되어 있다. 페르스발은 성을 지켜주는 일을 맡는다. 페르스발은 클라마되스와 그의 집사 앙기즈롱(Enguigeron)을 패퇴시키고, 그들을 포로로서 아더의 궁정으로 보낸다. 그들은 팡트코트(Pentecôte)의 미사가 끝난 후에 궁정에 도착한다. 바로 같은 날 쾨는 이상한 변장을 하고 왕 앞에 나타난다. 그동안 페르스발은 모든 성 사람들이 아쉬워하는 가운데 블랑슈플로르를 떠난다.

계속 길을 가다가 페르스발은 더 이상 길이 나 있지 않은 곳을 헤매인다. 어머니를 다시 보길 원하는 페르스발은 배 한 척이 다가오는 것을 보는데, 그 안에는 어부 왕(le Roi Pêcheur)과 뱃사공이 타고 있다. 왕은 그를 그의 성으로 안내하고 자신이 방금 선물로 받았던 놀라운 검 하나를 준다. 다리에 상처를 입은 왕이 제공하는 식사 도중에 페르스발은 시종들과 아가씨들이 피 흘리는 창, 성배(Graal), 도마(tailleoir) 그리고 촛대들을 들고 왔다 갔다 하는 광경을 목격한다. 페르스발은 그랄이 누구에게 쓰이는 것인가를 알고 싶다는 욕망에도 불구하고, 고른느망의 충고가 생각나 질문하는 것을 삼가한다. 그런데 이 질문은 왕을 치료하고 성 사람들을 해방시킬 수도 있었을 것이었다는 것을 그는 나중에 알게 된다. 페르스발은 이튿날 아침 질문을 하기로 결심한다. 그러나 너무 늦었다! 성은 황폐하게 된다. 사람들은 간 곳이 없다.

혼자 남은 그는 성의 문을 넘는다. 그가 다리를 다 건널 즈음 다리는 마술에 의한 것처럼 들리고 말은 앞으로 도약을 한다.

'성배'의 성에서 얼마 떨어진 곳에서 페르스발은 애곡하는 한 아가씨를 만나는데, 그녀의 연인 기사가 한 거만한 기사(l'Orgueilleux de la Lande)에 의해 참수당해 죽었기 때문이다. 휴식을 충분히 취한 듯이 보이는 페르스발의 얼굴과 말의 윤기 나는 털은 이 아가씨(페르스발의 사촌누이로 밝혀진다.)를 놀라게 한다. 대관절 이 사람은 어디서 묵었던 것일까? 이 근처엔 성이라고는 없는데. 사촌누이의 질문에 들볶인 페르스발은 어부 왕의 성에서 묵었던 일을 이야기한다. 그런데 사촌누이는 어부 왕을 아주 잘 아는 듯하다. 실로, 누이로부터 페르스발은 그가 왕의 상처를 치유하고 '황폐한(gaste)' 숲의 주민들의 저주를 구원할 수도 있었을 뻔 했다는 것을 듣는다. 게다가 사촌누이는 페르스발에게 그가 집에서 떠난 것은 어머니의 죽음을 야기했다고 말해준다. 집으로 돌아간다는 게 아무 소용이 없다는 것을 알고 절망에 빠진 페르스발은 사촌누이의 연인을 죽인 기사의 뒤를 쫓아가기로 결심한다.

페르스발은 아주 비참한 상태에 놓여 있는 한 아가씨를 만난다. 그녀는 '황야의 오만한 자'의 여인이다. 곧바로 페르스발을 알아 본 여인은 연인 기사가 돌아올 것이라고 주의를 준다. 이미 보았듯이, 이 기사는 자기의 여인에게 잔인하게 복수를 한 바 있고, 반지를 훔쳐간 자를 끈질기게 찾고 있는 중이다. '오만한 자'는 신속하게 이곳으로 오고 있다.

'오만한 자'의 입으로부터 직접 아가씨가 당한 치욕의 이야기를 들은 후 페르스발은 자신을 밝힌다. 두 기사는 격렬하게 결투를 하고 어부 왕으로부터 받은 칼이 부러진다. 그러나 승리자는 페르스발이다. 그는 적에게 여인과 함께 아더의 궁정으로 가도록 명령한다. 그러나 우선 '오만한 자'는 여인에게 그녀의 신분에 어울리는 의상을 되돌려주어야 한다.

패배자가 아더의 궁정으로 온 사건은 왕과 고뱅을 놀라게 한다. 왜냐하면, 이전의 어떠한 기사도 '오만한 자'와 감히 결투를 하려고 한 적이 없기 때문이다. 아더는 궁정 기사들과 함께 골의 종자를 찾으러 가기로 결심한다.

어느 눈 덮인 초원에 궁정 기사들이 막사를 세우고 있는 동안, 사그르모르(Sagremor)가 한 기사를 발견한다. 그 기사는 깊은 생각에 잠겨 있는 중이다. 그는 페르스발로서, 방금 새매 한 마리가 기러기 떼를 공격하는 것을 보았다. 한 마리 기러기는 목에 상처를 입고 초원으로 떨어지고 눈 위에 세 방울의 피를 남기고 다시 날아간다. 눈의 흼과 대조를 이루는 이 붉은 색은 블랑슈플로르의 용모와 자태에 대한 페르스발의 추억을 일깨운다.

사그르모르와 쾨가 페르스발을 그의 상념으로부터 강제로 빼내려 하나 실패로 돌아간다. 다음엔 고뱅이 정중한 말을 구사해 페르스발을 설득해 왕 앞에 알현시키는 데에 성공한다. 이 두 기사는 서로를 알아보고 기쁘게 껴안는다. 그리고 고뱅은 페르스발을 값비싼 옷으로 갈아입히고 그를 왕에게 데리고 간다.

종자를 다시 만난 기념으로 왕이 베푼 축제 도중, 한 추악하게 생긴 아가씨가 노새를 타고 나타나 페르스발에게 성배에 대해 질문을 던지지 않았다고 비난한다. 그리고 아더의 기사들에게 또 다른 위험한 모험들을 제시한다. 페르스발은 창(Lance)과 성배를 찾으러 가기로 결정한다.

고벵이 노새 탄 여인이 제안한 "특이한 계보의 검의 모험('aventure de l'Epée aux estranges ranges')"에 참여하기로 막 결정을 하는 순간, 겡강브레실 (Guinganbresil)이라는 이름의 한 기사가 에스카발롱(Escavalon)으로부터 와서 아더의 조카를 비난한다. 고벵이 결투를 신청하지도 않은 상태에서 그의 영주인 에스카발롱 나리의 아버지를 죽였다는 것이다. 고벵은 계획을 바꿔 자신의 결백을 입증하기 위해 에스카발롱으로 간다. 작가는 이제 꽤 한참 동안 고벵에 대해 이야기를 하겠다고 예고한다.

아더의 궁정과 에스카발롱 사이에서 고벵은 텡타젤(Tintagel)을 거치는데, 그곳에서 그는 본의 아니게 한 마상 시합에서 멜리앙 드 리스(Mélian de Lis : 티보[Thibaut] 왕의 양자이며, 왕의 장녀에 대한 1순위 구혼자인)와 결투를 하지 않을 수 없게 된다.

막내딸인 '짧은 소매의 아가씨(la Demoiselle aux Manches Petites)'의 청을 수락한 고벵은 멜리앙과 한 패가 된 장녀에 대항하여 마상 시합에서 막내의 보호자가 되기로 한 것이다. 아버지의 도움으로 어린 처녀는 고벵에게 일종의 결투 선물(guerredon)로 그녀가 늘 입는 짧은 소매보다 더 널찍한 소매를 선물한다. 멜리앙 드 리스를 이긴 고벵은 동생 처녀와 우정의 계약을 맺고 에스카발롱을 향해 떠난다.

수도원에서 하룻밤을 보낸 후 고벵은 이보네와 함께 숲 가장자리에서 사슴 사냥을 즐긴다. 사슴 한 마리를 잡을 참인데, 그만 고벵이 타고 있던 말의 앞발에서 편자가 벗겨진다. 고벵과 그의 종자가 대장장이를 찾고 있을 때, 그들은 길에서 일단의 사냥꾼들을 대동한 에스카발롱의 주인을 만난다. 고벵은 성주로부터 사냥이 끝날 때까지 그의 누이와 함께 있어달라는 부탁을 받는다. 두 적수는 서로를 알아보지 못하는 것이다. 게다가 아가씨도 고벵을 알아보지 못할 것이다. 아가씨는 고벵을 친구로서 대우하는데, 탑의 방안으로 한 사람이 들어와 고벵이 에스카발롱의 옛 주인의 살해자라는 것을 알아낸다.

적의 출현을 알게 된 전 성민은 무기를 들라고 소리친다. 주민들은 두 남녀에게 난입하고, 고벵과 아가씨는 장기판으로 몸을 보호하고 적들을 향해 장기말들을 던진다.

에스카발롱 성주의 귀환과 더불어 오해가 풀리고, 탑을 막 무너뜨리려 하고 있던 군중의 분노가 가라앉는다.

그러나 왕은 이 재난의 책임이 부분적으로 자신에게 있다고 생각하고 아더의 조카와의 평화 협상을 제안한다. 죽음이나 투옥에서 면하는 대가로 고뱅은 1년 안에 에스카발롱으로 피 흘리는 창을 가지고 오기로 약속한다. 작가는 여기서 고뱅의 모험을 중단하고 페르스발에 대해 말하겠다고 예고한다.

무수한 기사들과 싸워 승리를 거둔 페르스발은 5년 동안의 방황 끝에 한 은둔지에 다다른다. 숲에서 그는 10명의 부인과 3명의 기사를 만나는데, 그들은 페르스발이 성 금요일인데도 무장을 하고 있다는 데에 놀란다. 이 순례자들은 그에게 그들이 고해를 마치고 돌아오고 있는 은둔지로 가는 길을 가르쳐준다.

페르스발은 은자 앞에서 자신을 고백하고, 은자는 자신이 골 종자의 어머니의 오빠임을 밝힌다.

참회하는 조카에게 은자는 자신이 또한 제물을 담은 성배로 식탁을 받는 왕의 형제임을 알려주는데, 이 왕은 어부 왕의 아버지이다. 또한 은자의 말에 의할 것 같으면, 페르스발이 성배의 성에서 침묵을 지켰던 것은 그가 죽음을 방치했던 어머니에 대한 자비심이 결여되었기 때문이다.

페르스발은 회개를 하고 부활절 날 성체 배령을 받는다. 마지막으로 작가는 좀 더 후에 페르스발에 대해 말하겠다고 약속하고(그러나 이 약속은 지켜지지 않을 것이다.), 고뱅의 모험으로 돌아간다.

고뱅은 에스카발롱에서 풀려난 후 한 장소에 도달하는데, 거기서 그는 떡갈나무에 매달린 무구들과 좀 더 떨어진 곳에 작은 의장마(palefroi) 한 마리를 본다. 이 어울리지 않는 조합을 보고 고뱅은 기이하게 생각한다. 그러나 그의 시선은 곧바로 커다란 상처로 얼굴이 망가진 기사 연인 때문에 울고 있는 한 처녀 쪽으로 끌린다. 그 기사의 이름은 그레오라스(Greoras)로서, '협로의 오만한 자(l'Orgueilleux du Passage à l'Etroite Voie)'가 갈브와(Galvoie)의 국경을 건너려고 하는 기사에게 치명상을 입히고 말을 빼앗았던 것이다.

고벵은 부상자의 원기를 회복시켜주고, 그와 똑같은 모험을 해보고 싶은 생각에 치료에 쓰이는 풀을 가지고 돌아오겠다고 약속하고는 기사와 여인을 떠난다. 그는 길을 따라가다가 한 튼튼한 성 앞에 이르러 풀밭에 있는 한 처녀를 만난다. 고벵은 그 처녀('노그르의 오만한 여인[l'Orgueilleuse de Nogre]')의 요청을 받아들여, 사람들이 그녀에게서 빼앗아간 의장마를 되찾아주겠다고 정중하게 약속한다.

다음, 고벵은 처녀와 동행하여 그레오라스의 집으로 돌아가, 부상을 치료해준다.

여전히 말을 가지지 못한 그레오라스는 고벵에게 그들 쪽으로 오고 있는 한 종자의 짐말(roncin)을 빼앗아달라고 한다. 그런데 고벵이 멀리 떨어지지 마자, 그레오라스는 그를 도와준 사람의 말을 훔친다. 고벵은 짐말을 타고 달리지 않을 수 없는 지경에 이르고, 이 어처구니없는 꼴로 인해 '오만한 여인'의 비난의 표적이 된다. 그러나 여인의 비난 겸 가르침을 통해, 고벵은 측대보행(앞발과 뒷발 둘 다 같은 쪽을 동시에 내딛으면서 달리는 것)을 숙달하게 된다. 이것은 차후 고벵이 애용하는 말 달리기 방법이 될 것이다.

고벵과 여인은 한 강에 다다른다. 강 너머에는 성 하나가 서 있고, 성에는 무수한 창에 부인들과 아가씨들이 모습을 드러내고 있다.

'오만한 여인'이 고벵에게 그녀와 함께 배에 타자고 요구한다. 그가 거부하자 여인은 사라진다. 그러나 사라지기 전 그의 동행자에게 그레오라스의 조카가 다가온다는 것을 알려준다. 그레오라스의 조카는 그의 삼촌이 고벵에게서 훔쳤던 말을 타고 있다. 아주 격렬한 결투 끝에 고벵은 말을 되찾는다.

한 뱃사공이 고벵에게 그가 방금 되찾은 말을 요구하니, 그것이 그 지역의 관습이라는 것이다. 타협 끝에 고벵은 말 대신 패배한 기사를 사공에게 넘겨준다.

뱃사공은 포로와 말과 고벵을 배에 태운다. 그리고 그는 고벵에게 이 강제된 선물의 대가로 화려한 초대를 제공한다. 이튿날 아침, 성에 관해 대화가 벌어지고 사공은 성 주민들, 점성술사, 신비한 두 여왕에 대한 많은 정보를 제공한다.

고벵은 성을 향해 길을 간다. 성 아래, 등나무가 우거진 곳에 한 사람이
말없이 혼자서 앉아 있는데, 그 사람은 다리가 한 짝밖에 없고, 없는 다리를
목발(échasse)이 대신하고 있다. 그 목발은 은으로 도금되어 있고, 또 그 은에
는 귀금속들과 순금의 고리들이 장식되어 있다.

고벵은 강제된 선물 덕택에 뱃사공의 충고를 따르지 않을 수 없는 처지인
데, 사공은 그에게 성으로 들어가는 것을 막고 돌아가라고 한다. 그러나 고
벵은 그의 계약(에스카발롱의 성주에게 한 약속)을 빗대어 수치밖에는 가져갈
것이 없다는 것을 내세워 매혹의 궁전에 들어가는 데 성공한다.

그가 '희한한 침대(Lit de la Merveille)'에 앉자마자 무수한 화살이 창문들로
부터 쏟아져 들어와 주인공을 사방에서 공격한다. 고벵은 아주 능란하게 움
직이는 침대를 조작하여 살인적인 습격을 피한다. 그러나 곧 사자 한 마리
가 방으로 들어와 고벵을 공격한다. 고벵은 방패로 사자의 앞발 공격을 막
는다. 사자의 앞발은 방패에 박혀 빠지지 않는다. 고벵이 그 앞발을 자름으
로써 갈기를 세운 사자를 쓰러뜨린다.

고벵은 성의 해방자로서 갈채를 받고, 그가 신비한 두 모녀 여왕 중 딸인
클라리상스(Clarissans : 나중에 고벵은 그녀가 자신의 누이임을 알게 된다)로부터
모피를 받는다. 그 모피는 어머니 여왕이 보낸 것으로, 결투로 난 땀이 식으
면서 주인공의 건강을 해치는 것을 염려해서이다.

고벵은 그가 성으로부터 나가는 것이 금지되어 있다는 것을 알게 된다.
자신의 용맹을 발휘할 곳을 찾지 못하는 아더의 조카는 신경이 날카로워진
다. 그러나 하얀 머리를 딴 여왕의 매력은 주인공의 분노를 가라앉힌다. 그
럼에도 여전히 성 밖으로 나가고 싶어하는 고벵은 창 밖 멀리에 한 기사와
한 아가씨가 숲가를 따라 가고 있는 것을 본다. 그들을 본 고벵은 성 밖으로
나가려고 하나 여왕이 막는다. 고벵은 자신의 욕망을 굽히지 않고 뱃사공도
성 밖으로 나가지 못하면 병을 얻을 것이라는 말로 거들은 덕택에, 결국 고
벵은 죽지 않는 한 다시 돌아오겠다는 조건으로 성 밖으로 나가는 허락을
받아낸다.

고벵이 본 기사와 아가씨는 노그르의 오만한 여인과 협로의 오만한 자에 다름 아니다(그러나 그 이름들은, 성주민들의 이름이 그러한 것과 마찬가지로 나중에 기로믈랑의 입을 통해서야 밝혀지게 된다.).

고벵은 오만한 자와 결투를 벌여 승리를 한다. 그러나 여인은 고벵의 승리에 대해 경멸만을 보이면서, 오만한 자를 두고, 그가 매일 '위험한 협로'를 건너다닐 수 있다면서 그의 용맹을 찬양한다.

고벵은 하는 수 없이 협로를 건너가게 된다. 건너간 곳에서 그는 새매 사냥꾼, 기로믈랑(Guiromelant)을 만난다. 두 기사는 서로 진실을 말하기로 맹세하고, 먼저 고벵이 그의 동료에게 질문을 던져서 그가 방금 묵었던 성 사람들의 모든 인물을 알아낸다. 고벵이 그 성에서 묵었다고 말하자, 기로믈랑은 그를 거짓말쟁이라고 비난한다. 그러나 방패에 찍힌 사자 발톱의 증거는 기로믈랑을 믿게 한다. 그리하여, 기로믈랑은 이 친구의 이름을 묻는다.

기로믈랑은 곧 그가 자신의 아버지를 살해한 사람의 아들이며 자신의 사촌의 살해자라는 것을 알게 된다. 그 때문에 그는 고벵에게 결투를 제안하여 당장 싸울 것인지 아니면 나중에 아더의 궁정에 가서 싸울 것인지의 선택권을 고벵에게 준다. 고벵은 후자를 선택한다. 그리고 성으로 돌아가 클라리상스에게 기로믈랑의 반지를 가져다준다(기로믈랑은 클라리상스를 짝사랑하고 있다.).

성으로 돌아가기 전에 고벵은 노그르의 오만한 여인과 화해한다. 여인은 그에게 그녀가 한 나쁜 행동들에 말할 수 없는 이유가 있었음을 고백한다.

성에서 고벵은 클라리상스에게 반지를 주고, 다음 왕에게 기로믈랑과의 결투를 알리는 데 가장 적합하다고 판단되는 종자 한 사람과 함께 성을 내려간다.

아주 빠른 사냥마에 오른 종자는 곧바로 궁정으로 간다. 그런데 그가 도착하자마자, 조카의 소식을 알 수 없어 슬픔에 잠긴 왕이 쓰러진다. 여왕 그니에브르와 그녀의 곁에 있던 로르(Lore) 부인은 당황하여 무슨 일이냐고 묻는다.